廖樹蘅楹聯輯注

廖志敏 撰

鳳凰出版社

圖書在版編目（ＣＩＰ）數據

廖樹蘅楹聯輯注 / 廖志敏撰. -- 南京 : 鳳凰出版
社，2022.12
ISBN 978-7-5506-3839-6

Ⅰ. ①廖… Ⅱ. ①廖… Ⅲ. ①對聯－作品集－中國－
近代 Ⅳ. ①I269.6

中國版本圖書館CIP數據核字(2022)第236614號

書　　　　　名	廖樹蘅楹聯輯注	
撰　　　　　者	廖志敏	
責 任 編 輯	蘭淑坤	
裝 幀 設 計	陳貴子	
出 版 發 行	鳳凰出版社(原江蘇古籍出版社)	
	發行部電話 025-83223462	
出 版 社 地 址	江蘇省南京市中央路165號, 郵編:210009	
照　　　　　排	南京凱建文化發展有限公司	
印　　　　　刷	南京凱德印刷有限公司	
	江蘇省南京市江寧濱江開發區寶象路16號, 郵編:210001	
開　　　　　本	850毫米×1168毫米　1/32	
印　　　　　張	14.375	
字　　　　　數	348千字	
版　　　　　次	2022年12月第1版	
印　　　　　次	2022年12月第1次印刷	
標 準 書 號	ISBN 978-7-5506-3839-6	
定　　　　　價	98.00圓	

(本書凡印裝錯誤可向承印廠調換,電話:025-52603752)

廖樹蘅像

寧鄉衡田廖氏舊宅春泉堂正門。廖樹蘅撰"知仁近勇，力穡有秋"聯，懸挂於中堂屋大門兩側

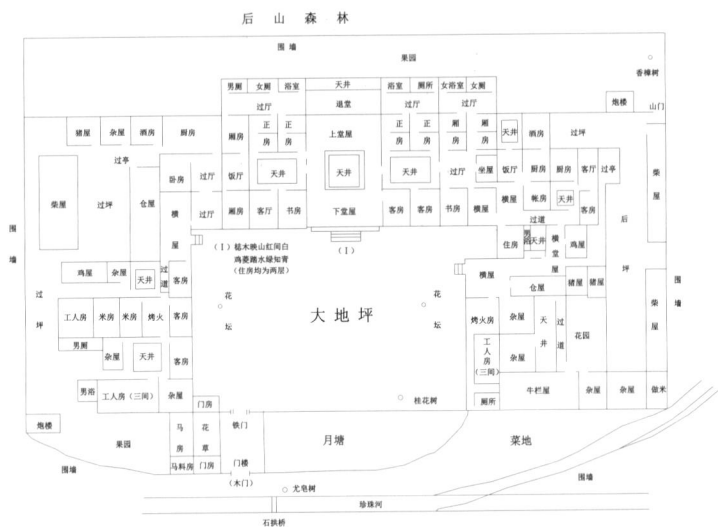

衡田廖氏桤木山住宅圖。廖東凡即出生於此宅。其正門兩側爲廖樹蘅撰"桤木映山紅間白，雞菱踏水綠和青"聯

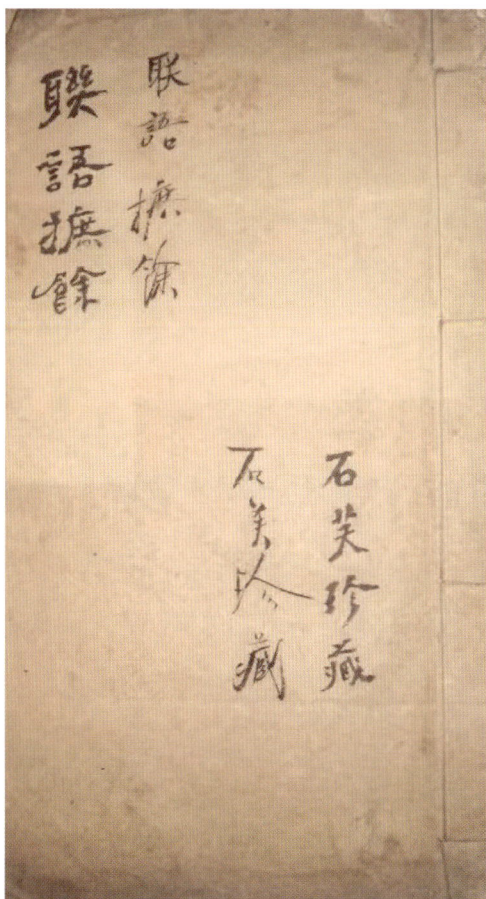

廖樹蘅次子廖基棫爲所藏《聯語摭餘》封面題字

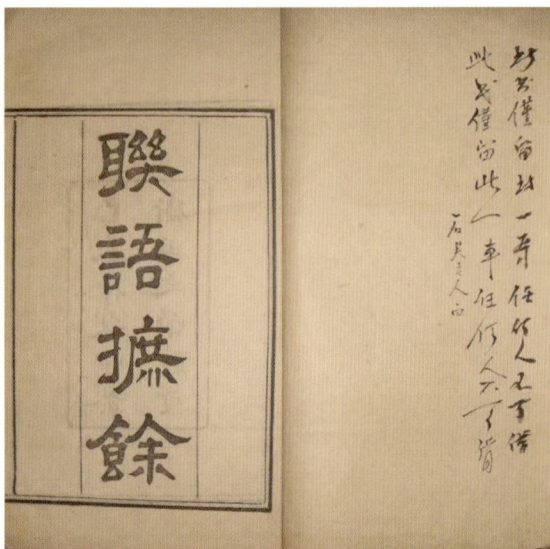

廖樹蘅次子廖基棫爲所藏《聯語摭餘》扉頁題字

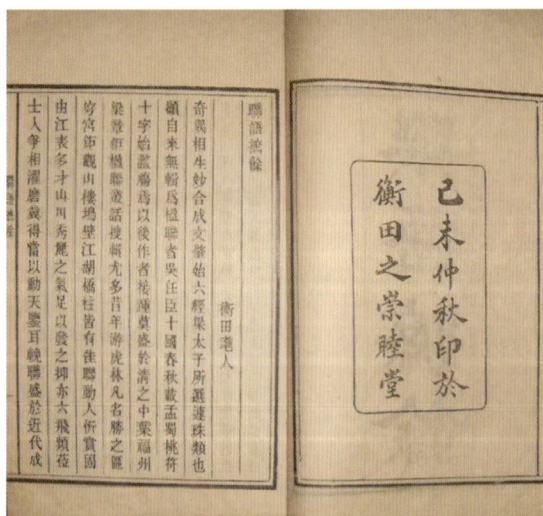

廖樹蘅撰《聯語摭餘》書影

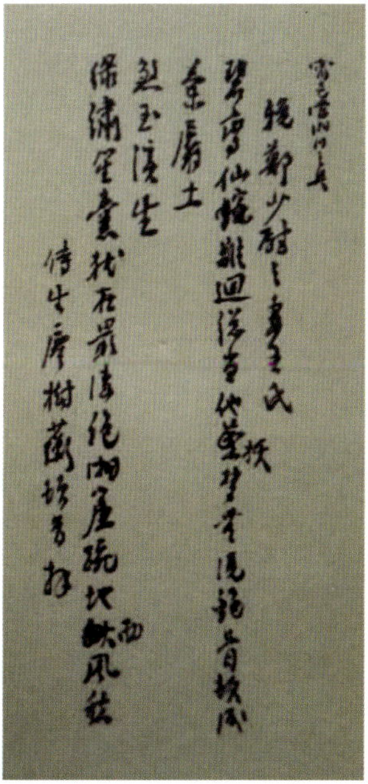

廖樹蘅《挽鄭少尉之妻王氏》手稿

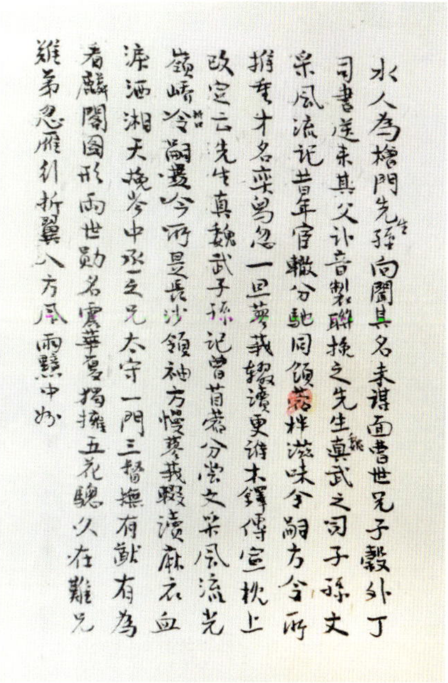

廖樹蘅《珠泉草廬日記》所載挽聯手稿

惟精誠所感能开金石
興山澤之利以致富強

——廖树蘅

廖樹蘅撰聯，現懸挂於湖南省水
口山工人運動紀念館第三廳內

霜幹世長存
連枝悲永別松心

王闓運爲廖樹蘅夫人張清河
撰寫的挽聯碑刻

目　録

前　言

一、家世淵源和生平簡介

廖樹蘅(1840—1923),字蓀畡,一字笙陔,因室名爲珠泉草廬,晚號遂爲"珠泉老人"。清湖南省寧鄉縣七都四區横田村(今湖南省寧鄉市壩塘鎮横田灣村)人。湖南近代著名詩人、實業家,水口山礦開拓者,中國近代鉛鋅礦業先驅,素有"湖南近現代礦業第一人"之譽。

據記載,廖氏先世原籍江西泰和。南宋時,其先人廖庸,字淇惠,號奇聰,一號明浦,素諳方略,隨名將孟珙一道抗金,因護駕有功,被宋理宗敕封爲"護國公",鎮守潭州,世襲指揮職。廖庸即是廖氏家族從江西遷入湖湘的始祖。

其曾孫廖城景,字慶雲,襲指揮職。元朝延祐年間,由長沙卜居寧鄉之衡田。廖城景先後育有五子,其中第四子廖萬熙留守衡田老屋,繼守廖城景的遺業。廖萬熙,字宇平,其人富而好義,天子嘉之,敕爲"義官"。自四世祖廖城景以降,數百年來,寧鄉廖氏,家族文脈,源遠流長。有清一代,寧鄉廖氏名人輩出。康、雍之時,廖城景的十六世孫廖方達被舉薦爲茶陵州訓導,他出私財搜集、整理明代政治家、茶陵詩派領袖李東陽所著的詩文作品,刊刻成一百多卷的《懷麓堂集》,辭世後入祀郡縣鄉賢祠。十七世孫廖儼,曾任嶽麓書院第二十七任山長,爲清代湖南著名教育家。

廖樹蘅的曾祖父廖錦江,雖然沒有爲官,但其經濟、文章均被時人稱頌。祖父廖含章,字芬田,國子監生,被清政府贈"奉直大夫"。廖含章是湘中宿儒,學者稱爲"芬田先生",爲人識量宏朗,頗具名德,以讓産聞名鄉里,縣人袁名曜稱之爲"寧鄉第一孝友"。廖含章的代表作有《松泉書屋文鈔》《春泉堂詩鈔》《廖氏五雲廬志》等。晚清名儒王闓運爲其撰述墓志銘。伯父廖新諠,字福成,國子監生,工詩善畫,著有《古梅仙閣詩存》。季父廖新洵,字桂汀,能文章、工書法。父親廖新端,字培吾,國子監生,府知事銜,被清政府贈"奉政大夫"。廖新端曾助縣令治事,"正直檄使,治一方之事,亭决可否,一秉至公"。他一生質直好義,終日勤學。晚清詩人洪彭述贈廖新端詩云:"滿院松花點蒼雪,白頭編寫史成書。"

從三四歲始,廖樹蘅即隨祖父廖含章接受音韻啓蒙教育。"四歲即延師授讀。"(廖樹蘅《生母氏墓道述》)"性敏異,初讀書,能通大義。"(廖基械《先考行狀》)"七歲,芬田先生教以音韻並反切法,能領悟。"(郭立山《廖蓀畡先生傳》)稍長,其嫡母張夫人"教之習書算,每夕必載筆硯,命條記日用於籍,以備遺忘"(廖樹蘅《先妣氏墓道述》)。到九歲時,廖樹蘅"出就外傅","稍怠",其母楊氏"輒扑責"(《民國寧鄉縣志·故事編·女士傳·才德》)。後來,廖樹蘅又先後求學於寧鄉玉潭書院、長沙城南書院和嶽麓書院。同治二年(1863),二十四歲的廖樹蘅考中秀才,在隨後的府試中也曾名列第一,但是他此後的科舉之路並不順暢,幾次鄉試都未能中舉。於是,廖樹蘅轉而致力於詩歌創作與經世致用之學。其爲人仗義,喜好交友,常常與詩朋文友在名山幽谷中吟詩作對,詩文水平日益精進。

光緒二年(1876),廖樹蘅受時任辰靖永沅道陳寶箴之請,司箋牘之務,並兼課陳氏次子三畏。當三十七歲的廖樹蘅走進長沙陳氏閑園時,他已是德才兼備的湘中名士。在教讀閑隙,廖樹蘅常與陳寶箴、陳三立父子詩酒唱和,結下了一生的深厚情誼,也爲後來他開拓水口山鉛鋅礦乃至主持湖南全省礦務奠定了穩固的人脈基礎。

光緒九年(1883)，廖樹蘅受湘軍甘州提督周達武之聘，從湖湘一路向西，遠赴張掖，入周達武幕府，遊歷關原，眼界大開。廖樹蘅的甘州戎幕之旅，對其十三年後以"兵法部勒"之法管理礦務而言，可謂是一次思想理念上的提前儲備。

光緒十八年(1892)、十九年(1893)，廖樹蘅出任玉潭書院山長。"院例向課制藝，府君爲置群籍，仿姚先生姬傳義理、考據、詞章分課，並編立學約，使諸生知敦品勵學，通古今，習時務。"(廖基棫《先考行狀》)

光緒二十一年(1895)，陳寶箴升任湖南巡撫。赴任伊始，素有"貧國"之稱的湖南，此時正值"旱饑"，"赤地且千里"(陳三立《巡撫先府君行狀》)。於是，陳寶箴便將旨在"立富強根基"的洋務事業提上了施政日程。因湖南"土地奧衍，煤鐵五金之產畢具"，陳寶箴遂奏請清政府在長沙設立湖南省礦務總局，主持開采全省五金、煤炭等礦。廖樹蘅初始即被聘入總局襄事。

光緒二十二年(1896)春，廖樹蘅出任水口山礦務局首任總辦，協助陳寶箴深度參與湖南維新變法。廖樹蘅攜長子廖基植、次子廖基棫、三子廖基樸來到水口山，"是時風氣未開，事屬創舉，無礦師之指導，無成法之規隨"(黃忠績《附湖南礦務總局總理黃忠績呈請撫恤故常寧水口山分局總辦廖基植稿》)。"礦場在萬山中，其地狹隘，商人開采久，窟穴重疊，積潦甚深，入夏即當停采，府君旁皇籌度，得開明竈一法。"(廖基棫《先考行狀》)但是，廖樹蘅首創的"明竈"采礦法，卻遭到了保守勢力的極大阻撓。"主省局者悉反前議，謂古今中外無此辦法。函牘交馳，百端諉讓，府君不爲動……至十月乃獲大礦。"(同上)明竈法的卓著成效，使水口山鉛鋅礦成爲當時中國礦業之首，"水口山之名，遠騰中外"。雖然水口山礦廠員工多達五六千人，但是礦場管理井井有條。廖樹蘅開辦水口山礦八年，不僅將其打造成爲全國最大的有色金屬礦區，而且爲湖南財政贏利六百多萬兩白銀，成爲湖南最爲重要的利源。僅一個水口山礦，其年收入約占當時湖南全省財政的六分之一。廖樹蘅由此開啓了湖南近代礦業先河，水口山礦歷經風雨百年而不衰。"作爲中國近代鉛鋅礦業的先驅，爲湖南早期礦業形成產、運、銷、煉一體化產業的現代化作出了傑出貢獻"，廖樹蘅由此被湖南省推舉爲"影響中國經濟現代化進程的十大湘學名人"之一。

光緒二十四年（1898）戊戌變法後，廖樹蘅由宜章訓導對調清泉訓導，就近兼理水口山礦務。"在清泉五年，宣講訓學，推及種植、水利，各具章程，廉三備錄之，通飭列縣仿行。"（劉宗向《民國寧鄉縣志·故事編·先民傳》）

光緒二十七年（1901），廖樹蘅出於賑災之需，爲常寧地方置買義田，主持修建義倉兩進，年儲租谷達三百石。"人以是感之。"（廖基棫《先考行狀》）

光緒二十八年（1902），廖樹蘅被湖南巡撫俞廉三舉薦經濟特科。奏稱"學問淵博，踐履篤實，經史而外，中西政藝講求有素。……礦山橫亘二十餘里，廠屋櫛比，丁夫數千，悉以兵法部勒，秩然不紊，足徵威，足御衆，力能任事"（俞廉三《湖南巡撫俞片奏》）。"提學柯劭忞亦疏保，而樹蘅以衰暮辭不應試。"（劉宗向《民國寧鄉縣志·故事編·先民傳》）

光緒二十九年（1903），廖樹蘅調任湖南省礦務總局提調，後升總辦。"力將積弊廓清，常謂治礦有如經商，當保官本，圖漸進，毋務恢張，在事八年，官商大和，利無旁溢。"（廖基棫《先考行狀》）在他的治理下，除常寧水口山、平江黃金洞和新化錫礦山外，還部署落實了一批鉛、鋅、銻、煤、銅、硫磺、錫等勘探開發項目，湖南礦業大興，成爲晚清全國礦業之冠。清政府爲了表彰他的功績，特賜其二等商勛、加三品銜，加級授榮祿大夫。同時，湖南有色金屬礦產業的大力發展，帶動了冶煉技術的不斷進步，水口山煉鉛廠、水口山煉鋅廠、湖南黑鉛煉廠先後建立,湖南有色金屬產業實現了產、供、銷、煉一體化,一條完整的產業鏈條由此基本形成。

宣統三年(1911)冬,廖樹蘅退居衡田老屋,避談世事,終日吟詩作文,整理詩文舊稿。"辛亥後山居,汲汲於風教文獻,於廖氏祠右廡置龕,祀鄉賢謝英、易袚、周堪賡、陶汝鼐、廖方達、廖儼、王文清。選刊汝鼐及劉基定詩文集。"(劉宗向《民國寧鄉縣志‧故事編‧先民傳》)

民國十二年五月二十七日(1923 年 7 月 10 日),廖樹蘅在衡田老屋辭世,無疾而終,享壽八十四歲。對於廖樹蘅之爲人爲事,趙爾巽《湖南巡撫趙片奏》如此評價:"心地光明,篤實沈毅,尤能淡泊明志,有古儒者風。"岑春蓂則云:"任事誠懇,勞怨不辭,與人接物,一秉大公。"劉宗向《民國寧鄉縣志‧故事編‧先民傳》曰:"同、光間,縣人恢張事功者夥矣。以樹蘅之高明强毅,實事求是,獨退然以詩鳴,老而殫心一礦,雖一雪文人無實之誚,然卒不得大任。惜矣!"

二、楹聯創作活動回望與追溯

縱觀廖樹蘅的一生,儘管八十多年的人生道路曲折而坎坷,從落第秀才、陳寶箴家西席、湘軍將領周達武幕僚、寧鄉玉潭書院山長,到投身實業出任水口山礦務局首任總辦、開啓湖南近代礦業之先河,再到執掌湖南全省礦業、全力打造湖南礦業探、采、煉、銷、貿一體化體系,他始終不懈奮進,淡泊而堅韌地豐滿着自我人生。其足迹所至,從湘中起步,歷涉西北邊陲、東南沿海、首善京師、湘南衡嶽諸地。對於廖樹蘅來説,無論是閑居家鄉、遊歷吳越、幕遊西北,還是主管礦務,他所走過的路,就是一條詩文之路,一生筆耕不輟,著述宏富,包括公牘、文鈔、詩鈔和楹聯、信札、日記、筆記等共計一百餘卷。這些著作是他一生思想和經世實踐的忠實記錄,內容豐富,形式多樣,具有較高的歷史價值和文獻價值。

廖樹蘅的主要著作、輯本包括:《麓山紀遊詩》(清光緒三年自編本)、《衡田詩文鈔》(清光緒四年自編本)、《餘園雜志》(清光緒七年未刊本)、《劉母蕭太夫人墓表》(清光緒八年,寧鄉檔案館藏拓片)、《香樹簃日記》(清光緒九年未刊本)、《誥授光禄大夫通政使司通政使劉果敏公墓表》(清光緒十年,寧鄉檔案館藏拓片)、《誥授中憲大夫徽州府知府梅君行狀》一卷(清光緒十二年寧鄉梅氏刻本)、《武軍紀略》二卷(廖樹蘅代周達武撰,清光緒十二年長沙刻本)、《潙水校經堂課藝第一集》一卷(廖樹蘅輯,清光緒十九年潙水校經堂木活字印本)、《珠泉草廬詩鈔》四卷(清光緒二十三年衡州刻本)、《珠泉草廬詩鈔》四卷(清光緒二十七年烝陽重刻本)、《常寧忠字一團義田記》一卷(清光緒二十七年衡州刻本)、《荽源銀場録》二卷(清光緒三十二年長沙刻本)、《珠泉草廬文録》二卷(清宣統二年長沙刻本)、《珠泉草廬詩後集》二卷(清宣統二年長沙刻本)、《珠泉草廬詩後集》二卷(民國十二年衡田廖氏重刻本)、《珠泉草廬書札》二十七卷(未刊本)、《聯語摭餘》一卷(民國八年衡田廖氏崇睦堂刻本)、《廖氏五雲廬志續編》三卷(民國八年衡田廖氏崇睦堂刻本)、《衡田世典》(民國十一年未刊本)、《自訂年譜》二卷(民國十一年未刊本)、《珠泉草廬日記》三十卷(未刊本)、《珠泉草廬文集》(不分卷,衡田廖氏刻本)、《珠泉草廬讀史録》二卷(未刊本)、《珠泉草廬雜著》一卷(未刊本)、《珠泉草廬駢文》一卷(未刊本)、《珠泉草廬筆記》二十三卷(未刊本)、《荽源銀場書牘》(梅英傑抄録,寧鄉梅氏澄波樓藏書第四十七册)、《湘礦叢鈔》四卷(梅焯憲整理,未刊本)。其中《珠泉草廬日記》被收入《歷代日記叢鈔》(學苑出版社,2006年)第159册,《珠泉草廬詩鈔 珠泉草廬文録》被收入《清代詩文集彙編》(上海古籍出版社,2010年)第745册。輯刻之作有:《次儀制

藝》二卷(廖儼著,清同治八年衡田廖氏刻本),《澹臺夢草》一卷
(周心源著,清光緒十二年衡田廖氏刻本),《治河奏疏》二卷(周
堪賡著,清光緒十八年寧鄉校經堂刻本),《檟慧山房詩集》四卷
(吳超然著,清光緒二十九年清泉學署刻本),《西問詩草》三卷
(盧泳清著,清光緒三十四年長沙刻本),《唐詩鏡》一卷(王鴻文
著,清宣統二年長沙刻本),《焚源銀場詩録》一卷(清宣統三年長
沙刻本),《題珠泉草廬圖詩》一卷(清宣統三年長沙刻本),《榮木
堂文集》六卷、《榮木堂詩集》十二卷(陶汝鼐著,民國十年寧鄉潙
嶠遺書館刻本),《五峰文集》(周堪賡著,民國十一年刻本),《復
園詩集》六卷、《復園文存》一卷(劉基定著,民國十七年刻本),
《希戢山房詩存》三卷(劉代英著,民國二十年刻本)。

　　2008年,筆者開始撰著《廖樹蘅年譜長編》時,《廖樹蘅詩文
集》的整理工作亦隨之展開,其於2022年3月由江蘇鳳凰出版
社出版發行。應該説,這部詩文作品集,是目前廖樹蘅較爲全
面、系統的作品總彙,其出版爲研究湖湘近代文學史、文化史、礦
業史、經濟史、城市史、維新運動史、湘軍史等提供了相關的第一
手資料。而在廖樹蘅的著作中,楹聯作品無疑是其重要組成部
分。甚至可以説,廖樹蘅的詩文之路,某種程度上也是楹聯活動
與楹聯創作之路。

　　聯,或曰對聯、楹聯、楹帖,是我國傳之已久、人们喜聞樂見
的一種獨特文學藝術形式,千餘年來一直長盛不衰。據説早在
秦漢以前,我國民間過年就有在房門左右兩側懸掛桃符以驅鬼
壓邪的風俗習慣。到五代時,後蜀主孟昶"每歲除,命學士爲詞,
題桃符,置寢門左右。……學士幸寅遜撰詞,昶以其非工,自命
筆題云'新年納餘慶,嘉慶號長春'"。這是我國最早的一副春
聯。到明朝初年時,人們開始用紅紙代替桃木板,出現了如今所
見的春聯式樣。明太祖朱元璋曾命公卿士庶家門在除夕加春聯
一副,並親自微服出巡,挨門觀賞取樂。此後,文人學士無不把

題聯作對視爲雅事,楹聯由此成爲中華傳統文化的亮點與特色之一。

從中國楹聯史來看,由文人閑趣到大衆普及,楹聯最盛莫過於有清一朝。湖湘楹聯是湖湘文化的重要組成部分,曾國藩、左宗棠是湖湘楹聯最具代表性的人物。近代湖湘,能編聯撰句者如鰤如蟻,不可勝數,其創作成就,可謂極一時之盛,恐怕後世再也無法企及。作爲湖南近代文學名士,廖樹蘅不僅熱衷於楹聯創作,而且自輯有《聯語摭餘》一書,此書於"己未仲秋印於衡田之崇睦堂",爲後世留下了一批楹聯佳作。從青少年時期到八十四歲辭世,廖樹蘅的楹聯創作活動伴其一生,對此,他在《聯語摭餘序》中如此說道:"奇偶相生,妙合成文,肇始《六經》,梁太子所選連珠類也。顧自來無輯爲楹聯者,吳任臣《十國春秋》載孟蜀桃符十字始濫觴焉。以後作者接踵,莫盛於清之中葉,福州梁章鉅《楹聯叢話》搜輯尤多。昔年遊虎林,凡名勝之區,穹宫巨觀、山樓塢壁、江湖橋柱,皆有佳聯,動人忻賞,固由江表多才,山川秀麗之氣足以發之,抑亦六飛頻莅,士人爭相濯磨,冀得當以動天鑒耳。挽聯盛於近代成廟時,曾文正官京朝彌工此體,沈雄渾雅,並世惟左文襄庶幾,他人無此灝氣。流風所扇,人爭效之。投贈往來,幾同羔雁。由是受挽不必有道,撰句不必中郎,用稍濫矣。自慚襟情欠雅,不敢效顰,及與世周旋,東塗西抹,正復難免,過而存之,綴之以語,聊資笑噱而已。"

當代湖湘著名楹聯家胡静怡先生著有《三湘聯壇點將録》,此書共遴選一百零八位"三湘聯壇英雄",而廖樹蘅列於第二十一位,從中亦可見其在湖湘楹聯史上的地位與影響。聯壇名家易仲威先生在《湖湘名聯集粹·品聯囈語(二八)廖蓀畡》一文中如此評點:"廖蓀畡開湖南采礦先河,爲實業巨子。但其《珠泉草廬詩集》尤膾炙人口,推爲吟壇高手。撰聯甚多,因視爲餘事,未曾存稿,散佚不少。"

　　梳理可見，廖樹蘅的楹聯活動軌迹與其人生軌迹大致重合。除遊歷東南吳越没有留下楹聯記録外，其他廖樹蘅足迹經行之處，均有楹聯作品存世。其楹聯活動軌迹，大致可分爲五個板塊：

　　其一，以故里衡田爲中心而展開，活動半徑涉及寧鄉、湘鄉、新化、湘潭等地。廖樹蘅主要與楊運昌、張發濬、廖祖楨、隆觀易、劉倬雲、李瀚昌、盧泳清、譚鍾鈞、洪彭述、成克襄、洪汝源、廖潤鴻、陳方贊、劉宗向、崔鼎榮、鄧承鼎、丁焕奎、黃述藻、黃顯瓚、黃應周、廖楚璜、劉翰良、梅英傑、楊文鍇、葉世敦、岳翰東、岳障東、張俊昌、張銑、周漢等詩朋聯友答贈往來，彼此切磋技藝。其楹聯内容包括對衡田老屋、梫木山住宅，洞冲、大霧山、梫木山、桂馨堂、崇睦堂、如在堂、烏牛山及湘鄉金鷄山等地祖祠，大霧寺、鄉賢祠、五神廟等處的題聯，對當地及周邊人物的悼挽。廖樹蘅的這一部分楹聯創作，時間跨度最大，前後長達 60 年之久；其作品現今存世最多，撰聯 49 副，輯聯 11 副。這些楹聯作品，被多種選集收録、推介，或被聯家研究。例如：

題寧鄉縣治城駱公祠旁詩社聯

　　拓地數弓，連楹有丞相祠堂，一般隔葉黃鸝，映階碧草；

　　談天半日，相與論鄉關煙景，最好樓臺曉色，飛鳳朝陽。

此聯創作於清光緒六年(1880)，聯語極言寧鄉縣邑人文之盛、景物之幽，酣暢淋漓，寄意高遠，被認爲寧鄉人文、風景盡在聯中。又如：

題衡田廖氏五世祖祠桂馨堂聯

　　發粟賑元二之災，樂善好施，坊第三朝詒穀遠；

　　薦馨當重九以後，天清雲麗，樨香萬斛拂檐來。

此聯撰於清光緒二十年(1894)。廖樹蘅自注云："五世諱熙，舊記稱壽四郎，慶雲君第四子，世居衡田。元統時湖外大無，輸粟二千石助賑，詔建坊里門。墓在虎形山。光緒癸巳建祠，距墓二里,地名桂馨堂,老桂連蜷,花時香聞數里。"再如挽洪汝源聯,此聯撰於民國五年(1916)。曾被收入《中華對聯大典》等多種楹聯選集。洪、廖兩人既是近鄰,亦爲詩友,交誼深厚,聯挽中充溢着沉痛與哀思,留給人們無盡的唏噓感慨。

其二,以益陽縣衙的幕僚生活展開,活動半徑僅限於益陽縣境。光緒五年(1879)三月,廖樹蘅受益陽知縣唐步瀛之請,啓程赴益陽縣署,"司教讀,兼閱課卷"。其時間跨度爲三年,即從光緒五年(1879)至七年(1881)。廖樹蘅的楹聯基本上爲應酬之作,其往來詩朋聯友,主要有唐步瀛、周瑞松、吳超然、劉筠、王德基、陶必良等。廖樹蘅有詩《蓬洲明府於署園葺屋一區,竹樹蒙翳,甚涼適也。六月二十四日,招同吳韻庭超然、陶俊元必良落之》記其集事。而據《珠泉草廬師友録》載:"瑰欽爲益陽王先生德基字,公(指廖樹蘅)館益陽縣廨時,嘗與論交者也。"廖樹蘅《聯語摭餘》云:"辛巳秋,巡撫李巡閱過境,縣令例支供,集幕客擬館聯,求雅切。客所擬有'氣壯山河'字樣。大令笑曰:'此關壯繆廟中語也。'時巡撫車駕已抵寧鄉,逾日至滄水鋪,歸益陽辦治。館人拂箋濡管以待,亟來就余,口授云……巡撫賞其雅切。過後大令來謝,謂:'此番非公速藻,幾誤乃公。'答曰:'此種應酬,如南齋翰林應制之作,專工諛美,何足奇? 不料既爲食客解嘲,復爲大官括目也。崑山顧氏有云:凡以文字諛人,即犯聖人巧言之戒。吾安所免哉?'相與大笑。"廖樹蘅除口授楹聯,"此外尚有十數聯集《焦氏易林》及漢碑字了之",如此算來,其在益陽期間創作的楹聯至少在 20 副左右,現存世者共 5 副。如:

題益陽縣館聯

清可濯纓,歌傳孺子;

廳容旋馬,業紹肥鄉。

此聯作於清光緒七年(1881)秋間。聯語共四句十六字,皆從典籍及史書中集句而來,詞雅而意切,讀來讓人擊節稱嘆。又如:

題署廨三堂聯

行部憩甘棠，駐節正當諸葛井；

詰戎屯細柳，籌邊還上贊皇樓。

此聯同樣作於清光緒七年（1881）秋間。從聯中"甘棠""諸葛井"
"細柳""贊皇樓"等看，歷史典故與現實情境完美融合，雖爲應酬
之作，亦可稱爲聯中佳品。

　　其三，以甘州提督署戎幕生活展開，活動半徑是以張掖爲中
心的河西地區。受著名湘軍將領、甘州提督周達武之聘，清光緒
九年七月二十五日（1883 年 8 月 27 日），廖樹蘅由家別母起程，
謀赴甘肅入周達武幕。是年十一月二十七日（12 月 26 日）抵張
掖，至即下榻提督署一園中之肖虹亭。"主人導遊各處，所全請
書聯區。"廖樹蘅爲甘州提督署一園橋亭、肖虹亭、蔬香亭、披香
榭、石假山亭、毅武營及甘州提督署大堂等處題聯。在甘州，廖
樹蘅主要與周達武、潘效蘇、施補華、張璪光等詩友相與唱酬。
這段戎幕生活期間，廖樹蘅現存楹聯雖然只有 8 副，但是多副作
爲近現代名聯而被聯家推崇，並被多種楹聯選集收錄。如：

題甘州提督署一園橋亭聯

胭脂在北，祁連在南，四郡襟喉歸攬結；

旅宿非舟，陸居非屋，三山樓閣浸虛無。

此聯作於清光緒九年（1883）冬間。廖樹蘅自注云："甘州，漢之
張掖，爲河西四郡之一，晉稱北涼，爲沮渠蒙遜所據，古之居延塞
也。祁連、胭脂南北蜿蜒千里，中空不過百餘里，五涼之縮轂也。
地饒水草，黑水支流穿城入，瀦爲湖蕩，遍生菰蘆，涼氣襲人。若
無風沙時起，風景不減江湖。提標占地寬，乾隆時提督法靈阿圈
餘地爲園，園中有湖，周圍約三十畝。近夏，綠波沄沄，秋深即
凍，來年冰泮，始可勝船。沿湖亭館十數，道光時果勇侯楊芳官
此，署曰'一園'。……中爲廣亭，直欄橫檻，舻棱四映，亭上可望
城外，天山晴雪，光搖銀海，真奇觀也。"品讀此聯，河西走廊上雪

山綿延、峽谷深邃的雄渾氣象頓時撲面而來,瞬間把讀者的情思帶到了萬里之外的雄關邊塞。又如:

題一園肖虹亭門聯

碧樹搖蒼空,喜四面陰濃,雲氣暗遮樓閣;

名園依綠水,愛一盒波淨,月明如坐瀟湘。

廖樹蘅自注云:"(一園橋亭)迤北有沚,縱橫約三十丈,水四面環之。沚上有屋數間,榆柳大皆數圍,間以文杏,濃蔭虧蔽。門外菊畦,五月即花。門書'宛在中央'四字。"試想,在廣袤無垠的蒼穹之下,樓亭聳峙,畫閣雕梁,再加上風和日麗,樹影婆娑,滿湖清波微蕩,眼前風韻恰似一派湖湘景致,哪能不激起廖樹蘅的思鄉之感和詩情聯意呢?

其四,以水口山治礦及清泉學署的督學生活展開,活動區間主要集中在水口山礦廠、常寧縣境及衡陽市等地。在此八年間,廖樹蘅與王闓運、王良弼、陳兆奎、程崇信、李次山、譚啓瑞、王鎮興、鄔同壽、夏壽田、姚庭熙、張康拔、張振襄、趙潤生、周梘榮、廖潤鴻、龍起濤等詩朋聯友往來酬唱。如,光緒二十三年六月一日(1897年6月30日)前後,廖樹蘅答常寧縣令龍起濤書云:"人來奉手教,兼拜楹聯之賜,謹即懸之楣間,增寵多矣。"是年夏末初秋時,廖樹蘅曾作和詩寄龍起濤,隨後龍即復書云:"又承賜和章,奕奕有神。朱衣簾影一聯,尤令我口角流沫也。閣下氣魄才情,似左文襄一流,終當以此發跡。天之所眷,必因其人。"光緒二十五年(1899)初夏,廖樹蘅出任清泉訓導,自題學署楹柱及客座聯,當時王闓運赴清泉學署相訪,見廖樹蘅所撰楹聯,稱贊不已,謂"聯語不類校官所擬,且不似湖南人吐屬"。當即與廖樹蘅歡然訂交。廖樹蘅於水口山礦廠、常寧及衡陽等地現存楹聯20副,主要爲水口山礦局大門、屏,松柏臨湘樓、紫宸宮,清泉學署大堂、客座,衡州蓮湖書院,衡陽長沙會館中堂、戲臺等處題聯,以及當地往來人物的挽聯。其中《題水口山礦局門聯》《題松柏臨湘樓聯》《題衡州清泉學署大堂聯》《題衡州蓮湖書院聯》《題衡陽長沙會館戲臺聯》等被多種楹聯選集收録。如：

題水口山礦局門聯

惟精誠所感，能開金石；

興山澤之利，以致富強。

此聯作於清光緒二十三年（1897）二月，時水口山礦務局公所建成，礦局辦公地即由常寧縣松柏鎮遷至水口山礦區，廖樹蘅自題局樓門聯、屏聯。此聯現懸於湖南省水口山工人運動紀念館第三廳——“中國鉛鋅工業從這裏走來：水口山礦冶史陳列館”。

其五，以在城南書院、嶽麓書院求學，長沙陳氏閑園、貢院西街羅逢元府教學以及湘礦總局礦務督辦生活而展開。其活動區間包括善化、長沙、武昌、漢口等地。其交遊往來的詩朋聯友最多，吟詠活動亦最爲稠密，談詩論聯已成家常。其詩友涵蓋近現代湖湘政治、經濟、軍事、文化、宗教、文學等諸多領域的著名人物，如陳寶箴、陳三立、王闓運、曾廣鈞、陳鋭、范當世、范鍾、柯劭忞、梁焕奎、羅正鈞、釋芳圃、釋敬安、釋默安、釋永光、汪詒書、文廷式、杜俞、朱應庚、曹典球、陳慶年、成邦幹、成本璞、程頌萬、胡元儀、黄運藩、黄自元、蔣德鈞、李寶洤、李葆恂、廖樹勛、皮錫瑞、王先謙、瞿鴻禨、沈祖燕、譚延闓、譚澤闓、王之春、吳慶坻、楊度、趙啓霖、趙上達、周大烈、鄒彦、袁緒欽、張祖同、張劍秋，等等。

這一時期的詩聯活動，在廖樹蘅的詩文、日記中隨處可見、俯拾即是。如清宣統元年十月二十一日（1909 年 12 月 3 日）廖樹蘅《珠泉草廬日記》云：“赴梅根譙席，他客未到，邀至書室，相與談詩文，其家有字少蓮者，賞吾所製聯語，取紙亟録之。”又，宣統三年（1911）夏末初秋間，梁焕奎致廖樹蘅書札中云：“《聯語》笏老一聯，早所佩服，近作以陶、李二聯爲最，其他亦非羌無故實者所可能，殆曾湘鄉所謂一卷挽聯行世者矣。”

廖樹蘅以長沙爲中心的楹聯活動，整體時間跨度約爲 15

年,其現存的楹聯作品中,包括撰聯 41 副、輯聯 4 副。其中爲長沙黎家坡湘礦總局大門、長沙天心閣等處題聯及挽陳啓泰、張之洞、席匯湘、張百熙等人之聯,被收錄到多種楹聯專集中。如:

題長沙黎家坡湘礦總局門聯

憑他好手仇唐,嶽雪湘煙難著筆;

到此興思屈賈,碧波香草最銷魂。

此聯作於清光緒三十二年(1906)。廖樹蘅自注云:"湘礦總匯之所,在長沙郡學後之黎家坡,所中有樓,高七十級,宴客多在樓上,竊取柳子厚記中語意題曰'高明游息之樓'。風景甚佳,雪尤增興。"

三、楹聯特色及其價值體現

廖樹蘅的楹聯作品自問世至今,一直備受關注。民國時期,湖南慈利人吳恭亨輯有《對聯話》,全書共十四卷,其中卷三《題署》、卷四《題署》、卷七《哀挽》三部分中,共收錄廖樹蘅所撰楹聯 13 副。二十世紀八十年代以後,中華楹聯又進入到一個復興期,隨着各種楹聯選集接連面世,廖樹蘅的楹聯作品亦被《中華對聯大典》、《中國名勝楹聯大辭典》、《中華語言精粹寶典》、《中華語海》(第 4 冊)、《近現代名人挽聯選》、《長沙名勝楹聯選》、《湖南楹聯》、《甘肅楹聯選》、《三湘聯壇點將錄》、《湖湘名聯集粹》、《對聯寫作規則》、《永州文史第六輯·永州古楹聯》、《中國衙署會館楹聯精選》、《古今戲曲楹聯薈萃》、《長沙市志·第 17 卷》、《寧鄉文史第八輯·潙寧耆舊聯選》、《花都文史第三十二輯·花都歷代楹聯與碑刻》、《寧鄉歷史文化叢書卷七·詩文薈萃》、《張掖對聯》及中華詩詞網、中國對聯網等諸多選本和專業網站引用、收錄。廖樹蘅所撰楹聯,有的還被主流媒體追根溯源,加以報導。而在湖南省常寧市水口山有色金屬集團公司,一百二十多年前廖樹蘅、廖基植、廖基械、廖基樸父子曾經創新開拓的這片熱土上,廖樹蘅所撰"惟精誠所感,能開金石;興山澤之利,以致富强"一聯,仍被高懸於水口山。

　　品讀廖樹蘅的楹聯作品，如何從聯語聯句中體味其特點特色十分重要，在此筆者從思想性、藝術性、史料性和可讀性等四個維度進行審視。

　　其一，思想性。廖樹蘅的楹聯作品，始終以思想立意爲第一要義，始終承載着作者的思想内涵和精神境界，聯語之間充滿了中華民族最優秀的傳統品質——禮義、廉恥、忠孝、仁愛，在品讀中自然能領悟到其中所蘊含的思想魅力。例如：

　　　　自題衡田老屋大門聯

　　　　　知仁近勇；

　　　　　力穡有秋。

此聯約撰於清光緒十一年(1885)春間，原懸挂於廖氏衡田老屋中堂屋大門兩側。本聯可謂是一種無聲的語言，"知仁""近勇""力穡""有秋"，簡單的八個字卻包涵了廖樹蘅一生的處世思想，是他人生態度、人格追求最爲集中的展現。再如：

　　　　題甘州提督署大堂聯

　　　　威克允濟，愛克周功，此語深明大略；

　　　　　進思盡忠，退思補過，浮生那得安閒。

此聯作於清光緒九年(1883)冬間。這是廖樹蘅爲官爲政思想的充分展示，爲官時，上要忠於君主朝廷，下要愛惜僚屬平民；一旦辭官隱退，就要反省自己，以彌補過失。後來廖樹蘅出任水口山礦務局首任總辦，之後執掌湖南全省礦務，這也成爲他礦務管理實踐中的重要内容之一。又如：

　　　　挽張振襄繼室成氏聯

　　和熊畫荻，阿㜷卅載劬勞，最憐游子甫歸，寸草春暉嗟已晚；

　　　蘦籢荆釵，槁砧屢傷懷抱，誰料滇西人日，細雨梅花又斷魂。

此聯哀挽的對象是一位舊時代的傳統女性，其賢良有德的形象頓時躍然紙上。

　　其二，藝術性。可以説，廖樹蘅的楹聯作品以形美、聲美、詞美及言簡意賅爲特色,是其文學審美情懷的重要表現。對於廖樹蘅楹聯作品的藝術性,吳恭亨在《對聯話》一書中早有定評。這些作品在尺幅之間,即將思想性和藝術性實現了有機融合,真正做到了"文道統一"。《對聯話・題署三》中云:"寧鄉廖蓀畡樹蘅爲湖南治礦先河,與王湘綺爲石交,予聞名甚宿,今已逾八十。昨由李石冰交到其《聯語撟餘》一卷,特多石破天驚之作。兹録其監常寧水口山銀場聯云:'惟精誠所感,能開金石;興山澤之利,以致富强。'九言作一句,堅剛無倫。又,集東坡句爲聯云:'且憑造物開山骨;欲助君王鑄裹蹄。'亦雅切。自言居場先後十六載,場故在松柏市。王湘綺記文稱,由市至豹子嶺八里,上爲水口山,今銀場名天下者也。始至有夢兆其館地即寇平仲舊館。廖於是即臨湘一面建樓,並題聯云:'十里接銀場,前代荄源曾置監;層樓壓湘水,過江山色入憑欄。'語亦秀發。……蓀畡壯年嘗從軍甘涼,爲提督周達武入幕之賓。軍府建牙張掖,漢河西四郡之一,古之居延塞也。提署有曰一園者,楊果勇昔所命名,内有肖虹亭,蓀畡撰聯云:'胭脂在北,祁連在南,四郡襟喉歸攬結;旅宿非舟,陸居非屋,三山樓閣浸虛無。'又聯云:'樹摇蒼空,雲氣暗遮樓閣;園依緑水,月明如坐瀟湘。'又箭道左毅武營營門聯云:'雄劍倚層雲,貔貅夜蕭天山月;大旗招落日,鼓角霜嚴救勒秋。'按各作均帶邊塞商音。"《對聯話・題署四》中曰:"廖蓀畡《聯語撟餘》云:光緒二十四年,予部選宜章訓導,巡撫以便礦故,俾與清泉對調,論地宜邊清腹,論飯宜不足清有餘,辭之。巡撫曰:此爲公耳。强令受事。學宫之右爲蓮湖書院,乾隆二十五年分縣爲兩,仍共一書院。至是詔改書院爲學堂,增兩高樓。予撰聯左樓云:'蒸湘二水之間,於斯容與;零陵三亭而外,有此高明。'右樓云:'孔思周情,吾道實先北學;雨奇晴好,人間又有西湖。'蓋衡州小西門外,彌望皆蓮池,池北紅墙碧瓦隱現,柳堤菜畦間,則學宫、書院等公共場所,綿亘將一里,頗似杭之白堤,聯故云云。然言下清氣襲體，必有此筆，方與名勝相稱。"《對聯話・哀挽二》中又云："蓀畦挽人聯，亦時饒名雋之作。如挽洪毅夫汝源云：'江山新數革除年，家國多虞，知君有棘在喉，滿眼新亭名士淚；鄉井故人今有幾，應劉并逝，剩我積懷成痗，傷心舊社酒徒稀。'……又挽陳伯平云：'梅花心似石，薑桂老逾辛，直道事人，曾同鐵面龍圖論；蟻穴潰金堤，高門來鬼瞰，謗書盈篋，竟亂蘇州刺史腸。'……又挽東安席沅生云：'賈誼無年，萬古長沙多憾事；桓寬論政，一篇鹽鐵有成書。'按：席卒於長沙齪局。又按：各作均聲光迫然，不愧作家。"

其三，史料性。突出表現作品的史料性，是廖樹蘅楹聯的特色之一，甚至可以説，有的楹聯堪稱史聯，就是述史、評史，獨具深沉的歷史厚重感。例如：

題常寧松柏鎮紫宸宮聯

作室不豐不儉，曾經示現夢中，卅二字題榜無訛，彼法謂之輪回，吾徒歸之造化；

捲簾湘雨湘煙，依舊收回眼底，百八杵霜鐘警寤，了卻一重公案，添來一段奇緣。

此聯作於清光緒二十三年（1897）初春。對於常寧縣松柏鎮紫宸宮所在地，王闓運認爲其是北宋名臣寇準曾經貶謫途中的停駐之所，並作記云："瀕湘水東岸松柏小市，常寧北地，山路至豹子嶺八里許，上爲水口山，今銀場名天下者也。自寧鄉廖君蓀畦始來督礦工，其仲子侍行，僦市中小屋居之，即夜夢見室中題字如此。未幾礦興，大運銀砂，當有堆積，及工役，居宿之處乃拓大其基，經營墉垣，則得故址，如所營廣輪之數，蓋所夢謙叟舊功也。余既夙聞而異之，因請書其寐記文字而推測其意。天禧四年，正寇平仲謫道州之年，此云保令名不污衊，又曰延室，蓋築以館萊公也。故曰不儉爲先生之宅。謙叟其亦豪矣。幾千年而示靈，非廖君孰能發之？"下聯中"了卻一重公案"句，即指寇準貶謫道州、駐足常寧這一史事。

廖樹蘅楹聯的史料性,主要體現在挽聯中,一是對與其本人有一定交往或是交誼篤深的社會名流的悼挽,二是對同事或親友家屬的哀挽。如:

挽周達武聯

> 蔿武鄉綏服西南夷,濡管我曾臚戰績;
>
> 陳破胡困於刀筆吏,上書誰爲訟忠勤。

光緒二十一年(1895)正月,周達武卒於甘州提督任上。是年春間,廖樹蘅撰聯紀懷周達武,此聯前有按語曰:"縣人尚書銜甘州提督周達武,樸勇喜功名,所領武字營添至百二十營,家無餘財,廉將也。蜀黔戰績,曾代擬事略行世。以嗛於御史安維峻,於論楊昌濬、沈玉遂疏內牽連得書,没後撤銷易名之典,非其罪也。"本聯既對周達武一生軍功事迹進行追憶,又點明了兩人交誼篤深的主幕關係,並對周達武"以嗛於御史安維峻於論楊昌濬、沈玉遂疏內,牽連得書,没後撤銷易名之典"一事的實情予以辨白。本聯入選《近現代名人挽聯選》一書。再如:

挽王之春聯

> 七萬里乞援強鄰,和議書成,吾謀勿用;
>
> 數十年講求專對,談瀛録在,公去誰來。

此聯撰於光緒三十二年(1906)。廖樹蘅自注云:"清泉王之春……官湖北藩司時,俄儲游鄂,館之晴川樓,與相渥洽。及充使俄大臣,太子已正帝位,時倭侵北洋日劇,之春乞俄入援,已畫諾矣。會中日議和而止。"可見,上聯即指王之春充任使俄大臣,欲聯俄制日一事,亦是近代中俄外交史上的一個掌故。

廖樹蘅《挽陳啓泰聯》亦是聯語史料性的有力證明之一。吳恭亨《對聯話》中如是説:"蓋陳以糾上海道蝕款,不勝憤懣,發病遽死。王湘綺所謂'晚傷鼷鼠千鈞駑'者,亦指劾蔡事也。"

其四,可讀性。文學作品的可讀性,應是文詞暢達,生動自然,意境優美,而不是枯燥乏味,如同嚼蠟,另外閱讀之後有所啓發和收益。整體觀照廖樹蘅的楹聯作品,其内涵美質,外溢華彩,對仗工整美於形,平仄和諧律於韻,語言華麗雅於詞,字句洗煉簡於言,意境高超遠於旨。例如:

　　自題桅木山住宅聯
　　桅木映山紅間白;
　　鶲菱踏水綠和青。

此聯撰於民國九年(1920)。通過山與水的場景轉換,紅與白、綠和青的色彩比對以及"映""踏"的動作呈現,桅木山的景致得以盡情渲染,可謂美不勝收。又如:

　　題大霧寺衡田廖氏七世祖祠聯
　　林廟新開,望珠泉灑潤,銀杏摩空,振衣訪四仲遺墟,古寺幽深猶勝概;
　　雲山高倚,指靳水南來,烏江東注,適墓問三朝故事,舊碑磨洗認題痕。

此聯撰於清光緒十七年(1891),可謂匠心獨具,立意高遠,新穎別致,語言典雅工麗。再如:

　　題長沙天心閣聯
　　勝日此登臨,看橘洲煙雨,靈麓晴嵐,萬古湖南嘆清絕;
　　高吟動星斗,有桂棟鏡雲,芳苕總翠,九歌江上續離騷。

此聯作於清光緒三十二年(1906)。聯語具有雍容大氣、意境深遠、文詞雅切、空靈秀美的特點。讀罷此聯,頓感有一股浩然之氣激蕩於胸,由此收到妙不可言、美不勝收的美學效果。

四、本書的撰著過程

　　歷經三年多的緊張編撰,《廖樹蘅楹聯輯注》一書終於順利結稿,並將由江蘇鳳凰出版社出版發行。
　　2019 年年初,當《廖樹蘅年譜長編》的撰著即將完成、《廖樹

蘅詩文集》的整理與點校工作也已進入收尾之時，應該説，歷經
十一年的艱辛努力，筆者對廖樹蘅的生平事迹、人生交往、學術
思想及礦業實踐，已經有了較爲深入的了解和研究。筆者認爲，
要研究一位歷史人物，尤其像廖樹蘅這樣一位跨越文學、教育、
礦業、經濟等多個領域，開創湖南近代礦業之先河，並在湖南近
現代經濟領域有着重要影響的人物，就必須從各方面入手，如果
不考慮其楹聯創作活動這一内容，恐怕未免失之偏頗。可以這
樣説，楹聯創作是廖樹蘅經世思想、學術活動和社會交往的重要
載體之一，不僅對廖樹蘅本人，而且對寧鄉地方鄉土文化史，西
北地區湘軍史，湖南礦業史、經濟史的研究，都具有重要的參考
價值。但是筆者發現，廖樹蘅的楹聯作品在年譜和詩文集中雖
然盡量予以呈現，但由於缺乏背景介紹和具體解讀，讀者難以全
面理解楹聯作品所表達的意旨意境。於是，《廖樹蘅楹聯輯注》
一書便在這樣的背景下應運而生。

　　本書以廖樹蘅自撰、民國八年（1919）衡田廖氏崇睦堂刊刻的
《聯語摭餘》爲底本，同時廣爲搜集，部分楹聯從廖樹蘅著《衡田詩
文鈔》《珠泉草廬日記》《珠泉草廬詩後集》，梅焯憲、廖鎮樞輯《珠泉
草廬師友録》，徐一士撰《女詩人廖基瑜》，吳恭亨撰《對聯話》，《長
沙張文達公榮哀録》，《寧鄉文史第八輯•馮寧耆舊聯選》，《駢字類
編》及搜韻網、古詩詞網等采録而來，共收録廖樹蘅自撰楹聯 123
副、輯聯 15 副，友朋贈聯及挽聯 54 副。同時，筆者編撰了《廖樹蘅
楹聯創作年表》，以便於讀者更爲直觀地增進對廖樹蘅楹聯創作活
動的了解。另外，在本書後附録有《衡田廖氏族人撰聯》及友朋
《贈/挽衡田廖氏家人聯》，其中包括廖樹蘅祖父廖含章、族弟廖潤
鴻、長子廖基植、次子廖基械、長女廖基瑜、孫廖鎮樞等人自撰或所
集楹聯，以及洪彭述、蔣德鈞、王闓運、張振襄等贈或挽衡田廖氏族
人聯。這些附録的楹聯作品，算是對本書内容的進一步拓展，可作
爲讀者諸君對本書的延伸閲讀。

　　爲了切實保障本書的撰著時間，從 2019 年初春開始，筆者把從周一到周五每天早上五點到六點、晚上七點到十點的業餘時間以及周末時間，大致細分成三份來安排：一是每周一、三、五及周六上午終校《廖樹蘅年譜長編》，二是每周二、四及周日上午整理《廖樹蘅詩文集》，三是其餘時間撰著《廖樹蘅楹聯輯注》。到 2019 年 9 月，年譜全部完成並定稿後，則將三分之二的業餘時間花在詩文集的整理校對上，而三分之一的時間用在楹聯輯注方面。到 2020 年 9 月底，本書 20 萬字的框架基本完成，從是年 11 月至今，隨着《廖樹蘅詩文集》進入出版程序，筆者一方面不斷搜集廖樹蘅楹聯作品，從量上盡可能做到齊全；另一方面，則對楹聯作品的相關知識點進行進一步考證，力求準確，並對全書反復校注，對徵引資料中存在的訛誤認真修訂，避免以訛傳訛。

　　作爲廖樹蘅個人楹聯作品的匯集與校注，本書當然不是"宏編巨製"，但書中涉及兩百多位歷史人物，幾百上千個有關歷史、地理、人物、文獻、典故的知識點，要全面而深入地了解這些内容，絕非靠"一個人的戰鬥"能夠完成，而是靠"吃百家飯長大的"。在本書編著過程中，《讀書文摘》雜志總編輯童志剛先生、湖南大學文學院教授唐志遠先生等文史專家，對筆者在文獻整理、掌故考證等方面給予了諸多指導；筆者的父親廖東平先生精心繪製了衡田廖氏梽木山住宅圖；湖南省寧鄉市作協副主席羅建宇先生幫助拍攝了王闓運題撰的廖樹蘅夫人張清河墓聯圖片；湖南省常寧市作協副主席封志良先生幫助拍攝了湖南省水口山工人運動紀念館第三廳——水口山礦冶史陳列館内懸挂的廖樹蘅楹聯圖片。在此一并致以誠摯謝意！

滆寧　廖志敏

2021 年 12 月 25 日

於北京梽山齋

第一卷　題樓臺勝迹聯

題長沙靖港水神廟聯

馭玉虬以乘鷖，朝發蒼梧，夕至縣圃；
登白蘋兮騁望，沅湘無波，江水安流。

【說明】

此聯録自廖樹蘅所撰《聯語摭餘》，頁二。作於清同治九年（1870）。其自注云："潙水入湘之處曰靖港，相傳李靖征蕭銑駐軍於此得名，或曰非也。寧鄉産米，歲漕三十萬石，至港與鄂商交易。縣人置邸市旁，權衡出納，中祀水神，俚俗無主名。同治庚午，買舟赴嶽麓，道此，守邸者索書神聯，倉卒無以應，集《騷》與之。"

清《同治寧鄉縣志》載："水神廟，長邑靖港，距縣七十里。同治年，邑紳楊龍田、周馥卿、楊春谷、周湘林合同八埠埠頭詳水類船商行户等奉府憲葆諭令，建立公棧，并令廟祀水神，每年於祭日申明規約，爰公置袁姓楊柳坪鋪基址及劉姓楊柳坪老岸，創修殿宇六楹；又公置譚姓楊柳坪河岸地基修建碼頭。"（《同治寧鄉縣志》卷之八，頁二）

靖港原名蘆江，因唐朝大將李靖曾在此駐軍，故後人將其改名靖港。靖港地處湘江西岸，潙水與湘江交匯處，自古得水運優勢，曾爲湖南四大米市之一，糧棧米號達二十餘家，又是省内淮鹽主要經銷口岸，商賈雲集，市場活躍，爲三湘第一繁榮集鎮，美名"小漢口"。當時有民謡唱道："船到靖江口，順風都不走。"即説明當時靖港之繁華景象。

自晚清至二十世紀初中期，靖港是寧鄉穀米貨物吞吐的咽

喉。因寧鄉自古爲産糧大縣，寧鄉大米多由此交易外運。同時，
溈水、烏江航道有 2000 多艘"烏缸子"，從業人員達 4000 人左
右。於是，不少寧鄉籍商人、船户匯集靖港，在此設棧，經商置
業，由此形成米商、船商兩大商幫行會。光緒二十六年(1900)秋
間，廖樹蘅在呈湖南巡撫俞廉三《儲穀備荒稟》中云："查(寧鄉)
縣屬通湘之所，區分八埠，惟道林一埠穀米另由靳口運出長沙，
餘皆歸靖港銷售，常年銷米二十餘萬石之譜。昨據靖局紳董函
稱，見在甫交冬令，銷數已逾常額。而舟舫之裝運，販户之居奇，
尚源源不止。"(劉健鶴《時賢啓箋雜鈔》，第三十三通)由此可見，
靖港一地寧鄉米市何等興盛！

靖港亦是古代軍事重鎮。清咸豐四年(1854)，太平軍在此
大敗湘軍水師，此戰成爲近代軍事史上之著名戰役。在此役中，
湘軍主帥曾國藩曾兩次投江自盡，所幸被人救起。由此，靖港之
名更是遠播華夏各地。

清同治五年(1866)，27 歲的廖樹蘅赴嶽麓書院求學，直至同
治九年(1870)結束學業，在嶽麓書院讀書前後達五年時間。同
治九年春，廖樹蘅離別衡田"春泉堂"老宅，先從烏江乘船入溈，
順水而下至靖港。在此小憩後，他再乘船沿湘江溯行，直抵嶽麓
山下。而當他在靖港逗留時，在此的寧鄉籍商人請其爲水神廟
題聯。爲此，廖樹蘅集詩人屈原《離騷》之句而成一聯。對於此
聯，廖樹蘅自云："羌無故實，不著一字，亦猶漁洋山人之題露筋
祠也。"(《聯語摭餘》，頁二)

【簡注】

(1)"駟玉虬以乘鷖，朝發蒼梧，夕至縣圃"句：語出《離騷》。
原句爲："駟玉虬以乘鷖兮，溘埃風余上征。朝發軔於蒼梧兮，夕
余至乎縣圃。"駟：古同"四"，古代指同駕一輛車的四匹馬，或是
套着四匹馬的車。玉虬：指傳說中的虬龍，或是飾有玉勒的馬。

鷺：一種鳥，鷗的別名。蒼梧：古郡名。爲楚國所置，治所在郴（今湖南省郴州市）。蒼梧郡地域大致在長沙郡南、桂林郡北的廣大地區。《史記・五帝本紀》載：“（舜）南巡狩，崩於蒼梧之野，葬於江南九嶷，是爲零陵。”縣圃：“縣”通“懸”。縣圃，傳説中爲神仙居處，地居崑崙山頂，亦泛指仙境。如《淮南子》曰：“崑崙縣圃，維絶，乃通天。言己朝發帝舜之居，夕至縣圃之上，受道聖王，而登神明之山。”

（2）“登白蘋兮騁望”句：語出《九歌・湘夫人》。原句爲：“登白蘋兮騁望，與佳期兮夕張。”白蘋：一種多年生水中浮草，五月開白花。最早出現於屈原的《九歌・湘夫人》中，爲念遠懷人之意。南朝柳暉《江南曲》詩：“汀洲采白蘋，日暖江南春。洞庭有歸客，瀟湘逢故人。”李白《淥水曲》：“淥水明秋日，南湖采白蘋。”騁望：放眼遠望。

（3）“沅湘無波，江水安流”句：語出《楚辭・九歌・湘君》。原句爲：“令沅湘兮無波，使江水兮安流。”沅湘：沅水和湘水之并稱。戰國時期，屈原遭放逐以後，曾長期流浪於沅湘間。《楚辭・離騷》：“濟沅湘以南征兮，就重華而陳詞。”

題寧鄉縣五都土橋廟聯

能禦大災，能捍大患，則祀之；
十目所視，十手所指，其嚴乎。

【説明】

此聯録自《聯語摭餘》，頁二。清同治十一年（1872），時年三十三歲的廖樹蘅從嶽麓書院返回家鄉衡田之後，授徒課子，吟詩作賦。其爲寧鄉縣五都土橋廟題聯，或在是年。廖樹蘅自注云：

"楹聯用成語落句,不拘平仄。吾縣五都土橋廟有五通神,《搜神記》云係兄弟五人,鄉人祀之甚虔,謂其能禦災害也。余曾集《經》語爲聯,張之祠壁云:'能禦……嚴乎。'①"

又按:"五通神不列祀典,康熙時,湯文正斌上方山毀廟一事,與西門豹沈巫事略同,林神社鬼乘生人之氣以降殃祥,理或有之。黃冠草服,操豚蹄以祈禳,可也。過於崇信,如俗吳之靡,不可也。蓋鬼神祠祀之成毀,亦視其所崇所降爲何如,子曰'敬鬼而遠之',真能窺見天人之微乎?"(《聯語摭餘》,頁二至三)

清順治十二年(1655),寧鄉全縣劃分爲十都。五都爲湯泉。清乾隆二十年(1755),又對十都依次改名,五都爲石潭。聯中之土橋廟位於石潭,即今寧鄉市東湖塘鎮西冲山。據清《同治寧鄉縣志》記載:"土橋廟:在縣南五十里,廖冲、成冲、張冲、秦冲、東湖五冲山主鄉社也。廟肇於唐,明季獻賊經過,鄉關廟宇多被兵毀,此廟獨全。順治初,五冲釀金置產,并擴其廟而新之,旁建吉祥庵,佃僧奉祀立户,名五顯祠。乾隆五年,李義芳盜買後山,杜令珣斷還山主,給有印照,監生王愨纂廟志,詳載其事。嘉慶十年,更佃致訟,謝令攀雲訊明存案,後五冲續置田產及各姓捐田俱立碑在廟。至今佃僧耕,皆五冲山主進退之。咸豐七年,飛蝗遍野,獨五冲不入。"(《同治寧鄉縣志》卷之八,頁十五)

自唐宋以來,土橋廟奉祀不斷。廟內供奉五位尊神,據稱庇佑方境,神顯靈驗,故稱"五顯祠",又名"五侯祠"。"五侯"指南北朝時期陳代黃門侍郎顧希馮之五子——顧盛南、顧鴻南、顧周南、顧夏南、顧允南。顧氏祖籍江蘇吳縣,顧氏五兄弟皆陳朝顯宦,盛南、鴻南、允南在世時已封侯,周南、夏南到 600 年後南宋建炎年間被追封爲侯。顧氏五兄弟都是當朝忠君愛國的將領,

---

① 此處所引聯語與正文楹聯有所重複,故略去中間部分。下文同此處理。

濟世安民的好官,舍生忘死的義士。南宋時期,宋高宗偏安臨安一隅,長江以北金兵大軍壓境,高宗感嘆國破山河碎,希望國民忠君報國,故下令號召江南各地興建五侯祠,供奉"五顧"。民間早已敬奉五侯爲神,每年九月二十八日爲神誕日,後又加封顧氏五侯爲顯聰、顯明、顯正、顯直、顯德神,故五侯又稱"五顯"。

對於土橋廟的有關歷史淵源,晚清時出任過湖南錫礦山礦務局總辦、省咨議局議員的舉人王章永,曾編纂《寧鄉土橋五侯祠續志》五卷,民國十二年(1923)刻本。

2017年12月,寧鄉文史調研人員對土橋廟的前世今生作了專題考察,并撰文云:"過去土橋廟氣勢雄偉壯觀,有正殿、偏殿、戲樓、雜屋,廟內敬奉五位顧氏兄弟金像,還有關公大金像、十八羅漢金像和觀世音菩薩,門前有四大天將把守,有田、山、水等廟產。由於西冲山是古驛道交匯處,南來北往的客人多,商鋪、客棧集中在道路兩側,那時各種南北貨、日雜、小吃店,鼻山的焚香錢紙、鹿角窯陶器、楊林橋雨傘、黃材鐵鍋等匯集於此。二十世紀五十年代以後,五侯祠停止一切宗教活動。1958年廟堂被當地糧食部門作倉庫用房,建築物最終毀於二十世紀七十年代。1990年,當地熱心人士籌劃重建五侯祠。1994年,在土橋廟西邊重新選址規劃,重塑五侯像身及關公、觀音菩薩神像供奉神祠內,即今看到的新五侯祠。後來,鄉人又在原址重建五侯祠。"

【簡注】

(1)"能禦大災,能捍大患,則祀之"句:語出左丘明。指能够爲國抵抗大災難的,能够抵禦大禍患的,就祭祀他。捍:保衛、抵禦。

(2)"十目所視,十手所指,其嚴乎"句:語出曾子。西漢戴聖《禮記·大學》云:"所謂誠其意者,毋自欺也。如惡惡臭,如好好色,此之謂自謙。故君子必慎其獨也。小人閑居爲不善,無所不至，見君子而後厭然，掩其不善，而著其善。人之視己，如見其肺肝然，則何益矣。此謂誠於中，形於外。故君子必慎其獨也。曾子曰：'十目所視，十手所指，其嚴乎！'富潤屋，德潤身，心廣體胖。故君子必誠其意。"指十隻眼睛看着，十隻手指着，這難道不令人畏懼嗎？

題寧鄉縣治城駱公祠旁詩社聯

拓地數弓，連楹有丞相祠堂，一般隔葉黃鸝，映階碧草；
談天半日，相與論鄉關煙景，最好樓臺曉色，飛鳳朝陽。

【説明】

此聯錄自《聯語摭餘》，頁三。廖樹蘅自撰按語云："寧鄉治城東門外祠廟林立。咸豐六年五月，飛蝗過境，不爲災，縣人於玉潭之上立劉猛將軍廟報享之，以史稱猛善治蝗也。廟後有隙地數十弓，中稍窪，縣人盧泳清邵棠自甘肅解組歸，就其地鑿池瀦水，築屋數間，環池植桃、梅、蕉、竹、梧、柳，水種芙蕖，以爲同社會集之所。左有駱文忠祠，文忠撫湘時，湖南有漕，州縣三十四，寧其一焉。取不以制，閭里重困，疏請酌減，民德之，祠焉。及治蜀，人稱爲武侯後一人。此處祠廟既合爲一，規制尤闊，邵棠屬題池上。"又按："樓臺山有陶氏祖墓，古楓千百株，霜天如珊瑚海。去治所六里，飛鳳在學宮上。兩山爲寧鄉十景之二。"

《珠泉草廬師友錄》卷十在盧泳清《西問書札》後附有按語云："先生歷官甘肅禮縣，光緒六、七年奉諱家居。"（《珠泉草廬師友錄》冊三卷十，頁三三）故可推知，盧泳清於寧鄉治城駱公祠旁闢詩社，或爲清光緒六年（1880）。從時間上推算，此聯亦或作於是年。

2002 年 6 月 10 日,《長沙晚報》文藝副刊發表了胡静怡先生對廖樹蘅此聯的品讀文章,題爲《鄉關煙景紀人文》。其文曰:"寧鄉古邑,自三國吳置新陽縣始,已有近兩千年歷史,縣内人文薈萃,勝景頗多。縣治東北隅有飛鳳山,東南隅有樓臺寨,均爲'寧鄉十景'之一。城内舊有駱公祠,原爲清代祭祀湖南巡撫駱秉章處。駱後調任四川總督,頗有政聲,川人謂之爲'諸葛亮之後第一人'。清末時邑人盧邵棠邀集同道,於舊駱公祠旁闢詩社,駱公祠頓時成爲寧鄉名士雅集之地。邑内名宿珠泉老人廖蓀畦撰聯賀曰:'拓地數弓,連楹有丞相祠堂,一般隔葉黄鸝,映階碧草;談天半日,相與論鄉關煙景,最好樓臺曉色,飛鳳朝陽。'聯文極言縣邑人文之盛、景物之幽,酣暢淋漓,寄意高遠,詩社初成,聯文已具,足爲鄉關增色幾分。"

胡静怡《三湘聯壇點將録·(二一)廖樹蘅》:"上聯化用杜甫《蜀相》'映階碧草自春色,隔葉黄鸝空好音'句意烘托詩社小環境之幽雅,以寓'人傑';下聯以鄉關煙景描繪詩社大環境之優美,以寓'地靈',脈絡分明,行雲流水,小筆墨中窺見大襟懷。"(《三湘聯壇點將録》,頁九五)

廖樹蘅此聯先後被收入多種楹聯集中,如奉騰蛟所著《對聯寫作規則》及《長沙名勝楹聯選》《寧鄉文史第八輯·潙寧耆舊聯選》,徐拂榮、夏時編撰的《寧鄉歷史文化叢書》卷七《詩文薈萃》,全泰源主編的《花都文史第 32 輯·花都歷代楹聯與碑刻》,田奇暉、蔣建華主編的《走近壩塘》等,其題爲《題盧邵棠新建詩社》。

盧泳清,字邵棠。清湖南省寧鄉縣人。早年投身戎務,後歷官甘肅靈臺、禮縣知縣,丹噶爾同知。盧泳清與廖樹蘅、廖基植、廖基械父子交善。清光緒六年(1880)、七年(1881),盧泳清奉諱家居期間,與廖氏父子常有詩酒唱酬。《珠泉草廬師友録》卷四收録盧泳清致廖樹蘅詩兩題。其一,《留別廖君蓀畦》:"兩載歸來茅屋底,款段荒山迷尺咫。匝地塵埃苦污人,一笑開門見吾子。自憐老懶良可咍，嗔人踏破荒蒼苔。久矣我門無此客，誰知吾國有顔回。獨居深念一室静，忽乘雪月山陰興。今雨來時久更親，虚榻常懸我所敬。春到山溪分外清，夢中遥聽讀書聲。名山風月嗟無分，惆悵兹行愧友生。"其二，《寒塘晚眺簡蓀畡》："雨絶寒塘減漲痕，不勝鵝鴨惱黄昏。人隨流水得山彴，鳥帶斜煙過别村。此境定勞他日夢，新詩聊共故人論。春風華髮難爲别，合有離亭酒一尊。"（《珠泉草廬師友録》册一卷四，頁六二）

廖樹蘅次子廖基棫所著《瞻麓堂詩鈔》收録了與盧泳清相關的兩首詩。其一，《盧邵棠司馬自甘肅歸，獲讀其〈西問詩草〉，付書三絶句於後》："頻年躍馬崤關路，今日方尋退隱廬。白社蕭閑了無事，銀燈深幌夜治書。""清絶當年作吏身，衹餘琴鶴不知貧。訟庭花落春如海，閉閣焚香養穀神。""江山如此足吟哦，脱手詩篇萬口歌。知道旗亭小兒女，定翻翠袖唱黄河。"（《瞻麓堂詩鈔》卷一，頁五至六）其二，《寒塘晚眺，次盧邵棠司馬韻，時司馬將補官甘肅，即以贈别》："漠漠遥山眉黛痕，蒼茫煙水帶霾昏。溪流遠接山陂雨，雲氣低涵郭外村。詩思每從閑處得，離懷應向故交論。知公琴鶴西行處，舊有棠陰接落門。"（《瞻麓堂詩鈔》卷二，頁八）

約在光緒十二年（1886），盧泳清於丹噶爾同知任上辭世。光緒十六年（1890），廖樹蘅作悼亡詩念懷盧泳清，詩云："玉潭池館依然在，頭白歸來竟罕緣。君營池館於治城之東，有'頭白早歸來，還就池邊宿'之句。握手金城添酒債，縻官青海送餘年。歸艎素旐三湘遠，詩句弓衣萬口傳。聞道陳荄將被隴，生芻猶隔墓門煙。"（《珠泉草廬詩鈔》烝陽本卷三）

盧泳清遺詩，經廖樹蘅、廖基棫父子删定整理後，匯編成三卷本的《西問詩草》，於光緒三十四年（1908）由廖樹蘅出資刊刻成書。廖基棫代父撰《西問詩草序》云："盧君邵常，吾鄉以詩鳴者也。君嘗以知縣官甘肅有年，光緒庚辰遭父憂歸里，相見於治城，得讀其所爲《西問詩草》，以爲世之專一學大蘇者，未易有也。歲壬午，君仍補官甘肅，作詩別余，意甚惓惓。明年，余亦度隴，遇君皋蘭客舍，君喜甚，示以近作，則不免有衰颯之態。余自西塞歸，道過蘭州，君已官丹噶爾同知，不復相見。又數年，其子以君詩來乞余論定，蓋去君之殁已三年矣。悲夫！余以人事牽迫，藏之行篋幾二十年，今歲家居稍暇，乃編輯爲三卷，命兒子基械爲之校刊，以永其傳。蓋君詩自其少時喜爲矯激豪蕩之作，既讀杜韓諸家，始知所宗尚。後隨縣人劉果敏公轉戰浙江，於書肆中得殘缺蘇詩一部，讀而好之，垂二十年，悉變其旨，故其詩風格清舉，寓精湛於博大，而其幽回之思、冲静之致，有如崖泉谷篠，濁緊無纖毫可入，信乎深於蘇詩者也。然君特窮甚，居自十餘年，有政績而上官未嘗嘉賞，詩雖工而當時罕能道之者，是以至於老且死未有所聞，豈非窮之至極者耶？吾鄉當嘉、道間專習爲蘇詩者有陶季壽，其詩能拔出流俗，有聲於時，然氣清而鮮實，終不及君詩之深而有本。自隆君無譽出，詩學始稍稍振興，然亦以不永年未竟所學。今君化去已久，而是編幾莫能傳。吾鄉詩學若有以厄之者，而孰知其有終不可厄者在。然則君曷嘗終窮耶？余於君之喪也，嘗作詩以哀之，然猶未盡抒吾志，故今復序其遺詩，庶足以發吾之哀也夫！"（《瞻麓堂文鈔》卷一，頁十至十一）

【簡注】

（1）弓：舊時丈量地畝用的器具和計算單位。

（2）丞相祠堂：原指成都諸葛亮的武侯祠，此處指駱公祠。廖樹蘅以丞相指代駱秉章，以表達一種敬意。駱秉章（1793—1866），原名俊，以字行，改字籥門，號儒齋。清廣東省花縣人。道光壬辰（1832）進士，授翰林院編修。曾官江南道、四川道監察御史，湖北、雲南藩司。道光三十年（1850），任湖南巡撫。咸豐二年（1852），太平軍入湖南，駱秉章以防守不力，被革職留任。

後以守長沙有功而復職，并爲清廷所倚重，旋署湖北巡撫。咸豐三年（1853），實授湖南巡撫。咸豐十年（1860），奉命督辦四川軍務，率軍入川。咸豐十一年（1861）任四川總督。同治元年（1862），駱秉章派重兵防守大渡河，圍石達開於安順場，將其俘虜後，解至成都凌遲處死。同治六年（1867），駱秉章病逝，清政府贈太子太傅，入祀賢良祠，謚號“文忠”。與曾國藩、左宗棠、李鴻章、胡林翼、彭玉麟、曾國荃、沈葆楨并稱“晚清八大名臣”。著有《駱文忠公奏稿》《駱秉章自撰年譜》。

（3）隔葉黃鸝，映階碧草：原出自唐代杜甫《蜀相》詩。原句爲“映階碧草自春色，隔葉黃鸝空好音”。其意爲：碧草照映臺階自當顯露春色，樹上的黃鸝隔枝空對，婉轉鳴唱。

（4）鄉關：故鄉。《陳書·徐陵傳》：“蕭軒靡御，王舫誰持？瞻望鄉關，何心天地？”唐代崔顥《黃鶴樓》詩：“日暮鄉關何處是，煙波江上使人愁。”

（5）樓臺：山名，在寧鄉縣城東門外。縣城東門原稱迎薰門，出迎薰門不遠，有樓臺山，山上有窯頭寨，寨上有樓臺遺迹。相傳樓臺爲明代所建，故此山名爲樓臺山。廖樹蘅自注云：“樓臺山有陶氏祖墓，古楓千百株，霜天如珊瑚海。”“樓臺晚色”原爲寧鄉十景之一，當年山上層林疊翠，朝霞照山，青紫影映，曉色宜人。詩人劉端詩曰：“山勢聳樓臺，清曙色常好。東方日瞳昽，簾箔尚青杳。仿佛驪山宫，依稀蓬萊島。有酒當躋攀，何須問長老。”

（6）飛鳳：山名，在寧鄉縣城化龍溪北。山如鳳凰兩翼伸展，似飛鳳朝陽。飛鳳山下當年建有學宫，宫前有奎星閣，宫後有藏書樓，學宫中有講經堂和文廟，廟前有荷池。相傳化龍溪旁龍鳳交配，地盡飛去，故建文廟、奎星樓鎮之。廖蘅衡自注云：“去治所六里，飛鳳在學宫上。”“飛鳳朝陽”亦爲舊時寧鄉十景之一。清代詩人陳清有詩贊頌此景：“紅日生滄海，丹山起鳳凰。青山補佩雍,桐竹滿高崗。"1966年破"四舊"後,飛鳳山上的古迹全部被毀,後來寧鄉縣委在此修建招待所。

題益陽縣館聯

清可濯纓,歌傳孺子;
廳容旋馬,業紹肥鄉。

【説明】

此聯録自《聯語摭餘》,頁四。作於清光緒七年(1881)秋間。廖樹蘅自撰按語云:"益陽瀕資,稱壯縣,去寧鄉百里而弱。光緒己卯,樂山唐步瀛知縣事,招課其二子兼校課卷。辛巳秋,巡撫李巡閲過境,縣令例支供,集幕客擬館聯,求雅切。客所擬有'氣壯山河'字樣。大令笑曰:'此關壯繆廟中語也。'時巡撫車駕已抵寧鄉,逾日至滄水鋪,歸益陽辦治。館人拂箋濡管以待,亟來就余,口授云:'清可……肥鄉。'"

光緒五年(1879)三月,廖樹蘅受唐步瀛之招,啓程赴益陽縣署。廖樹蘅《自訂年譜》:"光緒五年己卯,四十歲。是歲,唐公步瀛官益陽知縣,具書招司教讀,兼閲課卷。三月赴館。"(徐一士《一士類稿》,頁一八七)

是年五月,陳三立復書廖樹蘅,其中説道:"敝鄉李雨翁,以明洋務起家,號爲幹練,其苾節湖湘,或總署以上年有洋人交涉之故耶?然此君當必能以綜核之術,一變混沌之風也。"(《珠泉草廬師友録》冊二卷七,頁三五至三六)此書中之"李雨翁",即李明墀,其調署湖南巡撫在光緒五年四月三十日(1879年6月19日)。而此聯作於辛巳秋,即光緒七年(1881)秋天。

滄水鋪:鎮名。位於湖南省益陽市東南部,與寧鄉接壤。古爲"滄水驛",是一座千年古鎮,又稱"撞水鋪"。廖樹蘅《滄水鋪道中》詩:"林陰清潤筍輿輕,溪路新晴薺菜生。瞥眼山桃增觸撥,故園明月是清明。"(《珠泉草廬詩鈔》烝陽本卷二)

【簡注】

(1)唐步瀛(1836—1914):字蓬洲。清四川省樂山縣人。咸豐己未科(1859)舉人,以即用知縣分發湖南,歷任寧鄉、益陽、瀏陽等地知縣,政聲卓著。後任衡州、常德知府,升岳常澧道、衡永郴桂兵備道,最後任湖南勸業道,以年老致仕。唐步瀛與廖樹蘅爲四十年老友。

(2)巡撫李:指時任湖南巡撫的李明墀。

(3)濯纓:語出屈原《漁父》。原文云:"滄浪之水清兮,可以濯吾纓;滄浪之水濁兮,可以濯吾足。"其意指"洗濯冠纓",比喻超脱世俗,操守高潔。其意亦與本聯中之"滄水鋪"地名暗合。又,南宋詩人劉辰翁《法駕導引》詞中有句云:"盤之水,盤之水,清可濯吾纓。"

(4)歌傳孺子:歌,指孺子歌,是春秋戰國時代流傳在漢水以北地區的一首民歌。《孟子·離婁》中说,孔子曾聽到有小孩子唱這首歌。孺子:指幼兒、兒童。

(5)廳容旋馬:意爲住宅或某地方只容得下一匹馬周轉,即指面積狹小。《宋史·李沆傳》云:"治第封丘門内,廳事前僅容旋馬。"

(6)業紹肥鄉:此處指湖南巡撫李明墀繼承名相李沆的事業。肥鄉,指宋人李沆。聯中此句是用李家典來迎接李家人,可謂獨具風味,正中下懷。李沆(947—1004),字太初,洺州肥鄉(今河北省邯鄲市)人。北宋時期名相、詩人。據《宋史·李沆傳》:"沆性直諒,内行修謹……治第封丘門内,廳事前僅容旋馬。"紹:繼承之意。

題茶尖聯一

紺字凌霞仙芋熟；
定瓷吹雪武夷香。

【説明】

此聯録自《聯語摭餘》，頁四。亦作於清光緒七年（1881）秋間。即廖樹蘅爲益陽縣迎接巡撫李明墀而設的茶尖所撰聯。

【簡注】

（1）茶尖：指工間或旅途中小憩并略進茶水之所。

（2）紺字凌霞：紅青的茶水中散發出來的香氣飄得很遠，似乎要飄到天空中去了。紺：紅青，微帶紅的黑色。凌：升騰。

（3）芋：多年生草本植物，作一年生栽植，遍植於長江以南廣大地區。俗稱"芋奶""芋芀""芋頭"，地下有肉質的球莖，含澱粉很多，可食用，亦可藥用。

（4）定瓷：指宋代定窯所燒製的瓷器。元代以後所仿燒者稱爲"定瓷"。清代陳維崧《歸朝歡・壽馬殿聞太史五十》詞云："水榭潭香生一縷，閑課雛童煎日鑄。定瓷翠滑，最憐渠，《南華》且了朝來注。"

（5）武夷香：茶名，福建武夷山地區出産的一種紅茶。

題茶尖聯二

平泉細品中泠水；
牛渚平瞻太白樓。

【説明】

　　此聯録自《聯語摭餘》,頁四。作於清光緒七年(1881)秋間,亦爲茶尖而撰。

【簡注】

　　(1) 平泉:指平泉莊。唐代詩人白居易《醉游平泉》詩:"洛客最閑唯有我,一年四度到平泉。"宋代詞人辛棄疾《歸朝歡·丁卯歲寄題眉山李參政石林》詞云:"瑯玕無數碧。風流不數平泉物。"

　　(2) 細品:細細地品味,認真仔細研究。品:辨別好壞;品評。

　　(3) 中泠水:亦作"中濡水",簡稱"中泠",亦稱"南零"。泉名。《名勝志》曰:"中泠亦曰南零。"據張又新所著《煎茶水記》介紹,劉伯芻將適宜烹茶之水分爲七等,揚子江的中泠泉水爲第一,故"中泠泉"被稱爲"天下第一泉"。

　　(4) 牛渚:位於安徽省馬鞍山市。又稱"采石磯",爲翠螺山延伸而瀕臨長江的突兀的峭壁。《元和郡縣志》載:"牛渚山,在縣北三十五里。山突出江中,謂牛渚圻,津渡處也。"采石磯人文歷史深厚,其記載可追溯到大禹時期。采石磯古爲軍事要塞,地勢險峻,是扼守金陵之咽喉要地。東漢末年,孫策在此大破劉繇的牛渚營,奠定了東吳的立國之基。南宋虞允文於此大敗金兵,一時傳爲美談。元末朱元璋、常遇春三打采石磯,更爲此地蒙上了神奇色彩。當年李白遭貶來到此地,流連賞玩詠唱,寫下了《望天門山》《牛渚磯》《夜泊牛渚懷古》等詩篇。那"絶壁臨巨川,連峰勢相向。亂石流洑間,回波自成浪"的詩句,令人吟唱不已。采石磯和岳陽的城陵磯、南京的燕子磯,并稱"長江三磯"。

　　(5) 平瞻:猶平視。

　　(6) 太白樓:又名"謫仙樓",是後人爲悼念詩人李白而建。位於采石磯上,爲當地名勝之一。

題署廨頭門聯

帝重黄圖，特遣畺臣持節鉞；
人瞻紫氣，喜隨關尹拜旌麾。

【説明】

此聯録自《聯語摭餘》，頁四。作於清光緒七年（1881）秋間。
廖樹蘅自注云："時行臺即設署廨。"本聯爲署廨頭門而撰。又，
《聯語摭餘》中原爲"特節鉞"，有誤，當爲"持節鉞"，現改正。

【簡注】

（1）"帝重黄圖，特遣畺臣持節鉞"句：指歷代帝王非常重視
國家疆域，特派遣封疆大吏駐守於斯。黄圖：此處借指中國。唐
代王勃《九成宮頌》："曠望環周，未出黄圖之域。"唐代楊炯《和輔
先入昊天觀》詩："碧落三乾外，黄圖四海中。"畺臣：畺，古同
"疆"。指負鎮守一方重責的高級地方官。節鉞：即符節與斧鉞。
古代授予官員或將帥，作爲加重權力的標志。語出《孔叢子·問
軍禮》："天子當階南面，命授之節鉞，大將受，天子乃東面西向而
揖之，示弗御也。"

（2）"人瞻紫氣，喜隨關尹拜旌麾"句：尹喜，字公文，亦字公
度。春秋戰國時甘肅天水人。後得道成仙，號文始先生，證位爲
無上真人、玉清上相，爲天府四相之一。據説有一天，他"瞻見東
方，有紫氣西邁，天文顯瑞，知有聖人當度關而西"。因尹喜常讀
天文讖書，知道此紫氣乃吉祥之氣，認爲必有聖人由東而西行，
他據此演算推斷出聖人西行經過之路，於是請求周王任命他爲
由東往西而行必經之函谷關守令。獲准到任後，尹喜恭敬齋戒，

率屬下掃道四十里以候。紫氣：紫色的霞氣，古人以爲瑞祥之
兆。旌麾：帥旗，指揮軍隊的旗幟。因益陽位於寧鄉之西北向，
廖樹蘅借用尹喜被封函谷關守令之典，可謂貼切之至。

題署廨三堂聯

行部憩甘棠，駐節正當諸葛井；
詰戎屯細柳，籌邊還上贊皇樓。

【説明】

此聯録自《聯語摭餘》，頁四。作於清光緒七年（1881）秋間。
廖樹蘅自注曰："三堂云：'行部……皇樓。'《三國疆域志》：'吴蜀
分土，指資爲限，諸葛井、關侯瀨，皆近縣地名。'此外，尚有十數
聯集《焦氏易林》及漢碑字了之，不復記憶矣。巡撫賞其雅切。
過後大令來謝，謂：'此番非公速藻，幾誤乃公。'答曰：'此種應
酬，如南齋翰林應制之作，專工諛美，何足奇？不料既爲食客解
嘲，復爲大官括目也。崑山顧氏有云：凡以文字諛人，即犯聖人
巧言之戒。吾安所免哉？'相與大笑。"

資：指資江，湖南四大名江之一。位於湖南省中部，西南以
雪峰山脈和沅水交界，東隔衡山山脈與湘水毗鄰，南以五嶺山脈
和廣西桂水流域相接。流域形狀南北長而東西窄，地勢西南高
而東北低。

關侯瀨：又稱"關瀨"。位於益陽市青龍洲、蘿蔔洲上游附
近，是千里資江匯入洞庭湖的最後一道關險。關瀨河面較爲開
闊，沙洲鱗次櫛比，卵石滿布，水流滔滔，如萬馬奔騰，向有驚湍
之説。瀨北有關王廟，爲明萬曆十二年（1584）所建。相傳東漢
建安十二年（207），蜀將關羽和東吴魯肅、甘寧相拒於此。

大令：指唐步瀛。

【簡注】

（1）行部憩甘棠：行部，指巡行所屬部域，考核政績。《漢書·朱博傳》："吏民欲言二千石墨綬長吏者，使者行部還，詣治所。"《資治通鑑·後梁均王貞明三年》："五月，徐溫行部至升州，愛其繁富。"憩：休息。《詩經·召南》云："蔽芾甘棠，勿翦勿敗，召伯所憩。"甘棠：《史記·燕召公世家》："周武王之滅紂，封召公於北燕……召公巡行鄉邑，有棠樹，決獄政事其下，自侯伯至庶人各得其所，無失職者。召公卒，而民人思召公之政，懷棠樹不敢伐，歌詠之，作《甘棠》之詩。"後諸以"甘棠"稱頌循吏的美政和遺愛。甘棠，既可實指，即甘棠樹；也可虛指，視爲象徵之物，即循吏之美政和遺愛。

（2）駐節：舊指身居要職的官員於外執行使命，在當地住下。節，符節。

（3）諸葛井：相傳東漢建安年間，諸葛亮正率師駐防益陽，發現城中百姓飲水困難，便親自查找水源，掘井供人們飲用。益陽百姓念其德，稱之爲"諸葛井"。"深數丈，磚壁內圓，上弇下侈，石甕其口，水之盈縮視資水爲增減，水亦清冽。"益陽古城的諸葛井傳説有兩處，一處在城內東興賢街，另一處在城內魏家巷劉氏宗祠內。據考證，魏家巷一處尚可查到遺迹。

（4）細柳：指細柳營，漢將周亞夫當年將部隊駐扎於細柳之地。王維《觀獵》詩："忽過新豐市，還歸細柳營。"後來人們習慣把細柳説成屯兵之處。又，本聯中"甘棠"對"細柳"，是古人較多用的兩個典，並非地名。如宋代曾鞏《送高秘丞》詩："指麾細柳通河外，歌詠甘棠付漢濱。"宋代文天祥《寶應道中》詩："甘棠成傳舍，細柳作康衢。"

（5）籌邊：籌劃邊境事務。宋代劉過《八聲甘州·送湖北招

撫吳獵》詞：“共記玉堂對策，欲先明大義，次第籌邊。”清代侯方
域《南省試策四》：“請更以籌邊進，從來籌邊者三策：曰和，曰守，
曰戰。”

（6）贊皇樓：樓名，位於河北省贊皇縣贊皇山上。唐代李德
裕《秋日登郡樓望贊皇山感而成詠》：“昔人懷井邑，爲有挂冠期。
顧我飄蓬者，長隨泛梗移。越吟因病感，潘鬢入愁悲。北指邯鄲
道，應無歸去期。”

題甘州提督署一園橋亭聯

胭脂在北，祁連在南，四郡襟喉歸攬結；
旅宿非舟，陸居非屋，三山樓閣浸虛無。

【説明】

此聯録自《聯語摭餘》，頁五。作於清光緒九年（1883）冬間。
廖樹蘅自注云：“甘州，漢之張掖，爲河西四郡之一，晉稱北涼，爲
沮渠蒙遜所據，古之居延塞也。祁連、胭脂南北蜿蜒千里，中空
不過百餘里，五涼之縮轂也。地饒水草，黑水支流穿城入，潴爲
湖蕩，遍生菰蘆，涼氣襲人。若無風沙時起，風景不減江湖。提
標占地寬，乾隆時提督法靈阿圈餘地爲園，園中有湖，周圍約三
十畝。近夏，綠波沄沄，秋深即凍，來年冰泮，始可勝船。沿湖亭
館十數，道光時果勇侯楊芳官此，署曰‘一園’。光緒三年，吾縣
人周達武來縋提篆，招余叙其蜀黔軍事。以九年七月二十五日，
由家別母起程，十一月二十七日抵張掖，至即下榻園中之肖虹
亭。園土粘膠作坯，堅如石，先是主人用坯甃橋，池心周可二十
丈，出水高三丈，下爲三甓，便艇子穿過。橋上作屋五間，中爲廣
亭，直欄橫檻，舸棱四映，亭上可望城外，天山晴雪，光搖銀海，真

奇觀也。主人導游各處，所至請書聯匾。其橋亭一首云：'胭脂……虛無。'"

又，廖樹蘅另注曰："自計癸未十一月二十七日抵甘州，甲申八月初五起程回湘，在一園二百五十日，紀其蹤迹，以志因緣。越十年，而信翁薨於位，迄今又二十五年矣。尺波電謝，思之惘然，園中景物，聞已蕩然，世事寧有極哉？"（《聯語撾餘》，頁八）

吳恭亨《對聯話·題署三》："蒸畯壯年嘗從軍甘涼，爲提督周達武入幕之賓。軍府建牙張掖，漢河西四郡之一，古之居延塞也。提署有曰一園者，楊果勇昔所命名，內有肖虹亭，蒸畯撰聯云：'胭脂在北，祁連在南，四郡襟喉歸攬結；旅宿非舟，陸居非屋，三山樓閣浸虛無。'"（《對聯話》卷三，頁九一）

瞿兌之《西北之古園林》中亦談道："蘭州以外甘州亦有西北勝地，甘州即漢張掖郡也。寧鄉廖樹蘅所撰《聯語撾餘》云：'地饒水草，黑水支流穿城入，瀦爲湖蕩，遍生菰蘆，涼氣襲人。若無風沙時起，風景不減江湖。提標占地甚寬。乾隆時提督法靈阿圈餘地爲園，園中有湖，周圍約三十畝。近夏，綠波沄沄，秋深即凍，來年冰泮，始可勝船。沿湖亭館十數。道光時，果勇侯楊芳官此，署曰一園。光緒初年，寧鄉周達武署提督，招余至，即下榻園中之肖虹亭。園土粘膠作坯，堅如石。先是主人用坯甃橋池心，周可二十丈，出水高三丈，下爲三甕，便艇子穿過。橋上作屋五間，中爲廣亭，直欄橫檻，舮棱四映，亭上可望城外天山晴雪，真奇觀也。主人導游各處，所至請書聯匾。其橋亭一首云：胭脂在北，祁連在南，四郡襟喉歸攬結；旅宿非舟，陸居非屋，三山樓閣浸虛無。'"

胡静怡《三湘聯壇點將錄·（二一）廖樹蘅》："周達武提督府建於張掖，府署有一園，園中有一亭曰蕭虹亭，廖樹蘅曾題聯其上曰：胭脂在北，祁連在南，四郡襟喉歸攬結；旅宿非舟，陸居非屋，三山樓閣浸虛無。……上聯寫大環境，即塞外形勢之嚴峻，歸結於戰略要衝張掖之險要；下聯寫小環境，即園亭樓閣之風光，彰顯園亭主人於軍旅餘暇之閑適。一迫一緩，一張一弛，兩種情致和諧統一於同一聯中，實非大手筆莫辦也。撰聯之道，貼切爲要。所謂入鄉隨俗，到哪座山頭唱哪支歌，不可一味地慷慨激昂，銅琶鐵板，也不可一味地紅牙檀板，曉風殘月。該激越時須激越，該輕靈處便輕靈，該典雅時不可俗，該通俗時不必雅。一切視所題對象而定之，方顯大家手筆。余景慕廖氏之才，蓋緣於此。"(《三湘聯壇點將錄》，頁九三至九四)

易仲威《湖湘名聯集粹·品聯囈語(二八)廖蓀畡》曰："《題甘州一園肖虹亭聯》，上聯寫塞外形勢，推得開；下聯寫樓閣風光，如在虛無縹緲中。"(《湖湘名聯集粹》，頁八一)

此聯作爲近代名聯，被收入多種聯集及楹聯專網中，如《對聯話》《寧鄉文史第八輯·溈寧耆舊聯選》《甘肅對聯大全》《河西長城楹聯選》《張掖對聯》《寧鄉歷史文化叢書卷七·詩文薈萃》《走近壩塘》及"名勝古迹對聯""中華名勝對聯""名勝聯集""古詩詞網""中國對聯網""中華詩詞網"等，其題爲《題蕭虹亭》。

【簡注】

(1) 胭脂：山名。亦名焉支山、燕支山、刪丹山，又稱大黄山，自古爲西北名山。焉支山産燕支草，其花可作染紅顏料。當年匈奴失此山，乃作歌云："失我燕支山，使我婦女無顏色。"

(2) 祁連：山名。位居河西走廊之要衝，爲中華名山。"祁連"，匈奴語呼爲"天"，故祁連山即爲"天山"之意。

(3) 四郡：指酒泉郡、武威郡、張掖郡、敦煌郡，統稱"河西四郡"。西漢元狩二年(前 121)，漢武帝派霍去病進軍河西，這年秋天擊敗渾邪王，把匈奴殘部追逐到玉門關外，西漢王朝隨即把中原幾十萬人遷到河西酒泉等地居耕。爲了鞏固河西疆域，漢武帝於此設立酒泉郡(前 121)、武威郡(前 115)、張掖郡(前 111)、

敦煌郡(前 88)。加上敦煌以西的陽關和玉門關,史稱"列四郡,
據兩關"。

(4)襟喉:衣領和咽喉。比喻要害之地。南朝梁劉孝綽《三
日侍安成王曲水宴》詩:"躡跨兼流采,襟喉邇封甸。"清代褚人獲
《堅瓠二集・苜蓿烽》:"胡蘆河上狹下廣,洄波甚急,不可渡,上
置玉門關,即西域之襟喉也。"

(5)攬結:收取,聚集。李白《登廬山五老峰》詩:"九江秀色
可攬結,吾將此地巢雲松。"明代文徵明《賦得廬山送盧師陳》亦
曰:"秀色從來堪攬結,壯游還待發文章。"

(6)三山:神話傳說中的海上三神山。晉代王嘉《拾遺記・
高辛》:"三壺,則海中二山也。一曰方壺,則方丈也;二曰蓬壺,
則蓬萊也;三曰瀛壺,則瀛洲也。"

(7)虛無:即虛無之境,此處指天空。司馬相如《大人賦》云:
"乘虛亡(無)而上遐兮,超無有而獨存。"

題一園肖虹亭門聯(一)

碧樹搖蒼空,喜四面陰濃,雲氣暗遮樓閣;
名園依綠水,愛一奩波净,月明如坐瀟湘。

【説明】

此聯録自《聯語摭餘》,頁五至六。作於清光緒九年(1883)
冬間。廖樹蘅自注云:"(一園橋亭)迤北有沜,縱橫約三十丈,水
四面環之。沜上有屋數間,榆柳大皆數圍,間以文杏,濃蔭虧蔽。
門外菊畦,五月即花。門書'宛在中央'四字。聯云:'碧樹……
瀟湘。'沙地善滲,純廟駁虞集《京東水利議》,謂:'東南水性橫,
西北水性立,難停蓄。'考察至精,誠爲天甍。獨此地與京師城内

多海子,蓋以近都有西山、玉泉;張掖爲黑水之源,而天山晴雪又能灌潤也。"

沂:古同"畔",即岸邊。

純廟:清朝人對乾隆皇帝的稱呼。亦稱"純皇"。

虞集(1272—1348):字伯生,號道園,世稱邵庵先生。元代江西省崇仁縣人。謚號"文靖"。元朝學者、詩人,累官至奎章閣侍書學士、通奉大夫。虞集素負文名,與揭傒斯、柳貫、黃溍并稱"元儒四家";詩與揭傒斯、范梈、楊載齊名,并稱"元詩四大家"。曾領修《經世大典》,著有《道園學古錄》《道園遺稿》等。

【簡注】

(1) 碧樹摇蒼空:語出李白《效古二首》其一:"青山映輦道,碧樹摇蒼空。"指碧樹摇曳在青蒼的天空。

(2) 陰濃:即濃蔭之意。

(3) 名園依綠水:語出杜甫《陪鄭廣文游何將軍山林》詩:"名園依綠水,野竹上青霄。"指園子依傍綠水而設,風景秀麗。

(4) 匲:指雙開蓋的匣子。

(5) 瀟湘:湘江的別稱,此處泛指故園湖南。

題一園肖虹亭門聯(二)

樹摇蒼空,雲氣暗遮樓閣;
園依綠水,月明如坐瀟湘。

【説明】

此聯録自吳恭亨《對聯話·題署三》。其曰:"(蓀畡)又聯云:'樹摇……瀟湘。'"(《對聯話》卷三,頁九一)

《寧鄉文史第八輯・潙寧耆舊聯選》《寧鄉歷史文化叢書卷七・詩文薈萃》《走近壩塘》均收錄此聯，其題爲《題張掖一園》。

題一園蔬香亭聯

細雨土膏香，入箸新添庾郎韭；
長鑱白木柄，得閑來種故侯瓜。

【説明】

此聯録自《聯語摭餘》，頁六至七。作於清光緒十年（1884）春夏間。廖樹蘅自注云："園西曠地甚多，盡爲菜畦，提標故有湘勇一旗，名'毅武營'，按日更番灌園，緑旗例不供雜差，惟勇丁耐勞，挑河浚隍，并皆受役。近來營勇積習亦深，漸成驕悍，則以疍圻私將領，任其懈弛故也。勞則善心生，役亦何妨軍律哉？五涼高寒，未秋先蕭，菜茹尤難久留。主人嗛蔬，嗜南烹，常自湘取籽種來，芛甲既遲，瓜瓞非夏晚不實，往往甫登盤，西風一起，連根槁瘁，如讀山谷詩，恨得不償失。嫩如淩、菠、菘、韭，或闢地作壺形，深一二丈，由畦移植壺内，壺口覆以麥草，或作土炕，長數丈，用木横排，坑上敷沃土厚尺許。布種時，其灌溉坑口，蘊微火烘之，上仍支木作簏，糊以油素，令有日無風，如馬塍唐花，賴此得咬根，以資羊踏，然亦勞矣。旁有亭曰蔬香，作摺疊扇式，主人行菜於此，少憩焉。聯云：'細雨……侯瓜。'"

《西北之古園林》："又云：'園西曠地甚多，盡爲菜畦。提標故有湘勇一旗，名"毅武營"，按日更番灌園。五涼高寒，未秋先蕭，菜茹尤難久留。或闢地作壺形，深一二丈，由畦移植壺内，壺口覆以麥草，或作土炕，長數丈，用木横排，坑上敷沃土厚尺許。布種時，其灌溉坑口，蘊微火烘之，上仍支木作簏，糊以油素，令有日無風也。'今甘州爲通新疆要道，六十年來，不知風景變否？人定可以勝天，以當日湘軍之艱苦，尚能開闢勝境若此，則今人豈可不勉哉！(瞿兌之《人物風俗制度叢談》)

【簡注】

(1) 細雨土膏香：明末清初屈大均《芋》詩："肥因春雨足，味得土膏香。"土膏：土中所含的適合植物生長的養分，也可指肥沃的土地。語出《國語·周語上》，其曰："陽氣俱蒸，土膏其動。"唐代皇甫冉《雜言無錫惠山寺流泉歌》："土膏脈動知春早，隈隩陰深長苔草。"元代胡南《春日田園雜興》詩："水活土膏動，風微花氣深。"

(2) "入箸新添庾郎韭"句：箸，筷子。庾郎：此處指南朝時齊國的庾杲之。其爲尚書駕部郎，家清貧，食唯有韭菹、生韭雜菜，人戲之曰："誰謂庾郎貧，食鮭常有二十七種。"其事見《南齊書》本傳。唐代陸龜蒙《中酒賦》："周子之菘向晚，庾郎之薤初春。"韭，即韭菜。

(3) 長鑱白木柄：語出杜甫《乾元中寓居同谷縣作歌七首》其二："長鑱長鑱白木柄，我生托子以爲命。"清代詩人張惠言《水調歌頭》云："長鑱白木柄，刮破一庭寒。"長鑱：亦作"長攙"，古代踏田農具，制爲長柄，謂之長鑱。柄長三尺餘，後偃而曲，上有橫木如拐，以兩手按之，用足踏其鑱柄後跟，其鋒入土，乃揓柄起坺也。在園圃、區田，皆可代替。明代徐光啓《農政全書》卷二一云："長鑱，踏田器也。鑱比犁鑱頗狹，制爲長柄，謂之長鑱。"

(4) 故侯瓜：即東陵瓜。語出《史記·蕭相國世家》："召平者，故秦東陵侯。秦破，爲布衣，貧，種瓜於長安城東，瓜美，故世俗謂之東陵瓜，從召平以爲名也。"東陵瓜，後又稱"故侯瓜"，常用爲失意隱居之典。

題一園披香榭聯

輕陰如夢罨軒墀,也如漢殿香新,苜蓿葡萄交翠氣;
久旅忘家感時節,苦憶江南春早,綠槐紅杏繞鞭絲。

【説明】

此聯録自《聯語摭餘》,頁七。作於清光緒十年(1884)春夏間。上聯寫自然景色,下聯述主觀心情。廖樹蘅自注云:"披香榭在疏香亭之上,盡種葡萄,春深由窖中將根株移出蟠架上,三月始萌嫩芽,人行其間,寸光寸影,碧我衣帶,在東南爲春盡矣。聯云:'輕陰……鞭絲。'"

【簡注】

(1)披香榭:爲甘州提督署院内的一座亭子。"披香",源自漢朝的一座宫殿名。榭:建築在臺上的房屋。

(2)"輕陰如夢罨軒墀"句:輕陰,此處指疏淡的樹陰。罨:覆蓋,掩蓋。軒墀:殿堂前的臺階,亦可指廳堂。

(3)漢殿香:在古人詩詞中,"漢殿香"一詞多有出現,如"人迷三月天山雪,風逗千門漢殿香""歸帆夜度閩川月,舞袖春攜漢殿香""漢殿香消春寂寂,夕陽無語下西城"等。甚至有"漢殿香新"的組合:"漢殿香新初著體,楚宫腰怯未勝衣。"(宋代畢仲游《曹南貢父學士席上》)據説漢武帝時,後宫八區,有昭陽、飛翔、增城、合歡、蘭林、披香、鳳凰、鴛鴦等殿。所以聯語中用詞與漢朝宫殿以及香味都有聯繫,可謂切題。想想當年漢宫殿上,所燃之香自然十分名貴,沁人心脾,香氣著衣者熏熏然樂,而聽説過那香氣者也無不心向往之,因而"漢殿香"名聲在外。披香榭中,或亦有燃香之舉,廖樹蘅博知典故,聞而神馳千年,浮想聯翩,欣然寫"也如漢殿香新"以記,又結以"翠氣",可謂色香味俱全矣。另外,還有"漢宮香",古人有句"影銷胡地月,衣盡漢宮香""獨步世無吳苑艷,渾身天與漢宮香""洛渚微波長映步,漢宮香水不濡肌"等,亦與"漢殿香"近義。

(4)"苜蓿葡萄交翠氣"句:苜蓿,植物名。一年生或多年生草本植物。交翠:錯雜相交,構成一片青蔥翠綠。

(5)時節:此處指節令、季節。《管子·君臣下》云:"故能飾大義,審時節,上以禮神明,下以義輔佐者,明君之道。"宋代楊萬里《黃菊》詩:"比他紅紫開差晚,時節來時畢竟開。"

(6)鞭絲:馬鞭和帽子。借指出游。宋代陸游《齊天樂·左綿道中》:"塞月征塵,鞭絲帽影,常把流年虛占。"

題一園石假山亭聯

瘦石攙頹雲,是湖上笠翁寫意;
高臺臨廣術,緬當年帝子分茅。

【説明】

此聯録自《聯語摭餘》,頁七。作於清光緒十年(1884)夏間。廖樹蘅自注云:"出一園門數武曰東院子。院中盡杏花,間以柴楊,楊四月飛花,如綿不斷,鋪地厚寸許,杜工部詩所謂'糝徑楊花鋪白氈'也。日色微醺,飛絮如雲,陡驚身在六千里外,不勝狄懷英之感。得絕句一首云:'夢醒西堂合射稀,草心無力答慈暉。天涯觸目增怊悵,斜日楊花作雪飛。'院東石假山,相傳爲李笠翁所甃。康熙時,靖逆侯張勇提督甘州,重幣聘笠翁主幕府,值吳三桂派人逾衛藏來甘,約侯起事,秘密無人知。翁微聞之,冠服叩閣門道賀,曰:'聞滇南遣人來,若立斬其人,馳告天子,此封侯

業也。'侯然之,得賞,延爲名臣。今石山雖半傾,名迹猶在,山傍
故有亭,題其楹云:'瘦石……分茅。'院外有高樓,聞係明蕭藩所
構云。"

【簡注】

（1）李笠翁:即李漁(1611—1680),字笠鴻,又字謫凡。原籍
浙江蘭溪,生於江蘇如皋,晚年移居杭州西湖。清代著名戲曲理
論家、作家。有《閑情偶寄》《笠翁十種曲》等數百萬字作品傳世。

（2）吳三桂(1612—1678):明末清初著名政治、軍事人物。
字長伯,一字月所。明代遼東人。明崇禎時爲遼東總兵,封平西
伯,鎮守山海關。崇禎十七年(1644)降清,在山海關大戰中大敗
李自成,封平西王。順治六年(1649),鎮守雲南,引兵入緬甸,迫
緬甸王交出南明永曆帝。康熙元年(1662),晉封平西親王。康
熙十二年(1673),自稱周王、總統天下水陸大元帥、興明討虜大
將軍。康熙十七年(1678)在衡州(今湖南省衡陽市)登基稱帝,
國號大周,建元昭武。同年秋在衡陽病逝。

（3）張勇(1616—1684):字非熊。陝西洋縣(一說咸寧,即今
西安)人。清朝名將。原爲明朝副將,後降清,隨孟喬芳轉戰陝
甘,鎮壓米喇印、丁國棟起義,升甘肅總兵。後隨洪承疇經略湖
廣、雲貴,升雲南提督。康熙二年(1663),改任甘肅提督。三藩
之亂時,封爲靖逆將軍、靖逆侯,加少傅兼太子太師。卒謚
"襄壯"。

（4）瘦石攓頹雲:瘦石,即峭削之石。攓:古同"攓",提起來
之意。《蘇軾·攓雲篇序》:"雲氣自山中來,以手掇,開籠收其
中,歸家雲盈籠,開而放之,作《攓雲篇》。"頹雲:下墜的雲。

（5）"湖上笠翁寫意"句:湖上笠翁,原意指西湖上戴着斗笠
的老翁。此處爲李漁自指,其晚年隱居於杭州西湖。寫意:披露
胸臆,抒寫心意。《戰國策·趙策二》:"忠可以寫意,信可以

遠期。"

　　(6) 高臺臨廣術：高臺，指高高的樓臺。廣術：都邑中的大道。元代虞集《送西臺治書仇公哲》詩："辟除正廣術，區井表深漬。"

　　(7) 當年帝子分茅：當年帝子，出自宋代王遵《題黃陵二妃祠》詩："帝子當年恨幾多，楚山千疊郁嵯峨。"帝子：傳説中上古時期姜姓部落首領，又稱赤帝、烈山氏，一説即神農氏(或神農氏的子孫)。相傳其母名任姒，一日游華山，看見一條神龍，突懷身孕，回家即生下帝子。分茅：分封王侯。古代分封諸侯，用白茅裹着泥土授予被封者，象徵授予土地和權力，謂之分茅。典出《尚書》卷六《夏書‧禹貢》："海、岱及淮惟徐州：淮、沂其乂，蒙、羽其藝；大野既豬，東原底平。厥土赤埴墳。草木漸包。厥田惟上中，厥賦中中。厥貢惟土五色，羽畎夏翟，嶧陽孤桐，泗濱浮磬，淮夷蠙珠暨魚；厥篚玄纖縞。浮於淮、泗，達於菏。"唐代孔穎達疏："蔡邕《獨斷》云：天子大社，以五色土為壇。皇子封為王者，授之大社之土，以所封之方色，苴以白茅，使之歸國以立社，謂之茅社。"

題甘州提督署毅武營門聯

雄劍倚天山，貔貅夜肅氐羌月；
大旗招落日，鼓角霜嚴敕勒秋。

【説明】

　　此聯録自《聯語摭餘》，頁八。作於清光緒九年(1883)冬間。廖樹蘅自注曰："毅武營在箭道之左，營弁索書門聯，云：'雄劍……勒秋。'"天山、敕勒俱為絲路風光，也是提督署所轄區域。

雄劍凌雲，鼓角霜寒，聯語中一派雄渾氣勢。

吳恭亨《對聯話·題署三》："又箭道左毅武營營門聯云：雄劍倚層雲，貔貅夜肅天山月；大旗招落日，鼓角霜嚴敕勒秋。按各作均帶邊塞商音。"（《對聯話》卷三，頁九一）吳恭亨評廖樹蘅此聯"帶邊塞商音"，即有邊塞雄風。

胡靜怡《三湘聯壇點將錄·（二一）廖樹蘅》："余景慕前輩鄉賢廖蓀畡，乃始於《題箭道左毅武營營門聯》：雄劍倚層雲，貔貅夜肅天山月；大旗招落日，鼓角霜嚴敕勒秋。一讀斯聯，令人不禁頓時進入唐代邊塞詩人岑參《輪臺歌》與《白雪歌》之情境。'輪臺城頭夜吹角，輪臺城北旄頭落。……劍河風急雪片闊，沙口石凍馬蹄脫。''北風捲地白草折，胡天八月即飛雪。忽如一夜春風來，千樹萬樹梨花開。'也令人不禁肅然於宋玉《大言賦》中'長劍耿介，倚天之外'之雄威，凜然於杜甫《後出塞五首》中'落日照大旗，馬鳴風蕭蕭'之悲壯。而那'明月出天山，蒼茫雲海間'之雄渾壯闊，那'天蒼蒼，野茫茫，風吹草低見牛羊'之勃勃生機，一概渾然不見，唯有旌旗獵獵、鼓角聲聲，烘托出一派森嚴。該聯之藝術魅力，攝人心魄！"（《三湘聯壇點將錄》，頁九三）

易仲威《湖湘名聯集粹·品聯囈語（二八）廖蓀畡》曰："《題箭道左毅武營營門聯》，如讀岑參《輪臺歌》《白雪歌》，'輪臺城頭夜吹角，輪臺城北旄頭落'，'北風捲地白草折，胡天八月即飛雪。忽如一夜春風來，千樹萬樹梨花開'，塞北江南，風光頓異。信乎才人之筆，無所不能也。"（《湖湘名聯集粹》，頁八一）

本聯被收入多種聯集及網絡聯語中。除吳恭亨編撰之《對聯話》外，《寧鄉文史第八輯·潙寧耆舊聯選》《甘肅對聯大全》《河西長城楹聯選》《張掖對聯》《寧鄉歷史文化叢書卷七·詩文薈萃》《走近壩塘》以及"廖樹蘅經典名句賞析""中華名勝對聯""中華詩詞網"等均收錄此聯，其題爲《題箭道左毅武營營門》。

【簡注】

(1)毅武營：即周達武所統帥之營名。

(2)雄劍倚天山：化用宋玉《大言賦》"長劍耿介，倚天之外"句意。倚：靠着。天山：此處指祁連山。李白《關山月》詩："明月出天山，蒼茫雲海間。"

(3)"貔貅夜肅氐羌月"句：貔貅，別稱"辟邪""天禄"。是我國民間神話傳説中的一種凶猛瑞獸，有"招財進寶、吸納四方之財"的寓意，亦有驅走邪氣、帶來好運之功用，稱爲招財神獸。肅：迎揖引進。氐羌：我國古代居住於西北地區一帶的氐族與羌族的并稱。

(4)大旗招落日：化用唐代詩人杜甫《後出塞五首》其二："落日照大旗，馬鳴風蕭蕭。"大旗，即戰旗。

(5)"鼓角霜嚴敕勒秋"句：鼓角，即戰鼓和號角的總稱。古代軍隊中爲了發號施令而製作的吹擂之物。語出《後漢書·公孫瓚傳》："袁氏之攻，狀若鬼神，梯冲舞吾樓上，鼓角鳴於地中，日窮月急，不遑啓處。"霜嚴：指寒意凛然的冰霜。敕勒：我國古代北方的少數民族。《北史·魏紀二·世祖太武帝》："夏四月甲子，行幸雲中。敕勒萬餘落叛走，詔尚書封鐵追滅之。"《新唐書·回鶻傳上》："回紇，其先匈奴也，俗多乘高輪車，元魏時亦號高車部，或曰敕勒，訛爲鐵勒。"

題甘州提督署大堂聯

威克允濟，愛克罔功，此語深明大略；
進思盡忠，退思補過，浮生那得安閑。

【説明】

此聯録自《聯語摭餘》,頁八。作於清光緒九年(1883)冬間。

【簡注】

(1)"威克允濟,愛克罔功"句:指恩威得當而使人心悦誠服。語出《書·胤征》:"威克厥愛,允濟;愛克厥威,允罔功。"

(2)大略:大概、大要。《孟子·滕文公上》:"此其大略也,若夫潤澤之,則在君與子矣。"趙岐注:"略,要也。"

(3)"進思盡忠,退思補過"句:在朝廷做官,就忠心耿耿報效君主;辭官隱退時,就反省自己,以彌補過失。語出《左傳·宣公十二年》:"林父之事君也,進思盡忠,退思補過,社稷之衛也,若之何殺之?"

(4)浮生那得安閑:浮生,指短暫虛幻的人生。典出《莊子·外篇·刻意第十五》:"其生若浮,其死若休。"安閑:安静清閑。唐代李涉《題鶴林寺僧舍》詩:"因過竹院逢僧舍,偷得浮生半日閑。"

題水口山礦局門聯

惟精誠所感,能開金石;
興山澤之利,以致富强。

【説明】

此聯録自《聯語摭餘》,頁九。清光緒二十三年(1897)二月,水口山礦務局公所建成,礦局辦公地即由常寧縣松柏鎮遷至水口山礦區内,廖樹蘅自題局樓門聯、屏聯。其自注云:"自光緒甲申冬,由河西歸,毋年逾六十,終鮮兄弟,不敢遠游。越十二年丙申,寧州陳侍郎撫湘,廿年前知舊也。方疏請治礦濬利源,請余監常寧水口山銀場,其地近荄源河,酈注謂即鍾水,明薛文清瑄充荄源銀場監即此。是年三月,挈兒子基植至場,時賢論礦,主用西法,余以將來起重、抽水非用機器不可,但不宜用之太早,最要在袪盡魏古微所謂人心、人才虛痞二患。權用土法,寸寸節節爲之,有效不難恢張,否則易於收束。姒氏荆衡貢金,馬楚銀茶致裕,豈有他哉? 然因此叢衆詢不少。揭門聯云:‘惟精……富强。’”

吳恭亨《對聯話・題署三》:“寧鄉廖蓀畡樹蘅爲湖南治礦先河,與王湘綺爲石交,予聞名甚宿,今已逾八十。昨由李石冰交到其《聯語摭餘》一卷,特多石破天驚之作。兹録其監常寧水口山銀場聯云:‘惟精誠所感,能開金石;興山澤之利,以致富强。’九言作一句,堅剛無倫。”(《對聯話》卷三,頁九〇)

對於此聯,易仲威《湖湘名聯集粹・品聯囈語(二八)廖蓀畡》評介曰:“他(廖樹蘅)著筆高雅,力袪凡近。《題常寧水口山銀場聯》即可窺其志向。以‘精誠所至,金石爲開’來形容采礦,非常靈活生動;下聯卻用興山澤之利,達到使國家富强的目的,寫來何等稱題得體。”(《湖湘名聯集粹》,頁八一)

《寧鄉文史第八輯・馮寧耆舊聯選》收録此聯,題爲《題常寧水口山銀場(三聯選一)》。《中華對聯大典》將此聯收入其中,題爲《銀場》,并注云:“在湖南水口山。見《對聯話》。”《寧鄉歷史文化叢書卷七・詩文薈萃》《走近壩塘》亦收録此聯。另外,此聯被懸掛於湖南省常寧市水口山有色金屬集團有限公司工人文化宮工會會議室、湖南省水口山工人運動紀念館第三廳“中國鉛鋅工業從這裏走來——水口山礦冶史陳列館”內。

【簡注】

(1) 水口山:此處指水口山礦務局。由廖樹蘅、廖基植父子創建於清光緒二十二年（1896）春間，并首開全國西法采礦、選礦、冶煉、運銷及貿易之先河，使水口山贏得了"世界鉛都""中國鉛鋅工業的搖籃"之美譽。

（2）銀場："荛源銀場"之簡稱，即水口山礦務局所在地。因水口山所産鉛鋅礦中富含銀，唐宋時被稱爲"荛源銀場"。據《常寧縣志》記載，早在唐宋時期，常寧即設置有荛源銀場監。陳寶箴撫湘時，於光緒二十二年（1896）初春委廖樹蘅總辦常寧水口山礦務，礦務局即爲荛源銀場遺址所在地。

（3）"惟精誠所感，能開金石"句：化用"精誠所至，金石爲開"語意。意思是人的誠心所到，能感動天地，使金石爲之開裂。此喻只要專心誠意去做事，什麽疑難問題都能解决。

（4）山澤之利：澤，湖澤。利，利益，物産。指山區、水域之物産。語出漢代晁錯《論貴粟疏》："地有遺利，民有餘力，生穀之土未盡墾，山澤之利未盡出也。"

題水口山礦局屏聯

且憑造物開山骨；
欲助君王鑄裹蹄。

【説明】

此聯録自《聯語摭餘》，頁九。作於清光緒二十三年（1897）二月。廖樹蘅自注曰："又，集東坡句爲屏聯云：'且憑……裹蹄。'"

吴恭亨《對聯話·題署三》："又，集東坡句爲聯云：且憑造物開山骨；欲助君王鑄裹蹄。亦雅切。"（《對聯話》卷三，頁九○）

【簡注】

(1)"且憑造物開山骨"句：語出蘇東坡《次韻滕大夫三首·同前》，其詩中云："且憑造物開山骨，已見天吳出浪頭。"造物：指創造萬物，也指創造萬物的神力；或指運氣、造化。山骨，即山中巖石。

(2)"欲助君王鑄裹蹄"句：語出蘇東坡《觀張師正所蓄辰砂》，詩中曰："近聞猛士收丹穴，欲助君王鑄裹蹄。"裹蹄：鑄金成馬蹄形，因借指金銀。

題松柏臨湘樓聯

十里接銀場，前代茭源曾置監；
層樓壓湘水，過江山色入憑欄。

【説明】

此聯録自《聯語摭餘》，頁十。作於清光緒三十四年（1905）十月。廖樹蘅自注曰："松柏瀕湘，隔水口銀場十里，對河有市亦曰松柏，所屬清泉。前代設有巡檢司，清初奉裁。此市屬常寧，在茭源上五里。余以丙申三月來此，僦市人何氏屋以居。……先是廟成之後，復於臨湘一面建樓，余題聯云：'十里……憑欄。'并作七律二首，兒子植、械均有詩，植另有詞三闋。……家重垞及曾皈庵并有和作。余曾撰《紫宸宮記》《豐備倉記》入石嵌廟壁，不知尚存否。"

吳恭亨《對聯話·題署三》："自言居場先後十六載，場故在松柏市。王湘綺記文稱，由市至豹子嶺八里，上爲水口山，今銀場名天下者也。始至有夢兆其館地即寇平仲舊館，廖於是即臨湘一面建樓，并題聯云：'十里接銀場，前代茭源曾置監；層樓壓湘水，過江山色入憑欄。'語亦秀發。"（《對聯話》卷三，頁九〇至

九一）

松柏：舊鎮名，隸屬於湖南省常寧市。地處常寧市東北部，東與耒陽市太和圩鄉隔春陵河相望，西北濱湘江與衡南縣栗江鎮爲界，北與水口山鎮接壤，2015 年，撤銷松柏鎮、水口山街道，成建制合并設立水口山鎮。

廖樹蘅《題松柏江樓》：“松柏當常寧北鄉，距水口山十里，瀕江築樓，直欄横檻，舿棱四映，足供游眺。余回長沙七年，勝地重臨，山川增慨，撰聯懸之樓柱云：‘十里接銀場，前代茭源曾置監；層樓壓湘水，過江山色入憑欄。’《常寧縣志》：‘明薛文清瑄嘗充茭源銀場監，收礦税，即此地也。’都人士爲余置酒樓上，即席賦兩詩，述微意焉：‘一觀嵯峨占上游，三湘煙雨望中收。過江嶽色青歸檻，倒影瀟波緑上樓。佳日開簾叢菊艷，豪情呵壁墨香流。圓經他日傳名迹，著録應須到此丘。’‘極浦風帆去不停，汀洲蘭茝動微馨。巢痕我已如秋燕，澤畔人應笑獨醒。斜日烏啼霜柏紫，隔江鐘走暝煙青。憑欄無限悲秋意，天際飛鴻未易冥。’”（《珠泉草廬詩後集》卷一，頁十九至二十）

此聯中所言之松柏江樓，即廖樹蘅、廖基植父子於松柏市湘江之濱所建臨湘樓，而王闓運、曾廣鈞、程頌萬稱之爲“仙雲樓”。王闓運《廖蓀畡太守屬題松柏新樓，余爲名之曰仙雲樓，并賦二詩》，其一：“昔年曾宿紫宸宮，暮色提燈望杳濛。百尺高樓對黄鶴，歸帆遠浦落飛鴻。排雲夜見金銀氣，吹笛長招松柏風。津吏應知漫郎過，平陽橈唱月明中。”其二：“石鼓浯溪鼎足三，登臨勝覽冠湘南。已無遷客蘋花恨，遥見詩人金碧潭。五代銀場勞榷算，三層丹閣影趨趁。憑欄更酹陳公酒，後樂先憂且漫談。”（《珠泉草廬師友録》册一卷三，頁二八）

曾廣鈞《蓀畡於常寧松柏市建仙雲樓落之以詩并序》：“庚子八月，翠華西巡狩，余奉桂林大府檄，奔問京陝，過松柏市，知距水口山不逾十里，與勤王軍僚友數人，冒微雨，徒步狂馳，登山察銀場。至則見山穴縱橫，銀砂晶瑩砢礫，如瓊田映日，海岸堆鹽。運者、錘者、洗者，各司其事。有大風輪徑逾尋丈，以二人轉之，送風入穴。有土爐試煉白鉛及黑鉛者，聞所得不減西法。余因爲諸友言總其事者爲寧鄉廖君，自一荒山廢鑛起手，七年而爲數千人之工廠，以兩萬金起，亦七年而贏利過百萬。廖君本詩人，余髮未燥即識之，投分談藝，每舉酒笑謔，竟日不疲。然所言西北關河之游記，流連光景之詩篇耳，未嘗聞其一言及於富强也，誰則知其弘毅任重如此？使義寧亦以詩人遇之，不且失礦才於交臂耶？廖君固振奇，若義寧知人之明，不尤足令人激動興起耶？諸友皆贊嘆湘才不置。適維舟催發，同行友多不能獨詣廖君，遂不留名而去。後至省垣，晤廖君，言君微行詣銀場，惜未作數日談，乃知其時有一湘鄉人隸銀場守運兵籍識余，余去後，乃以告君也。君父子治礦，奉身太勞，宜得游觀之所以佚之。西人於名人大事，往往有建築物以爲紀念，戊申十月，松柏仙雲樓落成，君雖不啖紀念之名，要不辭游觀之佚也。湘綺有詩，余亦繼聲焉。宣統庚戌清明節日，曾廣鈞撰。‘六辯西巡我泛湘，維舟松柏看銀場。嵇生操鍛驚鍾會，主父窺秦駭始皇。精詣捶鈎思大馬，高材傳劍屬雛鳳。匆匆未下陳蕃榻，不是追攀許子將。’‘當日樓臺無地起，誰知今日有高樓。紀群父子虞犧斧，膺泰仙人泛鷁舟。雲氣遥憐監禄水，虹霓回帶馬殷州。悲歌莫怨齊王客，試聽星河檻外流。’”（《珠泉草廬師友録》冊一卷三，頁三九）

程頌萬《松柏仙雲樓歌贈蓀畡先生并序》：“先生治銀礦於常寧之水口山七年，以二萬金贏利百萬，臺省張之；至十五年，而贏四百萬。松柏市距礦十里，縮運道因築仙雲樓，落之以詩。‘君身挾仙雲，飛上千松頂。帝遣兩青童，扶入高樓寢。起看樓外焚源場，白日瀉水無銀荒。赤龍拔須山鬼藏，鈎者在穴捶在岡。疾輪轉風沙簸揚，二萬乃贏百萬强。君不聞荆州職方古貧國，地寶未搜民力竭。崝廬中丞面如鐵，畀汝詩人礦官職。詩人治礦復作樓，樓甍倒持銀河流。市聲蠻語紛鈎輈，共指詩人樓上頭。松枝似龍柏似虬，驂駕詩人游十洲。樓亦不得傾，礦亦不得絕。山靈面論上帝血，煉冶輸將十五年，第一湖南救荒策。噫嚱詩人歸去來，神州何處非强臺。'"（《珠泉草廬師友錄》冊一卷一卷四，頁六七至六八）程頌萬此詩原發表於《小說月報》民國三年（1914）第五卷第五號，頁一〇三。其題爲《松柏仙雲樓歌贈廖蓀老并叙》。

廖基棫《歐陽在勤於松柏市新建江樓，風景絕佳，登臨拊檻，茶話良久》，共兩首。其一："何處登臨消客愁，共憑闌檻俯澄流。天開圖畫娱清晝，人與峰巒擁一樓。去住風光今日好，空濛秋色片帆收。鐘魚出樹名蘭晚，又觸鄉心感百憂。"其二："隔水陰霾掩復開，浴鳧飛鷺故遲回。煙籠寒樹依微出，江抱青山浩蕩來。小市魚鹽囂落日，急湍雲渚碾晴雷。誰能遣此茫茫緒，且放茶甌換酒杯。"（《瞻麓堂詩鈔》卷六，頁十二）

廖基植《次韻次峰題仙雲樓二首》，其一："消盡天涯客子愁，崔巍雲構壓湘流。當年逐客曾經地，千載平山又此樓。遠浦晴霞孤鶩起，黏天雲樹夕陽收。鯨魚跋浪滄溟沸，便觸江湖小范憂。"其二："曲檻雕甍次第開，西風落木雁初回。奔濤挾雨冲煙去，山色隨人入座來。岸柳汀蒲渾作態，灘聲人語欲成雷。相逢一笑憐華髮，脱帽開襟共舉杯。"（《紫藤花館詩草》卷四，頁十四）

廖基植《大江東去·題常寧松柏市仙雲樓》："水雲深處，是誰與結構，眼前突兀。月榭風廊隨意著，恰趁溪山清絕。宵鐸吟風，孤鴻唳雨，併作江濤咽。寥天高聳，是何意態雄傑？　把酒搔首樓頭，恨問天不語，牢愁如結。消盡元龍湖海氣，一任狂歌岸幘。海市迷離，蜃樓幻渺，誰洗腥羶窟。劍光如練，影涵湘水千尺。"（《紫藤花館詞鈔》，頁三至四）

廖基植《賀新涼·前題》："日月催人老。十三年、萍蹤飄泊，勞人草草。破帽殘衫吟眺處，忽湧飛樓縹緲。更萬頃澄波環繞。楓葉荻花紛掩映，認依稀、一幅雲林稿。浮大白，暮天小。

憑闌苦恨朋知杳，早喚起、玉妃東海，金罍共倒。畫棟珠簾天一角，贏得風清月皎。休更問、瓊樓仙島。偌大乾坤容我住，倘他年笠屐重來到。應認取，舊鴻爪。"(《紫藤花館詞鈔》，頁四)

廖基植《金明池·前題》："水閣天低，雲頹山墨，勾引古愁如霰。憶當日，孤臣遠徒，曾築室、聊供小憩。迄而今、亭館新開，只眷懷芳躅，不勝哀怨。自黃鶴岳陽，委迤到此，又是別開生面。

江上青山山畔樹，看冉冉風光，向人千變。渾不管、雨奇晴好，都收入詩囊畫卷。聽遙山、隱隱疏鐘，又振觸鄉心，倚闌人倦。倘倒影波中，魚龍見了，疑是水晶宮殿。"(《紫藤花館詞鈔》，頁四)

除吳恭亨編撰的《對聯話》外，龔聯壽編著的《中華對聯大典》亦收錄此聯，題爲《題寇平仲舊館》；《寧鄉文史第八輯·潙寧耆舊聯選》《寧鄉歷史文化叢書卷七·詩文薈萃》《走近壩塘》等書亦收錄，其題爲《題水口山銀場臨湘樓》。另外，中華詩詞網、中國對聯網、搜韻網、好詩詞網等亦選錄此聯。有的文章或著作中，將廖樹蘅《題松柏臨湘樓聯》誤認爲王闓運所撰，甚至以訛傳訛，今特作說明。

【簡注】

(1) 仙雲樓：又名"臨湘樓"，晚清、民國時爲湘南名樓。位於湖南省常寧縣松柏市老街，是一座高達三層的八角樓，由廖樹蘅、廖基植父子於清光緒三十四年(1908)十月建造而成。湘中名儒王闓運將其命名爲"仙雲樓"。仙雲樓臨湘而建，高閣憑欄，江波萬頃，氣象萬千。仙雲樓落成後，王闓運、廖樹蘅、曾廣鈞、程頌萬、廖潤鴻，以及廖基植、廖基械兄弟等紛紛題詠，仙雲樓一時成爲湘南勝景。二十世紀八十年代時，仙雲樓及其附屬建築群被出租給當地小業主開辦塑料廠，因事故失火，百年名樓由此毀於一炬，現已片瓦無存。

(2) 十里接銀場：常寧縣松柏鎮距水口山礦區恰好十里。廖樹蘅《自訂年譜》云："以二月二十八日由省河角解纜，兒子基植隨侍。三月初四日抵衡州。十一日至隔水口山十里之松柏市。市瀕湘水，距衡州府城百五十里。初至，僦何姓市樓以居。"（徐一士《一士類稿》，頁一九〇至一九一）

(3) "前代茭源曾置監"句：意指寇準貶謫道州時，曾於常寧置監。明代薛文清亦曾出任此職。茭源：春陵水入湘江之口。此處指水口山礦務局所在地，唐宋時設有茭源銀場。據《常寧縣志》載：唐肅宗至德至上元年間（756—762），茭源銀場增坑冶 10 餘所，其利甚盛。宋代，境內茭源銀場成爲全國聞名的銀場，范仲淹侄范純誠"遷衢州司理，又被三司薦監衡州茭源銀場，卒於官"，時年 34 歲。據民國十二年（1923）《實業雜志》138 號記載，"水口山爲明檔礦，由明宦官陳奉主辦"。到清代，湖南巡撫陳寶箴正式奏請成立湖南省水口山礦務局，廖樹蘅出任水口山鉛鋅礦收歸官辦後首任總辦。

(4) 層樓：高樓。漢代繁欽《建章鳳闕賦》："象玄圃之層樓，肖華蓋之麗天。"

(5) 憑欄：亦作"憑闌"，身倚欄杆。唐代崔塗《上巳日永崇里言懷》詩："游人過盡衡門掩，獨自憑欄到日斜。"南唐李煜《浪淘沙令》詞云："獨自莫憑闌，無限江山，別時容易見時難。"

題常寧松柏鎮紫宸宮聯

作室不豐不儉，曾經示現夢中，卅二字題榜無訛，彼法謂之輪回，吾徒歸之造化；

捲簾湘雨湘煙，依舊收回眼底，百八杵霜鐘警寤，了卻一重公案，添來一段奇緣。

【説明】

此聯録自《聯語摭餘》，頁十。作於清光緒二十三年（1897）初春。清光緒二十三年正月初一（1897年2月2日）夜，廖樹蘅次子、詩人廖基棫夢見所居之地即北宋名臣寇準舊館。廖樹蘅自注云：“嘉平，次兒基棫自家來，丁酉元旦之夕，棫夢市後古樟下有巨室，書‘延室’二大字。跋語云：‘保此令名，以全其德。惟彼汶汶，不受污衊。不豐不儉，是爲先生之宅。噫，微斯人，孰能有此？’恍惚‘此’字下尚有二字不甚晰，末書‘天禧四年。謙叟’。謙字偏傍金微漶。曉起詣余，問天禧係帝誰紀元，答以遼末帝，及翻《紀元編》，末帝祇三年。惟宋真宗凡五次建元，曰咸平，曰景德，曰大中祥符，曰天禧，曰乾興，天禧五年改乾興。真宗在位二十六年，夢中稱四年，是臨御之二十四年也。夢境迷離，無從索解。是年，市商於近樟之地建神廟，甚宏大，發地築基，有舊址，與新卜無分寸不合，衆異焉。明年，棫復來，工已完，突兀見新廟，適如夢所見，惟子午向不合，詫爲奇事。又十三年，丁未五月二十七日，湘潭王闓運字壬父世稱湘綺先生來觀水口銀場，夜宿松柏，基植出箋素請照書棫於夢中所見大小四十二字。先生寫畢，并記於後云：‘瀕湘水東岸松柏小市，常寧北地，山路至豹子嶺八里許，上爲水口山，今銀場名天下者也。自寧鄉廖君蓀畡始來督礦工，其仲子侍行，僦市中小屋居之，即夜夢見室中題字如此。未幾礦興，大運銀砂，當有堆積，及工役，居宿之處乃拓大其基，經營墉垣，則得故址，如所營廣輪之數，蓋所夢謙叟舊功也。余既夙聞而異之，因請書其寐記文字而推測其意。天禧四年，正寇平仲謫道州之年，此云保令名不污衊，又曰延室，蓋築以館萊公也。故曰不儉爲先生之宅。謙叟其亦豪矣。幾千年而示靈，非廖君孰能發之？’……當基棫示夢時，余已擬作樓紀異，預成一聯。云：‘作室……奇緣。’此聯未付刊，存其事而已。”（《聯語摭餘》，頁九至十一）又，“乙酉元旦”有誤，當爲“丁酉元旦”，即光緒二十七年(1897)正月初一。

王闓運《湘綺樓日記》光緒三十三年丁未五月二十六日：
"晴。晨起欲召轎夫，云不由南路，當出西門，攜疇孫同行……舁
行甚疾，未暮渡湘，到礦局遂昏黑不辨門徑，呼門排闥。司事梅、
陳爲主人，待飯已子初，宿紫宸宮寮。"(《湘綺樓日記》，頁二八二
一)

王闓運《湘綺樓日記》光緒三十三年丁未五月二十七日：
"晴。晨起舁上水口山，過豹子嶺，所謂久聞大名者。里許便至
礦所，木城圍之，見廖璧耘，設魚翅席，巳初乃行。北風甚熱，舁
夫亦懶，數里一息。"(《湘綺樓日記》，頁二八二一)

王闓運《湘綺樓日記》光緒三十三年丁未六月十六日："晴
熱。廖世兄鈔夢中室銘，末云天禧四年謙叟作延室。銘云：'保
此令名，以全其德。惟此汶汶，不受污纖。不豐不儉，此爲先生
之宅。噫，微斯人，孰居此室？'余以爲延寇平仲之詞也，寇謫道
州，溯湘水，故於松柏作室要之，幾神解也。"(《湘綺樓日記》，頁
二八二五)

廖樹蘅曾撰《新建紫宸宮記》，以記述其建造之始末。其文
云："由衡州郡河溯流百五里，有小市曰松柏，屬常寧境。光緒丙
申三月，余奉檄治礦水口山，初至，僦市屋以居，落落數十户，大
半以販吉貝花釀秫爲業。人多愨愿，鮮市井駔詐之習。一日來
相告曰：'凡市必有神祠以供歲時祭賽。吾市無之，某等願有事
於此，且求濟焉。'余曰：'唯唯。'明年丁酉二月，中丞分寧陳公詰
戎過此，入山視礦。余具以市人所請告。公慨然出銀圓三百助
役。於是衆情欣躍，不數月集貲數千金，不足由船户集錢以益
之。蓋市埠初不利泊船，自礦務興，帆檣無遠弗屆，又下游淤沙
墳起，無風水激射之虞，皆以爲獲神之佑，輸錢恐後。適陳姓祠
旁有隙地，願捐作廟基，乃度地審材，經之營之。凡爲屋兩進，東
西聯以橫舍，并宏巨壯麗，斫礲丹艧，有翼有嚴。中祀文昌、關帝

之神，左雷祖右財神，旁舍祀水神，凡可以錫靈降福於吾人者，罔勿備。奉安既畢，則又來請曰：'寺廟必有主名，今合群神於一室，烏乎名之？市當縣之北鄉，鄉名紫宸，即以此名吾宮焉，可乎？'余曰：'可哉！'惲子居云：'王者進退群神之祀，凡以爲民耳。其合乎天神地祇人鬼之典法者，秩宗之所掌，逢掖諸生之所誦習，百世不廢者也。其不合乎天神地祇人鬼之典法而能見靈爽爲徵驗，捍禦水旱兵革，爲天下所奔走，王者亦秩而祀之，所以從民望也。'今此之祀按之典法，雖有合有不合，而百家之聚，四境之內，風雨時和，年穀順成，寶藏大興，舸艦迷津，雖有虛警，旋獲敉平，孰非神之式臨以福爾編氓乎？則豐爾粢醪，腯爾牷牲，崇以上清之宮，蒙以紫極之稱，夫誰曰不倫？抑即惲氏所謂王者亦當秩而祀之以從民望者也，夫何疑焉？工既竣，恰屆三年巡閱之期，今中丞山陰俞公亦來山視礦，縣官置頓廟中。公嘉民之虔於所事也，書扁以彰之，隨來之監司郡伯皆有所題，於是松柏之神祠異於尋常社廟矣。是役也，以戊戌五月啓土，九月告成，凡用制錢若干緡。董事某某出力尤多，例得并書。光緒庚子十月，寧鄉廖樹蘅。"（《珠泉草廬文録》卷一）

　　廖基棫亦撰有《紫宸宮記》。其文曰："去常寧縣東北七十里，有市曰松柏，居湘粤之奧，土厚水洌，民氣渾樸，商之貨殖於此者，往往起家爲富人。光緒丙申之歲，巡撫陳公寶箴大興礦政，檄家君采礦是鄉，基棫隨侍，僦市樓以居，因識其鄉人歐陽采芹，并市中某某三數君子，皆質性厚重，有樂善不倦之心。明年，諸君謀於市東偏，創建祠廟三楹，中奉關壯繆侯及文昌神像，并望雷祖、財神兩像祔祀左右，蓋欲使鄉之人咸仰神靈，興起感發，各懷敬惕，趨事赴功。於是，鳩匠庀材，衆工具舉，閱時兩歲，厥作始成。棟宇聿新，規模完具，兩旁增建別室，以爲鄉人修祀齋宿之所，糜番銀八千元，求諸施者，而出力則采芹爲多焉。余維神之爲靈，爲其能伸其氣也。然未易言祀故古者，祀事皆有其秩,匪是則瀆。後世政教衰微,風俗寖薄,民不能自伸其氣,必藉神以伸之,然後向善慕義之忱,斯有憑藉,則是神之有造於民也大矣。然則祀神之道,第求其義有所取,不必盡如古之有秩也。今歲八月,塗塈既畢,采芹集同人宴飲而落之,余亦與焉。登樓拊檻,望遠憑高,嶽色湘雲,皆入軒楯。吾知神之靈,固欣然以棲,而諸君子急公之義,有足紀者。其地固名紫神鄉,遂以是名其宮,而予爲之記。"(《瞻麓堂文録》卷二,頁四八)

【簡注】

(1)紫宸宮:寺廟名。地處湖南省常寧縣北之紫宸鄉,故名。紫宸宮經廖樹蘅設計,并與當地鄉紳共同捐資,於清光緒二十三年(1897)建成。廟正殿祀文昌、關帝諸神,左雷祖,右財神,旁舍祀水神。常年香火不斷。

(2)不豐不儉:指不奢不儉,多少合宜。

(3)題榜:題寫匾額。榜,即匾額。

(4)輪回:即循環。佛家認爲世間衆生,莫不輾轉生死於六道之中,生死像輪子旋轉的過程。

(5)"百八杵霜鐘警寤"句:百八杵霜鐘,指寺院朝暮擊鐘一百零八下,乃象徵破除百八煩惱,故稱"百八鐘"。霜鐘:指鐘或鐘聲。《山海經·中山經》:"(豐山)有九鐘焉,是知霜鳴。"郭璞注:"霜降則鐘鳴,故言知也。"李白《聽蜀僧濬彈琴》詩:"客心洗流水,餘響入霜鐘。"警寤:警,敏捷、敏鋭之意。寤:同"悟",覺悟,醒悟。

(6)公案:此處指王闓運對廖樹蘅次子廖基棫夢中所記四十二字的解析,即寇準貶謫道州、駐足常寧這一史事。

題衡州清泉學署大堂聯

此間亦號西湖，十里煙波千柳樹；
遺構猶鄰茂叔，一庭芳草萬荷花。

【説明】

此聯録自《聯語摭餘》，頁十二。作於清光緒二十五年
(1899)四月。廖樹蘅自注云："衡州小西門外，彌望皆蓮池，池北
紅墻碧瓦隱現。柳堤菜畦間，則衡、清兩縣學宫，西湖書院，西湖
寺，文昌宫，衡清書院，清泉觀，綿亘將一里，頗類杭之白堤。丁
家山清泉學署近湖壖，署右有鄭向故宅，周元公所自出也，今爲
濂溪祠。余以光緒二十四年選宜章訓導，巡撫以便礦故，與清泉
對調。論地，宜邊清腹；論飯，宜不足清有餘，懼人以管仲見測
也。托礦局提調裕慶、黄篤恭辭之不得，自往面陳悃懇。巡撫
曰：'我與君非舊，兹爲公耳，其無然。'及抵州，受代者爲武陵梅
鋆，字淡懷，見面笑曰：'此席待公久矣，吾蒞任時，夢於酒樓與人
聯詩，有湖海勾留十二年之句，吾以湖南海防捐入貲得此官，兩
次驗看，恰十二年，而君適來，寧非數乎？'署湫隘，劣僅容膝，惟
客座甚寬。前有方池，長荷荛，池上蕉、竹、海棠、石榴、紫荆、木
槿、木芙蓉，四序香艷不斷，略施堊飭，加以聯語。大堂云：'此
間……荷花。'"

光緒二十五年(1899)四月初，廖樹蘅挈家眷抵衡州，履任清
泉訓導。夫人張清河及五子廖基傑、六子廖基棟亦同居清泉學
署。三月間，廖樹蘅由寧鄉衡田老屋啓程赴任時，曾作《赴官自
笑》詩："老大宗生尚典州，我來欣與蓿栟謀。草香波暖剛三月，
眷屬圖書共一舟。湘浦春風催短棹，衡山晴翠落吟眸。高歌那
管填溝壑，轉徒真成浩蕩鷗。時因公調任清泉。"(《珠泉草廬詩鈔》

炁陽本卷四）

廖樹蘅赴任清泉時，梁煥奎以詩見贈。梁煥奎《送廖蓀畡丈赴任清泉，并題大集》："裙屐當時見羽儀，今來無復鬢華緇。忘年謙托情如此，望氣幽通識未疲。晚歲不辭東序養，清名那有北山移。漢廷莫漫論鹽鐵，文學賢良賴主持。"（《珠泉草廬師友錄》册一卷三，頁四一）

廖樹蘅《梁璧垣煥奎以詩見贈，作此答之》："婆娑我已同枯樹，塵海相逢覺汝親。舉世無人能執訠，少年如子豈長貧。文章鄴下猶餘骨，書記元瑜亦困人。願向元龍樓上臥，素衣京洛易緇塵。"（《珠泉草廬詩鈔》炁陽本卷四）

《中華對聯大典》收錄此聯，題爲《學署》，并注"在衡陽"。

【簡注】

（1）清泉：舊縣名。清乾隆二十一年（1756）分衡陽縣東南境置，以縣東清泉山爲名。治所位於今湖南省衡陽市，與衡陽縣同爲衡州府治。民國元年（1912）并入衡陽縣。1952 年又將其析出，建衡南縣至今。

（2）西湖：湖名。此處指衡陽西湖，與名滿天下的杭州西湖同名。西湖爲衡陽八景之一，向來有"西湖夜放白蓮花"之譽。

（3）煙波：指煙霧蒼茫的水面。隋代江總《秋日侍宴娑苑湖應詔》詩："霧開樓闕近，日迥煙波長。"朱熹《次韻擇之發臨江》詩："千里煙波一葉舟，三年已是兩經由。"

（4）"遺構猶鄰茂叔"句：指清泉學署右鄰濂溪祠，故言。遺構，指前代留下的建築物。晉代潘岳《傷弱子辭》："仰崇堂之遺構，若無津而涉川。"杜甫《玉華宮》詩："不知何王殿，遺構絶壁下。"清代杜岕《過林修朗軒》詩："二子去千年，青溪有遺構。"茂叔：周敦頤（1017—1073）之字，其號爲濂溪。北宋道州營道（今湖南省道縣）人，著名哲學家，謚號"元公"。理學派開山鼻祖，著有《周子全書》行世。曾在蓮花峰下設濂溪書院,世稱"濂溪先生"。周敦頤是把世界本原當作哲學問題進行系統討論的肇始者。

題衡州清泉學署客座聯

午榻夢初圓,小雨涼生烏帽影;
水風香不斷,白蓮花是藕絲魂。

【説明】

此聯録自《聯語摭餘》,頁十二。作於清光緒二十五年(1899)四月。

《對聯話》《中華對聯大典》收録此聯,題爲《客座》,并注:"見《一士類稿》。"

【簡注】

(1)午榻:中午休息時的矮床。榻:狹長而較矮的床,亦泛指床。

(2)涼生:微涼貌。

(3)烏帽:黑帽。唐代時貴族戴烏紗帽,後來成爲人們閑居的常服。簡稱"烏紗"。

(4)水風:水面的風。

(5)藕絲:蓮藕折斷後,藕絲仍相連續,因以喻情意綿綿。唐代韓偓《春悶偶成十二韻》詩:"別淚開泉脈,春愁罥藕絲。"

題衡州蓮湖書院聯(一)

蒸湘二水之間，於斯容與；
零陵三亭而外，有此高明。

【説明】

此聯録自《聯語摭餘》，頁十二。作於清光緒二十九年(1903)正月。廖樹蘅自注云：“蓮湖書院居學宫右，衡、清原一縣，乾隆二十五年，陳文恭奏分兩縣，書院仍共之，余到任之三年，詔天下書院改學堂，此院前面加兩高樓，郡縣屬撰聯。左云：‘蒸湘……高明。’”

吴恭亨《對聯話・題署四》：“廖蓀畡《聯語摭餘》云：光緒二十四年，予部選宜章訓導，巡撫以便礦故，俾與清泉對調，論地宜邊清腹，論飯宜不足清有餘，辭之。巡撫曰：此爲公耳。强令受事。學宫之右爲蓮湖書院，乾隆二十五年分縣爲兩，仍共一書院。至是詔改書院爲學堂，增兩高樓。予撰聯左樓云：‘蒸湘二水之間，於斯容與；零陵三亭而外，有此高明。’”(《對聯話》卷四，頁一二三)又，文中原爲“一水之間”，誤，應爲“二水之間”。

裴國昌主編的《中國名勝楹聯大辭典》收録此聯。并注云：“三亭：指讀書林亭、湘秀亭、俯清亭。”《中華對聯大典》中注云：“蓮池書院二。”盛曉光、趙宗乙主編的《中華語言精粹寶典・楹聯卷(名勝古迹編)》及《中華語海》(第 4 册)、《永州文史第六輯・永州古楹聯》等著作，亦將此聯收録其中。

【簡注】

(1) 蓮湖書院：位於衡陽市小西門學宫之後，爲清代衡陽有名學府，近西湖，景色絶美。清光緒二十九年(1903)，蓮湖書院改爲學堂,廖樹蘅擴增左右兩高樓。據載,蓮湖書院始建於宋代,周敦頤曾在此講學,其名篇《愛蓮説》即作於此。

(2) 蒸湘:指蒸水和湘水。蒸水,湘江支流。據《清泉縣志》載,前漢時作"承",後漢時作"蒸",唐時作"烝",實一字古今異文耳。沿河水氣如蒸,故名"蒸水"。蒸水又名"草河",發源於祁東、邵東兩縣交界的界嶺,流經邵東、衡陽、衡南三縣。

(3) 容與:從容閑舒。《楚辭·九歌·湘夫人》:"時不可兮驟得,聊逍遥兮容與。"

(4) 零陵三亭:位於湖南省零陵縣東山之麓,一曰讀書林亭,二曰湘繡亭,三曰俯清亭。柳宗元有記。

(5) 高明:高超、出色。此處指蓮湖書院。

題衡州蓮湖書院聯(二)

孔思周情,吾道實先北學;
雨奇晴好,人間又有西湖。

【説明】

此聯録自《聯語摭餘》,頁十二。作於清光緒二十九年(1903)正月。廖樹蘅自注云:"(蓮湖書院)右云:'孔思……西湖。'"

吳恭亨《對聯話·題署四》:"右樓云:'孔思周情,吾道實先北學;雨奇晴好,人間又有西湖。'蓋衡州小西門外,彌望皆蓮池,池北紅墻碧瓦隱現,柳堤菜畦間,則學宫、書院等公共場所,綿亘將一里,頗似杭之白堤,聯故云云。然言下清氣襲體,必有此筆,方與名勝相稱。"(《對聯話》卷四,頁一二三)

《中國名勝楹聯大辭典》《中華對聯大典》均收録此聯。《中華對聯大典》一書中題爲《蓮池書院一》，并注曰："（書院）在衡陽。見《湖南名勝楹聯》。"《中華語言精粹寶典·楹聯卷（名勝古迹編)》《中華語海》（第 4 冊）《永州文史第六輯·永州古楹聯》等亦將此聯收入其中，名爲《衡陽蓮池書院》。

【簡注】

（1）孔思周情：指周公、孔子的思想感情，中國傳統社會奉之爲思想情操的楷模、典範。本句中"思"字兼平、仄二讀，此處用作仄聲。唐代李漢《韓昌黎集序》："日光玉潔，周情孔思。"廖樹蘅長女廖基瑜作有《讀書煮春茶》詩："午晴庭院桐花落，滿地輕蔭睡孤鶴。開函展誦未完書，孔思周情饒至樂。畫閣朱闌盡日遮，竹爐煙裊出簾斜。湘簾踠地無人捲，自向回廊學煮茶。"（《繹雅堂詩録》卷一）

（2）吾道：我的學説或主張。語出《論語·里仁》："子曰：'參乎！吾道一以貫之。'"杜甫《屏迹》詩之二："用拙存吾道，幽居近物情。"

（3）北學：南北朝時北朝的經學。北朝經師研究《周易》《尚書》《毛詩》、三《禮》，都用鄭玄注，《左傳》用服虔注，《公羊傳》用何休注，墨守東漢舊説，以章句訓詁爲主，不願别出新義。

（4）雨奇晴好：語出蘇軾《飲湖上初晴後雨》詩："水光瀲灩晴方好，山色空濛雨亦奇。"其意指：晴天，水波蕩漾，在陽光照耀下，光彩熠熠，美不勝收；下雨時，遠處的山巒籠罩在煙雨之中，時隱時現，眼前一片迷茫，這朦朧的景色亦非常漂亮。

題衡陽長沙會館中堂聯

彌勒舊同龕，位業相參，仙佛長沙應合傳；
浮生原逆旅，鄉關共話，歲時荆楚此登樓。

【説明】

此聯録自《聯語摭餘》，頁十二。作於清光緒二十六年（1900）。廖樹蘅自注云："瀟湘門外，垂柳毿毿，湘水前橫，地甚曠遠。光緒二十九年，長沙人貿遷郡城者置會館於此，祀陶、瞿兩真人，皆長產也。歲時宴集設排，當具酒食，招同入社，請加楹聯。中堂設神座。聯云：'彌勒……登樓。'"

注文中的"光緒二十九年"，有誤，實爲光緒二十六年。從廖樹蘅所撰《自訂年譜》及光緒二十六年正月十三日（1900 年 2 月 12 日）王闓運《湘綺樓日記》所記，可得到印證。廖樹蘅《自訂年譜》云："光緒二十六年庚子，六十一歲。是歲在清泉學署。郡人經商衡州者卅餘户，議設會館瀟湘門外，請湘潭王先生壬甫與予主任其事。購買某氏廢祠，撤故營新，增其式，廓中庭，設李、瞿兩真人神牌，以其皆長沙人也。"（徐一士《一士類稿》，頁一九五）王闓運《湘綺樓日記》光緒二十六年正月十三日："晴。朝食後渡湘，遇傅少卿僕人來催，即令先去。聞會館不遠，步入城，可一里許方至，就對門照壁後易衣冠而入，鄉人半集矣。"（《湘綺樓日記》，頁二二六八）王闓運日記中之"會館"，即指"衡陽長沙會館"。

有楹聯選本選録了此聯，題爲《題衡陽江西會館》："彌勒舊同龕，位業相參，仙佛真靈應合傳；浮生原逆旅，鄉關共話，歲時荆楚此登樓。"然而廖樹蘅此聯并非題"衡陽江西會館"聯，而是題贈衡陽長沙會館中堂聯。

【簡注】

（1）彌勒舊同龕：彌勒，即彌勒佛，梵文叫 maitreya，譯爲慈氏，音譯爲梅呾利耶，在大乘佛教經典中，常被稱爲阿逸多菩薩摩訶薩，是世尊釋迦牟尼佛的繼任者，未來將在娑婆世界降生修道，成爲娑婆世界的下一尊佛（也叫未來佛）。被唯識學派奉爲鼻祖。高僧修行，叫"與彌勒同龕"。《淳化閣帖》云："復聞久棄塵滓，與彌勒同龕，一食清齋，六時禪誦，得果已來，將無退轉也。"龕：供奉佛像、神位等的小閣子。

（2）位業相參：位業，猶業果。指死者在三界中所居地位及所受果報，也指名位與功業。清代龔自珍《與吳虹生書》之十一："釃酒遥祝寄兒聰穎，他日文章如龔定盦，位業則如其阿翁。"相參：意爲相互參證。《墨子·號令》："遣他候，奉資之如前候，反，相參審信，厚賜之。"漢代嚴遵《道德指歸論·以正治國》："兵德相保，法在中央，法數相參，故能大通。"

（3）浮生原逆旅：指漂浮不定的人生原來就是逆旅。浮生，指人生在世虛浮不定。語出《莊子·刻意》："其生若浮，其死若休。"逆旅：指客舍、旅店。語出《左傳·僖公二年》："今虢爲不道，保於逆旅。"

（4）荆楚：春秋戰國時代的楚國，位於荆州，故稱爲荆楚。此處指湖南。

題衡陽長沙會館戲臺聯

瀟湘門外柳枝多，聽玉笛飛聲，鄉思暗牽橘浦；
煙雨池邊鴻影度，忽蒼龍入破，江風吹下潭州。

【説明】

此聯録自《聯語摭餘》，頁十二至十三。作於清光緒二十六年（1900）正月。廖樹蘅自注云："內戲臺云：'瀟湘……潭州。'是冬，余回省局，人笑聯語成讖云。時湘綺主船山講舍，題外戲臺云：'東館接朱陵，好與長沙回舞袖；南山籠紫蓋，共聽仙樂奏雲門。'"

　　吳恭亨《對聯話·雜綴三》:"又廖蒸畡題衡州瀟湘門外長沙
會館戲臺聯云:瀟湘門外柳枝多,聽玉笛飛聲,鄉思暗牽橘浦;煙
雨池邊鴻影度,忽蒼龍入破,江風吹下潭州。自注云:題聯之歲,
予回長沙,人謂爲聯讖。又王湘綺題外舞臺聯云:東館接朱陵,
好與長沙回舞袖;南山籠紫蓋,共聽仙樂奏雲傲①。雖近敷典,然
氣體卻自方雅。"(《對聯話》卷十三,頁三○九至三一○)

　　胡静怡《三湘聯壇點將録·(二一)廖樹蘅》:"廖氏撰《題衡
陽瀟湘門外長沙會館戲臺聯》,即一反毅武營門之筆調,其寫景
之飄逸,寄情之灑脱,靈動非常:瀟湘門外柳枝多,聽玉笛飛聲,
鄉思暗牽橘浦;煙雨池邊鴻影度,忽蒼龍入破,江風吹下潭州。
王維的'客舍青青柳色新',李白的'笛中聞折柳',都表達了對友
人對家鄉的思念之情,作者目睹瀟湘門外之柳綫婆娑,耳聞戲臺
之上笛聲繚繞,怎不思念千里之外的家鄉親友。這種思鄉情緒,
不是從天而瀉的無源之水,也決非憑空陡長的無根之木,而是由
'柳枝''玉笛'一連串意象攪動所致,較之那些'爲賦新詞强説
愁'的空喊口號,無疑令人信服百倍。當代之聯家,讀此一聯,難
道不可從中悟出一些什麽來嗎?"(《三湘聯壇點將録》,頁九四)

　　易仲威《湖湘名聯集粹·品聯囈語(二八)廖蒸畡》曰:"《題
衡陽瀟湘門外長沙會館戲臺聯》是一幅觸景生感的佳聯。寫景
十分飄逸,寄感亦十分超脱,讀後如坐清風明月中。"(《湖湘名聯
集粹》,頁八一)

　　此聯作爲名聯,被收入多種楹聯集中。金實秋編纂的《古今
戲曲楹聯薈萃》,裴國昌主編的《中國名勝楹聯大辭典》,龔聯壽
編著的《中華對聯大典》,何光嶽撰著的《三湘掌故》,何光嶽、李
黄金編著的《絶妙好聯》,解維漢編選的《中國衙署會館楹聯精
選》,張九、凌翼雲編著的《湘劇詩聯選》,陳先樞、沈紹堯輯注的

――――――――――

① 據文義應爲"璈"。

《長沙名勝楹聯選》以及《長沙市志・第 17 卷》《湖南省名勝楹聯》均收録此聯。《中華對聯大典》中題爲《戲臺》,并注曰:"在衡陽長沙會館。見《對聯話》。"

【簡注】

(1) 瀟湘門:舊時衡陽的老城門,今已毁。因爲有了瀟湘門,故連接瀟湘門的街道名爲"瀟湘街","文革"時改爲"躍進路"。1981 年地名普查時又恢復"瀟湘街"之名。"瀟湘"一詞,有多解。其一,僅指湘江。古人把瀟湘作爲湘江的別稱。出自酈道元《水經注・湘水》:"神游洞庭之淵,出入瀟湘之浦。瀟湘者,水清深也。"其二,爲瀟水和湘水之合稱,范仲淹《岳陽樓記》中有"北通巫峽,南極瀟湘"之句。因湘水中游與瀟水合流,故稱"瀟湘"。其三,因瀟、湘二水均在湖南境内,故瀟湘又泛指湖湘地區。

(2) 玉笛飛聲:玉笛飛出的聲音。語出李白《春夜洛城聞笛》詩:"誰家玉笛暗飛聲,散入春風滿洛城。"

(3) "鄉思暗牽橘浦"句:指鄉情隱隱,牽動着橘洲。因廖樹蘅是長沙府寧鄉縣人,故此言之。橘浦:橘洲,即長沙湘江中的橘子洲。

(4) "煙雨池邊鴻影度"句:煙雨,指像煙霧那樣的細雨,如詩如夢。南朝宋鮑照《觀漏賦》:"聊弭志以高歌,順煙雨而沈逸。"唐代杜牧《江南春絶句》:"南朝四百八十寺,多少樓臺煙雨中。"鴻影:如同孤鴻掠過留下的飄渺的身影。

(5) 蒼龍入破:蒼龍,泛指宫闕。唐代王勃《上劉右相書》:"風雨稱臣,奔走蒼龍之闕。"明代顧大典《青衫記・元白對策》:"閶闔初開瑞靄中,丹霞曉日上蒼龍。"入破:唐宋大曲的專用語。大曲每套都有十餘遍,歸入散序、中序、破三大段。入破即爲破這一段的第一遍。白居易《卧聽法曲霓裳》詩:"朦朧閑夢初成後,宛轉柔聲入破時。"《新唐書・五行志二》:"至其曲遍繁聲,皆

謂之'入破'……破者,蓋破碎云。"宋代張端義《貴耳集》卷一:
"天寶後,曲遍繁聲,皆名入破。破者,破碎之義也。"吳熊和《唐
宋詞通論·詞調》:"中序多慢拍,入破以後則節奏加快,轉爲
快拍。"

(6)"江風吹下潭州"句:江風,此處指湘江的江風。潭州:隋
代至明末時期,州治或府治長沙的統稱。作爲一級行省,其範圍包
括湖南大部以及湖北部分地區。也曾作爲二級行政單位潭州或潭
州府,地域包括今長沙、湘潭、株洲、岳陽南、益陽、婁底等地。

題長沙黎家坡湘礦總局門聯

憑他好手仇唐,嶽雪湘煙難著筆;
到此興思屈賈,碧波香草最銷魂。

【説明】

此聯録自《聯語摭餘》,頁十三。作於清光緒三十二年
(1906)。廖樹蘅自注云:"湘礦總匯之所,在長沙郡學後之黎家
坡,所中有樓,高七十級,宴客多在樓上,竊取柳子厚記中語意題
曰'高明游息之樓'。風景甚佳,雪尤增興。聯云:'憑他……
銷魂。'"

在湖南近現代工業中,成效最著且影響最大者,當屬礦產
業。光緒二十二年(1896)春,清政府批准巡撫陳寶箴設立湖南
省礦務總局的奏請,隨即湘礦總局在長沙成立。礦務總局成立
後,對湖南礦業的快速發展起到了至爲重要的作用。廖樹蘅搬
至黎家坡辦公,是在光緒三十二年(1906)。劉鎮《湘礦捃要》云:
"光緒丙午(1906)。商部奏定章程將原設之礦務局改作礦政調
查局(局址設黎家坡。先是,由魚塘而通泰街,而金綫巷,而藩圍

後，凡四遷）。所需調查經費，詳以礦稅支用，年終造册報部。龐中丞鴻書咨部以涂觀察懋儒充礦政議員，并充總理。以廖主事樹蘅充協理，方太守荃、孟大令昭塤爲提調，原辦司道仍舊。"（楊世驥《辛亥革命前後湖南史事》，頁四九）又，《湖南近代百年史事日志》曰："1906 年（清光緒三十二年丙午）。本年，湖南礦務總局改爲礦政調查局，局址在長沙黎家坡。涂懋儒充總理，廖樹蘅爲協理。"（《湖南近代百年史事日志》，頁一三八）

【簡注】

（1）好手仇唐：好手，指的是在某一方面技藝精良者，或者能力高强之人。杜甫《奉先劉少府新畫山水障歌》："畫師亦無數，好手不可遇。"明代高啓《夜飲丁二侃宅聽琵琶》詩："楓香一調妙入玄，好手正可羞紅蓮。"仇唐：分別指仇英、唐寅。仇英（1494—1552）：字實父，號十洲。明代繪畫大師，吳門四家之一。擅畫人物，尤長仕女，偶作花鳥，亦明麗有致。唐寅（1470—1524）：字伯虎，後改字子畏，號六如居士、桃花庵主、魯國唐生、逃禪仙吏等。明代畫家、書法家、詩人。

（2）嶽雪湘煙：本指嶽麓的白雪、湘江的煙嵐，泛指古城長沙的風景。

（3）著筆：用筆、下筆。

（4）興思屈賈：興思，指構思。語出唐代孟啓《本事詩·征異》："（老僧）問曰：'少年夜夕久不寐，而吟諷甚苦，何邪？'之問答曰：'弟子業詩，適偶欲題此寺，而興思不屬。'"屈賈：戰國時代屈原與漢代賈誼的并稱。兩人平生都憂讒畏譏，從容辭令，遭遇相似。南朝梁武帝《設謗木肺石二函詔》："懷傳吕之術，抱屈賈之嘆。"杜甫《壯游》詩："氣劘屈賈壘，目短曹劉墙。"歐陽修《送趙山人歸舊山》詩："屈賈江山思不休，霜飛翠葆忽驚秋。"

（5）香草：散發出獨特香味的植物，如薰衣草、迷迭香、百里香、藿香等。

（6）銷魂：也作消魂。形容人極度興奮、歡樂或極度悲傷、苦惱時情緒難以控制的狀態。

題長沙天心閣聯

勝日此登臨，看橘洲煙雨，靈麓晴嵐，萬古湖南嘆清絶；
高吟動星斗，有桂棟鑱雲，芳苔總翠，九歌江上續離騷。

【説明】

此聯録自《聯語摭餘》，頁十三。或作於清光緒三十二年（1906）。廖樹蘅自注云："天心閣踞一城之上，湘城無游觀之所，官士常來置酒。其實閣後皆漏澤園，望之令人寡歡；前市屋櫛比，有遠觀無近矚，不及吾礦樓之勝，而游人常來者以其高也。聯云：'勝日……離騷。'"

【簡注】

（1）天心閣：原名"天星閣"。其名源於明代盛傳的"星野"之説，按星宿分野，"天星閣"因正對應天上"長沙星"而得名，曾是古人觀測星象、祭祀天神之所。加之古閣雄踞長沙地勢最高的龍伏山巔，被古人視爲呈吉祥之兆的風水寶地。天心閣地處長沙市中心地區東南角，爲長沙重要名勝，也是長沙僅存的古城標志。始建於明末，清乾隆年間重修。抗戰期間因文夕大火被燒毀，1983 年重建。

（2）勝日：指親友相聚或風光美好的日子。

（3）橘洲：洲名。位於湖南省長沙市西之湘江中。洲上多美橘，故名。今稱橘子洲。北魏酈道元《水經注·湘水》："湘水又北逕南津城西,西對橘洲。"唐代杜易簡《湘川新曲》之一:"昭潭深無底,橘洲淺而浮。"宋代辛棄疾《昭君怨·豫章寄張定叟》詞:"長記瀟湘秋晚,歌舞橘洲人散。"

(4)靈麓晴嵐:靈麓,嶽麓山的別稱。古人把嶽麓山列爲南嶽七十二峰的最後一峰,稱爲靈麓峰。晴嵐:晴天空中仿佛有煙霧籠罩。唐代鄭谷《華山》詩:"峭仞聳巍巍,晴嵐染近畿。"

(5)萬古:猶遠古。《宋書·顧覬之傳》:"皆理定於萬古之前,事徵於千代之外。"

(6)清絶:形容美妙至極。唐代李山甫《山中覽劉書記新詩》:"記室新詩相寄我,藹然清絶更無過。"

(7)高吟動星斗:高吟,指高聲吟誦,高聲歌唱。星斗:特指北斗星。唐代高蟾《秋思》詩:"天地太蕭索,山川何渺茫。不堪星斗柄,猶把歲寒量。"

(8)桂棟鑱雲:桂棟,桂木作的梁棟,多形容華麗的房屋。《楚辭·九歌·湘夫人》:"桂棟兮蘭橑,辛夷楣兮藥房。"唐代温庭筠《和沈參軍招友生觀芙蓉池》:"桂棟坐清曉,瑶琴商鳳絲。"鑱雲:刺入雲天,形容高。清代薛福成《出使四國日記》光緒十七年二月二十五日:"縱眺諸峰……或樓閣如鑱雲,或溪澗如轟雷。"

(9)芳苕:芳香的紫葳。苕:植物名,即紫葳。紫葳科紫葳屬,落葉攀緣蔓性木本。

(10)"九歌江上續離騷"句:九歌,爲《楚辭》篇名。離騷:戰國詩人屈原創作的文學作品,東漢王逸釋爲:"離,別也;騷,愁也。"《離騷》中大量的比喻和豐富的想象,表現出積極的浪漫主義精神,開創了中國文學史上"騷"體詩歌形式,對後世産生了深遠影響。

自題衡田老屋大門聯

知仁近勇；
力穡有秋。

【説明】

此聯録自《寧鄉文史第八輯·溈寧耆舊聯選》，湖南省寧鄉縣政協學習文史委員會編輯，頁三〇九。清光緒十一年（1885）春，46歲的廖樹蘅在衡田春泉堂老宅西側新築珠泉草廬作爲讀書之所，并修葺了部分房屋，整治了亭閣園林，決意歸隱家鄉，終老餘生。而本聯或作於是年春間。據廖樹蘅曾孫、廖基傑孫廖湘瑛（1935—2005）繪製的橫田灣廖氏祖居"春泉堂"平面圖看，此聯原懸挂於中堂屋大門兩側。

《楚溈家風》一書收録此聯。并以《振興礦業　子承父業》爲題，對廖樹蘅、廖基植父子首開湖湘礦産的功業及克己奉公的品質作了專題介紹。此聯亦被收録於《寧鄉歷史文化叢書卷七·詩文薈萃》《走近壩塘》等集中。

2019年，湖南省寧鄉市政協學習與文史委員會主任、文史專家孫意謀帶隊，對廖樹蘅故居遺址橫田老屋、大霧寺、珠泉、梅墅等文化資源進行專題調研。

壩塘鎮文聯主席鍾俊夫撰《廖樹蘅故居遺址》云："廖樹蘅故居，本名曰春泉堂，當地百姓則稱之爲橫田老屋或橫田灣，又因廖樹蘅被當時的學者稱爲珠泉先生，其書屋被命名爲珠泉草廬，因而這座擁有六百多年歷史的老宅，其本名春泉堂反而被湮没了，近現代文學界、史學界人士直接以珠泉草廬稱之。橫田老屋總占地面積二十餘畝，其建築規模之宏大、形制之規範、雕刻之精美，足以令人嘆爲觀止。這所老宅由三合土夯築而成的兩層圍墙及前後四個碉樓護衛，主體建築共有大小房間一百零八間，除大堂、客廳、臥室、餐廳、客房、書房、藏書樓、丹墀外，還有豬舍、馬房、花園、果園、水閣（二座）、涼亭（三座）、月塘（兩口）、菜園。更讓人感慨的是，因數百年來衡田廖氏家族文脈源遠流長，珠泉草廬藏有大量的古籍字畫、名人碑刻。廖氏先祖廖然點育有二子，分別爲城景、城象。廖城景，字慶雲，官指揮潭州衛職。從淇惠公廖庸到慶雲公廖城景，廖家在長沙已居四代，均任指揮職。然而到廖城景這一代時，朝代已經變更，宋朝傾覆，蒙元一統天下。於是，慶雲公就在元朝延祐年間，由長沙府城遷至寧鄉七都四區之横田，依山築室，面水而居，這就是横田老屋的由來。"（《走近壩塘》，頁一一三至一一四）

　　寧鄉横田灣廖氏祖居春泉堂，因廖樹蘅、廖基植、廖基棫、廖基瑜、廖基傑父子（女）五人在湖南礦業、詩詞及書畫等領域的成就而聞名於外，被實業界、文學界、書畫界、新聞界和文史研究家所推崇。清代同、光年間，湘中著名宋詩派詩人隆觀易曾在横田老屋閑居，教讀廖樹蘅次子廖基棫；光緒十一年三月（1885 年 4 月），晚清詩壇領袖陳三立撰《珠泉草廬記》一文贈廖樹蘅；從光緒三十二年（1906）到民國五年（1916），湖湘大儒王闓運先後多次訪問横田老屋、梅墅等地，與老友廖樹蘅圍爐傾談、登樓賞景；民國三十三年（1944）至三十四年（1945）間，著名學者李肖聃因寇亂避居珠泉草廬，與詩人廖基棫終日談詩論文。洪汝源、李瀚昌、劉倬雲、梅英傑、劉翰良、梁焕奎、張發瀣、張紀南、盧泳清、廖潤鴻、黃應周、楊文鍇、劉宗向、王章永、王世琪……都曾是珠泉草廬的座上佳賓。爲此，廖樹蘅的"珠泉草廬"被文史界視爲寧鄉著名文化地標。2019 年，"廖樹蘅故居遺址"与"廖樹蘅墓"均被定爲寧鄉市重要歷史文化遺迹。

【簡注】

(1) 知仁近勇：語出《論語》："知仁必勇。"意即有德行、講仁義的人必然勇敢。

(2) 力穡有秋：語出《書·盤庚》："若農服田力穡，乃亦有秋。"力穡，盡力耕作。秋，指收成，谷物成熟。

自題梽木山住宅聯

梽木映山紅間白；
鷄菱踏水綠和青。

【説明】

此聯録自《寧鄉文史第八輯·潙寧耆舊聯選》，湖南省寧鄉縣政協學習文史委員會編輯，頁三〇九。廖樹蘅所撰《聯語摭餘》刊刻於己未年（1919）仲秋，而本聯并未録入其中，也許作於己未年之後，或是民國九年（1920）。《長沙名勝楹聯選》《寧鄉歷史文化叢書卷七·詩文薈萃》《走近壩塘》等亦收録此聯。

衡田廖氏梽木山住宅遠没有春泉堂老宅那樣悠久的歷史淵源，當初并非廖氏祖產，而是在民國初年購置後重新改造而成的。約是民國十四年（1925），廖樹蘅子輩六房分產後，兩房分居梽木山住宅，廖樹蘅玄孫廖東凡兄弟後來即出生於此，并在這裏度過了難忘的童年和少年時代。對於廖東凡來說，梽木山住宅是他晚年生活的主要話題之一。

作爲西藏民俗學和民間文學的開拓者和奠基人之一，廖東凡在二十世紀五十年代初離開梽木山住宅，他的脚步先後離別橫田，離別寧鄉，甚至離別湖南，越走越遠，一生再也没有回到過這所百年老屋。1951年至1956年，他先後就讀於寧鄉花明樓中學(初一)、鵝山中學(初二、初三)、長沙師大附中(高中)。1961
年秋從北京大學中文系畢業後，廖東凡自願申請到被雪山環繞
的西藏高原工作。先後參與組建了拉薩市歌舞團和堆龍德慶縣
農民歌舞隊，并將這兩支歌舞隊打造成了雪域高原上的"烏蘭牧
騎"。1978 年以後，廖東凡參加西藏文聯的籌組工作，先後擔任
西藏作家協會副主席兼西藏民間文藝家協會常務副主席、西藏
自治區民族民間文化遺產搶救組副組長；1980 年，中共中央總書
記胡耀邦到西藏視察期間，廖東凡擔任胡耀邦總書記的藏文翻
譯。1985 年，調到北京出任中國民間文藝家協會書記處常務書
記兼中國民間文藝研究所所長；1990 年初，調任中共中央統戰部
《中國西藏》雜志社社長兼總編輯。廖東凡自進藏之日起，數十
年勤奮寫作，筆耕不輟。僅從 1980 年算起，他先後在北京、拉
薩、香港、臺北等地出版專著與合著 50 多部，達 1000 萬字。其
中多部作品獲全國性大獎，《西藏民間故事》獲首屆全國民間文
學一等獎(即現在的"山花獎")；《雪域西藏風情錄》在 20 世紀 90
年代最爲暢銷，多次再版重印，深受熱愛西藏和西藏文化的讀者
歡迎，成爲進藏游人、學者和新聞界人士的最愛讀本之一，并榮
獲"珠穆朗瑪文學獎"；《百年西藏》(中、英文本)獲全國最佳圖書
獎；《藏族服飾文化》(中、英文本)獲全國最佳圖書獎提名獎；《世
界屋脊上的神話和傳說》獲全國少數民族文學獎；由廖東凡擔任
總策劃的電視紀錄片《布達拉宮》獲第 10 屆"華表獎"優秀紀錄
片獎；人物散記《街頭舞蹈家索達雅古》被收入北京市中等職業
學校語文教材；《漫游西藏》被蘇教版語文教材推薦爲中學生課
外知識讀物，僅 2016 年就連續 4 次再版，2018 年"世界讀書日"
時被全國 50 位書店人評爲"最愛看的書"之一。同時，廖東凡的
部分著作还先後被翻譯成英、法、德等多種文字出版發行。《拉
薩掌故》英文版亮相德國柏林圖書節。廖東凡的其他社會職務
還有中共中央涉藏問題顧問、中國西藏文化保護與發展協會常

務理事、中國人權研究會常務理事、中國民間文藝家協會常務理事、中國民俗學會常務理事、《中國民間文學集成》總編委、西藏群衆文化學會顧問、《西藏人文地理》雜志顧問等。河北教育出版社出版的《民間文學詞典》對廖東凡設有專門詞條，英國劍橋大學編纂的《中華名人録》有廖東凡的專題介紹。同時，廖東凡還曾赴亞洲、歐洲和美洲的 20 多個國家和地區進行藏學、民俗學和民間文學學術交流。2017 年 2 月 11 日，廖東凡在北京辭世，享年 80 歲，後被安葬於北京八寶山革命公墓。2020 年，横田廖氏桗木山住宅——"廖東凡故居遺址"被定爲寧鄉文化資源地之一。2021 年 4 月，湖南省寧鄉市人民政府在廖氏桗木山住宅原址竪立"廖東凡故居遺址碑"，并對廖東凡的生平事迹和學術成就進行了介紹。

【簡注】

（1）桗木山：山名。位於湖南省寧鄉市壩塘鎮横田灣村，與廖氏老宅春泉堂相距約一公里。山上樹木蔥翠，春、夏、秋三季，桗木花開，紅白相間，艷麗奪目；山下珠泉流淌，四時不斷，别有一番景致。廖氏桗木山住屋即位於山之東側，同時此山亦爲廖氏十八世祖廖義皋葬地及祠堂所在地。

（2）桗木：喬木，花白。映山：即映山紅，又稱杜鵑花，灌木，花紅。

（3）鷄菱：芡之别稱。踏水：即踏水荷。鷄菱、踏水荷兩種植物多生於池塘或溪水中，其色一緑一青。

挽劉惕齋聯

蜩螗沸羹之世，獨立不移，如君足當健者；
父子兄弟之間，絲毫無忝，到此始算全歸。

【説明】

此聯録自《聯語摭餘》，頁十四。廖樹蘅自注云："同里劉先生惕齋，孝友積學，不隨流俗轉移，二子皆諸生，能讀父書，先生没年過七十，吾黨德人也。挽之以聯云：'蜩螗……全歸。'"廖基栻撰《劉滌齋先生傳》中云："以光緒乙巳正月某日卒，享年七十。"（《瞻麓堂文鈔》卷一，頁五十）可知劉惕齋卒于清光緒三十一年（1905）正月間。故廖樹蘅爲之撰述挽聯，亦當在此時。

劉惕齋七十歲生日時，廖樹蘅曾作《劉惕齋先生七十壽序》以贈。其文曰："光緒甲辰秋九月某日，爲劉先生惕齋七十壽辰，適其次君以是年隸學籍，季静庵早廪於庠，有聲湘澤，餘子力田供養。一門之中，詩書稼穡各執爾業，先生高年怡愉，神明不衰。族鄰群然知善之可爲，而頌先生獲福之有由，擬製錦以伸躋堂之祝，徵序於樹蘅。蓋先生爲里閈德人，静庵又從學有年，未敢以不文辭。凤聞先生内行肫篤，家故農也，薄田無幾，皆自治之。幼時自塾歸，其父必命之行田疏澗涂、繕畦町，與傭保雜作。父或負戴于路，輒趨往代之，遇疾痛疴癢，扶持抑搔，無斯須離左右。其事母也亦然。弟某頗佚蕩，或深夜不歸，則持扄鑰以俟，至則啓扉納之，不令堂上人知，亦無責善之詞，久之弟亦嘿感而軌于正。讀書求心得，耻爲章句口耳之學。國朝承明舊制，以八股文取士，俾習知孔孟之微言大義，法非不善，流暨既久，司文枋

者奉行不盡如式,每命題輒割裂觚析,名爲避熟,實則自掩其荒
陋。於是綴文之子皆束群籍不觀,專取坊刻程文以相侔揣,單慧
之姿,虛弄機轂,一藝偶合,循是掇巍科、膺膴仕,積資以登台鼎。
士見出身非此末由,翕然趨之。樸學因此愈微,人才遂因此日
窳。先生心知其非,自顧莫能正其失,僅一入試場以順親命,遂
絕意科舉,日惟從事於經史有用之學。深山草廬,一編自隨,罔
間涼燠。復捃摭史鑑中有關世用爲人人所應知者,制爲歌括,以
詔其鄉人,訓其子弟。經師人師,所立卓爾,被其教者大都謹飭
務學,不敢軼于人範,亦猶蘇湖弟子望而知爲出安定之門也。竊
謂三代以下,學校隳壞,教與學兩無所麗,中間如漢如唐如宋,雖
悌孝力田、茂才異等垂爲科目,冀以收作人之用,究皆名存而實
不至,則以教之不豫故也。金、元以降,自鄶無譏。近因海祲不
靖,當事漸知空文不足以弭敵,稍稍講學,務興工藝,以蘄復古者
六藝之遺。而承其事者或陽奉陰違,或虛應故事。間有深知事
會之來,非師外人之長不足以圖自强,而於承學之選顧往往不擇
而育之,糜百千億萬之金錢,學鵠未正,流弊滋多,其患與陽奉虛
應無以異,且或加甚焉。豈知體不立,即用不行,本實拔,斯末不
舉,此古今中外之通義而莫之能易也。不此致審而貿貿然行之,
甯有幸乎?然則如先生之敦倫紀、習勤苦、劬書體驗以衷實用,
是即所謂本也,所謂體也。奉此以研求有用之學,何功業之不可
成?惜乎達者之罕也。《易》曰:'天地閉,賢人隱。'方今世難未
夷,群言淆亂,語以先生之學,非病爲儒緩即譏其頑固,卒之孰得
孰失,有識自能辨之。天道無剝而不復,數年之後,情見勢絀,覆
轍相尋,必有返求諸本體以大其用者,則先生之學昌矣。願抱冬
心,禁歷沍寒,以待萌胅之一日,知天之錫先生以年,必有因此而
愈篤者。故不惜引申其義,以爲左券,且爲先生侑一觴焉。"(《珠
泉草廬文錄》卷一)

　　劉惕齋辭世後,廖基棫作《劉滌齋先生傳》,追述其一生行

迹。其文云："先生姓劉氏，諱培寅，字滌齋，甯鄉人。先世有字景弼者，由江西遷甯鄉之石潭，其間山水清寓，居者多寓慧能文之士，故劉氏先世多以文學顯。先生紹述前緒，爲學務大體，少即沈厚，不煩教督，而親近書史異於群兒。及長，讀宋五子書，朝夕服膺弗失，故言動有節，衣服飲食有常度，雖獨居不敢須臾廢怠。嘗詔學者爲學之道以立志爲始，念以求仁爲依歸，以改過慎獨爲工夫，學有本原，徒尋求章句無當也。生平不喜爲時藝，尤惡學者以割裂裝綴之文相習。一日，試於有司，適以割裁四子書命題，先生即於場中上書，痛陳侮聖亂經，非代前人立言之旨。同類大嘩，目爲狂生。先生知其無可爲，遂橐筆歸，終身不與試事。性孝友，其父晚歲患風疾，瘖不能言，先生授徒數里外，每夕必歸侍左右，雖風雨罔間。凡飲食嗜欲，能視聽於廢眇，父非先生在側，不樂也。有弟某，好與博徒游，或終夜不返，先生常立門外。俟其歸，垂涕泣道之，引先世勤儉盛德事以爲質。弟或羞怒，先生亦不與較。稍閑，復徐徐勸諭之。蓋其父教子甚嚴，不欲使知之，而重傷其意，後弟亦感其義，卒爲善人。生平喜濟人急，族黨中以窮乏告者，必分脩脯周之，故鄉人多賴其惠。以光緒乙巳正月某日卒，享年七十。子四人，孫幾人，曾孫幾人。所著書曰《蒙養錄》十卷、《四禮探原》四卷，藏於家。論曰：昔梅曾亮傳吳府君事，吳君應有司試，以失履後至，爲從者所呵斥，吳君遂橐筆出，有司謝之，終不復試，人以是高。吳君孰意，繼之者有劉先生也。然先生非故薄科第而徒相尚以名者，嘗見先生二子入學，親戚稱賀在堂，先生顧而樂之，未嘗或倦也。"(《瞻麓堂文鈔》卷一，頁五〇至五一)

【簡注】

(1) 劉培寅(1935—1905)：字滌齋。清湖南省寧鄉縣五都石潭口人。諸生。著有《蒙養錄》《四禮探原》等。

（2）蜩螗沸羹：像蟬鳴叫，像沸湯翻滾，形容社會動亂。語出《詩經·大雅·蕩》："咨婦女殷商，如蜩如螗，如沸如羹。"蜩螗：亦作蜩蝘。蟬的別名。漢代焦贛《易林·謙之解》："蜩螗歡喜，草木嘉茂。"晉代陸雲《寒蟬賦》："容麗蜩螗，聲美宫商。"晚唐齊己《移居西湖作》詩之二："蜩螗晚噪風枝穩，翡翠閑眠宿處深。"沸羹：比喻嘈雜的聲音，或比喻動蕩混亂的局勢。

（3）獨立不移：指一個人有着堅定的毅力。

（4）健者：指强有力的人。

（5）無忝：指不玷辱，不羞愧。

（6）全歸：爲保身而得善名以終。語出《禮記·祭義》："父母全而生之，子全而歸之，可謂孝矣。不虧其體，不辱其身，可謂全矣。"唐代元結《夏侯岳州表》："公既壽而貴，保家全歸。"

挽劉碩光聯

　　迹無論乎顯晦，若性斯賢，看貞不戾俗學不噉名，亦真率亦詼諧，數同井交游風期獨絶；

　　習漸入於奇衺，正命爲幸，喜婦能操家子能負耒，有石田有茅屋，比杜陵野叟身世何如？

【説明】

此聯録自《聯語摭餘》，頁十四。廖樹蘅自注曰："其（指劉惕齋）從子碩光，亦振奇人也，後先生數年没。挽云：'迹無……何如？'"

劉碩光：即劉良熙，碩光爲其字。清湖南省寧鄉縣五都石潭口人。石潭三舍劉氏。湖南省慈利縣教諭劉品莊曾孫，劉培寅從子。良熙家雖貧甚，仍以資濟人，且終年執著於詩詞吟詠，與廖基械往來頻繁,常有酬唱。廖基械在《慈利縣教諭劉品莊先生家傳》後評云:"先生曾孫名良熙者,與余交有年,其性情肫篤,不爲無益苟且之行,信乎儒術之士也。先生遺產無多,故子孫豐豫之家絕少,然有篤學謹守如良熙者,能世先生之緒,於先生有光矣。"(《瞻麓堂文鈔》卷一,頁五十)

位於橫田石牌口的碧血橋,地處盤泉崙下,其地有宋代石碑遺迹,廖基械曾攜同里劉良熙、劉世濂至此考證。廖樹蘅亦曾專程前來探訪,并作碧血橋詩二首。其詩云:"橋在盤泉寺下之石碑口,隔余家約四里,前年兒子基械隨同里劉碩光、劉石頑經其地,見石上微露字迹,捫苔讀之,文多剥蝕,僅存'淳祐三年癸卯七月王節女碧血橋'十四字劣能辯認。考淳祐爲南宋理宗年號,其時寧鄉不聞有寇亂,而碑有'碧血橋節女'等字,明係王氏女遇暴殉節於此。世遠年湮,餘字脱壞,無從考辯,作詩哀之。'石牌霜葉晚蕭蕭,下馬來尋碧血橋。六百年來陵谷改,難將本事問前朝。''玉碎珠殘事可傷,斷碑幽沁紫苔涼。行間姓字差能辨,家本瑯琊大道王。'"(《珠泉草廬詩後集》卷二,頁九至十)

作爲同里詩人,廖基械與劉碩光交游頻繁,《瞻麓堂詩鈔》中即收録其往來詩共四題六首,亦可説明廖、劉交游之厚、情誼之深。諸如:

《訪友人不遇》共兩首。其一:"石磴盤陀接短垣,笆籬遥斷濕雲昏。林陰缺處明如畫,無數青山綠到門。"其二:"巖静窗虛萬籟微,牙籤風動葉聲飛。主人不見花枝暝,閑數歸鴉倚竹扉。"(《瞻麓堂詩鈔》卷一,頁十四)而在《瞻麓堂詩存》卷六廖基械自鈔本中,本詩題爲《訪碩光不遇》,可見其所言之"友人",即劉碩光。

《過碩光山齋》:"風掩柴關静,蕭然一徑閑。樹陰高下合,雲氣有無間。澗響通巖竇,畦荒塞草菅。知君貧不厭,負郭飽青山。"(《瞻麓堂詩鈔》卷四,頁九)

《酬劉碩光見贈》："不辭蕭索老柴荆，十見巖松改舊榮。肯
托農桑欣有子，非關榮辱始逃名。閑中歲月能題識，老去妻帑共
性情。我亦年來守玄寂，可能風雨漫偕行。"（《瞻麓堂詩鈔》卷
五，頁六）

《過碩光山齋歸途有作》共兩首。其一："積雨新晴水滿陂，
綠楊風暖泛鳧鷖。山如隔面經年別，鳥解留春盡日啼。雲葉飄
音疏磐散，谷陰分翠野墻低。藤牀暫借趁行脚，不礙斜陽下崦
西。"其二："紫竹編籬綠掩門，連年春雨長龍孫。舊題詩處渾如
夢，見慣風光莫更論。蠶老鄰園聞笑語，飯香村落足雞豚。談深
卻忘歸途遠，莎徑輕鬆印屐痕。"（《瞻麓堂詩鈔》卷六，頁六）

劉良熙卒後，廖基械曾作一詩一文以表記懷。廖基械《過故
友碩光舊宅有感》共兩首，其一："依舊寒雲掩竹扉，五年泉石影
相違。不辭野屐冲泥入，無復山人載酒歸。破壁昏煙茶焙濕，斷
垣殘照乳鴉飛。不堪鄰笛棲涼甚，倚檻無言淚暗揮。"其二："三
尺墻陰老自娛，一氈寒映鬢毛枯。妻挐已慣甘藜藿，風雨無情伴
蠹魚。死不求榮真強項，生逢多難獨愁予。人間無地埋憂憤，泉
下知君樂有餘。"（《瞻麓堂詩鈔》卷七，頁五）

廖基械《劉良熙世溥傳》："劉良熙，寧鄉人也，字碩光。性真
率善，誕出一語，往往驚其座人。少讀書囿於風氣，無由振拔流
俗，時制科取士，數百年鄉里才士專以製藝相尚。良熙所爲制舉
文悉合程式，然試輒不利。嘗自悔曰：'吾不恨未得科第，恨未知
讀書耳。今知之晚矣。'未幾卒，年六十有一。良熙家甚貧，生平
嘗一干當世以自見，破屋數椽，不庇風雨，見者恒憫其湫隘，良熙
殊自適也。同里劉世溥慕良熙之爲人，嘗稱其爲安貧樂道君子。
世溥，字毅人，貧與良熙同，而其性各異。世溥沈默寡言笑，不好
嘗人短；良熙則直而戇人，有過即面責之，而人顧樂與良熙友。
世溥好爲詩，每一篇出，輒對客朗誦，頭目手足皆動搖，有譽之
者，則聲益壯，氣益昂，若不知有人在旁也。良熙嘗誚之曰：'世

溥特好名之甚者,君自問,果可噉名耶?'世溥笑應之,吟如故。
然良熙亦嘗爲詩,不求工第,以自適而已。……廖基栻由是論
曰:'良熙之介,殆於陵仲子之流與?然仲子避兄離母,其志稍
褊。良熙襟懷曠達,家雖貧,歲必分修脯以濟兄乏,是又高仲子
一等矣。世溥汲汲於詩,雖近於好名,然終身未嘗以詩幹人。良
熙責之,過矣。然二子賦性雖不同,而其志趣則一,要皆各有可
傳者也。"(《瞻麓堂文鈔》卷下,頁十三至十四)

【簡注】

(1)"迹無論乎顯晦"句:指形迹不要説明暗。迹:指形迹。
顯晦:明暗。

(2)戾俗:至俗。

(3)噉名:好名。謂貪名之甚,猶如飲食。噉:意爲吃或給人
吃。語出南朝宋劉義慶《世説新語·排調》:"簡文在殿上行,右
軍與孫興公在後。右軍指簡文語孫曰:'此噉名客。'簡文顧曰:
'天下自有利齒兒。'"

(4)同井交游:指鄰居結爲朋友。同井:同飲一井水,謂鄰
居。晉代習鑿齒《襄陽耆舊傳》:"王粲與繁欽,并鄰同井,粲以西
京擾亂,乃之荆州依劉表,其墓及井見在。"交游:結交朋友。《荀
子·君道》:"其交游也,緣類而有義。"

(5)風期獨絶:指風度品格獨一無二。風期:風度品格。《晉
書·習鑿齒傳》:"其風期俊邁如此。"獨絶:獨一無二,絶無僅有。
語出《與朱元思書》:"自富陽至桐廬,一百許里,奇山異水,天下
獨絶。"

(6)奇袤:神奇袤遠。

(7)正命:指壽終而死。漢代王充《論衡·命義》:"正命,謂
本稟之自得吉也。性然骨善,故不假操行以求福而吉自至。"

(8)負耒:指背負農具,從事農耕。《孟子·滕文公上》:"陳

良之徒陳相,與其弟辛,負耒耜而自宋之滕。"耒:古代指耕地用的農具。

(9) 石田:貧瘠的田地。宋代秦觀《次韻子由題蜀井》:"蜀岡精氣瀦多年,故有清泉發石田。"元代王逢《贈龍虎山人鄭良楚》詩之二:"石田歲稔茅屋好,種菊乞詩虞翰林。"

(10) 杜陵野叟:指杜陵地方的村野老人。杜陵:地名,在今陝西省西安市東南。古爲杜伯國,秦置杜縣,漢宣帝築陵於東原上,因名杜陵,并改杜縣爲杜陵縣。晉曰杜城縣,北魏曰杜縣,北周廢。唐代盧照鄰《長安古意》詩:"挾彈飛鷹杜陵北,探丸借客渭橋西。"白居易《新樂府·杜陵叟》:"杜陵叟,杜陵居,歲種薄田一頃餘。"野叟:指村野老人。唐代杜荀鶴《亂後山居》詩:"野叟并田鉏暮雨,溪禽同石立寒煙。"

挽周達武聯

葛武鄉綏服西南夷,濡管我曾臚戰績;
陳破胡困於刀筆吏,上書誰爲訟忠勤。

【説明】

此聯録自《聯語摭餘》,頁十四。撰於清光緒二十一年(1895)春間。廖樹蘅自注云:"縣人尚書衝甘州提督周達武,樸勇喜功名,所領武字營添至百二十營,家無餘財,廉將也。蜀黔戰績,曾代擬事略行世。以嗛於御史安維峻,於論楊昌濬、沈玉遂疏內牽連得書,没後撤銷易名之典,非其罪也。聯云:'葛武……忠勤。'"

鄒華亨、程亞男等編纂的《近現代名人挽聯選》及《寧鄉文史·第十輯》等收録此聯,原題爲《廖樹蘅挽周達武》。

周達武(1828—1895)：字夢熊，號渭臣。清湖南省寧鄉縣四都東八區靴塘人。本爲明朝皇室吉王苗裔，明亡後流落到寧鄉，改姓周。父世泰，以鄉間算命看相爲業。周達武原從事人力車夫及在寧鄉縣雙獅嶺一帶的煤礦挖煤，太平軍進軍湘中時，時年27歲的周達武於咸豐四年(1854)投湘軍李續賓部。攻武昌，戰九江，復麻城，克黄安、舒城，九死一生。咸豐九年(1859)正月，翼王石達開攻陷湖南桂陽州，時湖南巡撫駱秉章大量募兵，簡拔健將。周達武受左宗棠、劉典推薦，得領上旅，是爲武軍建立之始。其年與石達開部隊轉戰湖南、廣西一帶，皆捷，擢參將，加總兵衔。後率武軍轉戰貴州、四川等地，屢立奇功，先後擢升貴州提督、四川提督。光緒三年(1877)，詔授甘州提督。周達武幼年家貧失學，故公退之餘，好閱書史，尤愛臨池。性慷慨，喜施予，先後給寧鄉玉潭書院捐田四百八十餘畝、銀一萬二千餘兩，以贍鄉族之貧困者，并向雲山書院捐書數千册。光緒二十年(1894)，以慈禧太后萬壽晉尚書衔。次年正月，周達武卒於任，享年六十八歲，歸葬原籍善山嶺楊家灣。陝甘總督楊昌濬奏聞，詔從優議恤，加恩予諡，省分建專祠，事迹付史館立傳。而御史大夫安維峻，於論楊昌濬及沈玉遂疏内牽劾周達武。《寧鄉文史第十輯》曾對此作過專題梳理，其文曰："略言高臺縣'嘸嘸會'一案，誤聽知縣捏報，派兵剿辦，殃及無辜，請降旨不準甘肅建祠。旋經陝西巡撫鹿傳霖查奏：'匪徒李九明創立嘸嘸會，煽惑居民滋事，竄至高臺縣吳家堡等處。經肅州清水營都司龔得勝、高臺縣知縣羅佐清先後具稟，尚非捏報。故提督周達武聞信即派甘標參將劉德騰等率領兵勇前往相機剿撫，旋將匪徒全數撲滅。該匪股不致日久勾結，地方未被蹂躪，其功誠不可没。唯於剿辦之際，派出員弁未能分別良莠，以至玉石俱焚。雖該提督未在行間，而事後未能查實參辦，其過亦不可掩。'得旨，仍准予立功，省分建立專祠，毋庸予諡。"

廖樹蘅與周達武交誼頗深。廖、周之間的交往，至少可以追溯到光緒二年(1876)年初，即周達武於是年鄉居期間。光緒九年(1883)七月，廖樹蘅受周達武之聘，從湖湘遠赴甘州，出任周達武幕賓。在甘州及隨後數年間，廖樹蘅主要做了三件事：一是理清周達武所統率武軍在川、貴時期的所有賬目，以向慈禧太后和光緒皇帝奏銷武軍積餉。二是就周達武在四川、貴州等地與石達開餘部及苗、彝部族戰事，撰著兩卷本的《武軍志》，即刊刻之《武軍紀略》，此書是研究晚清西南軍事史、民族關係史的重要著作之一。三是撰述一批詩詞、楹聯，如為提督署內一園之肖虹亭、毅武營營門等撰聯，被譽為西北名聯。

周達武與廖樹蘅常有詩詞往來。廖樹蘅所著四卷本《珠泉草廬詩鈔》中，即收錄多首與周達武有關的詩歌作品。如《抵甘州呈一園主人》，其一："別來六度逢人日，鬢髮驚看漸老蒼。帳下風雲屯虎豹，燈前魚麥話湖湘。刀圍綺席銀尊暖，雪壓胭脂畫燭涼。今夕不辭濡首醉，相逢主客并他鄉。"其二："衙齋清比玉堂深，喬木千章聒晚禽。河右兵曹依幕府，將軍第宅有山林。轅駒伏櫪心還在，滄海橫流感不禁。安得三千射潮手，秋風關海靖鯤鱣。時法蘭西敗盟，海上事棘。"(《珠泉草廬詩鈔》炁陽本卷三)

《八月初十日，渭公率同城文武餞余南關外之南華書院，作此述別》，其一："閑鷗蹤迹去留便，馬首西來恰一年。磨盾文章供覆瓿，傭書心事媿行邊。敢期詩句同高適，薄有生涯似鄭虔。歸去江鄉足魚稻，洞庭東望水連天。"其二："曉日城門祖帳開，天山晴雪白皚皚。五涼霜早黃榆隕，八月風高畫角哀。上路轅駒驚短馭，中興將率足邊才。相望各有無窮感，世事乘除豈易推。"(《珠泉草廬詩鈔》炁陽本卷三)

《蛻園》："紫竹紅榴長過樓，舊題詩處不勝愁。十年風月隨人改，一片蒼煙繞樹流。穿徑屐聲驚睡鶴，過橋笠影散輕鯈。生憎鬢髮無情甚，一樣蒼涼有渚鷗。"(《珠泉草廬詩鈔》炁陽本卷三)

《珠泉草廬師友錄》中亦收錄多首周達武與廖樹蘅的唱和之作。周達武《和廖蓀畡廣文武昌感事四首》，其一："茫茫武漢勢依然，水渺繁華合野煙。九派朝宗江自闊，萬家團聚景無邊。紅雲出岫初含日，黃鶴飛仙不計年。傑閣凌空崇楚望，救生常見往來船。"其二："鄂渚中興仗義高，廿年宵肝極勤勞。文忠壯烈千秋盛，武庫真誠萬古豪。幾輩功名鎸鐵券，數叢磷火亂沙淘。游人浩蕩滄桑變，海舶縱橫雜漢皋。"其三："勁草絪縕百練霜，古今懷抱畫樓旁。伍胥憤激濤飛雪，崔顥才高韻舉觴。赤壁餘堆連夏口，青山生氣達潯陽。昔年詞客今何在，鸚鵡洲邊骨亦香。"其四："六十年來杖不扶，邊風蕭瑟憶菰菰。嶽峰書滯催征雁，漢水蘆疏噪晚烏。故國雲天千里隔，朝廷恩眷半生辜。初衣自有歸田樂，數頃桑麻尚未蕪。"（《珠泉草廬師友錄》冊一卷四，頁五六至五七）

《和蓀畡廣文一園漫興》："古樹披柯結蔭稠，玲瓏滴翠護高樓。磯頭把釣魚爭餌，林面含春鳥不愁。蒔菊手芟三徑草，濟時心逐五湖舟。塞雲卷雨池亭净，勝地能招海上鷗。"（《珠泉草廬師友錄》冊一卷四，頁五七）

《題蓀畡廣文西湖景帳額并序》："壯歲於役蜀黔，比來居延塞上，皆山谷隩阻之區，無游觀之適，客有談江湖之樂者，心耳爲之開滌。適蓀畡出西湖景帳額索題，爰占七律二章以應之。異日行與君掛帆東下，一訪六橋三竺之勝，以足一生願耳。'四圍蒼翠抱杭州，錦纜隨波逐白鷗。南渡霸圖開帝業，西泠歌舞度春秋。川回組練金牛現，塔閱興亡鐵馬愁。想見蘇堤好風景，平生餘恨未曾游。''英雄名士事如生，祠廟凌空浩氣橫。九里松濤鳴夜雨，六橋煙柳弄春晴。睡餘煮茗看湖色，吟罷平蘇識正聲。一幅鵝溪潑螺黛，日長消得夢魂清。'"（《珠泉草廬師友錄》冊一卷四，頁五七至五八）

【簡注】

(1)"葛武鄉綏服西南夷"句：葛武鄉，即三國名相諸葛亮。蜀漢建興元年(223)，劉備白帝城托孤諸葛亮。劉禪封諸葛亮爲武鄉侯，領益州牧。故稱之爲"葛武鄉"。綏服：平定征服。本句借諸葛亮綏服西南少數民族之舉，意在説明周達武掃除石達開餘部，平定貴州、川西諸事。

(2)"濡管我曾臚戰績"句：濡管，指沾濕毛筆。臚，即陳列、羅列之意。本句指光緒十二年(1886)九月，廖樹蘅爲周達武撰述完成《武軍志》事。廖樹蘅《自訂年譜》云："光緒十二年丙戌四十七歲。九月，《武軍志》成。右銘廉訪笑謂何必借名領軍，徒使周老五得名。然人莫不知出寧鄉廖秀才手也，尤以弁言爲工，謂雅似古微堂文。"(徐一士《一士類稿》，頁一八九)

(3)"陳破胡困於刀筆吏"句：刀筆吏，指古代負責寫訴狀的官吏。此處指周達武被御史大夫安維峻於論楊昌濬及沈玉遂疏内牽劾之事。陳破胡：即陳湯，字子公，西漢後期將領。山陽瑕丘(今山東兗州東北)人。曾和西域都護甘延壽一起出奇兵攻殺與西漢王朝相對抗的匈奴郅支單于，爲安定邊疆做出了極大貢獻。因有人告陳湯收受錢財，妄言惑衆，結果被貶爲庶人，趕出京城，遷往長城邊塞的敦煌。後又被敦煌太守奏書遷往安定(今寧夏固原)。議郎耿育爲其鳴冤，陳湯得還京城，終老長安。

(4)訟忠勤：訟，同"頌"，頌揚之意。忠勤：忠心勤勞。

挽張祖同聯

四海一子由，荆樹飄零，聽雨湘樓虚舊約；
衆中識霰蔑，笛聲嗚咽，題襟江館感當年。

【説明】

此聯録自《聯語摭餘》，頁十四至十五。撰於清光緒三十四年（1908）。廖樹蘅自注云："長沙張祖同雨珊，居黑麋峰下，有《湘雨樓詩草》，總角時彼此以詩往來，顧不曾謀面。光緒丙午，晤於寧州陳氏蛻園，雨珊題余《珠泉草廬圖》句云'大灣池館識君初'是也，此後相見日多。後其弟埜秋一年没。聯云：'四海……當年。'"

張祖同與廖樹蘅在總角之年彼此即以詩書往來，友情甚篤。張祖同曾爲廖氏《珠泉草廬圖》題詩兩首，其一："槃澗心遐拓地偏，泠泠晴日響珠泉。深山雲護三朝樹，淺草風横二頃田。獨愛衣冠存舊族，即論圖畫似斜川。幽居最有平生意，林壑春閑望邈然。"其二："大灣池館識君初，一別驚心廿載餘。草徑已荒劉蜕宅，果園今見仲長居。早聞湖上傳名句，最羨山中卻薦書。此意從知真在此，比鄰吾欲結茅廬。"（《珠泉草廬師友録》册一卷五，頁八至九）

《珠泉草廬師友録》中收録張祖同致廖樹蘅書札三通，名曰《湘雨樓書札》。從詩詞探討、土物相贈到礦務托轉等諸事細究，可見張、廖情誼決非泛泛之交。

張祖同《湘雨樓書札》第一通："蓀畦老兄大人閣下：拜諭并荷賜圖册，長城五言，斯樓千古，惟有寶貴。公詩以真氣運古律，遂爾超拔警勁，獨出冠時，曷勝佩服。承示尊居結構層樓，當有住凌八荒之概，繪圖征題，一時勝事。惟弟詩筆甚劣，則逡巡不敢對也。今日入鄉，初八九當再至城詣謝。專此，敬叩臺安。小弟張祖同頓首。"（《珠泉草廬師友録》册二卷七，頁四八）

《湘雨樓書札》第二通："前於涵園奉教爲暢。歸拜諭，并承饋家梟四翼，欣謝之至。灰湯之品，久聞其名，而未嘗其味，得此使老饕果腹，陸氏欄中無此也。友人昨寄六安茶一匣，借花獻佛，乞哂收，不敢比諸瓊玖也。敬叩臺安。弟祖同拜啓。"（《珠泉

草廬師友録》册二卷七,頁四八)

《湘雨樓書札》第三通:"違教十餘日,甚悵。弟昨自湘鄉歸,五日陸行三百餘里,疲困已甚,尚稽走候,歉歉。張綺梅之侄世兄恪存,以書來屬言礦務,弟本門外漢,大有盲人瞎馬之嘆。前曾面言之,兹將其原件奉閲,是否可行,求示復,以便轉復恪存。稍暇當詣叙。專此。敬叩臺安。"(《珠泉草廬師友録》册二卷七,頁四八)

【簡注】

(1)張祖同(1835—1908):字雨珊,號詞緣,晚號狷叟。湖南長沙人。清同治壬戌(1862)科舉人。候選知府,著名詞家。曾積極參與陳寶箴、陳三立父子所倡導的湖南維新運動。著有《湘雨樓詞》五卷。祖同出身世家,祖父張再英,嘉慶丙辰(1796)進士,官廣東海豐知縣。伯父張沄,字竹汀,咸豐癸丑(1853)進士,曾任監察御史,有直聲。父張啓鵬,字幼淓,號蔗泉,道光乙未(1835)舉人。早年游幕兩江總督裕泰幕,後主講安陸、石鼓等地書院,有《心言約編》等行世。

(2)黑麋峰:山名。位於湖南省長沙市望城區東北角,距省城長沙十九公里,風景秀麗,自古號稱洞天福地。黑麋峰極具文化淵源,唐代書法家懷素墨迹至今猶存,詩人劉長卿曾上山尋幽訪勝。

(3)總角:古時男未冠、女未笄時的髮型。頭髮梳成兩個髮髻,如頭頂兩角。後稱兒童時代。

(4)四海一子由:語出蘇軾《送李公擇》詩:"嗟余寡兄弟,四海一子由。"子由,即蘇軾弟蘇轍字。蘇轍(1039—1112),字子由。宋代眉州眉山(今四川省眉山市)人。唐宋八大家之一。宋嘉祐二年(1057)與其兄蘇軾同登進士科。神宗朝,爲制置三司條例司屬官。因反對王安石變法,出爲河南推官。哲宗時,召爲秘書省校書郎。元祐元年(1086)爲右司諫,歷官御史中丞、尚書右丞、門下侍郎,因事忤哲宗及元豐諸臣,出知汝州,再謫雷州安置,移循州。徽宗立,徙永州、嶽州,復太中大夫,又降居許州。自號潁濱遺老。卒謚"文定"。此處指張祖同與其弟張百熙如蘇軾、蘇澈兄弟一樣,手足情深,才華蓋世。

(5)荆樹飄零:比喻兄弟骨肉飄泊流落。荆樹:周景式《孝子傳》:"古有兄弟,忽欲分異,出門見三荆同株,接葉連陰。嘆曰:'木猶欣然聚,況我而殊哉!'遂還爲雍和。"比喻兄弟同氣相連飄零。

(6)湘樓虛舊約:湘樓,即張祖同書齋湘雨樓之簡稱。舊約:從前的約定。

(7)鄧蔑:字然明,又稱鄧明。春秋時期鄭國大夫,智者,容貌雖不雅,但能言善辯。

(8)嗚咽:傷心哽泣的聲音。

(9)"題襟江館感當年"句:題襟,即抒寫胸懷。唐時温庭筠、段成式、余知古常題詩唱和,有《漢上題襟集》十卷。後遂以"題襟"謂詩文唱和抒懷。清代錢謙益《和東坡西臺詩韻》之二:"肝腸迸裂題襟友,血淚模糊織錦妻。"江館:江邊的客舍。此處指廖樹蘅、張祖同曾在湘江之濱雅集事。

挽王世琪聯

門巷認烏衣,君原上國名卿,寧知滄海橫流,華表遽歸緱嶺鶴;

當途駁龍戰,我是故山頑禿,見説湘累氣盡,商歌賡續洞庭秋。

【説明】

　　此聯錄自《聯語摭餘》，頁十五。撰於民國六年（1917）。廖樹蘅自注云：“吾縣大理院右丞王世琪，性狷介，供職比部多年，人頌其平，寖寖乎大用矣。遜位詔下，痛哭辭朝，間關歸里門，罕與人接。未幾，没於家。聯云：‘門巷⋯⋯庭秋。’明遺老郭都賢有《洞庭秋詩》十首，傷亡國事也。痛哭辭朝事，炳青未嘗自言，近始聞之張興慧蕚林。張亦縣人，以進士發河南，十年未一縮符，所謂剛毅木訥，非耶？蕚林有悼炳青聯爲人所稱。炳青，世琪字。”又，張蕚林《挽王炳青》：“幾多佐命功臣，獨同徐枋生前，對赤紙長聲痛哭；本是先朝遺老，應繼陶潛死後，得紫陽大筆褒嘉。”（《寧鄉文史第八輯·溈寧耆舊聯選》，頁一五八）

　　《珠泉草廬師友錄》卷十收錄王世琪致廖樹蘅書札共三通，名曰《萊園書札》。札後附有按語云：“清末，自學部尚書張公百熙卒後，瞿公鴻機出軍機，湘人官京朝官階之崇，無有出先生之右者。清帝遜位，袁世凱爲臨時大總統，凡所引用皆前朝舊吏。比任先生爲法部副首領，弗就，痛哭辭朝而歸，杜門不出，絶口不談時政。明年，曾至莓田梅宅訪舊，邀梅先生英傑同赴衡田謁公。公子基植與先生暨梅先生同爲麓山老友，時公子基植患瘵疾，相對欷歔，留信宿別去。民國五年，鄉里匪亂，其子澤洪勸先生出避，不許，卒亦無害。逾年，病卒於家。”（《珠泉草廬師友錄》冊三卷十，頁三六至三七）

　　《民國寧鄉縣志·故事編·先民傳五十一·清》：“王世琪，字丙青，三都人。其先有選貢榮者，明成化間由江右徙瀏陽，三傳歲貢炯，官衡陽知縣，再徙寧鄉觀音石。⋯⋯世琪生於縣城，幼狷静淵默。年十八，補縣學生。光緒乙酉優貢第一，朝考用知縣不就。十四年戊子鄉舉，明年成進士，以主事分刑部。時律例積冗，新進務速化，多改官去。世琪獨悉心讀律，丹黄數過，筆記盈眉。充奉天江蘇司主稿兼總辦秋審處，時刑部尚書長安薛允

升，熟精例案，董誡員司若嚴師訓子弟，凡所裁擬，鮮當意者。世
琪遇事批卻，導窾深見獎許。天性愷惻，庚子五月，拳匪以仇教
爲名，攻使館久不克，輒捉近畿業蜜供者數十百人，誣爲二毛子。
二毛子者，西教徒也。事下刑部，尚書趙舒翹入軍機，旬月不視
部事，滿尚書崇禮迎端、郡王載漪，意命速決之。自是日有斬刈。
世琪悲憤流涕，至廢寢食。他日復縛八十三人來，誣挾多端。時
左右前後皆拳黨，噤莫敢一言。世琪乃夤夜詣舒翹，請推鞠。舒
翹慍曰：‘君休矣，若輩頑梗，貫盈殆數也。’世琪憤，拂衣起。俄
勸言聯軍薄城。帝、后西幸，八十三人者亦逸去。都人稱爲王君
子云。其年冬，奔赴行在，派充直隸司主稿。明年，扈從還京，調
安徽司。二十九年初江西司主事，旋遷雲南司員外郎，京察一
等。三十二年升河南司郎中，擢法部右參議，三十四年詔舉中外
人材，尚書戴鴻慈疏薦世琪行誼純固，器識深沈，擢大理院檢察
廳丞。世琪雖刑官，然通諸經大義，明先王治術，恒與人論本朝
法制，超軼歷代變法議起，深以爲憂。丁酉以父艱歸，適湖南設
時務學堂，按察使黃公度延授法律，不就。然益旁稽西律，昭晰
異同，推究得失。及詔開館修律，命沈家本總裁，世琪充提調，即
總纂也。家本多用留日學生爲館員，雜鈔成稿。世琪初欲盡易
之，度勢難與爭，乃第求去其太甚，其所以掇拾補救，務足與倫紀
之義相宜。而家本仍不能盡用草案出，編修勞乃宣、御史胡思敬
等叠奏糾彈，青島大學教授德人赫善心尤以爲悖國本，世琪方謂
當改撰。乃家本與資政院議員，出死力爭執，遂以宣統二年十二
月頒布。世琪深自疚焉。先是八月考試法官，詔派世琪充閱卷
大臣。事竣，以綏遠將軍貽穀侵牟墾款，命擢世琪法部左丞推鞠
之。悉心鈎稽，窮極情實，獄乃具。明年二月晉大理院少卿兼攝
正卿。光緒末，袁世凱權傾朝野，達官奔伺恐後。世琪嘗謂人
曰：‘是所謂司馬昭之心路人皆知者也。’每公退坐書室，孤燈熒
熒，深思長嘆。及武昌事起，世凱果乘機出謀盜國，逼隆裕太后、

宣統遜位。世凱組新內閣,擬以世琪長法部。不就,陛辭太后,
錫錦綺二端,溫諭令歸。乃涕泣出京歸。久之,世凱屢命湘人熊
希齡促之出,不應。及謀稱帝,湖南督軍湯薌銘設籌安分會,復
寓書諷使勸進。世琪方居母喪,復書曰:'斬焉衰絰不祥之身,國
有大慶,禮應回避。'母喪終,自祈死。丁巳八月十二日卒,年六
十一。"(《民國寧鄉縣志》冊二,頁八四〇至八四一)

【簡注】

(1) 王世琪(1856—1917):字炳青。清湖南省寧鄉縣三都洋
泉湖人。曾與廖基植、梅英傑、羅正鈞、孫蔚燐等同學於嶽麓書
院。清光緒己丑(1889)科進士,授刑部主事。歷官法部右參議、
大理院檢察廳丞、京師修律總纂、閱卷大臣、法部右丞、大理院少
卿兼攝正卿。辛亥革命後,袁世凱邀其出任法部副大臣,不就。
著有《律例箋》二卷、《萊園遺墨》二卷。

(2) 門巷認烏衣:門巷,指門庭里巷。《後漢書・郎顗傳》:
"公府門巷,賓客填集。"杜甫《遣興》詩之二:"客子念故宅,三年
門巷空。"烏衣:即指烏衣巷,在今南京市秦淮河南。三國時,吳
國曾在此建烏衣巷,以士兵穿烏衣而得名。東晉時,名門望族王
導、謝安居此,後形容豪門望族的居住地。明代吳廷翰《白練
序・詠燕・升平樂》詞:"烏衣門巷,嘆當年王謝,依舊斜陽。"

(3) 上國名卿:指京師有聲望的公卿。上國:此處指京師。
名卿:有名望的公卿。《管子・幼官》:"三年名卿請事,二年大夫
通吉兇。"《漢書・翟方進傳》:"三人皆名卿,俱在選中。"明代文
徵明《沈府君石表》:"府君之葬,一時文學名卿爲志銘,爲誄,爲
挽悼之詞。"

(4) 滄海橫流:滄海,指大海。橫流,水往四處奔流之意,比
喻政治混亂,社會動蕩。語出《晉書・王尼傳》:"滄海橫流,處處
不安也。"

（5）"華表遽歸緱嶺鶴"句：華表，爲中國古代傳統建築式樣，屬於古代宮殿、陵墓等大型建築物前做裝飾用的巨大石柱。相傳華表是部落時代的一種圖騰標志，古稱"桓表"，後作爲提醒帝王勤政爲民的標志。緱嶺：即緱氏山，多指修道成仙之處。唐代崔湜《寄天臺司馬先生》詩："何年緱嶺上，一謝洛陽城。"明代屠隆《彩毫記·泛舟采石》："二神姬鼓瑟湘靈，兩仙郎吹笙緱嶺。"

（6）當途駭龍戰：語出南北朝時謝朓《和伏武昌登孫權故城》："炎靈遺劍璽，當途駭龍戰。"當途：指掌握政權，也指掌握政權的人。原指陰陽二氣的交戰，後代指群雄割據的爭戰。

（7）故山：舊山，比喻家鄉。

（8）湘累氣盡：指屈原溺死事。湘累：指屈原。屈原是赴湘水支流汨羅江而溺死的，古人稱之爲湘累。元代張鳴善《脱布衫過小梁州》曲："悼後世追前輩，對五月五日，歌楚些弔湘累。"清代孔尚任《桃花扇·沈江》："那滾滾雪浪拍天，流不盡湘累怨。"氣盡：指生氣消失，或呼吸停止。

（9）"商歌賡續洞庭秋"句：凄涼悲切的挽歌在湖湘大地縈繞不止。商歌：悲涼的歌。商聲凄涼悲切，故稱。典出《淮南子·道應訓》。賡續：繼續。語出《敦煌曲校録·皇帝感·新集》。洞庭：湖名，位於湖南省境内。古稱雲夢、九江和重湖，處於長江中游荆江南岸。洞庭湖之名，始於春秋、戰國時期，因湖中洞庭山（即今君山）而得名。

挽易佩紳聯

嘉祐文章出一家，教軾轍早成名，人間再見蘇明允；
使者旬宣周數省，借神仙爲退步，匡廬又有識山樓。

【説明】

此聯録自《聯語撫餘》，頁十五。撰於光緒三十二年（1906）。廖樹蘅自注云："龍陽易方伯佩紳，以戎幕起家，歷縮四川、蘇州藩條。二子順鼎、順豫并負才名，方伯挂冠後，貞樓廬阜，築樓居之。時襲道裝往來江漢間，見者以爲仙也。長沙諸易皆祖祓，今寧鄉大潙山有易尚書墓、識山樓遺址尚存。方伯没，擬此挽之：'嘉祐……山樓。'"

《珠泉草廬師友録》卷七收録易順鼎致廖樹蘅書札一通，名曰《哭盦書札》，所言謝廖樹蘅題贈挽聯及其父易佩紳卒後事。其云："蓀畦先生道席：順鼎不孝，侍奉無狀，致遭大故，乃荷高賢垂念，寵頒聯幛，惠賜唁函，展頌敬懸，曷勝感叩。此次伯嚴考功兩至潯陽，與節庵諸君皆主卜葬廬山之議，而故鄉可懷，先靈攸戀，遂匍匐扶護，由鄂南歸，十月十二日抵家，十六日安葬。順鼎以南皮師之約，將附舟赴鄂。知關惠注，謹以奉聞。先君著作，已刻未刻者甚多，他日當匯輯一份，覓便寄呈，敬求鴻筆高文，以垂不朽也。專肅復謝，即請臺安。順鼎稽首。"（《珠泉草廬師友録》册二卷七，頁六六）

【簡注】

（1）易佩紳（1826—1906）：字笏山，一字子笏。清湖南省龍陽（今漢壽）人。清咸豐戊午（1858）科舉人。從軍川陝間，積功授知府。歷任貴州按察使，山西、四川布政使。易佩紳與陳寶箴、羅亨奎相交甚好，人稱"三君子"。詩學隨園。有《詩義擇從》四卷、《嶽游詩草》一卷、《文草》一卷、《函樓文鈔》九卷等存世。

（2）易順鼎（1858—1920）：字實甫、實父、中碩，號懺綺齋、眉伽，晚號哭庵、一廣居士等。清湖南省龍陽（今漢壽）人。易佩紳長子。光緒乙亥（1875）科舉人。張之洞聘其主兩湖書院經史講席。馬關條約簽訂後，上書請罷和義。曾兩去臺灣，協助劉永福抗戰。庚子事變時,督江楚轉運,後任廣西、雲南、廣東等地道臺。民國後任印鑄局長。工詩,講究屬對工巧,用意新穎。著有《琴志樓編年詩集》等。

(3)易順豫:字由甫。易佩紳次子,易順鼎弟。清光緒甲辰(1904)恩科進士。曾任江西吉安知府。工詩詞。有《琴思樓詞》《無庵文鈔》等行世。

(4)嘉祐:北宋蘇洵著有《嘉祐集》。此處以嘉祐指代蘇洵父子,以易佩紳、易順鼎、易順豫父子與蘇洵父子作比。

(5)軾轍:即蘇軾、蘇轍。以蘇氏兄弟作比易順鼎、易順豫兄弟。

(6)蘇明允:即蘇洵。

(7)"使者旬宣周數省"句:使者,比喻帶來某種信息的人或事物。旬宣:周遍宣示。語出《詩·大雅·江漢》:"王命召虎,來旬來宣。"《毛傳》中有:"旬,遍也。"周:指周游。

(8)"借神仙爲退步"句:指易佩紳"襲道裝往來江漢間,見者以爲仙"之事。

(9)"匡廬又有識山樓"句:匡廬,即江西廬山。相傳殷周之際,有匡俗兄弟七人結廬於此,故稱之爲匡廬。識山樓:南宋時湖南寧鄉狀元易祓曾築樓於溈山之南,取蘇東坡"不識廬山真面目,只緣身在此山中"詩意,題曰"識山樓"。并作《識山樓記》云:"仆於嘉定己卯歲,自湘城歸溈浦,復尋三徑之舊,正在溈山之外,作樓於所居之南。其下爲讀書堂,旁舍環列於其間,設花檻與樓相對。仆老矣,日游息於是。"此處指易佩紳在廬山所築之樓。

挽聶緝椝聯

離大臣之職不渝臣初，去位無殊在位；
當不毀之年偏以毀死，過情仍屬至情。

【説明】

此聯録自《聯語摭餘》，頁十六。撰於清宣統三年（1911）。廖樹蘅自注云："衡山聶氏自樂山翁後，軒冕嫣蟬不斷，前浙江巡撫緝椝，樂山玄孫也，家世清華，兼壻湘鄉曾氏，少頗踸弛。太傅父子不甚與之，及入官悉變，所爲左文襄獨賞，異焉。撫浙時，爲言路所論落職。嘗謂予曰：'余之一生，公所知也。言者論爲不譜西學，其實中學亦何嘗譜哉？浙人有稱我不要錢者，此尤不知我也。先世本豐於財，以此相擬，何異褎老寡能守貞？'其善於解嘲類此。事母能竭力，母生三子，惟善仲芳。瀕没年九十餘矣。侍疾四十餘日，晝夜罔間，以此感疾，隨母而逝。大府上其事予旌典。余挽以聯云：'離大……至情。'"

樂山：聶繼模（1672—1765）之字。聶繼模，清湖南省衡山縣人。其人治學嚴謹，事親至孝，且善醫，被稱爲"積學能文而不應試"。

【簡注】

（1）聶緝椝（1855—1911）：字仲芳、仲方。聶繼模玄孫，聶亦峰子，曾國藩小女婿。清末洋務派代表人物、中國近代民族實業家。望族出身，其家族以"三代進士，兩世翰林"著稱一時。歷任江南機器製造總局會辦、總辦，蘇松太道臺（上海道臺），浙江按察使，江蘇布政使及江蘇、湖北、安徽、浙江巡撫。生平重視實業，曾創辦私有上海恒豐紡織新局，爲晚清中國紡織業巨子。著有《各種經驗良方》。

（2）"離大臣之職"句：指聶緝椝"爲言路所論落職"，即被免去浙江巡撫職。

（3）不渝：不改變。

（4）"去位無殊在位"句：指離職與在職没有差别。去位：離開官位，卸職。無殊：没有差别之意。宋代王讜《唐語林·補遺四》："其（相思子）花與皂筴花無殊。"在位：原指居於君主的地位或官吏任職做官，現也指當政。

（5）"當不毁之年偏以毁死"句：古人論年歲，稱"五十不致毁，六十不毁"。聶緝椝以五十六歲之年去世，故曰不毁。

（6）"過情仍屬至情"句：過情仍然是至誠之情。過情：超過實際情形。仍屬：仍然，仍舊。至情：至誠的感情。

挽王之春聯

七萬里乞援强鄰，和議書成，吾謀勿用；
數十年講求專對，談瀛録在，公去誰來。

【説明】

此聯録自《聯語擷餘》，頁十六。撰於清光緒三十二年（1906）。廖樹蘅自注云："清泉王之春，字爵棠。光緒季年以廣西巡撫罷職，没於長沙邸舍。官湖北藩司時，俄儲游鄂，館之晴川樓，與相渥洽。及充使俄大臣，太子已正帝位，時倭侵北洋日劇，之春乞俄入援，已畫諾矣。會中日議和而止。編有《談瀛録》，論史事能詳。挽以聯云：'七萬……誰來。'"

王之春曾爲廖氏《珠泉草廬圖》題詩二首。其一："噴薄珠泉里，幽人此寄居。高情卻旌幣，夙好寄琴書。骨老梅同瘦，心清

竹比虛。達生陶靖節，吾亦愛吾廬。"其二："膳養南陔潔，三公不
易榮。挑燈聽夜讀，扶杖課春耕。烽燧從無驚，箕裘善守成。小
園足游釣，應勝子山情。"（《珠泉草廬師友錄》册一卷五，頁九一
至九二）

【簡注】

(1) 王之春(1842—1906)：字爵棠，號椒生。清湖南省清泉
縣人。弱冠投湘軍，積功歷任湖北布政使及山西、安徽、廣西等
地巡撫。晚年因鎮壓四川余棟臣起義，特別是預借法兵鎮壓革
命黨起義，激起國內拒法運動而被解職，待罪京師，後寓居上海。
光緒二十九年(1903)十月，遭萬福華謀刺未遂，轟動一時。著有
《船山公年譜》《通商始末記》《談瀛錄》《中國通商史》《椒生隨筆》
《椒生詩草》《防海紀略》等。

(2) "七萬里乞援强鄰"句：指"倭侵北洋日劇，之春乞俄入
援"事。

(3) 和議書成：指中日議和之事。即光緒二十年(1894)爆發
的中日甲午戰爭，最後以中日雙方簽訂的使中國喪權辱國的《馬
關條約》收場。

(4) 吾謀勿用：指王之春"乞俄入援"之事未成，其謀未用。

(5) 專對：謂任使節時獨自隨機應答。

(6) 《談瀛錄》：王之春所撰，全書共三卷，光緒六年(1880)上
海文藝齋刻本。卷一、卷二爲《東游日記》，卷三爲《東洋瑣記》。

挽葉世鴻聯

爲銀場主計，挈瓶不改初心，足矯末流誇毗習；
教弱弟成名，鬻子仍令式榖，增重人間手足情。

【説明】

此聯録自《聯語摭餘》,頁十七。因葉世鴻卒於清宣統元年(1909)農曆二月初五,故知此聯或撰於二月上旬。廖樹蘅自注云:"鄰人葉世鴻,字瑞琪,父母早没,遺田無幾,躬自耘治。弟世敦甫數歲,令裹飯從村塾學書,弱冠補弟子員。余主茭源銀場,招瑞琪主出納,在事十五年,終始如一。没後無子,世敦以次子後之。挽云:'爲銀……足情。'"

【簡注】

(1)葉世鴻(1842—1909):字瑞琪。清湖南省寧鄉縣匕都(現寧鄉市壩塘鎮)人。諸生。受廖樹蘅之招,曾供職於水口山礦務局。

(2)葉世敦(1860—1930):字仁齋,徙字蕊荄。清湖南省寧鄉縣七都(現寧鄉市壩塘鎮)人。諸生。廖樹蘅曾延主家塾,課子基傑、基棟。晚歲廖樹蘅復聘其課孫曾輩。

(3)"挈瓶不改初心"句:挈瓶,汲水用的小瓶。指僅有一點挈瓶汲水的淺薄見識,就能守住汲器不外借。比喻慎其所有,忠於職守。語出晉代陳壽《三國志・魏志・田豫傳》:"夫挈瓶之智,守不假器。吾既受之矣,何不急攻乎?"初心:最初的心意,意指做某件事最初的願望、最初的原因。語出《華嚴經》,華嚴宗四祖華澄觀所著《華嚴經疏》解釋説:"初心爲始,正覺爲終。""不忘初心,方得始終"的説法即從此演化而來。

(4)末流誇毗習:末流,原指水流的下游,比喻事物後來的發展狀態。此處指頹風弊俗、不良的風習。誇毗:巧言令色,指以諂諛、卑屈取媚於人。《後漢書・崔駰傳》:"夫君子非不欲仕也,耻誇毗以求舉。"李賢注:"誇毗,謂佞人足恭,善爲進退。"

(5)弱弟:指其弟葉世敦。

(6)"鬻子仍令式穀"句:鬻子,指育子。式穀:賜以福禄,也

謂以善道教子,使之爲善。《詩·大雅·桑柔》:"維此良人,作爲
式穀。"

(7) 手足情:亦稱手足之情,比喻兄弟之間的感情。

挽胡湘春聯

總角論交,年來倦鳥知還,大藥難醫雙鬢雪;
明湖打槳,記否僧廬話雨,三生同聽一樓鐘。

【説明】

此聯録自《聯語摭餘》,頁十七。撰於民國三年(1914)。廖
樹蘅自注云:"胡湘春,字卣笙,幼時同學友也。弱冠以諸生從
戎,保知縣,發浙江,歷署臨安、遂安,旋即真。光緒二十年,余以
家口連喪亡,出游寫憂。由鄂附輪抵浙烏程之雙林鎮,君適司榷
其地,遂留度歲。明年正月,同游聖湖,夜宿下天竺僧寮。山雨
颯空,風泉竹樹,刁騷澈夜,清氣可掬。居無何,君以仕不遂意,
乞病歸,歸而病死。挽云:'總角……樓鐘。'"

胡湘春曾與廖樹蘅同學玉潭書院。光緒二十年(1894)冬
間,廖樹蘅自家中啓程作東南吳越之游,十二月三十日(1895年
1月25日)抵雙林鎮,胡湘春留之度歲。廖樹蘅作《雙林榷舍晤
胡大湘春,遂留度歲》詩,共兩首。其一:"朋簪鄉國記韶年,玉篋
關山夢屢牽。摩眼風塵驚老醜,別來人事幾推遷。深談野堠頻
傳柝,良夜鐙花可鬥妍。西塞梅花應笑我,一天枯雪鄰溪船。"其
二:"朱柑紫蟹烏程酒,排日冰盤饜老饕。壺餞依然談笑共,歌呼
不減舊時豪。朋交漸覺同儕少,簿領從知作吏勞。有約歸田寧
早計,東風鶒鵁語煙皋。"(《珠泉草廬詩鈔》汆陽本卷四)光緒二
十一年正月二十日(1895年2月14日),廖樹蘅偕胡湘春泛舟西

湖,并作詩紀之,共六首。其一:"柔櫓鳴煙際,馴鳧狎浪涼。微波縮沙步,空秀映湖光。柳稊涵春淺,梅疏渡水香。湖山真有美,且莫問興亡。"其二:"千尺黃妃塔,湖雲罨未消。基扃齊寶石,功德盛南朝。危綠荒榛胃,頹黃野火燒。劫灰飛不盡,吹入浙江潮。"其三:"堙流辟蓮沜,隨意著亭臺。花石蟠空秀,湖山入檻來。波隨橋宛轉,人與月徘徊。遺象瞻鄉衮,空樽酹碧苔。"其四:"昔賢遺愛在,堤路屬南屏。葑卷天開鏡,雲香翠掩汀。潭收仙雨綠,鐘走暝煙青。想像巡方日,金支柳外停。"其五:"迢遞孤山路,苔深引屧遲。寒泉容薦菊,山月解談詩。莫問登封事,猶餘絕筆詞。竭來香雪海,何處水仙祠。"其六:"越人能好事,都講宅幽偏。舊史門生長,謂徐太史,新居小有天。宮墻鄰御宿,池館接風煙。一笑揹門入,空苔抱石圓。"(《珠泉草廬詩鈔》炛陽本卷四)

民國三年(1914)二月,胡湘春於里中團洲辭世。廖基械撰《臨安縣知縣胡公湘春傳》。其文曰:"君姓胡氏,諱湘春,字卣笙。湖南寧鄉人。其先世以詩書世其家。君年十九補縣學生,自君以上,凡九世皆隸籍學官,乾嘉間有名光瓚字竹堂者,以舉人官四川知縣,有廉能政績,蜀人呼爲胡青天,君之曾祖也。祖諱某。父諱竺均。君生而純厚,與人和易,以諸生從戎,積功得鹽提舉銜,用知縣,分發浙江,歷署臨安、海寧、遂安諸州縣。其爲治,以慈惠愛民爲心,而不欲用黢刻慘急求媚上官,故所至皆有善政,浙人至今猶稱胡公長者。君於民不妄取一錢,義所當得,亦多卻之。臨安於浙江最爲壯縣,君處高不潤,在任三年,僅買田百餘畝。而待族人尤厚,自竹堂先生以廉居官,其子孫無家產可分,各自謀食以去,及君自臨安歸,親屬子弟悉來就食,其稍疏者歲亦按口供給,用是家亦不支。性嗜風雅,耽琴善畫,公退之暇,常以自娛。民間得君畫幅,爭相寶貴,君笑曰:'吾畫固不佳,而人即以求畫爲餌,吾不欲中其計也。'遂絕筆不與人畫。清宣統末年,吏部授君臨安縣事,未赴任而遜位詔下,乃棄官歸,歸三年卒。年八十有一,共和三年二月某日也,即以其年月日葬君寧鄉五都茶子山,依形家言首某趾某。配柳宜人,柔順溫惠,先二十年沒。子二,曰麓鍾、麓琪,皆先卒;孫二人,曾孫二人。所著《自治官書》若干卷,書牘若干卷。孤孫某書來請銘,銘曰:君以文儒,膺吏事也。宜其設施,有如是也。天嗇晚遇,未竟其志也。視彼夢夢,莫知其意也。葆厥澹邈,昌其裔也。茶山養芒,君之隧也。我銘其幽,示萬世也。"(《瞻麓堂文鈔》卷一,頁五二至五三)

《民國寧鄉縣志‧故事編先民傳十六‧清》在《團洲胡氏期孝、光瓚、澤瑛傳》中,對胡湘春祖父胡培瀛、父親胡鎮竺及胡湘春本人的履歷及功業亦有簡介。

【簡注】

(1) 胡湘春(1834—1914):字卣笙。清湖南寧鄉縣一都團洲人。爲廖樹蘅玉潭書院時同學。弱冠以諸生從戎,歷署浙江臨安、遂安等地知縣,兼理建德,代理海寧州知州。

(2) 論交:結交。

(3) "年來倦鳥知還"句:年來,指近年以來或一年以來。唐代戴叔倫《越溪村居》詩:"年來橈客寄禪扉,多話貧居在翠微。"倦鳥知還:指胡湘春"以仕不遂意,乞病歸"事。

(4) 明湖打槳:指光緒二十一年(1895)正月,胡湘春陪廖樹蘅同游杭州西湖事。明湖:原指明淨的湖水,此處指杭州西湖。

(5) 僧廬話雨:指胡湘春、廖樹蘅同游杭州,其時"夜宿下天竺僧寮,山雨颯空"。僧廬:此處指下天竺僧寮。

(6) "三生同聽一樓鐘"句:爲唐代詩人李商隱《題僧壁》詩中"若信貝多真實語,三生同聽一樓鐘"句轉化而來。三生:指前生、今生、來生。唐代牟融《送僧》詩:"三生塵夢醒,一錫衲衣輕。"

挽陳啓泰聯（一）

梅花心似石，薑桂老逾辛，直道事人，卓有元龍湖海氣；
蟻穴潰金堤，高門來鬼瞰，謗書盈篋，竟亂蘇州刺史腸。

【説明】

此聯録自《聯語摭餘》，頁十七。撰於清宣統元年（1909）。
廖樹蘅自注云："陳啓泰伯平，官御史時，論樞臣溺職，人畏其口。
晚撫蘇州，因上海道蔡乃煌侵款，下檄追繳，乃煌故譸張，又倚親
貴，力反脣相詆。憤甚，病五日而隕。湘人多爲不平，余挽之云：
'梅花……史腸。'所居在湘東鵝洋山下，颺歷多年，不給於供，人
稱其廉於取財。"

易仲威《湖湘名聯集粹·品聯囈語（二八）廖蓀畡》曰："挽
'抗疏駮三公，晚傷鼷鼠千鈞弩'，在《挽陳啓泰聯》中，久稱絶調；
但讀廖聯，頗堪伯仲。'如蟻穴潰金堤，高門來鬼瞰，謗書盈篋，
竟亂蘇州刺史腸。'在挽陳衆多聯中，亦未經人道及。"（《湖湘名
聯集粹》，頁八一至八二）

宣統元年五月十日（1909 年 6 月 27 日），王闓運《湘綺樓日
記》對陳啓泰死事記載云："晴熱。……彭十復還，致廖蓀畡復
書，云陳伯屏氣死，瑞澂得蘇撫。夜早眠。"（《湘綺樓日記》，頁二
九七六）。

蔡乃煌（1861—1916）：字伯浩。清廣東省番禺縣人。光緒
辛卯（1891）科舉人。曾在湖南等地任職。光緒三十四年（1908）
任蘇松太道等。民國後追隨袁世凱，"海珠事變"後被殺。

【簡注】

(1) 陳啓泰(1842—1909)：字伯元、魯生，號伯平。清湖南長沙人。同治戊辰(1868)科進士，選庶吉士。曾官監察御史、江蘇巡撫等職。以直言規諫、剛直不阿著稱。宣統元年(1909)因上海道蔡乃煌侵款案事，憤甚而卒。其工書法、詩詞。

(2) 鵝洋山：即鵝羊山。曾名東華山，亦謂之石寶山。位於長沙市開福區境內，倚湘江東岸，隔江對望河西谷山。鵝羊山以形得名，遠望如鵝似羊，山多奇石，或踞或立，登高眺遠，星沙景物盡收眼底。

(3) 梅花心似石：意指陳啓泰其人品德高潔。如詩云："人似梅花心似石。"見皮日休《梅花賦序》。唐玄宗時，賢相宋璟封廣平郡公，工文辭，嘗作《梅花賦》。皮日休嘆曰："余疑宋廣平鐵腸石心，不能吐婉媚詞。"

(4) 薑桂老逾辛：薑桂，指生薑和肉桂，其味愈老愈辣，比喻人到年老性格越剛強。語出《宋史·晏敦復傳》："況吾薑桂之性，到老愈辣。"辛：辣味。

(5) 直道事人：正直無私地對待他人。

(6) "卓有元龍湖海氣"句：卓有，指有突出的事情或成就。元龍湖海氣：指豪俠之氣。語出《三國志·魏志·陳登傳》："陳元龍湖海之士，豪氣不除。"宋代詩人方回《不寐十首》其一曰："元龍湖海氣，老矣復何施。"

(7) 蟻穴潰金堤：語出《韓非子·喻老》："千里之堤，以螻蟻之穴潰；百尺之室，以突隙之熛焚。"明代詩人楊慎《續百一詩》其十："蟻穴潰金堤，爝火熛山楹。"故有成語"千里金堤，潰於蟻穴"。意指小小的螞蟻窩，能夠使堤岸潰決。比喻小事不注意，就會出大亂子。潰：大水沖開堤岸。金堤：固若金湯之堤。

(8) 高門來鬼瞰：語出《文選·揚雄〈解嘲〉》："高明之家，鬼瞰其室。"李善注引李奇曰："鬼神害盈而福謙。"劉良注："是知高明富貴之家,鬼神窺望其室,將害其滿盈之志矣。"高門:高大的門。舊時指顯貴的人家。鬼瞰:鬼神窺望。

(9)謗書盈篋:形容遭到別人的攻擊、誹謗;或者形容是非不明、讒言可怕。語出《戰國策·秦策二》:"魏文王令樂羊將攻中山,三年而拔之。樂羊反而語功,文侯示之謗書一篋。"謗書:指誹謗人的信件或書籍。篋:小箱子,藏物之具。

(10)蘇州刺史腸:語出劉禹錫《贈李司空妓》:"司空見慣渾閑事,斷盡江南刺史腸。"劉禹錫時爲蘇州刺史。腸,即斷腸刻骨之痛。

挽陳啓泰聯(二)

梧宮秋老,湖海樓空,遺愛難忘,赤子沿途瞻素節;
時局日艱,勞臣心瘁,天殁忽解,碧湘如夢引歸艎。

【説明】

此聯録自清宣統元年八月初七日(1909 年 9 月 20 日)廖樹蘅之日記。《珠泉草廬日記》八月初七日:"天明,雨旋止。曉起,得挽陳伯平中丞聯:'梧宮……歸艎。'"(《珠泉草廬日記》己酉卷,頁十七)

【簡注】

(1)梧宮秋老:梧宮,戰國時齊國的宮殿名,後借指皇宮或寢宮。漢代劉向《説苑·奉使》:"楚使使聘於齊,齊王饗之梧宮。"秋老:指暮秋時節。

(2)湖海樓空:指陳啓泰去世後,人去樓空。湖海樓:原是清初江蘇宜興著名詞人陳維松的書齋名,此處借指爲陳啓泰之居室。

（3）遺愛：指遺留仁愛於後世。此處指陳啓泰其人高尚德行被人敬愛。語出《漢書·叙傳下》：“淑人君子，時同功異。没世遺愛，民有餘思。”

（4）“赤子沿途瞻素節”句：赤子，指純潔善良的人，此處指百姓。《漢書·循吏傳·龔遂》：“其民困於饑寒而吏不恤，故使陛下赤子，盗弄陛下之兵於潢池中耳。”素節：清白的操守、堅貞的節操。唐代喬知之《贏駿篇》詩：“丹心素節本無求，長鳴向君君不留。”

（5）時局日艱：指光緒末年、宣統初時腐敗動蕩的社會局面。時局：指當時國家社會的情勢。

（6）勞臣心痗：指功臣之心因憂傷致疾。勞臣：功臣。《管子·立政》：“有功力未見於國而有重禄者，則勞臣不勸。”痗：憂傷成病。

（7）天弢：謂天然的束縛。出自《莊子·知北游》：“解其天弢，墮其天袠，紛乎宛乎，魂魄將往，乃身從之，乃大歸乎！”

（8）“碧湘如夢引歸艎”句：碧綠的湘水像夢境一樣，引領功臣的歸舟。碧湘：碧緑的湘江。歸艎：歸舟。《文選·謝朓〈拜中軍記室辭隋王箋〉》：“唯待青江可望，候歸艎於春渚。”艎：一種木製大船。

挽陳啓泰聯（三）

生不識韓荆州，第聞大節嶙峋，事業足爲鄉土重；
仕何必上柱國，似此哀榮備至，榮華遠勝蟪蛄生。

【説明】

此聯録自清宣統元年八月初八日（1909 年 9 月 21 日）廖樹

蘅之日記。《珠泉草廬日記》八月初八日："晴、雨半。……枕上改定挽陳中丞聯：'生不……蛄生。'"（《珠泉草廬日記》己酉卷，頁十八）

【簡注】

（1）"生不識韓荆州"句：出自李白《與韓荆州書》："白聞天下談士相聚而言曰：'生不用封萬户侯，但願一識韓荆州。'"韓荆州，即韓朝宗，唐代荆州大都督府長史兼襄州刺史、山南東道采訪使。

（2）"第聞大節嶙峋"句：但是聽說其高尚的節操如山勢峻峭。第：但是。大節：高尚的節操。嶙峋：一般形容山勢峻峭、重疊、突兀的樣子，亦指人剛正有骨氣。

（3）"事業足爲鄉土重"句：事業，指個人的成就。鄉土：指家鄉的土地，借指家鄉。重：尊重。

（4）上柱國：古代官職。起源於春秋時期，爲軍事武裝的高級統帥。漢代廢除此封號，五代時復立爲將軍名號。北魏、西魏時設"柱國大將軍""上柱國大將軍"等；北周時增置"上柱國大將軍"；隋代有"上柱國""柱國"，以封勛臣。唐以後確立隋朝的六部制度，兵權歸中央機構，"上柱國"逐漸成爲功勛的榮譽稱號。

（5）哀榮備至：哀榮，指死後辦得很隆重的喪事。備至：極其周到。

（6）蟪蛄：又名"知了"，昆蟲種名。

挽陳啓泰聯(四)

梅花心似石，薑桂老逾辛，直道事人，曾同鐵面龍圖論；

蟻穴潰金堤，高門來鬼瞰，謗書盈篋，竟亂蘇州刺史腸。

【説明】

此聯録自《寧鄉文史第八輯·潙寧耆舊聯選》，頁三一三；原題爲《挽陳伯平》。

吳恭亨《對聯話·哀挽二》："又挽陳伯平云：'梅花心似石，薑桂老逾辛，直道事人，曾同鐵面龍圖論；蟻穴潰金堤，高門來鬼瞰，謗書盈篋，竟亂蘇州刺史腸。'蓋陳以糾上海道蝕款，不勝憤懣，發病遽死。王湘綺所謂'晚傷鼲鼠千鈞駑'者，亦指劾蔡事也。"（《對聯話》卷七，頁一九二）《中華對聯大典》亦收録此聯。

【簡注】

鐵面龍圖：指宋代包拯。其曾任龍圖閣直學士。知開封府時，執法嚴峻，人稱"包青天"。

挽陳啓泰聯（五）

梅花心似石，薑桂老愈辛，直道事人，曾同鐵面龍圖論；

蟻穴潰金堤，高門來鬼瞰，江關垂老，不堪幕府泠青山。

【説明】

本聯録自鄒華亨、程亞男、張志浩、雷樹德編纂的《近現代名人挽聯選》，原題爲《廖樹蘅挽陳啓泰》。

【簡注】

（1）江關：指江南。清代龔自珍《寒月吟》：“江關斷消息，生死知無因。”

（2）垂老：年將至老。唐代杜甫《垂老別》詩：“四郊未寧靜，垂老不得安。”

挽朱昌琳聯

儉不逼下，富而能施，卜庶長損己益公，天與大年豐美報；

當宸知名，群侯倒屣，陶徵士隱居行義，我於鄉國重斯人。

【説明】

此聯録自《聯語摭餘》，頁十八。撰於民國元年（1912）。廖樹蘅自注云：“朱昌琳，字雨田，長沙東鄉人，年三十餘猶爲人傭書，後以鹽筴致富，能散財。會城湘春門外碧浪湖，一名北湖，五代楚避暑之宫也。湘水抱城而下，不利泊船，前民議開北湖，納瀏避湘濤之險，格於群議不就。宣統二年，西林岑公來撫湘，雨田發私財逾萬萬，落其成事。聞由道員賞閣學，不由科目，而廥華選，異數也。没年九十四。聯云：‘儉不……斯人。’其家無樗蒲之戲，不演劇，尤爲湘人所稱云。”又，廖樹蘅自注中朱昌琳“没年九十四”，有誤，實爲九十一也。

廖樹蘅與朱昌琳的交往頗具淵源。清光緒二十二年（1896）春，廖樹蘅被巡撫陳寶箴委任爲水口山礦務總辦，但湘省財政極爲困難，水口山礦務局的運轉資金一時無著。爲此，由陳寶箴出面向朱昌琳借款兩萬兩白銀，以作爲水口山礦務開發的啓動資金。

宣統元年閏二月十四日（1909 年 4 月 4 日），朱昌琳長子朱恩綬爲主人，邀請廖樹蘅與王闓運、王銘忠、梁煥均等同集，乘船觀看由朱氏出巨資新開之湘渠。王闓運《湘綺樓日記》閏二月十四日："陰。擁衾未起，游船已來。至巳，楊三上船，譚三繼至，心田、和甫、蒣畩均集，泛舟入瀏口，過碧浪亭，菊尊爲主人，亦登舟。從湘入瀏，上新碼頭，遇廖德生，知美人居不遠，未遑問津。同上新亭，唯存兩鐵蕉，雜花木盡爲泥沙掩矣。"（《湘綺樓日記》，頁二九六〇）

宣統三年三月一日（1911 年 3 月 30 日），時值朱昌琳九十壽辰，朱家共設二十一席。廖樹蘅前往長沙朱家花園祝壽，與王闓運、劉健之、曾廣鈞同席，并賦詩祝賀。廖樹蘅《宇田朱翁九十壽詩》共兩首，其一："東風入律應春韶，纔過花朝又幾朝。天上長沙星煥彩，人間朋饗酒如潮。朱家任俠人延頸，卜式輸財衆免繇。千載有人占利涉，碧湖今已聚千橈。"其二："萬花争簇地行仙，平格祥徵大耋年。避世無如中隱便，杖朝新受主恩偏。圖書布列園林貴，風月婆娑子弟賢。腰笛有人同李委，鶴聲飛上大羅天。"（《珠泉草廬詩後集》卷二，頁五）

【簡注】

(1) 朱昌琳（1822—1912）：字雨田。湖南近代民族實業家的代表性人物之一。祖籍安徽，係明太祖朱元璋後裔，先世加封湖南，落籍長沙。朱昌琳因科舉落第，只能以替人抄書爲業，後涉足糧食生意而致富，并在長沙太平街開"朱乾"總棧，兼營糧食、淮鹽和茶葉販運，漸積巨資，成爲長沙著名富商。光緒三年（1877），因捐大批糧食、布匹賑濟災民，功授候補道員。光緒二十一年（1895）湖南維新運動興起，朱昌琳積極參與新政，創辦長沙第一家近代工業企業善記和豐火柴公司及湘裕煉錫廠、阜湘紅磚公司等。從光緒二十三年(1897)起捐巨資疏浚瀏陽河,開闢新河船埠,歷 10 年工竣。宣統三年(1911)被舉耆賢,特授內閣學士銜。

(2)儉不逼下:節儉不低過下級。語出"奢不僭上,儉不逼下",就是說要處事得當,行爲合乎自己的身份。

(3)富而能施:指朱昌琳致富後樂善好施。

(4)卜庶長:即卜式。西漢河南郡(今河南洛陽市一帶)人。因出資贊助朝廷,被拜爲中郎,賜爵左庶長。後升任齊相,賜爵關內侯、御史大夫。

(5)"天與大年豐美報"句:上天賜予豐收之年,再以美物酬謝神明。大年:豐收年。美報:以美物酬神;酬神的美物。《禮記·郊特牲》:"社所以神地之道也。地載萬物,天垂象,取財於地,取法於天,是尊天而親地也。故教民美報焉。"

(6)當宸:亦作"當依"。宸,古代廟堂户牖之間繡有斧形的屏風。《禮記·曲禮下》:"天子當依而立,諸侯北面而見天子,曰覲。"後以"當宸"指天子臨朝聽政。

(7)群侯倒屣:群侯,此處指陳寶箴、俞廉三、岑春蓂等湘撫。倒屣:又作"倒履",指倒穿着鞋。古人家居,脫鞋席地而坐。客人來到,因急於出迎,以致把鞋穿倒。後以倒屣形容主人熱情迎客。典出《三國志》卷二十一《魏書·王粲傳》:"時邕才學顯著,貴重朝廷,常車騎填巷,賓客盈坐。聞粲在門,倒屣迎之。"唐代皮日休《初夏即事寄魯望》詩:"敲門若我訪,倒屣欣逢迎。"

(8)"陶徵士隱居行義"句:陶徵士,指陶淵明,字元亮,號五柳先生,謚號"靖節先生",入劉宋後改名潛。東晉潯陽柴桑(今江西九江市)人。詩人、文學家,以清新自然的詩文著稱於世。曾做過幾年縣令,後辭官歸家,隱居不出。徵士,指不接受朝廷徵聘的隱士。隱居行義:隱居不仕,以實現自己的志願。語出孔子《論語·季氏》:"隱居以求其志,行義以達其道。"

（9）鄉國：指家鄉。北齊顏之推《顏氏家訓‧勉學》："父兄不可常依，鄉國不可常保。"

挽王先謙聯

　　矞然湖外遺民，抱蓉裳瓊佩守意自如，蕉萃江潭無所恨；

　　允矣中朝碩學，與湘綺曲園畫疆而霸，垂聲宙合各名家。

【説明】

　　此聯録自《聯語撦餘》，頁十八。撰於民國六年（1917）。廖樹蘅自注云："王祭酒先謙，晚號葵園，督學江蘇，所收多知名之士。及歸長沙，專意著書，性質厚，不忍以不肖測人。光緒末紀，東南競崇實業，以爲眞有益於國與民也，到處投資倡導，嘗規之，則曰：'故知忠告，然已受累，奈何？'語以速止猶可及，過是欲少味矣，甚然子言。國變，老死不悔，可謂知恥矣。挽云：'矞然……名家。'七十得子，今能讀書矣。"

　　廖樹蘅與王先謙的交往，應是在廖樹蘅由水口山調回省城長沙，即出任湘礦總局提調、總辦之後，彼此常有書信往來及游宴之樂。宣統二年（1910），爲呈請梅鍾澍入祀鄉賢祠事，廖樹蘅邀請王先謙領銜倡導，後因長沙搶米風潮，巡撫岑春蓂受到湘人痛罵，有人趁機議擁布政使莊賡良代理巡撫，假借王先謙之名電請湖廣總督瑞澂代奏。瑞澂大怒，王先謙遂落職。此爲梅鍾澍入祀鄉賢祠事之一掌故也。

　　王先謙曾爲廖氏《珠泉草廬圖》題詩一首。詩曰："桃李松檜梅杏茶，泉香石怪竹橫斜。江山清自元延祐，林壑奇於晉永嘉。

學道故應幽意愜，多才未免世緣賒。自言蜀郡揚雄宅，恐是洛陽司馬家。"（《珠泉草廬師友錄》冊二卷五，頁三十）

【簡注】

（1）王先謙（1842—1917）：字益吾。清湖南長沙人。因宅名葵園，學者稱爲葵園先生。晚清著名史學家、經學家、訓詁學家、實業家。曾任國子監祭酒、江蘇學政，長沙嶽麓書院、城南書院山長。曾校刻《皇清經解續編》，并編有《十朝東華錄》《漢書補注》《後漢書集解》《荀子集解》《莊子集解》《詩三家義集疏》《續古文辭類纂》等。著有《虛受堂詩文集》。王先謙與廖樹蘅友善，多有詩書往來。

（2）"皭然湖外遺民"句：皭然，指清白、潔净。語出《史記·屈原賈生列傳》："皭然泥而不滓。"湖外：洞庭湖外，即指湖南。遺民：指改朝換代後仍留戀前一朝代的人。

（3）蓉裳瓊佩：蓉裳，指華麗的衣服。《楚辭》："集芙蓉以爲裳。"瓊佩：玉製的佩飾。《楚辭·離騷》："何瓊佩之偃蹇兮，衆薆然而蔽之。"西晉陸機《日出東南隅行》："金雀垂藻翹，瓊佩結瑶璠。"唐代韋應物《黿頭山神女歌》："陰深靈氣静凝美，的皪龍綃雜瓊佩。"

（4）守意自如：守意，指堅持自己的志向或意願。《晉書·景王陵傳》："雖受罪流放，守意不移而卒。"《晉書·皇甫謐傳》："達者貴同，何必獨異？群賢可從，何必守意？"自如：指自然而然的本元本真狀態。

（5）"蕉萃江潭無所恨"句：蕉萃，同"憔悴"。形貌枯槁貌。清代史夔《陶靖節故里》詩："門柳故蕭疏，籬菊亦蕉萃。"江潭：江邊。《楚辭·漁父》："屈原既放，游於江潭，行吟澤畔。"南朝宋鮑照《贈傅都曹别》詩："輕鴻戲江潭，孤雁集洲沚。"無所恨：没有什麽好遺憾了。

(6)“允矣中朝碩學”句：允矣，即公允啊。中朝：漢武帝時，爲加强皇權，選用一些親信侍從如尚書、常侍等組成宮中的決策班子，稱爲“中朝”或“内朝”，相對於“外朝”而言，即“大司馬、左右前後將軍、侍中、常侍、散騎諸吏爲中朝。丞相以下至六百石爲外朝也”。中、外是相對皇帝居住的宮禁而言，中朝（内朝）官員享有較大的出入宮禁的自由，可以隨侍皇帝左右且能在宮中辦公，外朝官員則無此特權。碩學：指博學之人。出自《後漢書・儒林傳論》：“夫書理無二，義歸有宗，而碩學之徒，莫之或徙，故通人鄙其固焉。”

(7)湘綺曲園：湘綺，王闓運之號。王闓運（1833—1916），字壬秋，又字壬父，號湘綺，世稱湘綺先生。清湖南省湘潭縣雲浮橋人。著名經學家、文學家，國學大師。咸豐壬子（1852）科舉人，曾任蕭順家庭教師，後入曾國藩幕府。光緒六年（1880）入川，主持成都尊經書院。後主講長沙思賢講舍、衡州船山書院、南昌高等學堂。授翰林院檢討，加侍讀銜。民國初年任清史館館長。著有《湘綺樓詩文集》《湘綺樓日記》等。曲園：俞樾故居，此處指代俞樾。俞樾（1821—1906），字蔭甫，自號曲園居士。清浙江省德清縣人。道光庚戌（1850）科進士，授翰林院編修。曾任河南學政，被御史曹登庸劾奏“試題割裂經義”，因而罷官。遂移居蘇州，潛心學術達四十餘載，曾先後主講蘇州紫陽書院、杭州詁經精舍、德清清溪書院、菱湖龍湖書院、上海求志書院等。治學以經學爲主，旁及諸子學、史學、訓詁學，乃至戲曲、詩詞、小説、書法等，可謂博大精深。海内及日本、朝鮮等國向其求學者甚衆，尊之爲樸學大師。俞樾平生勤奮治學，著作極豐，有《春在堂全書》近五百卷。

(8)畫疆而霸：原意指按照已確定下來的區域稱霸一方。此處指王先謙在學術文章方面與王闓運、俞樾齊名天下。

(9)“垂聲宙合各名家”句：在世間各自都是名家。垂聲：名聲。宙合：世間，天下。

挽張之洞聯（一）

　　權臣不可有，重臣不可無，嵩構雲頹，四海蒼生念元老；

　　辦事資乎材，曉事資乎識，宏規具在，千秋青史有公評。

【説明】

　　此聯録自《聯語摭餘》，頁十九。撰於清宣統元年（1909）。廖樹蘅自注云：“張文襄之洞規模閎大，其要在不避事、不苟同，昔年見其《駁刑律》一疏，曾作詩稱之。然於用人、用財不甚縝密，難爲賢者諱也。挽云：‘權臣……公評。’”

【簡注】

　　（1）張之洞（1837—1909）：字孝達，號香濤。晚清名臣、清代洋務派代表人物之一。出生於貴州興義府，祖籍直隸南皮縣。清咸豐壬子（1852）科順天府解元，同治癸亥（1863）科進士第三名探花，授翰林院編修。歷官山西巡撫，兩廣、湖廣、兩江總督，軍機大臣，官至體仁閣大學士。教育上創辦了自强學堂（今武漢大學前身）、三江師範學堂（今南京大學前身）、湖北農務學堂、湖北武昌蒙養院、湖北工藝學堂、慈恩學堂（南皮縣第一中學）、廣雅書院。政治上主張“中學爲體，西學爲用”。工業上創辦了漢陽鐵廠、大冶鐵礦、湖北槍炮廠等。光緒三十四年（1908）晉太子太保。次年病卒，謚“文襄”。有《張文襄公全集》存世。張之洞與曾國藩、李鴻章、左宗棠并稱晚清“中興四大名臣”。

（2）權臣：有權勢之臣。多指掌權而專橫的大臣。

（3）重臣：指身負國家重任的臣子；朝廷中居要職的大臣。《管子·明法解》："治亂不以法斷，而決於重臣……此寄生之主也。"

（4）嵩構雲頹：語出《文選·王儉》："嵩構雲頹，梁陰載缺。"呂向注："梁陰，梁木也。言褚公亡，如高山之頹墜，梁木之摧折。"嵩構：即嵩山。

（5）"四海蒼生念元老"句：指全國百姓都念懷張之洞。四海：古以中國四境有海環繞，各按方位爲東海、南海、西海和北海，但也因時而異，説法不一；亦指天下、全國各處。蒼生：草木叢生之處，此處指百姓。元老：舊時稱天子的老臣，此處指張之洞。

（6）資乎材：憑藉的是能力。資，指憑藉。乎：文言介詞，相當於"於"。材：能力，資質。

（7）曉事資乎識：明曉事理憑藉的是辨別是非的能力。曉事：明曉事理。識：辨別是非的能力。

（8）宏規：宏偉的規模。漢代班固《西都賦》："圖皇基於億載，度宏規而大起。"唐代封演《封氏聞見記·明堂》："開元中，改明堂爲聽政殿，頗毀徹，而宏規不改。"

（9）青史：古代在竹簡上記事，因而稱史書爲"青史"。

挽張之洞聯（二）

宙合撑持要偉人，看文章經濟，冠冕群倫，天不慭遺，四海蒼生悲碩輔；

才氣縱橫成大業，儘山海梯航，溝通中外，心無私繫，千秋青史有公評。

【説明】

此聯録自清宣統元年十月一日（1909 年 11 月 13 日）廖樹蘅之日記。《珠泉草廬日記》十月初一日："晴。車中望燕都形勝，山如海濤奔湧，形家撫星所謂破軍體。孤雲落日，萬古濛濛。……車中擬挽張文襄聯一首：'宙合……公評。'"（《珠泉草廬日記》卷己酉，頁七十四至七十六）

【簡注】

(1)"宙合撐持要偉人"句：指維持社會的運轉需要偉大人物。偉人：功績卓著受人尊敬的人。

(2)文章經濟：指文章和經世濟民之才。

(3)冠冕群倫：冠冕，指蓋過，居於首位。南朝宋顏延之《蜀葵頌》："渝艷衆葩，冠冕群英。"群倫：同類或同等的人們。

(4)天不憖遺：憖，指意願。意爲天老爺不願意留下這個老人，常用作對老人的哀悼之詞。

(5)碩輔：賢良的輔弼之臣。

(6)山海梯航：梯航，本意指梯與船，登山渡水的工具。此處比喻引薦人才。

挽張之洞聯（三）

宙合撐持要偉人，看文章經濟，名播寰中，天不憖遺，四海蒼生悁元老；

浩氣縱橫成大業，儘平準均輸，錢流地上，心無私寄，千秋青史有公評。

【説明】

此聯録自清宣統元年十月二日(1909 年 11 月 14 日)廖樹蘅之日記。《珠泉草廬日記》十月初二日:"晴。東升店改定挽張文襄聯:'宙合……公評。'"(《珠泉草廬日記》卷己酉,頁七十六至七十九)

【簡注】

(1) 名播寰中:指名氣非常大,名聲傳播天下。寰中:宇内,天下。

(2) 惓:深切思念,念念不忘。宋代王安石《奉酬許承權》詩:"三秋不見每惓惓,握手山林復悵然。"

(3) 浩氣:正大剛直之氣。唐代牟融《謝惠劍》詩:"浩氣中心發,雄風兩腋生。"

(4) 平準均輸:漢武帝元封元年(前 110),桑弘羊針對"諸官各自市,相與爭,物以故騰躍,而天下賦輸,或不償其僦費"的情況,在全國推行均輸法,下令各郡設均輸鹽鐵官,將上貢物品運往缺乏該類貨物的地區出售,然後在適當地區購入京師需求的物資。此法既能解決運費高昂的問題,又可調節物價。更重要的是,均輸法舒緩了漢武帝晚年時的財政危機。此處指張之洞所施行的經濟改革舉措。

(5) 錢流地上:形容理財得法,錢財充羨。語出《新唐書·劉晏傳》:"諸道巡院,皆募駃足,置驛相望,四方貨殖低昂及它利害,雖甚遠,不數日即知,是能權萬貨重輕,使天下無甚貴賤而物常平,自言如見錢流地上。"後用以稱頌財政長官。

挽張之洞聯(四)

權臣不可有,重臣不可無,公去誰來,四海蒼生惜元老；

　　成事關乎天，辦事關乎量，業由心廣，千秋青史著宏規。

【説明】

　　此聯録自清宣統元年十月三十日（1909 年 12 月 12 日）廖樹蘅之日記。《珠泉草廬日記》十月三十日：“凍霽。晨起改定挽張文襄聯：‘權臣……宏規。’”（《珠泉草廬日記》卷己酉，頁一一三至一一四）

【簡注】

　　（1）量：氣量、氣度。

　　（2）業由心廣：由“功以才成，業由才廣”衍化而來。語出《三國志·蜀志·董允傳》裴松之注引《襄陽記》。指事業要心胸寬廣才能得以發展。心廣：心胸開闊。

挽張之洞聯（五）

　　權臣不可有，重臣不可無，嵩構雲頽，四海丞黎失依倚；

　　辦事資乎才，曉事資乎識，宏規具在，千秋惇史待評論。

【説明】

　　此聯録自清宣統元年十一月十九日（1909 年 12 月 31 日）廖樹蘅之日記。《珠泉草廬日記》十一月十九日：“晨見日，午後陰，夜雨……改定挽張文襄聯：‘權臣……評論。’”（《珠泉草廬日記》

卷己酉,頁一五一至一五二)

【簡注】

(1) 丞黎依倚:丞,指古代幫助帝王或主要官員辦事的官吏。黎:民衆。依倚:倚靠,依傍。漢代王充《論衡·論死》:"秋氣爲呻鳴之變,自有所爲。依倚死骨之側,人則謂之骨尚有知,呻鳴於野。"

(2)"千秋悖史待評論"句:悖史,指有德行之人的言行記録。語出《禮記·内則》:"凡養老,五帝憲,三王有乞言。五帝憲,養氣體而不乞言,有善則記之爲悖史。"評論:對人物或事理加以議論。語出《後漢書·黨錮傳·范滂》:"君爲人臣,不惟忠國,而共造部黨,自相褒舉,評論朝廷。"

挽陳爲鋼聯

叔寶本神清,曾向萬荷花裏賡續墜歡,三日衣香猶未散;

維摩頻示疾,誰料百尺樓頭溘先朝露,一條湘水太無情。

【説明】

此聯録自《聯語摭餘》,頁十九。或撰於清光緒二十八年(1902)。廖樹蘅自注云:"郴陳爲鋼官湘鄉訓導,姿容昳麗,朗如玉山,乞病回州,紆道訪予學廨。時湖蓮盛開,香風不斷,入座笑曰:'是何博士齋,直神仙窟耳!得此足爲黎祁吐氣矣。'別未數月,即來訃音,擬此挽之:'叔寶……無情。'"

【簡注】

（1）陳爲鋼：清湖南省郴縣人。光緒年間曾任湘鄉縣訓導。

（2）叔寶本神清：叔寶，衛玠（286—312）之字。衛玠，魏晉時河東安邑（今山西夏縣北）人。魏晉之際繼何晏、王弼之後著名的清談名士和玄學家，官至太子洗馬。永嘉四年（310），遷移南方。永嘉六年（312）去世，時年二十七歲。“神清”，是時人對衛玠的評價，此處以衛玠比陳爲鋼。

（3）“曾向萬荷花裏賡續墜歡，三日衣香猶未散”句：指陳爲鋼解官後從湘鄉返回故里郴縣時，曾紆道衡州，訪廖樹蘅於清泉學署之事。萬荷花裏：指清泉學廨地處衡州西湖之畔，荷花盛開，美不勝收。賡續：繼續。墜歡：往日的歡樂。

（4）維摩頻示疾：維摩，即維摩詰的簡稱。梵文裏“維”是“沒有”之意，“摩”是“臟”，而“詰”是“勻稱”。即爲無垢。示疾：佛教用語，謂佛菩薩及高僧得病。

（5）百尺樓：泛指高樓。唐代王昌齡《從軍行》之一：“烽火城西百尺樓，黄昏獨上海風秋。”

（6）溘先朝露：指生命比朝露消失得還快。形容死得過早。唐代李德裕《張辟疆論》：“若平、勃二人溘先朝露，則劉氏之業必歸吕宗。”

（7）湘水太無情：指湘江的流水無情。廖樹蘅此聯化用了唐代詩人劉長卿《長沙過賈誼宅》詩“漢文有道恩猶薄，湘水無情弔豈知”句。

挽汪鏡清聯

長沙耆舊感晨星，記送我有人，千尺桃花潭水碧；
天上玉堂成幻夢，嘆見君無日，三湘煙雨蕙蘭悲。

【説明】

此聯録自《聯語摭餘》，頁十九。廖樹蘅自記云："挽汪編修鏡清：'長沙……蘭悲。'"

【簡注】

(1) 汪鏡清：即汪槼，鏡清爲其字。清湖南省善化縣人。光緒庚辰(1880)科進士，選翰林院庶吉士，授編修。曾充順天鄉試同考官，後主持長沙城南書院和求忠書院。晚年與王先謙、黃自元、孔憲教等詩酒唱和，談經論道，過從甚密。

(2) "長沙耆舊感晨星"句：指長沙年高望重者猶如清晨稀疏的星星，已所剩無多。耆舊：年高望重者。《漢書·蕭育傳》："上以育耆舊名臣，乃以三公使車，載育入殿中受策。"杜甫《憶昔》詩之二："傷心不忍問耆舊，復恐初從亂離説。"晨星：清晨天空中稀疏的星星。宋代范成大《送同年朱師古龍圖赴潼川》："杏園耆舊如晨星，白頭相對眼故青。"

(3) 記送我有人：指廖樹蘅離別長沙時，汪鏡清等友人赴湘江碼頭相送。

(4) 千尺桃花潭水碧：此句化用李白《贈汪倫》詩："桃花潭水深千尺，不及汪倫送我情。"意指廖樹蘅與汪鏡清兩人感情之深厚。

(5) 天上玉堂：宋代黃庭堅《雙井茶送子瞻》詩："人間風日不到處，天上玉堂森寶書。"玉堂，本指玉飾的殿堂，此處借指事業成功。

(6) "三湘煙雨蕙蘭悲"句：三湘：湖南湘鄉、湘潭、湘陰，合稱"三湘"；亦指沅湘、瀟湘、資湘。古人詩文中的"三湘"，多泛指湘江流域及洞庭湖地區。今以"三湘"代稱湖南。蕙蘭：蘭花的一種，初夏開花，黃綠色，有香氣。象徵"素心無欲無私"，喻指品德高潔。如屈原《楚辭》："余既滋蘭之九畹兮，又樹蕙之百畝。畦留夷與揭車兮,雜杜衡與芳芷。"

挽洪汝源聯

江山新數革除年,家國多虞,知君有棘在喉,滿眼新亭名士淚;

鄉井故人今有幾,應劉并喪,剩我積懷成痁,傷心舊社酒徒稀。

【説明】

此聯録自《聯語摭餘》,頁十九至二十。撰於民國五年(1916)。廖樹蘅自注云:"寧鄉自國初至今,膚館選者十人,惟陶士傀毅齋、洪汝源毅夫保送知府,毅夫運蹇,辛亥自蜀歸,遭世艱迍,意多悽苦,没之前一月,嘗徒步來予家,飲酒暢談以去。挽以聯云:'江山……徒稀。'"又,"陶士傀毅齋",有誤。陶士傀,字倫宰,號嵇山;陶士傥,字中少,號毅齋。

吳恭亨《對聯話·哀挽二》:"蒸畛挽人聯,亦時饒名雋之作。如挽洪毅夫汝源云:'江山新數革除年,家國多虞,知君有棘在喉,滿眼新亭名士淚;鄉井故人今有幾,應劉并逝,剩我積懷成痁,傷心舊社酒徒稀。'自注:寧鄉清一代膚館選者十人,惟陶士傀、洪汝源保送知府,洪運蹇,辛亥自蜀歸,意多凄苦,殁之前一月,嘗徒步訪予,飲酒鬯談以去。"(《對聯話》卷七,頁一九二)

胡静怡《三湘聯壇點將録·(二一)廖樹蘅》:"廖氏哀挽之章,立意高古,超塵脱俗,蒼涼凄惻,痛楚殊深,試以《挽洪汝源聯》爲例:江山新數革除年,家國多虞,知君有棘在喉,滿眼新亭名士淚;鄉井故人今有幾,應劉并喪,剩我積懷成痁,傷心舊社酒徒稀。……聯文開筆直奔主題,無半句套話。上聯言家國之痛,

如棘在喉，下聯言舊社蕭條，故人零落，令人倍增'山河頓異酒壚空'之感。"（《三湘聯壇點將錄》，頁九五）

易仲威《湖湘名聯集粹·品聯囈語（二八）廖蓀畡》："挽章尤立意高古，無俗套，無應酬語，蒼涼淒惻，不忍卒讀。《挽洪汝源》上聯述家國之痛，形容如棘在喉；下聯叙故人零落，舊社蕭條，使人增'山河頓異酒壚空'之感，筆調何其沈痛。"（《湖湘名聯集粹》，頁八一）

《中華對聯大典》《寧鄉文史第八輯·溈寧耆舊聯選》《寧鄉歷史文化叢書卷七·詩文薈萃》《走近壩塘》等亦收錄此聯。

《民國寧鄉縣志·故事編先民傳五十五·清》："洪汝源，字毅夫，號蓮塢，思永長子。十歲能文，以諸生舉光緒八年壬午鄉試，壬辰成進士，入翰林，授檢討。居京師十年，清貧自守，畫山水自遣。庚子拳亂，親王大臣實主之，拳益橫，專殺自如。揣摩希進之士，紛紛上書言事，獎亂民之忠義以取富貴。汝源與長沙杜編修本崇，同居危城，心勿善其所爲。拳匪竟指爲教民，被傷幾死。既脫險出都，聞父病，乃南歸終養。服闋入京，截取知府分四川署綏定府事。時屬行新政，廢科舉，興學校。汝源創立府中學，仍以綱常名教勖生徒曰：'此國本也。'既受代充全省警務，提調緝匪首何如道伏法，散其餘黨。大府嘉其能，檄署保寧。保寧，川北要冲，多匪患。汝源在任一年，所轄皆安堵。尋署眉州，尤盜藪難治。舊習官抵任，必戮囚示威。掾吏呈獄囚册，汝源稽案，罪皆可恕，轉平反百餘人。總督趙爾巽奏請以保寧補授。辛亥南歸，被舉爲縣議會議長。旋卒，年六十六。"（《民國寧鄉縣志》册二，頁八五八）

廖、洪兩家爲近鄰，洪汝源住盤泉崙東側的齊家冲，爲清寧鄉縣五都；而廖氏祖宅春泉堂地處盤泉崙西側，爲七都之地，但兩家相距僅約六七華里。年輕時，廖、洪兩人即以詩書相往來，從現存文獻資料看，至少可追溯到光緒初年。光緒九年三月初

八日(1883年4月14日),廖樹蘅《香樹簃日記》中這樣記載道:
"雨甚。夜來雷電交作,猛雨如注,逮曉逾甚。小園池水陡添一
尺,殘香剩苗悉爲狂飆卷盡。伯嚴、蓮午、石貞之徒,將以今日入
闈。"在横田沖的狂風苦雨中,廖樹蘅仍在牽念着正在京城參加
會試的洪汝源、陳三立和李瀚昌諸友,并賦詩一首。廖樹蘅《雨
止月出,有懷李石貞瀚昌、洪毅夫汝源京師》:"雨止衆星見,壞雲
如奔濤。天空卵色浄,月出湘山高。露氣浥墀卉,寒光生鬢毛。
素心千里隔,離索慨吾曹。"(《珠泉草廬詩鈔》炁陽本卷三)

　　光緒二十二年(1896)晚秋、初冬間,洪汝源得悉水口山大開
明窿,黑白鉛砂日夜出産源源不斷,又讀到廖樹蘅所寄《祭告山
神文》時,曾如此感言:"貞誠之心,可感金石。中國大小臣工苟
能如此實心辦事,有總制天下之權者,能以此道風屬之,何患人
材不興,國勢不振?"(洪汝源《盤泉山館書札》第一通;《珠泉草廬
師友録》册三卷十,頁三七至三八)

　　光緒二十七年(1901),因父親洪錫祜病重,洪汝源由京師南
返家鄉寧鄉縣齊家沖陪伴父親。次年暮秋、初冬間,正值湘水陡
落、氣爽天高的十月中旬,洪汝源受廖樹蘅之邀,專程赴常寧水
口山觀礦。他先在衡陽停留數天,廖樹蘅陪其同赴船山書院拜
訪王闓運,十月十八日(1902年11月17日),王闓運《湘綺樓日
記》這樣記載:"陰。朝課未畢,廖蓀畡偕洪聯五來,云十五年未
見矣。"(《湘綺樓日記》,頁二五〇〇)隨後,廖樹蘅又陪洪汝源同
游衡山,盡賞南嶽美景。

　　十月二十日(11月19日),洪汝源由廖樹蘅第三子廖基樸陪
同,乘船離開衡陽赴水口山觀礦。隨後又被一路陪同返回寧鄉。
洪汝源在致廖樹蘅的信札中談到水口山之行的觀感:"昨周覽尊
處礦務,辦理精實,井井有條,故能確有成效。爲政在人,無古今
中外,不外此理,運氣之學,當不足信。"(《珠泉草廬師友録》册三
卷十,頁三八至三九)

十月二十三日（11月22日），恰是廖樹蘅六十三歲生辰，洪汝源由水口山返回齊家沖以後，特撰律詩四首、繪山水屏四幅補壽。洪汝源《蓀畡道長兄六十有三初度，時以清泉校官兼茭源銀場監，適來學廨，賦詩壽之》，共四首。其一：“老樹逢春發古姿，面龐頳玉繞銀鬤。座間談笑多新義，海内論交有故知。出處待編高士傳，姓名終逸黨人碑。湘中新舊學界爭競甚烈，兄翛然無所與。少陵吟詠多忠愛，珍重千秋一卷詩。”其二：“結廬同跨靈衡麓，好與平分嶺上雲。不信功名驚震旦，幾人學派衍河汾。神仙舊有丹砂井，故友偏多宿草墳。太息營湘抗私議，空勞五夜步星文。卅年前，著有《營湘私議》，指陳長沙形勝利便，可以建都，將來欲爲避狄計，應有此方。”其三：“艱難國步困天驕，揮手風雲氣未消。薦牘有誰求貢禹，封侯未便老班超。六盤曾踏秦關雪，七發親題浙海潮。獨許評詩陳吏部，美人香草媲離騷。寧州陳伯嚴謂珠泉草廬詩另有一種幽芬，非梅非桂，令人不可名狀。”其四：“識氣金銀入想奇，鄭虔官冷不嫌卑。山川寶藏輸忠信，官吏文書受指揮。富國恥言阿堵物，傳家爭羨寧馨兒。年來款敵多煩費，莫笑書生少設施。”（《珠泉草廬師友録》册一卷四，頁六六至六七）

光緒二十九年（1903）初春，洪汝源束裝北上，欲返都門，廖樹蘅遣人到齊家沖洪汝源府上，專門贈路費百兩。同時，洪汝源聽聞廖樹蘅被保舉經濟特科一事時，“欣慰無已”，謂之“必爲湘人生色”。

另外，《珠泉草廬師友録》録有洪汝源致廖樹蘅書札，共計六通，名曰《盤泉山館書札》。

廖樹蘅、洪汝源所不知的是，後來廖、洪兩家由好友而結爲姻親。洪汝源《蓀畡道長兄六十有三初度，時以清泉校官兼茭源銀場監，適來學廨，賦詩壽之》詩後附有按語云：“太守年少於公，自言結交於父子之間。越二十年，公之曾孫女適太守之孫劍寒，兩家聯姻，則公與太守皆不及見云。”（《珠泉草廬師友録》册一卷

四,頁六七)

【簡注】

(1)陶士偰(1692—1773):字倫宰,號嵇山。清湖南省寧鄉縣二都人。陶之典孫,陶端次子,在堂兄弟中行七。康熙癸巳(1713)恩科舉人,雍正癸卯(1723)恩科進士,選翰林院庶吉士。寧鄉入清,進士翰林自士偰始。授江蘇鎮江知縣,旋署太倉州知州,後改安徽石埭縣,歷署懷寧、合肥。三充江南文武鄉試同考官,擢知和州,升廣西太平府知府,乾隆十二年(1747)遷湖北漢陽知府,充庚午鄉試内監試官。乾隆十六午(1751),總督永興以貪婪敗檢劾巡撫唐綏祖,士偰亦被羈。後遷河南南陽府,以道員升用,未幾解組歸。修《漢陽府志》,著有《運甓軒文集》《運甓軒詩集》。

(2)洪汝源(1851—1916):字毅夫,號蓮塢。清湖南省寧鄉縣五都齊家冲人。少時天資聰慧,十歲時便能詩善賦。光緒壬午(1882)科舉人。光緒壬辰(1892)科進士,與曹廣植、葉德輝、汪詒書、趙啓霖同榜。同年五月,選爲翰林院庶吉士。光緒二十四年(1898)授翰林院檢討。歷署四川綏寧、眉州、保寧知府。民國二年(1913)任寧鄉縣議會首任議長。工詩善書,尤擅山水,能作巨幅,師宗四王(王時敏、王鑑、王翬、王原祁),不失古法。著有《盤泉山館詩鈔》等行世。

(3)膺:擔當,接受重任。

(4)館選:謂被選任館職。語出清代方苞《翰林院檢討竇君墓表》:"戊辰成進士,館選。"

(5)"江山新數革除年"句:江山,本指江河和山嶺,借指國家的疆土或政權。新數革除年:指辛亥革命事起,清朝傾覆,民國肇造一事。

(6)家國多虞:家國,指家與國,亦指國家。《逸周書·皇門》："是人斯乃讒賊媢嫉,以不利於厥家國。"多虞:多憂患,多災難。《左傳·襄公三十年》："以晉國之多虞,不能由吾子,使吾子辱在泥塗久矣。"

(7) 有棘在喉:本指有刺卡在喉嚨中。此處指辛亥革命後,洪汝源離職返鄉,終日憂傷苦悶。

(8) 新亭名士淚:典出"新亭對泣"。《晉書·王導傳》："過江諸人,每至暇日,相邀出新亭飲宴,周顗中坐而嘆曰:'風景不殊,舉目有江河之異。'皆視流涕。"南朝宋劉義慶《世説新語·言語》中云:"過江諸人,每至美日,輒相邀新亭,藉卉飲宴。周侯中坐而嘆曰:'風景不殊,正自有山河之異。'皆相視流淚。"新亭,位於今江蘇省南京市雨花臺區一帶。三國時吳築,瀕臨長江,位置險要。這裏也是一處風景名勝,風光奇特。東晉時爲朝士游宴之所,後廢。西晉末年,中原戰亂,北方士大夫多逃至南方,常聚於新亭對泣。

(9) 鄉井故人:家鄉舊友。鄉井:家鄉。唐代崔峒《酬李補闕雨中寄贈》:"白髮還鄉井,微官有子孫。"故人:指舊交,老朋友。

(10) 應劉:指東漢"建安七子"中的應瑒、劉楨。此處指故舊。

(11) 積懷成痗:積懷,指淤積的情緒。痗,意爲憂思成病。《詩經·衛風·伯兮》:"願言思伯,使我心痗。"

(12) "傷心舊社酒徒稀"句:舊社,指原有的集體性組織。此處指廖樹蘅、洪汝源等故里文士一起吟詩作對的雅集活動。酒徒:指嗜酒的人,本聯則指一起詩酒唱酬的同人。唐代李白《梁甫吟》:"君不見高陽酒徒起草中,長揖山東隆準公。"

挽李繼静聯

書破羊欣白練裙，姿媚絶倫，我愧薑芽常斂手；
識取高巖金碧氣，事權甫屬，誰知仙李竟無年。

【説明】

此聯録自《聯語摭餘》，頁二十。廖樹蘅自注云："李秀……無年。'"

清光緒二十九年(1903)九月，廖樹蘅由水口山礦務局總辦調任湖南省礦務總局提調，爲了大興湘礦，湘礦總局於光緒三十年(1904)春間任命多人先後赴黄金洞、錫礦山等地及新探礦區供職，李繼静佐礦黄金洞金礦，或在此時耶？而從其"數月病没"句看，廖樹蘅此聯亦或作於是年也。

昌江：指湖南省平江縣。春秋時，平江屬楚附庸羅子國。秦時置羅子國爲羅縣，漢末將羅縣東部劃爲漢昌縣，三國時又改名吴昌縣。唐神龍二年(706)，析湘陰縣東境置昌江縣。後唐同光元年(923)爲避莊宗祖父李國昌諱，以縣治周圍地勢平坦，江水至此平静無波，改稱平江縣。"昌江縣"一名使用時間爲 217 年。晚清維新運動時期，湖南巡撫陳寶箴在此創辦平江黄金洞金礦。廖樹蘅曾於光緒三十四年(1908)前往平江黄金洞視礦，并作有多首詩歌。廖樹蘅《九月二十六日，赴平江黄金洞，由東陽渡過瀏》云："野竈燔煨藷蕷香，墻頭柑橘雜青黄。櫂歌新譜漁家傲，枷板秋登晚稻忙。風物湘東猶近古，溝塗平隴自成疆。黏天莜麥花如雪，無數饑烏下夕陽。"又，廖樹蘅《抵黄金洞》詩："欲陟疑無路，昂頭小有天。是峰皆峭拔，無澗不回旋。絶壑精鏐藴，嵁崖夏屋連。局屋異常堅麗，亭館森列，約費五萬金。夜深騰虎氣，流曜照山川。"(《珠泉草廬詩後集》卷一，頁十五至十六)

【簡注】

(1)"書破羊欣白練裙"句:語出唐代陸龜蒙《懷楊臺文楊鼎文》詩:"重思醉墨縱橫甚,書破羊欣白練裙。"羊欣,爲東晉南朝之際泰山著名書法家,早年親炙於王羲之之子王獻之,得其家法。白練裙,指羊欣所穿的裙。《南史·羊欣傳》:"欣長隸書。年十二時,王獻之爲吳興太守,甚知愛之。欣嘗夏月著新絹裙晝寢,獻之見之,書裙數幅而去。"唐代張懷瓘《書斷》卷中:"欣著白絹裙,晝眠,子敬乃書其裙及帶。欣覺歡樂,遂寶之,後以上朝廷。"後遂用"書裙""書白練裙""漫寫羊裙""羊欣白練裙""練裙"等稱譽書法,或指文人間相互雅賞愛慕。

(2)姿媚:嫵媚。

(3)"我愧薑芽常斂手"句:唐代劉禹錫《酬柳柳州家雞之贈》詩:"柳家新樣元和脚,且盡薑芽斂手徒。"薑芽,是由薑塊培育出的幼芽。

(4)"識取高巖金碧氣"句:語出蘇軾《月華寺寺鄰岑水場,施者皆坑戶也,百年間蓋三焚矣》詩。據史料記載,宋咸平二年(999),廣東韶關已興建了膽水煉銅工業,稱爲"岑水銅場","韶州銅"由此馳名天下。蘇軾曾路經岑水銅場,并作有《月華詩》,其中有句云"天公胡爲不自憐,結土融石爲銅山","高巖夜吐金碧氣,曉得異石青爛斑"。盛贊當時銅場生産之盛況。廖樹蘅借用蘇軾的詩句,指稱平江黃金洞金礦之盛況空前。

(5)事權甫屬:事權,指做事的職權。甫:剛剛,才。屬:同"囑",即囑咐、托付之意。

(6)"誰知仙李竟無年"句:仙李,典出"仙李蟠根"。杜甫《冬日洛城北謁玄元皇帝廟》詩:"仙李盤根大,猗蘭奕葉光。"原本指宗族昌盛,但李繼静卻天不假年,故用了"竟"來表達轉折驚訝。無年:無年壽,壽命不長。《宋書·謝莊傳》:"家世無年,亡高祖四十,曾祖三十二,亡祖四十七。"《南史·蕭曄傳》:"(曄)初封安陸侯。憺特所鍾愛,常目送之曰:'吾所深憂。'左右問其故,答曰:'其過俊發,恐必無年。'"

挽汪鳳池聯

臥護吏民,汲淮陽一生少戇;
日斜庚子,賈長沙萬古同悲。

【説明】

此聯録自《聯語摭餘》,頁二十。其云:"長沙知府汪藥階:'臥護……同悲。'"

惲毓鼎在清宣統元年四月十九日(1909 年 6 月 6 日)的《澄齋日記》中記載:"芒種節。陰,寒甚,可著棉衣。巳刻詣史館,又至源豐堂弔汪藥階太守之喪,訪蒍若前輩未值。"由此可知,汪鳳池辭世於宣統元年四月,而廖樹蘅此聯,當亦作於此時也。

【簡注】

(1) 汪鳳池(1849—1909):字思贊,號藥階。清江蘇省元和縣人。汪亮鈞長子。世有陰德,績學善屬文。同治癸酉(1873)拔貢。授山東道監察御史,袁世凱權勢正熾,汪鳳池上疏請求裁抑,慈禧太后聞奏動容。慈禧及光緒皇帝"西狩",順天府尹密飭大興、宛平兩縣拘留大車二千輛迎接,人心惶惑,群臣不敢言。汪鳳池聞知此事,敢言敢諫。調離京城,外放湖南衡州知府,後遷長沙知府,頗得湖南巡撫岑春蓂賞識和倚重。岑春蓂在《恭報湖南省實缺司道知府各員考語》中,對汪鳳池評價曰:"該員持躬端謹,率屬嚴明,才識俱優,體用兼備。"汪鳳池與弟汪鳳瀛、汪鳳藻、汪鳳梁皆爲清末知府,時有"一家四知府"之稱。

（2）臥護：猶臥治。謂在臥病中監軍。《史記·留侯世家》："上雖病，臥而護之，諸將不敢不盡力。"《晉書·紀瞻傳》："帝使謂瞻曰：'卿雖病，但爲朕臥護六軍，所益多矣。'"

（3）"汲淮陽一生少戇"句：語出《史記·汲鄭列傳》："甚矣，汲黯之戇也。"汲淮陽：指汲黯（？—前112），西漢名臣。字長孺。濮陽（今河南濮陽）人。漢景帝時，任太子洗馬。漢武帝時，初爲謁者，後來出京任東海太守，有政績。被召爲主爵都尉，列於九卿。汲黯爲人耿直，好直諫廷諍，漢武帝劉徹稱其爲"社稷之臣"。主張與匈奴和親。後犯小罪免官，居田園數年，召拜淮陽太守，卒於任上。少戇：宋代方回《少戇》詩："少戇不識事，誤以仕爲生。"戇，即迂愚而剛直之意。此句贊揚汪鳳池如汲黯一樣，爲人耿直正義。

（4）日斜庚子：初夏四月二十八日太陽西沉之時。庚子，此指孟夏四月的庚子日，即四月二十八日。賈誼《鵩鳥賦》："四月孟夏，庚子日斜。"

（5）賈長沙：指賈誼（前200—前168），西漢著名大儒。曾擔任長沙王的太傅，故世人稱其爲賈太傅或賈長沙。

挽魏嶸塗聯

凍月湧重湖，鶴背笙涼，人共梅花歸北渚；
霜天聞楚些，講堂雪冷，我隨多士唁西齋。

【説明】

此聯録自《聯語摭餘》，頁二十。其云："寧鄉訓導魏皞，巴陵人：'凍月……西齋。'"

《民國寧鄉縣志·故事編·官師譜·清》在"訓導"條目下，有"魏嶸塗"者，而廖樹蘅《聯語摭餘》中則作"魏皞"，或是《聯語摭餘》有誤，現以《民國寧鄉縣志》所錄爲準。《民國寧鄉縣志・故事編・官師譜・清》：“魏嶧塗：字碧峰。巴陵舉人。四年九月任，十七年卒於官。”（《民國寧鄉縣志》册二，頁一一〇八）故可知，廖樹蘅此聯當撰於清光緒十七年（1891），從聯中“凍月”“霜天”看，且爲深冬寒天之時。

【簡注】

（1）凍月湧重湖：凍月，原意爲月光都已被冰凍住，此處借指湖湘深冬天氣寒冷之時。重湖：洞庭湖的别稱。洞庭湖南與青草湖相通，故稱。宋代張孝祥《念奴嬌》詞：“星沙初下，望重湖遠水，長雲漠漠。”清代文廷式《過洞庭湖》詩：“借取重湖八百里，肄吾十萬水犀軍。”

（2）鶴背笙涼：鶴背，即鶴的脊背，傳説爲修道成仙者騎坐處。唐代司空圖《雜題》之二：“世間不爲蛾眉誤，海上方應鶴背吟。”金代元好問《步虚詞》之一：“三更月底鸞聲急，萬里風頭鶴背高。”笙涼：笙，是管樂器名，一般用十三根長短不同的竹管製成，吹奏。笙涼，指凄涼、孤寂之意。

（3）“人共梅花歸北渚”句：人共梅花，梅花爲歲寒三友之一，人與梅花，相映於歲末年初，意指主人意趣高雅，志向高潔。北渚：北面的水涯。語出《楚辭・九歌・湘君》：“鼉騁鶩兮江皋，夕弭節兮北渚。”王逸注：“渚，水涯也。”魏嶧塗故里在巴陵，位於洞庭湖之北，故稱其歸北渚也。

（4）霜天聞楚些：嚴寒的天空中聽到那些招魂歌。霜天：嚴寒的天空，或氣温低的天氣，多指晚秋或冬天。南朝梁簡文帝《詠雲》詩：“浮雲舒五色，瑪瑙應霜天。”隋代薛道衡《出塞》詩之二：“塞夜哀笛曲，霜天斷雁聲。”楚些：指招魂歌，亦泛指楚地的樂調或《楚辭》。詞出《昭明文選》。唐代牟融《邵公母》詩：“搔首驚聞楚些歌，拂衣歸去淚懸河。”

(5) 講堂雪冷：講堂，指儒師講學的堂舍。因魏嶧塗出任寧鄉訓導，乃教官。雪冷：像雪一樣冷冰冰的。

(6) "我隨多士唁西齋"句：多士，指眾多的賢士。《書·多方》："猷告爾有方多士，暨殷多士。"西齋：指文人的書齋。

挽王鎮興聯

子賢注籍金門，義訓群推王海日；
屍解仍騎仙鹿，州壤重逢聶樂山。

【説明】

此聯録自《聯語摭餘》，頁二十。其云："常寧王庶常之父賓予：'子賢……樂山。'"

王庶常：指王良弼（1852—1920），字安邦，號靜軒、蕙宣。清湖南省常寧縣人。光緒壬辰（1892）進士，授翰林。歷官刑部主事、廣東肇慶道。有《湘山詩文集》等傳世。

光緒二十七年（1901）九、十月間，王鎮興卒於里第。受王良弼之請，廖樹蘅撰《誥封資政大夫王公墓志銘》。其文曰："公諱鎮興，字賓予，王氏。先世由江西徙湖南之常寧，代有聞人。明中葉有從陽明受學，諱某，爲公之幾世祖。曾祖某，祖某，父某，并隱居不仕。祖、父皆以公子良弼貴，贈資政大夫，姓皆夫人。兄弟四，公次季。性沈毅，讀書通大誼，爲文矩矱前民，顧不利有司試，遂舍去，專力治生。先人遺田不滿百畝，躬率僮力治之，并以餘力種魚於陂，畜牧於岡，凡可籠自然之利者，爲之靡不善，不數年家漸贏。念先世多讀書爲諸生，乃擇名師教其二子。自奉觳也，獨致隆於師。師或有疾，爲市珍藥和丸以進，師感其意，教之益勤。常寧故山縣，自置邑以來，未有預館選者。近城有小水

曰北水，讖記'北水回頭，科名鼎盛'，同治時水逆流二里許與宜
水合，光緒壬辰良弼果以二甲入翰林。公偉軀幹，聲如洪鐘，勇
於赴義。咸豐三年，山寇數千圍縣城，公從昆桂史在圍城中，解
所佩刀馳一介突圍，報公曰：'速援可望活，否則索我於溝瀆矣。'
公即號召鄰里，得三百人赴之，所居距城近，俄頃馳至，城中鼓噪
應之，寇驚潰，圍遂解。軍興以來，湘人多從軍於外，及散軍歸，
大半失業，勾連徒黨，掠人財物。入其黨者，人給尺布爲驗，謂之
放飄。蹤迹詭秘，無敢舉發。縣北鄉有市曰煙洲，匪徒卵育之區
也。光緒辛卯，勢洶洶謀起事，乘夜入城縱掠，人心怔憂。知縣
龍起濤患之，請公主辦團練。公首先出資爲衆人率，旬日間集資
盈萬，爰於城中設籌防局，集壯勇，繕器械，申門禁，官民恃以無
恐。設法解其黨羽首悔者白官免罪，一月之中，繳布求免者以千
計，地方遂安。起濤感之，嘗曰：'此次非王公，城不守矣。'自是，
縣中有興革皆倚公爲重。久之，漸有孕恨而思齮齕者，公喟然
曰：'吾之始出，爲地方也。既不我與，吾其爲劉勝乎？'由此杜門
掃軌，終歲不一踏縣門。時公年幾七十矣。公雅善爲古人之文，
所著《黃甲草廬家世録》，凡先人有名德者，各爲撰傳，祠堂冢墓
經其繕修，必爲文記之。叙事有序，於江介人所守義法，無分寸
之不合。樹蘅嘗誦言於儔人中，公聞之竊用自憙，遣其孫起詩、
起書來受業。予辭，公笑曰：'昔薛文清監茭源銀場，吾之先人多
與之游。今君所受之事與文清略同，其地距茭源河不遠，相與賡
續前軌，不亦可乎？'予愧謝不敢當，重違公意，勉應之。公意主
扶濟困厄，生平施及於人之事尚多，兹第舉其大者。以光緒某年
月日卒於里第，春秋七十有幾。配譚夫人，先公幾年卒。子二：
長某，廩膳生，早世；次良弼，光緒壬辰進士，由翰林改刑部，旋以
道員發廣東，加三品銜。姜某氏，舉遺腹子，未周晬而殤。孫起
書，廩膳生，候選訓導；起詩，附生；起某；起某。曾孫幾人，均幼。
先是良弼於乙未奉母諱歸里，以公年老，不欲離膝下。庚子之

變，公謂良弼既係朝籍，應赴行在急國難。及公即世，良弼甫由河南扈蹕入都，聞訃奔回，毀幾滅性。病已，爲公卜兆於邑南某山之陽，葬有日矣。良弼以書來督銘，曰：'先大夫勵學一生，世無知者，惟君能知之，銘幽之文，莫君爲宜。' 乃爲銘曰：'處己以約，施則侈也。功在枌梓，人或忘其美也。郁此孤懷，宜來裔之特起也。惟山岩嶢水屈蟠，中有單椒靈秀攢。奠是幽宅鞏且安，勒銘貞石永不刊。'"（《珠泉草廬文録》卷二）

【簡注】

(1) 賓予：王良弼父王鎮興（？—1901）字。清湖南省常寧縣人。諸生。廖樹蘅執掌常寧水口山礦務期間，常與之以詩書相往來。王鎮興曾命其孫王起書、王起詩受業於廖樹蘅門下。著有《黄甲草廬家世録》等傳世。

(2) 注籍金門：注籍，謂登録在册，在家聽授官職。金門：即金馬門，代指富貴人家。《魏書·常景傳》："夫如是，故綺閣金門，可安其宅；錦衣玉食，可頤其形。"

(3) "義訓群推王海日"句：贊揚王鎮興"雅善爲古人之文"。義訓：漢語訓詁學術語。指不通過語音和字形的分析而解釋詞義的釋詞法，是訓詁的基本方法。王海日：王守仁之父王華，字德輝，號實庵，晚號海日翁。明代浙江餘姚人。成化辛丑（1481）科進士，授翰林院編修。歷任禮部右侍郎、禮部左侍郎、吏部尚書。預修《大明會典》《通鑑纂要》，著有《龍山稿》等。

(4) "屍解仍騎仙鹿"句：屍解，道教認爲道士得道後可遺棄肉體而仙去，或不留遺體，只假托一物（如衣、杖、劍）遺世而升天，謂之屍解。騎仙鹿：指成仙得道之人的氣質形象。古時以此爲祥瑞。

(5) "州壤重逢矗樂山"句：贊揚王鎮興像矗繼模一樣，治家有方，後輩人才代出。州壤：州里，鄉里。《魏書·崔挺傳》："散騎常侍趙脩得幸世宗。挺雖同州壤,未嘗詣門。"重逢:再次遇到。聶樂山:即聶繼模,參閱本書《挽聶緝槃聯》。

挽鄒代輝聯

節義文章之後,明德合有達人,禀命不融,忍聽槐風鏘楚挽;

談天賦海而歸,難兄足當健者,賓鴻忽斷,怕聽哀唳落衡陽。

【説明】

此聯録自《聯語摭餘》,頁二十。其云:"新化鄒君某,叔績先生之孫,沅帆之弟:'節義……衡陽。'"

廖樹蘅與鄒代鈞相識較早。清光緒四年十月(1878 年 11月),隆觀易在寧夏卒後,廖樹蘅曾托陳三立為隆觀易之子隆志毅尋找差事。於是,陳三立將隆志毅介紹給鄒代鈞,鄒為其在武昌測繪學堂謀得一份差事。

光緒二十一年二月二十五日(1895 年 3 月 21 日),陳三立於武昌兩湖書院招飲廖樹蘅等友朋,其時鄒代鈞亦在座上。廖樹蘅《二月二十五日,伯嚴招飲兩湖書院,同集者汪進士穰卿、鄧分校葆之、徐太守穉生、鄒明府雲帆》:"水國春陰萬柳絲,高城霽雪照衙厄。客來論道義皇上,時鄧先生方講義學。我獨聞聲衛霍思。帷幙輕寒銀燭煖,闌干花信玉蘭遲。酒闌風細沈街柝,識得銷魂是此時。"(《珠泉草廬詩鈔》烝陽本卷四)

光緒二十二年(1896)春間,湘礦總局在長沙成立後,廖樹蘅與鄒代鈞為礦業同仁,廖樹蘅出任水口山礦局總辦,鄒代鈞為總局提調。廖樹蘅創"明窿"之法開礦,起初鄒代鈞、黃篤恭等允予試辦。等到廖樹蘅開辦明窿的公牘文書上報總局時,卻受到百般指責、千般阻撓。爲此,湖南巡撫陳寶箴委派鄒代鈞從長沙趕赴水口山進行實地勘察,專程調查"明窿"法采礦的可行性。鄒代鈞抵達水口山後,赴現場體察情形,方知廖樹蘅堅持采用明窿一法之精妙,乃極力贊成。待鄒回省稟復,不數月,明窿采礦即現神奇之效,浮議始息。於是,水口山之名喧騰中外。

《珠泉草廬師友錄》一書中,收錄鄒代鈞致廖樹蘅書札一通,名爲《鄒提調書札》。書曰:"蓀畡先生侍者:八月以來,世變日亟,株連之禍,竟及義寧,想尊處早經聞知也。右丈喬梓,問心無愧,卻不以得失介意,惟湘省失此福星,且諸善政經營,方有頭緒,遽欲中輟,不能無悵悵耳。礦事成效,常推尊處第一,惟右丈既去,而賢者行藏,亦難預定。弟輩處此羈絆,頗不易脱,勢不能不再作兩三月之留。山中諸司事,尚望屬其照常辦理,可作小收束,不可便停廢。我輩辦事,能始終如一,即所以報知己,老斫輪當以爲然也。敢布區區,即頌道安。不宣。愚弟鄒代鈞頓首。"(《珠泉草廬師友錄》册二卷八,頁九二)

【簡注】

(1) 新化鄒君某:指鄒代輝。鄒漢勛孫、鄒世詒第三子,鄒代鈞弟。清湖南省新化縣(今屬隆回)人。曾留學日本,學習西法印刷技術。

(2) 鄒漢勛(1805—1854):字叔績。著名學者。清湖南省新化縣(今屬隆回)人。咸豐辛亥(1851)科舉人。有《五均論》《讀書偶識》《水經移注》等 30 餘種著作,共 460 餘卷,多毁於戰火。後人刊有《鄒叔子遺書》存世。

(3) 鄒代鈞(1854—1908):字沅帆,又字甄伯。鄒漢勛孫,鄒世詒次子。地理學家。鄒代鈞與廖樹蘅爲礦業同仁,曾任湘礦總局提調。

（4）"節義文章之後"句：指鄒漢勛的後人。節義文章：此處指鄒漢勛的節操義行、文采章法備受推崇。後：指後代、後人。

（5）"明德合有達人"句：明德，指彰顯德行，先要完善内在德智修養，然後推己及人。達人：指通達事理的人。

（6）稟命不融：稟命，舊指所受命於天的命運。漢代王充《論衡·氣壽》："凡人稟命有二品：一曰所當觸值之命，二曰強弱壽夭之命。所當觸值，謂兵燒壓溺也；強壽弱夭，謂稟氣渥薄也。"不融：不長久。《文選·蔡邕〈郭有道碑文〉》："稟命不融，享年四十有二。"

（7）槐風鏘楚挽：語出《文選·謝莊〈宋孝武宣貴妃誄〉》："鏘楚挽於槐風，喝邊簫於松霧。"《全陳文》裏亦有"槐風悲於輦道，松雨思於郊原"。直觀看就是：不忍聽，風動槐樹，如唱悲歌。風當然是夏季風（"夏四月壬子，宣貴妃薨"），但夏季還有其他的樹而單用"槐"風，主要是取其品格或者守護之意。《太清草木方》說槐爲"虛星之精"，若於每年三月上巳日采子服，能去百病，長生通神。又如《太公金匱》載："武王問太公曰：'天下神來甚衆，恐有試者，何以待之？'太公請樹槐於王門内，有益者入，無益者距之。"鏘：形容金屬或玉石撞擊的聲音。楚挽：悲痛的挽歌。

（8）談天賦海：古人寫此類文章，大都講究無一字無來源，且與所要表達的意思關係緊密。鄒氏爲輿地學術世家，自與天地江海相關。而"鄒衍談天"乃成語，意謂善辯；西晉木華、南齊張融各有《海賦》，都是名篇，既文辭華麗，又含山海地理知識。廖樹蘅此聯寫鄒家人，用鄒家的典，奇而巧；悼輿地學人，用《海賦》襯托，切而高。另外，王世貞有"賦海幾玄虛，談天類鄒衍"句，亦可徵賦海談天合用有源。

（9）"難兄足當健者"句：難兄，謂鄒代鈞。健者：指強有力的人。

（10）賓鴻：即鴻雁。南朝梁元帝《言志賦》："聞賓鴻之夜飛，想過沛而霑衣。”

（11）“怕聽哀唳落衡陽”句：此聯中，上下聯相同位置用同一個字，即“聽”，忍聽、怕聽。作者廖樹蘅乃湘中詩聯名家，對此應該自有講究。一般來說，下聯的“聽”爲什麽不易作“聞”呢？意思、平仄都一樣，還可以避免重字。李鴻章之父李文安有《倚廬白雁》詩，自序云：“丙午人日奉諱里居，有白雁千百成行，回翔空中，哀唳遠聞。”《鏡花緣》第十七回云“因字聲粗談切韻　聞雁唳細問來賓”。俞樾《右臺仙館筆記》卷十四：“……雁雜處雞鶩間，亦頗馴擾，惟聞長空雁唳，輒昂首而鳴。”可知，雁唳可聽可聞，選用隨意，存乎一心而已。哀唳：哀厲的長鳴。衡陽：湘南名城，有“雁城”之稱。唐代王勃《滕王閣序》中有句云：“雁陣驚寒，聲斷衡陽之浦。”

挽袁全熺聯

氣能集事，智足乘時，本當世有用之才，何圖隴首歸來，達夫僅以兵曹老；

交忝卅年，別剛一月，忽斯人無疾而隕，從此墓門思舊，騎省長深宿草悲。

【説明】

此聯録自《聯語摭餘》，頁二十。其曰：“袁秀才全熺云：‘氣能……草悲。’袁氏多以科第顯，熺才辯縱橫，獨不偶，與余有婭，故尤悼之。”

袁全熺卒於清光緒二十八年十月十七日（1902 年 11 月 16日），葬里中龍團山。故可知廖樹蘅此聯當作於是年也。

【簡注】

（1）寧鄉袁氏：爲縣中望族，其代表人物袁名曜（1764—1830），字道南，號峴岡。清嘉慶辛酉（1801）科進士，授翰林院編修，歷官侍讀。嘉慶十七年（1812）聘任嶽麓書院山長，主教五年。善詩文，長議論，以培養人才著稱，湖南名生多出其門下，其中翹楚有魏源等。與嚴如熤、陶澍交善，主持嶽麓書院期間，與門生張中階合撰大門對聯“惟楚有材，於斯爲盛”。著有《吾吾廬草存》。

（2）袁全熺（1848—1902）：字東塢，一字子庵。清湖南省寧鄉縣五都常山人。諸生。袁名曜曾孫，袁汝滋孫，誰十袁犟實第五子。其與衡田廖氏有姻親關係。

（3）氣能集事：指人的精神能成事。氣：指人的精神狀態。集事：成事，成功。《左傳·成公二年》：“此車一人殿之，可以集事。”

（4）乘時：乘機，趁勢。晉代左思《吳都賦》：“富中之甿，貨殖之選，乘時射利，財豐巨萬。”

（5）“何圖隴首歸來”句：語意爲哪裏想到從甘肅歸來。何圖：哪裏想到。隴首：指隴山之巔。

（6）“達夫僅以兵曹老”句：達夫，指見識高超的人。兵曹：古代管兵事等的官員。漢代爲公府、司隸的屬官。唐代爲府、州設立的“六曹”或“六司”之一，在府稱“兵曹參軍”，在州稱“司兵參軍”。唐代韓愈《贈張童子序》：“又二年，益通二經，有司復上其事，繇是拜衛兵曹之命。”老：死的諱稱。

（7）交喬：很榮幸地結交。

（8）無疾而隕：無疾病突然死去。隕：古同“殞”，死亡。

（9）墓門：墓道之門。

（10）“騎省長深宿草悲”句：指昔時的同仁撰述悼亡之辭，以表達長久的思念。騎省：官署名。唐代兩省皆有散騎常侍，故稱

之爲"騎省"。唐代王維《春日直門下省早朝》詩："騎省直明光，
鷄鳴謁建章。"宿草：指墓地上隔年的草，用爲悼念亡友之辭。
《禮記・檀弓上》："曾子曰：'朋友之墓，有宿草而不哭焉。'"

挽夏獻銘聯

繡衣持斧，風静萑苻，遺愛在三湘，香草有情承履舄；
密座清談，禮周賓佐，别來曾幾日，梅花如雪打廞旌。

【説明】

　　此聯録自《聯語摭餘》，頁二十至二十一。其曰："衡永郴桂
兵備道夏：'繡衣……廞旌。'"

　　爲了解決水口山周邊地區百姓的饑荒問題，廖樹蘅仿陶澍
於江南籌建豐備義倉之法，於光緒二十六年（1900）冬至光緒二
十七年（1901）春間，利用水口山礦利在常寧北鄉一帶購置上等
良田一百三十九畝，每歲可收租穀二百一十餘石；另於常寧縣松
柏市購民地建廠舍兩進，以存積穀。光緒二十七年六月九日
（1901 年 7 月 24 日），衡永郴桂兵備道憲夏獻銘對水口山義田義
倉事作出批示。其批詞云："閲稟及章程、清册，詳審精密，足以
垂之久遠，洵非才大心細者莫辦，應準如稟立案，仰即遵照，仍候
撫憲及藩司、礦務總局批示。此繳册摺存。"（廖樹蘅《常寧忠字
一團義田記》，頁十三）此聯中之"衡永郴桂兵備道夏"，當指夏
獻銘。

【簡注】

　　（1）夏獻銘：字子鑫。清江西省新建縣人。歷官廣東惠州知
府、湖南衡永郴桂兵備道、湖南按察使等。

（2）繡衣持斧：漢武帝天漢二年（前99），使光祿大夫范昆及曾任九卿的張德等，衣繡衣，持節及虎符，用軍興之法（依照戰時制度），發兵鎮壓農民起義，因有此號。繡衣，表示受君主尊寵。持斧：典出《漢書·王訢傳》："武帝末，軍旅數發，郡國盜賊群起，繡衣御史暴勝之使持斧逐捕盜賊，以軍興從事，誅二千石以下。"後以"持斧"指執法或皇帝派出的御史等執法之官。

（3）萑苻：澤名。《左傳·昭公二十年》："鄭國多盜，取人於萑苻之澤。"

（4）遺愛：指留於後世而被人追懷的德行、恩惠、貢獻等。也指"仁愛"遺留於後世。見《漢書·敘傳下》："淑人君子，時同功異，沒世遺愛，民有餘思。"

（5）履舄：借指腳或足迹。宋代曾鞏《擬峴臺記》："至於高桅勁櫓，沙禽水獸，下上而浮沈者，出乎履舄之下。"

（6）禮周賓佐：禮周，指禮儀周到全面。賓佐：指幕賓佐吏。唐代范攄《雲溪友議》卷十二："譙中舉子張魯封，爲詩謔其賓佐。"

（7）廠旌：舊時喪禮，靈車前書死者姓名的旗幡。清代汪汲《事物原會·銘旌》："周公制周禮司常，大喪供銘旌，建廠車之旌（廠車者，喪車也）。"《周禮·春官·司常》："建廠車之旌。"

挽劉筠聯

碧湘秋霽，訪我銀場，廿年舊雨重聯，文酒酣嬉圓昔夢；
繭紙霜凝，序君佳集，百里音書甫達，人天縹緲愴離群。

【説明】

此聯録自《聯語摭餘》，頁二十一。其云："清泉劉筠竹侯：

'碧湘……離群。'"

　　清光緒五年(1879)至七年(1881)，廖樹蘅居益陽知縣唐步瀛幕，與時任益陽縣教諭的劉筠相識，兩人常常詩酒唱酬，性情相投，遂成好友。後來，劉筠堅辭教諭職，返回清泉縣故里侍奉父母、教讀兒輩。時光流水，一晃將近二十年，廖、劉二人再也沒有彼此相見。廖樹蘅與劉筠於光緒五、六年訂交，而依此聯中"廿年舊雨重聯"句看，劉筠或卒於光緒二十六年(1900)。廖樹蘅此聯，或亦撰於此年也。

　　光緒二十二年(1896)春，廖樹蘅出任水口山礦務局總辦，帶著長子廖基植、次子廖基械、三子廖基樸等來到常寧。光緒二十四年(1898)九月，時任石鼓書院山長的劉筠，攜友羅藝崖、周敬甫赴水口山礦區探訪廖樹蘅，賓主談宴甚歡，日夕不倦。是年九、十月間，廖樹蘅受劉筠之請，爲其文集撰序。《珠泉草廬師友錄》卷九在劉筠《劉教諭書札》後所附按語中收錄此序文，名爲《劉竹侯先生文集序》。其文曰："吾友清泉劉竹侯，績學能文章，蓋承鄉先生之學，不專以空文自炫者。以舉人官益陽教諭多年，光緒己卯、庚辰之歲，余客縣令樂山唐公署中，見其聲華淡泊，無幾微啖名之心，聳然異之，因與訂交。益陽山水髻秀，爲湖西壯縣，校官祿入，視他縣爲優。其時士服其教，同僚高其行誼，皆願竹侯久於其地。而竹侯忽騰牒大府，以親老求解職。僉謂竹侯年未及艾，不宜即止，雖余亦疑之。竹侯喟然曰：'此官之不足有爲久矣，今吾親已老，使戀此不去，重貼堂上人門閭之望，於心奚安！家雖無餘，授徒猶足供甘旨，吾誠不能以此易彼矣。'卒不顧而去。歸未數年，二親相繼棄養，人始服君誠至幾動，得以全乎爲人子之義，而示人紀於頹俗浩浩之時。然則如竹侯者，其可僅以文人目之哉？丙申三月，余以礦人來常寧之水口山。又二年戊戌，余之執役於此，不可謂不久。嶄巖邃谷間，寥闃無可與語。其年九月，竹侯忽偕其友羅君藝崖、周君敬甫入山見訪，此地距其家不盈百里，是年適主郡郭外之石鼓書院。清湘秋霽，擊枻而來，喜何如之！相與談讌，連日夕不倦。臨行，手文一編授余曰：'子其爲我讀而序之。'夫余則何能序竹侯之文者？乃以多年知舊，重違其意，不可以辭。按竹侯之文，導源歐、曾，無近人門户習派。其究晰天人之微，與時事得失，輿地沿革，并能精鑿以自持其説。與人酬贈之作，規多於頌，不苟爲諛美，即此可以覘其所志云。"（《珠泉草廬師友録》册三卷九，頁八至九）

廖樹蘅《珠泉草廬詩鈔》（衡州本）於光緒二十三年（1897）季夏刊刻成書，光緒二十五年（1899）夏秋間，劉筠致書廖樹蘅，稱珠泉草廬詩"格調既高，神韻復遠"。劉筠《劉教諭書札》云："蓀畡仁兄大人閣下：前奉惠示，過承藻飾，豈所謂誘之而欲其至者耶？不敢當，不敢當。比以觸暑從公，小感熱疾，缺然久不報，歉甚。讀大著，各體皆工，而以感事、秋感、雜感諸作尤勝。格調既高，神韻復遠，是合少陵、義山爲一手，而滅盡針綫之迹，非別有懷抱，而復相深以學識，何克臻此？欽佩欽佩。致邑宰書，切中時病，自是董、賈一流，他日造福蒼生，即此足見一斑。世兄觀風卷，忙中僅見一二藝，然光焰已足奪目，超宗真鳳毛也。鐵老譽女篇，格老氣蒼，自是昌黎本色。兩女公子疊韻，飛花滾雪，奇外出奇，不惟其才可驚，并其學亦可畏。時從公稍暇，因率次韻一首，珠玉在前，自顧真覺形穢矣，伏望大雅加以潤色，庶不至貽笑於女相如耳。前托黃洛翁代求《望雲思親圖》題詠，未識曾轉達否？倘蒙賜以名作，則錦囊珠玉，足爲行裝生色矣。肅此布臆，復請著安。不莊不備。弟劉筠頓首。"（《珠泉草廬師友録》册三卷九，頁八）

光緒二十四年（1898）春間，劉筠出任石鼓書院山長，其時，廖基植專程赴衡陽縣北石鼓山拜訪劉筠。廖基植《再游石鼓書院，呈劉竹侯先生》共兩首，其一："廿年私淑推藜閣，藤角斑斕句尚新。先生貽家君詩甚多，予於二十年前即讀而好之。湖海才名矜後輩,衡湘耆舊更何人。飄飄大隱嗤投筆,落落高風想折巾。幾度宮墻窺未得,碧湘煙雨往來頻。"其二:"橫舍瀕江次第開,薜蘿陰覆好樓臺。人來槐市春風煦,老去蘭陵祭酒推。隔渚人喧千艇聚,過江山色一樽陪。從今認取玄亭路,倘許侯芭載酒來。"(《紫藤花館詩草》卷四,頁四)

【簡注】

(1)劉篔:字竹侯。清湖南省清泉縣(今衡南縣)人。舉人出身,曾官益陽縣教諭多年,後任石鼓書院山長。著有《緯蕭草堂吟草》十二卷、《劉竹侯文集》等。

(2)碧湘秋霽:指湘水碧透、雨停日麗的晚秋時節。霽:雨雪停止,天空放晴。

(3)舊雨重聯:指老友重新聯繫。舊雨:老朋友的代稱,又叫舊故。典出《全唐文》卷三百六十《杜甫二·秋述》:"常時車馬之客,舊,雨來;今,雨不來。"重聯:重新聯繫。

(4)"文酒酣嬉圓昔夢"句:指光緒二十四年(1898)金秋九月,劉篔偕友羅藝崖、周敬甫赴水口山礦局訪廖樹蘅,賓主相與談讌之事。

(5)蠒紙霜凝:蠒紙,指用蠶蠒製作的紙。霜凝:白霜凝結在一起,指天寒的初冬時節。

(6)序君佳集:指廖樹蘅為劉篔文集撰序事。

(7)音書甫達:指劉篔去世的噩耗剛剛收到。音書:音訊,書信。

(8)"人天縹緲愴離群"句:人間與天宇空虛縹緲,多年老友離世,不禁讓人悲傷不已。縹緲:亦作"飄渺"。隱隱約約、若有若無的樣子,形容空虛渺茫。愴:悲傷。離群:指離開同伴,此處為離世之意。

挽席匯湘聯

賈誼無年，萬古長沙多恨事；
桓寬論政，一篇《鹽鐵》有成書。

【説明】

此聯録自《聯語摭餘》，頁二十一。其曰："東安席沅生，時主湘醎：'賈誼……成書。'"

吳恭亨《對聯話·哀挽二》："又，挽東安席沅生云：'賈誼無年，萬古長沙多憾事；桓寬論政，一篇《鹽鐵》有成書。'按：席卒於長沙鹽局。又按：各作均聲光逌然，不愧作家。"(《對聯話》卷七，頁一九二)《中華對聯大典》亦收録此聯。

【簡注】

(1) 席匯湘(1869—1909)：字啓駟，又字沅生，席寶田四子。清湖南省東安縣人。曾任兩江營務總辦、湖南省督銷鹽局總辦。後任粵漢鐵路公司協理，主司築路各事項。爲官勤勉謹慎，講求時務。讀書博學中西，尤擅算學。

(2) 賈誼無年：西漢初年著名政論家、文學家賈誼，年僅三十多歲便辭世。作者將席沅生與賈誼類比，席亦僅僅活了四十歲，言中有高才不壽之隱痛。

(3) 長沙恨事：語出唐代詩人劉長卿《謫仙怨》："獨恨長沙謫去，江潭春草萋萋。"以指席沅生的去世，對長沙來説，亦不無遺恨。

(4) 桓寬論政：桓寬，字次公。漢代汝南郡(今河南上蔡西南)人。治《公羊春秋》。漢宣帝時舉爲郎，後官至廬江太守丞。博通善屬文，著有《鹽鐵論》六十篇。論政：議論政事。

（5）"一篇鹽鐵有成書"句：桓寬以《鹽鐵論》名世，而席沅生主湘轚，具有經世之才。鹽鐵：指桓寬所著《鹽鐵論》。桓寬依據漢昭帝始元六年（前81）著名的"鹽鐵會議"，記錄整理成重要史書，此書記述了當時針對漢武帝時期政治、經濟、軍事、外交、文化情況的一場大辯論。鹽鐵論的核心是以桑弘羊為首所倡導的國營壟斷和儒家倡導的自由經濟之爭論。

挽唐鳳儀聯

盾鼻染渝麋，一萬里關海奔馳，行矣孔璋工草檄；
笠簷嘲飯顆，五十載酒杯談笑，飄然太白竟成仙。

【説明】

此聯録自《聯語摭餘》，頁二十一。其云："唐鳳儀縠延：'盾鼻……成仙。'"

唐鳳儀與廖樹蘅，既為同鄉，亦是詩友。從"五十載酒杯談笑"句看，廖、唐交往時間之長、往來之密，可見一斑。廖樹蘅主管水口山礦務後，唐鳳儀曾致信有赴水口山之意願。

清光緒二十三年（1897）四月，廖樹蘅復書唐鳳儀，告以掃榻待之。書云："承惠書敬悉一是。據云不再隨人入場，信然耶？只恐憑歸不所耳。蟾香伊邇，側耳以聽佳音。弟謬作礦人，已成觸藩之羝。乃承獎飾逾恆，皆是傳言之過，慚赧曷已。去歲因分寧屬舉礦才，遂以大名薦剡。蓋以此事重大，必得吾黨二三忠信廉潔之士始足分任之，乃久而音問寂然，不僅吾黨之阨而已，可為浩嘆。前械有意來山，甚善，多年舊雨急思一傾瀉。惟是荒山叢谷，市無兼味，無以盡情。秋江係適，遲速惟命，不勝掃榻。敝場出礦時有衰旺，旺時日或三四百石，少僅百餘石，山內堆積已滿，而銷路未暢，開爐無期，領款至四萬餘金，雖上能放手，而鄙中常以經手過大爲虞，所恃者窮賤之怯，素不宜錢而染子公之指，則亦不畏千人共指矣。明識以爲何如？"（《珠泉草廬書札》卷五）

光緒二十五年（1899）十二月，廖樹蘅聘請唐鳳儀至衡陽清泉學署，以課五子廖基傑、六子廖基棟。暇則聯吟，積稿甚富。光緒二十六年（1900）早春時節，廖樹蘅、唐鳳儀一同出游賞春，唐鳳儀作《客清泉學署，同廖蓀畦廣文早春出游》詩："一樽清苑度芳年，風雨相隨老鄭虔。弧矢光陰羈客歲，江樓吟眺早春天。殷勤寶劍論交意，零落金環壓鬢篇。雙鳥孤鳴自殊異，黃庭歸對小窗箋。"（《珠泉草廬師友錄》册一卷四，頁六五）

光緒二十六年（1900）冬，童兆蓉出任浙江温處道，廖樹蘅致書童兆蓉，薦唐鳳儀入其幕。廖樹蘅《致童觀察少甫》云："違別晌經卅年，伏惟清德，重望布流。朋齒欽仰之思，與時俱積，此次繡衣持斧，榮蒞海邦，值蛟鱷不靖之時，得賢者鎮之，定見山越潛蹤、夷氛漸息。鄉土年來筮仕外間者，不及同、光兩朝之盛，獨閣下隱然風采，衆望所歸，名業之隆，其有屬乎？弟一官苜蓿，兼及礦人，屢求交替，未得報允，只合濡迹委懷，以待期會。天下紛紛，隨波嘖沓，近來時事益駭聽聞，如公者固宜發攄，當躬以濟世難。不才如蘅，惟有揩眼以觀故人之事業而已。唐君穀延，同學有年，亦公所素識，氣質和藹，與弟静躁攸殊。去臘邀來敝署訓課小兒，長材短馭，良用歉紃，伏思執事典司數州，唐人所謂'帳下文堂三幕府，膝前鞾靸五諸侯'者是也。誠得引而置之，賓僚之中，元瑜書記，孔璋檄草，皆所優爲。如蒙倒屣，當即請其前來隨從旌節，以赴榮任。即希還示，以定行止。"（《菱源銀場書牘》，梅氏澄波樓藏書册四十七）

光緒二十七年（1901）正月底、二月初，廖樹蘅由長沙回寧鄉衡田珠泉草廬度歲，在油草鋪與唐鳳儀分别。廖樹蘅《珠泉草廬

日記》(宣統元年十二月初六日):"陰,晚北風,冷雪。……當廿
七年,余與縣人唐穀延於此分手,穀延就館余學廨,薦之溫處道
童公處,三年歸家病没。家食未康,其窮可念。口占七律一首:
'逆旅分攜事已陳,九年芳榭欲凝塵。漫云石上三生果,誰是金
剛不壞身。文字嗜痂勞手篆,命宫磨碣屬何因。荒園老屋餘杉
竹,振觸前塵一愴神。'"(《珠泉草廬日記》卷己酉,頁一六九至一
七一)從"三年歸家病没"句看,唐鳳儀或卒於清光緒三十一年
(1905),此聯當亦撰於此年也。

【簡注】

(1) 唐鳳儀:字穀延,號蘇荃。唐家圭子。清湖南省寧鄉縣
一都貼紫塘人。縣學生。光緒十五年(1889),被周達武招入甘
州提署總文案。光緒二十五年(1899),廖樹蘅官清泉訓導,聘其
課子廖基傑、廖基棟。童兆蓉官浙江温處道,經廖樹蘅薦,入其
幕府。年餘歸,卒年七十。著有《易陶山館詩文鈔》。

(2) 盾鼻染渝麋:盾鼻,指盾牌的把手。唐代韓翃《寄哥舒僕
射》詩:"郡公盾鼻好磨墨,走馬爲君飛羽書。"《資治通鑑·梁武
帝太清元年》:"(荀濟)與上有布衣之舊,知上有大志,然負氣不
服,常謂人曰:'會於盾鼻上磨墨檄之。'"渝麋:地名。位於今陝
西千陽縣東,曾屬漢安郡。

(3) 孔璋工草檄:孔璋,即陳琳之字。陳琳,廣陵射陽人,東
漢末年著名文學家,"建安七子"之一。漢靈帝末年,任大將軍何
進主簿。何進爲誅宦官而召四方邊將入京城洛陽,陳琳曾諫阻,
但何進不納,終於事敗被殺。董卓肆惡洛陽,陳琳避難至冀州,
入袁紹幕府。袁紹失敗後,陳琳爲曹軍俘獲。曹操愛其才而不
咎,署爲司空軍師祭酒,使與阮瑀同管記室。後又徙爲丞相門下
督。建安二十二年(217),與劉楨、應瑒、徐幹等同染疫疾而亡。
據《隋書·經籍志》載,陳琳原有著作 10 卷,已佚。明代張溥輯

有《陳記室集》，收入《漢魏六朝百三家集》中。工：善於，長於。草檄：草擬檄文。亦泛指撰寫官方文書。以陳琳借指唐鳳儀，唐亦擅長撰寫公文。

（4）笠檐嘲飯顆：笠檐，指笠帽周圍下覆冒出的部分。唐代陸龜蒙《晚渡》詩："各樣蓮船逗村去，笠檐蓑袂有殘聲。"嘲飯顆：源見"飯顆山"。譏人作詩拘守格律。蘇軾《徐使君分新火》詩："從來破釜躍江魚，只有清詩嘲飯顆。"

（5）"五十載酒杯談笑"句：意指廖樹蘅與唐穀延有五十年的深厚交誼，兩人經常在一起詩酒唱酬。

（6）"飄然太白竟成仙"句：飄然，形容輕飄飄像要飛揚的樣子。太白，唐代詩人李白之字。成仙：成爲仙人。

挽王上舍姻家聯

弟兄列屋東西，公去何之，花萼樓頭餘夢草；
恒化剛逢喪亂，我來嘆逝，烏衣巷口幾斜陽。

【説明】

此聯録自《聯語摭餘》，頁二十一。其云："王上舍姻家：'弟兄……斜陽。'"

經查閲有關文獻資料可知，廖樹蘅子、孫輩與王姓有姻親關係者二：一是廖樹蘅孫、廖基傑子廖鎮樞，配王泰尚，其父王章永，清湖南省寧鄉縣五都人，舉人出身。王泰尚生於清宣統二年（1910）九月二十三日酉時，民國三十二年（1943）四月十一日戌時没。其適廖鎮樞時，廖樹蘅已辭世。二是廖樹蘅孫、廖基植子廖鎮樂，繼配王氏，其父王炳南，庠生。此聯中之"王上舍姻家"，或爲王炳南。

廖樹蘅《珠泉草廬日記》宣統元年臘月初十日:"晨,雨雪,旋霽。冢孫婦王回門,姻家渭臣護送至。邀菇垞作陪。"(《珠泉草廬日記》卷己酉,頁一七三至一七四)

【簡注】

(1) 上舍:明清時監生的別稱。

(2) 姻家:聯姻的家族或其成員。《後漢書‧蔡邕傳》:"與陟(羊陟)姻家,豈敢申助私黨?"

(3) "花萼樓頭餘夢草"句:花萼樓,爲唐玄宗於興慶宮西置,名花萼相輝,簡稱花萼樓。"玄宗時登樓,聞諸王音樂之聲,咸召登樓,同榻宴謔。"見《舊唐書‧讓皇帝憲傳》。夢草:神話中的草名。據說懷之可以入夢,故也稱"懷夢草"。舊題漢郭憲《洞冥記》卷三:"有夢草,似蒲,色紅,晝縮入地,夜則出,亦名懷夢。懷其葉,則知夢之吉凶立驗也。帝思李夫人之容不可得,朔乃獻一枝,帝懷之,夜果夢夫人,因改名懷夢草。"

(4) 恆化:指人之死乃自然變化,不要驚動他。《莊子‧大宗師》:"俄而子來有病,喘喘然將死,其妻子環而泣之。子犁往問之,曰:'叱!避,無恆化!'"

(5) "烏衣巷口幾斜陽"句:爲唐代詩人劉禹錫《烏衣巷》詩中"烏衣巷口夕陽斜"之化用。烏衣巷:參閱《挽王世琪聯》。"幾斜陽",突出一種慘淡景象,喻寫人之逝去。聯句蘊藉含蓄,感慨深沈又藏而不露,讀來餘味無窮。

挽黎紹甫聯

舉獨子出後大宗,引義斷恩,此事足風頹俗;
有老親年躋百歲,竟難終養,知君茹恨重泉。

【説明】

此聯録自《聯語摭餘》，頁二十一。其云：“黎上舍紹甫：‘舉獨……重泉。’”

【簡注】

（1）黎紹甫：監生。似是清湖南省寧鄉縣七都檀木橋一帶人。

（2）出後大宗：出後，意爲出繼，過繼給他人爲後代。大宗：宗法社會以嫡系長房爲“大宗”，餘子爲“小宗”。《儀禮·喪服》：“爲人後者孰後？後大宗也。曷爲後大宗？大宗者，尊之統也。”

（3）引義斷恩：引義，指引用義理。漢代東方朔《非有先生論》：“引義以正其身，推恩以廣其下。”斷恩：斷絕私恩。用大義割斷私恩。

（4）“此事足風頹俗”句：指黎紹甫舉獨子出後大宗事，足以讓頹敗的風俗産生一股清風。風：社會上長期形成的禮節、習俗。頹俗：頹敗的風俗。《後漢書·胡廣傳》：“廣才略深茂，堪能撥煩，願以參選，紀綱頹俗，使束脩守善，有所勸仰。”

（5）“老親年躋百歲”：指父母雙親年壽百歲。老親：年老的雙親。躋：登，上升。

（6）終養：奉養父母，以終其天年。

（7）茹恨重泉：茹恨，即飲恨、含恨。北齊顏之推《顏氏家訓·文章》：“銜酷茹恨，徹於心髓。”重泉：九泉。舊指死者所歸之處。

挽王翰文聯

瑯琊大道王，緱嶺忽驚笙鶴遠；
箕疇九五福，槐廳兼有芝蘭香。

【説明】

此聯録自《聯語摭餘》，頁二十一。其云："王杖芸孝廉父藎承：'瑯琊……蘭香。'"

王藎承，即王翰文，字晉丞。清湖南省寧鄉縣東湖王氏，先世原籍江西省吉水縣，元末時有榮祖者遷居寧鄉縣五都東湖。其家族最有名者爲王坦修，清乾隆壬辰（1772）進士，散館選翰林院檢討。後累官至浙江巡撫，以廉能名於世。王藎承子王章永，爲王坦修之族曾孫，素爲廖樹蘅所倚重，委任其爲新化錫礦山礦務總辦。廖樹蘅還曾赴其家鄉秦塘村探訪，并作詩紀之。廖樹蘅《秦塘村詩，爲王杖芸廣文作并序》云："秦塘村當秬崍山之麓，群峭雜襲，山號芳儲。衆潨交匯，巖名滴水。叢篁蔽天，嶠道翠石，簇成煙霞。饗信欲界之仙都，幽人之薖岫已。宅左拓地數弓，雜植竹木，芳春絢若綺谷。開池種蕖，亦受明月。跨水爲梁，我知魚樂。園中箭茢成廊，以通幽步。乘興曳履，無間晴雨，類皆審曲。面勢因山下址，師衛荊之苟美，陋季倫之華構。余嘗薄游周歷吳會名園，如顧氏之怡閑，盛氏之寒碧山莊，非不芶窱玲瓏，引人入勝，然美則美矣，大都窮殫人力，虛耗木衡，孰若斯丘之妙造自然、不多煩匠石哉！夫宇宙逆旅，乾坤草亭，振古賢豪，退專丘壑，斯遁而已，雖多奚爲？杖芸於是能知止矣。每思臘屐，幸獲瞻衡，斑管試操，蠻箋遂滿，聊資噴飯，勿吝引斤。'欹石當門蝕翠苔，繞墻新柳綠成堆。寧知水覆山重處，滿眼嫣紅姹紫來。結構幽奇謝雕飾，雲泉錯落灑池臺。只緣連日瀟瀟雨，霧淞無因一掃開。''信是秦人避世村，亂山喬木擁籬門。雲中犬吠房櫳靜，池面魚喚釣石溫。新竹連岡蕃紙業，豐年賽社足鷄豚。秬仙一去林陰合，丹竈千年迹尚存。'"（廖樹蘅著、廖志敏整理：《廖樹蘅詩文集》册上，頁一六二）

王、廖兩家交往頻繁。清光緒三十二年正月初九（1906 年 2 月 2 日），王闓運《湘綺樓日記》即載有王章永在衡田灣廖家作客

事。其云："朝晴見日,風起,俄陰。……行十里至橫田廖家。蓀
畹迎於門。又見一客,云王章永,字杖芸,王學士之族曾孫,新化
教諭。"(《湘綺樓日記》,頁二七〇九)宣統元年八月廿五日(1909
年 10 月 8 日),廖樹蘅《珠泉草廬日記》云："晨,微雨……杖芸廣
文來談。"(《珠泉草廬日記》卷己酉,頁三十三)民國三年八月
(1914 年 9 月),廖樹蘅於里中大霧寺旁築梅塈,并邀詩朋文友以
落之,王章永亦赴此秋日雅聚。詩人楊文鍇賦詩記之,即《珠泉
丈於所居三里許之陽和塘山中構一草樓,泉石幽奧,林竹翳如,
種梅數株,署曰梅塈。甲寅八月,招同毅夫、嵐巖兩丈、杖芸、種
垞、佛筜兄暨其哲嗣次峰、叔怡讌集以落之。珠泉丈、種垞有詩,
作此奉和》："苔磴延緣入翠微,林陰微雨晝霏霏。泉聲咽石琴絲
潤,雲氣當階樹影肥。便擬耆英開洛社,恰宜小築傍巖扉。待尋
月夜羅浮夢,香雪漫天翠羽飛。"(《珠泉草廬師友錄》冊一卷四,
頁八十至八一)

【簡注】

(1) 王翰文(1839—約 1910):冊名興,字晉丞,號福貽。清
監生。王定惜子、王章永父。清湖南省寧鄉縣五都東湖人。州
同銜,授奉直大夫。

(2) 王章永(1862—約 1931):字杖四,號杖芸。清湖南省寧
鄉縣五都東湖人,遷二都秦塘村。光緒辛卯(1891)科舉人。先
後任寧鄉縣雲山書院山長、湖南省新化縣教諭、新化錫礦山礦務
局總辦、湖南省咨議局議員等。著有《五都土橋廟志》等行世。

(3) 瑯琊大道王:寧鄉東湖王氏,據稱爲瑯琊王氏之後。而
"瑯琊大道王"既是古詩成句,又能直接點明對象,且"大道"的所
有含義都屬正面,亦符合高度評價之旨。有人評價王士禎爲"神
韻冲和大道王",用意相近。《瑯琊王歌辭》中有句云:"瑯琊復瑯
琊,瑯琊大道王。陽春二三月,單衫繡裲襠。""瑯琊復瑯琊,瑯琊

大道王。鹿鳴思長草,愁人思故鄉。"瑯琊,山東臨沂舊稱。

(4)"緱嶺忽驚笙鶴遠"句:緱嶺,即緱氏山,多指修道成仙之處。唐代崔湜《寄天臺司馬先生》詩:"何年緱嶺上,一謝洛陽城。"笙鶴:漢代劉向《列仙傳》載:周靈王太子晉(王子喬)好吹笙,作鳳鳴,游伊、洛間,被道士浮丘公接上嵩山,三十餘年後乘白鶴駐緱氏山頂,舉手謝時人仙去。後以"笙鶴"指仙人乘騎之仙鶴。

(5)箕疇九五福:箕疇,指《書·洪範》之"九疇"。相傳"九疇"爲箕子所述,故名。九五福:曰壽。《書經》記載五福:一曰壽,二曰富,三曰康寧,四曰攸好德,五曰考終命。

(6)"槐廳兼有芝蘭香"句:槐廳,即學士院中的廳名。宋代梅堯臣《送王著作赴西京壽安》詩:"閑尋前代迹,淨掃古槐廳。"芝蘭:芝和蘭,皆香草名。因屈原詩中"沅有芷兮澧有蘭"而得名。《荀子·宥坐》:"且夫芝蘭生於深林,非以無人而不芳。"

挽宋仕堯聯

陶朱公以貨殖起家,江湖競説鴟夷子;
鄉大夫助令長行化,里甲猶高月旦評。

【説明】

此聯錄自《聯語摭餘》,頁二十一。其云:"宋上舍仕堯:'陶朱……旦評。'"

【簡注】

(1)陶朱公:春秋時越國大夫范蠡的別稱。范蠡(前536—前448),字少伯。春秋末期著名政治家、軍事家、經濟學家和道

家學者。春秋時楚國宛地三户(今河南淅川縣滔河鄉)人。曾獻
策扶助越王勾踐復國,後隱居於定陶(今山東菏澤市定陶區),期
間三次經商成巨富。

(2)貨殖:經商營利。

(3)鴟夷子:范蠡曾化名鴟夷子皮經商,齊王聽説其賢能,便
派使臣親授相印,可范蠡仍罷官而去。後定居山東定陶,并把鴟
夷之姓改爲"陶朱公",其以治國之策治家,最終成爲巨富而名聞
天下。廖樹蘅將宋仕堯與范蠡作比,言其經商有道,持家有方。

(4)"鄉大夫助令長行化"句:鄉大夫:指執掌一鄉的官吏。
令長:秦漢時治萬户以上縣者爲令,不足萬户者爲長。後以"令
長"泛指縣令。行化:化緣。元代張元幹《滿庭芳·三十年來》
詞:"三十年來,雲游行化,草鞋踏破塵沙。"

(5)"里甲猶高月旦評"句:里甲,爲明代州縣統治的基層單
位,後轉爲明三大徭役(里甲、均徭、雜泛)名稱之一。此處指鄉
里。高:指高度評價。月旦評:謂品評人物。典出《後漢書·許
劭傳》:"初,劭與靖俱有高名,好共核論鄉黨人物,每月輒更其品
題,故汝南俗有'月旦評'焉。"唐代陸龜蒙《再抒鄙懷用伸酬謝襲
美》詩:"縱有月旦評,未能天下知。"

挽周良濟聯

古誼託苔岑,三尺蓬蒿填蔣徑;
蕭晨逢竹醉,一天風月澹濂溪。

【説明】

此聯録自《聯語摭餘》,頁二十一。其云:"挽周良僎蕭丞:
'古誼……濂溪。'"

　　周良儔（1814—1871）：即周良潛。清湖南省寧鄉縣七都人。諸生。《民國寧鄉縣志·故事編先民傳二十八·清》有"周良潛"條。其曰："周良潛，字繡丞。七都人，世美裔孫。父淇，縣學增生。良潛爲童子師，嘗假館比鄰。……隨質教誨，不偏爲寬嚴。有疑難，曲引旁徵，必俟其喻而後止。被其教者，率成謹飭之士。"（《民國寧鄉縣志》冊二，頁七○六）

　　清同治五年（1866），廖樹蘅之父廖新端聘請周良潛教讀廖基植、廖基棫兄弟。同治五年至十年，廖樹蘅求學於嶽麓書院。同治六年（1867）春，周良潛自里中賦詩寄廖樹蘅，題爲《寄廖蓀畡學博》兩首。其一："博得當年鹿洞名，經筵高敞倚雕甍。飯依謝氏分賓主，酒醉楊門半弟兄。麈尾持談書萬卷，鯉庭趨對玉雙清。雲巖自古通儒戀，況有文章召後生。"其二："那堪孤館暮雲天，拙把謀生守硯田。舊雨不來空悵雁，新春易度怕聞鵑。文房愧我荒心久，經笥如君羨腹便。自昔知音難惜別，揮毫聊爾寄濤箋。"（《珠泉草廬師友錄》冊一卷四，頁五五）

　　周良潛在廖家教讀，前後達三年多的時間。到同治九年（1870）春間，因廖樹蘅攜廖基植、廖基棫兄弟讀書外塾，塾師周良潛遂別去。同治十年（1871）五月，周良潛卒後，廖樹蘅撰聯挽之，長子廖基植撰述家傳，次子廖基棫作《周繡丞先生墓志銘》，廖氏父子三人同撰聯文，以表達對周良潛的記懷之情。

　　廖基植《周先生傳》云："先生姓周氏，諱良潛，字繡臣。寧鄉人。先世有諱治輅者，由舉人官曲周知縣，有循聲。父春圃，邑諸生。家世故豪於貲，後乃中落。先生幼敏慧，刻苦爲學，恒讀書至夜分，不少休。應童子試，輒有聲。貧無以自給，遂爲童子授句讀。性坦易，脩脯不孜孜較多少，所獲數金，僅足供饘粥而已。嘗假館比鄰，日三餐皆須就家食。一日午歸，笑謂家人曰：'先生歸啖飯矣。'先生有母，年已篤老，潛應之曰：'嗟夫！兒顧安所得米耶？幸舊儲種豆一升尚在，吾已淅而炊之，啖其半，尚

留半以俟汝也。'先生乃向他處借米數勺以奉母，自食其豆粥而
去。先生爲童子師，嘗兢兢然恐誤人子弟，嘗曰：'人之學業成
敗，必賴爲蒙師者正其趨，否將終身而不得其要。'故先生訓人，
隨質教誨，不爲苛嚴，有疑難，曲引旁徵，必俟其喻而後止。同治
四五年間，先大父延課予兄弟讀，時基植甫授四子書，先生即爲
講章句大義，口講指畫，娓娓不倦，并示以讀書當以學聖賢爲事，
非徒作文取科第而已。於時基植雖未能了了，惟覺言之入於耳
而心輒怦怦動也。先生主講予家凡三年，先後從游者十餘人，其
爲教大半類是。先生修髯豐頰，襟期蕭散。里中有複谷，地志所
謂小桃源也，石澗深十餘丈，泉聲淙淙，自峰頂瀉出石罅，蘭芷油
油作花，香滿岸谷，石壁有'宋淳熙某年里人程某'數字。先生嘗
率及門諸子，攀藤葛，匍匐屈伏以探其勝，已而藉草坐澗旁，擊節
高吟，與泉聲相應答，顧謂諸子曰：'昔人沂水舞雩之樂，今日其
殆庶幾乎？'其風趣可想。同治九年，家君攜予兄弟讀書外塾，先
生遂別去。不四年，遂卒，蓋終身蹭蹬云。"(《珠泉草廬師友錄》
冊一卷四，頁五五至五六)

　　廖基械《周繡丞先生墓志銘》："周先生良溍，字繡丞。寧鄉
人。同治辛未五月十三日歿，年五十有八也。父春圖，縣學生，
先生幼承父學，好讀書，家貧不能自給，竟世爲童子師。基械與
伯兄璧耘從之游，時年尚幼，又初入學，故無多講論。竊聽先生
爲同學生解四子書，旁引曲諭，指畫詳盡，聞者莫不領悟。故基
械少時稍知讀書之樂，而不願以他務易其業，皆先生善誘之所致
也。性固淡榮利，非分一介無所取，布衣粗食，終其身無怨容。
基械嘗與伯兄過其家，室中惟殘書一廚，户外草深尺許，瓜蔓數
莖而已。生平詩文多散佚，基械僅見其駢文一首，長律兩章，皆
莊雅有法度。子二，皆業農。銘曰：嗇於室而藏於是，魂雖長埋
靈不翳，利爾子孫千萬禩。"(《瞻麓堂文鈔》卷二，頁二六)

【簡注】

(1) 古誼託苔岑：古誼，同"古義"，指古代典籍之義理。苔岑，意爲志同道合的朋友。語出晉代郭璞《贈溫嶠》詩："人亦有言，松竹有林。及爾臭味，異苔同岑。"

(2) "三尺蓬蒿填蔣徑"句：高高的蓬蒿草掩蓋了門前的小路。蔣徑：指小路。語出唐代陳陶《旅次銅山途中先寄溫州韓使君》詩："悠悠思蔣徑，擾擾愧商皓。"

(3) 蕭晨逢竹醉：指周良潛去世當天恰好是竹醉日。蕭晨：淒清的早晨。竹醉：指竹醉日。竹醉日爲農曆五月十三日，是中國傳統的民俗節。相傳這天竹醉，種竹易活，所以成爲栽竹之日。出自宋代范致明《嶽陽風土記》："五月十三日謂之龍生日，可種竹，《齊民要術》所謂竹醉日也。"

(4) "一天風月淡濂溪"句：滿天的清風明月，使山水也變得更加恬静、安然。此處化用宋代朱熹《六先生畫像·濂溪先生》句："風月無邊，庭草交翠。"濂溪：水名，位於湖南省道縣。古稱營水，係瀟水支流。宋代理學家周敦頤世居溪上。此處是用周家之典來寫周家之人，令人讀來更爲親切。

挽龍湛霖聯

曾叨前席侍寅清，數先帝舊臣，脱屣江湖餘白髮；
忽斂精神入箕尾，剩詞林香茗，連牀書卷冷丹鉛。

【説明】

此聯録自《聯語摭餘》，頁二十一。其云："龍禮侍湛霖芝生：'曾叨……丹鉛。'"

【簡注】

（1）龍湛霖（1837—1905）：字芝生。清湖南省攸縣人。清同治壬戌（1862）科進士，選翰林院庶吉士，授編修。曾官順天鄉試同考官、雲南鄉試正考官，累遷至侍讀學士。光緒十四年（1888）出任江西學政，遷詹事府詹事；十七年（1891）爲内閣學士，十九年（1893）充福建鄉試正考官，擢刑部右侍郎。二十年（1894）復爲江蘇學政，仍兼刑部右侍郎。光緒三十一年（1905）夏病逝於長沙寓所。

（2）前席侍寅清：前席，即想要更加接近對方而向前移動座位，大多表示聽者對對方的話語聽得入迷之意。典出《史記·商君列傳》：“衛鞅復見孝公。公與語，不自知膝之前於席也。”寅清：謂言行敬謹，持心清正。語出《書·舜典》：“夙夜惟寅，直哉惟清。”後世多以寅清爲官吏箴戒之辭。

（3）數先帝舊臣：指龍湛霖於清同治、光緒兩朝爲官。舊臣，即老臣。

（4）“脫屣江湖餘白髮”句：脫屣，指脫下鞋子，後比喻輕棄而無所顧戀。明代李東陽《送户部尚書翁公致政序》：“若屣脫軒冕不復關天下事，此逸民隱士之所爲賢，豈大臣所以自處者哉！”江湖：此處指與朝廷相對應的民間社會。龍湛霖曾爲侍講，“前席”謂與皇帝的關係，其爲同治年間的進士、翰林，所以稱其“先帝舊臣”，後以病乞歸，從年歲看已只剩白髮衰軀了。

（5）箕尾：二十八宿之一，青龍七宿的末一宿。

（6）詞林：指匯集在一處的文詞。南朝梁蕭統《答晉安王書》：“殺核墳史，漁獵詞林。”

（7）丹鉛：指點勘書籍用的朱砂和鉛粉。亦借指校訂之事。唐代韓愈《秋懷詩》之七：“不如覷文字，丹鉛事點勘。”

挽李凝華聯

西徼昔筦兵，驄馬歸來，同學少年多不賤；
東山今起用，鷦鴣啼急，教人酒座孰爲歡。

【説明】

此聯録自《聯語擷餘》，頁二十一至二十二。其云："李知府
凝華，字蔭棠：'西徼……爲歡。'"

《民國寧鄉縣志·故事編先民傳四十五·清》云："李凝華，
字蔭棠。三都瓦屋灘人。諸生。周達武治軍四川，辟參軍謀，約
爲兄弟，機要悉諮之。達武部將李輝武率兵入陝剿回，以凝華主
營務，積功保陝西補用知府，賞花翎。伊犁將軍金順委司轉輸，
奏請以道員升用，加二品銜。旋署興安府，仿范文正義倉及朱子
社倉諸法，參酌定制，以規倉積。其地界連三省，盜賊出没無定，
嚴保甲，設方略偵緝之，屢獲魁。桀民好訟，多冤獄。凝華檄屬
嚴反坐，或提訊以白之。光緒辛酉，權陝西。大慶關卒。長沙黄
鴻飛撰傳，童兆蓉撰志銘。"（《民國寧鄉縣志》册二，頁八一六）
又，此傳中之"光緒辛酉，權陝西"，其"辛酉"有誤，或應爲光緒二
十三年丁酉（1897）。

【簡注】

（1）西徼昔筦兵：西徼，指西部邊陲。筦兵：即帶兵。

（2）驄馬：指御史所乘之馬或借指御史。唐代李白《贈韋侍
御黄裳》詩之二："見君乘驄馬，知上太行道。"

（3）"同學少年多不賤"句：同學少年，當指李凝華與廖樹蘅
少年時曾同窗於寧鄉玉潭書院。不賤：指身份顯貴。

（4）東山：或指光緒二十三年丁酉（1897）李凝華再度赴陝西

任職事。

（5）鷗鴣啼急：指鷗鴣悲涼而急促的鳴叫聲。元代薩都剌《越臺懷古》詩：“日暮鷗鴣啼更急，荒臺叢竹雨斑斑。”

挽李士銓聯

　　徂歲吾傷嬴博，感君千里來臨，風義薄雲天，悵望蕭樓頻拭淚；

　　陡驚星隕長庚，剩我九原思舊，死生同契闊，相逢飯顆永無期。

【説明】

　　此聯録自《聯語摭餘》，頁二十二。其云：“李明經士銓，字筱春，新化人：‘徂歲……無期。’”

【簡注】

　　（1）李士銓：字筱春。清湖南省新化縣人。貢生。曾擔任湖南省黃金洞金礦會辦等職。民國二年（1913）監修新化《李氏四修族譜》。

　　（2）明經：明清時期對貢生的尊稱。

　　（3）“徂歲吾傷嬴博，感君千里來臨”句：指民國三年正月二十二日（1914 年 2 月 16 日），廖樹蘅長子廖基植於衡田老屋辭世，李士銓得此噩耗後，即從新化趕赴寧鄉衡田灣廖家追悼。廖樹蘅《廖氏五雲廬志續編》：“基植，字璧耘，含章曾孫，新端孫，樹蘅長子……甲寅正月，没於衡田舊廬，可哀也已……中梅李士銓、龔作疇千里來臨，武進李寶泩尤傷之。”（《廖氏五雲廬志續編》卷中，頁五一至五二）徂歲：往年。清代杜岕《〈棟亭集〉序》：

"徂歲,荔軒寄《舟中吟》一卷,讀之如對謦咳欠伸而握手留連也,蓋至今日始得叙曹子之詩。"

(4) 風義薄雲天:語出宋代樓鑰《端明殿學士張公挽詞》:"規橅包世界,風義薄雲天。"風操之氣直上高空。指其精神氣度之崇高。

(5) 悵望:惆悵地看望或想望。南朝齊謝朓《新亭渚別范零陵》詩:"停驂我悵望,輟棹子夷猶。"

(6) "陡驚星隕長庚"句:陡驚,指突然震驚。星隕,意思是天星墜落,喻名人死亡。長庚:指黃昏時出現在西方天空的金星,亦稱"太白"。

(7) 九原:本爲山名,在今山西省新絳縣北。相傳春秋時晉國卿大夫的墓地在此,後世因稱墓地爲九原。

(8) 契闊:指久別。《義府·契闊》:"今人謂久別曰契闊。"

(9) "相逢飯顆永無期"句:典出李白《戲贈杜甫》詩:"飯顆山頭逢杜甫,頭戴笠子日卓午。"相傳飯顆山是唐代長安附近的一座山,後遂用飯顆山表示詩作刻板平庸或詩人拘守格律或刻苦寫作。此聯意爲故人已逝,相逢對坐談詩論藝再無可能。另外,關於《戲贈杜甫》詩是否出自李白筆下,歷來素有相爭,尚無定論。但古人詩中使用此典者甚多,大意是把李杜相逢飯顆山作佳話看待,若説其中有譏嘲之意,則是兩個絶世高手對話,譏嘲亦可當作表揚看待。所以挽聯中此句,亦可理解爲暗含詩友相互傾慕之意。

挽陳三畏聯

昌谷太清贏,昨猶翩然入座,爲道雙井人歸,長安書至,父兄無恙天涯,豈虞點瑟繽希,揮手俄驚幽夢影;

季方殊偉特，向曾密意論文，每憶閑園花韻，虛館燈痕，光景難忘疇昔，從此牙琴罷御，刺船空聽海聲涼。

【説明】

此聯録自《聯語摭餘》，頁二十二。其云："陳三畏仲寬：'昌谷……聲涼。'"

光緒二年(1876)九月，廖樹蘅第三次參加鄉試。而在是年七月的長沙府録科中，他名列第一，可以説廖樹蘅對於此次鄉試是抱有極大期望的，可他最終還是落解而歸。人生可能就是這樣，當一扇門被關閉之時，另外一扇門已悄然開啓。正當廖樹蘅處於鬱悶彷徨的時候，恰好時任湘西鎮筸道道臺的陳寶箴回省城長沙主持營務，聘其主持箋牘并教讀陳氏次子三畏。

陳寶箴在致廖樹蘅信中如此云："前肅謝函，由劉樸翁轉寄，并詢賁館之期，以便專迓。乃久無覆耗，翹盼殊切。而尊府又未知在寧邑何處，無從探訪。正在躊躇，適接周渭兄寄函，具道曾晤臺端，同此懸繫，并開示府第地名，用特專人走迎，伏乞擇日賁臨。或即偕去人同來，或先將書籍器物付來足挑下，均請裁奪。寶箴擬於日間先馳回里，卜擇葬地，再來湘扶櫬歸窆。相晤萬一不及，祗候文從，當命冢兒及舍侄輩擁篲恭迎也。手泐，即請道安。"(汪叔子、張求會《陳寶箴集》册下，頁一六三〇)

光緒三年(1877)春間，廖樹蘅從衡田老屋走進長沙陳氏閑園。在教讀之餘，他與陳寶箴、陳三立父子詩酒唱酬，友誼日增。對於廖樹蘅來説，其實最相得者，還是陳三立，兩人雖然有十三歲的年齡差距，但是性情愛好、詩學觀點以及所論時事等，無所不合，兩人由此奠定了終生情誼。

光緒四年(1878)冬月，陳三立送弟陳三畏就婚永州，廖樹蘅由此解館歸家。陳三畏所娶的是湘西永順知府張修府的四女，陳、張結爲姻家，也頗有淵源。據文史專家研究，同治初年，陳寶箴應好友易佩紳、羅亨奎之邀，投身"果健營"，奉命困守湖北來鳳、湖南龍山交界的巖埠，以抗擊太平軍石達開部。在糧盡餉缺之際，陳寶箴只身前往永順籌糧募餉，在狂風大雪中他僅穿了一件單衣，知府張修府見此情景，急命人取來狐裘給陳寶箴披上，可陳寶箴以將士饑寒、不願獨暖爲由推卻，張修府頓時感動得淚流滿面，對陳寶箴的學識和人品充滿深深敬意，兩人於是結下了深情厚誼。後來，張修府將四女許配給陳氏次子三畏，并於光緒四年臘月成婚。

是年歲暮，回到寧鄉衡田老屋的廖樹蘅，深深念懷此刻正身在湘西南永州的陳三立，於是作《伯嚴送其弟就婚永州，余以歲晏歸故山，書此寄之》詩相贈，共兩首。其一："閑園梧竹翳橡橑，我與陳子同朝昏。兩年論學繹古義，時鑿混沌搜乾坤。一篇出手互印可，半字未協勞吟魂。深談那管燭見跋，渴飲遑恤酒傾盆。測交晚得隆與杜，鄉井雖異情則敦。涼堂夜宴擘霜蟹，談笑氣可傾千人。今年與君更汗漫，躝屬踏遍千嶙峋。南登祝融望滄海，夜半湧出扶桑暾。天公嗔我太豪宕，驀然一雨封天門。白雲漫漫徑路絕，黃葉莽莽猿猱奔。雲堂衣袘換僧祴，面目頃刻成緇髡。斯游雖險實奇絕，此語難與西河論。調實君。翻嫌來時困趙盾，局蹙篷底如雞豚。歸來攬鏡發大笑，皮肉髳黝同犧尊。我歸寧親又兩月，氣候倏忽殊寒溫。到來君泛浯溪棹，綠埤青瑣餘苔痕。因孤生懶益無俚，徑思歸去尋竿綸。留詩示君當面別，兼叙離索攄愁怨。明年儻動剡溪興，訪我黃葉水邊村。"其二："浯溪山水天下無，舟行耳目多清娛。漫郎魯國并殊絕，文字壽與江山俱。涪翁後來頗好事，字刻石壁苔模糊。祇今鑱鑳日益密，石墨照耀西南隅。徐凝惡詩雖不免，柳侯題詠寧皆虛。君行於此意良得，況有介弟同舟車。巖開玉瑄見古隸，潭泛鈷鉧森菰蒲。輔行更得舞陽冑，十年操縵名江湖。謂樊司馬仙芝，司馬善琴。撫弦

動操九嶷應，搏拊殆可通姚虞。歸來衙齋恣豪釃，鄙淥不與郫筒
殊。太倉詩老今召杜，謂張太守東墅。酒酣愛説齊民書。一時風
雅美無度，令人妒羨增巉巖。新篇想已充篋衍，勿靳郵示開凡
愚。我雖無能識郢曲，目力尚足別焉烏。儻仍逋詩似逋賦，定遣
長鬚打門呼。"（廖樹蘅《珠泉草廬詩鈔》炁陽本卷二）

　　光緒十二年（1886）四月，陳三畏暴亡於長沙蜕園，時年三十
一歲。廖樹蘅《自訂年譜》云："父兄均不在，余臨其喪，一哀出
涕。"（徐一士《一士類稿》，頁一八九）陳三畏去世時，哥哥陳三立
正在京城參加會試。妻子張氏因悲傷過度以致雙目失明，喪夫
後的張氏與兄嫂共同生活。陳三立對孀居的弟媳優待有加，姐
娌之間和睦尊敬。

【簡注】

　　（1）陳繹（1856—1886）：原名三畏，字仲寬。清江西省義寧
州（今修水縣）人。陳寶箴次子，曾受業於廖樹蘅。

　　（2）昌谷太清羸：指詩人李賀過於清瘦羸弱。昌谷：李賀的
別號。清羸：清瘦羸弱。《南齊書·桂陽王鑠傳》："鑠清羸有冷
疾，常枕卧。"此處指陳三畏體質羸弱。

　　（3）翩然：形容動作輕鬆迅速的樣子。

　　（4）雙井：古地名。在今江西省修水縣西，為宋代詩人黄庭
堅的家鄉。

　　（5）長安書至：指從京師所來書信。

　　（6）父兄無恙天涯：指陳三畏父陳寶箴、兄陳三立雖然遠在
外地，但旅順安平。

　　（7）點瑟：即曾點的瑟，與下聯"牙琴"對偶。徐嘉《書歸玄恭
萬古愁後》詩："盆花浮紅篆煙清，點瑟不鼓牙琴停。"

　　（8）季方：東漢陳諶之字。東漢陳寔有子陳紀字元方、陳諶
字季方，兩人皆以才德見稱於世。元方之子長文與季方之子孝

先各論其父功德,爭之不能決,問於陳寔,寔曰:"元方難爲兄,季方難爲弟。"事見南朝宋劉義慶《世説新語‧德行》。成語元方季方,意指兩人難分高下。

(9)"向曾密意論文"句:密意,指親密的情意。南朝陳徐陵《洛陽道》詩之二:"相看不得語,密意眼中來。"宋代張先《武陵春》詞:"秋染青溪天外水,風棹采菱還。波上逢郎密意傳,語近隔叢蓮。"論文:交談辭章或交流思想。

(10)閑園花韻:閑園,地處古城長沙局關祠右的一處私家園林。局關祠建於明崇禎年間,因長沙北門外關帝廟被毀,兵備道高斗樞便將關公神像移於此祠。清同治十一年(1872),陳寶箴以候補知府候任湖南,舉家從江西義寧遷至長沙,賃居局關祠右之閑園,直至光緒六年(1880)遷河南武陟,前後共八年時間。後來陳家遷居通泰街蜕園,閑園又成了龔提督的宅邸。花韻:花的韻致。唐代司空圖《歸王官次年作》詩:"孤嶼池痕春漲滿,小欄花韻午晴初。"

(11)虛館:寂靜的館舍。南朝宋謝靈運《齋中讀書》詩:"虛館絶諍訟,空庭來鳥雀。"

(12)光景難忘疇昔:光景,指光陰。疇昔:往昔,以前。

(13)牙琴:傳説春秋時伯牙善彈琴。後以牙琴泛指高手奏琴,或指製作精良的琴。

(14)刺船:撐船。傳説春秋時,成連教伯牙學琴三年,伯牙情志仍未能專一,於是用船把伯牙送到蓬萊山,讓他從自然界的音響中悟得琴理。事見《樂府古題要解》。後因以"刺船"爲使人移情之典。

挽廖祖楨聯(一)

拓烏山報饗新宫,兩三載共事單椒,彼此藏高堂未竟之事；

　　承鄉賢孝友遺訓，八二齡歸魂净域，先生真華宗積慶所鍾。

【説明】

　　此聯録自《聯語撦餘》，頁二十二。其云："嘯汀祖楨：'拓烏……所鍾。'"

　　廖祖楨與廖樹蘅同爲衡田廖氏後人，共四世祖慶雲公，論輩分，廖祖楨高廖樹蘅一輩，廖祖楨爲儀三房二十二世，廖樹蘅則是熙四房二十三世。綜觀廖樹蘅一生軌迹，從少年到老年，其履歷與廖祖楨多有交織，往來無間，友誼與族誼隨着年歲增長而愈加深濃。

　　清咸豐十年（1860），二十一歲的廖樹蘅與廖祖楨同學於寧鄉玉潭書院。同治八年（1869），廖氏族老倡建烏牛山族祠，命廖樹蘅與廖祖楨董其事。正值隆冬時節，北風呼號，雪花漫舞，山上雪深數尺，寒不可忍。於是，兩人斫柴生火取暖，瓦盆煨醹醽啜之，高歌夜半，忘身在萬山寒雪中。詰朝雪霽，檐溜聲聒耳。出户觀之，則冰玉如如，恍若置身於瑶島璇臺，不覺叫絶，以爲淞海之濤、黄山之雲無此奇觀也。

　　光緒九年七月二十五日（1883 年 8 月 27 日），廖樹蘅離家别母，啓程前往張掖，入甘州提督周達武幕。次日，抵寧鄉縣治城。是日晚，黄顯瓚招同劉本鑑、廖祖楨讌集於治城望雲别墅，爲其餞行。廖樹蘅即席作七律二首，其一："感遇傷離且莫論，涼堂花氣破蘭蓀。冥鴻欲去仍求侣，佳日相逢快引樽。池館澄波堆古雪，江樓殘笛怨黄昏。浮生聚散渾閑事，狼籍生衣半酒痕。"其二："絲竹中年興易闌，西風蕭瑟響刀環。權抛短檠三升豆，去看長城萬仞山。雁警新寒騰楚澤，馬馱殘月度嶢關。巖松塢桂休

騰消，雲自無心任往還。"(《珠泉草廬詩鈔》衡州本卷三)

宣統三年(1911)，廖祖楨八十壽辰時，廖樹蘅賦詩三章，叙述曩情，以申贊祝。詩云："老向江湖作幸民，蕭蕭華髮覆肩新。忘形諸阮無南北，誕秀吾宗有丈人。雪夜酣嬉兼苦樂，酒杯歌嗯鬱輪囷。縈回五十年前事，欲話鴻泥迹已陳。""風塵澒洞海聲涼，清淺蓬萊又幾霜。老去花源忘甲子，人來谷口問農桑。衣冠南渡今非昔，孝義門宗舊有光。君六世、七世祖均祀瞽宗。不礙希夷千日睡，墜驢人自識興亡。""烏牛山上有梯田，火種刀耕不計年。北郭遷從延祐日，汶陽歸自道光前。深山雲護松楸古，丙舍蘋攀沼沚鮮。願祝白頭無量壽，年年來證木樨禪。主堂墀下，桂樹兩株，建祠之歲，余與嘯公手植，今過檐矣。"(《珠泉草廬詩後集》卷二，頁十三至十四)又，從廖樹蘅聯中"八二齡歸魂净域"句看，廖祖禎當卒於民國二年(1913)，此聯即撰於是年也。

【簡注】

(1) 廖祖楨(1831—1913)：字嘯汀。清湖南省寧鄉縣六都橫塘冲人。廖承治子。附貢生。從戎新疆，保候補知縣。初不喜詩，五十以後自隴上歸，忽工吟詠。五世同堂，卒年八十二。子仲炎，字笛樵。花翎升用同知直隸州，授新疆新裕庫大使，署鄯善縣知縣。

(2) "拓烏山報饗新宮，兩三載共事單椒"句：指廖祖楨與廖樹蘅於同治年間共治烏牛山族祠事。烏山：指烏牛山。

(3) "蕆高堂未竟之事"句：指完成父母及族老未竟之業。蕆：完成，解決。高堂：對父母的敬稱。

(4) "承鄉賢孝友遺訓"句：指廖祖楨繼承七世祖廖方達、六世祖廖喬年之遺訓。廖方達：字昇生，清康熙時官湖南茶陵州學正，曾出私財數千金搜集、整理并刊刻明代李東陽所著《懷麓堂集》，卒後崇祀郡縣鄉賢祠。廖喬年：號明庵，廖方達子。曾入國子監學習,考授州同。旌建寧鄉縣治城孝子坊。

(5) 浄域:佛學術語,指諸佛之浄土。西方要訣曰:"必須遠迹娑婆,棲神浄域。"

(6) 華宗積慶所鍾:華宗,對同族或同姓者的美稱。語出三國時魏國曹植《上疏陳審舉之義》:"三監之釁,臣自當之,二南之輔,求不必遠,華宗貴族藩王之中,必有應斯舉者。"積慶:接踵而來的喜慶事。鍾:鍾愛,鍾情。

挽廖祖楨聯(二)

質行式孚邦族,耄期猶未倦勤,宰樹護遺阡,徂歲從公登舊巘;

交情無間初終,到此才稱耐久,陳荄哀永逝,酒杯和淚弔先生。

【説明】

此聯録自《聯語摭餘》,頁二十二。

【簡注】

(1) 質行式孚邦族:質行,謂品行誠樸。式孚:即孚之範式,引申指爲人所信服。邦族:鄉邦宗族。

(2) 耄期:年齡在八十、九十歲曰耄。

(3) 宰樹護遺阡:宰樹,指墳墓上的樹木。典出《春秋公羊傳注疏》。遺阡:墳墓。

(4) "徂歲從公登舊巘"句:指往年廖祖楨與廖樹蘅登上烏牛山,共治族祠事。徂歲:徂年、往年,謂光陰流逝。請參閲本書第二卷《挽李士銓聯》。舊巘,此處指烏牛山。毛傳:"巘,小山,別於大山也。"朱熹集傳:"巘,山頂也。"

(5) 無間初終:指交情未斷,從始至終。

(6) 陳荄:宿草之根;多年生草之根。《文選·潘岳》:"陳荄被於堂除,舊圃化而爲薪。"

挽廖維東聯

芹香衍十四傳之緒,公真教子有方,陶泉明農業經營,菊圃儲芬怡晚節;

衡宇隔廿餘里而遥,我愧過從太簡,阮嗣宗酒杯抛卻,竹林回首有餘悽。

【説明】

此聯録自《聯語摭餘》,頁二十二。其云:"維東族父:'芹香……餘悽。'"

【簡注】

(1) 廖維東:爲衡田廖氏,其輩分爲新字派,較廖樹蘅高一輩。

(2) 芹香:社會上美好的稱譽。

(3) 陶泉明:即陶淵明。唐人避唐高祖諱,稱陶深明或陶泉明。

(4) 經營:籌劃經管;組織計劃。

(5) 衡宇:門上橫木和房檐,代指房屋。

(6) 阮嗣宗:即阮籍,字嗣宗。三國時魏國詩人。陳留尉氏(今屬河南)人。是"建安七子"之一阮瑀之子。曾任步兵校尉,世稱阮步兵。崇奉老莊之學,政治上則采取謹慎避禍的態度。

與嵇康、山濤、劉伶、王戎、向秀、阮咸諸人爲友，史稱"竹林七
賢"。阮籍是"正始之音"的代表，著有《詠懷》《大人先生傳》等。

(7)餘悽：更多的悲傷。悽，指寒冷、冷落、悲傷。

挽張百熙聯

悦道開北學之先，千古文明推楚産；
盡瘁爲天心所鑒，九重褒贈備榮哀。

【説明】

此聯録自《長沙張文達公榮哀録》一書。清光緒三十三年正
月初六(1907 年 2 月 18 日)，張百熙辭世，廖樹蘅挽張百熙聯或
作於是年初、仲春間。

另外，《駢字類編》、"搜韻"、"古詩詞網"等均收録此聯。

【簡注】

(1) 張百熙(1847—1907)：字埜秋，一作冶秋，號潛齋。清湖
南省長沙人。張祖同弟。著名教育家。清同治甲戌(1874)科進
士，授翰林院編修。歷任山東鄉試副考官、山東學政、四川鄉試
正考官、國子監祭酒、江西鄉試正考官、廣東學政、内閣學士兼禮
部侍郎、都察御史、工部尚書、吏部尚書、京師大學堂管學大臣、
户部尚書、郵傳部尚書等。有《欽定學堂章程》等行世。

(2)"悦道開北學之先"句：典出《孟子·滕文公章句上》："陳
良，楚産也，悦周公、仲尼之道，北學於中國。北方之學者，未能
或之先也。"指陳良原本是楚國的人，因喜愛周公、孔子的學説，
於是自南而北到中原學習，北方的學者還没有人能够超過他。
先：指先河、先聲。

（3）推楚産：推，指推崇、推重。楚産：楚地出産，此處指楚地的人才。

（4）"盡瘁爲天心所鑒"句：盡瘁，指盡心盡力。天心：典出《書·咸有一德》："克享天心，受天明命。"指天意、蒼天。所鑒：所評定、所鑒賞。

（5）"九重褒贈備榮哀"句：九重，指朝廷。榮哀：典出《論語·子張》："其生也榮，其死也哀。"後以"榮哀"爲贊頌死者的套語。南朝宋傅亮《爲宋公求加贈劉前軍表》："榮哀既備，寵靈已泰。"

挽王闓運聯

歲星游戲人間，詭時不逢，先生有道；
書卷長留天地，斯文將喪，後死胡依。

【説明】

　　民國五年九月二十四日（1916 年 10 月 20 日）午夜，王闓運在家鄉湖南省湘潭縣雲湖橋湘綺樓辭逝，享壽八十四歲。在那個動蕩不安的社會，一代名儒駕鶴西去，又爲文人吟客、故交老友倍添了追念之情和傷心之感。廖樹蘅此聯，或撰於是年九月下旬。

　　《珠泉草廬師友録》卷二在王闓運所撰《廖蓀畡先生七十壽序》後附有按語，記述了廖樹蘅與王闓運的石交情誼。其文曰："王先生闓運，字壬父，湘潭人。清舉人，欽賜翰林院檢討、禮學館顧問，學者稱湘綺先生。與公早歲彼此傾慕，而未嘗謀面。六十以後，公任清泉縣訓導，先生主講衡州船山書院，見公所題署内楹聯，謂不類校官所擬，且不似湖南人吐屬，歡然訂交。公贈先生詩，有'餘生猶有笑談緣'句，蓋謂相見之晚也。厥後公調主省局，先生亦常居省垣營盤街之湘綺樓，過從益密。光緒丙午，先生自長沙赴衡田，同作潙山之游，歸看湯泉，宿於灰湯市上。明日分袂，先生逕歸雲湖橋里第。國變後，先生復有衡田之行，相與賦詩，各有家國無窮之感。民國三年，先生任國史館長。明年回湘，復訪公於衡田。……先生與公相見晚而相知深，論交二十年，推服無異詞。公嘗謂先生外詼諧而內方正，先生極爲首肯，許爲知言。明年，先生病卒，公挽以聯云：'歲星游戲人間，詭時不逢，先生有道；書卷長留天地，斯文將喪，後死胡依。'亦足見公與先生交誼矣。"（《珠泉草廬師友録》册一卷二，頁十二）

廖樹蘅與王闓運爲二十年至交，彼此往來頻繁，情誼深厚。一件小事即可説明：湘綺樓的櫻桃成熟時，王家在采摘之後，王闓運即派人送櫻桃給廖樹蘅，請其分享山莊之果。王闓運《山莊櫻桃奉寄蒗畡，附詩請和》云："紅果甘香熟最先，摘看猶帶露珠圓。蒲桃太俗難相比，芍藥初開許共搴。曲宴已無唐故事，轉蓬曾詠蜀詩篇。年來内熱冰消久，不羨金盤薦玉筵。"（《珠泉草廬師友録》册一卷三，頁二七至二八）

【簡注】

（1）"歲星游戲人間"句：對於"歲星"之意，第一，《春秋左傳正義》中云："龍即歲星也。歲星木精，木位在東方，東方之宿爲青龍之象，故歲星亦以龍爲名焉。龍行疾而失次，出於虛危宿下，龍在下而蛇在上，是龍爲蛇所乘也。歲星，天之貴神福德之星。"王闓運生於壬辰年，屬相爲龍，而龍爲歲星，則此處以歲星指王闓運，是有内在聯繫的。按照道家的説法，歲星降臨人間便是貴人。古人把一些名人看作某星下凡，如張良爲弧星，皋陶、蕭何爲昴星，樊噲爲狼星，東方朔爲歲星，李白爲長庚，蘇軾爲奎宿。第二，《隨園詩話》記某人曾贈詩給作者，詩中有句："隨園居

士今方朔,游戲人間作歲星。落筆便同天馬下,無人不踞竈甌
聽。"一般説歲星指東方朔(《神仙傳》裏東方朔就是歲星),而東
方朔是著名的游戲人間者,所以"歲星游戲人間"有典。如:"歲
星方朔本非仙,游戲塵中不計年。""歲星游戲住人間,車馬盈門
自閉關。""臣朔前身是歲星,浮沈游戲諸天裏。""漢王不好相如
賦,方朔誰知是歲星。"此處亦是將王闓運比作東方朔。游戲人
間:指把人生當作游戲的一種生活態度。語出明代何良俊《世説
新語補·排調下》:"世傳端明(即蘇軾)已歸道山,今尚爾游戲人
間邪?"

(2)詭時不逢:指生不逢時。語出《漢書·東方朔傳贊》。

(3)有道:有才藝或有道德。《周禮·春官·大司樂》:"凡有
道者,有德者,使教焉。"鄭玄注:"道,多才藝者。"《史記·游俠列
傳序》:"昔者虞舜窘於井廩,伊尹負於鼎俎……仲尼畏匡,菜色
陳、蔡。此皆學士所謂有道仁人也,猶然遭此菑,況以中材而涉
亂世之末流乎?"

(4)書卷:指書籍。古代書本多作卷軸,故稱爲書卷。此處
指王闓運的豐厚著述。

(5)"斯文將喪,後死胡依"句:語出《論語·子罕》:"子畏於
匡,曰:'文王既没,文不在兹乎?天之將喪斯文也,後死者不得
與於斯文也。天之未喪斯文也,匡人其如予何?'"指文化事業遭
到某種意外的摧殘,那麽以後的人,就不能得到這種文化的滋
潤、熏陶了。斯文:指文化或文人和有修養的人。將喪:意爲護
送靈柩。

挽曹廣璉聯(一)

先生魏武之子孫,文采風流,記昔年宦轍分馳,同領
蒨桦滋味;

令嗣方今所推重，才名奕舄，忽一旦蓼莪輟讀，更誰木鐸傳宣。

【説明】

此聯録自宣統元年十一月廿九日（1910 年 1 月 10 日）廖樹蘅之日記。其云："雨，夜雷電。晨至清香留賀湘綺翁生日。……曹世兄子谷外丁司書送來其父訃音，製聯挽之：'先生……傳宣。'"（《珠泉草廬日記》卷己酉，頁一六一至一六二）

又，廖樹蘅日記中之"曹世兄子谷外丁司書送來其父訃音"，曹典球（曹世兄子谷）之父，指曹廣瑃。曹典球四歲時，因母去世而過繼給父親遠房族兄曹廣瑃爲子。

【簡注】

（1）曹典球（1877—1960）：字籽谷，號猛庵。湖南長沙人。歷任湖南高等實業學堂監督、湘雅醫學院董事長、湖南省教育廳長兼湖南大學校長、湖南省政府代理主席。後人輯有《曹典球輯》。

（2）曹廣瑃（？—1909）：字德齋。清湖南省長沙人。廩貢生。通曉經史詞章，早年在長沙各私塾授徒爲業。光緒二十年（1894）選授郴州訓導。

（3）魏武：指曹操（155—220），字孟德，一名吉利。沛國譙縣（今安徽亳州）人。我國古代傑出的政治家、軍事家、文學家、書法家。東漢末年權相，太尉曹嵩之子，曹魏政權的奠基者。東漢末年，天下大亂，曹操以漢獻帝劉協的名義征討四方，對內消滅二袁、吕布、劉表、馬超、韓遂等割據勢力，對外降服南匈奴、烏桓、鮮卑等，統一中國北方地區，擴大屯田、興修水利、獎勵農桑、重視手工業、安置流民、實行"租調制"，促進中原地區經濟生産和社會穩定。建安十八年(213),獲封魏公,建立魏國,定都鄴城。建安二十一年(216),冊封魏王。建安二十五年(220),曹操去世,其子曹丕稱帝,追封皇帝,謚號爲武,廟號太祖。曹操喜歡用詩歌、散文抒發政治抱負,反映民生疾苦,是東漢文學的代表人物。擅長書法,被評爲“妙品”。

(4) 文采風流:指橫溢的才華與瀟灑的風度。語出杜甫《丹青引贈曹將軍霸》詩:“英雄割據雖已矣,文采風流今尚存。”

(5) 宦轍分馳:宦轍,指仕宦之路;爲官之行迹、經歷。明代宋濂《故民匠提舉司知事許府君墓志銘》:“命書既下,州人士具壺觴以爲壽。府君笑曰:‘吾秋髮種種矣,倘何情落宦轍哉?’辭弗赴。”分馳:朝相反的方向走,猶背道而馳。

(6) “同領苜稭滋味”句:苜,指苜蓿,多年生草本植物。稭,同“盤”。有關“苜蓿盤”的典故,出自五代王定保《唐摭言·閩中進士》:“時開元東宮官僚清淡,令之以詩自悼,復紀於公署曰:‘朝旭上團團,照見先生盤。盤中何所有?苜蓿長闌干。’”後世常以“苜蓿盤空”喻清貧的生活。此句指廖樹蘅與曹廣瑚兩人均作過教官。廖樹蘅爲清泉訓導,曹廣瑚爲郴州訓導。

(7) “令嗣方今所推重”句:令嗣,對他人之子的敬稱。出自宋代王安石《臨川集·吞大夫書》:“承教,并致令嗣埋名祭文,發揮美,足以傳後文今。”宋代黃庭堅《答喻夫書》:“向見令嗣,眉目明秀。”此處指曹典球。方今:當今,現時。《墨子·尚同中》:“方今之時,復古之民始生,未有正長之時。”推重:推許尊重。

(8) 奕烏:猶言顯赫,顯耀。清代方苞《少司農呂公繼室王夫人墓志銘》:“夫人隨司農仕宦數十年,諸子皆通籍,而夫人所出守曾尤早達顯榮烏奕。”

(9) 蓼莪:《詩·小雅》篇名,此詩表達子女追慕雙親撫養之德的情思。後以“蓼莪”指對亡親的悼念。蘇軾《謝生日詩啓》:“《蓼莪》之感,迨衰老而不忘。”

（10）木鐸傳宣：木鐸，原意指以木爲舌的大鈴，銅質。古代宣布政教法令時，巡行振鳴以引起衆人注意。後來以喻宣揚教化的人。《論語·八佾》：“天下之無道也久矣，天將以夫子爲木鐸。”傳宣：傳達宣布。

挽曹廣瑞聯（二）

先生真魏武子孫，記曾苜蓿分嘗，文采風流光嶺嶠；
哲嗣是長沙領袖，方慢蓼莪輟讀，麻衣血淚灑湘天。

【説明】

此聯録自宣統元年十一月廿九日（1910 年 1 月 10 日）廖樹蘅之日記。其曰：“枕上改定云：‘先生……湘天。’”（《珠泉草廬日記》卷己酉，頁一六二）

【簡注】

（1）嶺嶠：泛指五嶺地區。宋代沈括《夢溪筆談·藥議》：“嶺嶠微草，凌冬不雕；并汾喬木，望秋先隕。”清代顧炎武《賦得越鳥巢南枝》詩：“路入關河夜，思縈嶺嶠時。”郴州地處湘南，南接南嶺山脈，故以嶺嶠稱之。

（2）長沙領袖：此處指曹典球。其曾於光緒三十四年（1908）出任湖南高等實業學堂監督，創辦礦業、土木、機械、化學、鐵路等工科專業。

（3）麻衣：古時喪服。《禮記·間傳》：“又期而大祥，素縞麻衣。”鄭玄注：“謂之麻者，純用布，無采飾也。”

（4）湘天：湖南自古稱湘，故稱。

挽岑春煦聯

太守一門三督撫，有猷有爲，看麟閣圖形，兩世勛名震華夏；

獨擁五花驄久在，難兄難弟，忽雁行折翼，八方風雨黯中州。

【説明】

此聯録自清宣統元年十一月廿九日（1910 年 1 月 10 日）廖樹蘅之日記。其云："挽岑中丞之兄：'太守……中州。'"（《珠泉草廬日記》卷己酉，頁一六二）

又，岑春蓂有兩兄，一爲岑春榮，卒於光緒三十一年（1905），故廖樹蘅日記中之"岑中丞之兄"，當爲其次兄岑春煦。

【簡注】

（1）岑中丞：指岑春蓂（1868—1944），字堯階，又字瑞陶，號馥莊。晚清民國時廣西西林人。岑毓英四子。歷官湖北漢黃德道、湖北按察使，貴州、湖南巡撫。

（2）岑春煦：字旭階。清廣西西林人。岑毓英次子。曾官河南懷慶、廣平、歸德知府。

（3）上聯"太守一門三督撫……兩世勛名震華夏"句：指岑毓英、岑毓寶兄弟及岑毓英三子岑春煊都曾擔任總督一職，因此被時人稱爲"一門三總督"。岑毓英（1829—1889），字彦卿，號匡國。先後任雲南布政使，雲南、貴州巡撫，雲貴總督。卒後追贈太子太傅，謚"襄勤"。岑毓寶（1841—1901），岑毓英三弟。曾任雲南布政使，代理雲貴總督。岑春煊（1861—1933），字雲階。先後出任陝西、山西巡撫，署理四川、兩廣總督。

（4）五花驄：驄是青白色高頭大馬，古代太守出駕五花驄。明代唐順之《送焦提學往貴州》詩：“書生非法吏，猶跨五花驄。”

（5）雁行折翼：指正在飛行的大雁突然折斷翅膀。折翼：折斷翅膀，比喻受挫傷。典源《晉書》卷六十六《陶侃列傳》。

（6）中州：指今河南一帶。河南古屬豫州，豫州位於九州的中心，故名。漢代王充《論衡·對作》：“建初孟年，中州頗歉，潁川、汝南民流四散。”

挽成克襄聯

平生以山齋九溪見推，獎勵卻逾恒，我慚後死；
論學與白沙陽明異趣，始終不變塞，只有先生。

【説明】

本聯録自《珠泉草廬師友録》一書。成克襄《蒗畎姻丈有蘇杭之游，道過鄂州，晤教於黃鶴樓，別後贈詩，依韻奉和》詩後附有按語：“成先生克襄，字贊君，四都富子塘人。清廩生。學使朱逌然校士湖南，設湘水校經堂，立博文、約禮二齋，以先生主約禮齋。光緒十一年歲貢，學使曹鴻勛以潛心理學、身體力行奏授學官，不就。後主講義寧州梯雲書院，歸主講玉潭書院。湖廣總督張之洞設兩湖書院，聘先生監院事，鄂撫譚繼洵延主奏議，鄂學使孔祥霖聘司校士。後主沔陽州聚奎書院，兼領江峰書院。光緒三十三年，湖南高等學堂聘授經學，兼優級師範教授。宣統初，禮部奏聘爲禮學館顧問。民國三年，任嶽麓高等師範文史專科教授。以九年七月卒於長沙，公挽以聯云‘平生……先生’云。”（《珠泉草廬師友録》冊一卷四，頁六四至六五）

廖樹蘅與成克襄不僅是數十年的老友，亦爲姻親關係。《珠泉草廬詩鈔》一書中，收錄與成克襄有關的詩共兩首，一是光緒二十年(1894)十二月上旬，廖樹蘅離別武昌、將赴蘇杭時，成克襄、趙尚達專程赴江岸送行。廖樹蘅《舟發武昌，成贊均克襄邀同衡山趙尚達仲弢走送江干，別後卻寄》："聲名座上逢成瑨，爲道平生趙倚樓。湖海多年仍旅食，煙塵無際入新愁。文章上國蓮花幕，霜霰天涯下瀨舟。比櫂寒江勞送遠，銀濤千頃拍空流。"《珠泉草廬詩鈔》炎陽本卷四)二是廖樹蘅從水口山調任湘礦總局提調之次日，即光緒二十九年十月十八日(1903年12月6日)，成贊鈞來訪，十年相別，老友重逢，自是十分激動，廖樹蘅以至於飲酒至醉。廖樹蘅《落拓行，爲成三贊鈞作》："抵長沙之次日，贊鈞來談，別十年矣。飲酒至醉，賦此贈之。'十年前蹋晴川閣，岸幘高吟動寥廓。今年濡首定王臺，黃花灩灩照酒杯。人世光陰刹那耳，落拓依然吾與汝。無錢付與酒家胡，幾累劉伶渴欲死。渴死吾曹亦何顧，招魂不向扶桑路。南皮老去義寧亡，誰與湘中醒頑固。民智還須官智開，諸公袞袞良可咍。平生傾倒南軒語，陛下當求曉事才。初見撫軍趙公，即謂湘人欠開通，當亟開民智。余對以近日民情譎詭已甚，毋須再開，但宜亟開官智耳。公大笑。伊余忝附礦人長，八載穿山闢榛莽。武夫不惜力拘原，欲鑄裏蹄仍惝怳。礦羨均歸外銷，地方義舉、紳官乾修亦於此取之。幾度歸心逐白雲，州家符檄又紛紛。因君根觸年時恨，長嘯江樓對夕曛。'"《珠泉草廬詩後集》卷一，頁三至四)

　　自光緒三十三年(1907)以後，廖樹蘅與成克襄同在長沙，廖樹蘅居湘礦總局，成克襄被湖南高等學堂聘授經學，兼優級師範學校教授，彼此相見日多。關於此，從廖樹蘅日記及信札中即可知之。

【簡注】

　　(1) 成克襄(1847—1920)：派名日欽，字贊君，號荷石，別號瓦官漁隱。清湖南省寧鄉縣四都（今寧鄉市道林鎮）人。理學家。光緒十二年（1886）歲貢生。曾主講江西義寧州梯雲書院、寧鄉玉潭書院、湖北沔陽州聚奎書院，并講學於兩湖書院、湖南高等學堂及湖南優級師範學校。聘爲禮學館顧問。民國後講授於嶽麓高等師範學堂、湖南第一師範學校。著有《成克襄詩文稿》。

（2）山齋：易祓之號。易祓（1156—1240），字彦章。宋代湖南省寧鄉縣巷子口人。宋淳熙十二年（1185）中狀元。累官至禮部尚書，封寧鄉開國男。著有《禹貢疆禮記》《易學舉隅》《周禮釋疑》《周易總義》等。

（3）九溪：即王文清之號。王文清（1687—1779），字廷鑒。清湖南省寧鄉縣一都銅瓦橋（今寧鄉市金洲鎮）人。著名學者、嶽麓書院山長廖儼弟子。清雍正二年（1724）進士。官嶽州府教授，授九溪衛學正。乾隆初召試博學鴻詞，薦三禮、律吕各館纂修官，補内閣中書，考授御史。曾兩任嶽麓書院山長。爲湖南"四王"（王夫之、王文清、王闓運、王先謙）之一。著有《周易中肯》《三禮圖》《周禮會要》《喪服解》《儀禮分節句讀》等。

（4）見推：被推重、被推崇。

（5）獎勵卻逾恒：獎勵，指給予榮譽或財物來鼓勵。逾恒：超過尋常。

（6）後死：謂死在後，常用作生者自謙之詞。《論語•子罕》："天之將喪斯文也，後死者不得與於斯文也。"何晏集解："文王既没，故孔子自謂後死。"

（7）"論學與白沙陽明異趣"句：論學，指討論學問。《禮記•學記》："七年視論學取友，謂之小成。"白沙：指陳獻章，學者稱爲白沙先生，在明代首倡心學。陳獻章（1428—1500），字公甫，號石齋。廣東省新會縣人。主張"學貴知疑""獨立思考"，提倡較爲自由開放的學風，江門學派的中心人物，其著作匯編爲《白沙子全集》。陽明：王守仁之號。王守仁(1472—1529)，字伯安，心學的代表人物之一，被譽爲全能大儒。明代浙江省餘姚縣人。我國古代著名哲學家、政治家、教育家和軍事家。官至南京兵部尚書，封新建伯，謚"文成"。其一生仕途坎坷，然治學不倦，成就卓著，"立德、立功、立言，皆居絶頂"。異趣：不同的志趣、情趣。《管子・形勢》："萬物之生也，異趣而同歸。"

(8) 不變塞：不改變没有顯達時的操守。塞，即阻塞之意。

挽熊兆祥聯

田鄧勛名而外，有此樸幹良才，五管風雲鍾上將；
蒙冲交替以還，不見雍容裘帶，三軍涕淚説恩私。

【説明】

此聯録自《聯語摭餘》，頁二十四至二十五。爲廖樹蘅代人所作。其云："澄湘水師營總熊都督：'田鄧……恩私。'"

【簡注】

(1) 熊都督：指熊兆祥(1842—1901)。又名榮生，號雲卿。熊廷燮次子、熊希齡父。清湖南省鳳凰廳(今鳳凰縣)人。曾任湖南衡州協副將、澄湘水師營統帶。

(2) "田鄧勛名而外"句：田鄧，指湘軍名將田興恕、鄧紹良。田、鄧兩人是平定太平天國時的湘籍名將，田興恕後任貴州巡撫，鄧紹良擢升浙江提督，戰功赫赫，頗有勛名。他們和熊兆祥都是湘西人，且三人亦有交情。田、鄧之職位、名氣都高於熊，故曰"而外"，但"而外"不是看低而是擡高。

(3) "五管風雲鍾上將"句：五管，指今嶺南地區。鍾：鍾情。

上將：我國古代星名，屬紫微垣、文昌宮。《史記·天官書》：“斗魁戴匡六星曰文昌宮：一曰上將，二曰次將，三曰貴相，四曰司命，五曰司中，六曰司祿。”

（4）蒙冲：我國古代具有良好防護的進攻性快艇。又作艨冲、艨艟。東漢劉熙《釋名·釋船》載：“外狹而長曰蒙冲，以冲突敵船也。”

（5）雍容裒帶：雍容，形容儀態大方，從容不迫。裒帶：輕裒博帶，古代達官貴人的服飾。《元史·宦者傳·李邦寧》：“帝嘗奉皇太后燕大安閣，閣中有故篋，問邦寧曰：‘此何篋也？’對曰：‘此世祖貯裒帶者。’”

（6）“三軍涕淚説恩私”句：三軍，古代指騎馬打仗的前、中、後三軍。恩私：猶恩惠、恩寵。宋代歐陽修《新春有感寄常夷甫》詩：“恩私未知報，心志已凋喪。”

挽喻之封翁聯

關隴頌聲騰，喜鯉庭颺歷邊陲，繭紙親鈔循吏傳；
典型鄉國望，詎日觀嵯峨雲表，罡風吹折大夫松。

【説明】

此聯録自《聯語摭餘》，頁二十五。爲廖樹蘅代人所作。其云：“陝西同州府知府喻之封翁：‘關隴……夫松。’”

【簡注】

（1）同州府：行政區劃名。地處陝西省東部，府治大荔（今陝西省大荔縣）。民國二年（1913）廢府，改廳州爲縣。

（2）封翁：清代以前因子孫顯貴而受封典的人。梁章鉅《歸田瑣記・李文貞公逸事》中曰:"時公方九歲,隨其封翁雜立稠人中。"

(3)關隴:關,指今陝西關中地區。隴,指今甘肅烏鞘嶺以東,寶雞以西地區以及寧夏全境,因爲在隴山(亦名六盤山)周圍而稱爲隴。關中和甘肅、寧夏合稱爲關隴地區。

(4)"鯉庭颺歷邊陲"句:鯉庭,典出《論語注疏・季氏》。孔鯉"趨而過庭",其父孔子教訓他要學詩、學禮。後以"鯉庭"爲子受父訓。颺歷:指表揚其事迹。邊陲:邊疆,靠近國界的地區。

(5)循吏:奉公守法的官吏。

(6)典型鄉國望:典型,指具有代表性的人物,或足以代表某一類事物特性的標準形式。見明代錢謙益《尚寶司少卿袁可立授奉直大夫制》:"晉爾卿佐,爲我典型遂用,覃恩授具階。"鄉國,參閱本書第二卷《挽朱昌琳聯》。

(7)"詎日觀嵯峨雲表"句:詎,豈、難道,用於表示反問。嵯峨:形容山勢高峻。雲表:指雲外。

(8)罡風:强勁的風,所到之處,掃蕩一切。

挽童少尉某聯

枳棘非鸞鳳所棲,冰署久哦松,長才誰拔百僚底;
交親因蔦蘿益密,良辰逢弔屈,續命難添五色絲。

【説明】

此聯録自《聯語摭餘》,頁二十五。爲廖樹蘅代人所作。

【簡注】

(1)枳棘:枳木與棘木。因其多刺而稱惡木。常用以比喻惡人或小人,亦比喻艱難險惡的環境。

(2) 冰署:冰冷清閑的官署。

(3) 百僚:亦作"百寮",指百官。

(4) "交親因蔦蘿益密"句:交親,謂相互親近,友好交往。蔦蘿:蔦蘿與女蘿,兩種蔓生植物的合稱。比喻關係親密,寓依附攀緣之意。語本《詩·小雅·頍弁》:"蔦與女蘿,施於松柏。"

(5) 五色絲:又名"花繩""五彩絲"。東漢應劭所著《風俗演義》記載,把五色絲繫在臂上,可避病除鬼、不染病瘟。按照中國傳統習俗,五色絲具有驅邪迎吉的功用。爲孩子繫五彩繩是端午節的重要習俗,具有祈福納吉的美好寓意。

挽武陵校官程聯

珠樹拂潙雲,三鳳聯翩,疏雨碧梧驚翼折;
家聲承洛學,卅年交舊,空齋塵網嘆琴亡。

【説明】

此聯録自《聯語摭餘》,頁二十五。爲廖樹蘅代人所作。

【簡注】

(1) 武陵:古地名,在今湖南省常德地區。最早出現在西漢初年,《漢書·地理志》記載:"武陵郡,高帝置,莽曰建平。屬荆州。"

(2) 珠樹拂潙雲:珠樹,指神話、傳説中的仙樹。《山海經·海內西經》:"開明北有視肉、珠樹、文玉樹、玗琪樹。"潙:水名,爲湖南省寧鄉縣境内第一大河流。

(3) "疏雨碧梧驚翼折"句:疏雨,指稀疏的雨水。碧梧:綠色的梧桐樹,比喻美好的才德或英俊的儀態。翼折:原指翅膀折斷,此處指突然去世。

（4）家聲承洛學：家聲,謂家庭的名聲。洛學：指宋儒程顥、程頤的學説。因其是洛陽人,故名。

（5）琴亡：典故最早出自南朝宋劉義慶《世説新語·傷逝》。"人琴俱亡"的原義是晉代王獻之死,徽之拿他的琴來彈,久不成調,遂有人琴俱亡之嘆。後多形容看到遺物而懷念死者的悲傷心情。

挽長沙太守珍聯

首善爲百爾所矚,悃愊無華,虞箴早懍;
一瞑而萬世不顧,人生到此,天道寧論。

【説明】

此聯録自《聯語摭餘》,頁二十五。爲廖樹蘅代陳寶箴所撰。廖樹蘅自注云："長沙太守珍,滿洲人,以心疾致隕,四品大員爲此無名之死,寧州中丞愍焉,屬代擬聯云：'首善……寧論。'"

經查閲有關資料,光緒二、三年間,有名曰"瑞琛"者爲長沙知府,其人爲滿洲正白旗人。在寧鄉方言中,"珍""琛"近音,想必長沙太守珍,即爲瑞琛。本聯當撰於清光緒三年(1877),其時廖樹蘅正任陳氏閑園的塾師。

【簡注】

（1）"首善爲百爾所矚"句：指首善之區爲在位者所矚目。首善：指首善之區,即最好的地方。出自《漢書·儒林傳序》。百爾：猶言諸位,亦指在位者。《詩·邶風·雄雉》："百爾君子,不知德行。"

(2) 悃愊無華:指至誠而不虚浮。形容真心實意,毫不虚假。悃愊,即至誠之意;華,意爲浮誇。

(3) 虞箴:出自《左傳·襄公四年》。指古代虞人爲戒田獵而作的箴諫之辭。

(4) 一瞑:閉上眼睛,不再睜開,指死亡。西漢劉向《戰國策·楚策一》:"有斷脰絶腹,一瞑而萬世不視,不知所益,以憂社稷者。"

(5) 天道寧論:指天道、福善、懲惡之説難以憑信。

挽賀封翁聯

論交在群紀之間,每來書帶堂前,詩篇愛誦斜川集;
頻年爲疢疾所累,從此梅花橋畔,飲中不見鑑湖仙。

【説明】

此聯録自《聯語摭餘》,頁二十五。爲廖樹蘅代人所作。其曰:"賀封翁云:'論交……湖仙。'所居在治城東門外之梅花橋,以酒致病。"

賀封翁:或指賀廷鈺。《民國寧鄉縣志·故事編先民傳二十九·清》:"賀廷鈺,字麓雲。居縣城,工制藝。廩貢生。提學朱逌然擬選入校經堂,以試'安得廣廈千萬間'詩有'樓臺無地起,門户傍人難'之句,曰:'充其量第空谷幽香耳!'抑之。光緒己丑鄉試,已取入第八名。因磨勘策論中引《字學源流》,書'蝌蚪篆籀'入卷,違例被擯。家本小康,而不善治生,游江浙亦不遇。歸,益窘。然崖岸益高,富貴人請謁,輒不見。卒後,諸子貧困。閲三十年,孫景循知青陽縣,門户垂興矣。"(《民國寧鄉縣志》册二,頁七一〇)

【簡注】

（1）“論交在群紀之間”句：論交，指結交，交朋友。群紀之間：紀群之交，比喻累世之交情。語出《三國志·魏書·陳群傳》：“魯國孔融，高才倨傲，年在紀、群之間，先與紀友，後與群交，更爲紀拜，由是顯名。”

（2）書帶堂：亦稱“書帶草堂”，爲鄭氏堂號之一，位於河南省鄭州市。鄭氏藏書樓，設有一別院，講經玄壇便在院内，帶草堂爲玄壇正堂，鄭府先賢在此坐道論經。帶草也稱“書帶草”，葉長質堅，相傳鄭玄門下取以束書，故有此名。鄭氏後人，爲紀念前輩先賢，故以“帶草堂”命名講經堂。

（3）斜川集：書名。爲蘇軾季子蘇過撰。蘇過，字叔黨，號斜川，事迹附載《宋史·蘇軾傳》。

（4）“頻年爲疢疾所累”句：頻年，指連年、多年。疢疾：意爲疾病，也指憂患。

（5）梅花橋：古橋名，位於寧鄉縣治城東，跨化龍溪。賀氏即世居於梅花橋畔。橋已被拆除，現不存。

（6）鑑湖仙：指居於鑑湖的神仙。鑑湖，亦作“鑒湖”。又稱長湖、慶湖。在浙江紹興城西南兩公里，爲紹興名勝之一。杜甫《壯游》詩：“越女天下白，鑑湖五月涼。”元代薩都剌《題汀州丁三溪知事卷》詩：“鑑湖分半曲，賀老竟何如。”

第三卷　題祠堂寺廟聯

題烏牛山衡田廖氏四世祖祠聯

繼別子以爲宗，百世不遷隆肸蠁；

升高丘而望遠，衆峰羅列如兒孫。

【説明】

　　此聯撰於清同治九年(1870)季秋時節。廖樹蘅《聯語摭餘》一書在《祠聯》卷首有按語云：“古者無田不祭，爲卿以下云爾。族祠始自近代，合群昭群穆於一室，時其祭享，衡以古義多不協。上之人以其事近收族，不復爲之制限，王道本乎人情也。寧鄉宋以來，惟張魏公父子、易尚書祓有專祠，族祠罕所聞。清雍、乾之世，一二有力之家，合族建祠，務極閎麗，然亦僅矣。近來營繕漸多，余自二十世曾王父起，等而上之至四世，建祠凡六，皆積歲月合衆力以成。惟八世祖祠在衡田洞口者，有東西夾室納群主，餘皆專祀，每祠製聯加跋語焉。子不云乎，慎終追遠，民德歸厚矣。致嚴於所生，綜大凡而質言之，語雖不工，庶無掠虛美而流於薄，所謂家人之言也。”(《聯語摭餘》，頁二十五至二十六)

　　此聯録自《聯語摭餘》，頁二十六。廖樹蘅自注云：“先世有曰淇惠者，南宋端平二年，以勛爵襲潭州衛指揮。四世曰慶雲，由潭州遷寧鄉衡田，葬治西六十里烏牛山，居烏江潙之間，墓當山椒，群峭森眼底。同治九年，先君與族老雨亭翁就墓右建祠，命題楹聯云：‘繼別……兒孫。’”

　　廖錦梅《庚午季秋，五雲廬落成敬賦》：“陟險仰高山，無遠不憑眺。振衣凌巀嶭，雲峰鬭奇妙。九月秋風高，龍虎助吟嘯。巖扉繞黃葉，石竇開泉竅。廬高五雲齊，隆然建新廟。依崖出華

構,深谷避冲要。古墓越三朝,鶴表增輝耀。巍然換碑碣,松楸
瞻日曜。拜石幾何年,翁仲亦含笑。諸峰盡羅列,兒孫願相肖。
相將肅冠裳,登堂齊望燎。"(廖樹蘅《廖氏五雲廬志續編》卷中,
頁三三至三四)

廖樹蘅《四世祖慶雲府君,葬縣南烏牛山,五百餘年矣,山體
穹窿,樹石盤互,九月十四日入山展祀,詩以紀之,并示嘯汀、蓀
堂諸族老》,共兩首。其一:"霜楓簇單椒,絢若珊瑚海。蓬蓬雲
出壑,濃淡隨風改。跨溪木杓支,入隘石頭礧。流淙響幽澗,一
洗箏琶耳。崎嶇路易迷,登陟汗有濯。半山忽超豁,丙舍巍然
在。列嶂開芙蓉,群丘森蓓蕾。繩繩五百年,壟隧嚴樵采。我來
會祠下,秋色正瀟灑。當階桂露懸,風過飄珠琲。新宮極深麗,
粉壁動光彩。先民手足勞,締構彌年載。畢竟願力宏,楹桷規模
巋。"其二:"登高一以眺,群壑青茫茫。二水夾中洲,負潙面烏
江。衆山如兒孫,羅列自成行。金風肅肅來,萬木雕元霜。落葉
必糞本,對此增淒愴。緊吾先人澤,流暨亦孔長。子孫守丘壟,
舊業敦農桑。我聞宣城梅,奕葉垂芬芳。至今柏梘山,廬墓鬱相
望。讀其阡表文,慨然風土良。願言各努力,稼穡兼縹緗。庶幾
各有託,葆此毋相忘。"(《珠泉草廬詩鈔》舂陽本卷三)

廖基棫《登烏牛山省四世祖慶雲公墓》:"策蹇陟崇岡,雲氣
蟠幽蹊。蹊滑不留步,路險猶可躋。微陽翳層巖,金碧開丹梯。
登高一以眺,俯視周四圍。回龍勢鬱蟠,東鶩紛高低。回龍、東鶩,
二山名。恭維先德厚,靈爽此間棲。幽幽宰樹寒,漠漠秋草萋。
展拜肅巾裌,對此增慘淒。愧無康樂才,述德勤參稽。明發不能
忘,瞻望回霜蹄。"(《瞻麓堂詩鈔》卷一,頁十一)

【簡注】

(1) 淇惠:即廖庸,字奇聰,號明浦,一號明甫。廖鑒科長子。
原籍江西省泰和縣。素諳方略,隨同名將孟珙一同轉戰湘、鄂、

川、豫等地，成爲南宋末年抗金的重要力量。宋理宗端平元年（1234），金兵盤踞河南蔡州，廖庸率部保衛理宗皇帝趙昀。是年四月獻俘於太廟，因護駕有功，敕封"護國功臣"，鎮守潭州，世襲"指揮職"。於是，在長沙西南築室安居。廖庸即爲從江西泰和西遷湖南長沙之廖氏始祖。

（2）慶雲：廖城景字。其號伏雄。廖庸曾孫，廖林龍孫，廖然點長子，例襲"指揮職"。壯歲勇退不仕，於元朝延祐年間由長沙府城徙居寧鄉七都四區之衡田，依山築室，面水而居。所居曰廖家灣，亦曰橫田灣。初，創建神山廟，祀關帝，事最虔；又創家廟大霧寺於大霧山麓，春秋享祀，其事詳見《寧鄉縣志》。廖城景先後迎娶四位妻子，并育有五子，名爲萬户、萬重、萬儀、萬熙、萬垠（凝）。五子中，萬户遷湘鄉潭溪，萬重遷湘鄉平溪，萬儀遷安化豐樂，萬垠遷益陽。惟四子廖萬熙留守衡田，繼守廖城景遺業。廖城景辭世後葬於縣二都一區烏牛山，午向。墓右建五雲廬，歲以重陽展祀。清道光庚子（1840）廖含章、廖章达等倡议置祀產，丁未（1847）廖城景二十一世孫廖含章與族老撰修《五雲廬志》。同治丁卯（1867）廖新端、廖承治與族人重修祠宇。廖城景即爲寧鄉衡田廖氏開基之祖。

（3）烏牛山：山名，位於湖南省寧鄉縣中部，海拔高程爲四百三十七米。衡田廖氏四世祖廖城景即葬於此，并建有五雲祠。《民國寧鄉縣志·形勢編·山脈》："南向上有五巨石如牛，本名五牛山。山半有大場田數十畝。橫田廖氏五雲廬建於此山。"（《民國寧鄉縣志》册一，頁八五）

（4）"繼別子以爲宗"句：此爲中國古代宗法制度的體現，別子爲一宗的正支。關於大、小宗的組織，《禮記大傳》曰："別子爲祖，繼別爲宗。繼禰者爲小宗，有百世不遷之宗，有五世則遷之宗，百世不遷者，別子之後也；宗其繼高祖者，五世則遷也。"別子：或曰除嫡長子之外的其他兒子。此句意爲：雖經百世仍得祭其始祖,是爲大宗。別子諸弟是一宗的旁支,傳至五代之後其與別子關係已超出同一高祖範圍,因此就不再祭祀別子的祖先,而另祭祀本支的祖先,是爲小宗。對於普通家族來說,大、小宗是相對的,但對於天子來說則是絶對的,大宗率小宗,小宗率群弟,天子、諸侯、大夫(卿)、士形成一個嚴密的家族式的統治體系。

(5)"百世不遷隆胕蠻"句:百世不遷,指凡是同宗族的人,都侍奉同一個始祖。始祖的嫡長子,爲大宗宗子,自此以後,嫡長子代代承襲。凡是始祖的後人,都要尊奉他,受他的治理,窮困也可以受到他的救濟。大宗宗子和族人的關係,是無論親疏遠近都永遠如此的,是謂大宗"百世不遷"。隆:興盛。胕蠻:原意爲散布、彌漫,引申爲連綿不絶。清代褚人穫《堅瓠廣集·林方伯妾》:"女生七子,三甲榜,四孝廉,簪笏胕蠻不絶。"

(6)"升高丘而望遠"句:指登上高高的山頂眺望遠方,看得更遠。語出唐代韓愈《送李愿歸盤谷序》文。也比喻一個人思想境界之高、目光之遠。

(7)"衆峰羅列如兒孫"句:語出杜甫《登西嶽蓮花峰》詩:"西嶽峻嶒聳處尊,衆峰羅列如兒孫。"廖新諠《山水全圖圖形跋》云:"道光丁亥《五雲廬志》成,謹將山水全形繪圖,并志其崖略於左,山從麒麟山綿亘十餘里至芙蓉山,自西南而東北者又十餘里,左爲望北峰,右爲東鷲山,旁夾兩水,左潙水,右湯泉。至香積庵,有天末山突起,秀插雲表,即爲祖墓朝峰,形家以爲回龍顯祖者是也。由天末山東南行,起仙女山至老鸛塘,過脈結小阜,迤邐高層,山勢岈峰,經急水巖、鹿子洞東北行,如錦屏周環者八九節,至分水坳,層巒疊起,是爲烏牛山。少祖中抽。西北行結小蕊六七,又一尖峰斗笠崙,從右下脈東北行一二節轉西北,自此落平。走正北經三眼塘、老屋冲、茶子山、石子圫、櫪山坡、杏樹冲、煙竹塘,蜿蜒如游龍者十餘節,小折向西北,又小折轉北東,直上李家臺、禮排崙,右夾老南冲,左夾白茅冲,三臺鼎峙,屏嶂森列,形勢至此最爲尊。巖脈從禮排崙西行,左右環衛,疊嶂巉巖;西北至石牛崙,有圓頭如覆釜,下小脈西行數武,又南行至墓所,曲折如串珠,左右各起小阜者二,爲到頭環衛,下散大坪,中起小突,祖墓厝焉。子午首址本山,自石牛崙起,右分北行,轉南抵石龍關,爲祖塋右衛。自石牛崙左下轉西,抵石龍關爲左衛,兩山分踞如捍門者,頭頂兜鍪,然堂中廣袤約三里,其小水皆匯於千佛橋,繞回龍山右,出峽口入栗溪,大河至烏江口與灰湯河合,經縣城出澫口,亦名靖港,形家以爲水繞玄武云。道光丁未,新埴謹識。"(廖樹蘅《廖氏五雲廬志續編》卷一,頁八至九)

題烏牛山衡田廖氏四世祖祠大堂聯

派衍衡湘,家集守遺傳,續宋史藝文一録;
禮隆報享,歲時祭遠祖,遵大儒程子之言。

【説明】

此聯亦撰於同治九年(1870)季秋之時。録自《聯語撫餘》,頁二十六。

【簡注】

(1)派衍衡湘:派衍,指宗族支派繁衍或派生。《花月痕》第五回:"則有家傳漢相,派衍蘇州。"衡湘:衡山和湘水的并稱。唐代韓愈《柳子厚墓志銘》:"衡湘以南,爲進士者皆以子厚爲師。"寧鄉衡田廖氏由馬楚時衡山廖氏派衍而來,爲五代時衡山郡王廖爽,郴州令廖融及南宋時長沙廖氏始遷祖、潭州衛指揮使廖淇惠裔孫。

(2)"家集守遺傳,續宋史藝文一録"句:此指《宋史·藝文志·廖氏家集》一卷事。所録多爲馬楚時人，衡山廖氏一門之藝文更是備受推崇。家集：指家人的著作集。唐代杜牧《冬至日寄小姪阿宜詩》：“家集二百編，上下馳皇王。”宋代蘇轍《奉使契丹·神水館寄子瞻兄四絶之三》：“誰將家集過幽都，逢見胡人問大蘇。”遺傳：此處指先人所流傳下來的品德、學識及爲人等。

（3）禮隆報享：禮隆，指受國恩深重。報享，謂上帝酬答祭享。語出《史記·孝武本紀》：“陛下肅祇郊祀，上帝報享，錫一角獸，蓋麟云。”

（4）“歲時祭遠祖，遵大儒程子之言”句：指衡田廖氏於烏牛山五雲祠祭祖，時間在每年農曆九月十五日。其祭祖程序，“如程子之議，冬至祭厥初生民之始祖”。程子，即對宋代理學家程顥、程頤的尊稱。宋代朱熹《答吕伯恭書》之四：“熹舊讀程子之書有年矣，而不得其要。”

題衡田廖氏五世祖祠桂馨堂聯

發粟賑元二之災，樂善好施，坊第三朝詒穀遠；
薦馨當重九以後，天清雲麗，椑香萬斛拂檐來。

【説明】

本聯録自《聯語擷餘》，頁二十七。廖樹蘅自注云：“五世諱熙，舊記稱壽四郎，慶雲君第四子，世居衡田。元統時湖外大無，輸粟二千石助賑，詔建坊里門。墓在虎形山。光緒癸巳建祠，距墓二里，地名桂馨堂，老桂連蜷，花時香聞數里。聯云：‘發粟……檐來。’”又，《衡田廖氏各祠捐項名目》：“新建桂馨祠，光緒甲午。……樹蘅蓀畡錢三十千文。”（《寧鄉衡田廖氏五修族譜》卷四十八，頁十五）《聯語擷餘》一書謂桂馨堂於“光緒癸巳建祠”，而《寧鄉衡田廖氏五修族譜》則云“新建桂馨祠，光緒甲午”，二者其實并不矛盾，當是光緒癸巳啓土動工，而於光緒甲午完工。可知廖樹蘅此聯，當撰於光緒十九年癸巳(1893)。

【簡注】

(1) 衡田廖氏五世祖：指廖萬熙，爲寧鄉衡田廖氏始祖廖城景第四子。又名“壽四郎”，字宇平。嗣業衡田，命守廖城景遺業，爲里中富人，家財萬貫、良田萬頃，東至石潭口，南至仰天湖，西至烏牛山，北至烏江口，父老相傳爲“廖半都”云。而其更能富而好義，元元統時曾一次捐租谷二千石助賑。《漢書·律例志上》：“三十斤爲鈞，四鈞爲一石。”舊時一石爲一百二十斤，兩千石即總重量達二十四萬斤。有司聞於朝，天子嘉之，元丙子四月賜敕，免户役三年，建坊里門。敕爲“義官”，授以散員，辭不就。没葬於七都四區衡田冲虎形山，壬向。配王氏，没葬合夫冢，同向。子二：宗盛、宗德。又，元朝丙子年有二：一是元世祖忽必烈至元十三年丙子，即 1276 年；二是元惠宗妥懽帖睦爾至元二年丙子，即 1336 年。廖城景卜居於寧鄉衡田，是在元延祐二年，即1315 年，故廖萬熙於“元丙子四月賜敕”事，當在 1336 年。

(2) 桂馨堂：祠堂名。供奉衡田廖氏五世祖廖萬熙。原位於湖南省寧鄉縣橫田灣村錫福組，位于廖樹蘅的珠泉草廬西北向約一華里。現已拆毁不存，僅留地名而已。

(3) “發粟賑元二之災，樂善好施”句：指元元統時廖萬熙捐租谷二千石助賑事。元二，古代術數語。謂一元之中，有天地二厄，即陽九與百六。後因以指災年、厄運。《金石萃編·漢司隸校尉楊孟文頌》：“中遭元二，西夷虐殘，橋梁斷絶。”

(4) “坊第三朝詒穀遠”句：指衡田廖氏歷經元、明、清三朝，都有樂善好施的傳統。坊第，指牌第。詒穀：即傳給之意。

(5) 薦馨：祭祀進獻其香之意。馨：即散播很遠的香氣，喻作英名、道德。因神靈不受具體祭品，祗享祭品的香味，故爲"薦馨"。《幼學瓊林·飲食》："太羹玄酒，亦可薦馨。"

（6）重九：即重陽節。是中國傳統節日，節期爲每年農曆九月初九。"九"數在《易經》中爲陽數，"九九"兩陽數相重，故曰"重陽"；因日與月皆逢九，故又稱爲"重九"。蘇軾《西江月·重九》詞云："點點樓頭細雨。重重江外平湖。當年戲馬會東徐。今日淒涼南浦。 莫恨黃花未吐。且教紅粉相扶。酒闌不必看茱萸。俯仰人間今古。"

（7）"欅香萬斛拂檐來"句：欅香，欅與木組詞"木欅"，是一種常綠小喬木或灌木，開白色或暗黃色小花，有特殊的香氣。花供觀賞，亦可做香料。萬斛：極言容量之多。斛，古代容量單位，以十斗爲一斛，南宋末年改五斗爲一斛。杜甫《夔州歌》之七："蜀麻吳鹽自古通，萬斛之舟行若風。"

題大霧寺衡田廖氏七世祖祠聯

林廟新開，望珠泉灑潤，銀杏摩空，振衣訪四仲遺墟，古寺幽深猶勝概；

雲山高倚，指靳水南來，烏江東注，適墓問三朝故事，舊碑磨洗認題痕。

【説明】

此聯撰於清光緒十七年（1891）。録自《聯語摭餘》，頁二十七。廖樹蘅自注云："七世諱洧，葬衡田高倚山，兩水夾之，嶽崙之幹也。原有墓廬，光緒癸卯，移建大霧寺旁，寺爲四仲房布金地，饒泉石林木之勝。聯云：'林廟……題痕。'""光緒癸卯"，有誤，當爲"辛卯"，即光緒十七年（1891），而"光緒癸卯"則爲光緒二十九年（1903）。

關於衡田廖氏七世祖祠，廖樹蘅、廖潤鴻及廖基械等均賦詩作文，《民國寧鄉縣志》中亦有相關記載。

廖樹蘅《建家廟於石佛禪林之側，詩以落之》："移樽清曉入嶮岈，寢廟旁連釋子家。霜露九秋容薦菊，山茶滿塈正開花。巖深樹帶歸雲暝，峰轉泉縈別澗斜。喜見檐牙卓林隙，寺樓鐘鼓散棲鴉。"（《珠泉草廬詩鈔》悉陽本卷三）

廖樹蘅《重陽後一日，族弟重垞展祀七世祖祠，作詩見贈，勉和二首。祠鄰大霧寺，縣志前代廖氏避寇亂於此》，共兩首。其一："一桁青山拂暝煙，相逢重話亂離年。逃虛昔免紅羊劫，洗足今參白業禪。苔石蒼寒香界淨，杪槎遮護慧鐙圓。盤空銀杏當門立，閱盡興亡夕照邊。"其二："南朝旄節照湘潰，與子同爲護國孫。棼橑廿年新締構，蘭堂七葉舊精魂。吾始祖淇惠府君，南宋端平時隨孟忠襄入蔡州，封護國公，鎮潭州。四世遷寧鄉，余與重垞共七世祖，即今祠也。寧知洛下伽藍記，仍是秦人避地村。辛苦與君論故事，恒河無際驗沙痕。"（《珠泉草廬詩後集》卷二，頁十至十一）

廖潤鴻《九月祭大霧寺新祠，感前代避寇事，賦寄珠泉老人》，共兩首。其一："霧裹遙山翠一堆，寺門前對嶽屏開。秋池杏老陰籠石，古廟龍歸雨洗埃。供佛舊饒香米飯，薦馨新釀菊花杯。茱囊且喜人長健，歲歲看君策杖來。"其二："深山劫火避紅羊，豹隱猶聞此發祥。王府舊田餘野史，魯公家廟費平章。溪雲涼護三朝樹，寒日風淒九月霜。數典自難徵志乘，欲尋翁仲話滄桑。"（《珠泉草廬師友錄》冊一卷四，頁七四至七五）

廖基械《石佛山新祠落成，將以明日設祭，作詩志慕》，共兩首。其一："崢嶸樓閣接名蘭，金碧依微木末看。遺構百年懷舊澤，翠屏千仞壓危闌。忽驚佳氣連朝護，纔得先靈一夕安。閑倚崇楹思述德，慈烏深樹亦欣歡。"其二："過雨楸梧一徑涼，乍傳霜信到重陽。庭階夜靜衣冠肅，蘋藻秋濃俎豆香。小閣清眠忘笑

語,上方疏磬度宮墻。詩成漸覺蟲聲歇,楓葉蕭蕭月轉廊。"(《瞻麓堂詩鈔》卷三,頁九)

《民國寧鄉縣志·釋道録·庵寺》:"光緒十七年,廖氏於(大霧)寺左建先祠。"(《民國寧鄉縣志》册一,頁五四五)

高倚山:山名。地處烏江之東,坐落於湖南省寧鄉市橫田灣村,爲衡山至嶽麓山系之餘脈。衡田廖氏七世祖廖瀚洧即安葬於此。

【簡注】

(1)衡田廖氏七世祖:指廖瀚洧,字季瀚。廖城景曾孫,廖萬熙孫,廖宗盛第三子。襲業衡田。其時家業之廣,擁田萬畝。而其則以不學爲耻,勒令子弟就學。殁葬寧鄉縣七都四區白竹坡高倚山,子向。配劉氏,殁葬合夫冢,同向墓志。子四:思德、思敬、思恭、思泰。

(2)林廟新開:指光緒十七年(1891),廖樹蘅主持將衡田廖氏七世祖祠從高倚山移建大霧寺旁一事。

(3)"望珠泉灑潤,銀杏摩空"句:從大霧寺及七世祖祠,可望見對面山下珠泉噴湧,終年不絶。寺外有古銀杏十多株,高聳入雲。舊時,"珠泉漱玉""銀杏挈雲"被視作大霧寺前四景之二。《民國寧鄉縣志》云:"雨後,壑淙會珠泉,由口噴出。雪濺雷怒,硡訇震耳。澗邊野芹叢生,可茹。山氓不知護惜,刈以飼豕。舊稱寺前四景曰:碧澗芹香、珠泉漱玉、銀杏挈雲、龍潭觀瀑。"(《民國寧鄉縣志》册一,頁五四六)珠泉:泉名。位於衡田廖氏舊宅"春泉堂"南去三里之陽和堂,珠泉水一路北流,過廖氏老宅。光緒十一年(1885),廖樹蘅於宅西築書室,名曰"珠泉草廬",好友陳三立作《珠泉草廬記》以贈。灑潤:播灑潤氣。摩空:接於天際。

(4)"振衣訪四仲遺墟"句:振衣,典出《史記》卷八十四《屈原賈生列傳·屈原》(《楚辭·漁父》):"新沐者必彈冠,新浴者必振衣。"王逸注:"去塵穢也。"後遂以"振衣"指抖衣去塵,整衣。四仲遺墟:與按語中"四仲房布金地"即同一所指。大霧寺從明朝洪武年間由廖氏創建之始,即由廖瀚洧一支輪流祭祀。廖章經《譜餘碎録并序》云:"大霧寺有關帝像,先是洧房下輪流迎祀。乾隆壬戌,迎神像至厚德灣,訛言兵至,境內居民紛紛逃走。有人卜筊於神,如係訛傳,當連擲九,仰後如卜,遂未逃。以是更見神之靈驗。"(《廖氏五雲廬志續編》卷下,頁十六)又,《嘉慶寧鄉縣志·地理·寺觀》:"大霧山寺,在縣南五十五里,明洪武時廖氏創建。明季流賊之亂,廖氏避兵其間,夜分聞神語曰:'賊至矣。'乃遷避之。因置田四十畝永爲香火,戶名廖四仲。今增關聖祠。"(《嘉慶寧鄉縣志》冊一卷三,頁六十四)遺墟:猶廢墟。唐代高適《古大梁行》詩:"遺墟但見狐狸迹,古地空餘草木根。"金代元好問《鎮州與文舉百一飲》詩:"翁仲遺墟草棘秋,蒼龍雙闕記神州。"

(5)勝概:美好的風景或環境。

(6)雲山高倚:雲山,指遠離塵世的地方,爲隱者或出家人的居處。南朝梁江淹《蕭被侍中敦勸表》:"臣不能遵煙洲而謝支伯,迎雲山而揖許由。"胡之驥注:"阮嗣宗《勸晉王箋》曰:'臨滄洲而謝支伯,登箕山而揖許由。'"唐代元稹《修龜山魚池示衆僧》詩:"雲山莫厭看經坐,便是浮生得道時。"高倚:高高地斜靠。

(7)靳水南來:靳水,即靳江,古稱"瓦官水口",爲湘江下游一級支流,爲寧鄉主要水系之一。靳江有二源,其南源出湘鄉大鼉塘,一路由南往北,日夜奔流,故如此説。大霧寺對面佛骨崙東向山水,即屬靳江水系。

(8)烏江東注:烏江,湘江支流。位於湖南省寧鄉縣境內,爲寧鄉四條主要河流之一,發源於湘鄉羚羊山北麓,全長 79.5 公里,流域總面積 580 平方公里,其流自西向東,最後在壩塘鎮珍洲壩與溈江匯合,注入溈水。烏江流經停中橋一帶後,《民國寧鄉縣志·形勢編·水道上》云:"烏江又東又北稍西,屆陳家灘爲一曲。又稍東北轉東南,繞湖灣洲爲一曲。……又北又東,繞蔡家灣而南,爲一曲。又東屆龍潭湖,南收橫田水。"(《民國寧鄉縣志》册一,頁一一七)

(9)"適墓問三朝故事"句:適,去。三朝:指廖氏自元代延祐年間從長沙卜居寧鄉衡田,已歷元、明、清三朝。故事:從前的舊事。

(10)"舊碑磨洗認題痕"句:磨洗:磨擦冲洗。南朝梁陶弘景《冥通記》卷一:"至二十六日,密封題東西館諸戶閤廨處磨洗,以文簿器物料付何文幸。"唐代杜牧《赤壁》詩:"折戟沉沙鐵未銷,自將磨洗認前朝。"認:辨認。題痕:碑題的印痕。

題大霧寺衡田廖氏七世祖祠大堂聯

室事交乎户,堂事交乎階,各敬爾儀,用康禋祀;
入則順其親,出則順其長,聰聽彝訓,以明人倫。

【説明】

此聯撰於清光緒十七年(1891)。録自《聯語摭餘》,頁二十七。

【簡注】

(1)"室事交乎户,堂事交乎階"句:語出《禮記·禮器》:"他日祭,子路與,室事交乎户,堂事交乎階。"室事,謂在室内舉行的祭祀。孔穎達疏:"室事,謂正祭之時事。尸在室,故云室事。"交乎户:室外的人取祭品至室門口,室内的人接過祭品以獻尸。堂事：正祭畢，邀尸至堂，在堂上行侯尸之禮，故曰“堂事”。交乎階：堂下的人把饌具送到階前，堂上的人接過饌具奉進於賓。

（2）各敬爾儀：指請各自慎重舉止。語出《小雅·小宛》：“宛彼鳴鳩，翰飛戾天。我心憂傷，念昔先人。明發不寐，有懷二人。人之齊聖，飲酒溫克。彼昏不知，一醉日富。各敬爾儀，天命不又。”

（3）用康禋祀：意爲安詳地享用祭品，爲先秦佚民《生民》“上帝不寧，不康禋祀，居然生子”句之化用。禋祀：古代祭天的一種禮儀。先燔柴升煙再加牲體或玉帛於柴上焚燒。意爲讓天帝嗅味以享祭。《左傳·隱公十一年》：“吾子孫其覆亡之不暇，而況能禋祀許乎！”

（4）入則順其親：在家裏早晚問安，最重要的是讓父母安心。指在家中要孝順父母長輩。《中庸·章句》第二十五章：“信乎朋友有道：不順乎親，不信乎朋友矣；順乎親有道：反諸身不誠，不順乎親矣。”《孟子》：“不得乎親，不可以爲人；不順乎親，不可以爲子。”

（5）出則順其長：語出《孝經·士章第五》。指在外則要以敬重侍奉長者。《墨子·經說上》：“順長，治也。蕭買，化也。”《素問·五常政大論》：“厚德清靜，順長以盈。”

（6）聰聽彝訓：語出《書·酒誥》：“聰聽祖考之彝訓。”孔傳：“言子孫皆聰聽父祖之常教。”南朝梁劉勰《文心雕龍·宗經》：“三極彝訓，其書言經。”聰聽：明於聽取，明於辨察。彝訓，指日常的訓誡。

（7）以明人倫：“明人倫”，是孟子提出的學校教育的目的。其意就是“父子有親，君臣有義，夫婦有別，長幼有序，朋友有信”，後世稱爲“五倫”。

題大霧寺聯

剩一堆霧裏煙螺，先世有遺傳，曾賴雲關免山越；
耕幾棱廢藩舊町，秋塍纂嘉穀，炊成香飯供如來。

【説明】

此聯撰於清光緒十七年（1891）。録自《聯語摭餘》，頁二十七。廖樹蘅自注云："大霧寺建於明洪武年，山上龍王廟常有雲霧涵之。相傳前代廖氏於此避寇，霧重，寇無從蹤跡，寺因此受名。山下名王田，冲有明吉藩廢壼數畝，今歸寺。聯云：'剩一……如來。'"

《民國寧鄉縣志·故事編·釋道録·庵寺》："大霧寺，明建，在縣南五十五里大霧山。《嘉慶志》：明洪武時創建。明季，廖氏避兵於其間，夜聞神語'賊至'，乃遷避之。因置香火田四十畝。今增關聖祠。《同治志》同，又云：咸豐四年，廖贊鈞募族重修，碑記。《横田廖氏譜》：寺舊名石佛禪林，廖氏七世祖瀚洧之墓在焉。明洪武中，廖族創建寺宇。明末寇亂，廖氏舉族避匿寺中。霧淞漫空，獲免於難，遂易今名，以彰神惠。原捐田四十畝。地頗幽奧，寺外銀杏大數圍，苔石荒寒，隔離塵境。上有龍洞，雲氣常冒，禱雨輒應。光緒十七年，廖氏於寺左建先祠，旋於祠右廡置龕，設鄉賢謝英、易祓、周堪賡、陶汝鼐、廖方達、廖儼、王文清木主，以時致祀。仿藍田呂氏鄉約，講明讀書爲人之要。鄉黨好修之士，亦時與焉。山下有田數畝，爲明吉藩廢產。國除，寺僧承墾，至今猶名王田。冲中田有泉泛瀾發溫，類杭州之玉泉，由龍潭口瀉出，沿溪置堰溉田。龍潭口者，去寺約半里許，兩岸石黝如鐵，口門僅丈餘。雨後，堅淙會珠泉，由口噴出，雪濺雷怒，砰訇震耳。澗邊野芹叢生，可茹，山氓不知護惜，刈以飼豕。舊稱寺前四景曰：碧澗芹香、珠泉漱玉、銀杏擎雲、龍潭觀瀑。溪東層巒窈折，徑路幽曲，崦中茅屋一區，居人以耕山爲業，中多野梅。民國三年甲寅，縣人廖樹蘅鬊草爲廬，署曰梅墅，與寺相望。廖儼《大霧寺》詩：'雲通一徑微，春日叩禪扉。室静花香寂，神恬鳥語稀。到來僧失定，坐久客忘歸。證取山中趣，無勞悟佛機。'廖樹蘅詩：'老樹空苔合暝陰，筱輿山路碧沈沈。林間依約聞仙梵，松際高寒見鶴心。行雨龍歸陰洞黑，應霜鯨吼暮煙深。三朝遺構仍形勝，踏閣攀林與細尋。'又廖樹蘅《雨宿石佛禪林》詩：'法堂龍象久安禪，雲木陰森雨氣連。百歲風燈人事改，兩朝功德相輪圓。名山已辦鄉賢祀，藩邸猶留下渜田。寺田故明吉藩遺産。洗脚僧甃眠不穩，石淙幽澗響濺濺。''蒼寒澗水咽笙簧，一路尋秋入道場。佛閣瓦喧松子落，石幢苔朦化城荒。烹泉響雜花梢雨，掃徑聲乾檞葉霜。擾擾人天無住著，祇應初地最清涼。'張發瀟《秋日游寺》詩：'碧湧藤蘿逐磴行，四圍紅紫夕陽晴。古今風月千錢少，人海波濤一磬平。世外桃源忘甲子，秋來林籟噭竽笙。寇來不敢攖龍象，谷口拏雲險作城。'鄧蔚春《偕廖培吾上舍游大霧寺看扶鸞，夜宿山寺中》：'磴道盤空萬綠稠，禪關喜共白雲游。仙人來跨天邊鶴，舊侶重聯海上鷗。風雨驚心三月晚，江湖回首半生浮。空山寸草皆靈藥，底用攜鋤過十洲。'廖潤鴻《大霧寺新祠》詩：'霧裏遙山翠一堆，寺門前對嶽屏開。秋池杏老陰籠石，古廟龍歸雨洗埃。供佛舊饒香米飯，薦馨新釀菊花杯。萸囊且喜人長健，歲歲看君策杖來。''深山劫火避紅羊，豹隱猶聞此發祥。王府舊田餘野史，魯公家廟費平章。溪雲涼護三朝樹，寒日風淒九月霜。數典自難徵志乘，欲尋翁仲話滄桑。'"（《民國寧鄉縣志》冊一，頁五四五至五四六）

位於大霧山下的大霧寺，爲衡田廖氏明時所建，并由廖氏瀚洧支輪流祭祀。同時，大霧寺還開辦有廖氏族校，以供子弟讀書學習。晚清時期，廖樹蘅與廖基植、廖基械、廖基樾、廖基懋、廖基傑父子都曾在此求學。光緒十五年（1889），廖基械曾在大霧寺創辦洞明書舍，開館授徒。即使到了二十世紀三、四十年代，廖鎮卓、廖湘珂、廖湘瑛、廖東凡等廖氏子弟亦曾在此讀書學習。廖基植、廖基械還留下了一批關於大霧寺的詩作。

例如：廖基植《由龍潭口至大霧寺一首》：“微陽戀巖陰，孤煙澹林薄。逍遥策枯杖，荏苒恣行樂。縈紆循石澗，杳靄晻雲壑。幽蘭被長阪，密篠迷山郭。琳宮望迢遞，燦爛明金爵。躡足履巉屼，逶迤困腰脚。當階冪蘿薜，臨砌翻紅葉。飛泉響淙淙，密淞霏漠漠。灊律發奇想，彷徨生大覺。静理了可參，幽磬空中落。”（《紫藤花館詩草》卷三，頁二）

廖基械《偕友人游石佛寺，用東坡〈自普照游二庵〉韻》：“藤蘿冉冉巖花細，野寺荒寒門久閉。東風知我欲登臨，吹散涼雲拂衣袂。吾儕意氣真無偶，笠屐看山非左計。且拼佳興片時饒，漫説游蹤後難繼。荒庭苔蘚冷侵屨，深巷梅花香壓髻。暫甦腰脚倚庭檻，漸覺幽懷隔塵世。”（《瞻麓堂詩鈔》卷一，頁九）

廖基械《從龍潭口至石佛寺》：“日夕趨靈宮，度澗履危石。孤去斂遥嶺，昏霧帶絶壁。溪深衆淙匯，林密暝色積。攢枝結元陰，巖開露深碧。珍泉泛澄緑，朱蕤茁罅隙。逶迤陟峻嶷，迢遞經尌屴。仰觀列衆星，俯視窮四極。巍然琳宮在，元氣咫尺逼。巖陰迷鳥旋，山静群動息。覽物意彌倦，放神心自適。攀條折芳榮，恝焉念疇昔。”（《瞻麓堂詩鈔》卷二，頁二）

廖基械《石佛寺月夜與振才叔話舊，用東坡〈定惠院月夜偶出〉韻》：“空山寂歷參橫天，儘好尋幽足良夜。爐煙漠漠曳雲去，木葉蕭蕭如雨下。纔聞疏磬數聲來，忽訝寒泉萬椽瀉。門前蒼竹大盈尺，風埽涼雲緑窗亞。孤懷但與高人論，名山未許凡夫借。不嫌杯酒共談笑，但恐韶華自催謝。爲文知己富千言，論學尤當避三舍。君常對客如銜枚，我亦擁書同唼蔗。山中清景良足惜，身外浮名籲可怕。行當一醉百不聞，不管群兒恣嘲罵。”

（《瞻麓堂詩鈔》卷三，頁十二至十三）

　　"真正讓大霧寺發生蜕變的，是設立於此的溈崎遺書館。在這裏，衡田廖氏不僅編輯出版了豐富的家族書籍文獻，他們還對大量鄉賢遺著進行搜集整理，爲後世留下了一批寶貴的精神財富。從歷史文獻保存與文化發展傳播的角度觀望，這裏不愧爲晚清時期寧鄉文化發展的一個高峰。"文史專家孫意謀在《尋訪大霧寺》一文中如此評點。從晚清到民國時期，廖樹蘅、廖基棫父子將大霧寺設爲鄉邦文獻"刊刻中心"，在此刊刻的文獻主要有：清光緒三十四年（1908）廖樹蘅刻盧泳清撰《西問詩草》三卷；清宣統二年（1910）廖樹蘅刻王鴻文著《唐詩鏡》一卷；民國九年（1920）廖樹蘅刻陶汝鼐撰《榮木堂文集》六卷、詩集十二卷；民國十三年（1924）廖基棫刻童錫笙撰《仲松堂遺詩》三卷；民國十七年（1928）廖基棫刻劉基定撰《復園詩集》六卷、文存一卷；民國二十年（1931）廖基棫刻劉代英撰《希戴山房詩存》三卷。

【簡注】

　　（1）"剩一堆霧裏煙螺"句：意指大霧山常年雲蒸霧罩，樹木郁郁葱葱，山露一角，宛如青螺。煙螺，喻青山。宋代范成大《邢臺驛》詩："太行東麓照邢州，萬叠煙螺紫翠浮。"清代孫暘《掃花游·送徐果亭請假歸里》詞："望到煙螺，知是江南岸近。"

　　（2）"先世有遺傳，曾賴雲關免山越"句：指"相傳明末廖氏於大霧寺避寇，霧重，寇無從蹤迹"事。雲關，指雲霧所籠罩的關隘。南朝齊孔稚珪《北山移文》："扃岫幌，掩雲關，斂輕霧，藏鳴湍。"李白《游泰山》詩之三："平明登日觀，舉手開雲關。"山越：漢末三國時期南方山區山賊式武裝集團的統稱。東漢末年，黄巾之始，天下大亂，有潘臨、彭綺、彭式、費棧、祖郎、嚴白虎、金奇、毛甘、黄亂等諸多地方割據勢力，因社會動蕩，不納王租而占山

爲王,被統稱爲"山越"。此處之"山越"以及寧鄉地方志、潙寧各
族志乘中所言"明末寇事",即指張獻忠部的大西軍。《民國寧鄉
縣志‧縣紀年》載:"崇禎十六年八月,流賊張獻忠陷長沙,分兵
掠寧鄉。……冬十月初八日,賊殺知縣邱存忠於道林。……十
一月十六日,賊至寧城。"(《民國寧鄉縣志》冊一,頁一四二)由此
可知,張獻忠大西軍襲擾衡田,其時當在崇禎十六年(1643)農曆
八月至十一月間,正是大霧山霧氣最盛的秋冬時節。

(3)"耕幾棱廢藩舊町"句:指"山下名王田,冲有明吉藩廢壟
數畝,今歸大霧寺"事。町,即田畝、田地。

(4)秋塍纂嘉穀:秋塍,指秋日的田土埂、小堤。纂:收集,匯
集。《楚辭‧天問》:"纂就前緒,遂成考功。"嘉穀:古以粟爲嘉
穀,後爲五穀的總稱。《書‧呂刑》:"稷降播種,農殖嘉穀。"

(5)香飯供如來:供,指把祭品陳列在祖先、神佛的像或牌位
前,以示敬奉。如來:源於印度梵語,音譯爲"多陀阿伽陀",佛的
十大稱號之一。其意有二:一是憑借真如之道,通過努力,不斷
累積善因,最後終於成佛,即真身如來;二是通過介紹真如之道,
使衆生增長智慧、消除煩惱、獲取利益,即應身如來。如來佛,一
般指釋迦牟尼,佛教創始人。

題大霧寺左之鄉賢祠聯

歲時社集此盤桓,竹院森寒,是樹石苔泉所匯;
鄉國英翹半河嶽,雕梲薦芯,擷澗溪沼沚之毛。

【說明】

此聯撰於光緒十九年(1893)。錄自《聯語摭餘》,頁二十七
至二十八。廖樹蘅自注云:"寺左爲鄉賢祠,祀謝處士英、易尚書

祓、周司農堪賡、陶檢討汝鼐、王主政文清、廖訓導方達、廖訓導
儼，庭院幽潔，澗産香芹，歲一設饗。聯云：'歲時……之毛。'"

　　光緒十九年(1893)，廖樹蘅在大霧寺旁建鄉賢祠，是年十一
月十九日(12 月 26 日)，招里中文士於鄉賢祠雅集，并賦詩記之。
廖樹蘅《十一月十九日，展祀里中鄉賢祠，同集者十有四人，夜宿
祠下，家振才孝廉以"夜燭催詩金燼落，秋芳壓帽露華滋"分韻，
得"夜"字》："朔風號空樹枝亞，尋詩古寺疲驢跨。寺門苔石寫清
寒，激激泉聲穿石罅。入門下馬氣森爽，梧葉紛飛打頭下。消寒
喜共群彥集，祀社咸推鄉衮大。蕭蕭急霰打窗扉，炭熾如磐酒頻
炙。圍爐拊掌恣啁謔，不謂清樽負良夜。吾家阿連頗好事，刻燭
吟成索人和。戴憑威遟聖俞逸，角逐文壇競雄霸。伊余咽作秋
蟲聲，唧唧枯腸出寒餓。榆槐已忝充都講，風雅寧當占高座。積
薪自讓後居上，珠玉當前籲可怕。要知此會不易得，酒龍詩虎紛
騰駕。明年相憶隔天涯，素衣莫使緇塵涴。振才將以明年入都應禮
部試。"(《珠泉草廬詩鈔》炁陽本卷三)

　　民國三年(1914)，廖樹蘅以里中衡田之大霧山、鄉賢祠、珠
泉和梅壑徵詠。李瀚昌作《蓀畡以其宅左近四景徵詠即寄》詩，
其二《鄉賢祠》云："私門鐘鼓薦蘩蘋，聞道諸賢歷苦辛。人有不
爲斯我法，死而可作與誰親。松杉夜半憑風嘯，冠冕堂前駭俗
新。此地明藩曾管領，本明吉王莊所。早時荆棘走寒磷。"(《珠泉
草廬師友錄》冊一卷四，頁七十)

　　《民國寧鄉縣志》對大霧山麓的鄉賢祠亦有記述。《民國寧
鄉縣志·故事編·釋道録·庵寺》："……旋於(廖氏七世祖)祠
右廡置龕設鄉賢謝英、易祓、周堪賡、陶汝鼐、廖方達、廖儼、王文
清木主，以時致祀。仿藍田《吕氏鄉約》，講明讀書爲人之要，鄉
黨好修之士亦時與焉。"(《民國寧鄉縣志》冊一，頁五四五)

【簡注】

(1)“歲時社集此盤桓”句:歲時社集,指鄉賢祠歲一設饗事。盤桓:徘徊,逗留。《文選・班固〈幽通賦〉》:“承靈訓其虛徐兮,佇盤桓而且俟。”李善注:“盤桓,不進也。”

(2)森寒:森然冷冽。

(3)匯:聚集、匯集。

(4)“鄉國英翹半河嶽”句:英翹:指傑出的人物。唐代韋希顏《對舉人據地判》:“舉善進賢,英翹是務;負才任氣,倨傲何傷。”宋代王禹偁《回尹黃裳啓》:“史氏設官,修麟筆不刊之典。享茲清切,允屬英翹。”河嶽:黃河和五嶽的并稱。語本《詩・周頌・時邁》:“懷柔百神,及河喬嶽。”毛傳:“喬,高也。高嶽,岱宗也。”孔穎達疏:“言高嶽岱宗者,以巡守之禮必始於東方,故以岱宗言之,其實理兼四嶽。”此處以山川泛指中華大地。

(5)雕柈薦苾:雕柈,指雕飾的盤子。唐代張說《岳州宴姚紹之》詩:“翠斝吹黃菊,雕盤鱠紫鱗。”薦苾:指獻上祭品的馨香。

(6)“擷澗溪沼沚之毛”句:擷,摘下。沼沚:池塘,亦指積水坑。晉代葛洪《抱樸子・廣譬》:“黃河雖混渾,不可以方沼沚之清澄。”毛:引申指地上生長的植物。如:列禦寇《愚公移山》:“以殘年餘力,曾不能毀山之一毛,其如土石何?”諸葛亮《後出師表》:“故五月渡瀘,深入不毛,并日而食。”

題洞冲衡田廖氏八世祖祠聯

人治之隆,莫先於祭祀,莫重於食饗;
守孰爲大,惟孝可生福,惟敬可立身。

【説明】

此聯撰於清光緒十五年(1889)。録自《聯語摭餘》,頁二十八。廖樹蘅自注云："八世祖祠在衡田洞冲，舊爲族祠，乾隆年建，光緒己丑撤而新之。山木幽幽，神所憑矣。中庭紫荆兩株，長出檐外，清明花霏如紫雨，光緒時所植也。聯云：'人治……立身。'"

由石皮崙、獅形山等數座青山圍合而成的洞冲，其中景致別有洞天。洞冲爲衡田廖氏祖居地之一，這里不僅建有衡田廖氏八世祖祠，而且修造有廖氏祖宅洞冲老屋，此處家業原爲廖樹蘅高祖父廖勝暉所營建，并分授給其四子廖錦鼇。

清光緒二年（1876）仲夏，廖樹蘅夜宿洞冲老屋，與從兄廖燦煊談飲達日。廖樹蘅《從兄肇誠居洞冲，擅林木水石之勝。暑夜從之納涼池上，談飲達旦》："奇峰礙日日易夕，竹影淡波吹素壁。虬松屋角海濤喧，出水長鯨作人立。宵闌餘熱猶蟄藏，捉席命侶向銀塘。大魚吹波月光動，老鸛咳夜林風翔。坐久星河當户列，取適人間争一瞥。笑煞銅壺閣上人，預計明朝火雲熱。芳鮮合讓山家豐，酒窖冰梅杯碧筒。駒騋醉卧不知曙，杲杲赤日生於東。"（《珠泉草廬詩鈔》柰陽本卷一）

光緒二年（1876）暮秋，廖樹蘅再宿洞冲老屋。其《再宿洞冲老屋，枕上聞泉聲有作》詩曰："暗泉淅瀝山池墜，池面幽篁落寒翠。林禽格拍時一呼，驚起滿山猿鶴睡。泉聲禽聲竹露聲，鏘然天樂咸池鳴。八鸞仙子渺何許，令人忽忽思瑶京。百年老屋苔痕積，夜半孤眠清到骨。銀河珠閣句争傳，合有笙簫吸華月。昏燈殘醉夢初圓，合沓山圍小洞天。罡風䰟我上山去，漠漠洞口飛秋煙。"（《珠泉草廬詩鈔》柰陽本卷一）

民國九年（1920）初夏，南北軍閥混戰，偏僻的衡田亦受到襲擾。四月二十八日（6月14日），廖樹蘅移居去家三里之洞冲老屋。廖樹蘅《後避寇五首》："庚申四月，北軍駐防衡州者，因換防全軍浮湘東下，南軍督起永郴桂之師收衡州，克寶慶，下長沙，湘督張棄城走，資械喪盡，湘中亂氓乘南軍逐潰兵往岳，四處搜取

槍支，殺人越貨，在所不免。幸南軍連誅十餘人稍止，然餘氛未
盡殄也。二十五日，有南軍一師一旅一團團副某持其團長某手
書，率百餘人圍吾宅，長副皆與余家有婣經，余面問，遂解圍去。
復有李姓來，不肯道名稱，一師五團中有兩人尤獰悍，闖入屋後，
槍林彈雨，闔家慺懼，任其登樓發篋，大索數時。然先後來者衹
持去團局寄存槍支，未及他物也。是夜，余家男女三十餘人皆迸
散，余止於先曾祖祀廬，越數日風氣猶未息。二十八日夜，復移
居去家三里之洞冲老屋，原先高王父所營繕分授季房者。院宇
深静，居處甚適，當丁巳九月朱澤黃潰卒過境，余亦曾率眷避入
此宅。今第二矣。五月十一日，有張某者匿冲內人家，引黨窺
伺。是夜，乘月仍回家。時靡有寧無穴可逃，擬從此聽客所爲，
不出雷池一步矣。當丙辰六月謝寇擾亂，曾赴縣城梅宅作《避寇
詩》紀事，今用原韻，再擬五首，以見世變。月異而歲不同。'洞
口仍充隱，天心未厭兵。宵征趁熒火，甚雨壯溪聲。不道龍鍾
叟，重爲避地行。四維今已裂，何處有金城？''燈火穿籬出，苔深
古屋涼。到門聞犬吠，積雨發林香。捧杖憐余憊，鋪床引睡長。
途窮安用哭，有爾道南莊。''兼旬駿龍戰，碧血染重湖。債帥騎
豬去，腰纏跨鶴無。舉幡難息鬥，載鬼競張弧。海客乘桴便，群
思擊楫俱。''一物歸人有，非其不敢饕。如何藏壑密，竟爾負舟
逃。共說黃天立，都成赤幘豪。放懷齊得喪，埋照且餔糟。''運
數無由測，艱危到處同。多生徒速辱，有膽向誰傾。晉鄭共和
局，縱橫戰國風。一般無可説，輸與囁嚅翁。'"（《珠泉草廬詩後
集》卷二，頁十九至二十一）

【簡注】

（1）衡田廖氏八世祖：即廖思恭，爲廖瀚洴第三子。歿葬寧
鄉七都四區衡田冲蜈蚣塘尾獅形山，坤向。配郭氏，歿葬祔夫
塋，同向。子一：廖仲泰。

（2）洞冲：地名，現作福洞冲。位於湖南省寧鄉市壩塘鎮橫田灣村，四周由獅形山、虎形山、福谷崙、石皮崙等環護拱衛，中間平地阡陌相連。冲內原有數條溪水，常年潺潺流淌，匯爲洞冲水，出唐家灣後至墩里并入橫田水，經土墻壩注入烏江。1958年，因修建洞冲水庫，洞冲爲庫區所在地，所有田園、房屋蕩然，全部被淹没於碧波之下。

（3）人治之隆：人治，指依靠個人的賢明治理國家的治國方式和理論主張，是古代中國儒家政治思想的集中體現。如孔子《論語·顔淵》篇："政者，正也，子帥以正，孰敢不正？"隆：隆盛。

（4）莫先於祭祀：莫優先於家族祭祀。

（5）食饗：以酒食宴請賓客或祭祀宗廟。《禮記·樂記》："食饗之禮，非致味也。"孔穎達疏："食饗，謂宗廟祫祭。"

（6）守孰爲大：意爲侍奉誰最爲重要。語出《孟子·離婁上》。

（7）惟敬可立身：只有擁有了敬畏之心，才是立身處世之本。

題衡田廖氏九世祖懷四公函象聯

尸禮廢，象設興，入教同符內史；
靈既嚮，神哉沛，繼禰斯爲小宗。

【説明】

此聯撰於清光緒十五年（1889）。録自《聯語摭餘》，頁二十八。廖樹蘅自注云："九世曰仲泰，字懷四，偶象襲道士服，元代重入道，君生永樂四年，遺俗猶存，用玻璃龕函象，附栗主下。聯云：'尸禮……小宗。'"

【簡注】

(1) 衡田廖氏九世祖：即廖仲泰，字懷四。廖思恭子。明建文四年壬午(1402)十月十一日未時生，年六十一歿。葬衡田洞冲象形山，午向兼丙。配鄭氏。子四：廖福綱、廖福紀、廖福俊、廖福勉。繼配范氏。

(2)"尸禮廢，象設興"句：指商周以來的祭尸禮廢棄，而設其形貌祭祀(挂畫像)興起。

(3)"入教同符內史"句：同符，指與……相合。《文選・揚雄〈甘泉賦〉》："同符三皇，錄功五帝。"李善注引文穎曰："符，合也。"內史：中央官制，西周時開始設置，又稱作册內史、作命內史。《周禮・春官》："內史掌王之八枋('枋'同'柄'，權柄)之法，以詔王治。一曰爵，二曰祿，三曰廢，四曰置，五曰殺，六曰生，七曰予，八曰奪。執國法及國令之貳，以考政事，以逆會計。掌敘事之法，受納訪，以詔王聽治。凡命諸侯及孤卿大夫，則策命之。凡四方之事書，內史讀之。王制祿，則贊爲之，以方出之，賞賜亦如之。內史掌書王命，遂貳之。"清朝入關之初，置內史，相當於大學士。

(4)"靈既嚮，神哉沛"句：語出《前漢・郊祀歌》。先靈已經祭祀完畢，神啊沛來。嚮，此處通"饗"，意爲享、受。

(5)"繼禰斯爲小宗"句：繼承別子之庶子的是小宗。禰：宗廟中對亡父的稱謂。小宗，指古代宗法制規定的嫡長子以下諸子的世系，與大宗對稱。

題洞冲衡田廖氏八世祖祠附室聯

何處最消魂，棠梨花濕清明雨；
奉盛同致饗，秔稻秋登下澳田。

【説明】

此聯撰於清光緒十五年（1889）。録自《聯語摭餘》，頁二十八。其曰：“附室祀諸無後者。聯云：‘何處……潠田。’”

【簡注】

(1)消魂：靈魂離散，形容極度悲愁、歡樂、恐懼等。唐代綦毋潛《送宋秀才》詩：“秋風一送别，江上黯消魂。”

(2)“棠梨花濕清明雨”句：指清明那紛紛細雨打濕棠梨花的時節。棠梨花，棠梨子樹上開的花，花期在三、四月間。白居易《寒食野望吟》詩：“棠梨花映白楊樹，盡是死生别離處。”

(3)奉盛同致饗：奉盛，指奉獻盛於器中的黍稷等祭品。《左傳·桓公六年》：“奉盛以告曰：‘絜粢豐盛。’謂其三時不害而民和年豐也。”同致饗：指一同享受酒食等祭品。致饗，舊時以酒食等物祭祀鬼神。南朝梁鍾嶸《詩品·總論》：“靈祇待之以致饗，幽微藉之以昭告，動天地，感鬼神，莫近於詩。”《新唐書·來瑱傳》：“既而爲瑱立祠，四時致饗。”

(4)“秔稻秋登下潠田”句：秔稻，即粳稻。《文選·揚雄〈長楊賦〉》：“馳騁秔稻之地，周流黎粟之林。”秋登：秋季穀物成熟。下潠田：低下多水的田。清代張廷璐《南歸》詩之三：“烹茶泉比中泠水，荷鍤秋分下潠田。”

題桎木山衡田廖氏十八世祖祠聯

近居嗣服先人，割産厚貽同氣；
取善無非耕稼，結廬式護松楸。

【説明】

此聯撰於清光緒二十一年（1895）。録自《聯語摭餘》，頁二十八。廖樹蘅自注曰：“十八世諱義皋，由衡田上新田移居老屋灣，今之春泉堂也。大木百圍者數株，元時故宇也。君兄弟三，屬長，季出後叔父，已叔母生子，季來歸，先人所授之業已與仲平分，乃剖己分之半與季，邦族稱焉。没葬桱木山。乙未，築廬山麓，中爲饗堂，右曰懷清堂，立墓下，旌表節孝七主，以勵貞操。廬與老屋灣相望。聯云：‘近居……松楸。’”又，老屋灣，指廖氏衡田老屋。廖樹蘅祖父廖含章曾作《春泉堂記》，其中云：“此宅舊稱老屋灣，亦呼廖家灣，譜稱廖氏四世祖元時由潭州遷寧鄉衡田之神山。子五，一、二、三、五分徙湘鄉、安化、益陽等縣，惟熙四房守衡田。舊籍神山距此宅里許，地淺隘，難容宏構。惟老屋灣占形勝，爲廖姓世居，歷朝未屬他姓。”（廖樹蘅《廖氏五雲廬志續編》卷下，頁十）

【簡注】

（1）上新田：地名。位於湖南省寧鄉市壩塘鎮横田灣村。爲衡田廖氏故宅之地。廖含章《春泉堂記》云：“明清之際，我十六世祖曰贊寰，復由長塘遷居衡田之上新田，今稱正屋，在老屋灣上約半里。”（廖樹蘅《廖氏五雲廬志續編》卷下，頁十）

（2）衡田廖氏十八世祖：即廖義皋，字子成。爲廖仁定長子。清康熙八年（1669）己酉十月二十五日戌時生，雍正十三年（1735）乙卯五月二十八日酉時没，葬桱木山。配劉氏。子六：廖勝昭、廖勝暎、廖勝暝、廖勝曜、廖勝旺、廖勝暉。女二：適楊、適陳。

（3）“近居嗣服先人”句：指廖義皋“就老屋灣築室三楹居之”，就近承繼先人之業。嗣服，謂繼承先人的事業。引《詩·大雅·下武》：“永言孝思，昭哉嗣服。”鄭玄箋：“服，事也。明哉，武王之嗣行祖考之事，謂伐紂定天下。”

（4）“割産厚貽同氣”句：指廖義皋“先人所授之業已與仲平

分,乃剖己分之半與季"事。同氣:此處指兄弟關係。語出《易·乾》:"同聲相應,同氣相求。水流濕,火就燥。"

(5)"取善無非耕稼"句:取善,即善於獲取,指個人長處。耕稼:泛指種莊稼。語出《孟子·公孫丑上》:"(舜)自耕稼陶漁以至爲帝,無非取於人者。"

(6)"結廬式護松楸"句:由宋代王之道《因納上人寄題望江張氏春暉亭詩》中"結廬守松楸"句衍化而來。結廬:指修建房屋。語出晉代陶淵明組詩《飲酒二十首》之五"結廬在人境"。此處指"乙未築廬山麓"事。松楸:松樹與楸樹。墓地多植,因以代稱墳墓。語出南朝齊謝朓《齊敬皇后哀策文》:"陣象設於園寢兮,映輿鍰於松楸。"

題桎木山衡田廖氏懷清堂聯

井水無波,門外寒泉可鑒;
松心不改,天寒勵節彌堅。

【説明】

此聯撰於清光緒二十一年乙未(1895)。録自《聯語摭餘》,頁二十八至二十九。其曰:"懷清堂聯云:'井水……彌堅。'廬下有井,泉極瑩澈,名'珊瑚井'。"

【簡注】

(1)懷清堂:祠堂名。位於湖南省寧鄉市壩塘鎮橫田灣村桎木山麓,堂內供奉七位貞節女性。今廢不存。據史所記,秦始皇以巴寡婦清爲貞婦,爲之築懷清臺。後因以"懷清"比喻婦女貞潔。清代趙翼《貞女芮泰姑》詩:"那得閑依繡佛燈,課嚴菽乳日三升。市兒買得都稱嘆,片片懷清寡女冰。"

（2）井水:此處指衡田廖氏十八世祖祠下珊瑚井之水。

（3）"門外寒泉可鑒"句:意指珊瑚泉水極瑩澈。寒泉,清冽的泉水。

（4）松心:比喻堅貞高潔的節操。唐代劉禹錫《酬喜相遇同州與樂天替代》詩:"舊託松心契,新交竹使符。"五代徐鉉《退居》詩:"鶴性松心合在山,五侯門館怯趨攀。"

（5）勵節彌堅:勵節,指砥礪節操。《淮南子·脩務訓》:"故君子積志委正,以趣明師;勵節亢高,以絕世俗。"彌堅:更加堅定。

題衡田廖氏十九世祖祠崇睦堂聯

百年廬墓相依,對叢條總翠,木葉歸根,撫景彌增霜露感;

累世耕畬未廢,願農服先疇,士修舊德,承家仍舉力田科。

【説明】

此聯撰於清光緒三十三年丁未（1907）。録自《聯語摭餘》,頁二十九。廖樹蘅自注云:"十九世諱勝暉,余高王父也。先世自元以來代稱富人,明清之際微矣。至府君始大,人稱衡田萬石,墓在樅木堂,與老屋灣相向。光緒丁未建墓廬,題曰崇睦堂。語云:'兄弟睦,家之肥,登思堂也。其顧而斯哉!'聯云:'百年……田科。'"

樅木堂,即衡田廖氏祖祠崇睦堂,供奉廖氏十九世祖廖勝暉,即廖樹蘅高祖父。光緒三十三年丁未（1907）,廖樹蘅爲高祖父勝暉公修建墓廬。光緒三十四年八月四日（1908 年 8 月 30 日），廖樹蘅攜諸子簽訂《崇睦堂契約》，其云："玄孫樹蘅同男基植、基械、基懋、基傑、基棟，出撫之第三子基樾，以光緒二十六年原接劉超海七都四區西團地名正屋水田三十畝之業內有二畝坵一丘，在吾高祖克昇公崇睦堂墓廬塘基之下，與墓田相連，情願劃出捐作吾祖考妣祭田，其田過丈，實係二畝一分四釐，額租五石八斗，水分照額注蔭於廖西春泉堂戶內，拆分正餉七分二釐，佃規紋銀九兩五錢，隨田歸公，任公更戶，招佃管理，租穀即於本年起徵，以後蘅之子孫不得以田係我房所捐引爲口實，墓廬經理人亦不得加規出典售與外人。緣此田本吾祖購置，日久出售外姓，今幸贖回，仍充祭產，誠爲至願，既經書簿，不另立契約，此據。樹蘅筆。"（《寧鄉衡田廖氏五修族譜》卷四十四，頁六）

作爲廖氏祖祠，崇睦堂還建有族校，作爲同族子弟讀書求學之所。廖基植、廖基械兄弟都曾在此學習。廖基瑜《伯兄璧耘、仲兄次峰讀書崇睦祠，各成七律兩章，索和賦此奉酬》，其一："輕陰如羃慢冰弦，花墮春林破暝煙。問訊鱗鴻頻叩戶，盈眸珠玉亂揮箋。翠欄絲雨緗桃潤，燕尾春流碧玉鮮。長日雕櫳擁書坐，吟懷輸與謝家賢。"其二："紙鳶天氣踏青時，養邊何嫌得氣遲。孤館連床聽夜雨，暗泉侵枕落琴絲。文心應共花爭發，春信從教蝶漸知。想見夜堂詩夢醒，荊花流艷照芳墀。"（《廖基瑜詩詞集》卷一，頁三九）

對於衡田廖氏來説，崇睦堂還曾作爲詩文刊刻印製之所。如廖樹蘅所撰《聯語摭餘》一卷、所輯《廖氏五雲廬志續編》三卷，均爲民國八年（1919）衡田廖氏崇睦堂刻本。

【簡注】

（1）衡田廖氏十九世祖：即廖勝暉，字克陞。爲廖義皋六子。《寧鄉衡田廖氏六修族譜》："勝暉：清康熙五十四年乙未八月二

十三巳時生,乾隆四十一年丙申正月初十巳時没。葬横田上桐
木塘屋後山,亥向兼壬,碑墓。縣志、舊譜均有傳。配劉氏,康熙
五十三年甲午十月二十五子時生,乾隆三十七年壬辰正月二十
九辰時没,葬爐七冲西湖塘進冲左側山,子向碑墓,禁齊壄心上
五丈、下六丈。子四:錦心、錦紹、錦江、錦鼇。女適姜、適黄。"
(《寧鄉衡田廖氏六修族譜》卷十七,頁一)《嘉慶寧鄉縣志·卷之
九·人物·仁厚》:"廖勝暉,字克陞。性廉潔,尚渾樸,敦倫紀。
以艱辛創業,而樂施好讓,足不履城市,無片紙訟公門。族有孤
獨者撫養,成立倡建族祠,獨修長生橋,其後裔益臻光大。"(《嘉
慶寧鄉縣志》,頁九十九)《民國寧鄉縣志·故事編·先民傳五十
六·清》:"勝暉,字克陞,以艱辛創業,樂施好讓,族有孤獨者,量
力佽之,并獨修長生橋。"(《民國寧鄉縣志》册二,頁八六二)

　　(2)"百年廬墓相依"句:廖勝暉於乾隆四十一年(1776)辭
世,葬横田上樅木塘屋後山,墳墓與守墓、祭祀的房屋偎依相伴。
廬,此處指墓旁之屋。古人爲守父母、師長之喪,築室墓旁,居其
中以守墓。

　　(3)叢條總翠:濃密的枝條總是那樣葱翠。

　　(4)木葉歸根:飄落的枯葉掉在樹木根部。木葉:是中國古
典詩歌中常見的意象,最早出現在屈原《九歌》中,"嫋嫋兮秋風,
洞庭波兮木葉下"。木葉即爲樹葉,在古典詩歌中特指落葉。有
暗示意義,可讓人聯想到秋天的落葉,給人以落寞之感,營造凄
清的藝術格調。

　　(5)"撫景彌增霜露感"句:撫景,指對景、覽景。元代陳旅
《題米元暉溧陽溪山圖》詩:"撫景正若此,别離嗟願違。"霜露感:
指對父母或祖先的懷念。唐代王勃《爲原州趙長史請爲亡父度
人表》:"臣霜露之感,瞻彼岸而神銷;烏鳥之誠,俯寒泉而思咽。"

　　(6)"累世耕畬未廢願"句:指數代耕種田地,并成爲一種持
之以恒的願望。累世,指幾代或數代。耕畬,指耕種田地。元代

吳萊《有懷續詩寄董》："貧猶思祿士,老不廢耕畬。"

(7) 農服先疇:務農於先人留下的田疇過活。先疇,指先人所遺的田地。明代顧炎武《桃花溪歌贈陳處士梅》："嘉蔬名木本先疇,海志山經成外史。"

(8) 士修舊德:士修,指讀書人修身養性。舊德:先人的德澤,往日的恩德。《易・訟》："食舊德,貞厲,終吉。"《左傳・成公十三年》："穆公不忘舊德,俾我惠公用能奉祀於晉。"

(9) "承家仍舉力田科"句:指廖勝暉繼承先人衡田老屋的家業,仍然盡力耕種好祖田。承家,指承繼家業。語出《易・師》:"開國承家,小人勿用。"南朝陳徐陵《與王僧辯書》："未有膺龍圖以建國,御鳳邸以承家。"仍舉:仍然奉行。力:盡力、努力。田科:指農業稅。《續資治通鑒・宋度宗咸淳四年》："蒙古以中都、南京、北京州郡大水,免田科。"

題衡田廖氏二十世祖祠如在堂聯(一)

阡表隔珍漣,壑互峰連,百里威遲傷遠目;
祠堂依舊巘,愛存愨著,一庭陟降有餘思。

【説明】

此聯撰於清光緒三十二年己酉(1906)。錄自《聯語摭餘》,頁二十九。廖樹蘅自注云:"二十世贈榮祿君,余之曾王父,嘉慶朝營生壙於龍窠塘。建屋兩楹,中唐有亭,左豎崇坊,頗堅飭,榮祿君没後,與湯太夫人合葬焉。越二十年,改遷湘鄉三坊,一在金鷄山,一在燕子巖,相距約三里,并置墓田、招守户,所遺龍窠塘舊廬遂改饗堂,題曰'如在'。歲久,堂漸殄剝。光緒丙午,拓而新之,距嘉慶建築時恰百年矣。聯云:'阡表……餘思。'"

廖樹蘅《重修如在堂記》："如在堂者,本我曾大父太學公暨姒湯孺人之墓廬，後改爲享堂者也。先是，公自營生壙於堂後山，依山闢址，建屋兩棟，陶甓爲墉，以規久遠。左闢橫舍，爲子孫集讀之所。堂舍之間，空約二丈，前亘崇坊，榜曰'悠遠'，處示無窮也。坊以內縟草平逵，上接墓所。堂之前無門有牆，大書'墓屋'二字其上。凡此皆公所手定。當嘉慶丁卯，公以家事分授吾大父及兩伯祖，遂由橫田老屋移居於此。時孺人已先歿，葬公所營壙內。越十一年，爲嘉慶壬申，公下世，遺命與孺人合冢。又十五年，爲道光丁亥，屬壙有水患，先大父隨兩伯祖於湘鄉景慶三坊葫藪區，得燕子巖、金鷄山兩穴，即以其年春改葬孺人於燕子巖，冬改葬公於金鷄山。柩皆由潙溯湘入漣，窮數月之力始畢葬事，并置田守冢。籲其勞矣！墓既他徙，此屋遂奉栗主其中，歲時薦食如禮。以堂稍隘，中唐廣之以亭，亭角風鐸送響，窅然深靜，可以安神。舊譜有圖可按。閱時既久，坊先墮剝。亭高礙風，勢將墜落。橫舍無居人，亦行就圮。自咸豐至於光緒初載，以次除朽撤敝，惟有正室兩進。爾來又數十年矣，樹蘅連年客外，因循失修，淤濕穿漏，幾不可居。今年夏，始鳩工營茸，視舊制略增拓之。前爲正門，上爲享堂，左右爲燕私之室。有基可憑，資用斯簡，不四月而工竣。於是先靈獲安，吾儕子孫之心亦少安矣。夫成毀數也，似非人力所能爲。如公始營斯丘，何嘗不以爲一成不易，未幾改葬漣上之山。後來鼎建享堂，何嘗不求基局固護，未幾爲風雨剝蝕，遺構僅存。善始不必善終，此中疑有天焉。然爲人後者，苟能心前人之心爲心，綿綿翼翼，相引勿替，時至事起，則毀不終毀，人定亦可勝天。然則後之保守勿墜，不能無望於來者矣。工既藏，爰綴斯堂緣起鐫諸石，使覽者有可考焉。"（《珠泉草廬文錄》卷一）

【簡注】

(1) 衡田廖氏二十世祖：即廖樹蘅曾祖廖錦江，字孔殷，爲廖勝暉三子。《寧鄉衡田廖氏六修族譜》:"行三,清國子監生。贈榮祿大夫。乾隆十五年庚午八月初五丑時生,嘉慶十七年壬申六月二十二卯時没,葬湘鄉三坊葫蘆區天歷庵對面柳樹塘中乳,丑向兼艮,碑墓。縣志、舊譜有傳。配湯氏,父汲珊。乾隆十五年庚午十二月十八亥時生,嘉慶七年壬戌十二月十七卯時没,葬湘鄉三坊葫蘆區燕子崖井圿峇頂,艮向兼丑,碑墓。子:長殤,章倬、章介、含章。女適湯,適喻西浒,適王文峰。繼黄氏、劉氏。"(《寧鄉衡田廖氏六修族譜》卷十七,頁二)《嘉慶寧鄉縣志》:"廖錦江,字孔殷,太學生。屢試未售,家不甚饒而急公好義,主修族譜,倡捐祭産,如長沙義渡及邑中公事,無不樂捐勷助。年近六十,築别墅養静,詩酒嘯傲,手録格言糊滿墻壁,常觸類指教諸子。及卒,子章倬等以是屋爲家塾,示勿諼也。"(《嘉慶寧鄉縣志·卷之九·人物·續載》册三,頁七)《民國寧鄉縣志·故事編·先民傳五十六·清》:"錦江,宗祠祭産及長沙義渡皆有捐助。嘗手録格言,滿粘居室墻壁,隨時勵教諸子。"(《民國寧鄉縣志》册二,頁八六二)

(2) 如在堂:祠堂名,爲供奉并祭祀廖樹蘅曾祖父廖錦江之所。原位於湖南省寧鄉縣横田村,今已毁不存。

(3) 阡表隔珍漣:指道光十二年(1832)廖錦江由寧鄉衡田改葬湘鄉三坊葫蘆區天歷庵對面柳樹塘一事。阡表:墓表。宋代曾敏行《獨醒雜志》卷二:"後公罷政出守青社,自爲阡表,刻碑以歸。"珍漣:山名,位於湖南省湘鄉縣西一百八十里,與龍山對峙,漣水别支出其下。

(4) "墼互峰連,百里威遲傷遠目"句:指由寧鄉横田灣向西南湘鄉三坊而去,山重嶺疊,峰墼相連,擡頭遠望,不禁使人無限傷感。寧鄉横田一帶的山嶺,屬衡嶽山系,而湘鄉三坊則屬於雪峰山系。威遲,指曲折綿延貌。杜甫《鐵堂峽》詩:"威遲哀墼底,徒旅慘不悦。"傷:傷感。遠目:遠望。唐代羊士諤《書樓懷古》

詩:"遠目窮巴漢,閒情閱古今。"

(5) 祠堂依舊巘:指如在堂由"所遺龍窠塘舊廬遂改饗堂"事,偎依着從前的小山。

(6) 愛存愨著:讓仁愛存心,以誠信著稱。

(7) "一庭陟降有餘思"句:指祖先之靈無時不在,讓我更覺愁思鬱結。陟降,指升降、上下。《詩·大雅·文王》:"文王陟降,在帝左右。"餘思,指時時所懷有的對祖先之思。

題衡田廖氏二十世祖祠如在堂聯(二)

是先人自營菟裘,鶴化歸來應戀此;
越百祀重新燕寢,龍窠雲木尚依然。

【説明】

此聯撰於清光緒三十二年己酉(1906)。録自《聯語摭餘》,頁二十九。

【簡注】

(1) "是先人自營菟裘"句:指廖樹蘅曾祖父廖錦江於"嘉慶朝營生壙於龍窠塘"事。菟裘,出自《左傳》魯隱公説"使營菟裘,吾將老焉",指晚年休居之地。此處指墳墓。

(2) 鶴化歸來:鶴化,指成仙,人死亡的隱語。晉代陶潛《搜神後記》卷一:"丁令威本遼東人,學道於靈虛山,後化鶴歸遼。"歸來:返回原來的地方。《楚辭·招魂》:"魂兮歸來!反故居些!"

(3) "百祀重新燕寢"句:百祀,指極長或相當長的年月。燕寢:泛指閑居之處。

（4）"龍窠雲木尚依然"句：龍窠，地名，位於湖南省寧鄉市壩塘鎮橫田灣村，與廖氏衡田老屋相對，原爲衡田廖氏二十世祖祠如在堂所在地。雲木：高聳入雲的樹木。唐代陳子昂《春臺引》："何雲木之英麗，而池館之崇幽。"

題衡田廖氏二十世祖墓廬聯

金鷄具體龍眠，看松隄内繞，碧巌外交，樹石煙嵐同擁露；
湘綺希風惜抱，記聽雨雙溪，題名丙舍，文章字迹并留傳。

【説明】

此聯撰於清光緒三十二年己酉（1906）。録自《聯語撫餘》，頁三十。廖樹蘅自注曰："湘鄉金鷄山墓廬，兩處山體穹窿，溪水縈抱，與姚惜抱集中《游雙溪記》略同。光緒時，丐湘綺老人書'寧鄉廖氏墓廬'六字榜於廬，并自題聯語懸壁，以永其思，曾孫樹蘅恭記。聯云：'金鷄……留傳。'"

清同治元年三月七日（1862 年 4 月 5 日），廖樹蘅赴湘鄉金鷄山展墓，夜宿天歷庵墓廬。廖樹蘅詩云："群峰圍一鐙，露氣入虚牖。林風吹缺月，黄黄大如缶。羈心倦長夜，當户燦星斗。空巌交冷風，白氣縈坡阜。人家墮煙霧，宛未元黄剖。茫茫大地中，但聽風濤吼。因兹得玄覽，思入無何有。泉光逼鬢寒，凛乎立難久。"（《珠泉草廬詩鈔》烝陽本卷一）

光緒八年二月十八日（1882 年 4 月 5 日），廖樹蘅前往湘鄉謁曾祖父廖錦江墓，并作《湘鄉燕子巌展謁先塋，信宿舊廬，得詩四首》，其一："碧澗交流急，沿洄盡日看。樹蟠敧磴古，風漱鷺濤寒。溪雨芹堪煮，林霜柏漸丹。橘租今歲稔，孤策且盤桓。"其二："人家住山崦，密樹擁籬門。舊俗崇巫鬼，村居長子孫。牛耕山上眅,瓜蔓水邊墩。新釀浮蛆滿,呼來老瓦盆。"其三:"陟巘尋蘭若,沙鳴屐齒鬆。瀑添山雨壯,巖被亂雲封。遠岫沈孤塔,重巒吼萬松。到門知不遠,風落一聲鐘。"其四:"搖石連根動,山中有巨石,高廣數丈,以一指推之,動搖有聲,數人掀曳反不動。靈奇理莫參。深叢育羆虎,幽壑富梗楠。嵐翠空中墜,笙鐘谷底酣。多生緣未了,有約再來探。"(《珠泉草廬詩鈔》炁陽本卷二)

廖基植《湘鄉謁高祖墓登金鷄山絕頂》:"長風泠泠似鞭策,驅我芒鞋來絕壁。劃然長嘯萬山青,但覺青霄離咫尺。巉巖古鐵積龍氣,四顧迷茫悸心魄。長松忽作怒龍吟,千尺寒濤向空擲。須臾雲氣收眼底,下視四山羅幾席。漣江秋漲似瀟湘,一水迢遙混深碧。籲嗟大地鍾靈秀,長俾先人此安宅。浮湘白石亘西東,輪與兹山作嘉客。浮湘亭,郭些庵先生所建。白石山爲王船山先生讀書處,均距此不遠。嗟予困頓竟無似,卅載林泉俱過隙。爲憐身世重躊躇,對此茫茫百憂集。仰空咄咄發長嘆,料惹山靈笑應劇。"(《紫藤花館詩草》卷一,頁十一至十二)

廖基棫《冬日謁曾王父塋》:"樵風爲我散林霏,石獸荒涼感到稀。繞徑寒蟲響陰樾,没雲歸鳥曳餘暉。穹碑上蘚重感勞,宰樹交柯已合圍。多謝山童勤拾埽,林陰清潤淡忘歸。"(廖基棫《瞻麓堂詩鈔》卷一,頁三至四)

【簡注】

(1)"金鷄具體龍眠"句:龍眠紫氣,生發萬千氣象,群巒疊嶂,故曰"龍眠"。位於安徽省桐城市西北龍眠鄉雙溪村的"金鷄地",即有龍眠氣象。而此處之"金鷄",即指金鷄山,位於湖南省湘鄉市境内,爲廖樹蘅曾祖父廖錦江安葬之所,此地"兩處山體穹窿,溪水縈抱,與姚惜抱集中《游雙溪記》略同"。

(2)"松隄內繞,碧巖外交"句:語出姚鼐《游雙溪記》。茂密的松樹郁郁葱葱,蒼綠的山巖重重叠叠,互相掩映,蔚爲壯觀。

碧巖：青綠色的巖石。外交：相交相接。

（3）"樹石煙嵐同擁露"句：語出姚鼐《游雙溪記》："以四望煙雨之所合散，樹石之所擁露。"

（4）希風：指企慕、效法。《晉書·王羲之傳》："常依陸賈、班嗣、楊王孫之處世，甚欲希風數子，老夫志願盡於此也。"

（5）惜抱：指姚鼐。清代安徽桐城人。傑出的散文家，桐城派集大成者。因其室名爲惜抱軒，被人稱爲"惜抱先生"。著有《惜抱軒全集》。此處借指王闓運爲廖錦江湘鄉金鷄山墓廬題字事。

（6）"聽雨雙溪，題名丙舍，文章字迹并留傳"句：語出姚鼐《游雙溪記》："當文端遭遇仁皇帝，登爲輔相，一旦退老，御書'雙溪'以賜，歸懸之於此楣……從故人於風雨之夕，遠思文端之風。"原文意指張英以自己的才幹輔佐康熙帝，深受器重，退休歸鄉頤養天年，康熙帝親賜"雙溪"二字，優游自適，寄情山水。雙溪：位於今安徽省桐城市龍眠鄉境內龍眠河與椒園小河匯流處，故稱"雙溪"。

題"夢松仙館"聯

青嶂會爲身後冢；
蒼龍猶是種時松。

【說明】

夫人張清河辭世後，廖樹蘅曾作詩紀懷，其詩引云："光緒丁未七月十四日，清河君歿於衡田舊廬，猶記丙子正月，夢至一園額署'安分知止之館'。園中杜鵑花滿地，旁舍有巨鏡，余冠青金石服貂涵鏡中。醒語君曰：'余若官貴，君當無幸，落花非休徵也。'君笑曰：'顯職豈寒士易得，夢當不靈。'閱十九年，歲在丙申，義寧陳公撫湘，招余主水口山之礦。又三年，部選宜章訓導，山陰俞公爲便礦計，調署清泉，君同居冷署，常勸歸曰：'不記昔年安分知止之訓乎?'越歲癸卯，趙公爾巽繼任，檄余筦省局事，君遂歸。丙午，大府以校官難統治全礦，命捐分部主事，加四品銜，非余意也。君聞愀然，語諸子曰：'而父一生夢多奇驗，今有徵矣。吾其死乎?'至是疾革，頗以卜兆未定爲憂。先是五月間，夢至屋後山有茅舍甚飭，舍旁古松，風來有聲，心甚樂之，恍惚與君同立舍中。偶觸前塵，向後山求葬地，宛然夢中所見，遂定穴焉。陶甓爲垣門，於前題曰'夢松仙館'。集爲聯云：'青嶂會爲身後冢，蒼龍猶是種時松。'虛其左竁，備他日合葬。用德清俞氏《題右臺仙館》韻，作詩二首嵌於左垣，并徵人賦詩，其一："鏡影花魂讖竟酬，重來圓夢到松楸。蒼髯夜落濤千尺，宿草今餘土一抔。引分敢忘知止誡，抽身先作化城游。塵勞如海誰非幻，一段因緣付蠹樓。"其二："忍淚親將石墨鐫，本來同穴訂生前。栴檀君證無生果，萍梗余猶下瀨船。華表他年歸皓鶴，岡阜依舊繞珠泉。崦嵫同盡無多日，圓石雙題莫問年。"（《珠泉草廬詩後集》卷一，頁十三至十四）

廖樹蘅《祭亡妻張氏文》："元化絪縕，有緣成偶。萬古北邙，同歸烏有。繄余與君，結歡較久。結褵之初，年十八九。四十九年，烏飛兔走。曾是不意，驀然分手。嗚呼哀哉！君性婉嬺，慈惠是師。上奉尊嫜，委宛愉怡。調以甘旨，夕膳晨厄。雨薪霜臼，一手搏持。新婦能賢，公姥一辭。鞠育勤斯，三女七子。各殤其一，積痛成痏。存者八人，雁行齒齒。紉鍼補綴，血淤十指。中歲薦凶，兩丁親喪。養禮均缺，盡焉增傷。君實共之，淚浼衰裳。生事奇絀，黽勉同當。饑驅乞米，異縣他鄉。親無強近，藐焉寡儔。上事生母，下撫諸雛。惟君是賴，內顧紓憂。每逢出門，有棘在喉。魂折骨驚，君猶記不。男女疾疢，黃小殤殞。連喪五婦，哀懷尤軫。卅年以來，悲勞接踵。膽虛善驚，聞病先恐。人非金石，豈免銷爍。氣血内虛，肌膚外削。丙申之秋，癎瘰大作。幸遇國醫，施以良藥。黍穀温回，刀圭命奪。隨宦衡南，禮嶽浮湘。銀場冰署，五閱星霜。蓮露共瀹，苜蓿同嘗。素不解吟，亦漸成章。因閑生慧，思緒芬芳。先勞後逸，躓困稍償。卯秋歸田，倏更四載。一家春融，至樂無改。余雖不才，虛聲衆采。俸錢過萬，差免凍餒。余笑謂君，生常畏貧。此非貪泉，飲之勿驚。自今伊始，毋慮虧盈。坤爲吝嗇，厥性靡移。鷄豚粟帛，纖悉必稽。余或妄費，從容獻規。我達君慤，伯倫之妻。寧知今日，一瞑不視。何有何無，一棺長閉。卜兆家林，虛其左竁。他日溘然，從君入地。獨我老矣，情實難支。每入君室，有淚如糜。虛帷故香，簾衣下垂。無母女孫，涕洟相隨。無小無大，嗷然同悲。君有何德，致人哀思。無形之化，是謂真慈。念君一生，夫何間然。存順没寧，衆口稱賢。會葬山阿，車馬騈闐。所不足者，兩子未回。遠道承凶，戴星歸來。靡鹽之嘆，今古同哀。願垂護佑，毋使崩摧。我實心悸，不堪再劘。嗚呼！生存華屋，零落山丘。對此茫茫，有淚難收。爰命兒孫，薄具肴蔬。君不勝酒，勉盡此甌。濡淚和墨，撚詞寫憂。知君鑒此，也應淚流。嗚呼哀哉！尚饗。"（廖樹蘅《珠泉草廬文録》卷二）

廖基楲撰《先妣事略》："先妣張氏，寧鄉二都瑶里人。外祖諱運廣，積學能文，妣楊孺人早卒，遺子女三，先妣次長。繼娶彭孺人，生二女一子，外祖旋卒。不二年，彭孺人又卒。張氏家故豐，至外祖大落，先妣時年十五，備歷艱辛，常語不孝兄弟曰：'自汝外祖母殁後至來汝家，中間數年，吾實苦矣。汝外祖兄弟六人，才而有文譽者五，數年之間相繼凋喪，汝外曾祖大母痛不欲生，家人百計防護。予日夜侍側，多方勸慰，寢處食飲未嘗跬步離。日舉稗官及鄉井瑣事以資遣慰，老人安之，憂以漸釋，如是者有年。汝外祖母所遺子女，予以下有五人，中惟汝四舅差長。

然尚未成童，不能治生。每日須其出貸方得食。既出，諸弟妹無所依，常負暄坐簷下，望其兄歸。日昳猶未歸，知無復望，遂相率入內室忍餓而寢，豈非割心剜肉乎？汝賀氏姨才二歲，每問母安在，便嗷然哭。予忍泣爲之慰止，或終夜提挈，繞室以行，常連夜不得寢，如是者又有年。而五人衣履，垢則爲之浣濯，敝則爲之改爲，皆予竭蹶任之。予又脆弱，未慣苦役，家既貧，又無僕媼分任其勞。予之苦不第身未能閒，心亦未嘗安也。汝其念哉！'先姚年十九來歸吾父，明年爲咸豐己未，伯兄基植生，又二年基械生。其後十年，生基樸、基懋及大妹、二妹、三妹。二妹甫三歲殤，由是益憐。三妹夜必三四起始安臥。乙亥至甲申，基傑、基棟、基棣生。基棣甚聰慧，貌雋偉，兩歲即能指楹帖中某字知所自來，教以詩歌，雖日久能背誦，未四歲以腹疾殤。當來歸時，大父母猶在堂，先姚事之謹於兩姑，委婉周至，奉瀹調羹，恆日中猶未食，未嘗有慍容。事吾父承順無違，吾父或怒，輒屏息不發一語，從容改爲，冀適其意。補綴縫紉，終夜不釋手，故基械兄弟每歲入塾，衣履無不整潔。或盛暑曝衣，赤日中汗流如沈；冬寒浣衣，致兩手皸裂，未嘗言苦。大父母皆嗟嘆以爲賢。家素貧而先姚安之，然恥言借貸，故畏貧又特甚。基械少時，喜從先姚問字，嘗一夕舉簿籍中逋欠人名以請，遽揮手止之曰：'兒以此問，徒令我心悸也。'久乃知吾母在室時，外祖以貿遷致貧困，歲暮索逋者匈匈譟門。吾母備嘗其苦，是以撫基械兄弟姊妹十人，皆躬親勞勩者，誠恐負債爲兒女累也。先姚性慈和，好施與。御家人寬而有法，不加疾遽，而人自畏服。生平與人言無齟齬，有身受其恩而以怨報者，亦不與較。尤不喜言人短，或有以人失德事告者，必正色止之，且戒後勿復言。光緒戊戌後，吾父以清泉學官兼主常寧礦務，家以稍瞻，先姚粗衣糲食，不改常度。居署中，每食未嘗用重肉，雖至是始置婢媼，得稍安逸，然終不以居官署爲樂，或語及家園，輒勸吾父作歸計。歲癸卯，巡撫趙公爾巽調吾父入主省局,乃挈眷歸,歸四年而先妣卒。年六十有九,丁未七月十四日也。先是吾父於三十年前夢至一室,室中鏡高數尺,旁有杜鵑花一株,落紅滿地。吾父服四品官服坐鏡中。醒謂先妣曰:'杜鵑名斷腸花,非休徵也。予若官至四品,恐於汝不利。'先妣笑曰:'君以一貧士,安所得四品官耶?'後大府以吾父教官不能轄全省礦務,遂疏請以分部主事加三品銜、賞二等商勛。先妣愀然語諸子曰:'吾其死矣。夫蓋汝父之夢無不驗也。'基楲以吉語慰解之,不意其驗之速也。時基楲與伯兄尚在常寧,吾母心望其歸而口終不言。卒之前一日,顧吾父曰:'"綠楊門外即天涯",此何人詩也?'他不復問,明日遂瞑。基楲等聞狀馳歸,已不及六日,時秋暑未退,已瀕渴葬矣。天乎痛哉!"(《瞻蘆堂文鈔》卷二,頁五至八)

曾廣鈞《蒃畦於光緒乙亥冬夜,夢至一園杜鵑花零落滿地,一小軒榜曰"安分知止之館"。懸巨鏡寫入了了,則貂冠華裾。君語張夫人,設遇增秩,君當無幸。及君晉四品之歲,果悼亡。又嘗夢登所居珠泉草廬舍後山,長松千章,風聲謖謖,有茅屋汎掃雅潔,及卜夫人佳城恰當其處。君固不樂進取,夫人亦每舉榜語風諫,夫明識若此而蹈中壽,妖夢是踐,名論空留,廖君能無慨於懷耶? 敬述彤徽,以題琴羨,將使漆園傲吏塞旦宅之悲,猗蘭仙宅罷潛英之石》詩兩首,其一:"夢中魂魄戀新豐,先爲佳人覓殯宮。溝水參差憐海燕,布裙操作嘆梁鴻。菩提無樹依明鏡,丈室飛花惹繡絨。莫道繁華不消歇,請觀零落映山紅。湘中杜鵑花俗名。"其二:"天風寥落海聲涼,并入松濤作斷腸。人羨征西題翠碣,我憐方朔盜玄霜。蕭鸞十子難忘母,謝鳳諸孫更累郎。聞道平生勸偕隱,悔教花誥促津梁。"(《珠泉草廬師友錄》冊一卷三,頁三九至四十)

《寧鄉衡田廖氏五修族譜》:"配張氏……光緒三十三年丁未七月十四日卯時没,葬橫田灣春泉堂後山,與夫樹蘅合冢,居左

同向。"(《寧鄉衡田廖氏五修族譜》卷十七,頁二十)

《民國寧鄉縣志·故事編·女士傳·才德》:"樹蘅繼妻張,善事兩姑。夫官清泉訓導,以治官礦起家,張屢以知止請退休,治家不惡而嚴。先是樹蘅夢對鏡衣四品服,而地有落花,甫晉秩,張受封遂逝。"(《民國寧鄉縣志》冊二,頁九○一)

【簡注】

(1) 夢松仙館:即廖樹蘅夫人張清河於清光緒三十三年七月十四日(1907年8月22日)卒後歸葬地,位於湖南省寧鄉縣衡田灣廖氏春泉堂住屋後山。民國十二年五月二十七日(1923年7月10日),廖樹蘅辭世後,於是年十一月與夫人合葬於此。《民國寧鄉縣志》云:"自大霧山北岐爲四支,爲清安廟、柞樹塘、長塘冲、爐七冲,左右諸山皆距烏江南數里而盡。最北橫田水下游之西有'兩寡嵩'。廖樹蘅墓在橫田水西,珠泉草廬後。"(《民國寧鄉縣志》冊一,頁九○)《民國寧鄉縣志·故事編·禮教錄》:"清分部主事、宜章訓導廖樹蘅墓,在七都四區橫田廖家老屋後山。"(《民國寧鄉縣志》冊一,頁四三一)

(2) "青嶂會爲身後冢"句:語出陸游《新晴泛舟至近村偶得雙鯽而歸》:"青嶂會爲身後冢,扁舟聊作畫中人。"青嶂:如屏障的青山。會:聚合在一起。

(3) "蒼龍猶是種時松"句:由蘇軾《竹閣》"白鶴不留歸後語,蒼龍猶是種時孫"句衍化而來。蒼龍:形容山嶺或樹木的青蒼和起伏不定。此處指廖氏春泉堂住屋後山中青翠的林木。

挽王小憨之母劉氏聯

陔草油油，羨膝前潔養有人，續學同符伯厚；

徽音穆穆，悵此後升堂拜母，經幃不見宣文。

【説明】

此聯録自《聯語摭餘》，頁二十二至二十三。

對於王小憨之母劉氏，《寧鄉東湖王氏六修族譜》有云："定諤：名煥長子。字邁千，號侃廷，別號源湖。行一。邑庠生。清嘉慶元年丙辰六月初七巳時生，咸豐八年戊午十二月初三戌時卒，生平孝友博學。葬五都四區上楊梅灣，亥巳向。配劉玉潤女，生平謙退自守，卑己下人。清嘉慶元年丙辰十二月二十四子時生，光緒十一年乙酉十一月十一辰時卒，葬本邑二都十區樓臺山下玉碑山，艮坤兼丑未向。子五：鴻文、渭文、渚文、溈文、泳文。"（《寧鄉東湖王氏六修族譜·命爵房惺公派下系譜》，頁九）

王小憨之母卒於清光緒十一年乙酉十一月十一日（1885年12月16日），故知此聯當撰於是年。

【簡注】

（1）王小憨：即王鴻文，小憨爲其號。清湖南省寧鄉縣五都人。縣學生。著有《唐詩鏡》，宣統二年（1910）寧鄉衡田廖氏刻本。《寧鄉東湖王氏六修族譜》："鴻文：定諤長子。原名冕文，字冠英，改字範吾，號嘯莽，一號小憨。行一。由廩生、貢生即選訓導，保教諭，例授文林郎，例晉奉直大夫。清嘉慶二十五年庚辰五月十二未時生，光緒十七年辛卯十二月十五子時卒，葬五都四

區菱角塘。"(《寧鄉東湖王氏六修族譜·命爵房惺公派下系譜》，頁十五)

(2)陇草油油：語出晉代束皙《補亡詩·南陇》："循彼南陇，厥草油油。"陇草，長在田埂上的草。油油，形容濃密而飽滿潤澤。

(3)潔養：清潔奉養。

(4)"績學同符伯厚"句：績學，謂治理學問，亦指學問淵博。宋代蔡襄《觀天馬圖》："自秦滅漢興，綴文績學，德業彬然，獨董仲舒而已。"伯厚：王應麟之字。王應麟(1223—1296)：字伯厚，號深寧居士，又號厚齋。慶元府鄞縣(今浙江省寧波市鄞州區)人。宋理宗淳祐元年(1241)進士，後任徽州知府、禮部尚書等職。爲學宗朱熹，涉獵經史百家、天文地理，熟悉掌故制度，長於考證。著有《三字經》《困學紀聞》《小學紺珠》《深寧集》《詩地理考》等。此處以王小憨與王應麟作比。

(5)徽音穆穆：徽音，指令聞美譽。穆穆，指儀容或言語和美。

(6)"悵此後升堂拜母"句：悵，形容失意、不痛快的樣子。升堂拜母：指雙方共結爲通家之好，也作"登堂拜母"。此處指拜見對方的母親。升，即登上之意。《三國志·吳書·周瑜傳》："堅子策，與瑜同年，獨相友善，瑜推道南大宅以舍策，升堂拜母，有無通共。"

(7)"經幃不見宣文"句：經幃，指經筵。宣文：即宋氏(283—?)，前秦女經學家，太常韋逞之母。家傳周官學。符堅曾令學生一百二十人從她受業，使周官學得以保存流傳。時人稱爲"宣文君"。此處以宣文與王小憨之母劉氏作比。

挽黄忠浩之母聯

不遑將母，玉節頻移，嘆游子歸來，一寸春暉雙血淚；

急景雕年，金護遐老，看駿鸞仙去，彌天冰霰萬梅花。

【説明】

此聯録自《聯語撷餘》，頁二十三。

廖樹蘅與黄忠浩相識於長沙陳氏閑園，時間約在光緒四年（1878）。後來黄忠浩出任湖南西路礦務公司總理，作爲礦業同仁，廖樹蘅與之相見日多，交誼日厚。光緒二十四年（1898）十一月底，廖樹蘅與黄忠浩相見於湘礦總局，後於長沙金盤嶺道別，各自歸里。光緒二十九年（1903）八月下旬，廖樹蘅接黄忠浩來函，告之湘撫趙爾巽面諭，謂“湘礦關係重要，誼當勉力從公”。是年九月，爲有效開發沅邵一帶的錦礦，黄忠浩委派弟弟黄忠績赴衡陽拜訪廖樹蘅，商討礦務開采事宜。廖樹蘅復書黄忠浩，告之“以散應之，不必專取一處，暫時不宜大辦”。光緒三十年（1904）二月底、三月初，廖樹蘅偕黄忠浩同游嶽麓山，并贈之以詩。次日，黄忠浩將家鄉出産的蘭花兩盤回贈廖樹蘅。黄忠浩《黄提督書札》曰：“葰畡先生大人執事：昨陪麓山之游甚快，尤自幸積病之軀，一試腰脚，尚未大憊。歸於燈下展讀惠篇，花生口吻，至夜分未休。惟慚少既失學，近復改途入武，戎馬奔馳，不知何者爲風雅事，致登高迄不能賦，無以爲桃李報酬。途間見先生語及敝鄉産蘭，若有餘欣，適故鄉人挈送兩盆，花時甫過，蘭孫猶環繞其旁，正惜敝盧狹隘，前蓄者已多郁殞，用特轉貢玉堂，免致失所，亦士爲知己者用之意也。相見兩必瓯然。手肅。敬頌吟安。愚弟黄忠浩頓首。”（《珠泉草盧師友録》册三卷九，頁九）

光緒三十四年（1908）秋，黄忠浩出任四川兵備、教練兩處總辦,兼督練公所總參議。在黃忠浩赴川就任前夕,廖樹蘅賦詩送行。廖樹蘅《送黃忠浩任四川提督》兩首,其一:"卅年前識黃公覆,白袷談兵正少年。抵掌桐陰猶昨莫,別來滄海幾推遷。風塵百戰聲名在,鐃吹三軍斥堠連。揩眼有人瞻事業,高樓岌嶪正籌邊。"其二:"桂管剛回落日戈,兜鍪旋照錦江波。翹關豈少巴圖魯,名士能當曳落河。白雪西山連衛藏,綠林权槩蘊岷嶓。毛椎盾鼻何輕重,能耐艱難便足多。"(《珠泉草廬詩後集》卷一,頁十四至十五)

清宣統三年九月初一日(1911 年 10 月 22 日),長沙新軍起義,廖樹蘅倉卒出城返回寧鄉衡田珠泉草廬。九月初,聞黃忠浩死難之耗,廖樹蘅作詩悼之。廖樹蘅《九月朔,湘垣燹亂,倉促出城,得能標黃君死難之耗,擬此悼之》:"側耳長空急電過,冥冥氛祲滿關河。何人竟賊來君叔,曳足曾哀馬伏波。灞上軍容誠戲耳,市門譏譟敢誰何。萇弘碧血無人掃,蕉萃幽蘭引淚多。饋余建蘭兩盆,自君蒙難盡萎,不勝人琴之感。"(《珠泉草廬詩後集》卷二,頁十)

【簡注】

(1) 黃忠浩(1859—1911):字澤生。清湖南省黔陽縣人。光緒戊子(1888)優貢。光緒二十三年(1897)參與湖南礦務,與喻光容等合資開采黔陽金礦和漵浦、芷江等處鉛礦,因無效而終。光緒二十八年(1902)赴日本考察礦政和軍事,回湘後創辦沅豐礦務總公司,任總公司經理。二十九年(1903),沅豐、阜湘合并爲湖南全省礦務總公司,下分西、中、南三路公司,黃忠浩任西路公司總理。光緒三十年(1904),奉旨鎮壓廣西會黨,不久即授狼山鎮總兵,後改署右江鎮總兵。光緒三十四年(1908)秋,受趙爾巽之召,赴任四川兵備、教練兩處總辦,兼督練公所總參議。宣統二年(1910)署理四川提督。宣統三年(1911)離川回湘,投入立憲運動。隨即長沙新軍發動起義,黃忠浩被新軍殺害。後人輯有《黃黔陽遺詩》。

（2）不遑將母:語出《詩·小雅·四牡》:"王事靡盬,不遑啓處。"不遑,指沒有時間,來不及。將:奉養、贍養。此處指黃忠浩長期供職於外,沒有時間親身奉養母親。

（3）玉節頻移:玉節,原意指玉製的符節,後指持節赴任的官員。此處指黃忠浩頻頻得到升遷。

（4）一寸春暉:由"寸草春暉"一詞化用而來。喻兒女對父母的深恩所報甚少。清代董元凱《沁園春·寸草》詞:"色想羅裙,葉成書帶,一小春暉報未曾。"春暉,指春光、春陽,比喻母愛。

（5）急景雕年:景,通"影",指光陰。雕,即雕零之意。形容光陰迅速,一年將盡。語出南朝宋鮑照《舞鶴賦》:"於是窮陰殺節,急景雕年,涼沙振野,箕風動天。"

（6）金蘐遽老:蘐,通"萱"。古代通常以"椿"指父,以"萱"指母。萱是宿根草本植物,花爲桔黃色,所以美稱"金萱"。遽老:倉猝辭世。

（7）驂鸞仙去:驂鸞,謂仙人駕馭鸞鳥雲游。仙去,亦作僊去,指成仙而去,去世,爲死的婉辭。

（8）"彌天冰霰萬梅花"句:冰霰,指下雪前或下雪時降落的白色小冰粒。此句指漫天的冰霰紛紛揚揚,如同萬千的梅花飄零而落,其景格外蕭穆哀傷。

挽胡湘春之配柳氏聯

拔釵沽酒,落葉添薪,賤日極艱劬,誦元微之《遺悲懷》,三章知槁砧;

情難自已,撫膝御寬,交族親以謹,讀王介甫《仙源君》，一誄惟碩人。

【説明】

此聯録自《聯語摭餘》，頁二十三。其云："胡湘春之配柳：
'拔釵……碩人。'德可庶幾。"原聯中爲"交族親謹"，應脱一字，
當作"交族親以謹"。

廖基械《臨安縣知縣胡公湘春傳》："君姓胡氏，諱湘春，字卣
笙。湖南寧鄉人。……清宣統末年，吏部授君臨安縣事，未赴任
而遜位詔下，乃棄官歸，歸三年卒，年八十有一，共和三年二月某
日也。……配柳宜人，柔順温惠，先二十年没。"（《瞻麓堂文鈔》
卷一，頁五二至五三）民國三年（1914）二月，胡湘春卒，而柳宜人
先其二十年没，故其卒於 1894 年，即光緒二十年。可知此聯亦
撰於是年。

【簡注】

(1)"拔釵沽酒，落葉添薪"句：語出唐代元稹《遣悲懷三首》
其一："顧我無衣搜藎篋，泥他沽酒拔金釵。野蔬充膳甘長藿，落
葉添薪仰古槐。"拔釵沽酒，指拔下頭上金釵去換錢買酒。落葉
添薪，指添點落葉做柴火。此二句皆指貧困的生活狀況。

(2)賤日艱勤：賤日，意爲貧賤之時。唐代王維《西施詠》詩：
"賤日豈殊衆，貴來方悟稀。"艱勤：艱辛勞苦。南朝齊蕭子良《上
武帝請加贈豫章王嶷啓》："奉上無艱勤之貌，接下無毀傷之容。"

(3)元微之：即元稹（779—831），微之爲其字，別字威明。唐
代河南洛陽人。元稹少有才名。貞元九年（793）明經及第，授左
拾遺，進入河中幕府，擢校書郎，遷監察御史。一度拜相，出任同
州刺史，入爲尚書右丞。太和四年（830），任武昌軍節度使。次
年去世，追贈尚書右仆射。元稹與白居易同科及第，結爲終生詩
友，共同倡導新樂府運動，世稱"元白"，形成"元和體"。著有《元

氏長慶集》傳世。

（4）《遣悲懷》：元稹的組詩作品，共三首。其詩重在傷悼已故的原配妻子韋叢。第一首詩追憶往日的艱苦處境和妻子的體貼關懷，表達共貧賤而未能共富貴的遺憾；第二首緊承上首，描寫妻子死後的情景，以施舍舊衣、憐惜婢仆寄托深切的哀思；第三首因妻子的早逝而慨嘆人生的短暫，一死便成永別，抒發沒有窮盡的長恨，突出悲懷，深化主題。全詩直抒胸臆，樸素自然，以淺近通俗的語言和娓娓動人的描繪，抒寫纏綿哀痛的真情，是古代悼亡詩之代表作。

（5）三章知槁砧：三章，指元稹的《遣悲懷》詩三首。槁砧：農村常用的鍘草工具。槁指稻草，砧指墊在下面的砧板。後以“槁砧”爲婦女稱丈夫的隱語。

（6）“撫媵御寬，交族親以謹”句：語出宋代王安石《謝絳夫人夏侯氏墓碣》：“夫人以順爲婦，而交族親以謹；以嚴爲母，而撫媵御以寬。”意思是對待姬妾很寬容，交往同族親屬很謹慎。媵御，古代婚禮中男女雙方的侍從；姬妾。族親，指同族的親屬。

（7）王介甫：即王安石（1021—1086），字介甫，號半山。江西撫州臨川人。北宋著名思想家、政治家、文學家、改革家。慶曆二年（1042）進士及第，歷任揚州簽判、鄞縣知縣、舒州通判等職。熙寧年間，任參知政事，後拜相，主持變法。後遭罷相，新法皆廢，病逝於鍾山，追贈太傅。紹聖元年（1094），謚號“文”，故世稱“王文公”。有《王臨川集》《臨川集拾遺》等存世。

（8）《仙源君》：指王安石所作《仙源縣太君夏侯氏墓碣》文，見《臨川文集》卷九十九《墓志》。仙源，縣名。宋大中祥符五年（1012）閏十月，宋真宗以祖黃帝生於壽丘（曲阜城東舊縣村），下詔令改曲阜爲仙源縣，將縣治徙往壽丘，并建造景靈宮，以奉祀黃帝，特定仙源縣官由孔子後裔充任。縣太君：爲古代婦女封號。唐制，四品官之妻爲郡君，五品爲縣君。其母邑號，皆加太君。宋代群臣之母封號有國太夫人、郡太夫人、郡太君、縣太君等。

（9）一誄惟碩人：誄：文體名，又稱誄文、誄辭、誄狀、誄詞，哀祭文之一種，叙述死者生平。其起源於西周的賜謚制度。最早有記載的誄，是《禮記·檀弓上》。碩人：賢德之人。

挽萍鄉喻庶三之母聯

食苦教良子成名，州壤清風壓芹莧；
挂席溯淥江歸葬，汀洲接伴有湘君。

【説明】

此聯録自《聯語摭餘》，頁二十三。

喻庶三之母卒於清光緒三十四年（1908），故知此聯當撰於是年。

【簡注】

（1）喻庶三：即喻兆藩（1862—1920），庶三爲其字。江西省上栗縣人。清光緒己丑（1889）科進士，選翰林院庶吉士。光緒二十九年（1903）補寧波知府。三十一年（1905）籌資 3 萬兩白銀，成立萍鄉瓷業有限公司，自任總辦。三十二年（1906）補杭州知府，升寧紹臺海防兵備道。光緒三十四年（1908），因母病故歸家守孝。民國九年（1920）卒於里第。著有《問津録》《温故録》《既雨軒詩鈔》等。喻兆藩與晚清詩壇巨擘陳三立爲同科進士，後又結爲兒女親家，即陳三立之子陳隆恪娶喻兆藩之女爲妻。喻兆藩卒後，陳三立作《哭喻庶三》詩。

（2）“食苦教良子成名”句：指喻母遭受磨難，悉心教導喻兆藩成爲有官德文名之人。食苦,遭受磨難之意。

（3）州壤清風:州壤,指州里、鄉里。清風:清新的風。此處指良好的家風。

（4）"挂席溯渌江歸葬"句:挂席,猶挂帆。溯:逆着水流的方向走,逆水而行。渌江:又名"渌水",爲湘江支流。發源於江西省萍鄉市千拉嶺南麓,向西流經湖南省醴陵市、株洲縣等地,在渌口鎮匯入湘江。

（5）"汀洲接伴有湘君"句:汀洲,指水中的小洲。接伴:原意指接待外國使臣,此處指故里接待游宦在外的鄉人。湘君:即湘水神,爲堯之二女,謂之湘君。《楚辭・九歌・湘君》:"君不行兮夷猶,蹇誰留兮中洲。"漢代王逸注:"君謂湘君……所留蓋謂此堯之二女也。"洪興祖補注:"逸以湘君爲湘水神,而謂留湘君於中洲者二女也。"

挽張振襄繼室成氏聯

和熊畫荻,阿嬰卅載劬勞,最憐游子匍歸,寸草春暉嗟已晚;

蓋篋荆釵,槁砧屢傷懷抱,誰料瀼西人日,細雨梅花又斷魂。

【説明】

此聯録自《聯語摭餘》,頁二十三。

張振襄（1860—1936）:字綏嵐。晚清民國時湖南省寧鄉縣二都四區窯里人。寧鄉瑤里張氏。清諸生。攻詩詞善文章。曾在常寧水口山礦務局司筆札十六年。其爲廖樹蘅夫人張清河共曾祖的堂弟。瑤里張氏以商貿起家,清乾、嘉之時,富甲一縣。

與廖氏世代姻親。張振襄與廖基栻年相若,來往亦多,《瞻麓堂詩鈔》中即收錄與張振襄有關的詩四題六首。

如:廖基栻《秋日書懷柬張綏南六舅,兼憶去秋園亭清宴之樂》,共三首。其一:"瀟瀟莫雨寒籬菊,天遣離懷郁不開。茗飲爲搜文字盡,秋聲遥帶寒鴻來。十年煉賦雕蟲技,九日呼鷹戲馬臺。畢竟豪游勝枯坐,遲君同覆掌中杯。"其二:"黄橙金橘繞長廊,曾劃園亭作醉鄉。樺燭彈棋共坡穎,疏簾穿月沸笙簧。鮮鱗夜膾浮蛆熟,紫蠏分持晚菊香。猶記宵闌重賭韻,銀燈清照井欄霜。"其三:"潮落青林舊夢蕉,江樓寒雨一燈孤。音書絶徼瞻雲雁,時序關心感隙駒。學道未應鉛槧苦,澆胸端合酒杯呼。天涯砧杵方愁絶,那更商飆下井梧。"(《瞻麓堂詩鈔》卷二,頁九)

《秋日懷張綏南舅》:"萬山蒼翠赴樓臺,晦霧連雲逐曉開。瀑氣遠涵人影立,秋風遥曳雁聲來。每逢佳日思良覿,獨對黄花瀉舊醅。爲憶湘城談笑地,戍樓鼙鼓夜如雷。"(廖基栻《瞻麓堂詩鈔》卷三,頁十二)

《寺中獨坐,喜綏南舅至,談論達旦》:"款門來舊雨,一笑遽相迎。古刹三秋暮,空階黄葉聲。相看抛卷帙,久話盡平生。不寐看殘月,輝輝照北楹。"(廖基栻《瞻麓堂詩鈔》卷三,頁十三)

《季海弟偕張綏南舅買舟歸里,連夜不寐,忽得舟中寄書已抵湘潭,悵然有作》:"野柝驚厖夜欲闌,一鐙愁對雨聲寒。宵深鴻雁傳書至,老去情懷惜別難。撩耳疏砧催木落,故園叢菊定秋殘。扁舟早晚湘西渡,紅樹青山鏡裏看。"(廖基栻《瞻麓堂詩鈔》卷六,頁十一)

光緒二十五年(1899),廖基栻在常寧水口山組建宜江詩社,參加唱和者有廖基植、姚庭熙、張振襄、彭菊舫等人,其唱和詩收錄在《宜江唱和集》中。廖基栻《宜江唱和詩序》云:"予與伯兄輒相屬和,而綏南、菊舫又賡而續之,一月之間所得不下數百首,遂都爲一編以志斯會之樂,而其中俛仰之深情,交誼之篤洽,亦於

斯可見,非特舉酒談笑已也。"(廖基械《瞻麓堂文鈔》,頁八)

《瞻麓堂文鈔》收録有兩篇與張振襄有關的文字。分別是《送張六舅之湖北序》和《張綏嵐先生傳》,分別從不同角度記述了張振襄的人生軌跡。廖基械《送張六舅之湖北序》:"窮於世,迫於室家妻子之累,而欲謀衣食於千里之外,此士之不得志者之所爲也。窮於世而欲謀衣食於外,得以覽其山川、人物、風俗之殊,廣交其鄉之賢士大夫與夫魁傑岸異之才,此又士之不得志者之所樂也。舅氏張君綏南,少與予同學,甚相得,其性行誠篤,充所學足以有爲,迫於室家之累,將有湖北之行,予懼其憂幽抑郁有不能自得者,故爲文以贈之,冀其有以自主。武昌爲吳楚形勝之區,東接江皖,西通巴蜀,南極洞庭、瀟湘之地,江漢之水匯流於其中,商賈之翔集,人物之異狀,文人騷客之往來,皆足以拓胸臆而長見聞,君異日行履其邦,吾知其必有得於中,而於予言益有合也。"(《瞻麓堂文鈔》卷一,頁三二至三三)

廖基械《張綏嵐先生傳》:"張君綏嵐既没之三年,適其族續修家乘,其孤子興棟、興構以狀來,乞爲君傳。君於基械爲舅氏,行又總角交也,叙次其生平而爲之傳。君諱振襄,字綏嵐,湖南寧鄉人。其先世有某某者,於明末由江西遷寧鄉宋家鋪,至六世祖星若,由宋家鋪遷瑤里,其子孔厚以質商起家,富甲一縣,再傳至敬宜,爲君曾祖,復由瑤里遷居山底。祖星六,父運罿。張氏老輩多讀書,并多莒穎俊秀之士,詩文秀麗有奇氣。然厄於命,多不售,且不永年。至君與其弟拔襄,始先後入學爲諸生,拔襄旋食廩餼。君生而淳篤,讀書務冥思,爲文不自矜重,自然合度。尤工小楷,日可作萬餘字無違誤。君向不作詩,爲予兄弟牽率,時有唱和,佳者已選入《宜陽唱酬集》矣。性簡率,能受直言,與予兄弟交,時有爭辨,予兄弟或過慁,亦不吾斥。然予兄弟有過,即面責之不少貸。性孝友,祖母李孺人年老多病,難於伏侍,病時必得家人環坐,乃豫君日夜侍側,以代親勞。病已,乃入塾讀書。父晚年病痿，不良於行，然病久思動，君爲制木榻，足安小輪，與兩弟更番推運，室内外皆可游觀，其父亦忘其爲病也。會歲饑，鄉間富室居蓄自奇，民無從得食，君以自食之穀，傾其半出糶。是時，君尚無力及此，故貧民感之尤甚。君嘗一游武昌，冀謀微禄養親，而所如不合，遂浩然以歸。光緒丙申，吾父主辦常寧礦務，招君司筆札，在事十六年，月俸之外，未苟得一錢。人或笑其爲愚，君曰：'財可苟得，予不患貧矣。'人以是益高君之行。君教子嚴，三子均有幹才，長興幹，湖南高等學堂畢業，臨湘縣知事，早卒。君卒於丙子正月十日，享年七十有六。論曰：'予與君交六十年矣，其間天時、人事之變遷不知凡幾，而我兩人相交之情，未嘗或變。然非予能交君，實君能交予，予何以得此於君哉？今執筆爲君傳，而感愴無已也。'"（《瞻簏堂文鈔》卷二，頁十五至十六）

【簡注】

（1）和熊畫荻：和熊，唐代柳仲郢母韓氏，以熊膽和丸，令仲郢咀嚼，以助勤讀。畫荻：宋代歐陽修四歲而孤，家貧，母親鄭氏以荻管畫地寫字，教其讀書。後以"畫荻"爲稱頌母教之典。荻，蘆葦一類的禾本植物。

（2）阿嬰劬勞：阿嬰，古人對母親的稱呼。劬勞：勞苦、苦累之意。也指父母撫養兒女的勞累。

（3）游子匍歸：游子，指離家遠游的人。語出《漢書·高帝紀下》："游子悲故鄉。"杜甫《夢李白》詩之二："浮雲終日行，游子久不至。"匍歸：像爬行一樣地回來，言指在外生活之不易。

（4）"寸草春暉嗟已晚"句：寸草，指小草。小草微薄的心意報答不了春日陽光的深情，比喻父母的恩情難報萬一。語出唐代孟郊《游子吟》詩："誰言寸草心，報得三春暉。"嗟已晚：感嘆太晚了。

(5) 蕙篋荆釵：蕙篋，指用蕙草編織的箱子。荆釵：荆枝制作的髻釵。古代貧家婦女常用之，借指貧家婦女。

(6)"槁砧屢傷懷抱"句：槁砧，參閱本卷之《挽胡湘春之配柳氏聯》。懷抱：此處指心胸。

(7) 瀼西人日：瀼西，指四川奉節瀼水西岸地。唐代杜甫居夔州時，曾遷居於此，并作有《瀼西寒望》詩："瞿塘春欲至，定卜瀼西居。"人日：指農曆正月初七。

(8)"細雨梅花又斷魂"句：細雨中梅花開放，又暗自斷魂。語出蘇軾《正月二十日往岐亭郡人潘古郭三人送余於女王城東禪莊院》詩："去年今日關山路，細雨梅花正斷魂。"

挽仁和姚銘三之配黄氏聯

保族全城，巾幗躬丈夫之事，綬帶衍螽斯猶未也；
劬身耐瘁，菲祿由儉穀而生，承天膺象服亦宜哉。

【説明】

此聯録自《聯語摭餘》，頁二十三。

清光緒二十七年(1901)十月，姚銘三太守之配、舉人姚潤吾之母黄太夫人八十壽辰，是年夏末、初秋間，廖樹蘅撰《姚母黄太夫人八秩壽序》以祝。其文曰："樹蘅誦詩至'無非無儀，唯酒食是議'，竊以謂言各有當，此殆爲婦人處順者云爾。若夫際家道之曲艱、生人之蹇厄，惟是率中饋恒職，不思出險濟變，以求合夫承天代終之誼，則亦非地道之正矣。吾於姚母黄太夫人有得而稱焉。太夫人故通議大夫銘三太守之德配，現任廣東永安縣知縣篤生明府、甲午科舉人潤吾孝廉、湖南候補巡檢緝吾少府、國子監生溥臣上舍之賢母也。姚氏故浙東右姓，中更衰落，至太守

君益微。始以孤童育於外家楊氏，太夫人之來歸也，即楊氏家成
禮。甫逾月，太守君隨其舅氏習幕蜀中，留太夫人依楊氏，居杭
州，饔飧之供朝不謀夕。太夫人不欲以此累戚屬，凡夫疏布之
衣、粗糲之食、賓祀問遺之瑣瑣，悉取資於十指，復以其餘致腆於
夫之外祖母。由是內外姻黨靡不稱姚家新婦之賢。杭州擅絲枲
之利，據湖山之勝，嘉、道以前鑾輿屢經臨幸，增榮益觀，自成豐
豫。自粵寇俶擾南服，據金陵為偽都，蘇、杭居其下游，疆臣悉率
以供金陵之師，以為增北府之防，塞皖南之阻，寇不敢東向以窺
吾圉，人人恃以無恐，太夫人獨憂之。杭俗多停棺不葬，往往積
數十年庋置僧院。時太守君之母柩亦淹寄寺中，太夫人知杭當
受兵，亟稱貸於人以營葬事，不足則撤簪珥以佐之，或有譏為不
亟之務者，太夫人不恤也。居無何，太守君遣人以書問迎之入
蜀。當是時，烽火遍江淮，蜀居長江上游，溯江上峽，水陸九千
里，風濤之震蕩、徑路之崛險、猿狄貙虎之狂攫而驚嗥，昔人狀其
行路之難於上青天，所親咸危之，群相尼止，太夫人卒不顧而行。
凡七閱月始得達，時杭州已陷於寇，昔之穹宮巨觀、高楣大第并
成煨燼，楊氏亦闔門殉焉。每當深夜惝惝，疏燈絮語，太守君既
蓋然於鄉土之難未有窮極，尤深感太夫人智燭幾先，妥先魄而離
危禍，得有此相見之一日也。及太守君就官湖南，未及一月，即
奉轉餉安慶之檄。時江上戰事方棘，往返必須繞避，又初至，貲
用乏絕，意頗趑趄。太夫人曰：'此事他人不屬而專屬君，是上之
人以君為才也。事濟當蒙昒睞，家食不足，吾寧節縮以供之，行
矣其無疑。'太守君遂行。及還役，果以此受知大府，不數年歷宰
赤緊，薦升牧守，聲績由此愈隆。當官宜章時，粵寇逾嶺來犯，公
私赤立，太守君拊循綏緝，晝夜督兵民登陴固守。事亟時，家人
勸太夫人方舟順流避居長沙，太夫人慨然曰：'主君誼不負國，吾
輩焉可負主君？設無幸，園池止水吾與若并畢命於此矣。'已而
援師集，城得無損，於是人皆服太夫人處義之精。自是太守君凡

有澤及民物之事，太夫人必力贊成之。其他施及姻親周急拯危之事，不勝枚舉。太守君故廉吏，入仕多年不名一錢，無幾微交謫。惟日以勤儉自約敕，灑掃補綴，爲之不厭。子女勸其節勞，則曰：'吾自安之，無所謂苦也。'太守君有男子子四人，女子子五人，惟篤生、潤吾爲太夫人出，餘子生母并早世，鞠育婚嫁胥太夫人任之，諸子亦孝敬愉愉，感母氏之劬，各有所成立。以故太守君下世已十年，家聲無替於舊。樹蘅凤聞闓德，近與緝吾習，益知其詳。一日緝吾請於余曰：'今年十月爲吾母八秩壽期，稱觴於吾兄永安官舍，庭熙羈留湘上，不獲隨諸昆登堂進爵，博吾母口之歡，顧丐先生一言書之屏幛，俾弟庭燾持歸，陳之堂上，藉伸望雲遥祝之思，先生其無辭。'樹蘅唯唯，惟愧梼昧無文，不能發皇徽音，謹摭懿行之大者叙之，以塞緝吾之請，爲太夫人晉一觴焉。"（《珠泉草廬文録》卷一）

【簡注】

(1) 仁和：古地名。北宋太平興國四年(979)，改錢江縣爲仁和縣。民國元年(1912)二月，廢杭州府，以原錢塘、仁和縣地并置杭縣，直屬浙江省，并爲省會所在地。自此，仁和地名不存。

(2) "保族全城，巾幗躬丈夫之事"句：指太平軍進犯湘南宜章縣時，家人勸黃氏避居長沙，黃氏慨然與宜章同在之事。躬：自身，親自。

(3) "緩帶衍螽斯猶未也"句：指繁衍後代子孫滿堂，還沒有完呀。緩帶：寬束衣帶。形容悠閑自在，從容不迫。《穀梁傳·文公十八年》："姪娣者，不孤子之意也。一人有子，三人緩帶。"衍：延續。螽斯：昆蟲名，産卵極多。

(4) 劬身耐瘁：指身體過分勞累，但是經得起辛苦疲勞。

(5) "萬禄由儉觳而生"句：萬禄，猶福禄。萬，通"福"。《詩·大雅·卷阿》："萬禄爾康矣。"儉觳：節儉刻苦。《新唐書·

令狐峘傳》:"其奉君親,皆以儉穀爲無窮計。"

(6)"承天膺象服亦宜哉"句:承天,指承奉天道。膺:接受,承當。象服:古代貴族婦女穿的一種禮服,上面繪有各種圖形作爲裝飾。

挽鄭少尉之婦王氏聯(一)

不是內人斜,如何新冢落花,艷骨頓成蘭麝土;
最憐崇讓宅,依舊雨簾芳樹,西風愁絕玉谿生。

【説明】

此聯録自《聯語摭餘》,頁二十三。其文云:"寧州鄭少尉,十年前同客陳氏長沙閑園,余因省墓漣西,遇於龍城義園。值其悼亡,書此挽之:'不是……谿生。'"又,《聯語摭餘》中云"十年前同客陳氏長沙閑園",廖樹蘅"客陳氏長沙閑園"是在光緒三、四年時,而本聯按語中則謂爲"十年前",可知此聯或作於光緒十三年(1887),且在是年清明廖樹蘅"省墓漣西"之時。

【簡注】

(1)少尉:清代時縣典史的別稱。

(2)省墓漣西:廖樹蘅曾祖父廖錦江夫婦於道光十二年(1832)由寧鄉衡田改葬湘鄉金鷄山、燕子巖。廖樹蘅於光緒十三年(1887)清明時赴湘鄉謁墓。因墓位於漣水河西,故此稱之。

(3)龍城:湖南省湘鄉縣治城的別稱。探究"龍城"一名之來由,有幾種説法:一説漣水發源於龍山,故縣治名龍城。二説湘鄉舊城格局爲"三街九巷十八弄",盤回蜿蜒如龍,街道鋪條形石板,狀如龍腹,兩側鑲嵌卵石,形如龍鱗,故稱"龍城"。三説源於一個古老傳説。相傳遠古時漣水有一條蛟龍常常作惡,致使兩岸生靈塗炭。蛟龍後來被雲門寺觀音菩薩所收服。但是鄉民仍會在每年農曆二月龍擡頭的日子,祭祀水伯、河神與蛟龍,以求平安。

(4)内人斜:秦朝京城咸陽舊墙内埋葬宫女的地方。《類説》卷四引《秦京雜記》:"咸陽舊墙内謂之内人斜,官人死者葬之,長二三里,風雨聞歌哭聲。"

(5)新冢落花:新堆成的墳墓,散落着傷心的花瓣。

(6)"艷骨頓成蘭麝土"句:語出唐代詩人皮日休《館娃宫懷古》:"艷骨已成蘭麝土,宫墙依舊壓層崖。"此句原意爲:吴王夫差曾爲西施築館娃宫,如今西施已故,宫殿成爲遺迹。艷骨:女人之身骨,詩中即指西施。蘭麝土:言泥土如蘭麝。蘭麝:蘭與麝香,指名貴的香料。

(7)最憐崇讓宅:最憐,指最讓人感到淒清悲傷。崇讓宅:指唐代詩人李商隱的岳父、涇原節度使王茂元在東都洛陽崇讓坊的宅邸,詩人和妻子曾在此居住。李商隱之妻卒於大中五年(851)夏秋間。大中十一年正月在洛陽時,李商隱作《正月崇讓宅》,以悼念亡妻。

(8)雨簾芳樹:語出李商隱《燕臺·夏》詩:"前閣雨簾愁不卷,後堂芳樹陰陰見。"雨簾:擋雨的簾子。芳樹:泛指佳木;花木。

(9)"西風愁絶玉谿生"句:西風愁絶,比喻相思愁絶之情和清冷之意。西風,原指從西面吹來的風,此處喻指因人離世而導致家庭突然發生變故。愁絶:指極端憂愁。杜甫《自京赴奉先縣詠懷五百字》詩:"沈飲聊自遣,放歌頗愁絶。"玉谿生,即李商隱的别號。李商隱,字義山,號玉谿生、樊南生。原籍河内懷州(今河南省沁陽縣)。詩作文學價值極高,其與杜牧被稱爲"小李杜",與温庭筠合稱爲"温李"。

挽鄭少尉之婦王氏聯（二）

碧鸞仙姹難回，總當他妖夢無憑，艷骨頓成蘭麝土；
綠繡笙囊猶在，最凄絕湘簾疏地，西風愁煞玉溪生。

【説明】

本聯録自廖樹蘅撰《衡田詩文鈔》，清光緒四年（1878）自編本。又，據《聯語摭餘》云：“寧州鄭少尉，十年前同客陳氏長沙閑園，余因省墓漣西，遇於龍城義園。值其悼亡，書此挽之。”由此來看，廖樹蘅《衡田詩文鈔》中所書此聯，當爲後來補録者。《寧鄉歷史文化叢書卷八·書畫擷英》《走近壩塘》等亦收録此聯。

【簡注】

（1）侍生：舊時對於同輩或晚輩的婦人，在名帖和聯幛上都稱“侍生”。《稱謂録》卷三十二：“今於挽婦人聯幛中概稱侍生。”

（2）“碧鸞仙姹難回”句：指仙女乘鸞鳳而去。碧鸞仙姹，意爲駕碧鸞的仙女。《説文解字·女部》：“姹，少女也。”王勃《游廟山賦》：“懷妙童與玉女，想青螭及碧鸞。”《鴈門尚書行》：“經秋不化冰霜冷，二女何年駕碧鸞。”

（3）妖夢：反常之夢；妖妄之夢。《左傳·僖公十五年》：“寡人之從君而西也，亦晉之妖夢是踐。”杜預注：“狐突不寐而與神言，故謂之妖夢。”

（4）無憑：沒有憑據。

（5）“綠繡笙囊猶在”句：指生者每睹物思人。綠繡笙囊：語出李商隱《河陽詩》：“綠繡笙囊不見人，蛺蝶飛回木綿薄。”或指以綠色絲綫繡着圖案的笙囊（包裹笙簧的袋子）。古人詩文中，

“笙囊”常與“緑”關聯。李商隱詩：“塵尾紅絲館，笙囊緑繡槃。”清代鄒祗謨詩：“蘭缸照出梭兒玉，流蘇閑挂笙囊緑。”陳維崧詩：“笙囊緑掩，濃笑釵痕閃。”

（6）湘簾踠地：湘簾，即用湘妃竹做的簾子。宋代范成大《夜宴曲》詩：“明瓊翠帶湘簾斑，風幙繡浪千飛鸞。”踠地：屈曲斜垂著地貌。北周庾信《楊柳歌》詩：“河邊楊柳百丈枝，別有長條踠地垂。”

（7）愁煞：同“愁殺”，意爲使人極爲愁苦、思念。煞，表示程度之深。

挽長沙張仲卣之婦聯

紫泥封印猶新，那堪隨宦歸來，寶瑟方酣俄輟響；
緑繡笙囊仍在，可奈華年夫壻，湘簾踠地更無人。

【説明】

此聯録自《聯語摭餘》，頁二十三至二十四。

【簡注】

（1）張仲卣：即張式恭，仲卣爲其字。湖南省長沙市人。張祖同子。曾官廣東順德知縣。

（2）紫泥封：即紫泥書，古人以泥封書信，泥上蓋印。唐代武元衡《送崔舍人起居》詩：“赤墀同拜紫泥封，駟牡連徵侍九重。”

（3）那堪：怎能經受。

（4）“寶瑟方酣俄輟響”句：原指寶瑟彈奏得最激越的時候，突然間停止了聲響。此處指張仲卣之婦猝然離世。寶瑟，瑟的美稱。《漢書・金日磾傳》：“何羅褎白刃從東箱上，見日磾，色變，走趨臥內欲入，行觸寶瑟，僵。"

（5）華年：青春年華，指青年時代。語出李商隱《錦瑟》詩："錦瑟無端五十弦，一弦一柱思華年。"

挽族女某聯

天壤有王郎，一家羯末封胡，我慚阿大；
衰門育賢女，畢生慈淑恭儉，趾美瀧阡。

【説明】

此聯録自《聯語摭餘》，頁二十四。其云："族女適黃，其夫以任子得官，早逝，事重闈有賢名：'天壤……瀧阡。'"

【簡注】

（1）任子：因父兄的功績，得保被授予官職。《漢書·王吉傳》："今使俗吏得任子弟，率多驕驁，不通古今……宜明選求賢，除任子之令。"顏師古注引張晏曰："子弟以父兄任爲郎。"

（2）重闈：舊稱父母或祖父母。

（3）天壤王郎：天壤，指天地之間，即人世間。王郎：指晉代王凝之。意爲天地之間竟有這種人。原是謝道蘊輕視其丈夫王凝之的話，後比喻對丈夫不滿意。

（4）羯末封胡：語出《晉書·列女傳·王凝之妻謝氏》，均爲兄弟的小名。羯，指謝玄；末，指謝琰；封，指謝韶；胡，指謝朗。現用作稱美兄弟子侄之詞。

（5）我慚阿大：慚，指感到難爲情。阿大：稱子女中排行最大者。

（6）衰門：衰落的門户。常作謙詞。《宋書·謝瞻傳》："弟年始三十,志用凡近,榮冠臺府,位任顯密,福過災生,其應無遠。特乞降黜,以保衰門。”

（7）慈淑恭儉：慈淑,指母儀慈善,賢淑之意。恭儉:恭謹儉約。

（8）趾美瀧阡：趾美,謂繼承發揚前輩的事業和美德。明代歸有光《丘恭人七十壽序》:“其有子若孫,能趾美前人。”瀧阡:指《瀧岡阡表》,爲歐陽修的代表作,被譽爲中國古代三大祭文之一。此篇爲歐陽修在其父卒後六十年所作的墓表,作者在文中盛贊父親孝順仁厚、母親儉約并安於貧賤。

挽洪維善之配聯

蘇澤堂前橘,君山寺裏茶,頻年隨宦天涯,父子歸裝餘土物;

茂先女史箴,敬姜勞逸論,一瞬駸鸞仙界,宣文經術冷紗幬。

【説明】

此聯録自《聯語摭餘》,頁二十四。其云:“同里化州知州洪維善之配、巴陵訓導汝滋之母:‘蘇澤……紗幬。’”聯中之“洪維善”,即洪惟善。

《民國寧鄉縣志·故事編·先民傳二十九·清》:“霈,字雲浦,以軍功授廣東開建知縣,歷署連平、化州、長寧、歸善,有惠政。霈子汝滋,初以諸生官巴陵訓導,旋舉光緒甲午鄉試。”(《民國寧鄉縣志》册二,頁七一〇)又,《民國寧鄉縣志·故事編·先民傳四十五·清》:“洪惟善,字葆卿。定升兄子。定升統長勝軍,惟善贊其軍事。石達開圍寶慶,定升戰没,惟善奮入敵陣,奪

忠骸歸。圍解，擢縣丞。咸豐十年，提督田興恕督師入黔，延入
幕。隨克龍塘走馬坪，解黎平圍。叙功以知縣留黔補用，賞藍
翎。同治元年，以討平大定、石阡狆苗功，升直隸州知州，換花
翎。興恕權巡撫，惟善每有匡陳，不聽，謝病歸。五年，高連升率
軍入粵，招惟善總營務。六年隨入陝，叠破同官、宜君、洛川一帶
回股，保升知府。連升繩營中哥匪急，惟善謂急則生變，連升不
從。又以惟善書生，未嘗臨陣。適大股叛回至，連升以己所乘輿
舁之使迎戰，而少予之兵。惟善坦然坐輿中以進，回疑統帥親
出，又見兵少，疑有伏，大駭奔。惟善收其牛馬器械而旋。劉典
檄惟善入幕，去未旬，而果軍叛變，幕僚多及於難。惟善躬往收
斂遺骸，遣送歸里。……左宗棠聞其賢，檄調入甘，授階州直隸
州，令兼帶楚勇。……在官六年，以父母年老乞歸養，屢檄不起。
家居惟閉戶讀書。光緒十四年卒。疾革，以未終母養，遺令以素
服殮。長子汝湘，候選州同知。次汝灝，庠生。"(《民國寧鄉縣
志》冊二，頁八一七至八一八)

　　另外，《聯語摭餘》中曰洪維善與洪汝滋為父子，而《民國寧
鄉縣志》則曰洪汝滋父為洪霈。

【簡注】

　　(1) 同里：同鄉。《逸周書·大武》："四戚：一内姓，二外婚，
三友朋，四同里。"

　　(2) 化州：地名。位於廣東省西南部，素有橘鄉之稱。

　　(3) 巴陵：舊縣名。晉太康元年(280)置，治所在今湖南省岳
陽市境内。民國二年(1913)改名岳陽縣。

　　(4) 蘇澤堂前橘：明朝初年，化州有一位縣太爺，要衙役到十
餘里外的山中"鳳飲鳴泉"取水煎藥。陽春三月的一個風雨夜
晚，衙役取水困難，他便悄悄地從縣衙的金魚池中取水煎藥。這
藥服下後，縣太爺頓覺呼吸暢順，馬上止咳，一夜安寢。第二天，

縣太爺查問原因，衙役終於吐露真情。縣太爺實地考究，見縣衙的蘇澤堂前、金魚池旁有兩棵橘樹鮮花盛開，芳香撲鼻，恰好一個長滿白毛的橘果掉到水裏，隨着水波蕩漾。縣太爺懷疑昨夜的藥效是橘花和橘果的功能。於是采摘橘花和橘果照原單方配藥煎服，果然藥到病除，痰清咳止。橘紅利氣化痰，治好了縣太爺多年的痰涎咳嗽病的消息一傳開，百里內外，人人爭購橘紅。當時有詠橘紅詩云："幾樹玲瓏透夕陽，微風拂拭燦生光。珍珠翡翠今無用，驛使爭傳橘柚香。"

（5）君山寺裏茶：君山茶，産於湖南省洞庭湖中的君山島，爲中國十大名茶之一。

（6）茂先女史箴：茂先，即張華之字。范陽方城（今河北固安）人。西晉時期政治家、文學家。女史箴：張華以歷代賢記事迹所撰寫的文章。晉惠帝時，賈后專權善妒，張華作《女史箴》以諷諫，并借此教育宮廷婦女。女史，指古代女官名；箴即規勸之意。《女史箴》以歷代賢人事迹爲鑒戒，被當時奉爲"苦口陳箴、莊言警世"之名篇。

（7）敬姜勞逸論：敬姜，名戴己。齊國莒縣（今山東省莒縣）人。爲齊侯之女，姜姓，謚曰敬。據《烈女傳》載，敬姜適魯國大夫公父穆伯爲妻，生下公父文伯。通達知禮，德行光明。匡子過失，教以法理。仲尼（孔子）賢焉，列爲慈母。著有《論勞逸》，是春秋戰國時家訓的代表之作。

（8）宣文：參閱本卷之《挽王小憨之母劉氏聯》。

挽張雨珊簉室聯

按湘弦離恨，諸闋已縮柔腸，那堪老向詞場，小令重賡瑶瑟怨；

展長沙賢媛,一編又添佳傳,難得鞠成礦玉,天書頻濕武都泥。

【說明】

此聯錄自《聯語摭餘》,頁二十四。其云:"張雨珊箃室:'按湘……都泥。'《湘弦離恨詞》,張君悼其正室之作。"

廖基植讀張祖同所作《湘弦離恨詞》,頗有所感,於是作《念奴嬌》詞一闋。其詞云:"《湘弦離恨譜》,長沙張雨珊先生悼其亡室周宜人而作也。以萬紅友之綺詞,寫潘黃門之哀怨,鍾情既宕,結響斯繁,展誦再三,令人不忍卒讀。爰倚《念奴嬌》一闋,以代抒其哀云爾:'情根不斷,便絲絲吐出,怨煩詞咽。滿紙瓊瑰,誰省識,半是淚痕凝結。脂冷殘紅,膏淒餘黛,仿佛見顏色。一鐙如豆,寒窗把卷淒絕。 爲憶曩日風流,鬢邊眉角,情事那堪說。莫怪潘郎,憔悴甚,窈窕更饒貞德。月悄蘭閨,雨淋梧院,都是愁時節。百年如夢,有誰一霎拋得?'"(廖基植《紫藤花館詞鈔》,頁二)

【簡注】

(1)箃室:舊時稱妾。清代俞正燮《癸巳類稿·釋小補楚語笄內則總角義》:"小妻曰妾,曰嬬,曰姬,曰側室,曰箃室。"

(2)湘弦離恨:書名,即張祖同撰《湘弦離恨譜》,清光緒年間刻本,共收錄悼亡詞百餘闋。湘弦:即湘瑟。唐代韓愈《送靈師》詩:"四座感寂默,杳如奏湘弦。"

(3)縮:把東西盤繞起來打成結。

(4)"小令重賡瑤瑟怨"句:小令,詞調體式之一,指篇幅短小的詞,通常以五十八字以內的短詞爲小令,如《十六字令》《如夢令》等。重賡:連續唱和。瑤瑟怨:唐代詩人溫庭筠創作的一首七絶,是唐詩中膾炙人口的名篇之一。此詩描繪的是主人公寂寞難眠而鼓瑟聽瑟的各種感受,以表達別離之怨。

(5)鞠成磽玉:鞠成,指養育成長。磽:土質堅硬,不肥沃。

(6)武都泥:粘土做的泥團。在文物學上叫做"封泥"或者"泥封"。舊時人們的信件或文書均寫在竹木簡上,爲了防止別人拆開,都要用繩繫起來,而後用粘土打在這裹,再在粘土表面蓋上印章。清初詩人王士禛《寄李鄴園尚書二首》之二:"半壁東南功不細,天書頻下武都泥。"

挽龍知縣之室聯

相夫教子,并著循聲,本來湘上名家,紗幔清芬光煒管;
設色添毫,自成馨逸,定荷幾餘題句,老人恩遇儷南樓。

【説明】

此聯録自《聯語摭餘》,頁二十四。

【簡注】

(1)龍知縣:當指龍汝霖,字皞臣。清湖南省攸縣人。龍璋父。道光丙午(1846)科舉人。曾官山西汾沃、高平及江西鉛山等地知縣。著有《堅白齋集》。龍汝霖妻、龍璋母親許太夫人教子嚴厲有方,其任職沭陽縣時,太夫人"位官舍,督以問民疾苦,平反疑狀,使沭陽之民沐浴於慈母之化"。許太夫人卒於光緒三十三年(1907)。廖樹蘅此聯,亦或撰於是年。

(2)循聲:指有良好的聲譽。

(3)"紗幔清芬光煒管"句:紗幔,即紗帳。清芬,原意指清香,比喻高潔的德行。晉代陸機《文賦》:"詠世德之駿烈,誦先人

之清芬。"煒管：筆的美稱。語出《詩·邶風·静女》："彤管
有煒。"

（4）設色添毫：比喻文章經潤色後更加精彩。

（5）馨逸：形容書畫等美妙飄逸。清代鄭燮《儀真縣江村茶
社寄舍弟》："王逸少、虞世南書，字字馨逸，二公皆高年厚福。"

（6）"定荷幾餘題句"句：陳書（1660—1736）善畫，有《荷花》
等畫作存世，乾隆皇帝曾有《題陳書荷花》詩，即所謂"定荷幾餘
題句"。"定荷"對應的是"本來"，"來"是來自、出自，"荷"是承
蒙、擔得起。如康熙有詩句云："遥知長信開函日，定荷慈顏一
笑看。"

（7）"老人恩遇儷南樓"句："老人"，當指南樓老人陳書，字南
樓，號上元弟子，又號復庵，晚號南樓老人。清浙江省秀水縣人，
一作江蘇省南匯人。錢綸光妻、錢陳群母。讀書知禮，善畫花鳥
蟲草。家貧，賣畫自給，教子甚嚴，錢陳群曾作《夜紡授經圖》進
獻乾隆。有《復庵詩稿》存世。錢陳群（1685—1774），字主敬，號
香樹。清代浙江嘉興人。康熙辛丑（1721）進士，授編修，雍、乾
時久直南書房，充經筵講官，官至刑部侍郎，以疾罷歸，卒謚"文
端"。詩風淳樸，著有《香樹齋詩集》。

挽鄧承鼎之母聯

節孝之後必昌，嗣子能賢，一夔已足；
瀧岡之阡有待，大文垂世，異代同符。

【説明】

此聯録自《聯語撷餘》，頁二十四。其云："鄧承鼎之母，旌表
節孝張氏：'節孝……同符。'"

《民國寧鄉縣志·故事編·先民傳二十七·清》："鄧承鼎，字崎青。幼孤，與節母張相依爲命。稍長，從世父蛟讀畢十三經。甫弱冠，博治經史、方輿、詩文。光緒六年，陶方琦督學湖南，以試經古前列入學。張亨嘉督湘學，歲科兩試，皆以史地拔置第一，補廩膳生，調取讀書校經堂。嘗召侍左右，襄校試牘，旋貢成均。亨嘉以性行淑均，學期致用，保奏授訓導。十九年癸巳，中鄉試第三名舉人。會試，挑選國史館謄録，選華容縣訓導，以實學勵諸生。二十八年，督學柯劭忞保舉經濟特科，試保和殿取二等。復試報罷，回任。又三年舉卓異，遷永順教授。以母老辭不赴，轉升華容教諭。宣統三年歸，構則止樓，貯書甚富。卒年七十五。"（《民國寧鄉縣志》册二，頁七〇一）

民國十二年五月二十七日（1923 年 7 月 10 日），廖樹蘅在寧鄉衡田老屋辭世，鄧承鼎作《挽詩》三首，以寄哀思。其一："巖泉穴石噴珠泉，天爲才難使著書。辰告謀猷韜賈誼，子虛詞賦薄相知。光緒壬寅，鼎與先生同被經濟特科徵命，先生不赴。寒氈不誚先生冷，寶藏能時富媪儲。隴水浙潮都看遍，文龍詩虎老髯蘇。"其二："鶴唳晴宵迥絶塵，瑶林瓊樹藹芳辰。洞庭月出孤懷朗，衡嶽雲開滿座春。師席忝參前後輩，光緒季年，先生官清泉訓導，鼎任華容教職。典型長奉老成人。年來廣種東籬菊，我亦柴桑學逸民。"其三："挽犢深山署老農，此間真有避秦風。那堪扶杖王官日，猶在戈操同室中。丹旐倏驚歸閬苑，素箋含淚入詩筒。劍南遺集千秋業，團扇家家畫放翁。借句。"（《珠泉草廬師友録》册三卷十一，頁七九）

【簡注】

（1）鄧承鼎：字崎青。晚清民國時期湖南省寧鄉縣人。光緒癸巳（1893）科舉人。光緒二十八年（1902）冬與廖樹蘅同被保舉經濟特科。曾任華容訓導、教諭。辛亥革命後返歸故里，構則止樓藏書。有《陶村鄧氏家稿甄存》一卷(輯)、《史學得失林》、《沱江訓俗編》二卷、《鑒堂文草》四卷、《桐坡詩草》六卷、《鄧承鼎鄉試朱卷》、《通經表》一卷、《桐坡周甲社草》(輯)等存世。

(2) 旌表:古代統治者提倡德行的一種方式。自秦、漢以來,歷代王朝對義夫、節婦、孝子、賢人、隱逸以及累世同居等大加推崇,往往由地方官申報朝廷,獲准後則賜以匾額,或由官府爲造石坊,以彰顯其名聲氣節。

(3) 節孝之後:節孝,指貞節和孝順。後:後人或後代。

(4) 一夔:意思是僅有一足。

(5) 瀧岡之阡:指歐陽修撰《瀧岡阡表》。釋義參閱本卷之《挽族女某聯》。

(6) 異代同符:指在不同朝代同樣出現。

挽余堯衢箧室聯

八齡失恃,一慟填膺,桓序決劉敬宣充閭,具徵阿嬰善教;

豈似凡民,但稱慈母,東坡爲周夫人撰傳,都由宗愈能賢。

【説明】

此聯録自《聯語摭餘》,頁二十四。聯中原作"桓彥決劉敬宣充閭",當爲刊刻之誤,實應爲"桓序決劉敬宣充閭"。

清光緒末年至宣統年間,廖樹蘅與余肇康同在長沙,彼此往來頻繁,這在廖樹蘅所撰《珠泉草廬日記》及詩文集中亦多可見。如《珠泉草廬詩後集》中即收録有《壽余堯衢母夫人九十》。廖樹蘅《珠泉草廬日記》光緒元年八月三十日:"晨,雨甚,旋止旋

作。……堯衢參議署名遍告同人,以日午赴席祠致祭張文襄公,
因雨甚未赴,且向無此例。自學界設追悼會以弔其黨,於是祭王
文誠於浙江館,此次復踵行之,遂成故事。"(《珠泉草廬日記》卷
己酉,頁三十七至四十)廖、余亦有詩詞唱和。光緒三十三年
(1907),瞿鴻禨被劾開除回籍,在長沙潮宗街築超覽樓以居,并
在園中植櫻花,春間邀詩友雅集,賞櫻賦詩以爲樂。宣統二年三
月三日(1910年4月1日),瞿鴻禨招廖樹蘅、王闓運、黃自元、余
肇康、龍璋、曾廣鈞、譚延闓、程頌萬、汪頌年、朱荷生等於瞿宅賞
櫻花。廖樹蘅《上巳,瞿相公招同湘綺先生賞櫻花,賦詩索和,擬
此奉答》:"潭州相公忠孝家,進御不取姚黃花。獨於城東五畮
宅,繞墻柳茁黃金芽。園中紅紫紛爛漫,辛夷文杏枝交加。就中
櫻花更殊特,海東移種來長沙。嫣紅著雨呈笑靨,粉面宜睇籠輕
霞。儘教興臺到桃李,居然解語侔仙葩。我聞牡丹傳種自永嘉,
竹間水際露妍華。名花晚出愈足重,此卉行且遍天涯。主人命
醅恣豪賞,酒龍詩虎紛騰拏。海棠顛任市人發,柘枝舞惜豪門
奢。新詩眎予墨痕斜,豪端春色人爭誇。會當裝池籠碧紗,虛堂
日日支畫叉。"(《珠泉草廬詩後集》卷二,頁五至六)

余肇康《余肇康日記》宣統三年三月:"初十日,上午陰,下午
雨。……《上巳止盦協揆招同湘綺老人、黃敬輿、廖笙陔、程子
大、龍研仙、曾重伯、汪頌年、朱荷生、譚組安諸君集超覽樓,賦日
本櫻花歌,依韻奉酬,呈柬同座》:相公耆好酸鹹殊,遍栽群芳柢
名姝。慘綠嫣紅不當意,謂自鄶下吾幾無。春莫之初曰上巳,我
從諸公過其廬。大開東閣逸游譠,嘗窗秀到雙倭株。相公清節
興所重,而乃積此千珍珠。秾如桃華蘸樸翅,艷如杏靨黏嶧聚。
含嫣欲語如有待,忍俊不禁合給扶。心捧爭效顰西施,目逆共送
姣姣都。紛紛紅綻雨更肥,濯濯玉立泥不污。我聞東瀛此最盛,
十里百里天爲朱。每當花開劇良會,蕃梁雜奏紛朵宇。中原牡
丹亦國花,我欲持以較夫夫。若胡許大若胡小,孰爲居朝孰浩

儒。彼都同域亞細亞,神州天下之澳區。逾淮橘乃化爲枳,強趙服或易成胡。士官成城競就學,士官成城,皆日本學堂中國學生率動此留歸。越國不役思蒓菰。俎皇軍旅無一可,恐律瑕疵鮮或瑜。諸公同醉衆香國,荷後一渾可與廬。一花萬里兒在目,博物何必誇乘桴。從來天變道亦變,齊魯奚惜觚哉觚。我對此花別有意,本草海客談瀛迂。秋風高高老圃澹,遲公再敞哪家廚。相看黃花杏晚節,趁兹姿嬌定不如。"(《余肇康日記》册二,頁一〇五七至一〇五九)

【簡注】

(1) 余堯衢:即余肇康(1854—1930),堯衢爲其字,號敏齋,晚號倦癡老人。湖南省長沙縣人。清光緒丙戌(1886)科進士。先後官武昌、漢陽知府,山東、江西按察使。光緒三十二年(1906)因南昌教案罷官。後起復,授法部左參議。以姻家軍機大臣瞿鴻機罷官受牽連而免職。回湘後任湖南粵漢鐵路總公司總理,主持修築長株段鐵路。辛亥革命後不問世事。民國十六年(1927)遷居上海,不久病卒。著有《敏齋隨筆》。

(2) 失恃:指母親去世。語出《詩・小雅・蓼莪》:"無父何怙,無母何恃。"

(3) 一慟填膺:一慟,指一聲痛哭,言極悲哀。填膺:充塞於胸中。

(4) "桓序決劉敬宣充閭"句:桓序,表字不詳,譙國龍亢(今安徽懷遠)人。東晉江州刺史桓雲之子。官至宣城内史。劉敬宣(371—415):字萬壽。徐州彭城(今江蘇徐州)人。東晉末年將領。漢楚元王劉交後裔。祖父劉建,征虜將軍。父親劉牢之,鎮北將軍。劉敬宣八歲喪母,晝夜號泣,兄弟姐妹都覺得他很奇異。輔國將軍桓序鎮蕪湖,劉牢之參序軍事。四月八日,劉敬宣見衆人灌佛,於是摘下頭上的金鏡以爲母親行灌佛禮,痛哭不能自已,桓序嘆息着對劉牢之説:"卿此兒既爲家之孝子,必爲國之忠臣。"劉敬宣起家爲王恭前軍參軍,又參會稽王世子司馬元顯征虜軍事。充閭:光大門庭。《晉書・賈充傳》:"賈充,字公閭……(父逵)晚始生充,言後當有充閭之慶,故以爲名字焉。"

(5)阿甕善教:劉敬宣的母親善於教養孩子。善教:善於教育。《禮記・學記》:"善歌者使人繼其聲,善教者使人繼其志。"

(6)"東坡爲周夫人撰傳"句:指蘇軾所撰《胡完夫母周夫人挽詞》,其云:"教子通經古所賢,安貧守道節尤堅。當熊遣烈傳家世,投燭諸郎慰眼前。不待金花書誥命,忽驚玉樹掩新阡。凱風吹棘君休詠,我亦孤懷一泫然。"

(7)宗愈能賢:宗愈,指胡宗愈,字完夫。宋代常州晉陵人。宋仁宗嘉祐四年(1059)進士。神宗時累官同知諫院,反對王安石用李定爲御史,出通判真州。哲宗元祐初,累進給事中、御史中丞,進《君子無黨論》,拜尚書右丞。劉安世等合攻之,出知陳州,徙成都府,蜀人安其政。召爲禮部尚書,遷吏部。卒諡"簡修",一曰"修簡"。能賢:有才能而又有道德者。《左傳・隱公三年》:"先君以寡人爲賢,使主社稷,若棄德不讓,是廢先君之舉也,豈曰能賢?"

挽外孫女梅焯孝聯

福慧本難雙,如此聰明寧耐久;
老懷原易惡,那堪殤逝重愁予。

【説明】

此聯録自徐一士所撰《女詩人廖基瑜》一文。其云:"長女焯孝,穎悟過人,通文史,尤工書法,凡名人之字,見即能摹寫逼真,

學何紹基極神似,適劉氏,民國四年卒,年二十二。……又樹蘅
聯云:'福慧……愁予。'"(《大風旬刊(香港)》第九期,1938 年 5
月 25 日)

《寧鄉晚紫村梅氏續修族譜·二十二世系表》:"毅傑,字雯
青,行八。……女三,長:焯孝,適劉世模。"(《寧鄉晚紫村梅氏續
修族譜》册十,頁三十至三一)

【簡注】

(1) 福慧本難雙:人生福慧本來難以雙全。福慧,指福德與
智慧。隋煬帝《遣使入天台山爲智顗建功德願文》:"設以辯才,
千萬億偈,贊師福慧,終不能盡。"

(2) 寧耐久:寧,豈、難道。耐久:能持久。《新唐書·武平一
傳》:"日用折平一曰:'君文章固耐久,若言經,則敗績矣。'"

(3) 老懷原易惡:由宋代徐鹿卿《湛泉送客》詩"中年懷易惡,
更聽斷腸聲"句衍化而來。老懷:老年人的心懷。宋代楊萬里
《和蕭伯和韻》詩:"桃李何忙開又零,老懷易感掃還生。"原易惡:
原本容易變壞。

(4) 殤逝:夭折。一般用來感嘆美好的事物在最美好的年華
就逝去了,其中夾雜着很多無奈、感傷以及無限的惋惜之情。

(5) 重愁予:明代謝榛《立秋夜有感》詩:"秋生一葉初,搖落
重愁予。"此處意爲使我更加愁苦煩悶。

附録一　楹聯故事

廖蓀畡"碧梧""紅豆"慰知心

廖蓀畡,清咸豐年間秀才,文名重於一時,自幼胸懷遠志。曾游湘軍提督周達武幕,歷覽關原,大開視野,在其一生事業中卓有成就。

廖在家居時曾戲擬一上聯,不凡志慨即已見一斑:

家種碧梧枝,一邊棲鳳,一邊棲凰,鳳凰不效鷦鷯飛,鷦鷯休向鳳凰借;

出幅既成,一時無以爲對,適有友人來訪,遂求之續以下聯。友人亦懷才未遇之士,故爾郁郁而多苦衷。冥搜良久不就。忽聞窗外燕語喃喃,雀聲唧唧,驀見庭前曬有紅豆一盤,小鷄時來啄食,遂欣欣然有喜色道:好,我且一小試,萬勿見笑:

盤攤紅豆粒,許多養燕,許多養雀,燕雀安知鴻鵠志,鴻鵠莫爲燕雀欺。

道罷,二人拊掌大笑。

【説明】

此則楹聯故事録自湖南省寧鄉縣政協學習文史委員會編輯《寧鄉文史第八輯・潙寧耆舊聯選》之附録《楚潙詩話》,1994年12月内刊本,頁三七〇。

【簡注】

(1)"家種碧梧枝,一邊棲鳳,一邊棲凰"句:語出杜甫《秋興八首》之八："香稻啄餘鸚鵡粒,碧梧棲老鳳凰枝。"

（2）"鳳凰不效鷦鶄飛"句：語出樂府《空城雀》："本與鷦鶄群,不隨鳳凰族。"鷦鶄：鳥名,似黄雀而小,善鳴唱。

（3）紅豆：相思子的俗稱。

（4）"燕雀安知鴻鵠志"句：語出《史記·陳涉世家》,又見《莊子·內篇·逍遥游》。

附録二　廖樹蘅輯聯

題大潙山密印寺聯

佚　名

雷雨護龍湫，洗鉢安禪，昨夜夢伽藍微笑；
松花迷鹿徑，鳴鐘入定，何人知節度重來。

【説明】

此聯録自《聯語擷餘》，頁三十。廖樹蘅自云："《附録縣人舊撰》：吾鄉人多工聯語，録數首以資共賞。大潙山密印禪林云："雷雨……重來。'不著撰者姓名。"

光緒三十二年正月初七至十五（1906 年 1 月 31 日—2 月 8 日），廖樹蘅邀王闓運往游潙山，兩人探幽覓古，相與賦詩，成就一段潙山佳話。

王闓運《湘綺樓日記》光緒三十二年丙午正月人日："得蕘畯書，約至其家。天氣未爲佳，既約不便辭改，且扶病去。夜檢衣被，便還山也。"八日："陰，頗寒，幸無雨。待廖迎力未至，以爲改期。晏起，聞夫力已來。便昇至永興街，又換一力，出城渡水陸洲，二渡已將午矣。小憩龍王市。從柏葉鋪過楊厚庵墓前，宿黄泥鋪。徑路幽静，亦時有昇擔，但無年景，店亦可住。"九日："朝晴見日，風起俄陰。出善化境，五里油草鋪，入寧鄉。欲尋智亭逗留之地，無可問矣。卅里至龍鳳山，周尚書祠在山北，童家屋稍在其南。山更在山，非高山，蓋葬家名之耳。又五里，廖遣人來迎，昇至南田亭。又遣燈迎，時尚未昏。行十里，至横田廖家。蕘畯迎於門。又見一客，云王章永，字杖雲，王學士之族曾孫，新化教諭。廖二、四、五、六子皆在家，出見。婦女饌具潔清，舊家風也。然有更夫,則又官派。"十日:"陰。晨起蓀畡已興,議游溈山。杖雲告歸,早飯後去。游廖園,樓旁一室甚佳,樓不可住,房屋在古今之間,小坐,仍還廖書房,圍爐雜談,書門匾一額,五郎請書聯一幅。設正酒,客去無陪賓,蓀畡外孫梅童子十歲,云知西歷史。及二、五、六郎同坐。良農不出,似熊師家,蓋不接俗客耳。"十一日:"晴。本約晨發,朝食後已巳初矣。蓀畡爲我雇舁夫、挑子,共四名,自用八名,并隨丁二人,計十六人。上道,從田壠出停鐘橋,云斷卡壠舊有寺,寺僧夢老翁云:'明日上升,請無鳴鐘鼓相驚。'次日大雨雷電,白氣彌空,僧訝其異,鳴鐘鼓助之,倏大震,龍墮,水湧没寺,僧亦漂死。今有和尚橋及沈鼓潭,皆其故迹,未記其時。蓀畡云:'采鐵地陷所裂,今湘潭下灣、常寧水口山,皆有其比。'小憩佃户家喫茶。五十里渡溈水,飯於雙梟鋪,通安化鋪路,湘鄂軍援邵自此進。廿里宿橫鋪市,劉克庵次子有錢店在焉。近因捕盜防讎,欲建堡城。去市二里許,有雲山書院,今改學堂。"十二日:"庚辰,立春。朝霜大晴,至午陰雲。廿里飯黄柴,云黄木江。《溈山志》云:唐敕建密印寺,材木自此入山,故名。大中年賜額也,初曰應禪,後建同慶,今曰大溈。山皆循溈左行,平沙坦途,林壑幽勝,余評之曰蕭寒,蓀畡云清深。十里至鄢灣,李湘洲稱其杉竹。十里渡溈西。大約往來頻渡,東西其大略耳。至同慶寺,過門未入,急欲見溈山。過二阜,皆不峻絶,然頗盤亘。初入山,五色飛嵐,甚似廬山五老峰,第二重少遜,亦自幽静。到溈山寺門,乃不知何者爲溈山。村人送龍燈,不入寺門,余亦未便舁入。與蓀畡步入,知客寮二僧知客湘鄉忍吾、湘陰佛巖。留宿設食,蓀畡云:'齋僧一堂,不取飯錢。'未入方丈,宿僧值寮。"十三日:"住持僧寄雲來接客,同飯客寮,同游溈源觀瀑流。傳云巖泉入石池,散爲蓮花。其説甚誕。有三流皆不成瀑,無因激散也。在寺南可六里,亦非溈源,陶記似在一山,尤誕矣。溈出益陽,今屬安化,此泉入溈,以寺名盛,因移山水耳。還寺午齋，遂行。放參一堂，用錢三千。過同慶寺，看唐碑，已折，商於蓀畡立之。僧訴江姓占僧塔，欲謀挂掃，皆癡也。循來路至皇木江，蓀畡急欲歸，促行。夜進至橫鋪宿。夜雨。"十四日："晨發，欲一日還家，路滑不得駛。至東鶩山，蓀畡已偕黃少春武廟宿客，强余夜談，且息夫力，遂止不前。飯後，看灰湯，不成池，其垢穢也。至紫龍寺買鴨，云此處鴨骨獨有髓。余因悟'東鶩'，冬鶩也，野鳧、家鶩，亦或通名。此有湯泉，鳧多宿止，或有異種流傳，爲灰湯鴨。蓀畡贈余二雙，聊賦一律，爲潙鴨故實。又至蔣安陽祠，并祀劉將軍，蓀畡云是劉敏。夜宿關祠。"十五日："元夕佳節，早與蓀畡分袂各歸，蓀五十里，余百里，自以爲不至。天氣晴暄，節景甚闊。時時逢鄉儺，魚龍漫延。行五十里至冷水井，過坳稍高。四十里飯郭家亭，前下四鋪，偶見告示，詢知即湘潭七都地，喜知地近，遂從銀田寺馳還。到寺已暮，急行十里至靈官廟，見月，月中行廿里到家，憊矣。野月不及家月明，山家又不及城中月，此理無人説過。鄉人聞余歸，歡喜送燈，月西乃至，自出接之。龍去乃睡。睡醒猶未曙也。與書謝蓀畡。"十六日："晨晴，大風，巳正微雨。以五姐饗廖傭，謝遣令還，各酬四百錢。"按：良農指公四子基懋，字稚蓀。(《珠泉草廬師友録　珠泉草廬文録》，頁 101 至 103)

　　廖樹蘅《自輯年譜》："光緒三十二年丙午正月初九日，王湘綺先生自省城來，邀作潙山游。十一日啓行，宿橫市。十二日，黃材早尖，申刻抵密印寺。(寺門楹聯云：雷雨護龍湫，洗鉢安禪，昨夜夢伽藍微笑；松花迷鹿徑，鳴鐘入定，何人知節度重來。)十三日，方丈寄雲陪觀伏鉢曇花泉。春晴水涸，非復飛花濺雪之觀。泉之左爲香嚴巖，遍生忍冬花。十四日，渡潙水，經灘山鋪穿麥田，未刻至灰湯關廟。飯後偕湘綺觀湯泉，夜宿廟中。十五日，早起，與湘綺分袂，回湘潭雲湖橋，計百里。余以午後歸家。連日湘綺皆有詩索和，余不工，步韻勉應之。"(《廖樹蘅詩文集》

册下,頁 576 至 577)

王闓運《立春前一日,同廖蔯畡游溈山,道中即事》:"華嶽歸來又看山,喜隨良友共追攀。春風隔日先舒柳,晴岫開煙乍整鬟。地有林泉雙映帶,路隨塍塆九回環。知君新歲尋詩思,早在丹崖翠藹間。""平沙修竹度溈西,行近靈山路轉迷。疊翠幾重飛黛色,盤蛇一道引丹梯。橫橋仿佛過靈隱,結社相將到虎溪。更向南崖尋瀑布,凈瓶公案與重提。"(《珠泉草廬師友録　珠泉草廬文録》,頁 26)

王闓運《與廖蔯畡先生游溈山,同宿密印寺,尋山至香泉而返》:"善游不期勞,山水養余心。既聞靈泉勝,志在雲巖深。曲折隨清川,掩映度巒林。三重秀曾阻,丹翠交嵐陰。望崖凌天表,轉步曠超臨。平田若仙源,雞犬答和音。樵采有時逢,爲我豁塵襟。暫來參玄理,欲往窮幽尋。綿途信寥廓,端坐玩嶇嵚。"(《珠泉草廬師友録　珠泉草廬文録》,頁 26)

王闓運《蔯畡同看湯泉,因贈四鴨籠歸賦謝》:"東鶩山前冬鶩肥,湯泉温暖養毛衣。久聞下箸用鵝炙,莫惜隨籠別鷺磯。舊例珍羞煩驛致,新河餘粟損戎機。老來補骨須真髓,猶恐摩尼見火飛。"(《珠泉草廬師友録　珠泉草廬文録》,頁 26)

廖樹蘅《丙午人日,湘綺先生自長沙來,邀游溈山,途中作詩屬和,次韻奉酬》:"夢想西溈萬笏山,春風華髮共躋扳。百年游事廑鄉衮,明崇禎時,湘潭李文莊與縣人陶幼調同游溈山。一路煙巒聳髻鬟。幽壑轉雷神澒灑,袈裟鋪地水田環。聞香我亦尋源客,徑欲移家到此間。""石頭路滑倏東西,回首仙都望欲迷。掃塔有禪參白骨,升天無術覓丹梯。斷碑生粟經千載,香水和煙漱一溪。歸對桃花成獨笑,寒山密藏莫輕提。"(《廖樹蘅詩文集》册下,頁 113 至 114)

廖樹蘅《湯泉鴨一首,次湘綺韻》:"湯泉温暖渚雲肥,鴨浴晴波刷羽衣。不道籠鵝僧院客,卻來冬鶩釣人磯。新河座上曾分

巘，洄曲軍中大合圍。養髓不應頻折箠，由來囚鳥不忘飛。"（《廖樹蘅詩文集》册下，頁114）

【簡注】

（1）大潙山：指潙山，潙水的發源地。因舜帝之子潙到此而得名。地跨湖南省寧鄉縣西北，北鄰桃江縣，西接安化縣，最高處爲雪峰頂，海拔927米。潙山人傑地靈，人文薈萃。盆地西北側的毗盧峰下，有千年古刹密印寺，是中國佛教禪宗五派之一潙仰宗的祖庭。

（2）密印禪林：即密印寺。位於寧鄉潙山毗盧峰下。這裏綠野平疇，流水淙淙，清風習習。青松、翠竹、銀杏、紅楓相映成趣，風光秀美。密印寺是潙仰宗祖庭，其開山祖師爲高僧靈佑禪師。唐憲宗元和十五年（820），靈佑來到潙山，結廬爲庵，傳經説法。密印寺創建一千多年來，歷經朝代更迭，屢遭兵火，又多次重建。現存建築有山門、大殿（萬佛殿）、後殿、配殿、禪堂、祖堂等。

（3）雷雨護龍湫：雷雨，由積雨雲形成的一種天氣現象，降水伴隨着閃電和雷聲。《易·解》："天地解而雷雨作。"護：守護。龍湫：上有懸瀑、下有深潭，謂之龍湫。

（4）洗鉢安禪：洗鉢，指禪林中用食終了，清洗鉢盂，稱爲洗鉢。安禪：佛教語，指静坐入定，俗稱打坐。南朝梁張纘《南征賦》："尋太傅之故宅，今築室以安禪。"

（5）伽藍："僧伽藍摩"的簡稱。漢譯爲衆園，就是僧衆所居住的園庭，亦即寺院。佛説有十八神保護伽藍，即美音、梵音、天鼓、嘆妙、嘆美、摩妙、雷音、師子、妙嘆、梵響、人音、佛奴、頌德、廣目、妙眼、徹聽、徹視、遍視，統稱伽藍聖衆菩薩。

（6）松花迷鹿徑：松花，亦作"松華"。松樹的花。迷：辨認不清。鹿徑：鹿走過的小道。

（7）鳴鐘入定：鳴鐘，即敲鐘。《國語·晉語五》："乃使旁告於諸侯，治兵振旅，鳴鐘鼓，以至於宋。"此處指寺院的鐘聲。入定：即入於禪定。僧人修行的一種方法，端坐閉眼，心神專注。有時得道者的示寂，也稱爲入定。

（8）節度：指裴休曾任宣武軍節度使。裴休（791—864）：字公美。河内濟源（今河南省濟源市）人。唐朝中晚期名將、書法家，浙東觀察使裴肅次子，歷官兵部侍郎、同平章事、宣武節度使、荆南節度使等職，晚年官至吏部尚書，加太子少師。

題靖港紫雲宮戲臺聯

周蓮舫

看溈水西來，百里雲山，恰要此樓臺鎖住；
唱大江東去，三湘煙雨，全憑他笙管吹開。

【説明】

此聯録自《聯語摭餘》，頁三十。廖樹蘅云："溈水入湘之口，瀕湘有紫雲宮，甚宏麗，其戲臺聯云：'看溈……吹開。'傳係周封翁蓮舫明經之作。"

周蓮舫：即周封萬。《民國寧鄉縣志·故事編·先民傳二十八·清》："周封萬，字蓉舫，含萬弟也。貌魁梧，膽氣過人。每友朋宴集，抗論古今事，一座皆屈。嘉慶二十四己卯，舉於鄉。大挑，以教諭候選。父勝舉，善治生。晚年以財分授諸子，獨攜封萬同居。道光壬戌，赴京會試。父忽病，日夜望其歸，聞簾影風聲，輒驚呼'封萬'名不置。及罷歸，父已先没。封萬引爲大戚，以母老不復進取。家多藏書，日手鉛槧，取名家專集校讎，或費重資别購典籍，終歲不釋卷。教士先器識，後文藝。從游甚眾，多成名。晚年游江浙，歷龍湫、雁蕩諸名山，益豪放自憙。所至輒有題詠。平生好義舉,道林濱靳江,爲潭寧通衢,每春水甚漲,行人病步,封萬斥資倡建石橋。道光己酉,大饑,減糶救鄉里。卒年六十四。封萬故與長沙舉人熊少牧交善,詩多唱和。卒後,少牧作《故友頌》哀之。"(《民國寧鄉縣志》冊二,頁七〇四)

【簡注】

(1) 溈水入湘之口:指靖港,位於今湖南省長沙市望城區境内。

(2) 紫雲宮:位於靖港古鎮東頭,溈水入湘江之北側,始建於清乾隆年間,主祀民間傳説中的平浪王楊泗將軍,又稱楊泗廟。同時祭祀儒釋道三教和民間諸神。可謂是集宗教、民間信仰和本地神仙於一體的復合廟宇。紫雲宮宮殿檐牙高啄,鐵馬叮咚,琉璃瓦蓋,金碧輝煌,全部建築面積約 7000 平方米。在靖港的寺廟之中,以紫雲宮最稱翹楚。

(3) "看溈水西來,百里雲山,恰要此樓臺鎖住"句:指浩浩溈水自西奔湧而來,以及那伴随着的白雲與青山,到此突然戛然而停止,似乎被紫雲宮這重重樓臺一把鎖住。此句氣勢何其雄偉!雲山:指雲和山。南朝梁吳均《同柳吳興烏亭集送柳舍人》詩:"雲山離晻曖,花霧共依霏。"

(4) 唱大江東去:語出蘇軾詞《念奴嬌·赤壁懷古》,爲其得意之作。蘇軾曾讓人評價他的詞和柳詞之高低,答曰:"柳郎中詞,只合十七八女郎,執紅牙板,歌楊柳岸,曉風殘月。學士詞,須關東大漢,執銅琵琶、鐵綽板,唱大江東去。"

(5) "三湘煙雨,全憑他笙管吹開"句:指戲臺上的唱詞曲調激越高亢。笙管:即笙。笙有十三管,屬管樂器,故稱。

贈左宗棠七十壽聯

謝威鳳

東閣官梅動詩興；
南極老人應壽昌。

【説明】

此聯録自《聯語摭餘》，頁三十。廖樹蘅云："謝太守威鳳工於集句，左文襄七十壽辰，適拜東閣大學士之命，壽之以聯。"

《民國寧鄉縣志·故事編·先民傳四十五·清》："謝威鳳，字葆靈。一都人。幼時，有里豪侵其祖塋地，縣令袒豪，族人無敢言者。威鳳赴訴京師，卒返侵地。同治中入楚軍，年甫二十，隨劉端冕軍入陝，掌書記。旋領一旂助戰。九年正月，回酋馬正剛竄洛川槐柏鎮，端冕率威鳳等截擊，令潛伏黃甫鎮。回由山溝冲出，威鳳襲擊之，寇棄馬越山遁。積功擢藍翎縣丞，留陝西補用。周達武平苗貴州，招威鳳佐軍務。歷保知府，換花翎。……旋改分甘肅，一署肅州、兩署寧夏府知府、一護寧夏道，督辦甘南釐金，榷花定鹽釐。爲政持大體，知肅州時，適劉錦棠督師新疆，威鳳司後路轉運，應付無缺。詩學高、岑，'黃葉打門秋寂寥'句，士林誦之。"（《民國寧鄉縣志》册二，頁八一五）

劉端冕（1831—1902）：號元嶟。劉典族侄。清湖南省寧鄉縣檀木橋人。咸豐六年（1856）投湘軍，參與對太平軍作戰。咸豐十年（1860），入左宗棠楚軍，先後升任總兵、記名提督。光緒二年（1876），幫辦陝甘軍務。光緒六年（1880），參與創辦雲山書院。著有《劍炊録》傳世。

【簡注】

（1）左宗棠（1812—1885）：字季高，一字樸存。號湘上農人。

清湖南省湘陰縣人。晚清軍事家、政治家、湘軍統帥,洋務派代表人物之一。與曾國藩、李鴻章、張之洞并稱"晚清中興四大名臣"。左宗棠二十歲鄉試中舉,留意農事,遍讀群書。後由幕友而起,參與平定太平天國運動,興辦洋務運動,鎮壓捻軍,平定陝甘回民起義,收復新疆,推動新疆建省。光緒十一年(1885)在福州病逝,享年七十三歲。追贈太傅,謚號"文襄",并入祀昭忠祠、賢良祠。

(2)"東閣官梅動詩興"句:語出杜甫《和裴迪登蜀州東亭送客逢早梅相憶見寄》詩:"東閣官梅動詩興,還如何遜在揚州。"其原意爲:蜀州東亭,盛放官梅,爾乃勃發詩興。此處指左宗棠雖年秩七十,但依然詩興盎然。東閣:閣名。指東亭。故址在今四川省崇慶縣東。仇兆鰲注:"東閣,指東亭。"一説謂款待賓客之所。官梅:官府所種的梅。

(3)"南極老人應壽昌"句:出自杜甫《寄韓諫議注》詩:"周南留滯古所惜,南極老人應壽昌。"意爲當天空出現老人星,世上就會太平、安康。老人壽昌:《晉書》謂老人一星在弧南。一曰南極,常以秋分之旦見於丙,秋分之夕没於丁。見則治平,主壽昌。

壽李輝武之父聯

謝威鳳

子爲飛將軍,七二鍾靈百二管鑰;
公真柱下史,五千道德八千春秋。

【説明】

此聯録自《聯語摭餘》,頁三十。廖樹蘅云:"又,(謝威鳳)壽陝西漢中鎮李輝武之父八秩聯:'子爲……春秋。'輝武,衡山人,從周達武戰鄂、皖有功，爲時名將。余在承陽，同人競稱此聯之工，不知出誰手，聞余言始悉。"承陽，本指湖南省常寧縣治城所在地，此處借指水口山鉛鋅礦務局。

【簡注】

(1) 李輝武(1830—1878)：字荔友。清湖南省衡山縣人。少時家貧，從小就從師打鐵，人稱"李打鐵"。其體魄魁梧，膽識過人。後入楚軍，隨周達武在兩湖、江西、貴州、四川、陝西等地連年征戰，擢副將，授漢中鎮總兵，擢甘肅提督。賜號武勇巴圖魯，晉號福凌阿巴圖魯。光緒十二年(1886)，廖樹蘅撰《武軍紀略》一書，對李輝武之軍功事迹多有記述。

(2) 飛將軍：指漢代名將李廣。此處以李輝武與李廣作比。

(3) "七二鍾靈百二管鑰"句：七二，指南嶽七十二峰。鍾靈，謂靈秀之氣匯聚。管鑰：鎖匙。《晉書·陶侃傳》："疾篤，將歸長沙，軍資器仗牛馬舟船，皆有定簿，封印倉庫，自加管鑰，以付王愆期，然後登舟，朝野以爲美談。"

(4) 柱下史：周秦官名，即漢以後的御史。因其常侍立殿柱之下，故名。

(5) "五千道德八千春秋"句：五千道德，出自唐代詩人李嶠《經》詩："五千道德闡，三百禮儀成。"指五千年的道德教育和規範。八千春秋：出自《莊子·逍遥游》："上古有大椿者，以八千歲爲春，八千歲爲秋。此大年也。"指上古時代有一種樹叫作大椿，把八千年當作一個春季，八千年當作一個秋季，即長壽之意。

挽某校官聯

王鴻文

瀟合爲湘，直探江水源頭，春在緑天庵畔；
師承以長，報道先生歸去，悲生紅杏壇邊。

【説明】

此聯録自《聯語撫餘》，頁三十一。廖樹蘅云："王鴻文，字小憨，思力精果，有《大學注》《唐詩鏡》《删訂吕留良四書文》，均能拾遺匡謬、直擿所見，自負工爲挽聯。嘗笑曰：'君等撰聯，袛能打半圈，余所擬則自首至委一氣流轉，幾於圜圈矣。'惜難全記。其挽零陵校官聯云：'瀟合……壇邊。'"

【簡注】

（1）瀟合爲湘：瀟水，爲湘江支流，於湖南省永州市零陵區萍島注入湘江。

（2）江水源頭：指湘江之源。瀟水爲湘江東源，發源於湖南省藍山縣野猪山南麓。

（3）緑天庵：位於湖南省永州市零陵區高山寺大雄寶殿後側，是唐代著名書法家懷素出家修行和習字之所。此庵始建年代不晚於中唐。清康熙初年重建，乾隆年間再加以維修。咸豐二年(1852)毀於戰火。同治元年(1862)重建。有正殿一座，上爲種蕉亭，左爲醉僧樓，另建書禪精舍，舍旁儲懷素所書諸碑。

（4）報道：報告，告知。唐代詩人李涉《山居送僧》詩："若逢城邑人相問，報道花時也不聞。"

（5）紅杏壇：相傳孔子講學的地方，四周杏樹繁茂。後泛指授徒講學之處。

挽從父聯

王鴻文

望斷玉門關，萬里不歸班定遠；

響絕廣陵散，六尺更無嵇侍中。

【説明】

此聯録自《聯語摭餘》，頁三十一。廖樹蘅曰："（王鴻文）挽其從父驌臣云：'望斷……侍中。'驌臣之兄方臣，以武進士官至肅州鎮，没於任。驌臣善琴，無子。凡此皆能典雅，而帶沈雄之氣，雖難全副其自負之言，要能擺棄流俗矣。"

方臣：應爲"方城"。《民國寧鄉縣志·故事編·先民傳十八·清》："王定塋，字鎮鰲，號方城，惺曾孫。少困童試，世父名耀教之騎射，補武學生。中道光八年戊子科武舉。己丑成進士。縣人成武進士者惟定塋一人。發甘肅甘州城守備，擢北川營都司，涼州營游擊，調陝西慶陽營參將。歷署新疆换防英吉阿爾守備、永固營都司，督標前營、大馬營、西寧右營、游擊花馬池營、循化營、甘提中營，督標左營諸參將。永固協、中衞協及新疆换防烏什屯田等處副將，肅州鎮總兵。代理甘肅提督，出征蘇、浙、晉、豫、皖、陝六省。定塋能書畫，居官廉直，耻貪緣躁進，馭兵寬嚴有法，故所向有功。剿中南山内野番大小數百戰，攻克黑錯寺，賞戴花翎。咸豐三年引見，授甘肅提標參將。……以防堵功遷永固協副將從二品。尋以足疾乞休。同治四年卒於子錫文秦州署中。年六十九。"（《民國寧鄉縣志》册二，頁六六〇至六六一）

【簡注】

（1）玉門關：關名。漢武帝置。因從西域輸入玉石時取道於此而得名。漢時爲通往西域各地之門户。故址在今甘肅省敦煌市西北小方盤城。《漢書·西域傳上·鄯善》:"時漢軍正任文將兵屯玉門關,爲貳師後距,捕得生口,知狀以聞。"唐代駱賓王《在軍中贈先還知己》詩:"魂迷金闕路,望斷玉門關。"

(2)班定遠:東漢班超投筆從戎,立功邊塞,封爲定遠侯。後遂用爲稱美立功邊塞將士之典。唐代陳子昂《和陸明府贈將軍重出塞》詩:"寧知班定遠,猶是一書生。"

(3)響絶廣陵散:響絶,指餘音繞梁,不絶於耳。廣陵散:琴曲名。相傳三國時魏國的嵇康,因反對司馬氏專政而遭殺害,臨刑前曾從容彈奏此曲。現存琴譜最早見於明代《神奇秘譜》,取材於聶政刺韓王故事。

(4)"六尺更無嵇侍中"句:六尺,指六尺男兒。嵇侍中:指嵇康之子嵇紹,官至侍中。《晉書·忠義傳·嵇紹》:"紹以天子蒙塵,承詔馳詣行在所。值王師敗績於蕩陰,百官及侍衛莫不散潰,唯紹儼然端冕,以身捍衛,兵交御輦,飛箭雨集。紹遂被害於帝側,血濺御服,天子深哀嘆之。及事定,左右欲浣衣,帝曰:'此嵇侍中血,勿去。'"後因以"嵇侍中血"指忠臣之血。

挽梅霖生聯

周匯萬

一第得來難,君勝方幹,瑶草親承仙露滴;
九原歸去疾,我慚郭瑀,玉蘭擬替故人培。

【説明】

此聯録自《聯語摭餘》,頁三十一。廖樹蘅云:"周孝廉匯萬挽梅禮部霖生云:'一第……人培。'霖生先生弱冠中湖南鄉試,四十後始得庶常，旋改曹司，没於京師。子鑑源壻於周氏，聯語情文周至，脱盡火氣，此境良不易到。”

《民國寧鄉縣志・故事編・先民傳二十七・清》："周匯萬，字文漪，號雲湖，勝烈子。嘉慶十三年戊辰舉人。父誡之曰：'汝不入詞曹，即爲教職。縣令貴重，非汝所堪也。'匯萬以是不樂臙仕。大挑，授知縣，改教諭。二十五年庚辰，選會同教諭。辭不赴，日侍父左右。有豪猾於其祖墓旁掘煤，父率子弟往諭之。猾居高下石，匯萬急以身翼蔽其父。石中額，血流被體，父得無患。道光二年壬午選鳳凰廳訓導，其地漢苗雜處，習俗獷悍。匯萬振興文教，選子弟之聰穎者躬自教之，苗生多通文藝。又修《廳志》，綜風俗、學校與古今用兵、防禦之事爲一書，後官其地者便之。在任五年，保舉知縣，念父誡不就。乞假歸省，而父病篤。侍養月餘，父卒。服闋，乞終繼母養。繼母尹，年八十，匯萬亦年過七十。日率孫曾，親承色笑。壬寅，主講玉潭書院。卒年七十五。"（《民國寧鄉縣志》册二，頁六九七）

梅禮部霖生，即梅鍾澍。《民國寧鄉縣志・故事編・先民傳二十・清》："梅鍾澍，字霖生。一都莓田人。幼穎悟，十歲應縣試，知縣王餘英目爲聖童。稍長，師馬維藩，聞躬行實踐之説，服膺終身。嘉慶戊寅舉於鄉，年甫十九。然會試屢不第。留京師，前後幾廿年，授徒自給。道光癸巳，始考取國子監學正，丙申補正義堂學正，詔諸生劻學植行，口講指畫，同官嘆爲罕見。越二年，戊戌成進士，改翰林院庶吉士。時已入禮闈十一次，年四十矣。庚子四月，散館改禮部儀制司主事。明年辛丑卒。……先是旅居京師，與道州何紹基、長沙鄭敦謹、善化勞崇光、陳岱霖、安化羅繞典、湘潭黎吉雲締交，以道義相切劘。左宗棠至京，一見投契。益陽胡詹事達源，嘗命其子林翼受學。及入翰林，與湘鄉曾國藩、茶陵陳源兗爲同年，莫不躬行，庶幾晚達。既改官，衆嗟惜。而私以官閑得專意著書課子爲幸。然體素羸。自持兄

喪，沈憂咯血，疾遂革。以詩文稿付國藩、源兗。卒後，國藩等經
紀其喪。與書李隆萼，稱其'責己周，與人信，見義必爲，臨財毋
苟'。知者皆謂非溢詞。詩文超俊……孫英傑編詩文家書爲四
卷，曰《梅氏遺書》。宣統庚戌，縣人王世琪、廖樹蘅綜其行實，白
巡撫楊文鼎，題請崇祀鄉賢，上諭文禮部議奏。以遜位，不果。"
(《民國寧鄉縣志》册二，頁六六四至六六五)

　　鑑源，梅鍾澍次子。《民國寧鄉縣志·故事編·先民傳二
十·清》："鑑源，字劭蓀晚更肇森，鍾澍次子。年十四侍父京師，
請益於父友曾國藩、陳源兗、黎吉雲，學益進。閱二年，父卒。子
身扶櫬歸，備歷艱險。以縣試第一入學，讀書城南書院，院長陳
本欽方以名節倡導後進，特賞異鑑源。旋以歲試第一食餼，中咸
豐戊午鄉舉。庚申，會試不第。國藩方治軍江、皖，奏東征軍餉，
開局長沙。知鑑源廉謹，委司安化小淹茶釐在事十五年，前後征
收無慮巨萬，未嘗擾商。論功擢知縣，以同知直隸州升用。光緒
六年，主講玉潭書院。明年，選授浙江處州府景寧知縣。……乃
就鴉岑書院詔諸生講授文史，教以禮義。膏火不足，捐廉助之，
復提碧仙、廬公兩庵歲租之半充用。凡官三載，境益困。賓從仆
隸相率引去，遂卒於官，年六十一。"(《民國寧鄉縣志》册二，頁六
六五至六六六)

【簡注】

　　(1) 一第：指考中進士。清代趙執信《贈李生詩》："生本田野
夫，一第良忝冒。"

　　(2) 方幹(809—888)：字雄飛，號玄英。唐睦州青溪(今浙江
淳安)人。擅長律詩，清潤小巧，且多警句。文德元年(888)，方
幹客死會稽，歸葬桐江。門人相與論德，謚曰"玄英先生"，并搜
集其遺詩編成《方幹詩集》。《全唐詩》編有方幹詩 6 卷 348 篇。
宋景祐年間，范仲淹守睦州，繪方幹像於嚴陵祠配享。

（3）"瑤草親承仙露滴"句：瑤草，爲傳説中的香草。漢代東方朔《與友人書》："相期拾瑤草，吞日月之光華，共輕擧耳。"親承：相承流傳下來。仙露：本指漢武帝所造銅仙人捧盤所接的甘露，後亦借指皇帝賜的御酒。

（4）歸去：即回去。

（5）郭瑀：字元瑜。十六國時敦煌人。通經學，多才藝，善屬文。隱於臨松薤谷，鑿石窟而居。前涼張天錫强徵之，旋還。前秦符堅又徵瑀定禮儀，未果。晉孝武帝太元十一年，前涼王穆起兵酒泉，招爲太府左長史、軍師將軍。意見不合，遂歸酒泉南山而卒。

（6）玉蘭：花木名。落葉喬木，一般高三至五米。單葉互生，倒卵形或橢圓形。花大，呈鐘狀，單生枝頂，早春先葉開放。花瓣九片，色白，芳香如蘭，故名。

挽友人聯

許揚祖

　　在人間八千三百日有奇，竟別父母兄弟妻子朋友以長游，孤憤難伸，作鬼猶當爲厲；

　　儘天地一十二萬年之後，直合聖賢帝王豪傑愚賤而皆没，浮生若夢，勸君如是達觀。

【説明】

　　此聯録自《聯語摭餘》，頁三十一至三十二。廖樹蘅云："許揚祖，字季銘，貴州知府許乃興之子，弱冠博稽墳籍，著書甚富，然應學政試屢以文藝逾格見黜，揚祖終不以爲意，年二十七卒，人咸惜之。有挽友人某聯，云：'在人……達觀。'"

　　廖樹蘅所撰《武軍紀略》一書記錄了許揚祖之父許乃興的軍功事迹。《民國寧鄉縣志・故事編・先民傳四十五・清》云："許乃興,字春海。四都人,長冲許氏。……乃興生二歲,父客游未歸,從母受學。十六歲畢諸經,補縣學廩生。授徒十年。同治初,投周達武軍,戰四川,從入甘,平階州。返川,平番夷,積功保知府,賞花翎。光緒二年,入覲。仍發貴州,歷署石阡、黎平、都勻知府。……二十一年致仕,逾二年卒,年七十九。"(《民國寧鄉縣志》册二,頁八一六至八一七)

　　許揚祖,《民國寧鄉縣志・故事編・先民傳五十二・清》云:"四都人,號季銘。即湘潭羅正鈞《劬盦文稿亡友六君傳》許榮祖也。傳曰:榮祖,字念雲。父乃興,官貴州知府。榮祖家居,奉母有至行。年十三,從人登南嶽,爲記數千言,以見志。甫冠,博稽墳籍,研精度數。郭承鋹講學,人爭垢毁之,榮祖一見傾服,迎延家塾,事以師禮。聞宋儒性理之説,與人交,恂恂如不及。然有違失,輒援古義糾督無所假。雖老成,皆敬憚焉。嘗曰:學問之事,修其在己者而已。自尊而卑人,徇人而失己,皆非爲學之大誼也。好衡陽王夫之書論,述經傳率依準之,不苟出入。爲文章浩博有餘,應學政之試,屢以文藝過格見黜。嘗已列上選,越日覆試,文復盈千言,遂卒屛之。人皆以咎榮祖。榮祖曰:'義必如是,乃盡發於中不能自已,寧苟以欺吾志哉?'終不以爲意。然榮祖幽憂積念,感精窈冥,形容膲瘁,朋友皆竊憂之。以爲身處通順,雅淡於榮利,寢成疾瘠乃如是。雖榮祖不能以自明也。光緒十二年,省父貴州,歸疾益劇。復恐母憂己,强起誦書如平時。逾年而卒,年二十有八。諸兄求所著書,得《尚書説》六卷,《春秋説》二十卷,史論二卷,雜詩文凡五十餘篇。"(《民國寧鄉縣志》册二,頁八四九)

【簡注】

(1) 有奇：有零頭，有餘。《漢書·食貨志下》：“而罷大小錢，改作貨幣，長二寸五分，廣一寸，首長八分有奇。”顏師古注：“奇，音居宜反，謂有餘也。”

(2) 長游：長久旅行。用爲稱人死亡的婉辭。

(3) 厲：指凶猛、厲害。

(4) 直合：即假設之意。

(5) 達觀：佛教用語，泛指暢通，謂心胸開朗，見解通達。語出《書·召誥》：“周公朝至於洛，則達觀於新邑營。”

挽鄧凌雲聯

佚　名

烈士當如是死；

儒者乃有此人。

【説明】

此聯録自《聯語摭餘》，頁三十二。廖樹蘅云：“吾縣多仗節死義之士，浙江紹興府知府廖宗元、烏程縣知縣許承嶽、貴州印江縣知縣鄧凌雲、貴州普安知縣劉代英，均死事甚烈。生員謝封、生員周嶽生、廩生胡錚、生員楊濬，以呫嗶之儒，身膏原野，尤爲可湣。挽聯可觀者甚多，惜不復記。惟記挽鄧凌雲一首云：‘烈士……此人。’用史傳成語，不著一字，特忘記作者之名耳。”

吳恭亨《對聯話·哀挽二》：“廖蓀階《聯語摭餘》云：縣人鄧凌雲官貴州印江縣死難，有挽聯用史傳成語，不著一字，惜忘作者姓名。聯云：‘烈士當如是死；儒者乃有此人。’按寥寥數言，氣卻勁拔。”（《對聯話》卷七，頁一九二）廖蓀階，即廖樹蘅，字蓀畡，在寧鄉方言中"蓀階"與"蓀畡"同音。

　　關於廖宗元,《民國寧鄉縣志·故事編·先民傳二十六·清》云:"字梓臣。一都鎖匙冲人,馬維藩弟子。性豪邁豁朗,遇事敢爲。道光十九年舉於鄉,二十七年丁未成進士,以知縣發浙江。初令仙居,逾年移德清。縣北枕太湖,西接苕溪,恒泛溢例得緩徵。胥吏觚法,隱熟田而徵災區。租民大嘩。宗元親履畎澮,嚴抑豪强,卒得其平。旋以憂歸。咸豐六年,隨知府黃冕圍攻吉安,克之。羅遵殿爲浙江巡撫,奏調宗元。至則檄署歸安,湖州治也。十年二月,洪軍陷寧國、廣德,直趨湖州。與烏程令李澍、湖州人趙景賢謀守禦。俄而洪軍攻其西北,宗元約兵出擊,皆引去。凡圍三日而解。洪軍既不得逞,乃由埭溪攻陷杭州。會援師至,復其城。而王有齡爲巡撫,其重宗元。四月,蘇州陷,嘉湖戒嚴。洪將楊輔清自溧陽來,撲湖州,衆號十萬。先是杭州告警,曾國藩遣蕭翰慶率六千人自石埭來援。將達湖州,馬蹶,翰慶死。兵踉蹌抵城西,無統率,人心洶懼。宗元開門款納,周其饑乏,士皆感奮思效。明日,敵至,率以出戰,大敗之。論功晉同知,加知府銜。而宗元勞心焦思,曉夜巡城,拊循士卒,連月不得寢,已病甚。州民焚香祈禱者道相屬。未幾,洪軍復來窺,三卻之。十一年四月,連陷金華、嚴處諸府縣。有齡恐浙東糜爛,檄宗元攝紹興知府,趣任事。團練大臣王履謙與有齡不協,凡有齡所署吏多齮齕之。或以諷宗元,宗元嘆曰:'今何時?能避事耶!'視事六日,浦江陷,義烏、東陽繼失,凶氛逼諸暨、嵊。宗元乃議調外江炮船,免被敵據。又欲設柵水次,斷接濟,履謙皆沮之。復請徵團勇入城,亦不聽。始,宗元至時,勸城中大户輸錢助軍,富紳張存浩惡之。及事劇,宗元令水師營將何柄謙率兵出擊,戰死。水師潰而返,存浩誣爲通賊,戕其親兵十二人,并毆宗元叢葦中。或曰履謙實嗾之。宗元守郡五月,凡所設方計皆不得施。被毆創甚,益知事不可爲,日夜縱酒,悲憤流涕。越數日，洪軍循浦江西入諸暨，果奪外江炮船，渡臨浦陷蕭山，提鎮以下俱退保杭州。又明日，敵擁至，團勇盡潰。履謙奔上虞，城陷。宗元巷戰，力竭，被叢刺以殞，年五十二。穆宗即位，詔以左宗棠代有齡。命下，杭州陷，有齡死之，遺疏劾履謙。事下宗棠，宗棠奏實。得旨，履謙遣戍新疆，存浩逮問。同治元年五日壬辰，特旨贈太仆寺卿銜，恤雲騎尉，予祭葬，并於紹興府城建立專祠。先是，山陰士紳朱之援收斂遺骸。越三載，紹興知府許瑤光歸其喪。"（《民國寧鄉縣志》冊二，頁六九一至六九二）

許承嶽，《民國寧鄉縣志・故事編・先民傳二十六・清》云："字柱山，四都人。承嶽久困科舉，游幕浙江，援例捐縣丞。隨左宗棠戰婺源衢嚴有功，擢知縣，留浙補用。咸豐十一年冬署烏程。時杭州新失，湖州勢孤。湖人趙景賢以太湖悉入洪軍，先於大錢口增駐水師，聯絡民兵以通餽道。承嶽至，周覽形勢，偕景賢謀於禦。臘盡，雨雪三日，冰凍，炮船膠。同治元年正月初二日，洪軍乘夜踏冰襲大錢口，據之。餽道梗絕，而城內外水陸兵勇尚八千，居民十餘萬，糧且罄。承嶽加意拊循兵民，誓死守城。圍數月，初猶人日給米五合，繼乃易為饘粥。又久之，草根桑皮且盡。五月三日，洪軍以火器轟城。城陷，景賢被執。承嶽方巡西門，聞槍子雨集，大駭。或奔告曰：'東城破矣！'乃亟返署，呼妾錢氏，令為計。拔佩刀刃其二女，曰：'毋污寇手。'錢氏自經。承嶽從容易冠服步出堂皇，北向，再拜。又南向，呼其母，泣拜者三，乃自經。其夕，仆姜升潛入，竊承嶽屍瘞後園灌莽中。"（《民國寧鄉縣志》冊二，頁六九二至六九三）

鄧凌雲，《民國寧鄉縣志・故事編・先民傳二十六・清》云："鄧玲筠，初名凌雲，字沼香，六都人。道光二十三年癸卯，舉於鄉。咸豐初，以辦團練、捐輸功保教職。六年謁選，以知縣發貴州。明年，權印江縣，時黔中苗教匪充斥，列郡無完土。玲筠專以約己便民為務。每芒鞋布襪周巡村落間，與田更畬叟詢利病。

凡道理阨塞、士紳賢否及豪右莠民姓字，皆隨時詳記。民莫知其爲官也。而椎埋博塞諸白徒，輒不意見執。訟者至察，其情僞片言摘發，民驚爲神。先是思南賊燼，地連印江。玲筠亟行保甲法，單騎詣各鄉，户給門牌。如式署紙尾十則：曰忤逆，曰習邪教，曰私結盟黨，曰劫掠，曰藏匪類，曰竊盜，曰容留娼妓，曰賭博，曰鬥毆生事，曰唆訟。各擇士紳董之，犯者同甲勿與齒，改梅者準自新，其頑抗及無敢具保者始之。甫數月，訟獄衰息，乃加意課士。捐俸助書院膏火，嘗與諸生講習《經》《史》，兼及軍政。士皆畏愛。……十二月，賊陷思南，逼印江。印故無賊，玲筠出營於雲泮以禦之。賊耳其名，以書來，假道請終任，不復犯。玲筠焚書斬賊使。賊分黨綴玲筠別遣隊，從間道襲城。玲筠方巡隘，賊大至，乃袖銅椎出擊，曰：‘吾試賊能否？’揮椎斃賊三，餘賊環攻。玲筠掣銅鐧格鬥，莫敢近。賊忽大呼曰：‘印江破矣！’玲筠見四山火起，突圍出，馳抵銅仁。乞師於知府周某，得五百人回擊。一日夜行二百里。居民見玲筠至，皆奮躍，聚壯士千餘，仡從至雲泮。適大霧，人馬對立不相見。噪而進，賊駭曰：‘官兵至！’皆走，自相蹂躪、墮崖死者數百，縣城復。玲筠追賊百餘里，至大寺頂。鄉民赴義者約二萬人，各誡其子弟曰：‘倘不從鄧公力戰，無面目見父兄也！’時玲筠冒矢石已四十餘日，戰中壩、戰螺生溪、戰袁家灣，皆捷。八年正月，剿撫鑢家壩及湖底河以東，又大定。亡何，而越境剿賊之檄至。大堡者，思南府境也。奸民胡黑二倡亂，知府某數討失利。聞賊畏玲筠，乃立‘鄧’字旗幟懾賊。而嚴檄玲筠赴剿，日三至。士民以地非印境，苦留之。玲筠慨然曰：‘郡守檄，縣令曷可違？且殺賊固無畛域也。’衆請以二千人偕往，玲筠慮餉無所出，以千三百人與俱。師次分水壋，居民爭饋糧。賊僞爲運糧者，昧爽入營門，變作，團衆驚潰。玲筠親搏戰，飛石中其首。手格殺一賊，足被創，遂及於難，喪其元，年四十一。後軍聞前軍失事，憤極，殊死鬥。卒奪玲筠屍還。乃樹忠奮旗幟,誓復仇。賊懼,夜退屯八十里。時三月八日也。"
(《民國寧鄉縣志》冊二,頁六九〇至六九一)

劉代英,《民國寧鄉縣志·故事編·先民傳二十六·清》云:
"字荔卿。一都人。鉅濂曾孫也。祖澤潤,字拔芝,嘗出千金建
族祠,并置祭田,又捐修茶亭橋費亦數百金。鄰有被債逼者,代
償之,不以告人。代英中道光己酉科舉人。咸豐五年,以知縣揀
發貴州。六年,權普安縣事。地闊民刁,盜案叠出。代英嚴緝
捕,盜風寢息,以同知直隸州升用。補施秉縣,未即履任。時黔
中會匪肆劫,代英奉檄招撫,單騎往。男婦皆焚香羅拜。不旬
日,悉解散。九年九月,青山圮巴巴堡回民劫漢民布匹,回漢構
釁,狃夷乘機肇亂。代英由普安移駐新城。甫至,賊目馬安幫等
聚黨圍攻甚急。代英與其戚周鳳炳等禦之,被圍凡四十餘日。
賊以地雷轟城者三次,均堵塞。代英嚙指血書,告急於興義知府
鄭順爕。援兵遲不至,米鹽俱絕。紳民請避,爲後圖。代英曰:
'我去,如百姓何!'堅不許。已而賊聚衆環攻。十一月五日晨,
城陷。代英謀巷戰,民推之使出。至東門,有狃匪三由小巷持長
槍刺,傷左肋,遂殉焉,年三十七。鳳炳同遇害。民憤,斫斃三
狃,遂皆走。"(《民國寧鄉縣志》冊二,頁六九二)

【簡注】

(1) 烈士:有氣節有壯志的人。《韓非子·詭使》:"而好名義
不仕進者,世謂之烈士。"

(2) 儒者:尊崇儒學、通習儒家經書的人。漢代以後泛指讀
書人。《墨子·非儒下》:"儒者曰:'親親有術,尊賢有等。'"

挽楊琴舫聯

張橄仙

宿草竟何如，嘆玉樹湮沈，不許人間看衛玠；
夢粱猶未了，慟畫艧零落，那堪花底覓黃筌。

【説明】

此聯録自《聯語擷餘》，頁三十二。廖樹蘅云：“張橄仙挽其
戚楊琴舫聯，云：‘宿草……黃筌。’張氏與余家世姻，一門俊雅，
余與橄仙識面，彼此皆舞勺之年。此聯即如是年作，人稱奇童，
逾冠而殞。其從昆有字香齡者，余婦清河君之叔父也。年十八
有《銅爵臺賦》，爲城南院長陳堯農所激賞，而當時不傳，兹録其
首一韻云：‘鄴城煙雨濛，五十七丈兮，倒插半空。夕陽片瓦，秋
蔓一弓。草無情而暈碧，花有恨而顆紅。數十年霸業徒勞，空付
半江流水；八三萬雄軍安在，都歸一炬東風。’亦不久即没，附録
以見張氏多才，而惜其不永年也。”

【簡注】

(1) 宿草：隔年的草。多用爲悼亡之辭。參閲本書卷三之
《挽袁全熺聯》。

(2) 玉樹湮沈：玉樹，指神話傳説中的仙樹。李白《懷仙歌》
詩：“仙人浩歌望我來，應攀玉樹長相待。”此處借指楊琴舫。湮
沈，埋没，沈淪。晉代潘岳《楊仲武誄》：“如何短折，背世湮沈。”

(3) 不許人間：即“人間不許”。

(4) 衛玠(286—312)：參閲本書卷二《挽陳爲鋼聯》。

(5) 夢粱猶未了：夢粱，即一夢黃粱，比喻虛幻不能實現的夢
想。黃粱，小米之意。典出唐代沈既濟《枕中記》。猶未了：還没

有結束，沒有完畢。

（6）嶹：古代一種似櫥形的幃帳。陸該《字林》："嶹，帳也，似
廚形也。"

（7）那堪：怎堪，怎能禁受。

（8）黄筌（約903—965）：字要叔。成都人。五代時西蜀畫
院宫廷畫家，歷仕前蜀、後蜀，官至檢校户部尚書兼御史大夫。
北宋時，任太子左贊善大夫。工畫，擅花鳥，兼工人物、山水、墨
竹，撷諸家之萃，脱去格律而自成一派。與江南徐熙并稱"黄
徐"，形成五代、宋初花鳥畫兩大主要流派。

挽楊士驤聯

佚　名

何謂文戲文曲文聲，出若金石；
惡乎敬炭敬冰敬用，之如泥沙。

【説明】

本聯録自清宣統元年十月十一日（1909年12月23日）廖樹
蘅之日記。《珠泉草廬日記》云："大風，晴。……已故直督楊士
驤生平愛演唱戲文、善揮霍，皆緣袁世凱，以翰林編修不數年躐
踐高位，死後易名文敬，有無名子製聯云：'何謂……泥沙。'可謂
雅切。"（廖樹蘅《珠泉草廬日記》卷己酉，頁九十七至一〇二）

【簡注】

（1）楊士驤（1860—1909）：字萍石，號蓮府。清安徽泗州（今
江蘇盱眙）人。光緒丙戌（1886）科進士，授翰林院庶吉士。先追
隨李鴻章，被保舉爲直隷通永道。後投袁世凱麾下，先後任江西

布政使、山東巡撫、直隸總督兼北洋大臣。歿於任,賜諡"文敬"。

(2)文戲:戲曲中以唱工或做工爲主而不表演或很少表演武打的戲。區別於武戲。

(3)文曲:指樂曲。漢代董仲舒《春秋繁露·楚莊王》:"緣天下之所樂而爲之文曲,且以和政,且以興德。"

(4)文聲:工於爲文的名聲。

(5)敬炭敬冰:指冬夏兩季下級賄賂的錢物。

挽張之洞聯

陳寶琛

以經天緯地爲文,新學舊經,死後更無人可代;
有傾河倒海之淚,近憂遠慮,窺微已覺世難爲。

【説明】

本聯録自清宣統元年十月十一日(1909 年 12 月 23 日)廖樹蘅之日記。《珠泉草廬日記》云:"大風,晴。……吉來述陳伯潛挽張文襄云:'以經……難爲。'復一'經'字,想係吉來記訛。"(廖樹蘅《珠泉草廬日記》卷己酉,頁九十七至一〇二)

【簡注】

(1)陳寶琛(1848—1935):字伯潛,號弢庵、陶庵、聽水老人。清福建閩縣(今福建福州)人。晚清大臣、學者。清同治戊辰(1868)科進士,授翰林院庶吉士。累官內閣學士、禮部侍郎、禮學館總裁、內閣弼德院顧問大臣、正紅旗漢軍副都統,宣統帝溥儀的師傅。監修《德宗實録》。工書法,學黃庭堅,又擅畫松。卒諡"文忠"。

（2）經天緯地：以天爲經，以地爲緯，比喻規劃宏偉的事業，此處指治理國家。《左傳·昭公二十八年》：“經緯天地曰文。”北周庾信《擬連珠》之一：“蓋聞經天緯地之才，拔山超海之力。”

（3）新學舊經：由西方和日本傳入的學問被稱爲“新學”或新文化，而中國自己的傳統文化被稱作“舊學”。自十九世紀後半葉開始，中西文化開始撞擊和交匯之後，西學東漸，由器物而及於制度。舊經：指中華傳統國學經典。

（4）窺微：即從細小的地方可以看到大局。比喻只有看到事物的細處，才能看見事物的全部。

題陶然亭聯

蔡錦泉

客醉共陶然，四面涼風吹酒醒；
人生行樂耳，百年幾日得身閑。

【説明】

本聯録自清宣統元年十月初四日（1909 年 11 月 16 日）廖樹蘅之日記。《珠泉草廬日記》云：“晴。……（陶然）亭有聯云：‘客醉……身閑。’崔南蔡錦泉所題也。”（廖樹蘅《珠泉草廬日記》卷己酉，頁八十三至八十六）

【簡注】

（1）蔡錦泉（1809—1859）：字文淵，號春帆。清代廣東順德人。道光辛卯（1831）科解元，授翰林院編修。督學湖南。通經史、工詩文。著有《聽松山館集》《春帆詩鈔》。

（2）陶然亭：亭名。位於北京市西城區太平街，舊北京外城西、南下窪黑窯廠南的慈悲庵内,爲中國四大名亭之一。始建於清康熙三十四年(1695),被譽爲"周侯藉卉之所,右軍修禊之地",被全國各地來京文人視爲必游之地。

(3)客醉:喝醉酒的人。《後漢書·吴祐傳》:"又安丘男子毋丘長與母俱行市,道遇醉客辱其母,長殺之而亡。"

(4)陶然:指喜悦、快樂貌。韓愈《送區册序》:"與之翳嘉林,坐石磯,投竿而漁,陶然以樂。"

(5)行樂:消遣娛樂。漢代楊惲《報孫會宗書》:"人生行樂耳,須富貴何時?"

題湖南學政大堂聯

蔡錦泉

士林慎乃初基,立品有真,轉學科名因我重;
使者行吾直道,問心無愧,何嘗清白要人知。

【説明】

本聯録自清宣統元年十月初四日(1909年11月16日)廖樹蘅之日記。《珠泉草廬日記》云:"晴。……蔡曾視學吾湘,爲清泉丁學士伊甫主粤試時所取士,吾隸學籍之歲,見至公堂懸有一聯爲蔡所擬,甚契其言。聯云:'士林慎乃初基,立品有真,轉學科名因我重;使者行吾真道,問心無愧,何嘗清白要人知。'言爲心聲,據此可知其人品,不意至此復覘其手筆。"(《珠泉草廬日記》卷己酉,頁八十三至八十六)又,"直道",原文作"真道",當爲誤記。《論語》云:"斯民也,三代之所以直道而行也。"一生大事不糊塗的吕端曾有名言曰:"吾直道而行,無所愧畏,風波之言不足慮也。"

【簡注】

(1)"士林慎乃初基"句:士林,指文人士大夫階層。唐代羅隱《寄前户部陸郎中》詩:"出馴桑雉入朝簪,蕭灑清名映士林。"慎乃:謹慎才是。初基:謂剛開始奠定基業。

(2)立品有真:立品,謂樹立品行,培養品德。有真:指有真正的才能和學識。

(3)科名因我重:科名,即通過科舉考試而取得的功名。重:指有分量。

(4)"使者行吾直道"句:使者,泛指奉命辦事的人。行吾直道:意爲我正道而行。

(5)何嘗:用反問的語氣,表示未曾或并不。

題塾師聯

某　生

戴記四十篇,并無寢苦;
唐詩三百首,那有羌苗。

【説明】

本聯録自清宣統元年十一月廿五日(1910年1月6日)廖樹蘅之日記。《珠泉草廬日記》云:"陰,略霽。……據云道光時塾師多劣,有某秀才授徒王姓家,王姓子弟固多才,一日授《禮記》'至寢苦枕',塊板本將'苦'字訛作'苦'字。唐詩'羌笛何須怨楊柳',將'笛'字訛作'苗'字,某以訛傳訛,不知校正,其徒知其誤,粘一聯於壁云:'戴記……羌苗。'"(《珠泉草廬日記》卷己酉,頁八十三至八十六)

【簡注】

(1) 戴記:指《大戴禮記》,西漢中期戴德編著的禮制著作。原有八十五篇,今僅存三十九篇。

(2) 唐詩三百首:一部流傳很廣的唐詩選集。唐朝是中國詩歌發展的黄金時代,名家輩出,唐詩數量多達五萬餘首。《唐詩三百首》選詩範圍相當廣泛,收録了 77 家詩共 311 首,在數量上以杜甫詩最多,有 38 首,王維詩 29 首,李白詩 27 首,李商隱詩 22 首。

題水閣聯

何紹基

水滿乳鳧翻藕葉;
風疏飛燕拂桐花。

【説明】

此聯爲何紹基所集。録自清宣統元年十二月二十九日(1910 年 2 月 8 日)廖樹蘅之日記。《珠泉草廬日記》云:"命家僮將書櫥移入新飭房。墀中移萬年青兩盆,與紅梅相間,愈增其艷。檐柱水閣楹聯懸之,聯爲何貞老所書'水滿乳鳧翻藕葉,風疏飛□拂桐花'十四字。"(《珠泉草廬日記》卷己酉,頁一八五至一八六)又,"風疏飛□拂桐花"句中,缺一字,當爲"燕"字,出自明代高啓《初夏江村》詩。

【簡注】

(1) 何貞老:即何紹基(1799—1873),字子貞,號東洲,別號東洲居士,晚號猿叟、蝯叟。清代湖南省道州(今道縣)人。詩

人、畫家、書法家。道光丙申(1836)科進士。曾官四川學政,典
福建等地鄉試。歷主山東濼源、長沙城南書院。通經史,精小學
金石碑版,尤長草書。著有《惜道味齋經説》《東洲草堂詩文鈔》
《説文段注駁正》等。

(2)"水滿乳鳧翻藕葉"句:漲滿水的池子裏,幼小的野鴨翻
弄着肥碩的蓮葉。乳鳧:小野鴨。

(3)"風疏飛燕拂桐花"句:和風中輕捷的飛燕在綻開的桐花
上輕輕擦過。

附録三　題贈/挽廖樹蘅聯

（一）贈聯

贈廖樹蘅聯

程頌萬

大耋歌延榮木里；
今賢名重雪蕉亭。

【説明】

本聯録自《珠泉草廬師友録》。程頌萬《松柏仙雲樓歌贈蓀畡先生并序》詩後附有按語云："程先生頌萬，字子大，自號十髮居士，寧鄉一都吐蛟湖人。清例貢生。工詩詞，善書法，晚歲工畫蘭石。清季納貲爲湖北通判，捐升知府，總督匯保辦理學務人員，得旨以知府補缺，後以道員用。光緒廿八年，詔舉經濟特科。鄂督張文襄之洞以先生博學多聞，留心政治，具疏論薦。公既得巡撫俞公、學使柯公薦舉，同時柯學使復薦舉縣人任華容教諭鄧君承鼎，於是特科之舉，一縣而得三人，實爲列縣所無。惟公與先生皆辭不應舉。辛亥春，先生回湘，任嶽麓高等學堂監督。公居礦局，過從日密。國變後，公浩然還山，先生亦蟄居漢上，門人爲築鹿川閣於武昌，以著書自遣，與公不相聞問者逾十年。歲癸亥，先生以公年逾大耋，手書一聯祝嘏。聯云：'大耋……蕉亭。'公愛玩不忍釋手。公卒後，公子基械將聯鈎泐入石，刻於墓上，以存所好云。"（《珠泉草廬師友録》册一卷四，頁六八）此處云"歲癸亥，先生以公年逾大耋，手書一聯祝嘏"，而是年五月二十七日

（1923 年 7 月 10 日）丑刻，廖樹蘅辭世於衡田老屋。故可推知，程頌萬此聯當撰於民國十二年（1923）春夏間。

【簡注】

（1）大耋：古八十歲曰耋。故以大耋指老年人，或指高齡。唐代孟郊《晚雪吟》詩："小兒擊玉指，大耋歌聖朝。"

（2）榮木里：指陶汝鼐的書齋榮木堂。民國十年（1921），廖樹蘅重新刊刻陶汝鼐所撰《榮木堂文集》六卷、《詩集》十二卷。陶汝鼐（1601—1683）：明代湖南省寧鄉縣一都人。字仲調，號密庵。學者陶之典父，嶽麓書院山長廖儼岳父。汝鼐於 12 歲補博士弟子，思宗崇禎二年（1629）以拔貢入國學。六年（1633），湖廣鄉試中舉人。時當盛年，思"效用於世"，屢上書地方當局，陳述時政利弊，未獲采納。十年（1637）、十六年（1643），兩次中會試副榜，任廣東新會縣教諭。獲贈翰林院檢討。明亡，積極參與抗清活動，事敗入寧鄉溈山寺廟削髮爲僧，自號忍頭陀。年八十三病卒。有《大溈山志》八卷、《嚏古集》三卷、《榮木堂集》十卷等行世。《寧鄉廖氏刻書》："1921 年，廖樹蘅刻陶汝鼐撰《榮木堂文集》六卷、《詩集》十二卷。陶汝鼐所著《榮木堂集》原有清順治、康熙間遞修本，乾隆時因《國朝詩的》案，版片盡毀。廖樹蘅於莓田梅氏、企石童氏處搜得殘本，又於湯泉黃氏、靳源楊氏處見得寫本，重加輯校。"（尋霖、劉志盛《湖南刻書史略》，頁四〇三）

（3）"今賢名重雪蕉亭"句：今賢，此處指廖樹蘅。名重：指名聲更重。雪蕉亭：亭名，爲清初湖南著名詩人、學者廖元度所建，後亭被毀。2012 年長沙規劃建設湘江風光帶，又恢復雪蕉亭（草亭），周圍鐫刻相關詩文碑刻。廖元度（1640—1707）：字次裴，號大隱。清代湖南省長沙人。有《楚風補》《雪蕉堂集》等行世。廖樹蘅與廖元度均爲南宋末年潭州指揮使廖淇惠苗裔。衡田廖氏十七世裔孫廖時霖頗負詩文之名，其時"與長沙宗人次裴酬唱往

來"，廖儼亦盛稱之，名益著。廖時霖《長沙過雪蕉堂，憶宗先生
元度所著〈楚風補〉〈覆巢餘草〉諸稿感詠》："彳亍循牆認雪蕉，重
來翻憶舊詩豪。風經補後看全楚，草自焚餘痛覆巢。窮老一身
同杜甫，悲歌千載續離騷。漫言手澤名山閟，湖海思君正郁陶。"
（廖樹蘅《廖氏五雲廬志續編》卷中，頁二）據《長沙地名古迹攬
勝》介紹："廖元度一生酷愛園林綠化，在吳三桂未入城之前，在
城北大致今湘春路口建有雪蕉亭。亭北枕大江，漁檣鷗鳥，傳聲
遞影，實爲城廓之佳憩也。亭爲何名雪蕉？攸縣劉有光《雪蕉亭
記》曰：'雪蕉亭者，長沙廖子大隱取其家之舊墟，誅茅斷竹，構以
讀書延客也。亭何以雪蕉名，未有亭時，煙灌茂草，綟延狼藉，大
隱從大雪中梳櫛瓦礫，種蕉數十本，綠到天而亭亦成。'廖元度《偶
作》云：'循墻諸老樹初成，高下風來各有聲。捲幔飽看無限綠，終
教鳩語喚陰晴。'雪蕉亭亦名蕉園，廖元度好友黃遇隆《游長沙蕉
園》詩：'考槃何處是，蕉影上窗櫺。微雨催花紫，團雲入葉青。茂
書香自古，客滿戶長扃。懷素如相訪，江村一草亭。'"湖湘文庫重
點書目之一、夏劍欽主編的《湖南紀勝文選》，收錄了劉有光撰寫的
《雪蕉亭記》一文。

賀廖樹蘅父子築松柏臨湘樓落成聯

王闓運

松柏歲寒心，平仲昔來曾築室；
瀟湘水雲色，元暉吟望試登樓。

【説明】

本聯錄自《聯語摭餘》，爲王闓運賀好友廖樹蘅於常寧縣松
柏市新建臨湘樓落成而作。廖樹蘅《聯語摭餘》云："先是廟成之

後,復於臨湘一面建樓……湘綺復撰聯云:'松柏……登樓。'自湘綺定爲萊公過化地,遂爲此邦添一故實,後之誌地者其有取焉。"(《聯語摭餘》,頁十)

吳恭亨《對聯話·題署三》:"又,湘綺聯云:'松柏歲寒心,平仲昔來曾築室;瀟湘水雲色,元暉吟望試登樓。'廖自記言湘綺定爲萊公過化地,遂爲此邦添一故實,後之誌地者,其有取焉。"(《對聯話》卷三,頁九〇至九一)

王闓運與廖樹蘅爲"石交",即友誼堅固的朋友。清光緒三十四年十月八日(1908 年 11 月 1 日)王闓運《湘綺樓日記》載:"陰。又作一聯,題松柏樓。"(《湘綺樓日記》,頁二九二八)由此可知,王闓運爲廖樹蘅新建松柏市臨湘樓題聯以賀,其時爲十月八日。

王闓運此聯嵌名用典,意蘊古雅,情韻兼勝,表達了真摯熱誠的恭賀之意,甚爲感人,被認爲是近現代著名的樓觀楹聯之一。此聯兩個前分句,以松柏喻人,以雲水記景,在此處建築樓臺,可借鑒寇平仲風骨;面對如此風光景色,能如謝朓般清發。

此聯被收入《對聯話》,《長沙名勝楹聯選》,《佳聯 2000》,《清代對聯選》,古熙、余韻編著的《教你寫對聯》,梁申威主編的《福氣多多福滿堂　民居宅第聯》及中國對聯網等,并被不少楹聯家推崇、研究。

【簡注】

(1) 松柏歲寒心:《論語·子罕》中云:"歲寒,然後知松柏之後凋也。"比喻只有經過嚴峻形勢的考驗,方能顯出英雄本色。宋代謝邁《百花新詠滴滴金》詩:"若入仙人丹竈裏,還如松柏歲寒心。"歲寒心:比喻堅貞不屈的節操。王闓運此句贊頌好友廖樹蘅是一個志行高潔之士。

(2) "平仲昔來曾築室"句:平仲,北宋政治家寇準之字。他直言極諫，嫉惡如讎，性情剛烈，以致遭權奸陷害，被貶出朝，遠竄南荒，曾在常寧松柏築室。廖樹蘅始建水口山銀場時，其次子廖基槭"有夢兆其地，即寇平仲舊館"。王闓運以此激勵好友要做一個像寇準那樣剛正耿介之人，經"歲寒"磨煉，見"松柏"之志。

（3）瀟湘水雲色：指浩浩湘水接地連天，水天一色。瀟湘：指松柏市臨湘樓地近瀟、湘二水；或單指湘江，因湘江水清深故名。耶律楚材《用薛正之韻》："鳳池分付夔龍去，萬頃瀟湘屬湛然。"水雲：水和雲，多指水雲相接之景。杜甫《題鄭十八著作丈故居》詩："臺州地闊海冥冥，雲水長和島嶼青。"戎昱《湘南曲》詩："虞帝南游不復還，翠娥幽怨水雲間。"此句既指樓建在湘江之畔，以切"臨湘樓"之名，又喻好友廖樹蘅所作詩文奇麗酣暢。

（4）"元暉吟望試登樓"句：有學者認爲，此句中的"元暉"，字景襲，爲後魏拓跋遵曾孫，累官尚書左仆射，頗愛文學。作者以元暉寓指好友工詩善文，樓成之日當有吟詠之作。文史學者許貴文先生曾作《元暉辨》一文以辨之，經考證，此處元暉應爲南朝齊詩人謝朓。對此，許貴文先生如是云："這位北魏元暉是個什麼樣的人呢？《中國歷史大辭典》載：'元暉（？—519）：北魏宗室。字景襲。魏宣武帝時歷任侍中、領右衛將軍、吏部尚書、冀州刺史等。孝明帝時任尚書左仆射。'據《元暉墓志》載：元暉'幼涉經史，長愛儒術，該鏡博覽，無所成名'。《魏書》說他'少沈敏，頗涉文史'。這兩種史料都說他少小時曾涉獵文學、經史，長大後愛好儒術，雖然廣泛閱覽，知識淵博，但無所成名，并無著述傳世。對此，很難想象學識淵博、著作弘富的王闓運會在所撰楹聯中贊譽他，并用他來寓指自己的好友了。"據此，許貴文先生認爲，王闓運對聯中的元暉并不是這位北魏元暉。清人陳婉俊輯注的《唐詩三百首補注》（中國書店，1991 年影印本）一書中李白《宣州謝朓樓餞別校書叔雲》詩注引《南史》曰："謝朓，字元暉，文章清麗。"這裏表明,元暉是指南朝齊謝朓,字玄暉。

白啓寰主編的《安徽名勝楹聯輯注大全》(安慶市楹聯學會內部刊行)一書,收錄清人貴恒所撰當塗縣李白祠聯云:"老友一生唯子美;青山千載壓元暉。"白注:元暉爲謝朓,字玄暉。清人因避康熙玄燁諱,改"玄"作"元"。

康有爲所著《廣藝舟雙楫》提供了又一個證據,該書第十一章論述隋碑時說:"譬之駢文之有彥升、休文,詩家之有元暉、蘭成:皆薈萃六朝之美,成其風會者也。"崔爾平注曰:元暉,當爲"玄暉","玄"因避諱改"元"。

謝朓(464—499),南朝齊詩人,字玄暉。陳郡陽夏(今河南太康)人。曾任宣城太守、尚書吏部郎等職。在"永明體"作家中,成就較高。詩多描寫自然景色,表現政治上不得志的情緒。詩作善於熔裁。時出警句,風格清俊。後世與謝靈運對舉,亦稱"小謝"。後人輯有《謝宣城集》。

陳注、白注、崔注證明:清人爲避康熙諱把謝朓之字"玄暉"改爲"元暉"。故王闓運對聯中的元暉,應指南朝齊謝朓。

此外,許貴文先生還指出:"從對偶辭格方面來考察,此嵌名聯嵌入的是人物的字,屬於'字對,即單以字對舉,不及姓氏及人名的格式'。此聯上聯嵌入寇準的字'平仲',下聯嵌入謝朓的字'玄暉',這樣對仗才工整。若用北魏元暉的名則不工。因此,從這一角度來說,此聯中的元暉也是指謝朓,而不可能是北魏元暉。王闓運在下聯中勉勵工詩善文的好友廖樹蘅應當像謝朓那樣登樓吟望,留下描繪瀟湘水雲色的美麗詩篇。"

贈廖樹蘅珠泉草廬聯

易順豫

溪聲閑入夢；
山意淡於秋。

【説明】

本聯出自易順豫贈廖樹蘅《題珠泉草廬圖詩》，詩曰："天未斯文喪，依然涣有丘。《易》'涣其躬''涣其群'，言文其躬、文其群也。《吕覽》《説苑》皆釋'涣'爲'賢'，曰'涣其群'者，言朝廷之上多賢臣也，蓋引申其義。則'涣有丘'，言賢有丘，亦猶言丘有賢，故下曰'匪夷所思'，與《詩》所謂'云誰之思，西方美人'，亦古聖人求賢之深意也。僞書乃曰'無遺賢'，此不達於政之謬説。文明大同，世固無不賢者。嗟乎！使在野而無賢也，天地不將毀乎？今天下言教育者，皆欲造就國民，竊以爲當造就國民皆爲賢民，東西作者，固當不易余言。溪聲閑入夢，山意淡於秋。當代能青眼，高歌自白頭。珠泉清可挹，莫遣世人求。"（《珠泉草廬師友録》册一卷五，頁八六至八七）

又，易順豫《題珠泉草廬圖詩》後附有按語："易先生順豫，字叔由，龍陽人，爲笏山方伯佩紳之次子，與兄順鼎齊名。此詩自署同徵後學，當指光緒二十八年舉經濟特科事。查俞撫部薦牘中無先生名，蓋亦柯學使劭忞所薦舉耳。"（《珠泉草廬師友録》册一卷五，頁八七）

【簡注】

（1）溪聲閑入夢：指伴着潺潺的溪水之聲安閑自在地進入夢鄉。唐代靈一《題黄公陶翰别業》詩："醉卧白雲閑入夢，不知何物是吾身。"

（2）山意淡於秋：山的情態比秋天更爲恬淡。山意：山的情態。宋代司馬池《行色》詩：“冷於陂水淡於秋，遠陌初窮到渡頭。”

贈廖樹蘅聯

洪彭述

高士性情無客氣；
才人咳唾有春風。

【説明】

清同治十年（1871）暮秋，洪彭述賦詩五首贈廖樹蘅，詩被收錄於《珠泉草廬師友録》卷三，名曰《贈廖蔪畡先生》。本聯出自第四首中，詩云：“移得蕭齋伴廖忠，兩村喬木畫圖中。從無一面成知己，君盛稱予駢文，時未謀面。敢以通家托阿戎。與哲嗣璧耘同學。高士性情無客氣，才人咳唾有春風。一年清課從頭記，不是攤書便訪公。”（《珠泉草廬師友録》册一卷三，頁五十）

對於洪彭述的詩文特色，《贈廖蔪畡先生》詩後附有廖樹蘅所撰《筆記》云：“湘鄉洪彭述，字薰譜，余親家張茀荄發濬之高足弟子。同治八、九年間，讀書予從父家，嘗相過從，賦詩見贈。又工駢儷，嘗爲友人擬《開狄道渠記》，沈博絶麗，兼稚威、簡齋兩家之長。年甫弱冠，遽爾殞逝，聞者傷之。”（《珠泉草廬師友録》册一卷三，頁五十至五一）

【簡注】

（1）“高士性情無客氣”句：高士，指志趣、品行高尚的人。《後漢書·列女傳序》：“高士弘清淳之風，貞女亮明白之節。”性情：人的稟性和氣質、性格。《易·乾》：“利貞者，性情也。”孔穎達疏："性者，天生之質，正而不邪；情者，性之欲也。"無客氣：指率性而爲，不矯飾，不虛僞，不做作，以真面目示人。中國傳統高士如曹植、楊修、孔融、嵇康、阮籍、劉伶、向秀、山濤、陶淵明等，皆是性情中人。

（2）"才人咳唾有春風"句：才人，指才子，有文學才能的人。清代趙翼《論詩》："江山代有才人出，各領風騷數百年。"咳唾：稱美他人的言語、詩文等。出自《莊子·漁父》："竊待於下風，幸聞咳唾之音以卒相丘也。"春風：此處比喻和悦的神色。

贈廖樹蘅聯

丁佛言

奮飛夙有垂天翼；
寧静原無見獵心。

【説明】

此爲丁佛言金文七言聯。見 2015 年 4 月北京保利國際拍賣有限公司第 30 期精品拍賣會"組佩——中國近現代書畫"專場預展。題款："笙階先生雅屬，邁鈍丁佛言。鈐印：邁鈍、還倉室。"無年款。

丁佛言（1878—1931）：原名世嶧，初字桐生、息齋、芙緣，號邁鈍，別號黃人、松游庵主、還倉室主。清末民國時山東黃縣人。近代著名書法家、古文字學家、社會活動家。畢業於東京政法學堂第四期。先後擔任民國國會參議院議員、憲法起草委員會委員長、大總統府秘書長、國民大學文字學教授。有《説文古籀補補》《古陶初釋》《説文部首啓明》等行世。

笙階：廖樹蘅之字，本爲蓀畡，亦作"笙階"，在寧鄉方言中

"蓀畡"與"笙階"同音。清光緒十八年(1892)冬,周達武《致梅英傑信札(二)》中云:"兹特匯寄銀三仟貳百兩交笙階處,會同閣下加置田租,以成此舉,庶經費視前稍裕,而我邑績學之士,當益肆力經史,以儲爲國家有用之才。明年玉潭一席,可仍留笙階主講,束脩或加增四十金,聽閣下裁酌。凡邑中公舉,必得急公好義者爲之主持其事,方能垂之不朽。……姻愚弟周達武頓首。""笙階"在王闓運《湘綺樓日記》中則更爲多見,如清光緒二十五年四月五日(1899 年 5 月 14 日):"四月五日,晴。……廖笙階來,調清泉訓導,自云辭而不允。"(《湘綺樓日記》,頁二二一一)

【簡注】

(1)垂天翼:比喻凌雲壯志。典出《莊子·逍遥游》。《南史·謝晦傳》:"偉哉橫海鱗,壯矣垂天翼。"蘇軾《次韻周開祖長官見寄》:"海南未起垂天翼,澗底仍依徑寸麻。"

(2)見獵心:比喻看見別人在做的事正是自己過去所喜好的,不由得心動,也想試一試。

(二)挽聯

趙爾巽

三湘寶藏資雄略;
廿載滄桑愴舊游。

【説明】

本聯録自《珠泉草廬師友録》册三卷十一,頁七九。對於廖樹蘅與趙爾巽之間的往來關係,《珠泉草廬師友録》卷一在趙爾巽《湖南巡撫趙片奏》後附有按語云:"趙公爾巽,字次珊,漢軍旗人。光緒二十九年三月,任湖南巡撫。十月,調公充礦務總局提調,水口山遺職,委公子基植繼任。公赴省面辭,寓白馬巷長臨棧。一日,忽傳呼撫軍至,公以旅舍湫隘辭之,而趙公已遽入矣,坐談移時,始去。公感其誠,不復辭。其年冬,趙公附片保奏,得旨俞允。趙公後督湖廣、四川,最後調東三省總督,國變後,任清史館長。癸亥五月,公卒於里第,趙公誄以聯云:'三湘……舊游。'懷舊之情,溢於言表。"(《珠泉草廬師友録》册一卷一,頁二)

　　又,按語中所言"趙公附片保奏",爲光緒二十九年(1903)冬間事。趙爾巽《湖南巡撫趙片奏》:"查國子監典簿銜加捐五品銜宜章縣訓導廖樹蘅,經前撫臣陳寶箴委辦常寧水口山鉛礦,先後八年,堅忍匡濟,卓著成效。該訓導心地光明,篤實沈毅,尤能淡泊明志,有古儒者風。自水口山創辦以來,辛苦艱難,始終如一,督率工役,昕夕勤勞,規爲久遠,絲毫不苟。歷年官辦各礦,惟水口山出砂最旺,用夫最多,而部勒整齊,上下交益,實該訓導一人之力。現在振興湘礦,在在需人,似此得力之員,允宜從優獎叙,俾昭激勸。惟查該員,已有國子監典簿京銜,并捐有五品頂戴,應如何獎叙之處,出自逾格天恩。謹奏。"(《珠泉草廬師友録》册一卷一,頁二)

【簡注】

　　(1) 趙爾巽(1844—1927):字公鑲,號次珊,又名次山。清末漢軍正藍旗人。晚清民國時奉天鐵嶺人。清同治甲戌(1874)科進士,授編修。歷任安徽、陝西按察使,甘肅、新疆、山西布政使、湖南巡撫、户部尚書、盛京將軍,湖廣、四川及東三省總督。民國後任奉天都督、清史館總裁、臨時參議院議長。主纂《清史稿》。

　　(2) "三湘寶藏資雄略"句:資,資取之意。雄略:非凡的謀略。《後漢書・荀彧傳》:"時操在東郡,彧聞操有雄略,而度紹不能定大業。"

(3) 愴舊游:愴,指悲傷。舊游:此處指昔日交游的友人。宋代蘇轍《送柳子玉》詩:"舊游日零落,新輩誰與伍?"

余肇康

水口利先開,賴以救長沙貧國;

天心禍未悔,獨何堪家祭乃公。

【説明】

本聯録自《珠泉草廬師友録》册三卷十一,頁七九。在"余肇康"後附有按語云:"字堯衢,長沙人。曾任江西臬司、湖南粤漢鐵路公司總理。"

【簡注】

(1) 水口利先開:指光緒二十二年(1896)春廖樹蘅首開水口山礦一事。

(2) 長沙貧國:長沙在楚時地處楚境最南端,因軍事重鎮而設立,主要爲防守百越,至秦漢時期仍尚未開發,只是流徙、充軍、發配的偏遠之地。西漢景帝二年(前155),因母出身卑微,景帝六子劉發分封到"卑濕貧國"的長沙郡。又《管子·八觀》云:"故曰:時貨不遂,金玉雖多,謂之貧國也。"此即爲長沙貧國之由來。劉發在位27年去世,謚號"定",史稱"長沙定王",其所築望母臺亦稱"定王臺"。清代李夢瑩題定王臺聯:"有遠孫紹四百載宗祊,只餘貧國分藩,剩與築臺望慈母;何處訪景十三王茅土,除卻河間好古,獨來酬酒莫斜暉。"

(3) "天心禍未悔,獨何堪家祭乃公"句:"天心禍未悔",由金代蔡珪《讀史》詩"天心未悔禍,墜此文武功"句衍化而來。近代丘逢甲《雨中》詩亦有"未解天心悔禍無? 干戈滿地客愁孤"句。

天心,本意爲天意。《書·咸有一德》:"克享天心,受天明命。"此處當指世道。悔禍,謂撤去所加的災禍。《左傳·隱公十一年》:"若寡人得没於地,天以禮悔禍於許,無寧兹許公復奉其社稷。"楊伯峻注:"謂天或者依禮撤回加於許之禍。"家祭乃公,語出陸游《示兒》詩"王師北定中原日,家祭無忘告乃翁"句。從下聯整體來看,其意當爲:"如今這樣的世道,家祭的時候該怎麼對您說呢?"語意既飽含對逝者的哀傷,又對時局發出一種無奈嗟嘆。

曾廣鈞

四十年至交,無悶奈何成獨往;
五百家詩囿,有清競起此傳人。

【説明】

本聯録自《珠泉草廬師友録》册三卷十一,頁七九。

【簡注】

(1) 曾廣鈞(1866—1929):字重伯,號伋庵,又號伋安,清末民國時湖南省湘鄉縣人。曾國藩長孫、曾紀鴻長子。光緒己丑(1889)科進士,授翰林院編修。甲午戰爭後,官廣西武鳴府知府。光緒二十七年(1901),慈禧太后與光緒皇帝歸京,曾廣鈞迎鑾接駕。宣統三年(1911)辛亥革命爆發前夕,棄職歸里。民國後寓居北京、上海等地。曾廣鈞被稱爲天才詩人,尤其以擅長"玉溪體"馳名,與當時李希聖、汪榮寶、孫希孟并稱爲擅長此體的四大家。著有《環天室詩集》等傳世。

(2) 四十年至交:清光緒七年(1881)暮秋、初冬間,廖樹蘅館長沙貢院西街羅逢元府,時與曾廣鈞談藝,遂相與爲忘年交。《珠泉草廬師友録》在曾廣鈞《郭園公讌回文》詩後附有按語云:

"光緒七、八年,公館長沙貢院西街湘潭羅提督逢元宅中。先生叔祖忠襄公之私第,在羅宅對街之南,忠襄方家居,先生從之講肄,年甫十六,時過羅宅,與公談藝,遂相與爲忘年交。故公贈先生詩,有'我識長源是聖童'之句也。厥後公之詩文集,均乞先生印可。先生之母郭太夫人,爲蘄水雨三太史之女,工詩,著有《藝芳館詩集》,先生奉母命,乞公撰序。公長女基瑜,著有《繹雅堂詩錄》,亦乞郭太夫人評定序行。兩家文字淵源,湘中無與比倫云。"(《珠泉草廬師友錄》册一卷三,頁四十)從光緒七年(1881)與曾廣鈞相識至民國十二年(1923)廖樹蘅辭世,廖、曾相交時間跨度達 42 年,故曾廣鈞謂之四十年至交。

(3) 無悶:沒有苦惱。多形容遺世索居或致仕退休者的心情。

(4) 五百家詩圃:原指北宋洪邁編纂《晚唐五百家》事。洪邁《萬首唐人絕句序》云:"唐去今四百歲,考《藝文志》所載,以集著錄者幾五百家。"

(5) 有清:指清代。有,詞頭。《清史稿·禮志十二》:"有清家法,不立儲貳。"

(6) 競起:競相而起。

蔣德鈞

礦人共事十餘年,權限不同,精神相契;
耄老遭時千百劫,居行雖異,痛苦無殊。

【説明】

本聯錄自《珠泉草廬師友錄》册三卷十一,頁八十。此聯後附有按語云:"蔣先生德鈞,字少穆,湘鄉人,爲凝學方伯之冢孫。弱冠供職曹司,不樂居人海中,決然引去。先是援例得知府保道員，又以監司不與民親，仍以知府注選。除四川龍安府，治行爲全蜀第一。會丁憂歸，遂無意進取，治團籌賑，以衛鄉里。公與之論交也，在光緒丙申冬。公方主水口山銀場，先生偕英人布盧特赴場觀礦。外人與僑鄂湘人私立券約，舉水口山所産永歸壟買，地權全失。先生時主滬上製造，巡撫陳公寶箴諗先生明外交，敦請設策斡旋。先生批隙導窾，卒將原約取銷。後任南路礦務公司事宜。宣統庚戌，湘城饑民爐亂，事定，巡撫楊文鼎委派道員吳躍金與先生赴列縣清鄉，略無枉縱。公海內朋交，始終忻合無間，厥惟先生與王先生闓運、陳先生三立。當先生六十時，公爲文壽之，稱其‘識略濟變，有合於持身之義’云。”“光緒丙申”有誤，當爲“光緒壬寅”，即光緒二十八年（1902）。

蔣德鈞所撰《求實齋類稿續編》收錄此聯。蔣德鈞《廖蓀畡主政挽聯》：“君總理湖南官礦局，余總理湖南商礦總公司，國變後余避地燕山，君在家。‘礦人……無殊。’”（《求實齋類稿續編》卷六，頁十九）

【簡注】

(1)“礦人共事十餘年，權限不同，精神相契”句：清光緒二十三年（1897）二月，湘省礦務委員歐陽棟在上海與華利公司洋人戴瑪德私自訂立合約，出賣水口山權益，張之洞、陳寶箴十分震怒。隨即，湖南巡撫陳寶箴請正供職於上海江南製造局會辦的蔣德鈞設法與其解除合同。這即爲廖、蔣兩人交集之始。光緒二十八年（1902）六月，爲了促進湖南商礦發展，湘撫俞廉三奏設阜湘、沅豐兩礦務總公司。十一月，蔣德鈞偕英國礦師布盧特赴水口山視礦，布氏盛贊水口山“砂路之寬，不特中國所無，即外洋亦罕見，且土法辦礦之整齊”。晚清光、宣時期，廖樹蘅由水口山礦務總辦到湘省礦務總局總辦，主要是主持湖南官礦事務。而從籌建阜湘、沅豐礦務總公司到總理湖南礦務總公司，蔣德鈞主要負責全省商礦事務,故聯中言"權限不同"。

又,按語中"公海內朋交,始終忻合無間,厥惟先生與王先生闓運、陳先生三立"句,亦聯中"精神相契"之證。晚清時期,湖南礦務成規模開采尤其是水口山礦的成功開發與冶煉,使其成爲湘省財政的最大來源,同時亦是不法之徒和外商的覬覦之地。作爲湘紳代表,在維護湖南利權、打擊侵害湖南利益的問題上,廖樹蘅與蔣德鈞的態度高度一致,即決不能讓湘省利權外流。清宣統二年(1910)七月底、八月初,譚啓瑞以勸業道護理藩司,與英、日等三家洋行交涉,私自訂約抛砂,議定借款一百二十四萬兩白銀,以常寧水口山鉛鋅礦作抵押,以此損失湘礦利權甚巨。廖樹蘅聞之大憤,先後致書譚啓瑞、李寶淦,首先反對湖南巡撫楊文鼎出賣地方利權、舉借奴役性外債之行徑。八月十日(9月13日)前後,廖樹蘅致書蔣德鈞,指陳譚啓瑞"以世受國恩之身,甘心與市儈爲伍,以害祖國",而巡撫楊文鼎"亦聽其劃策,準予施行"。廖樹蘅《致蔣少穆觀察》云:"近日勸業譚公(勸業道譚啓瑞)竟慫恿蒙自中丞(指巡撫楊文鼎)假公債爲名,由勸業聯合市井王某、翻譯張某,議與三家洋行貸款百二十萬,八釐行息,以水口山作抵,以後水口山之砂,悉運漢口磅交,其價銀即拓還本息,是不啻以水口山一礦送之外人,而官礦無一釐開辦之費;而白鉛砂沿修原(黃篤恭,曾任礦務總公司總理)時之例,仍加一成,只收整塊,不收碎砂;限於八月十五日(9月18日)立約,刻不容緩。種種勒抑,無非爲外債作倀。不圖此公以世受國恩之身,甘心與市儈爲伍,以害祖國;而蒙自中丞亦聽其劃策,準予施行!最異者,百二十萬兩借款合同之外,尚須百二十萬空合同一紙交與洋商,更莫名其妙。以若所爲,是於百二十萬之外,增加一倍,合成二百四十萬兩。湘人雖愚,當不受此騙! ……閣下以保守地權爲主義,現居總公司之地,所謂一命之士,與有責焉,倘可一設法乎?"(《湖南省志 • 第一卷 • 湖南近百年大事紀述(修訂本)》,頁二六八)九月一日(10 月 3 日),湖南省諮議局第二屆常年會開會,蔣德鈞持廖樹蘅所撰函件赴諮議局,告之巡撫楊文鼎舉借奴役性外債事,議員大嘩,隨後湖南省諮議局議長譚延闓委派四名議員代表趕赴北京,向資政院請願,提起彈劾巡撫楊文鼎。這就是震驚中外的"拋砂案",其成爲湖南近代礦業史、經濟史、政治史和外交史上的標志性事件。

(2)"耄老遭時千百劫"句:指辛亥國變後,廖樹蘅退居衡田舊廬,不問世事,以整理詩文舊稿和鄉邦文獻爲務,且樂此不疲。其間湘中一帶南北軍閥混戰,廖樹蘅所居衡田老屋亦曾多次受到騷擾,八十歲左右的老人爲躲兵災,先後避居大霧寺、洞冲廖氏老宅及寧鄉治城莓田古屋的長女廖基瑜家。廖樹蘅亦曾作《前避寇六首》《後避寇五首》詩記之,此兩詩均收入《珠泉草廬詩後集》卷二。耄老:老年;老年人。漢代王褒《四子講德論》:"閔耄老之逢辜,憐繰經之服事。"遭時:指所遭遇的時勢。唐代韓愈《祭鄭夫人文》:"既克反葬,遭時艱難,百口偕行,避地江濆。"千百劫:指無數的劫難。

(3)居行雖異:指蔣德鈞與避居故里的廖樹蘅不同,民國七年(1918)以後,以湘省政局不安,地方不靖,蔣德鈞受民國總理熊希齡之邀,舉家遷往北京,閑居十四載。其間仍關心湘省礦務,并曾與廖樹勛聯名上書國民政府工商部長孔祥熙,請設湘礦運銷總局。

(4)痛苦無殊:指面對民國初年山河蹂躪、民不聊生的混亂局面,廖、蔣二人各自流離他處,那份心中的痛苦沒有差別。

梁焕奎

儒生富國具深謀,得義寧山陰信賴有加,氣識金銀,千古菱源功不朽;

老輩論文見孤賞,與湘綺散原追陪相亞,歡連觴詠,卅年蓬巷迹猶新。

【説明】

本聯録自《珠泉草廬師友録》册三卷十一,頁八十。

《珠泉草廬師友録》卷三在梁煥奎《偕四弟訪衡田廖蔪畡丈,留飲其家,信宿而返》詩後附有按語:"梁先生煥奎,字璧原。湘潭人。清舉人。著有《青郊詩存》。光緒二十八年,與公同舉經濟特科者。湖南初設官礦總局,先生任文案,後以創辦華昌煉礦公司致富。惟中年以後,兩目失明,而吟詠如故,公嘗謂其盲於目不盲於心也。辛亥國變,避地來寧,寓居縣西南灰湯附近之羅家坪。蓋其弟煥均爲邑人清如皋知縣羅君先覺之女夫也,故假寓羅氏。因來衡田訪舊,談讌甚歡,留信宿而别。"(《珠泉草廬師友録》册一卷三,頁四三至四四)

清光緒二十二年(1896)春,湘礦總局在長沙成立,廖樹蘅與梁煥奎即爲總局同事,梁煥奎任文案。在隨後的數十年間,梁煥奎兄弟與廖樹蘅、廖基植、廖基械、廖基樸、廖基傑父子交誼甚深,從礦業交流、詩詞吟詠到日常瑣事,廖、梁兩家往來頗爲頻繁。《珠泉草廬師友録》卷三收録梁煥奎贈廖樹蘅詩十題十一首,卷七録存《青郊别墅書札》六通。廖樹蘅《珠泉草廬詩鈔》卷四收録《梁璧垣煥奎以詩見贈,作此答之》詩,《珠泉草廬詩後集》卷一有《梁大煥奎所居在瀏陽門外五里牌,亦名青郊,署其園曰"二學",不忘稼圃也。久病不出,往候之》《和梁大謝惠竹輿之作,用原韻》。廖基植《紫藤花館詩草》卷四有《長相思寄梁璧垣》,廖基械《瞻麓堂詩鈔》卷七收録《梁璧垣、鼎甫昆仲招同黄子蓁、胡蕃舟、曹子谷、胡子静、姚緝吾、楊翰仙及予與五弟叔怡飲於青郊别墅,用杜工部〈游何將軍山林〉韻十首》。由此可見廖、梁兩家交往之密、交誼之深。

【簡注】

(1)"儒生富國具深謀"句：指廖樹蘅以詩人身份參與近代湖南維新運動，殫精竭慮，深謀遠計，以礦務開發來尋求湖南富强之道。

(2)"得義寧山陰信賴有加"句：指廖樹蘅深得湖南巡撫陳寶箴、俞廉三高度信賴。義寧，陳寶箴故里，地處江西省西北部。山陰，俞廉三故里，位於浙江省中北部。此處以故里指代人名，以示尊重。

(3)氣識金銀：根據氣象辨識金銀。古人認爲，如地下藏有金銀珍寶，地上則有氣象顯現。

(4)孤賞：獨自玩賞。

(5)"與湘綺散原追陪相亞"句：贊美廖樹蘅之詩文可與摯友王闓運、陳三立相比肩。追陪：追隨，伴隨。唐代韓愈《奉酬盧給事雲夫四兄曲江荷花行見寄，并呈上》："上界真人足官府，豈如散仙鞭笞鸞鳳終日相追陪。"相亞：相近似，相當。

(6)觴詠：謂飲酒賦詩。晉代王羲之《蘭亭集序》："一觴一詠，亦足以暢叙幽情。"

(7)蓬巷：形容所居之處窮僻簡陋。

曹典球

儒家偏作礦人師，抱精誠金石爲開，歌頌菱源今未歇；
冷宦嘗同先子轍，自契闊雲天在望，蕭條灃水獨生悲。

【説明】

本聯録自《珠泉草廬師友録》册三卷十一，頁八十。原文在

"曹典球"後附有簡介:"字籽谷,長沙人。"

【簡注】

(1)"儒家偏作礦人師"句:指廖樹蘅以一介詩人主持礦務,礦業大興,并將治礦公牘編纂成《茭源銀場録》二卷,足以作礦務指南。

(2)精誠金石爲開:由"精誠所至,金石爲開"化用而來。

(3)"歌頌茭源今未歇"句:指廖樹蘅開發水口山礦務,來自社會各界的贊譽之聲從未停息。

(4)"冷宦嘗同先子轍"句:廖樹蘅與曹典球之父曹廣瑚都曾出任教官一職。光緒二十四年(1898)五月,廖樹蘅選授宜章訓導。巡撫俞廉三以水口山礦務不能易人,使廖樹蘅於次年四月轉任清泉訓導,就近兼理礦務。而曹廣瑚則於光緒二十年(1894)選授郴州訓導。冷宦:冷官。元代盧琦《送吳元珍》詩:"冷宦莫嗟鄉國遠,故人今在省臺多。"先子:稱亡父。《孟子·公孫丑上》:"曾西蹴然曰:'吾先子之所畏也。'"焦循正義:"稱'先子'者,謂父,非謂祖父也。"

(5)"契闊雲天在望"句:契闊,參閱本書卷二之《挽李士銓聯》。雲天在望:指遠處的東西在視綫以内,可以望見。

(6)蕭條:指寂寞冷落,毫無生氣。

(7)潙水:即潙江,是廖樹蘅故里寧鄉的最大河流,故寧鄉亦別稱潙寧。

張通謨

壯哉水口山,惟先兄克建厥議,惟我公克奏厥功,拓利憶前謨,大地精華悲劫後;

邈矣人間世,論道德爲儒所宗,論文章爲士所式,哀時摧碩果,勝朝耆舊感當年。

【説明】

本聯録自《珠泉草廬師友録》册三卷十一,頁八十。原文在"張通謨"後附有簡介:"字仲純。湘鄉舉人,晚歲鬻書杭州。其兄通典字伯純,湖南初設礦務總局,任提調,故聯語云然。"

【簡注】

(1) 張通謨(1861—1937):字仲純,號蓬叟。清末民國時湖南省湘鄉縣人。張通典弟。清光緒癸卯(1903)科進士。先後任江蘇江寧知縣、兩江優級師範教務長等。

(2) 克奏厥功:克,戰勝之意。奏:臣下向君王陳述事情。厥,相當於"其""他的"。功:功績。事情已經辦成,他的功勞十分顯赫。《尚書·大禹謨》:"皋陶矢厥謨,禹成厥功,帝舜申之。"

(3) 前謨:先前的計謀、策略。

(4) 邈矣:意思是遥遠了。潘岳《西征賦》:"古往今來,邈矣悠哉!"

(5) "論文章爲士所式"句:式,樣子、榜樣之意。指論詩文廖樹蘅足可爲士人的榜樣。

(6) 勝朝:指已滅亡的前一朝代。清代王應奎《柳南隨筆》卷三:"明太祖既登極,避勝朝國號,遂以元年爲原年。"此處指清朝。

(7) 耆舊:年高望重者。《漢書·蕭育傳》:"上以育耆舊名臣,乃以三公使車,載育入殿中受策。"

王允猷

寶藏啓衡湘,昔年棹泛茭河,與長君游宴連朝,親見五丁疏鑿迹；

　　神交失耆舊，隔歲語傳青鳥，許賤子文章知己，長留一水溯迴思。

【説明】

　　本聯録自《珠泉草廬師友録》册三卷十一，頁八十一。

　　《珠泉草廬師友録》卷一在《湖南省礦務總局總理黄忠績呈請撫恤故常寧水口山分局總辦廖基植稿》後附有按語：“聞呈稿出自王君允猷之手。允猷，字藎宣。浙江山陰人，清進士。光緒三十一年，任寧鄉縣知縣，三月，調任常寧，與公子基植交誼最篤。時任礦局文牘，故所言倍覺真切云。”（《珠泉草廬師友録》册一卷一，頁七）

　　《民國寧鄉縣志·故事編·官師譜·清》：“王允猷，字藎宣。山陰進士。三十一年正月署；三月，調常寧。”（《民國寧鄉縣志》册二，頁一一〇九）

【簡注】

　　(1) 棹泛茭河：棹泛，劃船之意。泛，漂浮。棹，劃船的一種工具，形狀和槳差不多。茭河：指常寧、耒陽、衡南段的春陵河，在常寧市白沙鎮南陵村野鹿灘入境，於水口山鎮小洲村與衡南縣向陽鎮河口村茭河口匯入湘江。《水經注·湘水篇》云：“新寧有春江。”《隋書·地理志》：“焦源江，縣東北六十里，源出於藍山，流與湘合。”清同治《常寧縣志》：“春水在縣東，今名焦源河。”在古代文獻中，春江（春陵河）又名焦源江或焦源河。後焦、茭同音轉讀，而形成新地名茭源河，茭河則爲茭源河之簡稱。

　　(2) 長君：指廖基植。光緒二十九年(1903)九月，廖基植接替父親廖樹蘅出任水口山礦務局總辦。

(3) 五丁疏鑿迹：指力士改造山川的壯舉。五丁，典出漢代揚雄《蜀王本紀》："天爲蜀王生五丁力士，能徙蜀山。"元代柳貫《袁伯長侍講同赴北都》詩："腰無兩韃屬，道有五丁鑿。"疏鑿：開鑿之意。

(4) 語傳青鳥：典出《山海經・海内北經》："西王母梯幾而戴勝，其南有三青鳥，爲西王母取食。"青鳥：傳説中西王母娘娘的神鳥，借指使者傳遞信息。

(5) 溯洄：逆流而上。《詩經・秦風・蒹葭》："溯洄從之，道阻且躋。"下聯中之"一水"，指湘江。

張廣枬

精誠所至，金石爲開，大利造湖湘，同輩回思留故我；
喪亂頻仍，山林高卧，勝朝試經濟，先生豈僅是詩人。

【説明】

本聯録自《珠泉草廬師友録》册三卷十一，頁八一。"張廣枬"後附有簡介："字綺梅，長沙人。"

【簡注】

(1) 張廣枬(約 1844—?)：字綺梅。清末民國時湖南省善化縣(今長沙市望城區)人。舉人出身。曾官四川樂山、華陽、酉陽、秀山等地知縣。有《祈園詩集》《祈園聯語》行世。

(2) 故我：指舊我，過去的我。宋代陳著《賀新郎・次韻戴時芳》詞："誰料腥埃妨闊步，孤瘦依然故我。"

(3) 喪亂頻仍：喪亂，指死亡禍亂。後多以形容時勢或政局動亂。《詩・大雅・雲漢》："天降喪亂，饑饉薦臻。"頻仍：連續不斷(多用於壞的方面)。

（4）山林高臥：比喻隱居山林，不肯出仕。山林：山與林，亦指有山有林的地區。高臥：高枕而臥。

（5）經濟：指治國的才幹。

（6）"先生豈僅是詩人"句：贊揚廖樹蘅作爲近代中國礦業先驅，負有經濟大才，不僅僅是一位詩人。

黄忠績

繼我公爲湘上礦人，前事本堪師，不貪夜識金銀氣；
論耆德是國家元老，大名知更壽，詩卷長留天地間。

【説明】

本聯録自《珠泉草廬師友録》册三卷十一，頁八一。《珠泉草廬師友録》卷一在《湖南省礦務總局總理黄忠績呈請撫恤故常寧水口山分局總辦廖基植稿》後附有按語："黄總理忠績，字誠齋，黔陽人，爲忠浩母弟。國變後，繼公任礦務總局總理。公子基植，病卒於家，忠績縷述勞績，呈請優恤，奉都督湯薌銘核準，發給撫恤金五百元，一時均謂賞不酬庸，惟易代之際，尚能追念前勞，足徵公道具在人心，歷久不泯也。"（《珠泉草廬師友録》册一卷一，頁七）

黄忠浩、黄忠績兄弟與廖樹蘅、廖基植、廖基械、廖基樸、廖基傑父子頗有交誼。光緒三十四年（1908）秋，黄忠浩出任四川提督，廖樹蘅作《送黄忠浩任四川提督》詩相贈，共兩首，其一中有"卅年前識黄公覆，白袷談兵正少年"句，可見兩人交誼之久。光緒二十二年（1896）後，廖、黄同爲礦業同仁，彼此來往頻繁。光緒二十九年（1903），出任西路礦務公司總理的黄忠浩準備大辦辰澧、安化、漵浦等地礦務，九月下旬，廖樹蘅致書黄忠浩，論及開礦諸事，告之"以散應之，不必專取一處，暫時不宜大辦"。

同時,黄忠績受兄黄忠浩委派,赴水口山了解開采方法、經營管理等相關事宜,廖樹蘅、廖基植父子給予全力支持,并派遣十多名業務精湛的礲丁趕赴西路礦區指導并參與開采事項。

清宣統二年二月八日(1910 年 3 月 18 日),曾廣鈞、周大烈招同廖樹蘅,王闓運,黄忠績,龍璋,胡子清,謝重齋,梁焕奎,王銘忠,胡子靖,楊度、楊均兄弟,譚延闓,賓主十四人,集於長沙城東郭氏之園。據有關資料介紹,廖樹蘅、黄忠績等人参加的此次湖湘名流聚會,是爲了商籌建立湖南礦業銀行事宜。周大烈《周先生書札》後附有按語云:"周先生,字應琨,湘潭人,與公論交最早。宣統庚戌二月八日,先生與曾先生廣鈞招公與王先生闓運,胡子靖元倓,龍研仙璋,楊晳子度及其弟重子鈞,譚組安延闓,胡少泉子清,黄誠齋忠績,梁璧園、焕均兄弟,謝重齋諸先生,賓主共十四人,讌於長沙藩園後郭武壯公故宅,雅有泉石池館之勝,相與談讌賦詩,謂不減蘭亭梓澤之游。酒闌,拍照三幀,譚先生題簽,署曰《郭園雅集圖》。王先生爲記,先生與重子先生均有撰文,曾、梁兩先生各賦詩,公爲贊云:'宙合群賢,會集一庭,蘭幽竹脩,觴詠極欣,於以契今昔之情。'一時長沙傳爲詠事。"(《珠泉草廬師友録》册三卷九,頁十九至二十)廖樹蘅所題《潙寧廖樹蘅集禊帖》,位於照片左上方。因廖樹蘅是湖南寧鄉人,潙水是湘江支流,由西向東蜿蜒流經寧鄉全境,故廖樹蘅姓名前冠以"潙寧"二字,以表明其籍貫。曾廣鈞《郭園公讌迴文》詩曰:"二月八日與周六大烈招王湘綺,廖珠泉,譚組安,梁辟園、和甫兄弟,胡少泉,龍研仙,胡子静,黄誠齋,謝重齋,楊仲子兄弟,孫静山,惟静山以病不赴。郭園者,武壯公之宅,今爲自治籌辦局,頗有泉石池館。酒闌,照像二幀,一倚巖樹,一橋上。珠泉爲讚,湘綺爲記,余爲詩。'支笻短徑小池東,地勝清機息轉蓬。羲燧紀年窮漭莽,惠莊同意得玄通。移尊促影花窺鏡,坐席容床石卧松。絲柳拂橋長共記,遲歸每詠舞雩風。'"(《環天室詩後集》,頁三三至

三四)

【簡注】

(1) 黄忠績(1868—?)：字誠齋。清末民國時湖南省黔陽縣人。廩貢生。黄忠浩弟。清光緒二十八年(1902)赴日本留學，入宏文學院，與楊度同學。回國後，供職於湖南全省礦務總公司。民國元年(1912)接替廖樹蘅出任湘礦總局總理。後參與創辦《實業雜志》，其爲民國間湖南出刊時間最長、對湖南實業界最具影響的大型期刊。

(2)"繼我公爲湘上礦人"句：指黄忠績接替廖樹蘅擔任湘礦總局總理一事。

(3) 前事本堪師：贊揚廖樹蘅以前的治礦經驗可作爲師法之榜樣。

(4) 耆德：年高德劭、素孚衆望者之稱。《書·伊訓》："敢有侮聖言，逆忠直，遠耆德，比頑童，時謂亂風。"

(5) 元老：原指天子的老臣。後稱某一領域年輩長資歷高的人。

(6)"詩卷長留天地間"句：稱贊廖樹蘅所撰《珠泉草廬詩鈔》爲必傳之作。

胡元達

先朝榮遇錫商勛，競誇寶礦雄光，獨爲湘州興地利；
晚歲流傳富詩卷，艷説珠泉勝境，忍瞻瀦水黯星文。

【説明】

本聯録自《珠泉草廬師友録》册三卷十一，頁八一。

胡元達爲廖樹蘅的礦業同仁。《珠泉草廬師友録》卷五《題珠泉草廬圖詩》收錄胡元達詩兩首。其一："延祐流風六百年，故家堂構尚依然。公先世自元延祐時即卜居於此。三朝喬木參霄古，十笏名園拓地偏。高閣枕山收夕照，平疇繞屋暖春煙。門前一派珠泉瀉，試茗頻添活火煎。"其二："溪堂鎮日對松筠，俯仰寬閑寸抱春。趾美徽猷傳彩服，用公家宋徽猷閣直學士用中先生之故事。耽精典籍謝蒲輪。前湘撫俞侍郎薦公經濟特科，辭不赴。才名世已推詩伯，餘事天教作礦人。展讀高文徵道力，公曾書大著《珠泉草廬圖記》橫幅見貽。合將圖記鏤青瑉。"（《珠泉草廬師友錄》冊一卷五，頁八七）

【簡注】

（1）胡元達：字蕃周。清末民國時湖南省湘潭縣人。清增貢生。中書科中書銜，候選訓導。曾任湘礦總局文案，後升提調。

（2）"先朝榮遇錫商勛"句：指廖樹蘅主持開發常寧水口山鉛鋅礦，使之成爲當時湖南規模最大、成效最著、贏利最多的工礦企業，由此獲得清政府二等商勛加三品銜，并加級授榮祿大夫的獎勵。榮遇：謂榮獲君主知遇而顯身朝廷。

（3）湘州：古地名。《廣輿記》："長沙府，吳晉曰湘州。"後以湘州指代湖湘地區，或指長沙。

（4）"晚歲流傳富詩卷"句：指辛亥國變後，廖樹蘅退居衡田舊廬整理詩文舊稿及鄉邦文獻事。

（5）"艷説珠泉勝境"句：艷説，指艷羨地評説。珠泉勝境：珠泉，泉名，位於湖南省寧鄉縣橫田冲大霧山下。勝境：風景優美的地方。廖樹蘅將珠泉與大霧山、鄉賢祠、梅墅定爲舊時衡田四景。李瀚昌《蓀畦以其宅左近四景徵詠即寄》，其三《珠泉》云："兒童爭笑李髯顛，杖竹敲珠戲引泉。出地變成千顆碎，祝天搏作一盤圓。無端迸入鮫人淚，直去難爲蟻孔穿。但遣此方誇地寶，老翁生不見枯田。"（《珠泉草廬師友錄》冊一卷四，頁七十至

七一)

廖樹蘅《珠泉草廬記》云:"余所居當寧鄉西南鄙,與湘潭、湘鄉接壤,前矗高峰,後枕平岡,良疇廣衍,清溪貫其中,所謂珍珠泉者是也。"(《珠泉草廬文録》卷一)隆觀易贈廖樹蘅詩,其詩引有云:"過蒜畦眄怡軒,宿門外有珍珠泉最清甘。"

廖基植、廖基械兄弟亦有珠泉詩存世。廖基植《珍珠泉》:"開門面珍泉,泉流漾清淺。一派引涓涓,餘波上沙堰。琮琤漱珠玉,滴瀝流清洒。瑩潔碧無痕,一色連天遠。寒影沁詩心,細聲時冉冉。黃葉亂流中,兩岸煙光晚。"(《紫藤花館詩草》卷一,頁六至七)

廖基械《至龍潭口觀珍珠泉》:"和風被芳皋,微雨下南澗。溶溶噴瀾雪,練練搖昏眩。纖鱗泳晴漪,蕩漾明璀璨。既足營心目,聊可供吞嚥。芳蓀藻中央,柔蕙蔚兩岸。夷猶意殊愜,宛轉神尤戀。覽此遺物情,佳賞誰同嘆。"(《瞻麓堂詩鈔》卷四,頁七)

廖基械《題楊佛琴艸笙〈湘上吾廬圖〉》,共三首,其三云:"萬斛珠泉繞墅流,余宅畔有珍珠泉,極清冽。深山余亦有菟裘。他年覯得鵝溪素,合寫終煩顧虎頭。"(《瞻麓堂詩鈔》鈔本卷四)

(6)星文:星光。明代孫默《舟泊富春》詩:"垂釣今何在,星文照旅魂。"

歐陽嶽峻

與先君莫逆之交,錯石攻金,克樹豐功垂礦業;
嘆我公無疾而逝,文章道德,長留模範在人間。

【説明】

本聯録自《珠泉草廬師友録》册三卷十一,頁八一。原文在"歐陽嶽峻"後附有簡介:"字叔衡,常寧人。其父在勤頗饒幹才,公初蒞山,簡以爲重。"

清光緒二十二年(1896)春,廖樹蘅攜長子廖基植赴水口山礦局履任,租住在湘江之濱的松柏鎮,由此結識了鎮上原住民歐陽在勤。歐陽在勤爲人謹厚、任事踏實,深得廖樹蘅賞識,廖樹蘅請其參與水口山礦務局與地方事務的協調與管理。隨着交往的深入,兩人友誼日增,甚至延伸到後輩。光緒二十七年(1901),清泉、常寧兩地歐陽家族續修族譜,歐陽在勤請廖樹蘅撰《清泉歐陽氏族譜序》。宣統元年(1909)冬,歐陽嶽峻結束在日本的留學生活回國,十一月八日(12月20日)途經長沙時,專程到湘礦總局拜訪廖樹蘅。廖樹蘅《珠泉草廬日記》初八日云:"晴。夜月如晝。歐陽在勤之世兄叔衡自東洋游學歸,貽日本外史一部、礦質畫圖一卷。"(《珠泉草廬日記》卷己酉,頁一四〇)

【簡注】

(1)歐陽嶽峻:字叔衡,號泰階。清末民國時湖南省常寧縣人。歐陽在勤子。曾留學日本。民國間任湖南高等法院庭長、湖北高等法院五分院院長等職。

(2)歐陽在勤:字采芹。清末民國時湖南省常寧縣人。受廖樹蘅委任主持常寧忠字一團義田,并協助參與水口山煉鉛廠事務等。

(3)"與先君莫逆之交"句:指廖樹蘅與歐陽在勤友誼深厚、情投意合。莫逆:沒有抵觸,感情融洽。

(4)錯石攻金:將錯雜疊積的各種石頭磨成金屬。《文選·司馬相如〈長門賦〉》:"致錯石之瓴甓兮。"李善注:"錯石,雜衆石也。言累衆石令之密緻以爲瓴甓。"

(5)文章道德:指思想品德和學識學問。宋代辛棄疾《漁家傲·爲余伯熙察院壽》詞:"道德文章傳幾世,到君合上三臺位。"

唐　湘

名教仗扶持，清史儒林應立傳；
淵源溯師授，白頭父執更何人。

【説明】

本聯録自《珠泉草廬師友録》册三卷十一，頁八一。原文在"唐湘"後附有簡介："字襄生，爲蓬州觀察之次子。"

清光緒五年（1879）、六年（1880）及七年（1881）暮秋前，廖樹蘅受時任益陽知縣唐步瀛之請，閲課卷，兼教讀其兩子，其一即是唐湘。光緒元年（1875）十二月，唐步瀛署理寧鄉知縣，唐、廖兩人由此相識相知，四十年情誼深厚悠長。《珠泉草廬師友録》卷八在唐步瀛《唐觀察書札》後附有按語："唐公步瀛，字蓬洲，四川樂山人。清舉人，以即用知縣分發湖南，歷宰劇邑，卓著政聲。後升衡州府知府，調常德府知府，升岳常澧道，調衡永郴桂兵備道，最後任湖南勸業道，以年老致仕。其署寧鄉縣知縣，在光緒元年。時縣人劉果敏公，方籌議賓興公田，設錢漕局，果敏屬唐公邀公主其事，公與唐公締交從此始。唐公病寧士專習帖括，捐廉舉行經史詩文課，綴文之士，爭爲有用之學，風氣爲之丕變，發議則固由公也。明年，以新主紀元，州縣例舉孝廉方正，唐公以公應舉，力辭之，唐公亦不另舉。五年，唐公官益陽知縣，招公課其二子，兼閲課卷。公教督嚴，唐公之太夫人頗務姑息，公郁郁不欲久居，翌年即辭不赴館。唐公致書云：'固知小兒頑鈍，不足以辱高賢。良朋見棄，其必有由。'公感其意誠，不得已復留二年。益陽縣署有憩園，餘地甚廣，池寬十餘畝，菱茨鋪水面，厚數寸。唐公置艇其中，月夜泛舟池中，置酒歡會，公爲唐公撰《益陽縣署園池記》。八年，唐公再署寧鄉，復任公以課卷。公校閲佳卷至多，擇其優者都爲一帙，以備付鋟。二十六年，公署清泉訓導。明年,唐公授衡州府知府。同居一城,過從尤密。唐公爲政,風裁峻厲,公病其過嚴,直言規之。初不能容受,每至動色相爭,各不相下,事後唐公終服公直諒。嘗曰:'吾輩風塵俗吏,固知君之不見許也。'公任官礦總局提調,唐公後亦奉爲總理。公與之論交,幾四十年,蹤迹常在一方。國變後,公倉卒還里,唐公最後一書,有'此後無相見日',其語殊爲淒痛。未幾,唐公没於長沙學宫街寓廬。民國九年,湖南驅逐張敬堯,戰爭劇烈,亂定,唐公之孫兆槐奉令查寧鄉、安化、新化兵災,迂道衡田,謁公里第。公見其言論豐采,雅類其祖,爲之忻喜。臨別,贈之以詩云:'令祖鳴琴日,而翁上學年。伊余趨幕府,彼此未華顛。喜見桐孫苗,能將舊硯傳。紀群先宿草,相向一淒然。'述曩慰今,纏綿悱惻。兆槐字植庭,曾留學日本。"(《珠泉草廬師友録》册二卷八,頁八二)

【簡注】

(1)名教仗扶持:由"儒者,所以扶持名教也"衍化而來。儒家學説仰仗扶持。名教:指儒家學説。

(2)儒林:指儒家學者之群。《史記》有《儒林列傳》。張守節正義引姚承曰:"儒謂博士,爲儒雅之林。"

(3)淵源溯師授:指廖樹蘅曾教授唐湘兄弟事。

(4)父執:父親的朋友。語出《禮記·曲禮上》:"見父之執,不謂之進,不敢進;不謂之退,不敢退;不問,不敢對。"孔穎達疏:"見父之執,謂執友與父同志者也。"

蔣森榮

文章韓吏部,詩律杜少陵,元氣淋漓,生面果然開一代;
時雨沛黌宫,仁風噓礦局,大名流播,及身早自定千秋。

【説明】

本聯録自《珠泉草廬師友録》册三卷十一,頁八一至八二。聯後附有按語云:"蔣先生森榮,字曙東。清監生,著有《養拙軒詩文集》。公卒年八十四,先生長於公數歲,聞公卒,猶躬來衡田悼唁,未幾亦卒。"

【簡注】

(1) 韓吏部:即韓愈(768—824),字退之,自稱郡望昌黎,世稱韓昌黎、昌黎先生。唐代河南河陽人。我國古代傑出的文學家、政治家,也是唐代古文運動的倡導者,被後人尊爲"唐宋八大家"之首。有《韓昌黎集》等。

(2) 杜少陵:即杜甫(712—770),字子美,自號少陵野老。唐代湖北襄陽人,後徙河南鞏縣。唐代現實主義詩人,後人尊爲"詩聖",其詩被稱爲"詩史"。共有約 1500 首詩被保留下來,有《杜工部集》傳世。

(3) 元氣淋漓:形容生命力旺盛,精神暢快。

(4) "生面果然開一代"句:語出袁枚《謝趙耘菘觀察見訪湖上,兼題其所著〈甌北集〉》詩:"生面果然開一代,古人原不占千秋。"比喻開一代之先河,另外創出一種新的形式或局面。生面:新的面目。

(5) 時雨沛黌宮:贊譽廖樹蘅執掌清泉學舍,對學宮士子來説,猶如一場充沛的及時之雨。時雨:應時的雨水。黌宮:學宮。元代洪希文《踏莎行·示觀堂》詞:"郡國興賢,黌宮課試,書生事業從今始。"

(6) 仁風:形容恩澤如風之流布。舊時多用以頌揚帝王或地方長官的德政。

(7) 及身:在世的時候。

梅英傑

教我累千言，叮嚀耆舊遺書，補平生後死未完心事；
別公才一日，痛哭寢門撤瑟，動人亡國瘁無限悲思。

【説明】

本聯録自《珠泉草廬師友録》冊三卷十一，頁八二。

梅英傑(1858—1930)：字殿薌、殿香。清末民國時湖南省寧鄉縣一都莓田人。莓田梅氏。清户部主事、翰林梅鍾澍孫，安徽徽州知府梅錦源子。梅氏爲寧鄉舊族，累世書香，一門風雅。寧鄉廖氏與梅氏數輩交誼，再由友誼而成姻戚。清光緒八年(1882)，梅英傑與廖基植同學於嶽麓書院。光緒十八(1892)、十九年(1893)，廖樹蘅出任玉潭書院山長，梅英傑則爲書院董事。光緒二十二年(1896)春，廖樹蘅攜長子廖基植及梅英傑同赴水口山，六月，梅英傑歸寧鄉莓田，廖樹蘅賦詩送別。廖樹蘅《送殿香歸里》，共兩首。其一："之子渺然去，煙江聞棹歌。心隨雲葉轉，愁似亂山多。顧我尚留滯，歸懷滿薜蘿。臨歧各無語，落日淡瀟波。"其二："倚閭人已老，不敢尼君歸。從此隔山嶽，相思煙草肥。天心方啓蟄，吾道豈終非。努力崇名業，無長與世違。"(《珠泉草廬詩鈔》烝陽本卷四)光緒二十八年(1902)，梅英傑受湖南巡撫俞廉三之聘，加盟湘礦礦業團隊。宣統二年(1910)，梅英傑離職歸里，於莓田古屋整理祖父梅鍾澍的遺詩遺文。民國以後，梅英傑在編纂本人著作《企崔山房詩文集》的同時，還協助廖樹蘅、廖基械父子審校陶汝鼐、劉復園等鄉邦先賢作品。對此，《湖南刻書史略‧寧鄉廖氏刻書》中如此評點："至清代末年，衡田廖氏人文蔚起，與莓田梅氏并驅。"(尋霖、劉志盛《湖南刻書史略》，頁四〇三)

對於梅英傑的生平事略，《珠泉草廬師友録》卷二在梅英傑

《珠泉先生八十壽序》後附有按語云："梅先生英傑,字殿薌。清
廩貢生,國子監典籍銜。著有《企崔山房文集》二卷。先生於公
雖非及門弟子,而拳拳服膺幾五十年。公總湘礦,仿劉晏用士人
法,先後委先生充衡州蘇州灣煉廠提調、平江黃金洞金礦會辦、
新化錫礦山銻礦總辦。國變後,公幅巾還山,憔悴幽憂,仍不忘
國粹,曾選定鄉先生陶密庵、劉復園諸遺集,屬先生校刊。癸亥
五月,公復約先生赴衡田,商刊先正遺書,謂忍死以待,辭旨凄
惋。先生至,縱談兩晝夜。瀕行,撰杖送諸門。入夜,氣疾微作,
越日而卒。先生哭之彌慟,并爲文以表其墓。"(《珠泉草廬師友
錄》冊一卷二,頁十五)

廖基械曾作《梅殿薌六十壽序》。其文曰："光緒癸未之歲,
予以視伯兄璧耘嶽麓書院,得交院中才秀之士。一日,兄於稠人
中示予曰:'此縣中梅君殿薌,禮部霖生先生之孫,掬海太守之子
也。汝盍交焉?'予既心善之,而默窺其爲人,矯亢異俗,沈静寡
言笑,就與語,甚洽。讀其製舉文,清嶲超邁,有先民矩矱。而君
於是年以歲試第一,入食餼。越二年,予與君弟梁傑同歲補縣學
生,君嘗以弟畜予,而交益篤,繼以姻連,往來日密,每至必就君
談。君家縣城之東,地絕幽勝,山溪明媚,無城市湫隘之氣。君
嘗築樓其中,爲群居講習之所,樓高出林杪,天容水色,并入軒
檻。乍開乍合,蕩爲虛光勝概,不可言狀。君時攻古文之學,不
懈益力。予一日過其家,天盛暑,君攜與登樓,命奚童挈壺具茗,
解衣磅礴,縱論古今人才、文章得失,相與欣賞者久之。已而出
示其所爲古文,格律嚴謹,氣醇而志肆,信能得方姚之家法者。
間有小纇,則各出所見以相爭辨。然辨愈嚴,而情益洽,斯時我
兩人相與自謂,極人世友朋之樂也。君負經世之志,不得見於
用,嘗一游江南,再游京師,皆不遇。遂歸隱潙濱,一意以文章自
娛,不復問當世治亂之故。信乎! 静而有守者也。竊嘗謂天下
之亂,恒兆於一二無識之游士,蓋其躁妄之氣,足以倡來千萬人

之附和，紛紛焉變本加厲，致綱維廢墜，邦本動搖，不至於亂不止。此其人謂非天下之巨蠹，而亂之首乎！君安享林泉之樂，讀書日益勤，進德日益篤，爲文日益宏富，天將有以大成於君，故特置君於此，以視夫浮薄務進之士，奚啻霄壤哉？今歲某月，爲君六十壽辰，同人以序言屬予。嗟乎！予言豈足重君，然以君之克自樹立，惟予知之最深。而予之益友，亦以君爲最篤，是不可以無言也。謹叙君平生大者與吾兩人相交之情質言之，以爲君壽。"（《瞻麓堂文鈔》卷一）

【簡注】

（1）"教我累千言，叮嚀者舊遺書"句：指廖樹蘅在辭世前數日仍與梅英傑商量刊刻先正遺書之事。

（2）別公才一日：廖樹蘅於民國十二年五月二十七日（1923年7月10日）辭世，而五月二十五日（7月8日）梅英傑剛告別廖樹蘅，離開廖氏衡田老屋。

（3）寢門：古禮天子五門，諸侯三門，大夫二門。最内之門曰寢門，即路門。後泛指内室之門。

（4）撤瑟：本謂撤去琴瑟，使病者安静，且示敬意。語本《儀禮•既夕禮》："有疾，疾者齊，養者皆齊，徹琴瑟。"後用以稱疾病危篤或死亡。

（5）國瘁：形容國家病困，陷於絶境。

周棍榮

以文載道，以學鑄人，匡居數荆楚者賢，吾黨群欽韓北斗；

勖我若師，忘年若友，焚香讀珠泉遺集，劫餘珍重魯靈光。

【説明】

本聯録自《珠泉草廬師友録》册三卷十一,頁八二。

周槐榮:爲周鳳九父、周光召祖父。《珠泉草廬師友録》本聯後附有按語云:"周先生槐榮,字萐濱。清廩生,貢成均,授臨湘縣訓導,調署沅江、永州、道州諸學官,一主玉潭書院講席。公(廖樹蘅)主礦務總局,曾委先生辦興寧大崗洞鉛礦。"

《民國寧鄉縣志·故事編·先民傳二十七·清》:"周槐榮,字萐濱,枞謙從兄也。父衡壽,爲醫,喜用熱劑。剛正嚴毅,鄉里推重。枞謙善治藝,而槐榮志在經世,治輿地,熟於顧祖禹顧炎武之書。以諸生貢成均,主講玉潭書院,授臨湘縣訓導,調署沅江、永州、道州各學官。光緒三十一年乙巳,奉委開辦興寧大崗洞鉛礦。未幾,歸。"(《民國寧鄉縣志》册二,頁七〇一)又,據《寧鄉潙西周氏五修譜六房大霈(玉庵)公裔支譜》介紹:"周槐榮,派名周文笙,咸豐元年六月十二日出生於寧鄉一都七星塘老屋,民國十六年六月十七日卒於白泥橋,享壽七十七歲。"

【簡注】

(1) 以文載道:指以文章來説明道理、弘揚精神。出自宋理學家周敦頤《通書·文辭》:"文所以載道也。輪轅飾而人弗庸,徒飾也,況虛車乎!"

(2) 以學鑄人:通過學校的薰陶培育人才。鑄人:謂培育人才。

(3) "匡居數荊楚耆賢"句:匡居,指安居。荊楚:荊爲楚之舊號,略當古荊州地區,在今湖北、湖南一帶。此處指湖南一省。耆賢:年高賢德之人。

(4) 韓北斗:指韓愈。此處以廖樹蘅與韓愈作比。據《新唐書·韓愈傳》載:韓愈作爲唐代古文運動的倡導者,有"文章巨公"和"百代文宗"之名,當時的學者"仰之如泰山、北斗"。

（5）勖我若師：勉勵我就如同老師一樣。勖：同勉勵、勖勉。

（6）忘年：不拘年齡、行輩，以德才相敬慕。廖樹蘅出生於清道光二十年（1840），而周棫榮則生於咸豐元年（1851），廖樹蘅長周棫榮十一歲。

（7）珠泉遺集：指廖樹蘅所撰《珠泉草廬詩鈔》《珠泉草廬文錄》等著作。

（8）"劫餘珍重魯靈光"句：劫餘，謂災難之後。周詠《感懷》詩之六："舉目新亭揮掬淚，劫餘誰是濟時才？"此處指民國初年南北軍閥混戰致使湘中一帶民不聊生。魯靈光：同魯靈光殿。陸游《跋〈蘭亭樂毅論并趙岐王帖〉》："今周器漢札雖不可復見，而《修禊序》《樂毅論》如魯靈光巋然獨存，意有神物護持，非適然也。"

廖潤鴻

一朝再舉特科，部曹不到，詔試不前，時局慨怡堂，竟使草廬裕經濟；

五秩初開鄉社，著述有徒，行藏有侶，英靈宜接席，但將梅墅貯文章。

【說明】

本聯錄自《珠泉草廬師友錄》冊三卷十一，頁八二。

《民國寧鄉縣志·故事編·先民傳五十四上·清》："廖潤鴻，字振才，晚曰種垞。橫田廖氏，而別居二都觀梓冲。在烏江平水間丘壑幽靚處也。先世自南宋末以佐平原州功鎮潭州。至元時遷寧鄉，分五房。第四房世居橫田，他房歷明清膺鄉舉者數輩。橫田房則惟潤鴻登甲乙榜，而與訓導樹蘅皆以文章有重名。潤鴻年三十，以歲試第一入縣學，又十年，中光緒癸巳恩科鄉榜。

乙未會試中明通榜,挑取國史館謄錄。丁未五月廷試各直省舉人,潤鴻中式,授内閣中書,居京師二年餘。己酉從提學曹廣楨於吉林委充優級師範學堂教員。庚戌用新例,改知縣,發廣東讞局委員。辛亥權知西寧縣事,甫三月,革命事發,乃歸。逾四年,復就人家塾至粤,游西江,觀潯梧山水,至百色。丁母艱歸,遂不復出。初,科舉未廢,先後充玉潭、雲山兩書院院長。及改學堂,歷充衡州中學、石鼓小學教員。至是問字者不絶。嘗開龍椒文社於里中,藉以自給。己卯九月卒,年八十有六。潤鴻體貌魁偉,嚴冷寡言,而詩筆獨妍秀。少好學,家貧不能入省縣學院。爲人訓蒙,必擇書多者。及居書院學校講席,典籍足恣探討,益博洽。未嘗著書,獨好爲詩。其詩非學人不能爲。而思精筆妙,學不足以累之。樹蘅亦頗心折焉。著《春海堂詩鈔》,已刊行。"(《民國寧鄉縣志》册二,頁八五四)

《珠泉草廬師友錄》卷四在廖潤鴻《九月祭大霧寺新祠,感前代避寇事,賦寄珠泉老人》詩後附有按語云:"廖先生潤鴻,字振才,徙字種垲。寧鄉仙鳳鄉人。清光緒癸巳科舉人,以乙未明通榜考取國史館謄錄,復由會考中式内閣中書,改官廣東,署西寧縣知縣,會逢國變,幅巾還山。先生家貧力學,家無藏書,至終歲讀《康熙字典》,其勤苦有爲人所難堪者。廖氏自元延祐間有名慶雲者,由長沙遷寧鄉衡田。子五人,支裔分居各縣,惟四曰萬熙,仍守衡田。公與先生固同爲萬熙苗裔,先生實爲公之族弟也。齒少於公廿餘歲,與公子基域年相若,且同歲入學,甚相得。公負經世大才,文學特其餘事。先生則於書無所不窺,凡過目之書,濃圈密點,朱墨斑斕,縱或假借於人,亦任意塗抹。故先生詩文,根柢甚厚,惟政事非其所習,而偏喜談時政得失。與公論學,尤多不合,至期期爭辨不少休,然公固始終愛重之也。先生以民國二十八年卒,所著《春海棠詩鈔》六卷已刊行。"(《珠泉草廬師友錄》册一卷四,頁七五)

【簡注】

(1)"一朝再舉特科"句:指廖樹蘅是繼廖儼之後,衡田廖氏再舉特科。清康熙十七年(1678),康熙皇帝爲招納天下博學名儒,於每三年一次的科舉考試之外,特别開設了一次制科(俗稱"詞科"),以天下之文詞卓越、才藻瑰麗者,召試擢用,備顧問著作之選,名曰"博學宏詞科",亦稱"博學鴻詞科"。衡田廖氏先祖廖儼被湖南巡撫趙申喬薦舉博學鴻詞科。光緒二十八年(1902),廖樹蘅被湖南巡撫俞廉三、學政柯劭忞特疏加保經濟特科。

(2)"部曹不到,詔試不前"句:指廖樹蘅淡於榮利,素鮮宦情,仍具啓辭不應舉之事。

(3)"五秩初開鄉社"句:指光緒十九年十一月十九日(1893年12月26日),廖樹蘅於里中大霧山麓建鄉賢祠,并邀集同鄉同仁定時賦詩之事。五秩:即五十年,十年爲一秩。鄉社:同鄉士子會文的結社。

(4)行藏:指出處或行止。《論語·述而》:"用之則行,舍之則藏。"

(5)接席:坐席相接,多形容親近。三國魏曹丕《與吳質書》:"行則連輿,止則接席。"

(6)梅壑:民國三年(1914)秋,廖樹蘅於横田珠泉草廬南上三里許之龍潭,以三萬錢買茅屋數間,重新修葺後,署曰"梅壑"。廖樹蘅《由余家南上三里許曰龍潭,珍珠泉由此瀉出。口以内四山環碧,嶽麓山脈所經由也。山麓有複嶂,泉石竹樹所萃,茅屋數間,負崖而立,前年以三萬錢買之。於屋東偏築樓一間,覆以草菅,樓後老梅一株,洞開後壁,納其嘉蔭,署曰"梅壑"。樓中略具幾席,游者便焉。重垞喜其幽邃,作詩張之,且堅後約,次韻答之》,共兩首。其一:"團蕉小築湘山隩,老樹霜嚴谷口秋。聊與山農分一席,飽收煙翠入危樓。無人敗興租先了,有酒如淮婦可

謀。惟有此中堪避世漢謫,南垂北際任人籌。"其二:"山果釘桴香
沁齒,不論丹荔與江瑤。筠籠秋澗收菰米,雷雨春山長蕨苗。蟬
脫塵埃身易隱,鹿門煙樹筆難描。新詩合用羊羫換,有約重陽折
柬招。"(《珠泉草廬詩後集》卷二,頁十一至十二)

程璟光

與先生夙稱道義交,堪悲關塞蕭條,千里樹雲堪入夢;

有難弟曾結唱酬社,共悼老成凋謝,三秋風雨倍傷神。

【説明】

本聯錄自《珠泉草廬師友錄》册三卷十一,頁八二。

聯後附有按語云:"公嘗云:祖以下孑然一身,固無兄弟。此
聯所言難弟,乃指公族弟潤鴻孝廉,清宣統間,以知縣需次廣東
者也。"

《珠泉草廬師友錄》卷五收錄程璟光題廖樹蘅《珠泉草廬圖》
詩,共兩首。其一:"珠泉廬畔萬梅花,疑是孤山處士家。竹雨簾
櫳閑展卷,松風庭院聽煎茶。圖書東壁吟懷健,饘膳南陔樂事
賒。惟羨丘園多逸趣,定知場圃足生涯。"其二:"門開綠野課春
耕,閑看傭農叱犢行。泉籟書聲清晝永,溪煙林雨畫圖呈。一畦
寒菜蘭成感,三徑孤松靖節情。宋玉年來更高蹈,升沈何事問君
平。"又,此詩後附有按語云:"程先生璟光,榜名頌芳,字海年,寧
鄉吐蛟湖人,爲子大先生之從兄。清光緒壬午科舉人,官廣東樂
昌縣知縣,歷署陸豐、始興諸縣。著有《訥庵詩集》。"(《珠泉草廬
師友錄》册一卷五,頁八二)

【簡注】

(1)"與先生夙稱道義交"句:夙稱:舊;平素。杜甫《昔游》

詩:"良覿違夙願,含淒向寥廓。"道義交:交,指交情、友誼。有道德有正義感的交往和友情,即指互相幫助、互相支持的朋友。本句指廖樹蘅與程璟光爲相互支持的好友。

(2)關塞:邊關,邊塞。杜甫《傷春》詩之一:"關塞三千里,煙花一萬重。"

(3)樹雲:高聳入雲的樹木。唐代詩人崔櫓《華清官》詩之一:"草遮回磴絕鳴鑾,雲樹深深碧殿寒。"

(4)"有難弟曾結唱酬社"句:指廖樹蘅族弟廖潤鴻"嘗開龍椒文社於里中"事,程璟光曾與廖潤鴻一同唱和。唱酬,以詩詞相酬答,是古代詩友間聚會玩樂的一種文字和智力游戲。明代唐寅《送行》詩:"此日傷離別,還家足唱酬。"清代吴偉業《送山東耿中丞青藜》詩:"幕中壯士爭超距,稷下高賢共唱酬。"

(5)老成:老練成熟;閲歷多而練達世事。

(6)三秋:指秋季的第三月,即農曆九月。北周詩人庾信《至仁山銘》:"三秋雲薄,九日寒新。"

李浚昌

天下事今可問乎,驚悸剩餘生,竊羨先生先撒手;

眼中人吾亦老矣,姻親兼世好,感懷疇曩倍愴神。

【説明】

本聯録自《珠泉草廬師友録》册三卷十一,頁八二至八三。原文在"李浚昌"後附有按語云:"字礪貞。清附貢生,候選訓導。瀚昌母弟。著有《毛詩補箋》。"

《民國寧鄉縣志·故事編·先民傳二十四·清》:"浚昌,字礪貞。附貢生,候選訓導。軀幹修偉,美鬚髯。留心掌故,嘗集咸、同、光、宣四朝名臣事爲書,又著《毛詩補箋》。卒年八十七。"

《民國寧鄉縣志》冊二,頁八八六)

【簡注】

(1)驚悸:無故自驚而悸動不寧之證。

(2)世好:猶世交。陸游《送子虡赴金壇丞》詩:"汝雖登門晚,世好亦牽聯。"

(3)疇曩:往日,舊時。

(4)愴神:傷心。陸游《夜登千峰榭》詩:"危樓插斗山銜月,徙倚長歌一愴神。"

張興慧(一)

羅四千年歷史,志在匡時,白屋困名儒,許多經濟文章,只消得礦人一啓;

寫八十歲離騷,志圖祈死,蒼天重耆舊,看彼陰陽造化,又延長此老三齡。

【説明】

本聯錄自《珠泉草廬師友錄》冊三卷十一,頁八三。《寧鄉文史第八輯・溈寧耆舊聯選》《走近壩塘》等亦收錄此聯。

《珠泉草廬師友錄》卷十一在"張興慧"後附有按語云:"字鶚翎,晚號葛民。清光緒戊戌進士,河南即用知縣。"

《民國寧鄉縣志・故事編・先民傳五十五・清》:"張興慧,字鶚翎,晚號葛民。士樞九世孫,居六都。家貧授徒,年三十始入學。舉光緒甲午鄉試,戊戌成進士。以知縣即用,分河南委辦軍裝局。兵器窳敝狼籍於地。主者發六百金畀修繕。興慧曰:'售敝者費有餘。'卻不受。數月,局舍軍械一新,報銷數悉注,其人與地皆可覆按,上下稱廉。然性鯁直,不能唯阿事上。汴撫寶

□湘石瑞徵從子，奏煙苗肅清，朝廷將命使臨視。寶委道員呂效琦
充禁煙總辦，派員數十人，分縣嚴督。興慧得登封，至則煙苗尚
強半，諸生皆反復命。效琦爲期，會以次詢。皆曰：‘苗盡矣。’獨
興慧曰：‘未盡。’效琦不悅而佯獎之，命再往犁毀。興慧曰：‘前
歲上令禁種，登封民數百荷械攻城，而遽曰犁毀，某即不惜生
命，倘激變牽動全局，奈何？’無已，請調總兵某往駐。某偕知縣
履四鄉，開諭違者有軍法。效琦如其言，請於巡撫，不許，而仍
檄興慧犁毀。興慧訴於寶，效琦罷斥，一時稱強項令。然坐是
廢困數年。借應文課以供饘粥。汴撫福建林紹年，興慧進士同
年也。招之，竟不往見。或問故，興慧愕然，蓋嘗以作文不見
客。有謁者，其妻不與通寶刺，興慧不知也。改革後歸，愈潦
倒，藉授徒自給，閱數年卒。”（《民國寧鄉縣志》册二，頁八五八
至八五九）

【簡注】

（1）匡時：匡正時世；挽救時局。《後漢書·荀淑傳論》：“平
運則弘道以求志，陵夷則濡迹以匡時。”

（2）礦人：以礦務爲業之人。此處指廖樹蘅。

（3）造化：創造，化育。

張興慧（二）

未謀公面，雅服公心，師弟十年，廣廈細氈憑夢寐；
移館北湖，欣依北斗，蕭條五月，梅花玉笛送先生。

【説明】

本聯録自《寧鄉文史第八輯·潙寧耆舊聯選》，頁一五九。
原題爲《挽廖蓀畡（一）》，并附有介紹云：“張蕚林：又名鶚翎，晚

號葛民。老糧倉鄉人。光緒甲午舉人,戊戌進士,以知府分配到河南開封候補。因其爲人耿介不阿,十九年未得實缺。民初返里,曾在回龍山等處教書。大革命時期以老人積極參加農會活動著稱。後以疾終。"《走近壩塘》一書亦收錄此聯。

【簡注】

(1)"未謀公面,雅服公心,師弟十年,廣廈細氈憑夢寐"句:言作者敬仰廖樹蘅的才名,思慕其人而致形諸夢寐。

(2)"移館北湖,欣依北斗"句:言張蕚林本人曾在橫田灣珠泉草廬爲塾師,得見廖樹蘅。

(3)蕭條五月:廖樹蘅辭世於民國十二年五月二十七日,心爲物役,故言五月爲"蕭條"。蕭條:寂寞冷落,沒有生氣。

(4)"梅花玉笛送先生"句:李白詩有"黃鶴樓中吹玉笛,江城五月落梅花"。意指聽到吹奏《梅花落》的笛聲,感到格外淒涼,仿佛五月的衡田梅花飄落。此處巧借笛聲來渲染愁情。

張興慧(三)

結兩三間草廬,顏曰珠泉,坐這裏編書,任他煙霧漫天,蓁蕪塞路;

起七十年樗散,帶來銀管,采我公事略,補入逸民列傳,壽考諸篇。

【説明】

本聯録自《寧鄉文史第八輯·潙寧耆舊聯選》,頁一六二至一六三。原題爲《挽廖蓀咳(二)》。

【簡注】

（1）顏曰珠泉：珠泉，即廖樹蘅的書室“珠泉草廬”，廖樹蘅晚號爲“珠泉老人”。顏，原義爲門楣，此處用作動詞，與“題”同義。

（2）“煙霧漫天，蓁蕪塞路”句：喻當時政治黑暗，奸邪當道。蓁蕪，棘草叢生。

（3）樗散：本指樗木（臭椿樹）一類被散置的無用之材，此處比喻不合世用。

（4）銀管：指筆。

（5）逸民列傳：《後漢書》有《逸民傳》。逸民，指避世隱居的人。

（6）壽考：指高壽。本句謂廖樹蘅既德高望重，且享有高壽。廖樹蘅逝世時，得壽八十四歲，無疾而終。

張興慧（四）

秋水大文章，爲先君子別開生面。到此日笭床籍翰，銀管韜光，鄴架展遺篇，思公淚落珠泉冷；

邙山今世界，知老成人不解愁腸。趁是時草閣餘寒，榴花照眼，祝宗償夙願，憂國心隨宰樹枯。

【說明】

本聯錄自《寧鄉文史第八輯·潙寧耆舊聯選》，頁一六五。原題爲《代湯春生挽廖蓀畡》。

【簡注】

（1）“秋水大文章，爲先君子別開生面”句：喻逝者文章著述如秋水澄清，與前人相比開創出一種新的風格。又傳，廖樹蘅曾爲湯父作傳，此系盛贊湯傳多有新意，此解亦可。

（2）笒床籍翰：書架上堆滿書籍。笒床，竹製書架。

（3）鄴架：指藏書。韓愈詩："鄴侯家多書，插架三萬軸。"鄴侯，唐代李泌封號。

（4）邙山：在今河南省洛陽市北，漢、魏以來公卿貴族多葬於此。後因以泛稱墓地。

（5）祝宗：古代祭祀時的祈禱者。

李孝從

酣睡掌文衡，一枕天香，典雅信推名士夢；

長征遺草閣，四圍兵焰，風雲能護老人書。

【說明】

　　本聯錄自《珠泉草廬師友錄》冊三卷十一，頁八三。"李孝從"後附有按語云："字次樵。清縣學生，博學工詞章，聯語尤高渾雄健。"《走近壩塘》亦收錄此聯。

【簡注】

　　（1）掌文衡：亦稱"主文衡""秉文衡"。通常指主考官主持科舉考試。科舉考試以文章取士，評文如同以秤稱物，故稱。《唐詩紀事》卷五一："元和九年韋貫之掌文衡，堯藩雜文黜矣。"

　　（2）一枕天香：一枕，猶言一臥。臥必以枕，故稱。唐代丁仙芝《和薦福寺英公新構禪堂》詩："一枕西山外，虛舟常浩然。"天香：指芳香的美稱。

　　（3）典雅：謂文章、言辭有典據，高雅而不淺俗。也形容人富於學養，莊重不俗。

　　（4）長征遺草閣：長征，指長途旅行，長途出征。草閣：指廖氏珠泉草廬，位於衡田老屋宅西。

（5）四圍兵焰：指民國時南北軍閥混戰，兵痞騷擾珠泉草廬事。四圍：四面環繞。焰：本義爲火苗，此處比喻某種氣勢。

（6）風雲：比喻變幻動蕩的局勢。

（7）老人書：此處指廖樹蘅的詩文著作。

楊鍾濬

穀貽孫子，福備考終，華髮莘莘綿世彩；

退老山林，奮發有作，珠泉字字録歸田。

【説明】

本聯録自《珠泉草廬師友録》册三卷十一，頁八三。"楊鍾濬"後附有按語云："字峴樵。清諸生，日本弘文師範畢業。"

《民國寧鄉縣志・故事編・先民傳二十九・清》："楊鍾濬，字峴樵。大定知府熙瑞之子，縣學生。信厚寡言。光緒中，巡撫趙爾巽遣送日本留學。逾年歸，適爾巽移督四川，檄鍾濬榷鄂西鹽税。武昌變起，歸家於縣治。然不善生事，家困，悉售其田。議值甫定，而官府揭示歷年銅圓與紙幣高下之值。是年，每紙幣錢一千，才值銅圓六七枚。受田者慊然於懷，請易業價中紙幣四百圓爲實銀報之。鍾濬謂固以紙幣成議，堅不受。善爲聯。辛亥除夕，集唐句書春帖云：'老去怕看新曆日，春來還發舊時花。'過者低徊誦之。著《楊氏醫解》，多精語。"（《民國寧鄉縣志》册二，七一〇至七一一）

【簡注】

（1）穀貽：《詩・小雅・天保》云："天保定爾，俾爾戩穀。"鄭玄箋："天使女所福禄之人，謂群臣也。其舉事盡得其宜，受天之多禄。"後以"貽穀"指父、祖的遺蔭。貽：贈給，遺留，留下。

（2）福備考終：福備，指福氣具備。福：福氣。備：具備、完備。考終：五福之一。能預先知道自己的死期，臨命終時，沒有遭到橫禍，身體沒有病痛，心裏沒有挂礙和煩惱，安詳且自在地離開人間。民國十二年五月二十六日（1923 年 7 月 9 日），廖樹蘅先和族弟廖潤鴻暢談刊刻寧鄉先賢遺書事，後攜孫、曾孫視園蔬，歸書房觀書不輟，晚具湯沐浴，進飯兩盃，坐涼中庭，氣微痛。沒有想到的是，五月二十七日（7 月 10 日）丑刻，廖樹蘅即在衡田老屋辭世，無疾而終。廖基棫《先考行狀》有如此記述："屬纊前四日，有客至，談論四晝夜不倦，客去，送之門外。猶攜孫曾視園蔬。時天氣酷暑，南風大作，慮田水乾涸，扶杖至隴上，歸仍觀書不輟。日晡，呼家僮薙髮，并具湯沐浴，進飯兩盃，坐涼中庭，氣微痛，扶入房進以藥，不效，然猶未至劇，時新得《左文襄家書》，於是日閱畢，猶言文襄事不休。至五鼓，痛復作，旋止，惟聞鼾聲如平時，呼之不能應。越一日丑刻，無疾而逝。時癸亥五月二十七日也。天乎痛哉！"（《珠泉草廬師友錄》冊三卷十一，頁五九）

（3）"華髮莘莘綿世彩"句：華髮，指斑白的頭髮，含壽長之意。蘇軾《念奴嬌·赤壁懷古》詞："故國神游，多情應笑我，早生華髮。"莘莘：形容眾多。世彩：廖氏世彩堂之簡稱。"世彩堂"來源於宋代廖剛的御封堂名。廖剛，福建順昌人。據《宋史》三七四卷載：宋徽宗崇寧五年登進士第。徽宗宣和年間任監察御史，時蔡京當權，剛公不畏權勢論奏無所避。後欽宗即位，任工部員外郎。南宋高宗時任吏部員外郎，復任給事中。廖剛官居三朝要職，有膽有識，剛正不阿，威望極高。其祖父輩、父輩享年都在八十以上。長輩三代，皆見耳孫，累世以華髮奉養，因自名其堂曰"世彩"。"世彩"即世代華髮奉養。因其德高望重，名震一時，當朝士大夫爭相撰文賦詩頌其功德，并將詩文匯編成集，名曰《世彩集》。當時趙鼎封清獻公取《世彩集》進奏，高宗謂剛曰："觀《世彩集》，誠爲人間美事也。"即下詔封其堂爲"世彩堂"。湖南寧鄉衡田廖氏源出於福建順昌廖氏，清初康熙年間，衡田廖氏刊刻陶汝鼐《榮木堂詩文全集》，標注即爲"廖氏世彩堂刻印"。根據對衡田廖氏世譜的研究，廖樹蘅是廖剛第三十一世裔孫。故聯中楊鍾濬以"華髮莘莘綿世彩"言之，即是贊頌廖樹蘅的文章道德如遠祖廖剛那樣爲世所敬重。

(4)"退老山林，奮發有作"句：指辛亥國變後，廖樹蘅歸隱衡田灣舊廬，不問世事，終日以整理詩文舊稿及家鄉先賢遺著爲樂。

(5)珠泉：此處指廖樹蘅所著詩文集。

(6)歸田：指辭官歸里，退隱。《晉書·李密傳》："賦詩末章曰：'人亦有言，有因有緣。官中無人，不如歸田。'"

傅紹巖

八十壽翁詩，比之貞白劍南，遇雖不同，如此高年竟相似；

生平於我厚，交類龐公葛亮，時方多難，忽聞捐館倍傷予。

【説明】

本聯録自《珠泉草廬師友録》册三卷十一，頁八三。

傅紹巖，清末民國時湖南省寧鄉縣四都人。精詩詞、書法，頗受廖樹蘅賞識。《民國寧鄉縣志·故事編·先民傳五十四下·清》："傅紹巖，字梅根，晚號潙陀。四都道林人。少從兄壽萱學，泛覽博涉，尤肆力於史。……光緒丙申間，湘撫陳寶箴大興礦務，委紹巖采銻益陽板溪皆見癸亥自述詩注。丁酉，游金陵。淮陽道李維翰延司榷務，旋閲卷海州。州連歲水災，任賑者散放不時。大吏以河工代賑，而承事者玩不恤民，乃陳書江督劉坤一,立下諭督責之。且以其書張廳壁示屬吏,而書其後曰:傅某,未登仕版而留心民社,如此當以爲法也。保知縣需次江蘇,納資晉知府。然紹巖性疏落,不屑簿書,尤輕財好客。甲辰還湘中,時湖南礦砂銷洋商,於漢口設轉運局,當事檄紹巖主之。在事六年,務以誠信接洋商。庚戌夏入都,東三省總督趙爾巽電召赴遼,將有所畀用,會國變還里,莫名一錢。所經營本鄉清溪煤礦復折閱,居長沙恃借貸鬻文爲活。"(《民國寧鄉縣志》册二,頁八五七)

民國八年十月二十三日(1919 年 12 月 14 日),廖樹蘅八十誕辰,鄉人士前來祝壽。傅紹巖作《壽珠泉先生八十》詩四首以賀。其一:"八十神明雙頰紅,飄然鶴髮稱顏童。華陽遁迹陶貞白,禹穴探奇陸放翁。同是盛名登大耋,獨標高識表流風。晚來自有田園樂,高卧東山一謝公。"其二:"菱源回首辟銀場,鏟廢錐新意獨良。生計百年猶利賴,軍輸萬竈此輸將。退閑自得長源術,卻老羞談五利方。天闊四山風月夜,還容清嘯踞胡床。"其三:"吾寧作者罕罳集,并世珠泉與頡頏。學逮古人高惜抱,詩型後進峙文房。百年湖社争壇坫,一代湘吟孰主張。彈指期頤還介雅,追隨吾亦鬢毛蒼。"其四:"前朝記我趨三徑,總角欣看三小童。兒輩行看周甲子,孫枝況復作人翁。一門才彦同徽獻,兩漢京師重向歆。我是彭宣慚末座,何年重拜後堂中。"(《珠泉草廬師友録》册一卷四,頁七五至七六)

【簡注】

(1)八十壽翁詩:指廖樹蘅八十誕辰時,傅紹巖作《壽珠泉先生八十》詩四首以賀事。

(2)貞白:即南朝梁陶弘景。《云笈七籤》卷五:"(陶弘景)大同二年告化,時年八十一,顏色不變,屈伸如常,屋中香氣,積日不散,詔贈中散大夫,謚貞白先生。"

(3)劍南:唐代道名。以地區在劍閣之南得名。宋代詩人陸游曾留蜀約十年,喜蜀道風土,因題其生平所爲詩曰《劍南詩稿》,後人因以"劍南"稱之。清代曹寅《題次山小軒和姜萬青韻》詩:"打頭伸欠爾何堪,矮屋長眼擬劍南。"

(4)"如此高年竟相似"句:指廖樹蘅與陶弘景、陸游一樣,都是高年辭世。陶弘景年八十一,陸游八十五,廖樹蘅八十四。

(5)生平於我厚:指傅紹巖因較高的詩詞成就,頗得廖樹蘅欣賞,并被委以湘礦駐漢轉運委員一職。

(6)龐公:即龐德公。東漢襄陽人,躬耕於襄陽峴山之南,曾拒絶劉表的禮請,隱居於鹿門山而終。清光緒九年(1883),廖樹蘅受甘州提督周達武之聘,從湖湘遠赴張掖,九月七日(10月7日)途經鹿門山,作詩寄懷。廖樹蘅《鹿門山龐公棲隱處》:"炎運崩離日,先生貞遯年。埋名顧及外,投老楚江邊。丘壟酬先德,功名付後賢。寥寥耆舊傳,風骨自孤騫。"(《珠泉草廬詩鈔》氶陽本卷三)

(7)葛亮:指諸葛亮,字孔明,號卧龍。瑯琊陽都(今山東沂南縣)人。三國時蜀漢丞相。龐德公培養了兩個著名的門生,一個是諸葛亮,另一個是龐統。聯中以廖樹蘅與龐德公作比。

(8)捐館:對死的比較委婉的説法,"捐"指放棄,"館"指官邸,即放棄自己的官邸,一般指官員去世。後以"捐館"爲死亡的婉辭。亦作"捐舍"。

王家賓

湘綺競文名,惟先生晚節清高,遺老不修當代史;
珠泉饒著述,到今日風流歇絶,天涯怕讀密庵書。

【説明】

本聯録自《珠泉草廬師友録》册三卷十一,頁八三。"王家賓"後附有按語云:"字翰之。清諸生。"

【簡注】

(1)湘綺競文名:稱頌廖樹蘅與好友王闓運比肩詩文之名。競:比賽。文名:因文章寫得好而獲得的名聲。

(2)晚節清高:晚節,指晚年的節操。清高:指品德純潔高尚,不同流合污。

(3)遺老:改朝換代後仍然效忠前一朝代的老年人。廖樹蘅自辛亥國變後,隱居衡田舊廬,時人以前清遺老目之。

(4)珠泉饒著述:指廖樹蘅著述宏富,涉及詩、文、聯、筆記、日記、書札、史著、公牘及編纂類著作,共計一百多卷。珠泉,爲廖樹蘅之號,亦可指其著作。

(5)風流歇絶:風流,指風度、儀表。猶遺風,流風餘韻。語出《漢書·趙充國辛慶忌傳》:"其風聲氣俗自古而然,今之歌謠慷慨,風流猶存耳。"歇絶:止息,斷絶。

(6)"天涯怕讀密庵書"句:密庵,陶汝鼐之號。陶汝鼐是明朝遺老,作品中收録了一批如《哀湖南賦》等傷懷之作,而廖樹蘅亦身處清亡易代之際,晚年歸隱故里與陶相似。此句極言感時傷世、悼懷斯人之意。

廖楚璜

吾道欲何之,正烽火漫天,望風痛灑師門淚;
河清竟難俟,有文章傳世,垂死猶爲國粹憂。

【説明】

本聯録自《珠泉草廬師友録》册三卷十一,頁八三至八四。

廖楚璜爲廖樹蘅出任玉潭書院山長時之弟子,後長期從事教務與地方政務,皆卓有成效。《珠泉草廬師友録》卷十一在本聯後附有按語云:"廖先生楚璜,字籨樵,萬壽山廖氏。與公異族,爲公之高足弟子。清光緒壬寅科舉人,明年留學日本,入弘文師範,畢業回湘辦理學務。趙公爾巽任東三省總督,咨調赴東,委辦吉林方言學堂,復充提學使司科長。民國初,設治舒蘭,後知農安。三年,韓國鈞任江蘇巡按使,調先生赴蘇,委署宜興縣知事。四年,國鈞任安徽巡按使,委先生署巢縣知事。國鈞與安武將軍倪嗣冲不協,國鈞去位,先生幾中危禍,後降爲縣佐以辱之,先生遂浩然回里。五年,適土寇陷城,事定善後百端,先生一身任之,秩序漸復。時公以鄉里餘氛未息,避地來城,居莓田梅宅,先生叠次晉謁,相見歡然,見其措置裕如,尤爲嘉許。六年,先生復有吉林之行。十一年,國鈞任江蘇省長,委先生署太倉縣知事。明年,調任東臺。公卒,先生撰此寄挽。十四年,卸東臺任,年亦垂垂老矣。先後僑寓金陵、長沙,長齋奉佛,不問時事。每見焯憲,必詳訊諸舅起居并子弟之賢否,蓋深篤於師門風誼者。"

《民國寧鄉縣志·人物志·民國》:"廖楚璜,字籨樵。洋泉鎮人。少貧,好學不倦。清光緒壬寅科舉人,留學日本弘文師範,及歸,與譚延闓暨縣人周震麟辦城南優級師範及周南女學。趙爾巽總督東三省,招主吉林方言學堂,復充提學署科長。民國初,署舒蘭縣知事,會鼠疫,死者數千人。楚璜令斷鄉村交通防傳染,消毒施藥,日不暇給。後知農安,以治盜匪得民心,海安韓國鈞主政江皖,調楚璜南下,委署安徽巢縣,復官江蘇宜興、太倉、東臺諸縣。任宜興時,禁種菸苗,於太倉興水利,皆著政績。"(《民國寧鄉縣志》册二,頁一二六八)

【簡注】

(1) 吾道欲何之:語出唐代韋莊《寓言》詩:"爲儒逢世亂,吾道欲何之。"我要到哪裏去呢？這種自問，表達的是一種驚惶失措、六神無主。吾道：我的人生之路，或我的學説主張。

（2）正烽火漫天：指民國十二年公曆八、九月間，葉開鑫部朱耀華在湘潭易家灣倒戈，猛攻長沙。隨後，葉開鑫旅由攸、醴方面，賀耀組旅由益陽方面，唐生智旅由常德方向，會攻長沙。一時間，湘中大地烽煙四起。

（3）"望風痛灑師門淚"句：望風，舊指想望他人的風采。痛灑師門淚：指對恩師的沉痛哀悼。

（4）河清竟難俟：語出《左傳·襄公八年》："俟河之清，人壽幾何？"其意指很難等到黃河水清的時候。比喻時間太長，難以等待。

（5）國粹：指一個國家固有文化中的精華。此處指寧鄉先賢著作等鄉邦文獻。

劉復良

家法擬萬石君，試過珠泉草廬，人物言容如兩漢；
詩歌逼長慶集，豈獨頤和園曲，亂離哀感似連昌。

【説明】

本聯録自《珠泉草廬師友録》冊三卷十一，頁八四。"劉復良"後附有按語云："字敬墀。清諸生。"

劉復良，寧鄉石潭三舍劉氏，劉培寅子。《民國寧鄉縣志·故事編·先民傳二十八·清》："復良，字敬墀。幼循庭訓，進修不止。及長，強識，《故訓漢唐注疏擇要抄録》能背誦者十之三四。生平不尚撰著，惟廣乞異書，晝夜校寫，至卒之前夕猶未輟筆。妻憫其篤老，婉言勸止。復良笑曰：'聊畢吾世，且貽子孫。''俛爲孳孳，死而後已。'古訓不昭然耶？弟翰良及同里王鳳昌先後入學食餼，以鴻辭洽聞，知名於世。提學使柯劭忞、吳慶坻，叠相器異,皆復良教督而成。久不與試。光緒甲辰,年五十餘,鳳昌强其入場。吳學使驚其博核,取入縣學。癸亥七月卒,年六十七。子器鈞,留學日本,以測算名。"(《民國寧鄉縣志》册二,頁七〇八)

石潭口距衡田廖氏祖居地衡田灣約四里。石潭三舍劉氏與衡田灣廖氏素有通家之好。劉培寅與廖樹蘅爲里中文友,交誼甚深;劉培寅子劉翰良爲廖樹蘅出任玉潭書院山長時之高足弟子,民國初年曾聘其講授於廖氏珠泉草廬,教授廖樹蘅孫、曾孫輩。同時,劉翰良、劉良熙與廖基植、廖基械兄弟友誼深厚,只要翻閱廖基械所著《瞻麓堂詩鈔》《瞻麓堂文鈔》即可見一斑。

諸如:《次韻静安寒夜見寄》,共兩首,其一:"朔風吹急霰,浩蕩遍郊闉。荒寺坐遥夜,孤懷見古人。苦吟成獨往,有酒未全貧。深樹慈烏警,疏鐘響隔鄰。"其二:"盤泉青岌嶪,盤泉,山名,君所居處。靈氣郁初開。雙屐獨行處,孤雲時往回。心含太古致,詩有不凡才。蕭索空山裏,何時踏雪來。"(廖基械《瞻麓堂詩鈔》卷三,頁十四至十五)

《寄静安麓山》,其一:"滴露研朱不自由,一鐙簾角照春愁。擬將款段平生志,來看湘波浩蕩鷗。舊夢已拋蕭寺雨,孤懷難覓致書郵。關門獨酌渾無寐,强起搴帷月在鈎。"其二:"風雨能忘白社無,故園今又截雲腴。漫隨時物增新眷,應有璇璣寫舊圖。滿眼鶯花寒食候,萬山喬木緑雲舒。西風何日催歸棹,好理吟筇訪北湖。"(廖基械《瞻麓堂詩鈔》卷四,頁九)

《次韻静安〈踏青麓山至雲麓宫〉》:"春光蕩微和,佳游快馳騁。越澗履危石,披雲度遥嶺。暄風被柔荑,微雨濯塵境。上隴心愈奮,下陂足尤敏。攜朋眺層臺,浮雲淡孤影。寺迴密淞合,路屈修蛇引。徘徊撫湘川,平盎傾銀汞。高詠倚絶壁,心塞如荒梗。解纓濯澄流,塵顔照古井。撫化覽未畢,留與他年領。"(廖基械《瞻麓堂詩鈔》卷四,頁十一)

《以衡山黃精分餉劉滌齋丈,其子靜安作詩道謝,依韻酬之》:"十年來往衡山麓,瑤草猶餘石罅薰。笠屐屢從靈窟覓,筠籠來與老人分。黃宮定許除飛雪,紅頰應看散纈紋。他日煙霞有通會,天臺雲樹亦歡欣。"(廖基棫《瞻麓堂詩鈔》卷五,頁十一)

《偕靜安、幼陶過眠琴山館小飲,其地爲予四十年前讀書處》:"蘚石青澆山雨肥,繞廊梅杏暗芳霏。清樽暇日能留客,舊雨來人不掩扉。一夢未堪論馬齒,敝裘空見鬭伊威。談深復有人琴感,同學壽欽叔没已二十餘年矣,思之黯然。倚笛楓樓對夕暉。"(廖基棫《瞻麓堂詩鈔》卷七,頁六)

【簡注】

(1)"家法擬萬石君"句:意爲治家的禮法模仿石奮。西漢景帝時,太子太傅石奮年薪是二千石小米。他有四個兒子,都擔任俸禄二千石的官職,父子五人合計俸禄一萬石。景帝特地向他題贈"萬石君"匾,以示祝賀。石奮奉行儒家的禮儀制度,全家人相處和睦,父慈子孝,兄友弟恭,門庭興旺,當時的人都很仰慕他們。廖樹蘅治家謹嚴,六子二女皆有成就。

(2)"人物言容如兩漢"句:言容,指言語儀容。此句贊頌寧鄉廖氏門庭儒雅。王闓運《廖蓀畡先生七十壽序》云:"先生家固小康,以勤儉治之,男婦各有所職。六丈夫子,俱有才能,恂恂雍雍,門庭儒雅,尤余所嘆羨。"(《珠泉草廬師友録》册一卷二,頁十一)徐一士《女詩人廖基瑜》:"梅、廖兩家,寧鄉望族,均累世書香,一門風雅。"(《大風(香港)》第九期,1938年5月25日)

(3)"詩歌逼長慶集"句:稱美廖樹蘅所著《珠泉草廬詩集》逼近白居易詩歌作品。《白氏長慶集》是唐代詩人白居易所撰詩歌集。白居易(772—846):字樂天,號香山居士,又號醉吟先生。太原人。唐代偉大的現實主義詩人。《白氏長慶集》計七十一卷,所收詩共2800餘首。

(4) 頤和園曲：指宣統元年(1909)冬間，廖樹蘅攜五子廖基傑游歷京師時所作六十四言長詩《頤和園詞》，詩家謂之可比肩王闓運所作《圓明園詞》。

(5)"亂離哀感似連昌"句：因遭戰亂而流離失所，那種悲傷之感猶如《連昌宮詞》中描述的那樣，不禁令人哀婉萬分。此處指廖樹蘅所作詩《前避寇六首》《後避寇五首》，因南北軍閥混戰造成人民流離失所，廖氏所作堪稱民國初期離亂詩之代表。連昌，即《連昌宮詞》，是唐代詩人元稹創作的長篇敘事詩。此詩通過一個老人之口敘述連昌宮的興廢變遷，反映了唐朝自唐玄宗時期至唐憲宗時期的興衰歷程，是"新樂府"的代表作之一。

張振襄（一）

難兄難弟，太丘具有品評，羨桂馥蘭馨，道德文章能啓後；

從事從游，賤子久承眄睞，慟山頹木壞，鄉邦耆舊更何人。

【説明】

本聯録自《珠泉草廬師友録》册三卷十一，頁八四。又，在《潙寧楹聯鈔本》中，此聯題爲《挽珠泉老人》，上聯中"蘭馨"作"蘭芬"；下聯中"久承"作"各承"，"慟"作"痛"，"鄉邦"作"今邦"。

《珠泉草廬師友録》卷十一在"張振襄"後附有按語："字綏嵐。清諸生，在水口山司筆札十六年。"張振襄的個人經歷、詩文創作及與衡田廖氏的交往情誼等，參閱本書第四卷《挽張振襄繼室成氏聯》。

【簡注】

(1) 太丘：東漢陳寔，德行極高，譽滿天下，因其曾任太丘長，故稱"陳太丘"。後用爲歌詠名流盛德之典。

(2) 桂馥蘭馨：原本形容桂花的氣味芳香，此處借指品德高尚。

(3) 道德文章：指思想品德和學識學問。王闓運《廖蓀畡先生七十壽序》云："余以先生性冷而心熱，蓄道德，能文章，而不見用，偶見之於纖小之事，已冠當時，名海內。"（《珠泉草廬師友錄》冊一卷二，頁十一）

(4) 從事從游：跟隨侍奉，跟隨出游。此處指張振襄跟隨廖樹蘅求學，後又隨之赴水口山事。

(5) 眄睞：眷顧。南朝梁任昉《到大司馬記室箋》："況昉受教君子，將二十年，咳唾爲恩，眄睞成飾。"

(6) 山頹木壞：山，指泰山；頹，倒塌；木，梁木。泰山倒塌，梁木折斷。比喻衆所仰望的人物逝世。

張振襄（二）

蓄道德而能文章，耄歲康強，近賢差比王湘綺；
勤著作以爲繼述，詩人環繞，當代重逢蘇老泉。

【説明】

本聯録自《潙寧楹聯鈔本》。

【簡注】

(1) "蓄道德而能文章"句：參閲本卷"張振襄（一）"中"道德文章"所釋。

(2) 耄歲：八十之年。

(3) 繼述：繼承。唐代韓愈《順宗實錄五》："懼忝傳歸之業，莫申繼述之志。"

（4）蘇老泉：即蘇洵（1009—1066），字明允，自號老泉。眉州眉山人。北宋文學家。

周震鷗

遯世礪艱貞，長共密庵留氣節；
遺編彈古調，早隨湘綺擅文章。

【説明】

本聯録自《珠泉草廬師友録》册三卷十一，頁八四。“周震鷗”後附有按語：“字渭舫。清宣統元年恩貢州判。”

《寧鄉文史第八輯·寧鄉耆舊聯選》：“周渭舫（1861—1945）：花明樓鄉西湖村清水山莊人。清秀才。先後任沅陵、辰溪等縣教諭，龍陽書院主講，常德西路師範校長。曾主持寧鄉縣學務委員會工作。晚年在清水山莊設帳講學。著有《龍陽鄉土志》《武陵風物志》《潙寧風物志》《靳水四鄉掌故瑣記》《四照堂文集》等。”（《寧鄉文史第八輯·寧鄉耆舊聯選》，頁二〇三）又，民國初周震鷗當選爲寧鄉縣財務員，《民國寧鄉縣新志》云：“財務員……周震鷗，字渭舫。九年十一月任。”（《民國寧鄉縣志》册二，頁一二二九）

【簡注】

（1）遯世礪艱貞：遯世，指逃離人世，獨自隱居。《易經·乾卦》：“不成乎名，遯世無悶。”艱貞：處境艱危而守正不移。《易·明夷》：“明夷，利艱貞。”孔穎達疏：“時雖至暗，不可隨世傾邪，故宜艱難堅固，守其貞正之德。”

（2）“長共密庵留氣節”句：意指廖樹蘅與陶汝鼐類同，都是身處易代之時而隱居里中，留下了志氣和節操。氣節：志氣與節操。《史記·汲鄭列傳》:"(黯)好學,游俠,任氣節。"

（3）遺編彈古調:遺編,指廖樹蘅整理、編輯并刊刻鄉邦文獻事。古調:比喻高雅脱俗的詩文、言論。宋代王灼《碧鷄漫志》卷一:"隋氏取漢以來樂器、歌章、古調并入清樂,餘波至李唐始絶。"

（4）"早隨湘綺擅文章"句:贊頌廖樹蘅與王闓運一樣,以擅長詩文而名天下。早隨:早早跟隨。

楊文錫

品學介儒林文苑之間,高壽大名,屈指鄉邦惟此老;
艱貞較密庵五峰稍異,行芳志潔,空山歌哭有同情。

【説明】

本聯録自《珠泉草廬師友録》册三卷十一,頁八四。"楊文錫"後附有按語:"字佛竻。清諸生,運昌長子。"

楊文錫,晚清民國時湖南省寧鄉縣五都大夫堂（亦稱"大湖"）人。寧鄉麻山楊氏。楊運昌子。麻山楊氏與衡田廖氏世代姻親,其族世居大湖,靳尚故宅之上官屋場。清咸豐八年（1858）四月,十九歲的廖樹蘅讀書於麻山楊氏怡園,與同學楊運昌酬嬉跌宕,以爲至樂,并撰有《上官屋場》詩紀之。

廖樹蘅、廖基植、廖基棫、廖基樸、廖基傑父子與楊運昌、楊文錫、楊文鏏父子往來頻繁。廖樹蘅、廖基植、廖基棫詩文集及《珠泉草廬師友録》中對此均有記載。

楊運昌《題蓀畦梅花帳額》:"筆底羅浮咫尺通,暗香疏影淡煙籠。一生清福三生夢,都在先生紙帳中。"（《珠泉草廬師友録》册二卷四,頁六五）

廖樹蘅《誥授朝議大夫楊君墓志銘》:"君諱宗坦,册名運昌,字橘潭,由監生援例得運同銜。祖諱亦模,樹蘅嘗爲撰傳,其家世詳焉。父諱世煒,州同知銜,以君四品階,封朝議大夫,妣封恭人。君性肫直,於天屬能致愛敬。咸豐、同治間,嘗共學君家,所居當靳江之隩,江岸有廢墟,名上官屋場,地志失載,余定爲靳尚宅基。一面臨江,雲木蔚映,兩人者暇輒往游,藉草歌呼,流連憑弔。又嘗寒夜被酒渴甚,僮仆盡睡,相與擷園中野菜煮而啖之,以謂坡、谷以後罕此趣也。其時彼此并年少,酣嬉跌宕,以爲至樂。君既耽於學,所爲詩文皆合矩度,顧不利於有司試。嘗肄業嶽麓學院,一踏省闈不遇,遂絕迹舉場,一意延師課子。已子文錫以童年入學籍,旋食餼。文鍇亦試郡縣有聲,兼以詩鳴,君顧而慰樂可知矣。君雖不耐雜,然鄉鄰有事亦嘗出爲平亭。同治甲戌鄂潦,饑民就食於湘,有婦人道病垂絕,里嫗張憐而拯之,得不死。嫗僅一子,鰥而瞽,婦感嫗德,願爲子婦。里豪某覷婦微有姿,謀奪之,君召豪切責,怵以利害,豪計不得施。又王姓婦爲夫所棄,婦訴於君,謂已有身,且無罪,無去理,夫卒嫁之,不數月得孿生男也。故夫旋客死於外,所親向婦索子歸宗,婦衷前憾,執不子,將訟於官。君謂婦曰:'而被遣時,不嘗告我已有妊乎?去五月而誕子,胡云非王氏種也?'婦語塞,卒予子王。鄉間敝習,歲歉,有穀之家多居奇不肯散糶,貧人無從得粟,動致歡噪。君獨傾廩應之,稍貶值焉,嘗曰:'人病不知足耳。豐年斗穀值數十錢,遇歉幾倍之,尚欲求贏,是無厭也。且求贏必罄所有以貸與囤戶,市民駔詐,入錢多不如期,甚至從而幹没之,今吾以粟易現錢,無賒貸追逋之煩,而來鄉井不虞之譽,較其贏獲,究孰優乎?'其能惠而知如此。居家有常度,一室之内,壺盞、几榻、花石、楮墨庋置井井。不耐劇飲,然每食必具酒,三爵之後,醺然飲和,每當深夜罷酒,刺刺述先人儉德及身所經歷,往往至泣下。二子悚聽,内外肅然。蓋楊氏自明以來多富人,極熾而豐,稍務華侈,君獨慨念先芬,躬躬如恐失墜,故諸楊中推君爲能守舊業

焉。光緒十二年三月九日,以疾卒於家,得年五十一。配劉恭
人。子三:長殤;次曰文錫,歲貢生,驗就教職;曰文鍇,藍翎五品
銜,兩淮鹽課大使。女一,適李。孫三人:曰章洞、章瀚、章詠。
女孫三。君墓在所居上五里桐木塘山之陽,葬二十年矣,其孤將
納石壙中,以書來索銘。樹蘅與君習,銘莫余宜。銘曰:單慧鍥
薄,德之賊也。慈惠直諒,天所植也。肫肫楊君,無競於人。有
闕未伸,後昆其振。我襮其純,以奠君神。"(《珠泉草廬文録》卷
二)

　　清宣統二年十月二十三日(1910 年 11 月 24 日),恰是廖樹
蘅七十誕辰,偕楊文錫、楊文鍇、梅梁傑、梅焯憲及五子廖基傑,
載酒游碧浪湖。廖樹蘅《與楊文錫、文鍇,梅梁傑、焯憲,載酒游
碧浪湖,是日適逢賤辰,兒子基傑隨侍》云:"降日觀河百感生,蕭
疏衰鬢已成翁。偶牽居士浮梅檻,來訪驕王避暑宮。頃洞漸驚
陵谷改,寂寥猶喜笑談雄。浮生取適無多事,欹枕篷窗任好風。"
(《珠泉草廬詩後集》卷二,頁八)

【簡注】

　　(1)"品學介儒林文苑之間"句:品學,指品德和學問。儒林
文苑:指兩種歷史書寫形式,即儒林列傳和文苑列傳。儒林,儒
家學者之群;文苑,文學藝術薈萃之地。

　　(2)屈指:彎着指頭計數。出自《三國志·魏書·張郃傳》:
"屈指計亮糧不至十日。"

　　(3)"艱貞較密庵五峰稍異"句:指陶汝鼐、周堪賡和廖樹蘅
都身處易代之時,隱居鄉間,在艱危時守正不移,但彼此又稍有
不同。五峰:周堪賡之號。周堪賡(1590—1653),字仲聲。明末
清初湖南省寧鄉縣五都東湖塘西冲山人。明天啓乙丑(1625)科
進士。官至工部侍郎、户部尚書。明亡後,隱居縣西八角庵。著
有《巡畿治河諸疏》等。民國十一年(1922),廖樹蘅重新輯刻周

堪虞《治河奏疏》二卷、《五峰文集》一卷存世。

（4）行芳志潔：意爲志向高潔，品行端正。語出《後漢書·張堪傳》："年十六，受業長安，志美行屬，諸儒號曰聖童。"

（5）空山歌哭：在山林中歌唱悼亡歌，寧鄉一帶又稱"夜歌子"，似歌非歌，似哭非哭，極度凄涼。空山：幽深少人的山林。歌哭：既歌又哭，常用以表達强烈的感情。《周禮·春官·女巫》："凡邦之大裁，歌哭而請。"鄭玄注："有歌者，有哭者，冀以悲哀感神靈也。"

楊文鍇

文章胥經濟所關，薦膺特科，穩卧珠泉終不起；

戚誼與師恩并篤，閔予小子，追隨杖履更無緣。

【説明】

本聯録自《珠泉草廬師友録》册三卷十一，頁八四至八五。

《珠泉草廬師友録》卷四在楊文鍇《奉寄廖珠泉姻丈清泉學署，時兼辦茭源銀場》詩後附有按語："楊文鍇，字邑蓀，爲運昌次子。清末納貲爲鹽大使，需次揚州。爲公玉潭書院弟子，有《循園詩鈔》八卷。"（《珠泉草廬師友録》册一卷四，頁八十）

《民國寧鄉縣志·故事編·先民傳五十九·清》："文鍇，字邑蓀。捐江蘇候補鹽大使，需次淮揚，國變歸。好蒐輯縣中文獻。"（《民國寧鄉縣志》册二，頁八八五）

對於廖樹蘅来説，楊文鍇既是表侄，又是玉潭書院之高足弟子，即聯中所言"戚誼與師恩并篤"，這種雙重關係使兩人的情感更爲親近融洽。廖樹蘅《珠泉草廬日記》、《珠泉草廬詩鈔》及《珠泉草廬師友録》等書中可見二人的交往情况。

廖樹蘅《珠泉草廬日記》宣統元年八月十六日："陰。晨，微

雨。候樂山、蘭季棠、豳蓁。"(《珠泉草廬日記》卷己酉,頁二二)

廖樹蘅《題楊生文鍇紅橋感舊册》,共三首。其一:"春流如玉灩邗溝,選勝人真鏡裏游。面面垂楊一曲水,銷魂從古説揚州。"其二:"聞道康雍全盛時,名流鼓吹有新詞。衹今金粉飄零甚,怕誦徐釚本事詩。"其三:"平山堂與梅花嶺,一例荒寒愴客魂。好事何來楊德祖,春衫細雨鎮淮門。"(《珠泉草廬詩後集》卷一,頁十五)

《珠泉草廬師友録》共收録楊文鍇贈廖樹蘅詩五題七首。如《奉寄廖珠泉姻丈清泉學署,時兼辦茭源銀場》:"苜蓿秋深滿畫闌,嶽屏山色入毫端。漢家經國籌鹽鐵,南服關心策治安。夜雨涼堂琴榻夢,寥天孤月雁聲酸。莫因蓴菜興歸思,聞道司農仰屋嘆。"(《珠泉草廬師友録》册一卷四,頁八十)

楊文鍇《壽珠泉丈六十初度》,共兩首。其一:"東閣梅花破凍開,雙鳧新踏嶽雲回。躋堂共奏南飛曲,入座同傾北海杯。滿架遺書徵世澤,三朝喬木郁風雷。遥知井底丹砂伏,抱郭珠泉一綫來。"其二:"秦隴西湖次第游,山川風月一囊收。撑腸合有五千卷,買犢聊爲二頃謀。鄉國文章推巨手,江干車馬駐通侯。摳衣願獻岡陵頌,翠柏蒼松晚更遒。"(《珠泉草廬師友録》册一卷四,頁八十)

楊文鍇《庚申人日,冒雨赴珠泉十丈之招,過佛骨俞,雲氣彌漫,咫尺不辨途徑,得詩一首,即呈十丈喬梓》:"山雨浪浪曉未休,不辭泥濘試春游。偶尋舊磴跰行脚,爲踐佳招過嶺頭。身裹白雲穿樹出,泉喧碧潤帶冰流。饑腸得酒寒應減,準擬登堂倒百甌。"(《珠泉草廬師友録》册一卷四,頁八十至八十一)

【簡注】

(1)"文章胥經濟所關"句:指廖樹蘅非尋章摘句之腐儒,而是講究經世致用之學。胥:文言副詞,爲皆、都之意。

（2）薦膺特科：指湖南巡撫俞廉三、學政柯劭忞舉薦廖樹蘅經濟特科事。俞廉三《湖南巡撫俞片奏》："查清泉縣訓導廖樹蘅，學問淵博，踐履篤實，性情爽直，條理井然，經史而外，中西政藝，講求有素。調署清泉縣訓導，委令就近辦理常寧水口山礦務，已著成效。臣於前年赴衡州閱兵，親往查看，見該山橫亘十餘里，廠屋櫛比，丁夫數千，悉以兵法部勒，秩然不紊，足徵威足御衆，力能任事。"（《珠泉草廬師友錄》冊一卷一，頁一）

（3）"穩臥珠泉終不起"句：指廖樹蘅素鮮宦情，具啓辭不應舉經濟特科事。不起：不應舉。

（4）小子：此處是對自己的謙詞。

（5）追隨杖履：拿着老人的手杖和鞋子追隨左右。古禮，老人五十歲可挂杖；古人席地而坐，入室則必脫鞋。此以替老人拿手杖和鞋子來表示對長者的尊敬。

黃應周

當年司鐸著聲，濯玉潭月，瞻衡嶽雲，蓄道并能文，後學共宗如北斗；

晚歲歸田遣興，撫梅鼙琴，訂珠泉集，平生多韻事，少微何遽隕南天。

【説明】

本聯錄自《珠泉草廬師友錄》冊三卷十一，頁八五。

《珠泉草廬師友錄》卷四在黃應周《過廖蓀畡世丈珠泉草廬賦呈一首》詩後附有按語云："黃應周，字艇芝，寧鄉湯泉鄉人。清長江水師提督黃公少春之長子。湖北補用知州，著有《弢庵遺稿》三卷。"（《珠泉草廬師友錄》冊一卷四，頁七六至七七）

《民國寧鄉縣志·故事編·先民傳三十三·清》："應周，字艇芝,少春長子。性剛毅,有膽識。好爲詩。初以諸生考取國史館謄錄,旋由蔭生入試。授知州,分發湖北,大府令管帶襄河水師,叙功賞戴花翎。及父以致仕歸,應周亦請終養。辛亥後遭父喪,家居。值寇盜蜂起,縣人推辦團練,屢挫匪鋒。悍匪王桂兒糾黨圍攻其家,被擊散。自是匪風稍戢。甲子五月,蛟水蕩應周室,殞命,年五十四。"(《民國寧鄉縣志》册二,頁七三九)

灰湯黃少春、黃應周、黃應逵父子與衡田廖樹蘅、廖基植、廖基域父子往來密切。清光緒三十一年(1905),廖樹蘅與黃少春、童兆蓉捐修寧鄉鄢家冲至龍鳳山二十里石路。民國元年(1912)正月,黃少春卒,廖樹蘅爲之撰傳。而黃應周與廖樹蘅、廖基域詩文往來更是頻繁。《珠泉草廬師友錄》共收錄黃應周贈詩三題四首。如《過廖蔗畦世丈珠泉草廬,賦呈一首》:"穩占溪山恣卧游,脩脩庭院自清幽。煙痕淡抹高低嶂,柳色平分上下樓。池水一泓新月澀,楹書萬疊絳雲收。陶密庵王九溪以後推尊宿,豈僅詩篇塒卧侯。隆無譽,學者稱卧侯先生。"(《珠泉草廬師友錄》册一卷四,頁七七)

黃應周《春日留宿瞻麓山莊,即席賦呈蔗畦世丈》:"小樓俯影鏡波涵,雅與琴書共一龕。花鳥娱春能養壽,林泉徇隱不名貪。風流逸老龔芝麓,淵博文章紀曉嵐。好向柳陰重續夢,夜闌卮酒愜清談。"(《珠泉草廬師友錄》册一卷四,頁七七)

另外,黃應周有《奉寄蔗畦世丈》,共兩首。其一:"幽芳蘭芷楚騷才,杏樹壇邊講席開。公曾主講玉潭書院。直匯群經通馬鄭,即論古藻亦鄒枚。文能諛墓羞金饋,公作先公哀狀傳志,搜錄事功有爲世所不及知者。功在平戎草檄來。周渭帥督辦川黔軍務,報銷折出公手。試數湖湘幾耆舊,靈光高峙白雲限。"其二:"吟筇花拂立軒楹,淡沱風光兩鬢清。文筆有鋒攻造化,公開水口山礦,苦心卓詣,竟收大效。硯田分潤到蒼生。湘省賴此礦大宗進款,而人民資以生活者甚衆。才疑首蓿盤中老,公任清泉訓導最久。詩似珠泉腕底傾。晚節

芳菲誰可擷，契懷松菊似淵明。"(《珠泉草廬師友錄》册一卷四，頁七七)

　　民國十三年(1924)，黃應周因水災去世，廖基械爲之作祭文和墓表。廖基械《祭黃艇芝文》："丙戌之歲，得與子交。時猶少年，眉翠頭磽。我長於君，十年有乑。君少而才，我鈍而蹇。於後六載，君隷縣庠。其志昂然，驥展鵬揚。君之於我，拔去世俗。忘其貴胄，託以心腹。歲在癸巳，朋試湘城。文讌嬉游，靡役不從。賈傅祠前，定王臺畔。訪古尋詩，騁情汗漫。君嘗謂我，士當立功。躑躅荒山，草木與同。幡然改圖，一官入鄂。聽鼓趨衙，君又不樂。曾未十年，浩然以歸。冬鶩之椒，樓觀崔巍。風亭水榭，花竹重圍。君既退閑，拚與世違。中天忽傾，玉步既改。狂寇滔天，萑苻遍野。惟君崛起，率領鄉團。取桀除魁，民賴以安。不謂去秋，衡湘戰起。山越乘之，害及閭里。焚我廬舍，毀我垣墉。煙塵蔽天，舉室呼驚。君得其音，馳兵速援。賊聞君來，鳥奔獸竄。賊衆既潰，餘黨猶嘩。爰挈弟侄，避處君家。君聞我來，言温意沃。徑掃黃花，屏開録曲。楹書在庭，古香滿閣。秦磚漢碣，飽我眼福。時陳廣座，良友并呼。劇談盡歡，至於日晡。我嘗作詩，君亦我和。古榻橫陳，高吟獨臥。藤角斑斕，猶餘咳唾。寇退我反，君留而胏。謂宜少待，息寇餘氛。奈我離家，倏經一月。妻帑在逃，不知出没。仆馬既戒，握手言別。君送之門，詞夥腸熱。我生蓋寡，得此於人。而況患難，遇我益親。厚德若此，宜昌其躬。孰意今歲，運丁陽九。夏五之望，時交子丑。怪雨橫飛，狂雷怒吼。濁浪千尺，排空夜來。撼谷襄陵，萬馬喧豗。波及君宅，并君亦摧。嗚乎我君，而丁此災。兇問之來，如夢初醒。開函未終，有淚泉湧。君則已矣，我懷曷伸。天道如斯，夫復何論。我之哭君，非爲一己。維桑失依，其痛曷已。嗚乎哀哉！尚饗。"(《瞻麓堂文鈔》卷二，頁五五至五六)

　　廖基械《湖北補用知州黃君墓表》："君諱應周，字艇芝，湖南

寧鄉人。清福建提督、太子少保黃公芍巖之長子也。君稟剛毅
之氣,受淵懿之性。童齔入學,誦倍群兒。父起武功,雅慕文學。
督課諸子,於君益嚴。是以研窮六藝,靡不尋暢。初試郡縣,有
聲於時,年二十以縣試第一補弟子員。兩試鄉闈,決然棄去。入
京考取國史館謄錄,旋以蔭生知州用,分發湖北。大府嘉其才
略,同僚服其智謀。乃命管帶襄河水師左營,君以書生治軍整
暇。在事八月,軍民晏然。時宮保公由長江提督改官福建,君辭
鄂職,隨侍廈門。箋奏文移,悉君主治。歲丙午,宮保公以疾辭
官,君請終養。清帝遜位,適遭父喪,奉諱家居。寇盜蠭起,戊午
之夏,土寇王桂兒等率衆奄至,攻君室廬,毀其前門,勢甚危急
中。有舊僕反主導賊,君梯垣大罵,憤不顧身,伏槍齊發。君罵
益厲,家人惶駭,誓以死殉。俄而援至,得以無恙。當道倡辦團
練,專檄委君,受事以來,諸匪斂迹。君所居石谷潭,賊不敢過
門,鄰縣聞之,咸深響慕,乞與聯合以當屏藩。數年之間,遠近安
肅,人欽威望,君不自居。君以貴胄,不樂矜驕,衣食儉觳,有同
寒素。與人無詐,任事甚勇。直諒規友,疾惡義形。人或患其過
戇,君不顧也。少工詩詞,老猶不倦。不尚宗派,自然成家。專
集既刊,學者爭重。甲子五月,蛟水暴發。波及君廬,殞命洪濤,
年五十有四。逝者如斯,天道安在。善人不禄,遐邇同悲。不以
表彰,奚以示後。謹述徽美,刊石立銘。詞曰:'於鑠明德,於我
黃君。寔柔寔剛,亦敦亦純。醞旨含秀,以啓斯文。率領鄉團,
頑民畏畀。有功不屍,輿誦猶在。堅卓之懷,不爲患改。豈曰造
深,寔有真宰。馮夷蹴波,天地爲昏。百靈震蕩,乃殞君身。如
何斯良,壽不隱仁。冬鶖之椒,松楸千歲。綴詞表阡,俾有彝
式。'"(《瞻蔍堂文鈔》卷二,頁三一至三二)

【簡注】

　　(1)司鐸著聲:司鐸,指掌管文教。此處指廖樹蘅執掌玉潭

書院及清泉學署事。著聲：著名、著稱。

（2）玉潭：據《民國寧鄉縣志》載，溈水經蘇花巖，下有深潭，是曰玉潭。此處指玉潭書院。

（3）衡嶽：南嶽衡山的簡稱。

（4）後學：後進的學者或讀書人，常用作謙辭。

（5）共宗：共通之宗旨、宗尚。

（6）“晚歲歸田遣興”句：指辛亥國變後，廖樹蘅退居衡田舊廬事。

（7）韻事：指風雅之事。舊時多指文人名士吟詩作畫等活動。

（8）“少微何遽隕南天”句：指廖樹蘅遽然辭世。少微：即少微星。《史記·天官書》：“廷藩西有隋星五，曰少微，士大夫。”即天上有一顆叫少微星的星辰，代表士大夫。

張康拔

作傳八百餘言，慈母綫，游子衣，結撰具精心，把卷曾經拜東野；

抗懷數千載上，遷固史，蘇黃集，文章留正軌，瓣香從此祝南豐。

【説明】

本聯録自《珠泉草廬師友録》册三卷十一，頁八五。“張康拔”後附有按語：“字毓衡。清諸生，曾乞公爲其母曹孺人撰墓碑。”《寧鄉文史第八輯·溈寧耆舊聯選》亦收録此聯。又，民國時張康拔當選爲寧鄉縣議員，《民國寧鄉縣新志》云：“選舉表第二……張康拔，字毓衡。清諸生。”（《民國寧鄉縣志》册二，頁一二二八）

【簡注】

(1)"立傳八百餘言"句：指廖樹蘅曾爲張母作傳事。

(2)東野：孟郊之字。孟郊，唐代湖州武康人，貞元年間中進士，作《游子吟》。

(3)遷固：指西漢司馬遷和東漢班固。司馬遷、班固皆爲我國古代傑出的史學家。

(4)蘇黃：指宋代蘇軾、黄庭堅。蘇、黄均有集傳世。

(5)南豐：曾鞏，爲宋代江西南豐人，世稱"曾南豐"。其弟子陳師道詩："向來一瓣香，敬爲曾南豐。"

王章永

　　大儒風度，名士襟期，偏教實業經營，富國勛勞惟此最；

　　時局紛挐，典型凋謝，試問共和建設，中原文獻更誰徵。

【説明】

　　本聯録自《珠泉草廬師友録》册三卷十一，頁八五。"王章永"後附有按語："字杖芸。清光緒辛卯科舉人，麻陽縣教諭，曾任新化錫礦山分局總辦。"

　　《民國寧鄉縣志·故事編·先民傳十七·清》："章永，字杖芸，……以艱歸，主講雲山書院。廖樹蘅綜官礦長沙，以新化錫礦山商礦錯雜，前主官局者措置失宜，糾紛疊起。章永曾爲其縣學官，與士紳習。請於巡撫，檄主局事三載，力袪積弊。先是，官商礦砂皆外售，章永創'就山收買，自行冶煉'，著成效。丙午選麻陽教諭，不赴。宣統元年，直省設諮議局，寧鄉應出議員二人，章永與童光嶽被選。辛亥營别墅，栽花種竹自娱，卒年六十四。"

（《民國寧鄉縣志》册二,頁六六一）

【簡注】

（1）風度:原是形容文采出衆,後延伸至禮數,意指人的舉止姿態,是一個人内在實力的自然流露,也是一種魅力。

（2）襟期:襟懷、志趣。

（3）"富國勛勞惟此最"句:頌揚廖樹蘅成功首開常寧水口山鉛鋅礦,其成爲湖湘最大利源,湖南由此擺脱貧乏窘境,其勛勞最大。

（4）時局紛拏:意指民國初年那種南北混戰、政治人物你方唱罷我登臺的亂象。紛拏:混戰;互相扭扯。

（5）典型凋謝:指廖樹蘅等鄉邦代表人物的離世。

（6）"中原文獻更誰徵"句:意指廖樹蘅辭世,無疑是湖湘文獻整理與研究領域的一大損失。中原:此處借指湖湘地區。

劉宗向

經綸非俗士所知,惜小試鄉邦,三策未曾攄董子;

文章是先生餘事,羨晚年詞筆,一篇已足伏壬翁。

【説明】

本聯録自《珠泉草廬師友録》册三卷十一,頁八五。

《珠泉草廬師友録》卷四在劉宗向《奉呈珠泉老人》詩後附有按語:"劉宗向,字寅先,號盅園。寧鄉城區人。清諸生,京師大學堂畢業,考取中書科中書。"（《珠泉草廬師友録》册一卷四,頁八一）

據《寧鄉百年人物風雲録》介紹:"劉宗向（1879—1951）:字寅先,號盅園。寧鄉縣城小西門人。清代京師大學堂畢業。創

辦長沙含光女子中學,歷任湖南高等師範教務主任、校長,湖南
大學教授、湖南省文獻委員會委員。1941 年版的《寧鄉縣志》,系
周震麟修、劉宗向纂。1950 年,任湖南省文史館館員。"(《寧鄉百
年人物風雲録》,頁三七四)

【簡注】

　　(1) 經綸:整理蠶絲。比喻籌劃、處理國家大事。也指治理
國家的抱負和才能。

　　(2) "三策未曾攄董子"句:董仲舒雖然提出了"天人三策",
但没有完全將其觀點、理念體現出來。指廖樹蘅參與籌畫并主
持了晚清時期的湘礦開發,但是其經世之才遠没有得到發揮。
攄:意同抒發,發表或表示出來。

　　(3) 伏:使屈服;降伏。

　　(4) 壬翁:指湘中大儒王闓運,其字壬秋。

王敦尚

暮年猶考獻徵文,雅抱靄孤騫,思古更隆鄉哲祀;
經歲泛詞源學海,菲才虚奬借,治襟重撫禮堂書。

【説明】

　　本聯録自《珠泉草廬師友録》册三卷十一,頁八五。"王敦
尚"後附有按語:"字炳勛。清諸生,公曾延主家塾,課孫、曾輩。"
又,《民國寧鄉縣新志》云:"寧鄉縣志促成委員會委員……王敦
尚。"(《民國寧鄉縣志》册二,頁一二七七)

【簡注】

　　(1) 考獻徵文:考,指考察。獻:古指賢者,特指熟悉掌故的

人。徵：求證。文：文籍。從古代文籍與熟悉掌故的賢人中求得證明。後泛指引經據典、廣泛求證。

（2）雅抱靄孤騫：雅抱，指高雅的情懷。常用爲敬詞。孤騫：同"孤騫"。騫：高舉，飛起。

（3）鄉哲：鄉里的賢哲。

（4）詞源學海：詞源，指文詞的起源。學海：學問淵博；亦指學問淵博的人。唐代韓愈《古今賢文・勸學篇》詩："書山有路勤爲徑，學海無涯苦作舟。"

（5）菲才虛獎借：菲才，亦作"菲材"。淺薄的才能。多用作自謙之詞。獎借：勉勵推許。宋代司馬光《答彭寂朝議書》："辱書，獎借太過，期待太厚，且愧且懼！"

（6）"治襟重撫禮堂書"句：整理衣襟，一遍遍撫摸講堂上逝者的傳世之作。治襟：整理衣襟。禮堂：古代習禮的講堂。《後漢書・鄭玄傳》："末所憒憒者，徒以亡親墳壠未成，所好群書率皆腐敝，不得於禮堂寫定，傳於其人。""重撫禮堂書"，恰與王敦尚廖氏塾師的身份貼切。

周培瑩

辯我祖永曆實録之誣，感慨悲歌，珠泉遺韻；
綜清代衡湘礦金之務，功成身退，世彩餘芳。

【説明】

本聯録自《珠泉草廬師友録》册三卷十一，頁八五至八六。本聯後附有按語："培瑩，字紹溪，爲明户部尚書堪賡之裔孫。公有《題尚書祠壁》七律二首，力辨《永曆實録》言尚書降清之誣，故聯語及之。"

周堪賡"永曆實録之誣"事，即明亡之後，户部尚書周堪賡落髮於寧鄉縣西八角庵（即今寧鄉市壩塘鎮繁榮村），而王夫之著《永曆實錄》一書竟誣其降清，廖樹蘅認爲王夫之有辱周堪賡大節，乃極力爲之辨誣：一是請陳寶箴撰《周堪賡傳》，全面闡述周堪賡在明亡之後的人生軌迹和心路歷程；二是尋訪周堪賡八角庵故迹，作《題尚書祠壁》七律二首；三是請王闓運撰《書周司農傳後》一文；四是重新匯編并刊刻周堪賡詩文集。

　　《珠泉草廬師友録》卷七在胡元儀《胡子威先生書札》後附有按語云："周仲聲書，乃縣人明南京户部尚書周堪賡之治河奏疏《五峰文集》也。堪賡治河奏績，明亡，落髮於縣西八角庵，屢辟不起，幽憤以終，其孤忠亮節，爲有明一代有數人物。乃《明史》無傳，而王船山《永曆實録》竟誣其降清。公題詩祠壁，爲之湔雪，并由潙嶠遺書館刊其遺稿，湘潭黄周星、新化鄧顯鶴均爲撰傳，公復乞陳公寶箴傳之。尚書裔孫培瑩，本爲廖出，爲公族甥，又爲公之門人，以先人蒙垢且三百年，深以爲病。公告以當代惟王先生闓運能與船山抗行，得其一言，可以信今傳後。培瑩因懇公轉求。惟王公爲文極爲矜慎，公將尚書受誣之情，詳爲縷述，乞爲文以辨之，并將各傳稿交閲。王公遽曰：'鄧氏曾任寧鄉校官，陳傳則據君之所言也。'及閲黄周星所撰傳，乃曰：'此吾潭人也，不苟於言，且生當并世，其言當可信。'始慨然允諾。尚書之誣，至此始大白於世。"（《珠泉草廬師友録》册二卷七，頁五十）

　　光緒八年（1882）秋冬間，廖樹蘅撰《題尚書祠壁》，其詩云："周司農堪賡，崇禎時治河有功，積勞致病，以十五年乞假歸，時一子一弟皆死張獻忠之難。國變後，日哭荒山中，兩孫侍側，輒揮使去。國朝定鼎，落髮縣西四十里董家冲之八角庵，外人希見其面。順治時，洪承疇經略雲貴，返役道寧鄉，減從謁公，公辭以疾。承疇揣門入，公乃强起，命家僮擷園蔬留共飯，飯已，承疇馳去，已夜半矣。明日，家人請報禮，公不許，曰：'吾不可以此辱洪公。'九年，恭順王孔有德薦公可大任，朝旨起用，公伏不出，逾年遂薨。本末具黃周星、鄧顯鶴所爲傳志，鄉人傳述無異詞。同治初，衡陽王夫之遺書經湘鄉曾氏付錄行世，其《永曆實錄》載公改事本朝。先是縣人王文清撰《長沙郡志》，亦於公有微詞。夫之當搶攘時竄身溪峒，傳聞失真猶可說也，獨文清以鄉井後進，不一考公生平，不亦異乎？光緒戊寅，余館分寧陳公邸中，曾以公所上六大弊疏稿呈陳公，公亟稱之，并爲撰傳，以雪其事。時平江李次青方伯方撰《湖南通志》，余請其將傳附入司農傳下，書出竟未之載，乃交司農裔孫刊入公所著《治河奏疏》中。余以襄祀先祠，紆道八角庵謁公遺像，庵外疊石爲門，上鐫‘白雲深處’，公所書也。題詩祠壁，以寄慨嘆。‘骨肉流離碧葬涼，勞臣心尚繫危疆。長河幸挽滔天勢，六弊空陳痛哭章。家國一生餘涕淚，煙塵六合痛倉黃。百年野史滋遺議，公道今纔一闡揚。’‘與國存亡信有諸，史成名恰殿河渠。《明史·河渠篇》：周堪賡堵塞未竟而明亡。披緇已證菩提果，誓節寧煩卻聘書。虛室陰塵瞻象設，石門斜日弔遺墟。蔬粆白酒家常飯，慚愧元戎谷口車。’”（《珠泉草廬詩鈔》衡州本卷四）

《珠泉草廬師友錄》卷七附有王闓運所撰《書周司農傳後》。其曰：“節義莫盛於前明避薙髮也。殘其形，易其服，則烈士恥之，而公卿大臣多逃於僧，又自毀以明志。衡陽王行人獨不然，私完其髮，遁於猺洞，晝匿夜行。夫豈不能死？無死道也。湖外固少任重秉國之人，有列七卿者，則削髮居寺以避徵命，若益陽郭、寧鄉周，其最著者。湖外風俗淳樸，山川僻遠，內無攻訐之仇，外無物色之道，故周尚書得以臘終，而王行人完髮四十餘年，終敝其冠巾。身沒將二百年，其名不爲鄉校所知，猶不及項煜戚藩。孔子所謂‘疾沒世而名不稱’者，殆非謂世俗之名。近六十年，王書大行，幾比於不刊之經。而其書顧右郭而左周，所記永曆事，直言周降。於是長沙人士懵焉。而其家族，始出黃九煙所爲傳以雪其誣。鄧教諭顯鶴，王學之徒也，亦據趙都御史集序之言，推爲名臣。黃、趙皆同郡，年輩相接。王阻絕餱洞，傳聞不實，然輕於書降，蓋益有由。洪承疇者，東南所同疾也。司農薦譽於前，承疇造訪於後，以故尚書之黯淡，新經略之煊赫，造膝密語，淹留竟夜，非洪有貳心，則周其有惑志與？故其事盛傳，而遂以惡洪者疑周也。易代之際，有名爲患。行人嘗與叛藩偽官周旋，食宴藩園後，亦受我巡撫饋粟，而人不訾之者，吳之官不若承疇之著，而潘巡撫非若恭順王之力而能登人於天也。迄今王名齊程朱，而周不過郭、趙之間。故王雖無心擠之，而周族之裔，憤懣誠不能已。古記有之：陷文不活。文不可不慎也。雖然，論人者蓋棺則定。使尚書被薦得用，起僧服官，則當論其功狀，乃論名節。若承疇雖爲貳臣，其才略自在也。今周與王同食周粟，而周遁於釋，王抗爲儒師，有執當引決，豈仍以位尊卑計乎？疏退之臣，既無死道，一完髮，一自髡，皆不欲辱其形。形且惜之，而辱心耶？本朝於明故臣，褒誅雖嚴，王以貞見褒，而周又以僧不與。周誠重不幸，其見誣必不欲求自白也，特論世者宜知之爾。至其治河之功，陳弊之疏，又士君子之末節粗迹，故不具論。光緒二十五年五月丙辰。"（《珠泉草廬師友錄》冊二卷七，頁五十）

【簡注】

（1）"辯我祖永曆實錄之誣"句：指廖樹蘅爲周堪賡辯誣之事。

（2）感慨悲歌：抒發豪情壯志。唐代韓愈《送董邵南序》："燕趙古稱多感慨悲歌之士。"

（3）珠泉遺韻：指廖樹蘅詩文的氣韻風格。

（4）"綜清代衡湘礦金之務"句：指廖樹蘅主持湖南礦務事。

（5）功成身退：大功告成之後自行隱退，不再做官或復出。出自《老子》："功成名遂，身退，天之道。"

（6）世彩餘芳：指廖氏世彩堂餘留的香氣。世彩，指世彩堂。

魯頌平

曾依數仞墙,但見文翁能化俗;
憑添兩行淚,何曾宋玉爲招魂。

【説明】

本聯録自《珠泉草廬師友録》册三卷十一,頁八六。"魯頌平"後附有按語:"字定庵。清廪生,南縣知事,爲公之門人。"

【簡注】

(1)魯頌平(1868—?):字定安,亦名静蘭。清末民國時湖南省寧鄉縣四都人。父魯兆霖,母黄氏。湖南師範館畢業。歷任甘肅省公署教育科長,湖南陸軍二師秘書、南縣縣長。妻黄氏,生子魯俊昌、魯代昌、魯應昌(魯岱)。

(2)曾依數仞墙:語出唐代杜牧《奉和門下相公送西川相公兼領相印出鎮全蜀詩》:"忝逐三千客,曾依數仞墙。"此處以"數仞墙"稱頌廖樹蘅精於學務。

(3)"但見文翁能化俗"句:語出杜甫《將赴荆南,寄別李劍州》詩:"但見文翁能化俗,焉知李廣未封侯。"此詩作於唐代宗廣德元年(763)。李劍州時任劍州刺史,是位有才能而未被朝廷重用的地方官。杜甫曾路過此地,和其有交往。當杜甫準備離蜀東行時,特撰此詩寄贈。文翁:名黨,字仲翁(前156—前101)。其爲郡守時,於成都市中修起學官,以教育吏民,使蜀地"大化"。死後,"吏民爲立祠堂,歲時祭祀不絶"。

(4)憑添兩行淚:語出唐代岑參《西過渭州,見渭水思秦川》詩:"憑添兩行淚,寄向故園流。"其原意爲請在渭水中添上我的兩行眼淚。

(5)"何曾宋玉爲招魂"句:出自唐代李商隱《哭劉蕡》詩:"只有安仁能作誄,何曾宋玉解招魂。"我無法爲您招魂,使您起死回生。招魂:《楚辭》篇名,王逸認爲是"宋玉憐屈原魂魄放佚,厥命將落,故作《招魂》"。

丁啓基

當代仰通儒,公不少留,儘有大名繼湘綺;

斯文失宗主,吾將安仿,空揮熱淚望衡田。

【説明】

本聯録自《珠泉草廬師友録》册三卷十一,頁八六。"丁啓基"後附有按語:"字養筠。"

《寧鄉耆舊聯選》云:"丁養雲:石家灣鄉大屯營人。當地著名塾師。足跛,因自號'半丁'。"(《寧鄉文史第八輯·寧鄉耆舊聯選》,頁四)丁養雲,即丁養筠。

【簡注】

(1)通儒:指通曉古今、學識淵博的儒者。

(2)少留:稍微停留。

(3)"儘有大名繼湘綺"句:贊頌廖樹蘅詩文之名接續王闓運。

(4)斯文失宗主:宋代石介《過魏東郊》詩:"四海無英雄,斯文失宗主。"指文化上從此失去了一位權威人物。斯文:指文化或文人。宗主:眾所景仰的歸依者;某一方面的代表與權威。

(5)仿:仿效,效法。

(6)衡田:現作"横田",廖樹蘅故里。位於湖南省寧鄉、湘鄉、湘潭三地交界處。衡田廖氏於元代延祐年間由長沙卜居於此,香火綿延已達七百多年。

徐崇實

回薄海九萬里狂瀾,湖湘之間,端推此老;
溯吾寧三百年文獻,陶王而後,又有傳人。

【説明】

本聯録自《珠泉草廬師友録》册三卷十一,頁八六。《珠泉草廬師友録》卷四在徐崇實《呈廖蓀畡先生用杜工部贈韋丞左丈韻》詩後附有按語:"徐崇實,字笏丞。清諸生。湖南高等師範文史專修科畢業。"(《珠泉草廬師友録》册一卷四,頁八三)又,《民國寧鄉縣新志·跋》云:"寧鄉縣志局二十二年採訪員……徐崇實。"(《民國寧鄉縣志》册二,頁一二七五)

徐崇實《呈廖蓀畡先生用杜工部贈韋丞左丈韻》:"丈夫生末造,未達善一身。上無明聖君,悃愊誰與陳。開卷對昔賢,歡娱似嘉賓。茫茫隔千載,契合在精神。草廬甘淡泊,籬菊意相親。願异香山輿,願結浣花鄰。斯道未陵替,仙源終問津。悠然北窗下,夢見羲皇淳。夷風漸中夏,頽波日沈淪。鯫生更何能,荏苒四十春。坐視乾坤覆,寰宇盡風塵。兵戈更饑饉,災黎長苦辛。抽矢射封狼,壯士曷由伸。天池未振翼,深淵且潛鱗。甚知我公厚,甚信我公真。耆頤耽講讀,湯盤日日新。伏鄭老傳經,坦忘賤與貧。後生思學步,竭蹶虞逆踆。泰山共瞻魯,北斗永依秦。躑躅湘江畔,悵望珠泉濱。靈光誠巋然,聖代有遺臣。琅玕儻贈我,切嗟得雅馴。"(《珠泉草廬師友録》册一卷四,頁八三)

徐崇實《題珠泉草廬圖詩》,共兩首。其一:"鄭公香草正盈門,喬木參天長石根。萬卷藏書人獨樂,五朝遺老道還尊。風生暖閣春如夢,月浸寒泉夜有痕。何似浣花江上宅,羈棲吏隱未須論。"其二:"隱隱諸天抱蔚藍,維摩禪向贊公參。瓣香儒雅期千載,衣鉢宗風托一龕。誰信異才能壽世,方知嚼苦待回甘。西京父子傳經在,好共如來證幻曇。"(《珠泉草廬師友錄》冊一卷五,頁九四)

【簡注】

(1) 薄海:本指接近海邊,後泛指海內廣大地區。

(2) 湖湘之間:即指整個湖南地區。

(3) 端推:從開頭推算。

(4) 三百年文獻:指從民國初年上溯至明末清初,其時間剛好三百年,這一期間寧鄉地區所存的文獻資料。

(5) 陶王而後:指三百年來寧鄉歷史文化名人,自陶汝鼐、王文清之後。

廖秉鈞

宗交六十年,先生仙乎,後死安仰;
疇全九五福,斯文喪未,繩武克昌。

【説明】

本聯錄自《珠泉草廬師友錄》冊三卷十一,頁八六。"廖秉鈞"後附有按語:"字蔇塘,安化族人。任四川打箭爐同知。"

廖樹蘅《廖氏五雲廬志續編》:"秉鈞,字蔇棠。重二房廿二世。安化諸生。四川候補知縣,歷任打箭爐同知,雙流、新津、名山、筠連等縣知縣。有《自治官書》八卷、詩一卷。又,秉鈞,爲錦福孫,章蘇子。錦福,字萬安,有威略。道光庚子,烏山會食,策蹇先來。章蘇,字文綺,治家嚴肅,二子侍側,不命之坐不敢坐,不因貧廢禮。性樂善,平治道塗,排解紛難,損己不厭。一日寒甚,子婦陳爲製一絮衣煖老,出見丐者股栗,解衣之。事多類此。
秉鈞弱冠入泮,從戎邊徼,得知縣,入都謁選,資匱,徒步入蜀,歷
宰赤緊,不招幕客,減傔從,諸從儉約,一冠二十年不易,有梁山
舟風。臬使新化游公奇賞之。蜀多優缺,取與不苟,積俸專以奉
親,平時治家不妄費一錢,然奉巨金於遷祖祀廬、繼述先志不少
吝,賢者不可測矣。歸田逢亂,不敢康居,與衆同患未足病也。
少專事舉業,未遑他及,長涉宦途,書法、篇什、箋牘均極雅飭,餘
事足了十人。子三,長燦藻,直隸遷安典史,候補知縣;次燦藩,
四川按察使經歷;三燦淩,浙江富陽縣典史。"(《廖氏五雲廬志續
編》卷下,頁十八至十九)

【簡注】

(1)宗交六十年:指廖秉鈞與廖樹蘅同爲衡田廖氏四世祖廖
城景苗裔,廖秉鈞爲廖城景次子廖萬重之後,廖樹蘅則爲四子廖
萬熙後裔,兩人之間有六十年交情。

(2)仙乎:形容飄飄然,如登仙一般。爲辭世的隱語。

(3)安仰:仰視。出自《禮記·檀弓上》:"泰山其頹,則吾將
安仰。"

(4)疇全九五福:出自"範福九五,九疇乃全"。九五,九和五
均爲《易》卦爻位名,即"至數"之意。

(5)斯文喪未:出自李白《上崔相百憂草》:"斯文未喪,東嶽
豈頹。"

(6)繩武克昌:繩武,《詩·大雅·下武》云:"昭兹來許,繩其
祖武。"朱熹集傳:"繩,繼;武,迹。言武王之道,昭明如此,來世
能繼其迹。"後因稱繼承祖先業迹爲"繩武"。克昌,《詩·周頌·
雝》云:"燕及皇天,克昌厥後。"鄭玄箋:"文王之德安及皇天……
又能昌大其子孫。"後因稱子孫昌大爲"克昌"。

廖士瑜

陳太丘退隱巖泉，論德論年，鄉國典型能有幾；
崔廣略争推孝友，難兄難弟，堊廬清議復何人。

【説明】

本聯録自《珠泉草廬師友録》册三卷十一，頁八六。"廖士瑜"後附有按語："字照琴，爲公子基域之門人。"又，《民國寧鄉縣新志·跋》云："寧鄉縣志局二十二年採訪員……廖士瑜。"(《民國寧鄉縣志》册二，頁一二七五)

【簡注】

(1)"陳太丘退隱巖泉"句：指陳寔居於鄉里，平心率物，德冠當時，爲遠近之宗師，與其子紀、諶名重於世，父子三人時號"三君"。此處頌揚廖樹蘅和陳寔一樣退隱鄉間，名重一時。

(2)論德論年：論品德論高年。

(3)崔廣略：即崔鄲(768—836)，字廣略。中唐進士，補集賢校書郎，累遷吏部員外郎，三升諫議大夫。敬宗即位，進中書舍人，遷禮部侍郎，出爲虢州觀察使。歷鄂岳、浙西觀察，終檢校禮部尚書。

(4)堊廬：堊室。清代趙翼《秋帆中丞聞余衡恤之信遠致厚購詩以志感》："匪莪誰唁堊廬幽，忽拜朱提過五流。"

(5)清議：指公正的議論。見《南史·宋武帝紀》："其犯鄉論清議、贓污淫盗，一皆蕩滌。"

廖湘藻

文章步歐蘇韓柳，道學繼周程朱張，樗櫟愧庸才，也拜門墻瞻化雨；

生來享富壽康寧,歸去列聖真仙佛,桂蘭承厚澤,益興堂構振流風。

【説明】

本聯録自《珠泉草廬師友録》册三卷十一,頁八六至八七。"廖湘藻"後附有按語:"字紹聞,爲公之門人。"據相關介紹,廖湘藻曾總修《廖氏四修族譜》十八卷、首一卷,1925 年敦睦堂石印本。

【簡注】

(1)"文章步歐蘇韓柳"句:贊頌廖樹蘅的詩文效法唐代韓愈、柳宗元和宋代歐陽修、蘇軾四大家。

(2)"道學繼周程朱張"句:指理學上繼承宋代周敦頤、程顥、程頤、朱熹、張載等人的學術思想。

(3)樗櫟庸才:樗,即臭椿;櫟,橡樹,都是不成材的樹木。比喻無用之材。

(4)門墙瞻化雨:門墙是師門之意;化雨,即春風化雨,適宜草木生長的風雨。比喻良好的熏陶和培養。

(5)桂蘭承厚澤:指成才成長承受着先師深厚的恩澤。桂蘭:用桂樹和蘭草代表成才。厚澤:深厚恩澤。《南史・張冲傳》:"下官雖未荷朝廷深恩,實蒙先帝厚澤。"

(6)"益興堂構振流風"句:更加興旺的是,子承父業,使家風更加興盛。流風:前代或前人遺留下來的風教。

釋補蕉

元老息機,頭陀大耋,承家看奕葉流芳,共仰文光射山斗;謫仙再世,金粟前身,跨鶴弄落梅歸去,長留明月在珠泉。

【説明】

本聯録自《珠泉草廬師友録》册三卷十一,頁八七。"釋補蕉"後附有按語:"字睡琴。鹿苑寺主持,工詩。"

《民國寧鄉縣志・故事編・釋道録・庵寺》:"鹿苑寺,在縣南五十里五都三區興讓團。《嘉慶志》:譚奇理明卿與其從子習之捐建,并施田山一所,立先人神主於寺。《同治志》:康熙三年,譚明卿及習之施屋基田山一所建寺,同治七年致訟,布政司批飭寺中立譚明卿神主。《訪册》或云:本古刹明末毁。康熙初,釋樹峰重新寺舍,光緒壬寅湘鄉金華庵僧静皈立爲叢林,寺後羅漢松一株甚蒼古,又銀杏一,老幹摧折,旁枝今亦數尺圍,傳爲樹峰手植。樹峰有句云:'留我親栽杏柏松。'今不見。又寺側山内有猴栗一株,不知何代物,内含修竹數根,虬枝古幹,垂蔭數畝。自寺歸静皈,十方僧侶來歸者常數十,徒孫補蕉繼之以詩名。"(《民國寧鄉縣志》册一,頁五四三)

【簡注】

(1) 息機:息滅機心。《楞嚴經》卷六:"息機歸寂然,諸幻成無性。"

(2) 頭陀:佛教苦行之一。僧人行頭陀時,應持守十二項苦行,分衣、食、住三類,即穿糞掃衣(百衲衣)、常乞食、住空閑處等。依此修行的人稱"修頭陀行者"。後用以稱呼行脚乞食的和尚。

(3) 奕葉流芳:好的名聲累世流傳。

(4) 文光射山斗:指文采能够光芒四射,一直到天上的斗宿。

(5) 謫仙:謫居世間的仙人。常用以稱譽才學優異的人。

(6) 金粟前身:原指前世是維摩詰大士。其號金粟。後多借指超脱高潔、不染塵俗的人或物,有非凡的定力或識性。

(7) "跨鶴弄落梅歸去"句:指駕鶴西歸,爲去世的隱語。跨鶴:乘鶴,騎鶴。落梅:即掉落的梅花。

(8)"長留明月在珠泉"句:長久地留下了一片月光永照在珠泉之上。

佚　名

尚老大儒宗,出史入經,著作允超教化;
吾傷真落拓,朝秦暮楚,縱橫終愧蘇張。

【説明】

本聯録自《先賢詩文鈔本》,原題爲《挽廖蓀階聯》。

【簡注】

(1)儒宗:儒者的宗師。漢代以後亦泛指爲讀書人所宗仰的學者。《史記·卷九十九·劉敬叔孫通列傳》:"太史公曰……叔孫通希世度務制禮,進退與時變化,卒爲漢家儒宗。"

(2)出史入經:出入於經史。意指詩文寫作或談話時時引證經史。

(3)教化:指儒家所提倡的政以體化,教以效化,民以風化。出自《詩·周南·關雎序》:"美教化,移風俗。"《禮記·經解》:"故禮之教化也微,其止邪也於未形。"

(4)吾傷真落拓:吾傷,指自我傷懷。落拓,指豪放,放蕩不羈;窮困潦倒,寂寞冷落。出自《北史·楊素傳》:"素少落拓有大志,不拘小節。"

(5)朝秦暮楚:戰國時期,秦、楚兩個大國相互對立,時常打仗。有的小諸侯國一時依附於秦國,一時又依附於楚國。後比喻人没有原則,反復無常。明代畢魏《竹葉舟》:"因見貴戚王愷,富堪敵國,比太仆更覺奢華,爲此我心未免朝秦暮楚。"

（6）蘇張：戰國時縱橫家蘇秦、張儀的并稱。西漢班固《奕旨》：“割地取償，蘇張之資。”前蜀貫休《行路難》詩之三：“敗他存此亦何功，蘇張終作多言鬼。”梁啓超《瓜分危言》第二章第二節：“於此而猶謂山東爲吾所有，雖有蘇張之舌，不能辯也。”

自題衡田舊宅春泉堂聯

廖含章

五百年舊巘結廬，秋桂春蘿森古翠；

一萬卷盈書充棟，莎廳竹閣有餘馨。

【説明】

　　本聯曾懸挂於衡田廖氏舊宅"春泉堂"中堂屋與正堂屋的大天井之間。廖湘瑛所繪《春泉堂平面圖》，對此聯内容及位置即有明確標記。廖湘珂《歲月如流》："先祖慶雲公，自元朝延祐年間（1314—1319），由湖南長沙遷至寧鄉橫田，二十六傳至我輩，至今近 700 年矣。原宅係元時舊舍，該邑廖姓係名門望族，自明清以來，一直是詩書官宦之家。記得堂屋有一副對聯云：'五百年舊巘結廬，秋桂春蘿森古翠；一萬卷盈書充棟，莎廳竹閣有餘馨。'所云即是。"（《歲月如流》，頁十）

　　廖含章（1788—1855）：字芬田，學者稱芬田先生。廖錦江四子，廖新端父、廖樹蕙祖父。其一生行事及詩詞文章，可見《同治寧鄉縣志》《民國寧鄉縣志》《廖氏五雲廬志續編》，衡田廖氏五修、六修族譜，以及王闓運先生所撰《廖芬田公墓志銘》等。

　　《寧鄉衡田廖氏六修族譜》："含章：行十，清國子監生。贈榮禄大夫。乾隆五十三年戊申正月十二日亥時生，咸豐五年乙卯八月二十五亥時没，原葬福谷沖，改葬神山廟圫中峰乳頂，辛向，碑墓。縣志、舊譜有傳。配宋氏，父朝瑞，鄉耆授八品冠帶。乾隆四十八年癸卯七月三十戌時生，道光九年己丑十月二十九未時没，葬四都十區道林峽山口内朝陽庵後金盆園，辰向，碑墓。

子三：新塸、新端、新朐。女二：長適王暉性，次適喻恒孝。"（《寧鄉衡田廖氏六修族譜》卷十七，頁五）

《同治寧鄉縣志·卷之三十三·人物·仁厚》："廖含章，字芬田。監生。性敦篤，親没，哀毁盡禮。與兄景福析居有年，復合爨。待人無疾言遽色，族戚間有弗率者，必委曲諭之於正。鄉間盜賊肆起誣良，議立安良會，桑梓賴焉。凡族中修譜牒，建墓田，力任其艱。晚年惟以圖史自樂。卒年六十八。"（《同治寧鄉縣志》，頁六十九）

王闓運《廖芬田公墓志銘》："君諱含章，字芬田，寧鄉人，其先自泰和，宋端平時，有爲長沙將領，留家湘中。元延祐時，占宅新康。當乾隆初歲，租穀萬石，號稱'衡田廖氏'，君即其世裔也。幼而和静，識量閎朗。父諱錦江，有三子，君居其稺。年十五，即授之室，令守衡田，續承祖業。姻族驚異，觀其基構，乃和謹以接物，勤儉以飭内，曾不十年，置産赢倍。遭喪哀毁，祭喪以禮。兩昆析居，各有積債，然耻於相累，反謂宣驕。君創議同居，爰諮閫内，陳其涘義，執意不遷，捉襟固諫，遂裂襦而出。仲兄感焉，竟還合爨，長老聞者，僉曰好名，君委曲相持，怡怡如也。内和外睦，既翕且湛，諸子長成，迺悉推家田，俾兄子與己三子均分無異，然後論者悦服，名聞遠方。既蘊才智，不忘經世。瀏覽史籍，賅通政學。常欲脂車懷鉛，觀國上京，朝官勸隱，於是輟轡，老猶悔焉。以命孫子曰：'士不能用，猶康瓠耳。'厥孫樹蘅，聰聽彝訓，文行有底，見器州將，君之志也。受性豈悌，汪汪不測。語如恐傷，而人意醒然。年六十有八，咸豐五年八月乙卯卒。於是湘潙戒嚴，報葬前岡，越卅六年，歲在庚子，仍卜葬神山之原，縣南鄉也。樹蘅追滂弘銘三老之義，用敢采述逮聞，刊勒明德。其詞曰：懿矣明德，實堯之冑。衡田萬石，食潙而富。季子承基，於宗有慶。友于兄弟，是亦爲政。研説墳典，目營四海。壯心洸洸，施於孫子。神岡養芒，左林右原。舒此長道，表爲靈阡。"（《珠泉

草廬師友録》册二卷六,頁八至九)

廖樹蘅《廖氏五雲廬志續編》:"含章,字芬田,熙四房廿一世。寧鄉監生,贈榮禄大夫。著有《五雲廬志初稿》《春泉堂詩録》《文録》。含章所居春泉堂,爲元延祐時舊基,烏柏、樟、栗,大皆百圍,蒼藤繚之,同治時猶存,罘罳山人詩所謂'三朝喬木遠青蒼'也。先業既豐,兄弟三人析居十三年,念兩兄不給於用,邀合爨,均隆殺。其貲産已倍於初,伯辭焉,與仲同居至老。性穎悟,讀書博涉多通,不爲俗閜,擬習業大學,已戒塗矣。姻家葉翔德馳書尼之,遂輟行,笑曰:'此行倘得校官,自忖猶能堪之,惜爲催租人敗興也。'事親能盡忠養,父曰錦江,自營生壙,築廬居之,今名'如在堂',隔春泉堂兩里,越日一省視,風雨罔間。二親没,合葬二十年矣,察有水害,與仲兄景福重跰數百里,郡屬山水佳處靡不至,最後得湘鄉金鷄山、燕子崖兩穴。篤於宗親,遠祖自四世、五世至七世墳墓、祭享,均竭力爲之,事皆辦。咸豐喪亂,舊業稍不如前,童孫未成,意稍頹矣。日惟誦名家詩自遣,尤愛玉谿、漁洋。笑曰:'兩家本不相侔,吾自耽嗜之,江瑶、荔枝同味,非大蘇莫辨也。'晚年不常作詩,所存皆中歲作。卒年六十八,王闓運爲之表墓。縣志有傳。"(《廖氏五雲廬志續編》卷中,頁四四)

《民國寧鄉縣志·故事編·先民傳五十五·清》:"廖含章,字芬田,七都人。十七世祖萬熙,字宇平,元元統時輸粟二千石助賑,敕建坊里門,今遺址猶存……含章承教不懈,父晚歲營生壙築廬,故居之。去墓居兩里,含章日一省視,風雨罔間。父没,兄弟三人析居十三年,兩兄家益落,含章資産倍於昔矣。念兩兄不給,邀合爨,均隆殺,伯辭焉。與仲同居至老終,以己意均分之。侍讀袁名曜稱爲寧鄉第一孝友人。中年好吟,有《春泉堂詩鈔》。卒年六十八。"(《民國寧鄉縣志》册二,頁八六二)

【簡注】

（1）"五百年舊巇結廬"句：衡田廖氏故宅衡田灣，自元代延
祐年間營建後，即爲廖氏世居。清道光甲申年（1824），廖含章對
衡田灣舊宅進行重新翻修，并以"春泉堂"名之。從元延祐年間
先祖廖城景創建衡田灣舊廬，到道光甲申年，其時間剛好五百
年。甲申（1824）七月，廖含章撰《春泉堂記》。其文云："此宅舊
稱'老屋灣'，亦呼'廖家灣'，譜稱廖氏四世祖元時由潭州遷寧鄉
衡田之神山。子五，一、二、三、五分徙湘鄉、安化、益陽等縣，惟
熙四房守衡田。舊籍神山距此宅里許，地淺隘，難容宏構。惟老
屋灣占形勝，爲廖姓世居，歷朝未屬他姓。宅左樟、栗、烏柏大皆
百圍，僉謂元時卜地當在此。《舊記》我九世祖曰懷四，由衡田遷
居長塘，至今猶稱其地爲大屋嶺。明清之際，我十六世祖曰贊
襄，復由長塘遷居衡田之上新田，今稱正屋，在老屋灣上約半里。
清康熙庚辰年，十八世祖子成府君，余曾王父也，兄弟析産，就老
屋灣築室三楹居之，府君六子，長、二兩房分長塘，三、四、五、六
分老屋灣，我王父克陞府君次居季，生於是宅。乾隆丙子，王父
府君移家爐七冲，今之懷永堂。丁酉，吾先君孔殷府君分居老屋
灣，甲辰建左邊橫屋，戊申右邊橫屋，兩頭皆蠱以磚垛。嘉慶戊
辰，余兄弟分居，長兄雲漢得龍窠塘，仲兄福景得栗樹峇，余得廖
家灣老屋，名其堂曰'春泉'。以後將三、四、五房分産接買，至己
卯始全而有之。庚辰春，余與仲兄合夥，壬午建東偏橫廳，改西
偏花廳，以甲申六月初三折正屋，十五起手，建屋三楹，計費不下
千餘金。因念吾家自元以來五百餘年，止此數遷，所謂長塘、上
新田，不出二里外，非先人謀貽之善，曷克臻此？守此宅者，當思
堂構之艱也。七月十日辛未豎柱上樑，仲兄命予紀其巔末，因泚
筆志之。其樑由此去里許申家塘拆來，亦吾家舊宅。木理堅緻，
非數百年不能有此良幹。堂扁乃曾王父五十初度族鄰所上，題
曰'大衍遐齡'。歲久剝落，今加髹飾，改題'春泉堂'三字。道光

四年甲申七月初七日記。命男新喧敬書。"(廖樹蘅《廖氏五雲廬志續編》卷下,頁十至十一)

(2)"秋桂春蘿森古翠"句:春天藤蘿綠葉叢生,秋時桂花飄香四溢,終年綠意盎然,青翠欲滴。

(3)"一萬卷盈書充棟"句:廖氏衡田灣舊宅有餘園、藤花栗葉樓等四個藏書室,古籍善本藏量約三萬冊。光緒十五年十月二十九(1889 年 11 月 21 日),廖基植從家中啓行,入福建延邵建兵備道劉倬雲幕,廖樹蘅作五古三首示之,名曰《示基植》。第三首中有句云:"家幸富圖書,花石紛裊裊。"(《珠泉草廬詩鈔》炁陽本卷三)廖湘珂《歲月如流》:"各房都有大書房和大客廳,四壁都是書櫃,大部分是綫裝古書,數量可觀矣。還有大量明清字畫、古琴和對聯。"(《歲月如流》,頁十)

(4)莎廳竹閣:指種植花草的廳堂,用竹子建造的樓閣。

(5)餘馨:殘留的香味。

題衡陽長沙會館聯

廖潤鴻

笙管吹開九面雲,看舞袖低迴,風流當憶長沙國;
家山共此三湘水,聽鄉音無改,雅調如翻漁父詞。

【説明】

此聯録自《聯語摭餘》,頁十三。廖樹蘅注云:"瀟湘門外,垂柳毿毿,湘水前橫,地甚曠遠。光緒二十九年,長沙人貿遷郡城者置會館於此,祀陶、瞿兩真人,皆長產也。歲時讌集,設排當具酒食,招同入社,請加楹聯。……家重垞題内舞臺云:'笙管……父詞。'"

《湖南省名勝楹聯》《中國衙署會館楹聯精選》均收録此聯。

【簡注】

(1) 舞袖低迴：舞袖，舞動袖子或者舞衣的袖子。低迴：起伏迴旋。

(2) “風流當憶長沙國”句：風流，參閲本書附録三《題贈/挽廖樹蘅聯》之“王家賓”條。長沙國：西漢高帝五年(前 202)以長沙、武陵郡置，封吳芮。治臨湘縣(今長沙市)，轄境相當於今湖南全部、湖北南境小部、廣西東北小部和廣東陽山、英德以北部分及江西西境一部分。文帝後元七年(前 157)國除，分爲長沙、桂陽、武陵三郡。景帝二年(前 155)以長沙郡復置，轄境逐漸減縮。東漢改爲長沙郡。此處指長沙市。

(3) “家山共此三湘水”句：湘江從南往北而流，衡陽、長沙共有湘江之水。

(4) 雅調：此處指雅樂。

(5) 漁父詞：元曲作家喬吉創作的一組同題小令。作品主要是通過對漁父生活的描寫，抒發作者厭倦功名、向往隱逸的情懷。

代某挽伯父聯

廖潤鴻

生爲將，没爲神，慷慨捐軀，一笑快酬擒虎願；
寧效龍，毋效杜，殷勤誡姪，千秋慚讀伏波書。

【説明】

本聯録自《寧鄉文史第八輯·潙寧耆舊聯選》，頁三一五。

【簡注】

（1）擒虎：指隋初大將韓擒虎。

（2）伏波書：伏波，指東漢馬援，字文淵，扶風茂陵人，事光武。建武十七年(41)封伏波將軍。其《誡兄子嚴敦書》有云：“龍伯高敦厚周慎……杜季良豪俠好義。”願侄效龍伯高，莫效杜季良。“效伯高不得，猶爲謹勑之士；效季良不得，陷爲天子輕薄子。”嚴、敦，皆馬援之侄，時嚴、敦好交游俠士，馬援在交趾付書誡以慎交游。

題于清端公祠聯

廖潤鴻

天語稱古今第一廉吏；

外番説朝廷有此好官。

【説明】

本聯録自蕭黄編著的《寺廟陵墓對聯》（下册）。另外，《中華祠堂楹聯》（七）、《東坡赤壁藝文志卷四——楹聯》、《祠堂楹聯》（二）、好詩詞網、“搜韻”等均收録此聯。

【簡注】

（1）于清端：即于成龍(1617—1684)，字北溟，號于山。清代山西永寧（今吕梁離石）人。歷官廣西羅城縣知縣、四川合州知州、湖廣黄州同知、武昌知府，福建按察使、布政使、巡撫，兩江總督。卒謚“清端”，贈太子太保。有《于清端政書》八卷等傳世。

（2）天語：謂天子詔諭；皇帝所語。

（3）外番：在中國古代，本朝以外的民族都被稱爲外番。《明史·袁崇焕傳》:"擅開馬市於皮島,私通外番。"

題水口山礦局大堂聯

廖基植

霞巘殷嵯峨,石破天驚逗秋雨;
新雲啓華閎,雄光寶礦獻春鄉。

【説明】

　　此聯録自《聯語摭餘》,頁九。廖樹蘅注云:"(水口山礦務)受事先後十六年,後八年余回省,局交基植接管,所程薄效具檔册。植集昌谷句爲堂聯云:'霞巘……春鄉。'"

　　清光緒二十七年(1901)四月初,廖樹蘅《復喻仙橋太守》云:"近日於爐內尋出大礦一段,寬長丈餘,砂上時露氣眼。據土人云,凡有氣眼之處,其下即有大砂,氣眼深至丈許,大可徑尺,中含精石,牙角齒齒,淡紅淺碧深黄,無色不備,殆至德也。昨取急醜而有致者上之節帥,并詩一首,別紙録覽。兹以二件貽公,來人亟於返役,未及雕座,幸爲莞收。弟以三月十六日移駐山內,新築草廠三進,寬十五丈,長十丈,卜址於去歲田中堆土之上,坐北朝南,形勢尚佳,略具公廨體式,共用去六百餘元。以龍公辦差薄有伙助,故屋多而費不甚巨。寧州公以二月廿三日到山,遍閱明暗兩口,頗以辦理爲得法。弟自到山以來,每夜親出巡邏。煙館、土娼一律禁絶,四圍打造木柵,由一門出入,偷盜漸稀。所難者爐路漸深,防水浸溢,時刻可畏。"(《珠泉草廬書札》卷五)

【簡注】

　　(1)霞巘殷嵯峨:紅色的山巖更加襯托出山的高度。語出唐代李賀《昌谷詩・五月二十七日作》："霞轡殷嵯峨,危溜聲爭次。"霞轡:紅色的山巖。嵯峨:形容山高。

（2）"石破天驚逗秋雨"句:語出李賀《李憑箜篌引》詩:"女媧煉石補天處,石破天驚逗秋雨。"好似補天的五彩石被擊破,直冲雲霄,逗落了漫天綿綿秋雨。

（3）新雲啓華閟:新的雲彩述説着華美與深邃之景。語出李賀《昌谷詩・五月二十七日作》："日脚掃昏翳,新雲啓華閟。"新雲:新的雲彩。華閟,華美深邃。

（4）"雄光寶礦獻春鄉"句:出自李賀《送沈亞之歌》詩:"雄光寶礦獻春鄉,煙底蕎波乘一葉。"把閃閃發光的寶礦呈現給春天的山鄉。

挽胡瑞蓀聯

廖基栻

秋色老梧桐,舊雨不來,空剩荒苔填蔣徑;
槐風鏗楚挽,哲人其萎,怕聽鄰笛過山陽。

【説明】

本聯録自《寧鄉文史第八輯・潙寧耆舊聯選》,頁三〇六。作於民國二十五年(1936)。

胡瑞蓀(? —1936):名馥。清末民國時湖南省寧鄉縣城關鎮人。清舉人。據《〈湖南前任寧鄉縣縣長現任臨湘縣長趙鴻違法濫殺觸犯刑章案〉彈駭文》(1936年3月7日)介紹:因家族事務矛盾,1934年7、8月間的一天,"胡瑞蓀宴罷,已午後五時,手攜二小孩,步回胡祠住宅,該胡保春獨候之於大官橫巷,見其經過,即持菜刀猛向胡瑞蓀腦連砍數刀,比致重傷。"(《監察院公

報》第七十一期《本院移付懲戒文》機字第一七三〇號）這一意外
傷害，即是胡瑞蓀去世之主因。周芷蓀亦作《挽胡瑞蓀孝廉》聯：
"作賦憶當年，每思精舍題詩，猶覺寒光生萬丈；休官因愛日，翻
念高堂有母，定教遺恨到重泉。"（《寧鄉文史第八輯·潙寧耆舊
聯選》，頁一八九至一九〇）

　　《寧鄉文史第八輯·潙寧耆舊聯選》一書中，將本聯作者標
注爲廖次峰（1861—1946），即廖樹蘅次子廖基棫，其字次峰，號
石芙主人。清附貢生，州同銜。湖南近現代著名作家、詩人、水
口山礦務早期管理者。少年時，廖基棫先求學於父執、著名詩人
隆觀易，後就學於嶽麓書院，與童錫笙等同學。隆觀易在廖家閑
居時，每日課讀廖基棫。由於受到隆觀易悉心指點，廖基棫吟詩
作對，日有長進，後來逐漸形成了有自己特色的詩歌風格。在詩
歌創作上，他刻意學習蘇軾，并以"靜深有本"爲旨。對此，陳三
立先生早年從河南武陟致廖樹蘅的書信中，就對廖基棫的詩歌
作了如此點評："郎君詩句，似瓣香無贅，直欲摩乃翁之壘，他日
掩君詩名者，必此少年，可嚴防之。"光緒二十二年（1896），廖基
棫隨父親廖樹蘅來到常寧水口山，參與水口山礦務管理，後因母
喪歸家。辛亥革命後，他協助父親選輯陶汝鼐、劉復園遺詩，并
幫助父親輯録《廖氏五雲廬志續編》，并親爲校讎。民國二十一
年（1932），廖基棫參與撰修《民國寧鄉縣志》，爲縣志四位主修之
一。抗戰期間，年已古稀的廖基棫避居家鄉陽和塘的山寺之中，
仍然撰述不輟。另外，他積極組織詩歌唱和活動，光緒年間在水
口山礦場成立宜陽詩社、抗戰時在寧鄉灰湯組織湯泉詩社，與友
朋一同唱和，以爲至樂。其著作主要有《瞻蔍堂詩鈔》八卷（趙啓
琳署首）、《瞻蔍堂文鈔》二卷（楊樹達署首、譚戒甫題簽、李肖聃
序）、《石芙山館文》、《桐蔭閣詩話》二卷、《瞻蔍堂筆記》一卷、《宜
江唱和詩》若干卷；選編并輯録《潙寧詩選》一百二十四卷，作者
達五百二十餘人，詩九千餘首，其搜録名篇佚文，有功於保存湖

南文獻。民國三十五年(1946)，廖基械辭世，享壽八十六歲。著名學者李肖聃撰述墓志銘，此文被收錄在民國三十七年(1948)九月編纂的《湖南文獻匯編(第一輯)》中。

【簡注】

(1) 秋色老梧桐：語見李白《秋登宣城謝朓北樓》詩："人煙寒桔柚，秋色老梧桐。"秋氣苦寒，深碧的梧桐染上濃重的秋色。本句描繪了一幅淒迷、蒼老的圖畫。

(2) 荒苔填蔣徑：指老朋友不能再來。西漢末年，王莽專權，兗州刺史蔣詡告病辭官，隱居鄉里，於院中開三徑，唯與求仲、羊仲來往。

(3) 槐風鏗楚挽：可參閱本書第二卷之《挽鄒代輝聯》。

(4) 哲人其萎：指賢人病逝。《禮記·檀弓上》："泰山其頹乎，梁木其壞乎，哲人其萎乎？"

(5) 山陽：引向秀悼嵇康故事。魏、晉之際，向秀與嵇康、呂安友善。後嵇、呂二人被司馬昭殺害，向秀經其山陽故居，聞鄰笛而感懷亡友，於是作《思舊賦》，後遂以"山陽笛"爲思念舊友之典。庾信《傷王司徒褒》詩："唯有山陽笛，悽余思舊篇。"

挽張毓衡聯

廖基械

數平生知己，如君有幾人哉，深谷獨研經，午夜寒燈應有味；

記湘上論交，與我若前定矣，吟魂今遽渺，一哀泣涕莫知從。

【説明】

本聯録自《寧郷文史第八輯·潙寧耆舊聯選》，頁三〇八。

張毓衡，即張康拔，爲廖基械摯友。清末民國時寧郷縣七都人。清秀才。廖基械撰《張毓衡傳》云：“光緒己丑郷試，予往長沙，道遇張君毓衡，略與語，知爲篤厚有道士，時予乘輿，君徒步，遂反界夫，與君同行入城，同寓館舍，由是訂交，五十年來意相得也。君以某年月日，無疾而逝，孤某請爲君傳。君諱康拔，字毓衡，其先由寶慶遷寧郷，遂爲寧郷人。祖某，父某，世有隱德，君兄弟二人，相友愛，長某業農，父命君讀書，幼即勤學不倦，入塾恒數月不一歸，塾中蔬食不得飽，其母以君能自刻苦，命其兄致菜脯佐食，館去家遠，君留兄飯，以鹽卵奉兄。兄曰：‘母聞汝讀書苦，特給汝食，願汝飽飯，予弗須也。’君笑曰：‘以酬兄遠送之勞。’兄弟推讓，遂剖而食之。年二十幾入學爲諸生，文名益振，郷人爭請課子弟，卒以教讀致有薄産。中年復精於醫，凡治病能盡其變狀，故得其治者無不奏效。嘗於郷闈中有同號生某，病危，官醫束手。某泣曰：‘予千里遠試，竟死於此耶？哭不止。同號多厭之，君診視知尚可治，爲主一方，立愈。於是，號中病者皆求治，致奪君作文，日力及完卷，場中無一人。性渾厚，與人交，有終始，責人過無少暇借，人諒其直，亦無後言。郷井之事，能任勞任怨，不妄取與。晚年好爲詩，一字未安，至廢寢食不輟。尤善恢諧，出語往往驚其座，人人多怪笑之，君不顧也。卒年七十有幾，子幾人，孫幾人。廖基械曰：予嘗與君過章君沅選家，酒酣，沅選語予曰：‘予憊甚，當不久於世，他日子當爲予志墓。’君曰：‘獨不爲我志耶？’予曰：‘請效歐陽公與梅聖俞之例，定爲後死者之責也。’三人相與大笑，不意此責竟歸予一人。日月如流，而予文不加進，既悼逝者，亦自傷也。”（《瞻蘢堂文鈔》卷二，頁十四至十五）

【簡注】

(1) 深谷獨研經：此句言廖基械與張毓衡年輕時同在東霧山大澤寺讀書。

(2)"午夜寒燈應有味"句：謂研讀經史有味。舊有"讀經味如稻粱，讀史味如肴饌，讀諸子百家味如醯醢"說。

(3) 湘上論交：指廖基械與張毓衡在赴長沙參加鄉試時"同行入城，同寓館舍，由是訂交"事。可參閱廖基械《張毓衡傳》。

挽外甥梅焯靖聯

廖基械

荊花倏忽折麼枝，忍拋堂背雙親，料汝重泉難瞑目；
阿士聰明無我輩，怎奈曇花一現，傷心何處賦招魂。

【說明】

本聯錄自徐一士著，徐澤昱、徐禾選編的《一士類稿續集》，頁一○九。原載《華光》1939 年第 1 卷第 3 期。

徐一士《一士類稿續集》"二十七　如如齋談薈"中，收錄有《梅氏二雋》。其文云：

華北近由水患，災情重大，籌賑實當務之急，惟尚未見詩歌寫災區慘狀者。梅焯靖（湖南寧鄉人）嘗有詩紀其鄉大水爲災之狀態，民國某歲事也。此際讀之，足生同感。詩云：

"五月十五日夜，大水，沿河田禾廬舍漂沒殆盡，縣治亦被淪胥侵，曉登蘇花崖，但見巨浪掀天，白痕浩渺，牲畜屋椽，蔽江而下，而綠樹團團，中有人高踞其上，哭泣呼號，令人驚心動魄，蓋浩劫也。作詩紀之。江鄉一夜傾盆雨，獰飆挾浪蛟龍舞。隔山但聽吼狂雷，巖壑崩騰眾淙聚。無邊濁浪接天浮，紛紛廬舍蔽江流。縱橫禾黍沈泥滓，十萬生靈付海漚。須臾塵霧騰空起，華屋朱門盡崩圮。天容慘淡暗無光，怪雨翻盆殊未已。登高眺望慘心目，長風浩浩號林木。陰雲四合向黃昏，一片淒聲聞野哭。連年兵燹已堪哀，那堪浩劫又重來！嗷鴻哀雁無恤人，何日長天接翅回！"

狀物能工，兼饒氣勢。焯靖卒於民國十五年，年僅十九歲。此詩出於十餘齡童子，此才不易遘也。焯靖與其兄焯嚴，均質美嗜學而早夭，所造已爲老輩稱嘆，可稱梅氏二雋，天不假年，甚足惋惜。焯嚴字叔常，卒於民國十六年，年二十三，遺著曰《梅盦詩存》；焯靖字季直，遺著曰《樗園詩存》，皆尚無刻本。（焯靖等爲梅鍾澍之曾孫，同邑廖樹蘅之外孫，兩家均累世績學，一鄉之望。）

……焯靖遺稿有其伯父英傑序，謂："從弟子焯靖季直，天姿聰敏，通曉世事……十三歲嬰足疾，幾不良於行，廢讀三載，恒居外家，其外祖珠泉先生愛憐甚，爲撰文虔禱於神。久之病已，聞私塾中群兒讀書，則皇皇若失，遂從葉先生蒓垞游，學爲詩文。其舅父次峰見之，輒用誇詡，季直爭自奮厲，爲之益勤。其詩清微冲淡，逌然自得，所爲論辯記事之文，尤勁悍峭折，清矯拔俗，然絕不自襮，故予亦未多見。每歲時歸謁，輒喜親予，思欲搜珠泉遺書，勒爲巨集，就予商榷義例，予始異之……烏乎！以季直之才識明決，苟假以年壽，他日或有所表現；即詩若文之成就，使極其所至，雖古人復絕之境，又豈能限之？抑次峰有恒言：'凡少年文字，光氣早斂者，其境特老，其精先亡。'故每向予譽季直，亦頗慮其難壽。今竟以夭死，豈獨吾梅氏之不幸耶！"（次峰爲廖基棫字；其挽梅焯靖聯云："荊花倏忽折麼枝，忍抛堂背雙親，料汝重泉難瞑目；阿士聰明無我輩，怎奈曇花一現，傷心何處賦招魂。"）咸贊嘆而深惜之。（《一士類稿續集》，頁一〇七至一〇九。原載《華光》1939 年第 1 卷第 3 期）

徐一士《一士類稿續集》"二十八　如如齋談薈"中,收録有《廖基瑜斷腸詞》。其文曰:

關於梅氏二雋焯嚴遺著曰《梅盦詩存》,焯靖遺著曰《樗園詩存》,前稿已略談之。其父毅傑,能聞而不遇,母廖基瑜,爲湘中名詩人,有《繹雅堂詩録》,刻於清末,以後所作,尚未付梓。兄弟共四人,伯兄焯憲,仲兄焯良(出嗣伯父梓傑)。焯靖、焯嚴相繼卒後,基瑜悲懷難釋,作《斷腸詞》五章有序,寫其生前事實,以攄傷感。序略謂"三子焯嚴,性行純篤,讀書甚勤苦,詩文頗有家法。痼疾數年不瘳,幼時聘張氏女,聞之憂傷成疾,先數月殁。嚴兒嘆曰:'此女爲予致疾而死,可憫也!他日予病稍瘳,當作傳以報之。'焯靖頗聰慧,詩文粗有法門,但不及嚴兒之老煉耳。嚴性戇直,不輕與人交;靖則和易近人,人多樂與之友。嚴兒病時,靖兒常以爲憂,一切飲食藥物,躬自任之,恐婢媼有誤,兼以代吾勞也。服藥稍愈,即喜告予曰:'兄病漸好,母可無慮。古人云貞疾恒不死,其信然乎!'予亦藉以自寬。靖兒小時曾患脚氣,年餘始愈,自是體氣充滿,百病皆消,予以爲可無虞矣;不意丙寅秋季忽患奇咳,病三月而夭。嚴兒以病侍予左右,時作歡笑之態,并以達觀語慰予,然背予則常暗泣,枕上時有淚痕,病由是日劇"云云。詞曰:"痛念生前事,家貧絶可憐。忍饑勤勵學,多疾并雛年。聘婦圖偕老,於飛竟斷緣。(兩兒均聘婦未娶。)觀音成佛日,知汝定生天。(靖兒以九月十九日亡,俗謂是日觀音得道。)""去歲悲亡弟,今春自殞身。(靖兒殁時,嚴兒在病中,爲之大痛。)如何造物忌,同與病魔親!負來嗟兄苦,吟詩見性情。(憲兒客洪江,嚴兒送以詩,詞極淒惋。)茫茫天意老,此恨不能伸!""兄弟承歡態,依稀尚目前。無違遵篤訓,養志繼先賢。(兒等嘗謂:'曾子養志,真能孝也。')繞樹悲鳴哺,思家輒淚漣。(靖兒讀書舅家,其思親詩有'怕聽松林噪乳鴉'之句。)那堪腸欲斷,悲絶此殘年!""夙昔渭陽愛,曾誇宅相賢。謂兒成有日,誰料竟無年!

淚盡悲難盡,呼天欲問天! 可憐貞女恨,此後待誰傳!""中表賢郎在,情親若弟兄。(兒表兄廖丹慰,有子湘璵,聰穎好學,與靖兒齊年,同學甚相得,每解館必依依不忍別,并相約早來。)生前同勖學,死後不寒盟。此日蕭齋里,空餘燈火明。淒涼深樹鳥,同作斷腸聲。(靖兒病歿,湘璵方病瘵,聞耗大痛,病遂加劇,後兩月亦亡。予以避亂來其家,適逢其慘,尤觸悲懷。)"促節哀音,讀之恨然。(《一士類稿續集》,頁一一〇至一一一,原載《華光》1939 年第 1 卷第 4 期)

廖基械《梅外甥遺詩序》曰:"嗚呼! 此外甥梅叔常遺稿也。叔常年二十一卒,其所爲詩甚多,而存者僅此而已。蓋叔常於歿之前數日,將生平詩文悉燒之,家人罔有知者。其兄伯紀哀之,甚不忍没其勤苦之志,於故紙堆中及親友所搜録得如干首,編爲一卷。欲與叔常存身後之名,乞予一言序之。夫叔常之於書,固已無所不窺,古文亦有家法,詩則自漢魏以及唐宋諸家,皆手録成帙,朝夕諷誦不輟。嘗一日與予論詩,謂'學詩宜從唐宋以上窺漢魏,若先學漢魏,非摹擬不能得,久則必成優孟衣冠'。又云:'詩不以純静養其體,則詞必放誕而不擬所論,凡數十往復,無不曲當。'予深韙之。叔常亦竊目喜其所爲詩,委婉恬適,有才而不逞,有氣而不使之露,選詞命意不失風人之旨。此其所以爲吾叔常之詩也。嗟乎! 叔常之才質既敏矣,而其刻苦勵學,實又與才質相稱。咸謂可以造於古人之域,惜其早逝而未成也。然以叔常之虛衷好學,如是充其力之所能及,其不至於古人之域而安往哉? 其時,予從孫湘璵少叔常五歲,嘗與同學,勤敏刻勵與叔常等,年十六殤。所爲經義史論均有卓詣,叔常亦喜與商證得失。然未嘗見其學詩,及搜其遺篋,所鈔唐宋人詩已成巨冊,乃知其有志於詩而未之發也。因序叔常之詩而并及之,以示予之哀,叔常亦常以哀湘璵也。"(《瞻麓堂文鈔》卷上,頁十七至十八)

【簡注】

（1）"荆花倏忽折麼枝"句：荆花，比喻兄弟昆仲同枝并茂。前蜀貫休《杜侯行》："雁影參差入瑞煙，荆花爛熳開仙圃。"宋代劉克莊《三月二十五日飲方校書園》："只願荆花常爛漫，莫令瓜蔓稍稀疏。"倏忽：指很快地，忽而間。麼枝：最小的樹枝，此處指梅焯靖，其爲兄弟中最年小者。

（2）堂背：指北堂。北堂是母親所據，即代表母親，所以"堂背"一詞多與萱草關聯。舊時游子遠行時，會在北堂種萱草，以期消解母親的思念之情。又因北堂背南向北，故謂之背。明代史鑒《題萱》："堂背萱花好，慈親日舉觴。南風吹緩帶，比葉一般長。"民國徐揩珊《壽母親七十索賀詩六首》其五："堂背萱花增一笑，庭前荆樹秀三枝。"

（3）重泉：猶九泉。舊指死者所歸。

（4）阿士：南朝梁劉孝綽的小名。《梁書·劉孝綽傳》："孝綽幼聰敏，七歲能屬文。舅齊中書郎王融深賞異之，常與同載適親友，號曰神童。融每言曰：'天下文章，若無我當歸阿士。'阿士，孝綽小字也。"

（5）賦招魂：謂呼喚歸來。蘇軾《正月二十日與潘郭二生出郊尋春》詩："江城白酒三杯釅，野老蒼顏一笑溫。已約年年爲此會，故人不用賦招魂。"

挽長女梅焯孝聯

廖基瑜

聚爲骨肉，散爲風煙，明知聚散靡常，奈廿載恩勤，滾滾愛河流不盡；

存也奚榮，亡也奚戚，要識存亡有數，況多生煩惱，茫茫宙合浩無邊。

【説明】

本聯録自徐一士《女詩人廖基瑜》(《大風旬刊(香港)》第九期,1938 年 5 月 25 日)。

徐一士《女詩人廖基瑜》:"兩女淑慧有母風。長女焯孝,穎悟過人,通文史,尤工書法,凡名人之字,見即能摹寫逼真,學何紹基極神似,適劉氏,民國四年卒,年二十二。(基瑜詩以哭之,并挽以聯云:'聚爲……無邊。'附識:'長女焯孝,在家爲尊屬鍾愛,適劉氏,自重闈以下,莫不宜之,婿亦相敬如賓,處境恬適,可以無死,一旦溘然,内外親并加湣悼。余夫婦摧傷幾難自克,爰撰聯挽之,一以世方多難,生寄不如死歸,引此爲之解脱,亦以妄塞悲之意也。乙卯四月二十二日繹雅老人并記。')"

梅焯孝去世後,二舅廖基棫作有《外甥女梅酉姑墓志銘》。其文曰:"梅酉姑,余外甥女也。其母始生一女,不育,逾年生酉姑。家人以其非男子,遂命之曰'酉兒'。'酉''有'諧聲,冀母生男,於是人皆稱爲'酉姑'。酉姑甚聰慧,父母篤愛之,少時嘗隨其伯父讀書,穎悟異於常兒,旋習鍼黹,高出諸女。長學作字,即有意致,道州何蝯叟以善書名當世,酉姑習而好之,數月能得其神。既又習隸書,波磔畢肖,尤通文理,常作書寄弟京師千餘言,援筆立就。年十八嫁里中劉氏,家人上下咸宜之壻曰:'世模好學能詩,與酉姑甚相得。'自是書法日益進,歿之前數月,隨其母來余家,書楹帖數幅,見者莫辨其非道州字也。然酉姑不自表鑠,故知其工書者絶少。性端静,不苟言笑,事父母惟恐不當其意,待婢媪無疾言遽色,生平未嘗一言人短。歸寧時無瑣屑私訴語重父母。憂病已殆,自知不起,猶不忍言死,以傷父母也。以乙卯四月某日没於母家,其姑聞之,一痛隕絶,諸父兄弟姊妹哭皆盡哀,感動鄰里,其伯父梁傑哭之尤痛,嘗曰:'人能道吾酉姑一字之失，吾不信也。何天奪之速耶？'嗚呼！酉姑之賢可知矣。酉姑諱煒孝，字湘蘋，生於光緒癸巳八月二十五日，年二十有二，無子，葬某山，舅氏廖基棫爲文以志其墓。銘曰：孰謂汝窮有文藻，以昌其躬。孰謂汝亨胡負才，慧而早終。誠天道之莫測，亦理數之難憑。我銘其幽，以塞汝母之恫，汝憺乎幽宮。"(《瞻麓堂文鈔》卷下，頁四六至四七)

　　廖基瑜(1868—1951)：字琬薌。湖南省寧鄉縣人。湖南近現代著名女詩人。廖樹蘅長女，晚號"繹雅老人"。從少年時始廖基瑜即向父親廖樹蘅、伯兄廖基植、仲兄廖基棫學習詩歌創作。十多歲時，她便常與父兄一同唱和，所作一氣呵成，詩句工整。在十五六歲時，廖基瑜曾作"兒有音書托南雁，天涯萬里祝平安"句，堪爲警言妙句，見者莫不嘖嘖稱嘆。成年後，廖基瑜適同邑梅毅傑。清宣統二年(1910)，廖基瑜二卷本詩作《繹雅堂詩錄》在長沙刊刻而成，著名詩人曾廣鈞之母、曾紀鴻夫人郭筠爲其詩集撰序，并評點云："今觀琬薌之詩，妙句天成，不事雕飾，格律固秉於庭訓，機杼實出於慧心。"女詩人何承徽贈廖基瑜詩，更是不吝溢美之詞。詩云："瑤函貺我恨來遲，綺歲仙人幼婦詞。女典班姬還作誡，國風周姥本能詩。選樓詠史兄相友，伏勝傳經父是師。更有解圍青步嶂，一家文采擅當時。""嫋嫋簪花妙入神，芬芳香茗更無論。玉臺何日分新詠，錦字於今有替人。修到梅花成秀骨，本來明月是前身。他時儻許聯吟社，自愧輇材嘆積薪。""玉尺瑯環寫韻奇，青箱黃娟界烏絲。瓊窗賦就櫻桃暖，翠管吟成柳絮知。三月鶯花開綺思，一區秋水想豐姿。楚湘自是騷人國，蘭芷芬芳盡入詩。"近現代著名掌故家、史學家徐一士先生在《大風(香港)》第九期發表《女詩人廖基瑜》一文，對其人生經歷、詩歌特色進行了專題述評。

【簡注】

(1) 風煙：風和煙霧。

(2) 恩勤：《詩・豳風・鴟鴞》："恩斯勤斯，鬻子之閔斯。"鄭
玄箋："鴟鴞之意殷勤於此，稚子當哀閔之。"後以"恩勤"指父母
尊長撫育晚輩的慈愛和辛勞。

(3) 奚：文言疑問代詞。什麽；哪裏。

題鵝山中學校門聯

梅焯憲

看東風又到梅花，山水點新春，從今共享升平日；
撫歲華而思學業，羽毛宜自護，大家努力少年時。

【説明】

本聯録自《鵝山情韻》一書，頁三十三。聯後附有按語云：
"此聯作於抗戰勝利後第一個春天。"即民國三十五年（1946）
春間。

鵝山中學，爲湖南省寧鄉縣賀氏私立初級中學名。民國三
十四年（1945）春成立於寧鄉縣巷子口鄉獻寶臺，賀其熾任校長。
賀耀組任董事長，賀執圭任副董事長，陶峙嶽、周震麟、梅偉傑、
魯蕩平、周鳳九、李益滋、周君南、賀橋年、賀景循、賀振鴻、賀仁
壽、賀祝齡、賀越蓀爲董事。1945 年 8 月抗戰勝利後，購置寧鄉
縣城東門周公祠作爲永久校舍。1946 年春天，學校遷到寧鄉縣
城新址。梅焯憲、劉達圭、袁禮讓、萬南强等名師均曾任教於此。

賀其熾曾作《鵝山同學録序》，其云："民國三十四乙酉春，鵝
山實始建校。越三年丁亥冬，第一第二班畢業，自是每值學期終
始，舊往而新來，班聯而序接，代興輩出可第而數，今又屆畢業期

矣。人情於聚散離合不能無動於中，同學諸子，眷懷師友，亟請編印同學錄，以謂歷時既久，畢業人數益多，新舊先後相去益遠，著而錄之，所以敦氣誼，重淵源，譬諸昆弟長季殊年，而門庭手足之誼雖久且遠，固自有不能忘者在也。昔歐陽公稱胡安定弟子散在四方，隨其人賢愚，循循雅飾，言談舉止，遇之不問而知爲先生弟子，則其友朋之間，相輔相厚，翹然有以異於人人，又可知也。詩曰：‘嚶其鳴矣，求其友聲。’異時展對斯編，曰‘某也師’‘某也友’，疇昔游從之樂，宛然在目，猶置身化龍溪畔，講磨於宵燈書幾間也。民國三十七年戊子冬賀其熾序。”（原《鵝山同學錄序》，頁二）

　　衡田廖氏子弟與鵝山中學極具淵源。廖湘珂、廖湘瑛、廖東凡等多位皆先後求學於鵝山中學。後來廖湘珂從此考入華南理工大學，廖湘瑛考上湖南大學，廖東凡考進北京大學。

【簡注】

　　（1）梅焯憲（1895—1966）：字伯紀。湖南省寧鄉縣梅家田人。梅鍾澍曾孫、廖樹蘅外孫、廖基瑜長子。先後畢業於長沙明德中學、北京京師大學堂。曾任南京戒嚴司令部少校文書主任、安徽第九區（宣城）行政督察專員、寧鄉鵝山中學教師。攻詩善文，輯有《珠泉草廬師友錄》十一卷、《湘礦存鈔》四卷等，參與編纂《民國寧鄉縣志》，抄錄王文清撰《考古略》八卷、《鋤經文略》一卷。

　　（2）“看東風又到梅花”句：因梅焯憲題寫此聯時正值春天，和煦的春風又吹到了梅花橋畔。梅花，即指梅花橋，寧鄉縣城東門外之化龍溪畔，鵝山中學即位於此地。

　　（3）升平：意即太平。語出《漢書·梅福傳》：“使孝武皇帝聽用其計，升平可致。”

　　（4）歲華：指時光、年華。宋代梅堯臣《次韻任屯田感予飛内翰舊詩》:"歲華荏苒都如昨,世事升沈亦苦多。"

（5）羽毛宜自護：原指鳥類要愛惜自己的羽毛,比喻爲人要珍惜自己的名聲。出自漢代劉向《説苑·雜言》:"夫君子愛口,孔雀愛羽,虎豹愛爪,此皆所以治身法也。"

挽六叔廖基棟聯

廖鎮樞

慘痛記臨危,對兹稚女雛兒,奚忍一朝別去;

恩深悲罔急,愴憶趨庭承訓,那堪後此無憂。

【説明】

本聯録自廖湘珂回憶録《歲月如流》。其云:"父親（廖鎮樞）爲叔公（廖基棟）撰寫的一副挽聯爲:'慘痛……無憂。'"

對於廖基棟辭世時的情形,廖基傑孫、廖鎮樞三子廖湘瑛在回憶録《心中的隱痛》一書中介紹道:"五年二期叔祖父去世（1946 年 11 月）,通知我回家奔喪時,我掉了眼淚。……大約是剛上一年級時,我到他家找達叔玩（達叔年齡比我大三個月）,叔公讓我讀一年級語文第一課。我讀得很順口,并説這一課的題目叫《天亮了》。叔公很高興地贊揚我,并批評達叔年齡比我大,而學習不如我。而另一次是我約七歲左右時,在門口的十字路口玩,叔公指着附近一個正在翻地的人,問我道:'這個人你叫他什麼?'我隨意答道:'叫他桂伯伯。'叔公非常高興地説:'對,對!'實際上我從未叫他桂伯伯,只是猜想可能要叫他桂伯伯。關於叔公在兄弟六人中同祖父的關係特別好,那是五十年代我在寧鄉縣城上高中時,聽龍四伯父（梅焯憲）説過才知道的。在祖父的兄弟中,他比叔公大三歲,而其他四位兄長都比他倆大十

歲以上,與他倆過從甚密也有一定關係。"(《心中的隱痛》,頁五至六)

【簡注】

(1) 廖基棟(1878—1946):字幼陶。清末民國時湖南省寧鄉縣七都四區橫田灣人。廖樹蘅六子。清監生。少隨仲兄廖基械讀書於大霧寺廖氏族校,後隨侍父親於清泉學署,求學於衡陽船山書院,受業於王闓運門下,日與名師益友相處,昕夕飫聞,所學益進。曾官縣丞,亦精書畫。

(2) 廖鎮樞:字謙敏。湖南省寧鄉縣人。詩人、畫家。廖樹蘅孫、廖基傑子。民國二年(1913)出生於衡田廖氏瞻麓山莊,自小受到深厚的家學熏染,琴棋書畫均有造詣,并撰寫了大量楹聯、墓志銘、祭文及詩歌、詞賦。民國三十七年(1948),和表兄梅焯憲主持編輯十一卷本《珠泉草廬師友録》,南京圖書館、中國人民大學圖書館等均有館藏;并有畫作《打琴聽院圖》等存世。1951年7月因病辭世,年僅三十八歲。

(3) "對兹稚女雛兒"句:指1946年廖基棟辭世時,小女兒才十六歲,最小的兒子剛滿五歲,可謂稚女雛兒,讓人更生悲慟。

(4) "奚忍一朝別去"句:爲什麽忍心撒手西歸呢?其語旨極爲沉痛。

(5) 趨庭承訓:借指父訓,此處指廖基棟對侄子廖鎮樞的教育和指導。清代許葭村《與黄封三》:"老表兄遨游室外,得令郎隨侍蓮帷,晨昏分籌筆之勞,詩禮習趨庭之訓。"

贈廖新端聯

洪彭述

滿院松花點蒼雪；
白頭編寫史宬書。

【説明】

本聯録自廖樹蘅《珠泉草廬文録》卷一之《先考墓道述》。廖新端(1806—1870)：字培吾。廖含章次子、廖樹蘅父。清國子監生，府知事銜，授贈"榮禄大夫"。廖新端曾參與組織地方團練，協助寧鄉縣令治事，"正直檄使，治一方之事，亭決可否，一秉至公"。其一生質直好義，終日勤學。

《寧鄉衡田廖氏六修族譜》："新端，行十三，清國子監生，府知事銜，贈榮禄大夫。嘉慶十一年丙寅九月十八日戌時生，同治九年庚午十二月十三酉時没，葬如在堂後山幹乇，壬向，碑墓。配張氏，父冠群，監生。嘉慶九年甲子正月初七辰時生，同治十二年癸酉五月十三申時没，年七十。葬橫田老屋春泉堂後山，甲向，碑墓。側室楊氏，善化平山人，道光元年辛巳四月十一子時生，光緒十八年壬辰四月十一未時没，年七十二，葬如在堂後山，艮向，碑墓。子樹蘅。"(《寧鄉衡田廖氏六修族譜》卷十七，頁十一)

《民國寧鄉縣志·故事編·先民傳五十五·清》："新端，字培吾，以廉直見重於縣令，咸豐時檄充都總，亭決一秉至公。"(《民國寧鄉縣志》册二，頁八六二)

廖樹蘅《廖氏五雲廬志續編》："新端，字培吾，含章中子，熙四房廿二世。寧鄉監生,府知事銜,贈榮禄大夫。新端兄弟三,次居仲,伯、季均乏嗣,獨端一子樹蕙。伯先有子,乳名湘一,甫四歲,穎慧如成人,讀書識字,工屬對,人稱奇童,十二歲殤,歷數十年念之猶汍瀾也。又,從弟新峿性賢孝,從縣人馬昌培游,工文章,習經史,手録杜佑《通典》,成巨帙,亦無年,慟與湘一同其篤於天屬類此。幼患咯血,樓居三年,食淡,未沾鹽酪,疾良已,因此絶意試場。所爲詩文,仍有法度。道、咸時,谷賤傷農,族人多棄田,新端獨專力治田,得保存。勤於追遠墓田、丙舍,父作子述,罔非損己益公。喜觀書,留心政務,斗室中史鑒邸鈔撮要寫定,積成厚本,老猶不輟。湘鄉洪彭述贈聯云:'滿院松花點蒼雪,白頭編寫史成書。'紀實也。卒年六十五。"(《廖氏五雲廬志續編》卷中,頁四九)

洪彭述,字薰圃。清湖南省湘鄉縣人。諸生。著有《鴻濛老屋文存》《詩存》《歸鴻閣詩文集》等。《珠泉草廬師友録》卷三中,洪彭述《贈廖蓀畡先生》詩後附有廖樹蕙所撰《筆記》云:"湘鄉洪彭述,字薰譜,余親家張葑茭發溍之高足弟子。同治八、九年間,讀書予從父家,嘗相過從,賦詩見贈。又工駢儷,嘗爲友人擬《開狄道渠記》,沈博絶麗,兼稚威、簡齋兩家之長。年甫弱冠,遽爾殞逝,聞者傷之。"(《珠泉草廬師友録》册一卷三,頁五十)

【簡注】

(1)松花:亦作"松華"。松樹的花。松花爲黃色,花少,無瓣。松樹開花常喻指堅强不屈、不怕困難的精神。李白《酬殷明佐見贈五雲裘歌》:"輕如松花落衣巾,濃似錦苔含碧滋。"明代李時珍《本草綱目·木一·松》:"松花,別名松黃……潤心肺,益氣,除風止血。亦可釀酒。"明代顧起綸《國雅品·閨品》:"'引泉竹溜穿雲入,墮粉松花遠舍香'……情致幽絶,足爲女郎之秀。"

(2)蒼雪:灰白色的雪。或引申爲高潔。

(3)"白頭編寫史成書"句:指滿頭白髮時仍在孜孜不倦地抄
録、整理史書。

賀廖樹勛新宅聯

蔣德鈞

行窩安樂邀聯榻;

彼岸涅槃宿種根。

【説明】

本聯録自蔣德鈞撰《求實齋類稿續編》。其云:"祐初新在長
沙置宅,來函勸余回湘,云掃榻以候。又常云十二歲夢悟佛機,
近於鄉居宅右建僧舍,額曰'覺非寺',正其行年五十時也。'行
窩……種根。'"(《求實齋類稿續編》,頁二十)

【簡注】

(1)廖樹勛(1869—?):字祐初,晚號廣石老人。清末民國時
湖南省湘鄉縣人。衡田廖氏,別居湘鄉青陂。清監生。曾主廣
東糧臺兼鹾務,積功保知縣加州同銜。民國後積極參與湖南實
業建設。著有《廣石山房詩草》十二卷,輯有《景懷詩鈔》八卷。

(2)"行窩安樂邀聯榻"句:行窩安樂,語出宋代釋文珦《行窩
吟》詩:"頗謂行窩安樂法,遠勝叔夜養生書。"行窩:指可以小住
的安適之所。安樂:安寧和快樂。聯榻:并榻。多形容關係
密切。

(3)"彼岸涅槃宿種根"句:彼岸,佛教用語。佛家以有生有
死的境界爲"此岸";超脱生死即涅槃的境界爲"彼岸"。涅槃:亦
稱圓寂。指幻想的超脱生死的最高精神境界。後來也稱佛逝世

爲涅槃，一般僧人逝世爲圓寂。宿種根：指廖樹勛信佛參禪，是
"十二歲夢悟佛機"之故。

贈梅焯憲聯

王闓運

立身宜法李忠定；
好學還思曾伯涵。

【説明】

本聯録自徐一士《女詩人廖基瑜》。其云："伯紀爲其長子焯
憲字，幼時王闓運書聯以贈云：'立身……伯涵。'以字同李綱，先
世又與曾國藩有交也。"(《大風(香港)》第九期，1938 年 5 月 25
日)

清光緒三十二年正月十日(1906 年 2 月 3 日)，王闓運從長
沙抵橫田灣廖家相訪。王闓運《湘綺樓日記》正月初十日云：
"陰。晨起，蓀畡已興，議游潙山。……設正酒，客去無陪賓，蓀
畡外孫梅童子十歲，云知西歷史。"(《湘綺樓日記》，頁二七〇九)
《湘綺樓日記》中之"梅童子"，即廖樹蘅外孫、廖基瑜長子梅
焯憲。

【簡注】

(1)"立身宜法李忠定"句：指王闓運希望梅焯憲處世爲人應
當效法抗金名臣李綱。梅焯憲與李綱之字相同，皆爲"伯紀"。
李綱(1083—1140)：字伯紀，號梁溪先生。宋代常州無錫人。抗
金名臣。宋徽宗政和二年(1112)登進士第，歷官至太常少卿、兵
部侍郎、尚書右丞。靖康元年(1126)金兵入侵汴京時，任京城四

壁守禦使，率軍民擊退金兵，不久即遭排斥。宋高宗即位之初，一度被起用爲相，曾力圖革新内政，後屢遭免職。紹興十年(1140)病逝，謚"忠定"。著有《梁溪先生文集》《靖康傳信録》《梁溪詞》。

(2)"好學還思曾伯涵"句：喜愛學習，還要思考、效法曾國藩是如何學習的。曾國藩(1811—1872)：又名曾子誠、曾傳豫，字伯涵，號滌生。清湖南省長沙府湘鄉縣荷葉塘人。戰略家、政治家，散文"湘鄉派"創立人。晚清第一名臣，是中國歷史上最有影響力的人物之一。中進士留京師後十年七遷，連升十級，37歲任禮部侍郎，官至二品。後因母喪返鄉，恰逢太平天國巨瀾橫掃湖湘大地，因勢在家鄉組建湘軍，歷盡艱辛爲清朝平定天下。後歷任兩江、直隸總督，武英殿大學士，官居一品。卒後謚"文正"。曾國藩善於學習，勤於學習，他將讀書學習視爲人生頭等大事，一生常用"恒"字激勵自己。寧鄉莓田梅氏與湘鄉荷葉塘曾氏素有通家之好。清道光十八年(1838)，梅焯憲的曾祖父梅鍾澍與曾國藩中同榜進士，入選翰林院庶吉士，授禮部儀制司主事。道光二十年(1840)，梅鍾澍因病在京溘然長逝，享年四十四歲。梅鍾澍辭世後，其友曾國藩爲之作傳。曾國藩挽梅鍾澍聯云："萬緣今已矣，新詩數卷，濁酒一壺，疇昔絶妙景光，只贏得青楓落月；孤憤竟何如，盛業千秋，貽謀百盛，平生未了心事，都付與流水東風。"

題廖樹蘅夫人張清河墓聯

王闓運

□□□□□，□□□□□□□；
連枚悲永别，松心霜悴性長存。

【説明】

　　此聯是王闓運爲廖樹蘅夫人張清河題寫的墓碑。碑正文楷書:"連枚悲永別,松心霜悴性長存。"左側小字楷書:"王闓運題。"可惜未見上聯碑刻。從時間上推測,此聯或撰於民國五年(1916)三月。

　　民國五年三月五日(1916年4月7日),王闓運從湘潭雲湖橋到訪衡田灣廖家。王闓運《湘綺樓日記》三月五日:"晨,行至三仙坳,一飯人百卅錢,恰用四百錢。又廿五里豬石橋,越一高山便到衡田。廖氏父子庭迎,遣知會梅氏、童氏,均欲邀我至縣城,辭不欲往,故來會也。"(《湘綺樓日記》,頁三四二三)三月八日(4月10日),因護國軍過境湘潭雲湖橋,湘綺樓亦騷然不静,王闓運遂由衡田徑歸,經朱石橋回里,未夕到家。此次王闓運到訪衡田,《湘綺樓日記》雖然記録有全部行程,但其真實意圖尚屬未知,不過從日後廖樹蘅、王闓運的相關文字可以看出,有兩件事應與王闓運此次行程相關:一是評定廖基植的詩詞作品,爲以後刊刻詩詞集作準備;二是撰述廖樹蘅夫人張清河墓志銘。《珠泉草廬師友録》卷六在王闓運《湘綺樓書札》(四十一)後附有按語云:"(王闓運)先生最後一書,當作於四月十八日,至三月十九日一書,其稿已佚。……又按先生日記,止於是年七月朔,自四月以後,不復爲人撰文,則張恭人墓志,又爲先生絶筆也。"(《珠泉草廬師友録》册二卷六,頁二九)

　　民國五年四月十七日(1916年5月18日),王闓運作《廖郎中妻張恭人墓志銘》。王闓運《湘綺樓日記》四月十七日:"陰。作廖蓀畡妻墓志銘。"(《湘綺樓日記》,頁三四二八)王闓運《廖郎中妻張恭人墓志銘》:"恭人張氏,寧鄉人。父諱運廣。先世富於資,道光時,舊族盡衰,張亦貧窘。恭人母楊,生子女三人,早卒。繼母彭,有二子一女,後於父二年卒。祖母劉,痛子傷貧,悲憫諸孤。恭人年十五,謹率弟妹,上奉重幃,浣濯縫補,鍼灰恒具,復時婉愉，以釋沈憂，賢孝之稱，有聞三族。年十九，歸同縣廖氏。
夫曰樹蘅，字蔙畷，衡田舊族，禮法夙名。貴女萊婦，恒當自矯。
恭人習成若性，婉娩執笲，善事兩姑，無勞訓督。時廖亦中落，夫
恒遠館，恔承羞饎，黽勉有無。子女十人，并躬自撫育。既無漱
裳之妾，常嘲擁絮之兒。粲粲成行，劬勞僂矣。然習於華腬，尤
持門戶，匪獨不言假貸，尤樂施與。辛勤卅年，乃獲優暇。廖君
以徇友治礦，遂開湘利，適以軍功補宜章訓導，當檄之官。巡撫
資才，特移清泉，俾得將家，就近理事。水口山者，本唐宋銀場，
新收砂利，西洋估價，歲銀百萬，爲五洲第一。將假便宜，不承臺
命，大利所在，喧赫一時。恭人椎髻青裙，其容不改，督飭家政，
在富如貧。時誦淑言，勸夫偕隱，如此一紀，果獲全歸，功成身
退，蓋由內助。廖君年屆懸車，恭人亦六十有九。光緒三十有三
年七月十四日，終於內寢。卒前，廖君感異夢，衣冠臨鏡，章服四
品，鏡滿落花。時猶老諸生，旋以奏司總局，由郎中晉階四品，恭
人未及受封，遽從前逝。勤勛無酬，籲其盡矣。況諸子承訓，靡
恃靡依，出入靡瞻，廓然何寄。既遺命薄葬，封樹虛從，是用銘德
刻哀，昭茲懿美。其詞曰：珠泉如沛，清淑蘊靈。克配賢媛，有聞
無形。爰在孤幼，已彰劬孝。提挈弟妹，成之繦褓。初笄外成，
作配文儒。恭承素業，媚順兩姑。天錫多男，夙夜勞矣。有孩有
嬰，不遑朝矣。勤儉翼翼，耄而猶力。豈曰好勤，虔恭是職。家
門俄盛，駟馬喧闐。竭來官舍，機聲軋然。嬴金非富，庭松伊舊。
言返吾廬，提瓶瀚漱。諸婦濟濟，嗣徽斯美。偕老齊眉，息我以
死。天地風塵，吾返吾真。不污濁世，桂隱爲鄰。"（《珠泉草廬師
友錄》冊二卷六，頁二九至三十）

【簡注】

（1）連枚悲永別：連枚，枚者，古代行軍含在嘴裏以防止出聲
的小木棍，如成語"銜枚疾走"。引申爲消息接踵而來，連續含着

數枚不能出聲,悲不自勝。本句寫悼念之人的神態。永別:指死別。明代吴承轉《祭厄山先生文》:"爾時不以爲恨,意以爲他日可酬,豈知遂爲永別耶?"

(2)"松心霜悴性長存"句:松樹之心即使經過霜雪之染,也不改其本性。本句是懷念逝者之品行高潔若松。霜悴:指經霜打過一樣憔悴。性長存:指高潔的品性依然經久存在。

挽廖樹蘅夫人張清河聯

佚　名

夫子與先君爲莫逆交,萬里歸來,喜見暮年猶烈士;
階前諸後嗣皆有道器,九原含笑,好看阡表樹徽音。

【説明】

本聯録自《寧郷文史第八輯・潙寧耆舊聯選》,頁三四三。原題爲《挽廖蓀畡夫人》。

【簡注】

(1)莫逆交:亦作莫逆友。謂彼此同心相契,無所忤逆。

(2)"喜見暮年猶烈士"句:指作者欣喜地看到,廖樹蘅雖然人到晚年,但是奮發思進的雄心仍然没有止息。"暮年猶烈士",出自曹操《步出夏門行・龜雖壽》:"烈士暮年,壯心不已。"

(3)有道器:有道德、有才藝的人。

(4)九原含笑:在九泉之下滿含笑容,即指死後也感到心安,無所牽挂。宋代王十朋《王忠文公集・黄府君挽詞四首》云:"齒髮如公自古稀,定應含笑九原歸。"

(5)"好看阡表樹徽音"句:指死後留有好的聲譽。阡表,墓碑。

挽廖基棟嫡配夏聯

張振裏

萊室敬如賓,夫婿多情,剛過花朝雕素境;

商瞿終有子,慈悲證果,待徵蘭夢慰黃泉。

【説明】

本聯録自《潙寧楹聯鈔本》。原題爲《挽廖幼陶嫡配夏》。廖基棟嫡配夏:據《寧鄉衡田廖氏六修族譜》載:"基棟,字幼陶,行六。清縣丞,監生。……配夏氏,善化人。父職超,清巡檢職銜。光緒二年丙子十一月十四午時生,民國十九年庚午二月二十四亥時没,葬橫田上新田,與夫合冢同向。"(《寧鄉衡田廖氏六修族譜》卷十七,頁三五)

【簡注】

(1) 萊室敬如賓:能通情達理的妻子,夫婦彼此相敬如賓。萊室:即萊妻。《文選·任昉》:"既稱萊婦,亦曰鴻妻。"張銑注:"老萊子婦,梁鴻妻,并古之賢婦人也。"

(2) "剛過花朝雕素境"句:指夏氏剛過花朝節即過世。花朝:農曆二月十二日,一説爲二月十五日。相傳爲百花生日,所以叫"花朝"。素境:指歸處自然的境界,此處指人的離世。

(3) 商瞿終有子:商瞿(前 552—?),字子木。春秋末魯國人。學《易》於孔子,得孔子真傳,爲孔門傳道者之一。商瞿過四十有五子,後遂以"商瞿慶遲"爲晚年得子的典實。此處指廖基棟中年得子。

(4) 慈悲證果:慈悲,佛教用語。給予人們安樂叫慈,拔除人們痛苦叫悲。後用"慈悲"泛指對人的同情和憐憫。證果:表示以正智契合真理,進入佛、菩薩、聲聞、緣覺等之果位,其中果位是佛教用語,指的是修佛所達到的境界。

(5) 徵蘭:稱人有貴子。

挽廖基懋聯

張振襄

悼亡剛一載有餘,同穴遽尋盟,膝下貽謀森玉樹;

扶病返故廬避亂,五絲難續命,魂歸依舊傍珠泉。

【説明】

本聯録自《溈寧楹聯鈔本》。原題爲《挽廖壽生》。廖基懋,字壽嵩,亦作"壽生",在寧鄉方言中,"壽嵩"與"壽生"同音。《寧鄉衡田廖氏六修族譜》:"基懋,字壽嵩,行四。清主簿銜,監生。同治四年乙丑十月十五日酉時生,民國十九年庚午五月初八子時没,葬橫田珠泉草廬後山,甲向兼酉,碑墓。禁以進山論齊塋心起右一丈四尺,左二丈六尺,上至下十丈批載分關。"(《寧鄉衡田廖氏六修族譜》卷十七,頁三三)

廖基械《四弟稛蓀墓表》:"弟諱基懋,字綏嵩,一字稛蓀。幼讀書塾師過嚴,甚苦之。毅然棄去,習農事。然有記悟,暇則喜讀諸史及中興名臣奏疏、書札,能終身不忘,與之談者多爲弟所窘。一日,某貴官來,弟出應,夜談中興諸事,弟曰:'公誤矣。'某不能答,弟隨取架上書證之。某驚曰:'君自謂未嘗讀書,是豈不讀者所能耶?'嘆服久之,談竟夕不倦。弟性質直,待人甚誠篤,生平無面諛之詞。人有過,直責之不少貸,人皆諒之無怨詞。又有幹才,處置鄉黨、宗族事,罔不得當。族中修建祠墓二十餘所,雖倡自吾父,實成於弟手。治生尤有條理,先是吾家甚貧,食眾難處,弟一身任之無難色。然其操心慮患,至今思之,有餘痛也。弟以共和庚午五月初八日卒,年六十有六。葬於衡田正屋坳山。配張孺人,柔順嫻禮,事吾父母盡孝,能稱吾弟之德,先一年卒,年六十五。合葬於此山。子鎮珊,女適劉、適潘;孫湘玖、湘璵、湘瑾。湘璵甚聰慧,能文章,年十五殤,弟痛之甚。孫女一人,曾孫一人,曾孫女三人,鎮珊將以今年修墓,乞予文揭於其阡。弟年少於予,而竟先予以去,致累予爲弟表墓,豈余所及料耶? 是可傷也。"(《瞻麓堂文鈔》卷二,頁三八)

【簡注】

(1)"悼亡剛一載有餘"句:指民國十八年(1929)正月,廖基懋夫人張氏卒,民國十九年(1930)五月廖基懋辭世,其時相差僅一年零四個月。

(2)同穴遽尋盟:指廖基懋與夫人卒後同窆同向,共同重溫往日的誓盟。尋盟:重溫舊盟。《左傳‧哀公十二年》:"今吾子曰:必尋盟。若可尋也。亦可寒也。"杜預注:"尋,重也。寒,歇也。"

(3)"膝下貽謀森玉樹"句:膝下,指父母的身邊。貽謀,出自《詩‧大雅‧文王有聲》:"詒厥孫謀,以燕翼子。"後以"貽謀"指父祖對子孫的訓誨。森:樹木繁密貌。晉代潘岳《懷舊賦》:"墳壘壘而接壟,柏森森以攢植。"玉樹:神話傳說中的仙樹。李白《懷仙歌》:"仙人浩歌望我來,應攀玉樹長相待。"

(4)"扶病返故廬避亂"句:指1930年春夏間,湘軍、桂軍和粵軍大混戰,湖南全省處於極度混亂狀態。廖基懋由長沙返回故里橫田灣避亂。

(5)五絲難續命:按照寧鄉當地習俗,農曆五月初五端陽節當天,要給小孩子的手腕上纏上五色絲綫,俗稱續命絲,祝他長命百歲。而廖基懋辭世於五月初八日,即端陽節後第三天,故言"五絲難續命"。

(6)"魂歸依舊傍珠泉"句:廖基懋安葬於橫田珠泉草廬後山,其墓緊傍父親廖樹蘅的墳塋,墓下東南側爲静静流淌的珠泉河。"珠泉",指珠泉河,亦指珠泉老人廖樹蘅墓,或指廖樹蘅,三解均可。

挽廖基懋之妻聯

張振襄

晨春夜織最能賢,中歲履亨衢,依然德曜貧時態;
經簪繩牀倍悽惋,衰年傷破鏡,難遣黄門嘆逝悲。

【説明】

本聯録自《潙寧楹聯鈔本》。原文云:"《挽廖壽生之妻》:己巳正月,即民國十八年(1929)正月。'晨春……逝悲。'"

廖基懋之妻:據《寧鄉衡田廖氏六修族譜》介紹:"基懋,字壽嵩,行四。清主簿銜,監生。……配張氏,父復澍,從九品。同治五年丙寅五月初五辰時生,民國十八年己巳正月初八申時没。葬珠泉草廬後山,附夫同家同向。"(《寧鄉衡田廖氏六修族譜》卷十七,頁三三)

又,對廖基懋之字,清宣統元年三月十五日(1909 年 5 月 4日)王闓運《湘綺樓日記》如此記載:"陰晴。昨夜大雨,睡不甚酣,晨乃晏起,過辰正矣,不止三竿也。……夜得廖蓀畡書。廖六子:基植璧耘,基械次峰,基樾季海,基㭪稚笙,基傑叔怡,基棟幼陶。其四子獨取父字,蓋愛子也。長者能詩,少者能畫。"(《湘綺

樓日記》,頁二九六五)

【簡注】

(1)"晨舂夜織最能賢"句:早晨舂米,夜晚織麻紡綫,指張氏操持家政,既能幹又賢慧。能賢:有才能而又有道德者。《左傳·隱公三年》:"先君以寡人爲賢,使主社稷,若棄德不讓,是廢先君之舉也,豈曰能賢。"宣統元年十二月二十五日(1910 年 2 月 4 日)廖樹蘅《珠泉草廬日記》云:"陰,夜繁星滿天。閱《曾文正日記》。……二更燃巨燭祀神,謂之還諸天願,内人在日即如此,今没已三年,命懋婦代行之。"(《珠泉草廬日記》卷己酉,頁一八二至一八三)

(2)中歲履亨衢:指人到中年時,人生道路非常通達。亨衢:原指四通八達的大道,後比喻美好的前程。

(3)德曜:漢代梁鴻妻孟光之字。後爲賢妻的典範。蘇軾《次秦少游韻贈姚安世》詩:"問羊獨怪初平在,牧豕應同德曜看。"

(4)"經簟繩牀倍悽惋"句:經簟,即竹席。繩牀:一種可以折叠的輕便坐具,以板爲之,并用繩穿織而成,又稱"胡牀"。《晉書·藝術傳·佛圖澄》:"乃與弟子法首等數人至故泉上,坐繩牀,燒安息香,呪願數百言。"悽惋:哀傷。

(5)衰年傷破鏡:指廖基戀已至衰暮之年,卻突然妻子離逝。衰年:指衰老之年。破鏡:原指打破的鏡子,比喻夫妻分離。

(6)"難遣黄門嘆逝悲"句:難遣,指難以排解。黄門,乃官宦之門,與朱門同解,即指官宦之家。嘆逝,指感嘆歲月易去。晉代潘岳《秋興賦》:"臨川感流以嘆逝兮,登山懷遠而悼近。"

挽廖基植之配張聯

張振襄

荊釵爭道孟光，賢内則是師承，論史宜編列女傳；

鞓掌早雕潘岳，鬢間居初賦就，傷心又著悼亡篇。

【説明】

本聯録自《潙寧楹聯鈔本》。原題爲《補録昔年挽廖璧耘之配張》。

廖基植之配張：指張有妨。廖璧耘，即廖基植，璧耘爲其字。《珠泉草廬師友録》卷九在張發澥《篆星山房書札》後附有按語云：“公子基植爲張先生發澥女夫，在水口山時，屬弟基械爲先生選定所著《篆星山房詩集》，并爲撰序，擬付剞劂，爲先生存身後之名。會逢國變不果，其子侄旋將詩稿索去，至今不知散失何所。公子基植婦名有妨，字淑薇，承先生之教，亦能詩，著有《祥花吟室詩草》。痛父困躓一生，而著述散佚，哀乞公爲撰傳，以存梗概。”（《珠泉草廬師友録》册三卷九，頁十五）又，張發澥《送廖蒃畡之甘州應周渭臣軍門之聘》詩後附有按語：“張先生發澥，字蒃荄，湘鄉人。清諸生。公筆記云：‘……其長女爲余冢婦，亦粗解文墨。蒃荄每來余家，必流連旬日，小女基瑜常從問字。以内親，數至後堂，童稚聞其履聲，則躩然喜。故不常作詩，有作輒工。’”（《珠泉草廬師友録》册一卷三，頁四七至四八）

《寧鄉衡田廖氏五修族譜》：“（廖基植）配張氏。湘鄉人，父張發澥生員。咸豐八年戊午元月二十九日卯時生，民國元年壬子三月初九巳時没，葬珠泉草廬後山，艮向，碑墓。子：鎮樂、鎮霞。女適朱際泰，父道倬，恩貢生，鼸就教職。次適周家廉，從九職，父策安，花翎游擊。”（《寧鄉衡田廖氏五修族譜》卷册六，頁五六）

【簡注】

(1)"荆釵爭道孟光"句:荆釵,釵是婦女別在髮髻上的飾物,荆條當作釵,形容婦女樸素的服飾。多指貧家婦女的裝束。出自晉代皇甫謐《列女傳》:"梁鴻妻孟光,荆釵布裙。"孟光:東漢隱士梁鴻之妻,字德曜。夫妻隱居於霸陵山中,以耕織爲生。後至吳。鴻爲傭工,每食時,光必舉案齊眉,以示敬愛。見《後漢書·逸民傳·梁鴻》。後作爲古代賢妻的典型。

(2)賢内:賢惠能幹的妻子。《宋史·後妃傳下·哲宗孟皇后》:"宣仁太后語帝曰:'得賢内助,非細事也。'"

(3)列女傳:是西漢文學家劉向撰寫的一部介紹中國古代婦女事迹的傳記性史書,全書共七卷。之後中國的史書多有專門的篇章記叙各朝婦女事迹。

(4)"鞅掌早雕潘岳"句:鞅掌,指事務繁忙的樣子。《詩·小雅·北山》:"或棲遲偃仰,或王事鞅掌。"毛傳:"鞅掌,失容也。"早雕:過早的雕落。潘岳:謂中年頭髮初白。《觚賸續編·樾泉近體》引清代何鞏道詩:"漸老忽驚潘岳髩,多愁空抱馬卿琴。"

(5)賦就:意爲天生的。

挽廖基植聯

張振襄

蘇子瞻家學能傳,富國宏謨,偉抱略攄驚震旦;

陳元方知名最早,德星遽隕,群季相將慰太丘。

【説明】

本聯録自《潙寧楹聯鈔本》。原題爲《挽廖璧耘》。

【簡注】

(1)"蘇子瞻家學能傳"句：蘇軾及其父蘇洵、弟蘇轍,史稱"三蘇"。蘇軾家族一門三傑,其文章和爲人都被後世所稱頌,甚至出現了專門研究蘇軾的"蘇學",這一切與蘇家好學、仁愛、清廉的高雅家風密不可分。蘇軾,字子瞻,號東坡居士。

(2)宏謨：宏謀。晉代袁宏《三國名臣序贊》："子布擅名,遭世方擾。撫翼桑梓,息肩江表。王略威夷,吳魏同寶。遂獻宏謨,匡此霸道。"

(3)"偉抱略攄驚震旦"句：偉抱,指遠大的抱負。略攄：施展才略。震旦：古代印度對中國的一種稱呼。《佛説灌頂經》卷六："閻浮界内有震旦國。"

(4)陳元方(129—199)：名紀,字元方。潁川許昌人。陳寔長子。與弟陳諶俱以至德稱,兄弟孝養,閨門雍和。與父親陳寔和弟弟陳諶并稱"三君"。累遷尚書令。建安元年(196),袁紹爲太尉,欲讓於紀,紀不受。拜大鴻臚,卒於官。

(5)德星遽隕：德星,古以景星、歲星等爲德星。喻指賢士。遽隕：突然隕落。

(6)"群季相將慰太丘"句：諸弟相隨,足以告慰老父。群季：指諸弟。李白《春夜宴從弟桃李園序》："群季俊秀,皆爲惠連;吾人詠歌,獨慚康樂。"相將：相隨,相伴。

挽廖基傑(一)

劉翰良

春宵問疾,憔悴傷懷,涼月映前軒,怕對畫圖談北苑;
石室同游,滄桑異世,谷風吹劫燹,且齊物論慰河西。

【説明】

本聯録自劉翰良所撰《静庵剩稿》卷下,頁一。原文曰:"挽廖叔怡,珠泉老人之子:'春宵……河西。'"民國七年正月二十四日(1918 年 3 月 6 日),廖基傑在衡田老屋辭世,故知此聯當作於是年春間。

【簡注】

(1) 廖基傑(1875—1918):字叔怡。清末民國時湖南省寧鄉縣衡田灣人。廖樹蘅第五子。湖南近現代著名畫家、書畫收藏家。先隨侍父親於玉潭書院,所爲八股試帖均雋雅。素嗜繪事,光緒間學畫於沈翰,深爲沈所愛重。湖南巡撫俞廉三喜愛其作,囑繪《卧游圖》,廣徵題詠。其畫皴染蒼潤,風格雅健秀逸。其作品被長沙市博物館等地館藏。

(2) 劉翰良(1872—1925):字静庵。清末民國時湖南省寧鄉縣石潭口人。廖樹蘅主講玉潭書院時高足弟子,并曾請其課孫輩。後講授長沙城南師範學堂、嶽麓高等師範學堂。有《静庵遺集》等行世。

(3) 春宵問疾:指民國七年(1918)春夜,劉翰良前往廖氏衡田老屋探訪廖基傑病況事。

(4) "怕對畫圖談北苑"句:指作者不願談及書畫之作,以免使廖基傑傷心傷神。此處以北苑指代畫作。宋代米芾《題董北苑畫》詩云:"千峰突兀插空立,萬木蕭疏擁澗陰。日暮草堂猶未掩,從知塵土遠山林。"明代王行《題趙元臨高房山鍾觀圖》詩:"北苑貌山水,見墨不見筆。"

(5) 石室同游:指劉翰良、廖基傑曾同游觀賞嶽麓山"印心石屋"石刻事。石刻位於長沙市嶽麓山雲麓峰。清道光十八年(1838),時任兵部尚書、兩江總督的陶澍,親自將道光皇帝賜予他的"印心石屋"御筆題字恭摹於石上,石刻字迹端莊相雅、筆力遒勁。

 (6) 谷風吹劫燹：指民國五年(1916)湖南軍閥混戰，湘桂聯軍進攻長沙，桂軍黃克昭炮兵占領嶽麓山一事。

 (7) "且齊物論慰河西"句：此句原指唐開元二十四年(736)，唐代詩人王維奉旨宣慰河西將士事。此處指湖南都督湯薌銘於1916年7月5日向劉人熙交出軍政兩職後逃離湖南，劉人熙先入督軍署維持秩序，暫代都督职。

挽廖基傑(二)

劉翰良

上天僤怒何時消，記昔年水閣過從，共誦繁霜傷變雅；
人世浮名皆是幻，剩幾幅珠泉粉末，長留煙月護春庭。

【説明】

 本聯錄自劉翰良所撰《静庵剩稿》卷下，頁二。原文曰："又挽廖叔怡(代)：'上天……春庭。'"此聯亦作於民國七年(1918)春間。

【簡注】

 (1) 上天僤怒：正碰到老天震怒。《顏師古·糾謬正俗》曰："怒有二音，《詩·小雅》君子如怒，《大雅》逢天僤怒，讀爲上聲。"

 (2) 水閣：此處指廖氏衡田老屋月塘中的水閣涼亭。

 (3) 珠泉粉末：指作畫時的水和顏料，以借指畫作。

 (4) 煙月護春庭：煙月，指流風韻事。春庭，指春天的庭院，此處指廖氏舊宅春泉堂。

附録六　廖樹蘅楹聯創作年表

1840　庚子　清道光二十年　一歲

十月二十三日(1840 年 11 月 16 日)酉時,出生於湖南省寧鄉縣衡田灣(今寧鄉市壩塘鎮横田灣村)廖氏春泉堂老宅。父廖新端(1806—1870),字培吾。清國子監生。以廉直見重於縣令,咸豐時檄充都總,亭決一秉至公。母楊氏(1821—1892),善化縣平山人。

1843　癸卯　道光二十三年　四歲

是年,隨季父新坰公讀書習字。

父新端公以三世劬書皆未遇,課樹蘅讀特勤,甫四齡即令隨季父桂汀先生讀書,能通大義。

1844　甲辰　道光二十四年　五歲

父新端公作《題齋壁示兒》詩,告之"莫把韶光拋卻盡,寸金容易寸陰難"。

1846　丙午　道光二十六年　七歲

祖父芬田公教以聲韻,并四聲反切法,能領悟。

1848　戊申　道光二十八年　九歲

出就外傅。

1849　己酉　道光二十九年　十歲

蒙師授李白《蜀道難》古風不能句讀,樹蘅爲正之,塾師驚異之。

1850　庚戌　道光三十年　十一歲

家中遭際險艱,益勵志讀書。

1853　癸丑　咸豐三年　十四歲

喜爲詩,已裒然成編。與張祖同以詩相往來。

1854　甲寅　咸豐四年　十五歲

二、三月間,太平軍林紹章部陷寧鄉,樹蘅侍祖父芬田公冒風雪避深山中,仍讀書不輟。

秋,作《涉園》詩。

1855　乙卯　咸豐五年　十六歲

是年,讀書里中陽和堂。作《大霧寺》詩。

隨友人於郭外浮圖見隆觀易題句絕佳,訪之罕有識者。

1856　丙辰　咸豐六年　十七歲

三月,縣考,與父新端公寓於寧鄉縣治城南門石家客棧,與崔鼎榮同考。

是年,與袁氏成婚。

1857　丁巳　咸豐七年　十八歲

正月,雪霽試筆,作詩一首。

1858　戊午　咸豐八年　十九歲

四月,抵寧鄉麻山楊氏怡園,聞土人於靳尚墓前掘地得古鼎,作《上官屋場》詩。

八月十四日(9月20日),與繼配張清河成婚。

1859　己未　咸豐九年　二十歲

三月二日(4月4日),長子基植出生。

是年,作《蔣安陽祠》詩。

1860　庚申　咸豐十年　二十一歲

正月,游長沙會春園,撰《會春園詞并序》。

自是年始,讀書寧鄉玉潭書院。

1861　辛酉　咸豐十一年　二十二歲

六月十五日(7月22日),次子基域出生。

1862　壬戌　同治元年　二十三歲

是年讀書長沙城南書院,與益陽張劍秋同齋。

1863　癸亥　同治二年　二十四歲

夏,應郡試,擬七古應之,頗爲同人傳誦。

九月十日(10 月 22 日),三子基橄出生。

是年,補縣學生。

1864　甲子　同治三年　二十五歲

是年,食廩餼。

1865　乙丑　同治四年　二十六歲

十月十五日(12 月 2 日),四子基懋出生。

1866　丙寅　同治五年　二十七歲

自是年始,讀書嶽麓書院。

1867　丁卯　同治六年　二十八歲

是年仍讀書嶽麓書院。

1868　戊辰　同治七年　二十九歲

六月十四日(8 月 2 日),長女基瑜出生。

1869　己巳　同治八年　三十歲

是年仍讀書嶽麓書院。

冬,抵安化曲溪,於宗親廖柳堂之遲樓結識隆觀易,圍爐煮茗,深談達夜分。

1870　庚午　同治九年　三十一歲

春,道過靖港,爲水神廟題聯。

季秋,助父新端公與族人大治烏牛山祖祠,始獲宏闊之觀,并爲烏牛山衡田廖氏四世祖祠撰門聯、大堂聯各一。

十二月十三日(1871 年 2 月 2 日),父新端公辭世,享年六十五歲,葬里中龍窠塘墓屋後山。

十二月中、下旬,次女二二出生。

是年,刊刻七世從祖廖儼所撰《次儀制藝》。

1871　辛未　同治十年　三十二歲

是年,授徒於家,并課群兒讀書。

1872　壬申　同治十一年　三十三歲

是年，爲寧鄉縣五都土橋廟題聯。

1873　癸酉　同治十二年　三十四歲

五月十三日（6月7日），先妣張氏卒，享年七十歲。

七月七日（8月29日），塾師周良潛卒，撰聯挽之，長子廖基植作傳，次子廖基械撰墓表。

是年，於宅畔辟餘園作爲兒女們讀書處。

是年，三女基璿出生。

1874　甲戌　同治十三年　三十五歲

是年，執教於嶽麓書院。

秋，作《秋興》八首。

1875　乙亥　光緒元年　三十六歲

是年，仍執教於嶽麓書院。

十月八日（11月5日），五子基傑出生。

是年，發議寧士習經史詩文課，風氣爲之丕變。

1876　丙子　光緒二年　三十七歲

七月，長沙府録科，列第一名。

夏秋間，陳寶箴致書，稱其詩藻采繽紛，自然合度。

九月，落解歸，陳寶箴約請明年司箋牘，兼次子三畏教讀。

1877　丁丑　光緒三年　三十八歲

春，赴閑園教讀，居閑園與陳三立投契甚歡。

三月末，作《麓山紀游詩十首》。

七月，因事歸里，陳三立作《蔯畡新秋歸家，賦此贈之》兩首詩相贈。

十一月二十五日（12月29日），夢見一山，山中景物與二十年後所見水口山銀場無異。

1878　戊寅　光緒四年　三十九歲

是年，居長沙陳氏閑園。

四月上旬,與陳三立、毛慶蕃往游嶽麓山。

六月底至七月上旬,與陳三立、毛慶蕃往游衡山。

十二月二十六日(1879 年 1 月 18 日),六子基棟出生。

是年,與陳寶箴、陳三立父子校刊隆觀易詩集。

是年,長沙太守某卒,代陳寶箴撰聯挽之。

1879　己卯　光緒五年　四十歲

三月,受唐步瀛之招,赴益陽縣署司教讀并兼閱課卷。

1880　庚辰　光緒六年　四十一歲

七月,至長沙,過閑園爲陳寶箴赴河北道任送行。

是年,題盧泳清所辟寧鄉縣治城駱公祠旁詩社聯。

1881　辛巳　光緒七年　四十二歲

夏,詠懷湘中古迹,作七律八首。

秋,湖南巡撫李某巡閱過境,益陽知縣唐步瀛召集幕客擬館聯,求雅切。樹蘅口授益陽縣館、茶尖、署廂頭門、署廂三堂等處十數聯,以待呕來就。過後唐步瀛來謝,謂"此番非公速藻,幾誤乃公"。

是年,作《擬言湖南風俗利病書》。

1882　壬午　光緒八年　四十三歲

春,游會春園,作《會春園瓦硯歌》。

秋冬間,謁周堪賡家祠,題詩壁上。

1883　癸未　光緒九年　四十四歲

七月二十五日(8 月 27 日),應甘州提督周達武之聘,由家起程遠赴河隴,張璪光適與之偕。

十二月,爲提督署一園橋亭、肖虹亭、蔬香亭、披香樹、石假山亭、毅武營門、提督署大堂等處撰聯。

1884　甲申　光緒十年　四十五歲

三月二十四(4 月 19 日),夕,七子廖基棣出生。

春,入選候選訓導。

初秋,作《河西雜感》七律五首。

至七月底,爲周達武奏銷武軍積餉一案。

八月五日(9月23日),從張掖起程南返湖湘。十一月中、下旬,平安抵家。

1885　乙酉　光緒十一年　四十六歲

春,自題衡田老屋大門聯。同時,摯友陳三立撰《珠泉草廬記》相贈。

四月,將甘泉賫來《武字營軍牘編志略》二卷,托名周達武自撰。

十月,自撰《珠泉草廬記》。

十一月,王鴻文之母劉氏卒,作聯挽之。

1886　丙戌　光緒十二年　四十七歲

四月,門生陳三畏暴亡於長沙蛻園,臨其喪,并撰聯以挽之。

九月,撰《武軍紀略》成。

是年,點定并刊刻周心源所撰詩稿《澹臺夢草》,長子廖基植作序。

1887　丁亥　光緒十三年　四十八歲

二月,赴漣西省墓,與寧州鄭少尉遇於龍城義園,值其悼亡,書聯挽之。

九月十三日(10月29日),七子廖基棣卒,作《哭七兒鱍咸四首并序》。

是年,館於羅氏,陳三立常招至蛻園與集,和陳三立、羅正鈞、曾廣鈞、杜俞、王伯亮、陳鋭、文廷式等文酒之會,幾無虛日。

1888　戊子　光緒十四年　四十九歲

春,赴李星沅芋園雅集。

1889　己丑　光緒十五年　五十歲

九月初,於洞沖重建衡田廖氏八世祖祠,并題聯。

爲衡田廖氏九世祖懷四公之玻璨龕題聯。

爲衡田廖氏九世祖祠附室撰聯。

十月二十九日(11 月 21 日),長子廖基植從家中啓行,入福建延邵建兵備道劉倬雲幕,作五古三首示之。

1890　庚寅　光緒十六年　五十一歲

是年,作《哀友五首》,以懷故友周俊甫、隆觀易、盧泳清、黃顯瓚、吳超然。

1891　辛卯　光緒十七年　五十二歲

九月,於大霧寺側倡建的衡田廖氏七世祖祠落成,并題大門、大堂聯各一。

爲大霧寺題聯。

是年,寧鄉訓導魏嶧塗卒於任,挽之以聯。

1892　壬辰　光緒十八年　五十三歲

春,公出任玉潭書院山長,以義理、考據、詞章課士。

四月十二日(5 月 8 日),生母楊氏卒,享壽七十一歲。

夏秋間,爲玉潭書院買租谷五百石有奇。

是年,《武軍紀略》刊刻而成。

是年,刊刻周堪賡遺著《治河奏疏》二卷。

1893　癸巳　光緒十九年　五十四歲

初夏,撰序并編輯的《潙水校經堂課藝第一集》刊刻而成。

十一月十九日(12 月 26 日),於里中大霧山麓建鄉賢祠,并爲之撰聯。

1894　甲午　光緒二十年　五十五歲

十一月十六日(12 月 12 日),泊舟長沙,將作蘇杭之游,連日阻風。

十二月三日(12 月 29 日),於武昌江岸,與陳三立、范當世、鄒代鈞、汪康年、葉瀚等爲陳寶箴入都覲見送行。

十二月中、上旬,作《滬上感事》詩四首。

是年,倡建廖氏五世祖桂馨堂祠,捐錢三十千文,并題聯。

是年,胡湘春之配柳氏卒,作聯挽之。

1895　乙未　光緒二十一年　五十六歲

二月初,辭別杭州,將作蘇州之游。

二月十九日(3月15日)前後,由上海換江輪返武昌,過江訪陳三立,留居舊邸,招飲於菱湖樓。約二月下旬,陳三立爲《珠泉草廬詩鈔》撰序。

春,周達武辭世,作聯挽之。

十一月,陳寶箴奏興礦務,屬公襄事,公諾獻歲赴省面商進止。

是年,築廬於桎木山麓祀太高祖義皋公,并題聯。

題桎木山衡田廖氏懷清堂聯。

1896　丙申　光緒二十二年　五十七歲

正月,赴長沙,巡撫陳寶箴以常寧水口山礦務總辦相委。是爲湖南近代礦業之開端。

二月二十八日(4月10日),由省河角解纜前往水口山,長子基植隨侍。

三月二十日(5月2日),將龍王山、水口山初步勘察情形并請收買礦砂試辦煉爐等事宜,稟報巡撫陳寶箴。

五月八日(6月18日),水口山大開明礦,作《祭山神文》。同時著手創辦水口山硫磺業務。

是年,在水口山老鴉巢礦區開始从事勘探與采集工作。水口山手工選礦工藝日臻完善,已設初選廠、敲砂廠、澱砂廠和滴塵廠,開采、敲洗、抽水、冶煉、運輸等各業務鏈條相互銜接、井然有序,近代化工礦業生產流程即已形成。水口山礦務局由此實現了鉛、鋅、銀、硫磺開采并重的產業格局。

1897　丁酉　光緒二十三年　五十八歲

正月一日(2月2日),晚,次子基械作異夢,夢見松柏市南古樟下有宅,極宏麗,門署"延室"二字。公作文紀異,并成一聯。

二月中、上旬，水口山礦務局公所築成，公自題門聯、屏聯，長子廖基植題堂聯。

三月初，致陳三立書，以晶瑩礦石五枚請轉呈陳寶箴，并媵之以詩。

四月中、上旬，致書陳三立，言水口山用西法采礦，以機器起重庶以紓人力而省經費。

季夏，《珠泉草廬詩鈔》四卷在衡州刊刻而成。

是年，在漢口設立湘礦轉運局。

是年，同學李凝華病卒，作聯挽之。

1898　戊戌　光緒二十四年　五十九歲

五月，得選授宜章訓導之信。十月初，補授宜章縣訓導。

十一月下旬，赴長沙辭礦差，巡撫俞廉三未允。

1899　己亥　光緒二十五年　六十歲

三月中、上旬，因宜章隔常寧遠，調任清泉訓導，就近兼理水口山礦務。

四月，爲清泉學署大堂、客座撰聯。

與王闓運歡然訂交。

十一月底、十二月初，於搖錢樹新開窿口一口，出礦愈夥。

1900　庚子　光緒二十六年　六十一歲

正月中旬，爲衡州新設長沙會館中堂、戲臺題聯。

夏，於常寧北鄉置買義田一百三十九畝八分，并在松伯鎮建築倉廠兩進，以爲常寧地方儲谷備荒之用。

是年，劉筠病卒，撰聯挽之。

1901　辛丑　光緒二十七年　六十二歲

三月底，攜趙潤生登山履勘涼水冲礦務，趙炳麟亦隨赴水口山礦場游覽。

夏秋間，撰《常寧忠字一團豐備倉記》。

初秋，公於清泉學署重刊《珠泉草廬詩鈔》(烝陽本)。

九月,赴常寧縣鄉間宣講種植、水利、蒙養各條,并至水口山視礦。

九月底、十月初,王鎮興卒,撰聯挽之。

秋冬間,編纂《常寧忠字一團義田記》刊刻而成。

十月十五日(11 月 25 日),水口山兩座煉爐開始煉鉛。

是年,陳爲鋼卒,爲之撰聯。

是年,熊希齡父熊兆祥卒,代人撰聯挽之。

1902　壬寅　光緒二十八年　六十三歲

八月二日(9 月 3 日),與五子廖基傑取道南嶽,至祝聖寺,訪默安上人,晚宿於南嶽,并作詩二首贈之。是時,南嶽適有捐租之恐,乞公保全之無虞,且賜書初游時所得新句。此後朝廷提租之諭不及叢林。

九月底、十月初,被巡撫俞廉三保舉經濟特科。

十月,袁全熙卒,作聯挽之。

十二月一日(12 月 30 日),被學政柯劭忞舉薦經濟特科。

十二月,主持修葺衡陽蓮湖書院。

1903　癸卯　光緒二十九　六十四歲

正月,爲蓮湖書院撰兩聯。

九月底,得悉調任湘礦總局提調,水口山礦務局總辦職由長子廖基植繼任。十月下旬,履任湘礦總局提調。

是年,與族人將七世祖墓廬移建大霧寺旁,并撰聯。

是年,在水口山貞吉場開鑿明窿,獲利甚大。

是年,於清泉學署刊刻吳超然所撰《檴慧山房詩集》四卷。

是年,於衡州蘇州灣開設煉廠,用土法專煉水口山所出之黑白鉛砂。

1904　甲辰　光緒三十年　六十五歲

二月,稟呈巡撫趙爾巽《整頓總局辦法八條》。

初冬,邀成邦幹、蔣德鈞、周振瓊游嶽麓山看紅葉。

是年,唐鳳儀病卒,作聯弔之。

1905　乙巳　光緒三十一年　六十六歲

正月,劉培寅卒,挽之以聯。

夏,龍湛霖辭世,作聯挽之。

秋冬間,調任湘礦總局會辦。

是年,在水口山引進西法,於原明礱之南端開設第一坑超深斜井,并裝設鍋爐、抽水機、吊車、鐵軌等。同時,水口山建成土法煉鋅廠,爲全國煉鋅工業之始。

1906　丙午　光緒三十二年　六十七歲

正月,與王闓運從衡田啓行,作溈山之游。偕王闓運觀湯泉,送湯鴨四只,并相與唱和。

正月,將長沙黎家坡湘礦總局局樓名曰"高明游息之樓",并撰聯紀之。

五月十日(7月1日),與周儒臣、俞明頤、陳慶年同游嶽麓山。

七月十二日(8月31日),易佩紳卒,作挽聯弔之。

仲秋、初冬間,重修如在堂,作《重修如在堂記》,并撰聯兩副。同時,爲湘鄉金鷄山曾祖錦江公墓廬撰聯語懸壁,請王闓運書"寧鄉廖氏墓廬"六字榜於廬。

冬,輯《莢源銀場録》一書,并在長沙刊刻而成。

是年,捐分部主事加四品銜。

是年,爲長沙天心閣題聯。

是年,於水口山采用西法首開老鴉巢一坑斜井全部完工并成功投運,爲我國第一口自己設計、自己建設,用蒸汽作動力,使用捲揚機等機械設備提升礦石的有色金屬礦井。

是年,王之春卒,撰聯挽之。

是年,龍汝霖之室卒,挽之以聯。

1907　丁未　光緒三十三年　六十八歲

正月,張百熙辭世,撰聯挽之。

七月,湘礦礦政調查局與官礦處分辦,任官礦處協理。

七月,夫人張清河卒於衡田老屋,於珠泉草廬後山墓地題"夢松仙館"聯。

是年,同里劉碩光卒,挽之以聯。

是年,爲高祖父勝暉公新建墓廬,題曰"崇睦堂",并撰聯張之堂壁。

1908　戊申　光緒三十四年　六十九歲

二月,湖南礦政調查局并入湘礦總處,任會辦。

六月,水口山采用土法開錫慶場,深祇及十七丈,礦質尤佳,收效又速。

十月八日(11月1日),王闓運賀題公父子築常寧松柏市臨湘樓落成聯。

九月,赴平江黃金洞金礦考察。

十月三十日(11月23日),建臨湘樓於常寧松柏市落成,賦詩、聯記之。長子廖基植、次子廖基棫均有詩,廖基植另填詞三闋。

十一月中、上旬,赴水口山考察采礦及煉爐諸情形,并議及自水口山至松柏修建小鐵路等事。

十一月中、下旬至十二月上旬,赴江西萍鄉煤礦考察。

十二月,湖南黑鉛煉廠籌建,標志着水口山從單一的采礦業向采、選、冶成龍配套跨進一大步。

是年,刊刻盧泳清所撰《西問詩草》三卷,并撰序張之。

是年,喻兆藩之母喪,作聯挽之。

是年,撰聯挽李繼静。

是年,張祖同卒,挽之以聯。

1909　己酉　宣統元年　七十歲

二月上旬，葉世鴻卒，撰聯挽之。

三月中、下旬，作挽聯弔席沅生。

四月中、下旬，汪鳳池卒，作聯弔之。

八月七日（9月20日），作聯挽陳啓泰。

十月一日（11月13日），從漢口乘火車赴京途中，作挽張之洞聯。十月，公被清政府賞賜二等商勛、三品銜，并加級授榮禄大夫。

十一月中、上旬，水口山、龍王山所開新口得大礦。

十一月十五日（12月27日），派充湖南省官礦總處總辦。

十一月二十九日（1月10日），得曹典球父曹廣璀訃音，製聯挽之。

同日，撰聯挽岑春蓂之兄岑春煦。

十二月四日（1月14日），爲鄔同壽詩集撰序。

是年，水口山興建新式重力選礦廠，這是我國第一座新式選礦廠。無論生產規模、產品產量和機械裝備，都甲於遠東，馳名中外。

1910　庚戌　宣統二年　七十一歲

二月，爲曾廣鈞母郭篔詩録撰序。其時，長子廖基植被清政府賞賜四等商勛、五品銜。

四月一日（5月9日），長沙黑鉛煉廠正式建成投產。

初秋，《珠泉草廬文録》在長沙刊刻而成。

八月初，聞譚啓瑞與洋商訂約抛砂，大憤，首先反對巡撫楊文鼎舉借奴役性外債之行徑，并致書蔣德鈞，指陳譚啓瑞"以世受國恩之身，甘心與市儈爲伍，以害祖國"。而巡撫楊文鼎"亦聽其劃策，準予施行"。隨之湘省議員大嘩，遂向北京資政院提起彈劾。

十月十八日（11月19日），公邀王闓運、李寶淌、羅正鈞、蔣德鈞、曾廣鈞、王銘忠游嶽麓山看紅葉。

是年,刊刻王鴻文所著《唐詩鏡》一卷。

是年,王翰文病卒,作聯挽之。

1911　辛亥　宣統三年　七十二歲

四月,輯録并刊刻《茭源銀場詩録》一卷、《珠泉草廬圖詩》一卷。

十二月底,辭湘礦總處總辦職,退居衡田老屋。

是年,聶緝槼辭世,撰聯挽之。

至是年,湖南鉛鋅礦業從開采、洗選到冶煉,均采用西法技術,形成了新的綜合生產能力,爲以後鉛鋅工業的蓬勃發展奠定了堅實的物質技術基礎。

1912　壬子　民國元年　七十三歲

十月二十三日(12月1日),朱昌琳卒,作聯挽之。

是年,於珠泉草廬南上三里許之龍潭,以三萬錢買茅屋數間,署曰"梅墅"。

是年,爲黄寅清所著《沿海全圖》評序。

1913　癸丑　民國二年　七十四歲

是年,廖祖禎卒,撰兩聯挽之。

1914　甲寅　民國三年　七十五歲

二月,胡湘春卒,撰聯挽之。

八月,梅墅落成,招同洪汝源、丁焕奎、王章永、廖潤鴻、楊文鍇、楊文錫及次子廖基械、五子廖基傑等讌集以落之。

是年,以衡田老屋宅左四景之大霧山、鄉賢祠、珠泉和梅墅徵詠。

1915　乙卯　民國四年　七十六歲

是年,汪鏡清卒,撰聯悼之。

是年,外孫女梅焯孝卒,年僅二十二,挽之以聯。

1916　丙辰　民國五年　七十七歲

九月二十四日（10 月 20 日），午夜，摯友王闓運於湘潭雲湖橋湘綺樓辭世，深爲悲慟，作聯挽之。

是年，洪汝源病卒，挽之以聯。

1917　丁巳　民國六年　七十八歲

八月十二日（9 月 27 日），王世琪卒，撰聯挽之，并撰述家傳。

十一月二十六日（1918 年 1 月 8 日），王先謙辭世，作聯挽之。

1918　戊午　民國七年　七十九歲

是年，選定《陶汝鼐詩文集》。

1919　己未　民國八年　八十歲

仲秋，《聯語摭餘》一卷、《廖氏五雲廬志續編》三卷於衡田崇睦堂刊刻而成。

1920　庚申　民國九年　八十一歲

六月，成克襄在長沙辭世，作聯弔之。

是年，自題衡田桍木山住宅聯。

1921　辛酉　民國十年　八十二歲

春，與梅英傑建潙嶠遺書館，以刊刻寧鄉先賢著述。

十月，刊刻陶汝鼐所著《榮木堂文集》六卷、詩集十二卷，并撰序張之。

1922　壬戌　民國十一年　八十三歲

是年，選編劉基定所著《復園詩集》六卷、文存一卷。

是年，與次子廖基棫選編劉代英所著《希戡山房詩存》三卷。

是年，輯刻周堪賡所著《五峰文集》。

1923　癸亥　民國十二年　八十四歲

春夏間，程頌萬以公年逾大耋，手書一聯祝嘏。

五月二十三日（7 月 6 日）至二十五日（7 月 8 日），約梅英傑、廖潤鴻至衡田老屋，商刊先正遺書事。

　　五月二十七日（7 月 10 日），丑刻，在衡田老屋辭世，無疾而終，享壽八十四歲。次子廖基棫撰述《先考行狀》，郭立山、劉宗向撰傳，姚永樸撰墓志銘，梅英傑撰墓表；梅英傑、廖潤鴻、葉世敦、劉翰良及長婿梅毅傑撰祭文；傅紹巖、廖潤鴻、姚庭熙、鄧承鼎題寫挽詩；趙爾巽、余肇康、曾廣鈞、蔣德鈞、梁煥奎、曹典球、張通謨、王允猷、張廣栦、黃忠績、胡元達、歐陽嶽峻、唐湘、蔣森榮、梅英傑、周榥榮、廖潤鴻、程璟光、李浚昌、張興慧、李孝從、楊鍾濬、傅紹巖、王家賓、廖楚璜、劉復良、張振襄、周震鷗、楊文錫、楊文鍇、黃應周、張康拔、王章永、劉宗向、王敦尚、周培瑩、魯頌平、丁啓基、徐崇實、廖秉鈞、廖士堉、廖湘藻、釋補焦等撰述挽聯。